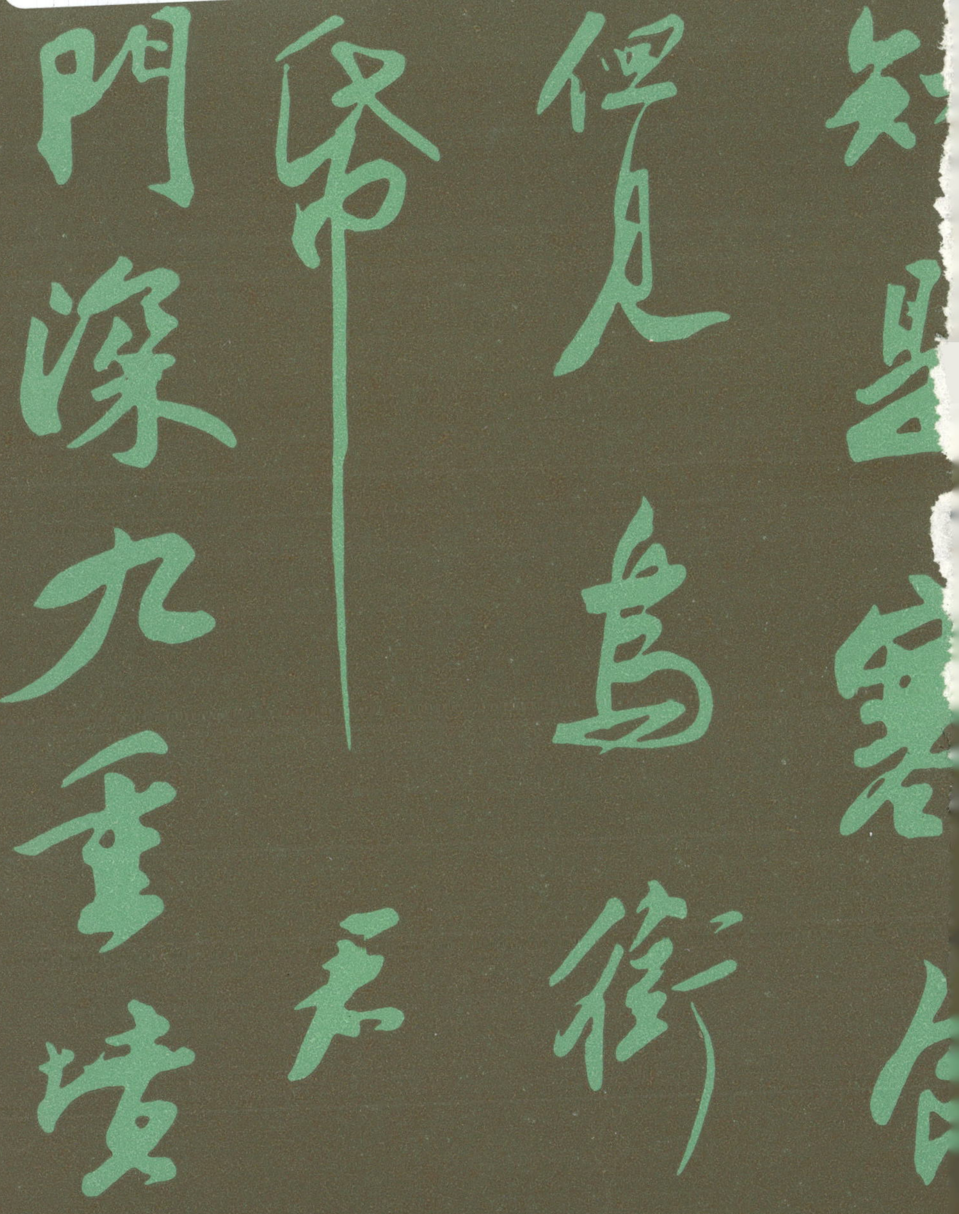

全宋詩

北京大學古文獻研究所編
傅璇琮　倪其心　許逸民　主編
孫欽善　陳　新

第一八册

北京大學出版社

全國高等院校古籍整理研究工作委員會重點項目

本册責任編委

高秀芳

本册資料人員

朱寶模　姚兆寧　徐永强　崔庚昌　崔統華

劉　雯

參加本册整理者

王　嵐　王麗萍　朱安群　李仲澤　李　更　吴士軍

吴　鷗　邱海波　宋易麟　馬辛民　秦　良　徐永强

徐培均　徐　進　黄　源　崔統華　許紅霞　張麗娟

陳　捷　陳曉平　陳曉蘭　楊存田　楊澤生　虞　行

顧永新　劉　虹　劉彦捷　劉　瑛　劉　雯　劉　寧

寧德偉　聞　賢　黎長飛　蕭永鳳　盧新寧　叢中笑

參加本册補遺者

虞　行

（以上均以姓氏筆劃為序）

第一八册詩人總目

第一八册目次

全宋詩卷一〇三二

全宋詩卷一〇三三

全宋詩卷一〇三四

全宋詩卷一〇三五

全宋詩卷一〇三六

全宋詩卷一〇三七

全宋詩卷一〇三八

全宋詩卷一〇三九

全宋詩卷一〇四〇

全宋詩卷一〇四一

全宋詩卷一〇四二

全宋詩卷一〇四三

全宋詩卷一〇四四

全宋詩卷一〇四五

全宋詩卷一〇四六

全宋詩卷一〇四七

全宋詩卷一〇四八

全宋詩卷一〇四九

全宋詩卷一〇五〇

全宋詩卷一〇五一

全宋詩卷一〇五二

全宋詩卷一〇五三

全宋詩卷一〇五四

全宋詩卷一〇五五

全宋詩卷一〇五六

全宋詩卷一〇五七

全宋詩卷一〇五八

全宋詩卷一〇五九

全宋詩卷一〇六〇

全宋詩卷一〇六一

全宋詩卷一〇六五

全宋詩卷一〇六六

全宋詩卷一〇六七

全宋詩卷一〇六八

全宋詩卷一〇六九

全宋詩卷一〇七〇

全宋詩卷一○七一

全宋詩卷一○七二

全宋詩卷一〇七三

全宋詩卷一〇七五

全宋詩卷一〇七六

米　芾二

全宋詩卷一〇七七

全宋詩卷一〇七八

全宋詩卷一〇八四

全宋詩卷一〇八五

全宋詩卷一〇八六

全宋詩卷一〇八七

全宋詩卷一〇八八

全宋詩卷一〇八九

全宋詩卷一〇九〇

全宋詩卷一〇九一

全宋詩卷一〇九二

全宋詩卷一〇九三

全宋詩卷一〇三〇

呂大臨

呂大臨（一〇四六——一〇九二），字與叔，時稱芸閣先生，藍田（今屬陝西）人。大鈞弟。學於張載、程頤，與謝良佐、游酢、楊時號「程門四先生」。哲宗元祐中，爲太學博士，遷秘書省正字。七年，范祖禹薦其好學修身如古人，可備勸學（《續資治通鑑長編》卷四七二），未及用而卒，年四十七。有《玉溪集》，已佚。事見《朱子語類》卷一〇一，《宋史》卷三四〇有傳。今録詩十二首。

北郊

村北磽田久廢耕，試投嘉穀望秋成。天時地力難前料，萬粒須期一粒生。

送劉户曹

學如元凱方成癖，文似相如反類俳。獨立孔門無一事，惟傳顔氏得心齋。

以上宋呂祖謙《宋文鑑》卷二八

南溪淡真閣閒望

欄外溪光溪外峰，重重平遠杳連空。長將兩眼安高處，擾擾都歸俯視中。

春静

花氣自來深户裏，鳥聲長在遠林中。班班葉影垂新蔭，曳曳絲光入素空。

探春

搖曳風頭欲振枯，柳梢垂髮不勝梳。從來輕薄纔先發，誰記秋霜墜葉初。

禮

禮儀三百復三千，酬酢天機理必然。寒即加衣饑即食，孰為末後孰為先。

寒食道中

漠漠雲濃陰欲墜，迢迢遠路馬行遲。春風境界無邊畔，花下遊人恐未知。

藍田

背負肩任幾百斤，山蹊寸進僅容身。先難後獲應如是，重愧端居飽食人。

克己

克己功夫未肯加，吝驕封閉縮如蝸。試于清夜深思省，剖破藩籬即大家。

經筵大雪不罷講

水晶宫殿玉花零，點綴宫槐卧素屏。特敕下簾延墨客，不因風雪廢談經。

强記師承道古先，無窮新意出塵編。一言有補天顏動，全勝三軍賀凱旋。以上宋金履祥《濂洛風雅》卷五

效堯夫體寄仲兄大防微仲

治非知務功何有，見必先幾義始精。飯放不應論齒決，水來安可病渠成。高才况自當名世，大業終期至太平。可惜良時難再得，東山應不負蒼生。同上書卷六

（吴鷗整理）

許敦仁

許敦仁（?—一一〇六），仙遊（今屬福建）人。神宗元豐八年（一〇八五）進士（明嘉靖《仙遊縣志》卷四）。徽宗崇寧初，入為校書郎，依附蔡京，擢監察御史，遷右正言、起居郎、殿中監，拜御史中丞。以言事左遷兵部侍郎。五年，卒。贈朝議大夫（《宋會要輯稿》儀制一一之一一）。《宋史》卷三五六有傳。

三山閣

蓬萊方丈與瀛洲，東引長江欲盡頭。幾處壇場渾得道，萬家樓閣半封侯。名□子嘗三熟，負郭潮田插兩收。七百年來遺讖事，釣臺沙合瑞烟浮。宋梁克家《淳熙三山志》卷三三

《宋詩紀事補遺》卷二四作園荔

（邱海波整理）

范純粹

范純粹（一〇四六—一一一七），字德孺，吴縣（今江蘇蘇州）人。仲淹第四子。神宗元豐五年（一〇八二），權陝西路轉運判官，進副使（《續資治通鑑長編》卷三二七、三三〇）。八年，為京東路轉運使，知慶州（同上書卷三五四、三六一）。哲宗元祐六年（一〇九一），入為户部侍郎，出知延安府（同上書卷四五五、四五九）。紹聖初入元祐黨籍。徽宗立，起知信州，旋以黨禁復起，責常州別駕、鄂州安置。黨禁解，復徽猷閣待制致仕。政和七年卒，年七十二（《吴郡志》卷二六）。有集，已佚。事見《范忠宣集補編》范能濬《德孺公傳》，《宋史》卷三一四有傳。

句

慣處賤貧知世態，飽諳遷謫見家風。宋朱弁《風月堂詩話》卷下

《風月堂詩話》：范德孺崇寧之貶，與山谷唱和甚多，德孺有一聯云云。

（王嵐整理）

梁子美

梁子美（一〇四六—一一二三），字才甫，東平（今屬山東）人。適孫。由蔭入官，哲宗紹聖初提舉梓州路常平。三年（一〇九六），由湖南提舉常平除廣西提點刑獄（《續資治通鑑長編》卷四九一）。徽宗即位，為河北都轉運使，召為樞密直學士，拜戶部尚書，兼知開封府。大觀元年（一一〇七），拜尚書右丞，遷左丞，加中書侍郎。二年，出知鄆州（《宋史·徽宗紀二》），移大名府。政和三年（一一一三），坐事責居單州（《宋會要輯稿》職官六八之三〇），起知青州。六年，再知大名（同上書禮一三之七）。宣和五年卒，年七十八。《宋史》卷二八五、《東都事略》卷六六有傳。

劉仙巖和曹輔韵

神仙靈異古今傳，窮理修真本自然。遺址宛存疑谷口，蒼崖喬木聳青天。

清胡虔嘉慶《廣西通志》卷二二一

（陳曉蘭整理）

朱之純

朱之純（一〇四六—？）（按《思吳堂詩序》云「吳公之來，予生方七歲」。據《雲間志》卷中，吳乃皇祐四年知雲間。生年即據此推定），雲間（今上海松江）人。哲宗元祐六年（一〇九一）進士（《至元嘉禾志》卷一五）。元符中歸居故鄉。事見《紹熙雲間志》卷下。今録詩五首。

縣齋

彭城劉侯，元祐庚午來宰雲間。下車一日，先修庠序，次立教誡，下至簿書、期會，各有條理。今來十旬，一境告治，訟庭清明，幾致刑措。於是即縣齋之東，新其一堂、一亭、一閣，堂曰弦歌，亭曰三山，閣曰艮閣，與士之賢者講論歌詠於其中，蓋將有志乎美風俗也。然予嘗思之，自浙右為邑，未有繁劇過此者。其境東南濱海，西北負江帶湖，方二百餘里，其户口除浮寄浪居，而占於籍者亦不下數十萬，比嘉祐初太常丞吴公所治，往往三倍其數。故生齒日衆，情僞滋多，而獄訟少有衰息。厥後欲鎮以寬者失之慢，矯以猛者傷于刻，間有慨然將勤以濟之者，雖戴星出入，日昃不食，力愈勞，神愈耗，而姦宄鬬狠，終不能勝。是何耶？豈其操術本末之倒置與，將意其難治而作聰明之過與，抑亦不能平易而以百姓之心為心與，不然，何四十年間民用不静，而劉侯之來未幾，而風移俗易之疾耶。《詩》曰：「豈弟君子，民之父母。」夫豈弟之道，凡為政者莫不念此，然行之而民不心服者，以其作於人為而好惡之私勝之耳。使夫豈弟發於天資，平心如鑑之應形，接物如鐘之待扣，雖天之高，地之厚，鬼神之無形，金石之無情，猶且應之，况利其仁而樂其義者乎。此固為民父母之道也。得所以為民父母之道，則其子從之之疾又何怪焉。宜其遊心三山，鳴琴一堂，登高而賦之，使人知仁義禮樂之意也。予圃隱湖西，比有客見過，因問邑之治否。誦公豈弟出於自然，且曰：「方周盛時，齊人五月報政，文公猶驚其速。况處今之世，教化未明，而劉君治江海僻陋之地，曾未十旬，了無可治，則是古道復行，豈不賢哉！」噫，以客之所言證予之所聞，則君坐斯堂，宴斯亭，登斯閣也，宜無愧於古人矣。客退，因序其所聞而為之詩。

弦歌堂

洋洋百里起嘔吟，惠化薰陶谷水陰。明月詩函三島秀，清風曲奏一堂深。武城浪説言游道，單父休誇子賤音。政敏誰知過齊國，想君真得古人心。

三山亭

俗易風移古道還，縣齋疊石作三山。因憐席上紅塵少，贏得壺中白日閑。想見六鼇擎水下，自注：記曰三山在水下。坐看雙鶴落雲間。自注：華亭每中秋夜有仙鶴下。何須更叩黄金闕，只此幽亭是玉關。

艮閣

畫閣峨然冠翠巒，更占艮地特巑岏。曉窗高揖東風暖，夜幕低垂北斗寒。突兀狀驚青蜃吐，徘徊勢若老龍蟠。嗟予勁節非徐子，那得陳侯一榻看。

思吴堂

思吴堂，嘉祐中太常丞吴公幾道所作也，初曰環碧亭。公有惠政，四十餘年民誦不絶。今彭城劉侯來宰雲間，採民所譽，因至其亭，見其頽毁蕪没，乃喟然嘆曰：昔人思召公，愛及其棠，戒之曰勿剪勿伐，况此亭中冠一湖，吴公歲時與民所共樂者，最為勝概。當秋分之月夜，涌出金波，遇春暮之花時，變為錦水。若乃火雲燀空，揖清風而愠解；凍雲凝地，睹白雪以神清。有此佳麗，荒而不修，良可惜也。於是增大基址，飛出軒宇，寰以虹溧，徘徊烟波之中，浩浩乎誠可樂者。乃闢其亭為堂，易其舊名曰思吴，所以從民望也。吴公之來，予生方七歲，其教條、治目、更歷、異政，不得其詳，然猶能彷彿記其去時父老悲啼攀轅，不與前進，以至空一邑隨之。及予壯歲，疑其得民如此，乃問鄉人長者，因語其施設大略，蓋有惻怛之誠感動冥默者二三事焉。如浙右旱蝗，蘇秀為甚，公方下車，克自痛責，遂禱横山之神，即致甘雨，蟲亦避境不食其稼。至秋大稔，乃出教條命民預修水利以待淫潦，或停或注，達於江海。已而大水暴至，阡陌堅牢，溝洫既浚，復稔如初。比及三年，風俗歸厚，天無札瘥，地無旱潦，家給人足，歌誦滿路。噫，此古之所謂遺愛者，宜乎去之久而思之深也。今劉侯為政，豈弟又且孜孜，尋訪吴之治迹，欲舉而必行之，惟恐後時。則名斯堂也，豈非從民之望，抑亦見其樂取人以為善也。然人有疑其名者，告予曰：詩人思古，皆傷今之不然也。以劉侯之仁，民胥樂之，又何吴思之有？余應之曰：人固有遭其虐政，而思昔人之賢以哀今之不見者；又有遇其善政，而思昔人之賢以幸今之復見者。則思古之説，豈一端哉。當其男以田功之畢，女以織事之休，内無飢寒之戚，外無賦役之勞，思以斗酒共相娱樂。今於此時，為之命儓佐、臨清流、設玉斝，金鼓喧闐於波間，管弦嘈嗩於堂下，歌者舞者形和聲和，以觀遊人士女或三或五，溶溶洩洩，如鷗鳥之浮川，鯈魚之戲藻，是人之樂也，皆相慶曰吴之復來矣。若夫政不出此，則人之不樂生。今於此時，精耗簿書之宂，力疲訟獄之煩，事既無窮，應亦不暇，又何能俯清泠之淵，笑談終日，與之偕樂耶。設有勉强為之，雖撞鐘擊鼓，人聞其聲，將蹙頞而相告曰欲見吴之莫得也。然則此堂之作，一遊一豫，足以為政之勸沮，而劉侯之慮有出於此，其深得思吴之樂與！荀卿曰：欲觀千歲，今日是也。以劉侯之賢，其樂顯前人之善如此，則異時此堂復修，予將期後民之所思，有甚於今日矣。堂成，劉侯就予索詩，於是序其所聞而賦之詩云。

畫堂重構一湖中，更述民思渤海公。自昔三年留惠政，至今百里誦清風。波間陡覺歡聲别，陌上新傳樂事同。從此邦人轉懷德，悠悠谷水幾時窮。

湖齋

平湖十頃水汪洋，得意茅齋且屈藏。園種小桃今結子，池栽翠芰更聞香。六龜已兆千年瑞，自注：予湖上治圃，於桃根獲古龜六枚，其小如錢。雙鶴看呈八月祥自注：昔時雲間有仙鶴觀，每中秋月夜，有仙鶴下，人往往見之，（五字原作往往，據《至元嘉禾志》補）觀之得名以此。今予治圃谷水，鄰其地也。居此倏然忘世味，此心尤懶去龍陽。以上宋楊潛《紹熙雲間志》卷下

（劉寧整理）

王吉甫

王吉甫，字邦憲，同州（今陝西大荔）人。舉明經。神宗時為大理評事，累遷大理少卿。哲宗元符二年（一〇九九）知磁州（《宋會要輯稿》職官六七之二七）。徽宗大觀元年（一一〇七）知鳳翔府（同上書蕃夷四之一八）。在此前後，又曾知齊州、梓州，提點梓州、京畿刑獄，遷開封府少尹。政和

二年(一一一二)，出知同州(清乾隆《同州府志》卷四)。改知邢、漢二州。卒年七十。《宋史》卷三三〇有傳。

客宛陵遇鄉人作集句

揚子江頭楊柳春，衣冠南渡多崩奔。柳條弄色不忍見，東西南北更堪論。誰謂他鄉各異縣，豈知流落復相見。青春作伴好還鄉，為問淮南米貴賤。宋周紫芝《竹坡詩話》

(李更整理)

范鉞

范鉞，神宗時以宣德郎知太康縣(《彭城集》卷一九《宣德郎范鉞可知太康縣制》)，後還朝請郎(《滈水集》卷三《與范鉞朝請書》)。與張舜民等同時(《天台續集别編》卷一)。

送羅正之年兄出使二浙

紫泥封詔出蓬萊，且指東南倚憲臺。千里忽驚霜斧去，百城争望錦衣來。淛江氣象心先到，吴俗姦婾膽欲摧。天姥舊山還好在，應尋鄉老一裴徊。宋林表民《天台續集别編》卷一

(陳曉蘭整理)

程之邵

程之邵，字懿叔，眉州眉山(今屬四川)人。以父蔭為新繁主簿。神宗熙寧中，入為三司磨勘官，除廣東轉運判官。哲宗元祐初，提舉利、梓路常平，以事罷知祥符縣。俄知泗州，為夔路轉運判官。除提舉川陝茶馬公事，知鳳翔府，徙鄭州。元符三年(一一〇〇)，自知福州再提舉川陝茶馬(《金石

續編》卷一六)。徽宗即位,為熙河都轉運使,攝帥事,俄得疾卒。《宋史》卷三五三有傳。今錄詩二首。

碧光亭在釣龍山

寺壓高臺最上頭,一亭新就得清遊。天連遠岫交相碧,地枕長江分外幽。烟際晴光渾不斷,望中詩思浩難收。公餘幸有賓朋樂,聊把狂篇索唱酬。《淳熙三山志》卷三三

遇雪偶書按:詩刻作於元符三年十月二十八日白福唐守就移提舉川陝茶馬途經陝西臨潼時。

三伏登途徹盛寒,客程猶未解征鞍。明時用捨皆公道,自是非才進路難。清陸耀遹《金石續編》卷一六

(許紅霞整理)

陳履

陳履,廣東人。特奏名進士。神宗熙寧九年(一〇七六)以左藏庫副使知全州。事見清道光《廣東通志》卷六六、清嘉慶《全州志》卷五。

遊碧落洞

碧落傳聞久,玆來列彦同。草沾遊士屐,臺挹大王風。一澗流元始,雙崖鑿混濛。天然自奇絶,不惜五丁功。清唐宗堯康熙《韶州府志》卷一六

廖蒙

廖蒙,連州(今廣東連縣)人。神宗熙寧九年(一〇七六)進士。累官朝議郎、知封州。事見清

道光《廣東通志》卷一一六、六六。

句

疊嶂秋光淺，寒松古韻清。寶梵寺　宋王象之《輿地紀勝》卷九二《廣南東路·連州》

張漸

張漸，字子正，始興（今屬廣東）人，一説保昌（今廣東南雄）人。神宗熙寧九年（一〇七六）進士。徽宗崇寧中知端州，累官朝請大夫。有《沙田集》（《粵詩蒐逸》卷二），已佚。事見清道光《廣東通志》卷一五、六六、二〇九。

崇寧乙酉元巳率同僚修禊於七星巖

妙意其誰運大鈞，玲瓏奧室闢天真。斗臨北地精初結，龍去丹霄穴未湮。洪造故教虚待物，良辰贏得樂同民。我來禊有自然興，豈羡蘭亭曲水濱。清阮元道光《廣東通志》卷二〇九《金石略》

《廣東通志》：詩刻在高要七星巖，郡牧始興張漸詩云云。

（以上王嵐整理）

全宋詩卷一〇三一

上官彝

上官彝，邵武（今屬福建）人。神宗熙寧九年（一〇七六）進士。嘗知巴州巴陵縣。元豐中蘇軾謫黄州，與之有交（《蘇東坡全集》續集卷五《答上官長官二首》）。哲宗紹聖中為建昌軍教授（《輿地紀勝》卷三五）。事見清道光《福建通志》卷一四七。

句

虎頭峭立何巉巉，下有百本松與杉。宋王象之《輿地紀勝》卷三五《江南西路·建昌軍》

朱彦

朱彦，字世英，南豐（今屬江西）人。神宗熙寧九年（一〇七六）進士，調舒州司法參軍。哲宗紹聖中除江西轉運判官，未幾，移江東。徽宗繼位，召為刑部侍郎。大觀元年（一一〇七），以顯謨閣待制知杭州。四年，徙知潁昌府。宣和中，以疾乞歸。卒於江寧，年六十八。事見《乾道臨安志》卷三、清同治《南豐縣志》卷二三。今録詩八首。

題方氏清芬閣

干戈唐季風塵中，一代文章掃地空。先生詩鳴最晚出，句法未減元和工。玉壺藏冰不受垢，卜隱宛蹈嚴陵蹤。至今名字照人目，直與山水為無窮。我舟南紀坐煩促，接歲風波仍轉蓬。緬懷先生酌溪水，梅花如霰落晚風。清芬築室家有法，亦見裔孫白雲翁。叔今策得待三接，仲也昔跨御史驄。乃翁歸來三十載，語笑但覺朱顔紅。翁不見東飛百勞西飛燕，南飛烏鵲北飛鴻。人生游宦正如此，我欲買田歸江東。

題嚴子陵釣臺

泊舟釣臺側，敬謁嚴子陵。碧山如佩環，水作鏘然聲。定知千載後，尚復有遺靈。長嘯明月下，緬懷今古情。世利濁於酒，末俗遭塵冥。毫髮不一直，戈矛豈相争。先生得高蹈，萬鈞獨可輕。持釣偶自適，潛魚不吞醒。清風在人耳，凛凛見典刑。不如臺下水，方可濯塵纓。

寒光閣

駕舟掠杭越，小泊清溪門。平生江令尹，邀我谿南園。丹碧氣成霞，樓疏何鬱盤。江城春事起，臘候已向殘。的皪小梅花，暗香媚山樊。冰髯絶可愛，青士聯蒼官。君家藝蘭畹，歲久蘭有蓀。我生真漫浪，嗜好無一存。尚作山水想，十年勞夢魂。歷眼滄洲趣，玆盟那可寒。他年釣竿手，來傍沈郎灘。以上宋董弅《嚴陵集》卷六

麻姑山

羽駕龍車舊宅，金爐玉簡幽宮。雙練亭前秋水，七星杉下春風。蓮沼何年變白，桃源幾度翻紅。明月清陰軒上，星冠羽褐髯翁。一弄瑶池新曲，夜寒風入霜松。明夏良勝正德《建昌府志》卷二

江　樓

麻源山壓盱江水，江樓迥對江山起。波平月滿千里空，金斗欄干露如洗。此時想見一尊開，杳杳征帆破

浪來。揮毫寫盡江山景，何有飄零庾信哀。自憐久作紅塵客，夢斷江南烟水白。會歌黄鵠賦前溪，不作區區吟越舄。

安仁寺

一洞寒雲鎖翠虬，水聲長遶影邊流。令人坐憶南泉路，滿目春山幾萬秋。以上清曾燠《江西詩徵》卷一〇

游黄山

三十六峰高插天，瑶臺瓊宇貯神僊。嵩陽若與黄山並，猶欠靈砂一道泉。清閔麟嗣《黄山志定本》卷六

讀齊雲院碑有感

玉像傳香火，金鐘警旦昏。建藍知有自，種德豈無門。善力歸慈母，餘波到遠孫。拂碑今日淚，揮灑舊松根。清柏春同治《南豐縣志》卷四五

徐遘

徐遘，繁昌（今安徽繁昌西北）人。神宗熙寧九年（一〇七六）進士。事見清道光《繁昌縣志》卷一二。

寄弟迪

杜雲姜被每相思，物换星移又一期。知汝再尋鸚鵡賦，起予深念鶺鴒詩。山寒久厭猿啼苦，水闊那堪雁到遲。好約春風共携手，玉壺沽酒繫青絲。清張星焕道光《繁昌縣志》卷一二

《繁昌縣志》：徐遘、徐迪，兄弟也。遘登熙寧九年進士，迪登紹聖元年進士。昆季相師友，專勤學問，為文清麗，尤工

詩，時以機、雲目之。遘為推幕時，作詩寄迪，有曰云云，一時服其温摯。

陳師錫

陳師錫，字伯脩，時稱閒樂先生（《莊簡集》卷一六《閒樂先生奏議序》），建州建陽（今屬福建）人。神宗熙寧九年（一〇七六）進士（民國《建陽縣志》卷七）。知臨安縣，為監察御史。哲宗元祐初，為秘書省校書郎，加秘閣校理，提點開封縣鎮。罷知解州，歷知宣州，蘇州。徽宗立，召拜殿中侍御史，俄出知潁、廬、滑三州。坐黨論，監衡州酒，又削籍安置郴州。卒年六十九。《宋史》卷三四六有傳。

題李公麟畫歸去來圖原注：有雪竇和尚自書偈。

百中神鋒誇妙手，當時破敵秖因機。餘花墮裓無人見，半偈流傳豈易知。宋周密《志雅堂雜鈔》卷下

句

金馬舊遊三學士，玉麟交政兩諸侯。宋呂本中《紫微詩話》

溪門寂寞無人到，只有清風獨自來。清陸心源《敬齋古今黈拾遺》卷四

（以上王麗萍整理）

徐輔

徐輔，玉山（今屬江西）人。神宗熙寧九年（一〇七六）進士（清同治《玉山縣志》卷七）。徽宗政和初，官荆湖南路轉運判官（《宋會要輯稿》職官六八之二三）。

劍池

劍去池空水自寒，游人到此凭欄杆。年來自是銷磨盡，只有青山好靜看。 宋蔡絛《西清詩話》

徐鐸

徐鐸，字振文，興化莆田（今屬福建）人。神宗熙寧九年（一〇七六）進士（《續資治通鑑長編》卷二七三），簽書鎮東軍判官。哲宗紹聖末，以給事中直學士院。遷禮部侍郎。徽宗立，以龍圖閣待制知青州，被劾落職知湖州。崇寧中官至吏部尚書，卒。《宋史》卷三二九有傳。

朱氏天和堂 朱樸隱居華亭，自號天和子

先生晦迹谷水東，志趣不與晉賢同。遥聽鶴唳笑二陸，巢傾穴碎非為工。浩然養素遠聲利，脱去羈束離樊籠。醉隱亭中三十載，桃紅李白摇春風。感時嘯詠聊自適，誰知富貴為窮通。羡君高操超流俗，直疑變姓稱朱公。 宋楊潛《紹熙雲間志》卷下

（以上甯德偉整理）

姚孳

姚孳，字舜徒，鄞縣（今浙江寧波）人，一作慈溪（今屬浙江）人（《寶慶四明志》卷八、《延祐四明志》卷四）。神宗熙寧九年（一〇七六）進士。釋褐縣尉。哲宗元符中，歷提舉成都府路、荆湖南路常平，江東轉運副使。卒於知夔州任上。《乾道四明圖經》卷二有傳。今録詩四首。

詠東溪碧波亭

賴簡池臺兩蜀誇，東溪别是一仙家。令人却憶康王谷，坐看珠簾濺雨花。宋《錦繡萬花谷續集》卷一一

金雞關

甘露靈根不老，爾朱丹竈空存。三十六蒙好處，倚欄役破詩魂。《輿地紀勝》卷一四七《成都府路·雅州》

石橋

萬派鏗鞫走雷車，跨巖蚴蟉玉虹斜。靈禽飛下傳消息，五百甌心結茗花。

國清寺

梵宫四面五峰巑，兜率臺高倚翠巒。會有寒山重到此，倩誰試與問豐干。以上宋李庚《天台續集》卷中

林豫

林豫，字順之，仙遊（今屬福建）人。神宗熙寧九年（一〇七六）進士。元豐初爲漣水軍使。還京東排岸。哲宗元祐八年（一〇九三），知通利軍（《續資治通鑑長編》卷四八四）。紹聖四年（一〇九七），除河北沿邊安撫使（同上書卷四九〇）。元符三年（一一〇〇），知鄜州，移冀州，廣信軍。徽宗崇寧二年（一一〇三），知邢州。大觀四年（一一一〇），知邵武軍。凡歷七郡，入元祐黨籍除名。有《筆鋒草録》，已佚。《寶祐仙溪志》卷四有傳。

鳴山巖

青山招隱桂叢高，五十年來姓字逃。春雨晴時星欲洗，晚雷殷處水生濤。關門不鎖空玄室，花徑無媒自碧桃。安得飄飄塵外事，胡麻白日飯吾曹。清鄭杰《閩詩錄》丙集卷四

（以上劉彦捷整理）

林稹

林稹，（明洪武《蘇州府志》卷一二作林稙，《宋詩紀事小傳補正》卷四謂《江蘇志》誤作林稙），號丹山（《宋詩紀事》卷七四），長洲人（今江蘇蘇州）人。茂失子。神宗熙寧九年（一〇七六）進士。

冷泉

一泓清可沁詩脾，冷暖年來只自知。流向西湖載歌舞，回頭不似《宋詩紀事》卷七四作是在山時。　宋周密《武林舊事》卷五

樓光

樓光，鄞縣（今浙江寧波）人。郁子。神宗熙寧九年（一〇七六）進士（《寶慶四明志》卷一〇）。元豐中調婺州浦江尉（清同治《鄞縣志》卷二六盛僑《朱夫人墓誌》）。歷新無為州判官、仁和縣丞（同上書樓光《王說妻李氏墓誌》結銜）。後宰畿縣，未幾罷歸，卒（《攻媿集》卷五二《紙閣詩序》）。

石橋

溪流長卷千重玉，茗碗齊開五百花。方廣只留方寸地，不須辛苦上仙槎。　《天台續集》卷中

（以上黄源整理）

李格非

李格非，字文叔，濟南（今屬山東）人。神宗熙寧九年（一〇七六）進士（《太平治迹統類》卷二

八），調冀州司户參軍、鄆州教授。入補太學録，轉太學博士，以文章受知於蘇軾。哲宗紹聖中，通判廣信軍。召爲校書郎，遷著作佐郎、禮部員外郎，出提點京東刑獄。徽宗建中靖國元年（一一〇一）入元祐黨籍。卒年六十一。有詩文四十五卷（《後村詩話》續集卷三），已佚。《東都事略》卷一一六、《宋史》卷四四四有傳。今録詩九首。

過臨淄

擊鼓吹竽七百年，臨淄城闕尚依然。如今只有耕耘者，曾得當時九府錢。

試　院

斗暄成小疾，亦稍敗吾勤。定是朱衣吏，乘時欲舞文。

初至象郡

裨海環□□，□□□□國。世人持兩足，遽欲窮畛域。心知禹分土，未盡舜所涉。吾遷桂嶺外，仰亦見斗極。升高臨大路，郵傳數南北。山川來時經，草樹略已識。枝床歸夢長，鄉堠行歷歷。去日有近遠，寒暑乃不同。手捉而喙飲，嗜慾南北通。是邦亦洙泗，人可牛與弓。良知盡虚市，妙質老耕農。彼時張曲江，此時余襄公。二子稍穎脱，一洗凡馬空。斯文隔裔土，後生昧華風。閫中要常衮，劍外須文翁。

秦扁不南遊，醫方略嵐嶂。茅黄秋兩淫，與瘧蓋同狀。咒師烏能神，適市半扶杖。吾欲養黄婆，母壯子亦王。妙藥只眼前，乞汝保無恙。

居近城南樓，步月時散策。小市早收燈，空山晚吹笛。兒呼翁可歸，恐我意慘戚。從來堅道念，老去倦形役。天其卒相予，休以南荒謫。宴坐及此時，聊觀鼻端白。

絶　句

步履江村霧雨寒，竹間門巷繫黃團。猶嫌骯髒驚魚鳥，父老相呼擁道看。

八尺方床織白藤，含風漪裏睡瞢騰。若無萬里還家夢，便是三湘退院僧。　以上宋劉克莊《後村詩話》續集卷三

駕幸太學倡和

日月天回十二章，詔移清蹕幸膠庠。六龍穩轉橋門曲，多士橫穿錦仗行。俎豆威儀瞻闕里，東西風教自周王。太平誰謂初無象，四海形容在一堂。　明李濂《汴京遺蹟志》卷二三

句

邴吉勳勞猶未報，衛公精爽僅能歸。　挽蔡相確

魯直今已矣，平生作小詩。　挽魯直　以上《後村詩話》續集卷三

（劉彦捷整理）

陳覺民

陳覺民，字達野，仙遊（今屬福建）人。神宗熙寧九年（一〇七六）進士。哲宗元祐間舉賢良方正。歷知漳、建、福、泉州，遷福建路提點刑獄，兼三路都轉運使，提舉河渠。徽宗政和四年（一一一四），知廣州（《宋會要輯稿》選舉三三之二八）。卒，官至中奉大夫。《寶祐仙溪志》卷四有傳。今録詩四首。

武夷山昇真洞

昇真洞口接天門，靈草丹桃日日春。聽説列仙來瑞世，三朝德業在斯民。　宋祝穆《方輿勝覽》卷一一

五仙觀

古木脩篁絶世間，越王臺殿作仙壇。白羊常在玉虚遠，玄鶴不來金井寒。　《輿地紀勝》卷八九《廣南東路·廣州》

寄米元章二首

汩汩塵埃閲歲華，青山相見認空花。清淮風月元無價，憑仗詩翁為我賒。

長淮千古自流東，六月城頭日日風。天際玉潰無少處，夜山圖在明月中。　清厲鶚《宋詩紀事》卷二七引《珊瑚網》

句

却憶當年江處士，辭言秋色藹人家。《詩人玉屑》卷一九引作有憶當時江處士，能言秋色露人家　弔江為處士　《輿地紀勝》卷一二九《福建路·建寧府》

周仲仁

周仲仁，事迹不詳。《宋詩紀事小傳補正》卷二謂即周穜。周穜，字仁熟，泰州（今屬江蘇）人。神宗熙寧九年（一〇七六）進士，為日曆官（《宋會要輯稿》運曆一之一七）。歷江寧府司法參軍，鄆州教授。哲宗元祐三年（一〇八八），因言欲以王安石配享神宗，罷（同上書職官六六之三八）。紹聖四年（一〇九七），為著作佐郎、國史院編修官兼崇政殿説書（《續資治通鑑長編》卷四八九）。徽

宗朝知廣州。《萬姓統譜》卷六一有傳。

偶題雪竇和尚親書偈卷

道人詩句從梁老，筆意崢嶸自一家。《志雅堂雜抄》卷下作□道人詩須君讀，老□崢嶸自一家誰會林間相見事，莫都錯看亂飄花。原注：紹聖四年十二月二十四日周仲仁　宋周密《雲烟過眼錄》卷二

（以上許紅霞整理）

梁立曦

梁立曦，與周穜同時。

句

遺像梁朝佛。次韵周穜清真寺詩　元張鉉《至正金陵新志》卷一一引《陳軒集》

（徐永强整理）

廣州部人

廣州部人，與周穜同時（《輿地紀勝》卷八九）。

句

三年清似鏡。送周守歸　《輿地紀勝》卷八九《廣南東路·廣州》

《輿地紀勝》：周穜，徽宗朝知廣州。番舶以象犀香珠呈樣，穜一無所受，終任不至舶務。及歸，部人賦詩送行，有句云云。

（王麗萍整理）

歐陽經

歐陽經，連州（今廣東連縣）人。神宗熙寧九年（一〇七六）進士（清同治《連州志》卷四）。初任杭州幕官，以詩文見稱，蘇軾曾薦之。又為宣德郎（《雞肋集》卷一八《和歐陽宣德經野步》），朝散大夫、知封州（《連州志》卷七）。

貞女峽

退之雄文露天巧，夢得清詩揮秀格。迨今聲名三百年，文字山水相輝赫。

句

林青乍聽鶯聲喚，花嫩初籠日影遲。熙春亭

峰頭華創占瓌奇，下視湖山迤邐卑。切雲亭

小桃斜映緑楊絲，激水泠泠漾日暉。涵碧軒

以上《輿地紀勝》卷九二《廣南東路·連州》

（陳曉蘭整理）

羅畸

羅畸，字疇老，沙縣（今屬福建）人，一作劍川（今浙江龍泉）人（《閩詩録》丙集卷五）。神宗熙寧九年（一〇七六）進士，調福州司理參軍。哲宗紹聖二年（一〇九五），為滁州司法參軍（《宋會要輯稿》選舉一二之四）。歷兵部郎中、秘書少監。徽宗大觀二年（一一〇八），以集賢殿修撰知廬州（《宋會要輯稿》選舉三三之二五）。三年，知福州（清乾隆《福州府志》卷三一）。著有《道山集》三十卷，已佚。明嘉靖《延平府志》卷一七有傳。

登幼山

殿角纔餘一握天，我來神骨自飄然。影移隱隱烟霞裏，身在亭亭日月邊。脚底擁青寒樹杪，面前凝翠亂峰顛。

句

幾疑銀漢餘波溢，浪衮黃金砌畔泉。明鄭雲慶嘉靖《延平府志》卷二。

山圍碧玉神仙島，地湧黃金宰相沙。丹荔熟時堆錦繡，翠榕空裏起龍蛇。福州 《輿地紀勝》卷一二八《福建路·福州》

（劉雯整理）

李宋卿

李宋（一作宗，見《輿地紀勝》卷一二八）卿，龍溪（今福建漳州）人。神宗熙寧九年（一〇七六）特奏名（清同治《福建通志》卷一四七）。歷太子中舍、通判鄭州，遷殿中丞（《元憲集》卷二一《太子中舍通判鄭州李宋卿可殿中丞制》）。

句

潮來潮退東西渚，雲起雲收前後山。四見亭 《輿地紀勝》卷一四七《福建路·福州》

求仲弓

求仲弓，字德夫，黃巖（今屬浙江）人。神宗熙寧九年（一〇七六）特科進士。仕終樂清令。事見《嘉定赤城志》卷三四。今録詩二首。

蛇首巖

石如蛇首隱林端，未得風雷且蟄蟠。俗眼莫嫌無變化，待生頭角始堪觀。 宋陳耆卿《嘉定赤城志》卷二〇

靈龜潭

江湖雖闊多罾網，幽澗清虛且勉旃。待我功成買雙鶴，歸來伴汝一千年。 同上書卷二四

雍方知

雍方知，神宗時人，與吴中復同時。事見《成都文類》卷三。

江瀆泛舟和吴中復韵

火老金柔尚伏藏，快風收雨送新凉。人隨竹馬來方盛，酒入蓮筩特地香。春草與誰占夢句，白雲空自頌觥觴。欲知此日公之樂，正喜西城息亢陽。 宋程遇孫《成都文類》卷三

施子安

施子安，約神宗、哲宗時人。事見《永樂大典》卷七八九二引《臨汀志》。

句

蟬唤翠陰聲斷續，鳥藏紅葉響啁啾。

隴雲飄軟玉，江月洗寒金。 東禪院 以上《永樂大典》卷七八九二引《臨汀志》

（以上劉瑛整理）

王拙

王拙，字閒叟（《慶湖集》卷六《答王拙見寄》），江寧（今江蘇南京）人（《宛陵集》卷四五《贈江寧王高士詩》）。自號北山隱者（《金陵詩徵》卷五）。與梅堯臣、賀鑄有交。

北山隱居

負郭蕭然築短牆，北山隱几意悠長。静看青草隨時换，笑問白雲何事忙。范蠡浮家終覺晚，劉伶荷鍤信非狂。楮冠布褐安吾分，那有移文到草堂。清朱緒曾《金陵詩徵》卷五

張鏌

張鏌，神宗時人（《宋詩拾遺》卷一二）。

送向綜通判桂州

百里常淹展驥材，除書遠自九天來。緑油車上揚旌去，畫鷁舟中疊鼓催。桂嶺花光紛似雪，荔江波色渌如苔。訟庭塵滿無留事，惟伴登臨燕席開。元陳世隆《宋詩拾遺》卷一二

（以上陳曉蘭整理）

全宋詩卷一〇三二

孫次翁

孫次翁，名未詳，劉斧友。事見《青瑣高議》前集卷三。

嬌娘行并序

嬌娘，小字也，姓孫名樞，字于儀。自垂髫時，余見之山陽郡，善歌舞，學詩詞，談論端雅，儼然有君子之風。十六嫁登人解氏，二十為奪其志，遂居江淮間，當時名宦莫不愛賞。熙寧丙寅按：熙寧無丙寅，疑為甲寅或丙辰之誤。歲，余自杭及蘇，北渡江過儀真郡，有瀟湘之逢，開樽話舊，各盡所懷，遂作《嬌娘行》。其詞曰：

楚宮女兒身姓孫，十五綠鬢堆濃雲。臉花歌笑艷杏發，肌玉纔近紅瓊温。仙源曾引劉郎悟，天教謫下風塵去。策金堤上起青樓，照水花間開繡户。山陽天下居要衝，春行處處皆香風。花名樂府三千輩，惟君第一嬌姿容。畫舫驕馬日過門，過者知名求見君。侍君顔色肯一顧，方肯延入羅芳樽。遏雲數聲貫珠善，驚鴻舞態流風轉。不是當朝朱紫人，歌舞筵中難得見。朝英國士相歡久，學詩染翰顔兼柳。衛尉卿男號富兒，黄金滿載來見之。朝歡夕宴奉歌酒，春去秋來情愈厚。青絲偷剪結郎心，暗發深誠誓婚偶。深更不與家人露，藏頭掩面隨郎去。千里相從人不知，鴛鴦比翼凌雲飛。帝城風物正春色，與郎遍賞遊芳菲。郎去高堂負父意，父親惜子情難制。六禮安排迎入門，且圖繼嗣延家世。銓行補吏任忠州，整袖長江同泝流。瞿塘灩澦遍經歷，二年惟愛居蠻陬。解官入京重調轉，空閨獨坐居京輦。傷離感疾時召醫，無何楚客皆聞知。急具高堂報阿母，母怒大發如風雨。來見嬌娘大嗟怨，怒聲肆駡千千遍。扶奪上馬去如飛，争奈郎蹤相去遠。回到娘家三四春，雙眸盈疾愁見人。蕙心蘭性欲枯死，盤金匣玉都埃塵。阿母養身今已報，從今所得多金寶。誓心不嫁待郎音，烟波萬里難尋耗。邇來泛迹渡金陵，住近儀真江外亭。北提征轡過花院，分明認得嬌娘面。舊家雲鬢慵理妝，淚裹羅襟金縷濺。燈前相顧問行年，一别音容何杳然。君今三十未為老，昔時青髮今華顛。君容若入襄王夢，我才曾試光明殿。秋江夜醉話平生，坐抱琵琶船上宴。嬌娘嬌娘真可惜，自小情多好風格。只恐情多悮爾身，休把身心亂抛擲。君不見樂天井底引銀瓶，瓶沉簪折争奈何。　宋劉斧《青瑣高議》前集卷三

（王嵐整理）

石處雄

石處雄，《輿地紀勝》引詩介於陳堯佐、梅詢和蔣堂、楊蟠之間，約為神宗、哲宗時人。

句

巨（疑當作具）區形勝甲江東，可見全吴澤國雄。　吴江太湖笠澤虹橋　宋王象之《輿地紀勝》卷五《兩浙西路·平江府》

（李更整理）

任恬

任恬，神宗時人（《至元嘉禾志》卷二七）。

題招題院静照堂

門掩世喧外，幽栖向此堂。一心能自盡，（《宋詩紀事補遺》卷二六作静）萬事即都忘。塵冷孤蟾白，庭空異草香。

何須隱林壑，處處可韜光。元徐碩《至元嘉禾志》卷二七

牟景先

牟景先，神宗時人（《至元嘉禾志》卷二七）。

題招題院静照堂

金色成千界，毫光獨《宋詩紀事補遺》卷二六作燭萬緣。堂名斯擬象，法眼示通圓。座踞軒楹内，明觀善惡前。吾當除滯見，清信奉周旋。《至元嘉禾志》卷二七

（以上黄源整理）

朱正民

朱正民，當是朱昂之族，神宗時人（《宋詩紀事補遺》卷一八）。

東溪

陽安多勝概，劉子卜郊居。江流清牖户，山列圍庭衢。《輿地紀勝》卷一四五《成都府路·簡州》

吴逕

吴逕，神宗時人（《宋詩紀事補遺》卷二六，《會稽掇英總集》卷三次吴遵路後）。

憶秦望照湖二境

東南山水古馳名，合與騷人養性靈。秋色欲歸雲轉白，潮痕不到草常青。巖房避暑堪長往，桂楫浮春幾度經。何事深思無暇日，宿猨崖近狎鷗汀。　宋孔延之《會稽掇英總集》卷三

（以上許紅霞整理）

釋惟一

釋惟一，法眼之孫。神宗時主嘉禾天寧寺（《宋詩紀事》卷九二）。

雁蕩山

四海名山曾過目，就中此景難圖録。山前向見白頭翁，自道一生看不足。　明朱諫《雁山志》卷四

（盧新寧整理）

李處訥

李處訥，福建人。慶孫姪。神宗時人（《閩詩録》丙集卷五）。

仙魚驛

少年常誦少陵詩，痦痳城南天下稀。錦屏山色行看遠，閬苑風光願與違。回首玉臺山下路，黄粱初熟夢成非。　《輿地紀勝》卷一八五《利東路·閬州》

（許紅霞整理）

曹仁海

曹仁海，神宗時人（清康熙《池州府志》卷六）。

和王微之使君齊山懷古韵

臨風眺遠夕陽開，雁陣横江一送哀。爲感千秋森棨戟，不知何處是蓬萊。謫仙豪放空餘韵，小杜風流擅治才。數點烟波今古思，尊前黄菊幾低徊。清馮世永康熙《池州府志》卷六

（甯德偉整理）

羅　登

羅登，約神宗時人（《宋詩紀事補遺》卷二六）。

賦新繁周表權如詔亭

詩禮當年學此亭，先生題作義方名。豈知天詔加褒美，冥合君言被寵榮。銀組郎曹新進秩，綵衣子舍貴專城。一門忠孝誰能繼，官蔭恩先及弟兄。宋程遇孫《成都文類》卷八

（王麗萍整理）

王工部

王工部，名未詳，神宗元豐四年（一〇八一）曾監盩厔太平興國觀（《金石萃編》卷一三九）。今録詩二首。

題樓觀南樓元豐四年七月二十五日

常恨閑行少，匆匆忽解鞍。秋風尹家宅，更得暫盤桓。

至樓觀作元豐四年十二月十二日

罷歸闕令存遺宅，羽駕真人有舊丘。水石自含仙氣爽，烟雲常許世人遊。悠悠天道推終始，擾擾塵纓滯去留。君看一官容易捨，老來棲止占山陬。以上清王昶《金石萃編》卷一三九

張獻圖

張獻圖，約神宗、哲宗時人，見《澠水燕談録》卷一〇。

句

吾今為奉職，子莫怨鸞孤。寄妻　宋王辟之《澠水燕談錄》卷一〇

《澠水燕談録》：有張獻圖者，應舉久不第，好嘲戲，以五舉原作王年，據《類苑》卷六四改推恩得三班奉職，以詩寄其妻云云。

（以上劉寧整理）

陳智夫

陳智夫，襄陽（今屬湖北）人。長於歌詩。事見《詩話總龜》前集卷三四。

句

花笑似留客，鳥啼如喚人。

野花臨水數枝恨，芳草連天千里情。以上宋阮閱《詩話總龜》前集卷三四引《遯齋閑覽》

劉郛

劉郛，曾官青州推官（《永樂大典》卷二四〇七）。《宋詩紀事》卷三〇列於神宗、哲宗時。

諧讔

坐上若有一點紅，斗筲之器成《宋詩紀事》卷三〇作飲千鍾。坐上若無油木梳，烹龍庖鳳皆成虛。《永樂大典》卷二四〇七引《王齋詩話》

胡志道

胡志道，生平事跡不詳（《宋詩紀事》卷三〇列劉郛後）。今録詩十三首。

夜宿仙都山聞松聲作

仙都古洞天，雲闕高嵲嵲。新宫欣然成，碧瓦燦鱗列。我時宿㻉房，六月失煩熱。松聲起中夜，夢枕忽驚輟。天籟鳴虚徐，玉簫遞泠徹。鳳歌諧律吕，鶴舞想應節。安知非群仙，宴罷摇珮玦。從來筝笛耳，一洗萬想滅。自注：已上夜宿仙都，聞松聲間發，音韵琅琅，飄然若鏗鏘環珮，早起識之。

黄帝祠宇李陽冰篆

李侯神仙才，宇宙在其手。古篆誇雄奇，鐵柱貫金鈕。標榜黄帝祠，字畫氣渾厚。想當落筆時，雲夢吞八九。每傳風雨夜，蜿蜿龍蛇走。光怪發岩竇，草木潤不朽。鬼物煩撝訶，一旦忽失守。隨烟遽飛騰，無復世間有。因訪山中人，石刻尚仍舊。誰能一新之，易若運諸肘。

隱真堂

休説神仙事眇茫，出游塵世且和光。誰知今日真棲地，便是他年羽化鄉。朝罷玉壇雲滿袖，夢回金闕月侵廊。兹游似覺青冥上，隱隱微聞詠洞章。

望雪閣

黄帝乘雲至帝鄉，空留轍迹鎖穹蒼。茫茫丹鼎知何在，曳曳霓旌不可望。乞得溪山增氣象，真成草木被恩光。我來睇目憑欄久，是可無情憶楚襄。

可理室

百年日月馬上過，贏得閑中可理生。絳闕清都非渺漠，寸田尺宅得經營。默存長使三宫在，急守須防五嶽傾。他日功成定仙去，願隨風馭到蓬瀛。

競秀軒

幾年困塵羈，厥狀浸成俗。比來夢魂清，勝賞得林麓。群峰綰烟鬟，炯炯皆在目。寒碧冷相射，秀氣還可掬。哦詩三伏中，清風起幽谷。只恐吹我衣，化為雲錦服。汗流籍湜輩，上下相追逐。

擷芳軒 上清之章曰：擷芳長引八騫林

仙家日月遲。春物長芳菲。欲擷瓊瑶英，咀嚼雲腴肥。只恐花霧深，香氣濕我衣。坐哦心未愜，歸夢遶岩扉。

練玉軒 紫微夫人之歌曰：慶雲纏丹爐，練玉飛八瓊

曉誦黄庭經，暮歌紫芝曲。若欲童子顔，軒中勤練玉。羽衣絡霞青，雲鬢頽鬒緑。功用信如許，庶可追妙躅。

焕照室《黄庭經》曰：三光焕照入子室

門外無俗駕，眼中有餘清。上登嶢嶢闕，八窗皆虚明。三光焕爾照，萬象無隱情。試觀弄丹筆，雲篆俱天成。

仙水洞

升巍躡層巔，雲陛近百尺。平生塵土足，到此還幾歷。有岩中枵然，斧鑿若天劃。玉泉出石罅，雨點散寒碧。我來供茗事，松鼎煮瓊液。餘甘生齒頰，可以醒醉魄。永懷鶴髮翁，原注：謂周景復嘗居於此。四顧但空壁。似聞便仙去，山間謾留舄。

忘歸洞

好山如故人，欣然見眉宇。又如梳曉鬟，紅緑相媚嫵。况兹愛山者，握筆喜臨賦。有岩巉然開，欲陟縱蹇步。清游亦不惡，勝境得飽飫。掃石坐晚凉，濃翠濕冠屨。好花續春遲，紛紛雜紅霧。仙家在何許，恐入桃源誤。竟為彌日留，直待山月吐。謾尋流水歸，不記來時路。

初暘谷又名倪翁洞

山嵐鬱蒼蒼，溪水流浩浩。紛然世上人，换易如秋草。奇哉三洞天，連路極深窈。陽崖射朝曦，先見扶桑曉。誰能餐九華，顔色端使好。仙翁蟬蜕去，遺迹不可考。我來愜登臨，幽事費尋討。悲嘯聞澗猿，啁哳聽啼鳥。平生憤懣臆，到此始一掃。行將袖手版，汗漫游八表。

龍泓洞今名贊龍洞

兹山何巍巍，欲上捫蘿蔦。怪石虎踞蹲，老枿虯夭矯。中有古洞天，劖然若天造。爰從開闢來，日月自昏曉。神龍此蟄蟠，雷玉吐淼淼。每逢歲旱乾，山老必見禱。顧盼層雲生，撳舞百川倒。何時謝魚蝦，

昂雷騰浩渺。以上元陳性定《仙都志》卷下

申屠炯

申屠炯，事跡不詳（《宋詩紀事》卷三二五列於神宗、哲宗時）。

寶林寺原注：在越州城中龜山上。

欲共高僧話，幽尋入寶林。途分喧寂境，座息是非心。老鶴栖巢穩，靈鰻蟄井深。山中饒勝迹，歲月幾登臨。清厲鶚《宋詩紀事》卷三二五引《越咏》

封萬里

封萬里，事跡不詳（《宋詩紀事》卷三二五列於神宗、哲宗時）。

題錢知監東皋別業

別墅連城郭，超然遠垢氛。蚌明宵閣見，鶴唳曉堂聞。翠滴階前露，紅鋪水上雲。悠悠持禄者，應媿不如君。《宋詩紀事》卷三二五引《至元嘉禾志》 按：查《至元嘉禾志》未見此詩。

唐　耜

唐耜，曾知邛州。著《唐氏字説解》一百二十卷，時人稱之。事見《郡齋讀書志》卷四。

題巫山神女廟

楚澤隱巫山，翠壁開鴻濛。萬流束長峽，怒浪日簸舂。朝暉澹高唐，巖阿閟彤宮。罘罳散烟霧，榮光繞長虹。恭聞雲華君，少陰體沖融。受道紫清闕，飛化凌三空。徜徉江海上，千騎馳蒼龍。羽節回天津，央央弭層峰。悽惻下土人，昏墊無所容。寶書授神禹，百靈倏奔從。蛟螭委鞭策，山川奠西東。九州免為魚，遂成萬世功。嗟余晚聞道，蓬心蔽倥侗。維舟垂崖邊，再拜望遺蹤。嶙峋山頭石，雲衣尚溶溶。縹緲玉瑛臺，如在指顧中。童律不可問，至言誰擊蒙。仰首天壇下，松柏悲回首。《宋詩紀事》卷四三引《名勝志》

李元膺

李元膺，東平（今屬山東）人。曾於哲宗紹聖間為李孝美《墨譜法式》作序。徽宗時官南京教官，因譏諷蔡京，終生不得召用。事見《高齋漫録》。今録詩十二首。

十憶

憶行

屏帳腰支出洞房，花枝窣地領巾長。裙邊遮定鴛鴦小，只有金蓮步步香。

憶坐

椅上藤花闞面平，繡裙斜綽茜羅輕。踏青姊妹頻來喚，鴛履貪弓不意行。

憶飲

綠蟻頻催未厭多，帕羅香軟襯金荷。從教弄酒春衫涴，別有風流上眼波。

憶　歌

一串紅牙碎玉敲，碧雲無力駐晴霄。也知唱到關情處，緩按餘聲眼色招。

憶　書

纖玉參差象管輕，蜀牋小研原校：一作硏碧窗明。袖紗密掩嗔郎看，學寫鴛鴦字未成。

憶　博

小閣争籌畫燭低，錦茵圍坐玉相欹。嬌羞慣被諸郎戲，袖映春葱出注遲。

憶　顰

漫注横波無語處，輕攏小板欲歌時。千愁萬恨關心曲，却使眉尖學別離。

憶　笑

從來題目值千金，無事羞多始見心。乍向客前猶掩斂，不知已覺鈿窩深。

憶　眠

泥嬌成困日初長，暫卸輕裙玉簟凉。漠漠帳烟籠玉枕，粉肌生汗白蓮香。

憶　妝

宮樣梳兒金縷犀，釵梁水玉刻蛟螭。眉間要點雙心事，不管蕭郎只畫眉。

宋張邦基《墨莊漫録》卷五

觀前古美人圖

璧月塵昏瓊樹秋，無從百媚一回眸。荼蘼香度梅妝冷，鸚鵡聲低玉笛幽。吐袖但能知禍水，逢春輒莫上

迷樓。歸來安守無鹽女，不寵無驚共白頭。宋孫紹遠《聲畫集》卷二

折楊柳

東風來何時，百花已飄零。獨有堤上柳，慘淡含春榮。扁舟復何適，延客江上亭。顧無青玉案，何以送子行。攀條欲相贈，上有雙流鶯。流鶯正求友，奈此離别情。清顧貞觀《積書巖宋詩删》卷三

句

夾道桃花三月暮，馬蹄無處避殘紅。《詩話總龜》前集卷一三引《雲齋廣録》

蓼花無數入船窗。蓼花 宋陳景沂《全芳備祖》前集卷一

朱紱

朱紱（？——一一〇七），字君貺，仙遊（今屬福建）人。英宗治平四年（一〇六七）進士，除諸王宫大小學教授。哲宗紹聖初遷諸王宫侍講，再遷翊善。元符中擢右諫議大夫、給事中。徽宗崇寧二年（一一〇三），落職提舉杭州洞霄宫，入元祐黨籍。五年，起知福州，旋罷。大觀元年卒。《莆陽文獻傳》卷一〇有傳。

邛徠關

九折先驅叱馭行，此心豈是不思親。忠臣孝子元同道，可是王陽獨愛身。《輿地紀勝》卷一四七《成都府路·雅州》

（以上甯德偉整理）

葛敏修

葛敏修（?—一一〇七?），字聖功，一字道岷，廬陵（今江西吉安）人。從黄庭堅學（《江西詩徵》卷一〇）。哲宗元祐三年（一〇八八）進士。知確山縣。徽宗崇寧元年（一一〇二）置黨籍，三年始出籍。官至奉議郎。大觀初卒。門人私謚孝友先生。有《道岷集》三十卷，已佚。事見《廬陵詩存》卷二。今録詩二首。

題南華竹軒

不用山僧供帳迎，世間無此竹風清。獨拳一手支頤卧，偷眼看雲生未生。宋魏慶之《詩人玉屑》卷一〇

羅仙觀

羅仙一去二百載，馬跡飛橋今尚存。鶴馭不為緱氏嶺，桃花空出武陵源。千年光景馳駒隙，三級波濤透禹門。欲見此翁論此事，夜深無夢入莊魂。清胡友梅《廬陵詩存》卷二

句

一瀉三百里，列為十八灘。贛石

從今益勉為忠義，一噎如何便廢餐。附黨籍　以上《輿地紀勝》卷三一《江南西路・吉州》

章江來自西，貢水東其源。合流虎頭下，共注鱉口村。同上書卷三二《江南西路・贛州》

（許紅霞整理）

歐陽棐

歐陽棐（一〇四七—一一一三），字叔弼，廬陵（今江西吉安）人。修子。英宗治平四年（一〇六

七)進士乙科(明隆慶《臨江府志》卷一〇)。歷知襄、潞、蔡州。後以坐黨籍廢十餘年。徽宗政和三年卒,年六十七(《西臺集》卷六《歐陽叔弼傳》)。有文集二十卷,已佚。《宋史》卷三一九有傳。

奉借子進接羅

奉借山公舊接羅,最宜筇杖與荷衣。習家池上花初盛,醉後多應倒載歸。宋呂希哲《呂氏雜記》卷下

(劉寧整理)

任伯雨

任伯雨(一〇四七?—一一一九?),字德翁,眉州眉山(今屬四川)人。孜子。神宗元豐五年(一〇八二)進士(清嘉慶《四川通志》卷一二一),調清江主簿,知雍丘縣。哲宗元符三年(一一〇〇),召為大宗正丞,旋擢左正言(《鶴山集》卷六〇《跋任諫議伯雨帖》)。徽宗初政,條疏章惇、蔡卞罪狀,章、蔡貶官。居諫省半載,大臣畏其多言,尋出知虢州。崇寧元年(一一〇二),以黨事編管通州(同上書),徙昌化軍、道州。宣和初卒,年七十三。有《戇草》二卷,《乘桴集》三卷(《宋史·藝文志》),已佚。《東都事略》卷一〇〇、《宋史》卷三四五有傳。今錄詩九首。

述懷

元符庚辰歲,孟冬十二日。任子丞大宗,碌碌奉朝籍。聖主訪落初,聽言勞日昃。諫路員有闕,求人恐不及。誰謂方遴選,邂逅首疏逖。詔旨忽中授,聞命旦夕惕。不是憂不合,愛君憂失職。既憂亦復喜,不是貪禄秩。平生慕古人,素願或可畢。精神倍疏瀹,激昂登文石。青雲開九天,清光親咫尺。每見情益交,肝膽盡剖析。敬承丁寧訓,重許以忠直。自喜千載遇,奮身遑他恤。志欲收主威,力先排巨室。切

齒憤欽永，刻意望夔稷。不數千羊皮，豈讓一狐腋。勤勤履霜戒，不復慮不密。問夜欲自勞，百疏意何益。哀哉愛君心，不能當衆嫉。投湘為獨醒，得罪因懷璧。尚賴天德廣，閱歲已再謫。仇人意未厭，窮荒必投斥。轉海僅萬里，艱危備經歷。有時遭颶風，天地如抹漆。雪浪山崩頹，轟豗飛霹靂。扁舟甚枯槔，俯仰顛倒立。雙檣捲欲折，繩斷水蘸蒂。鯨鯉口垂涎，噴咤烟雨集。萬怪競周章，原缺，據《積書巖宋詩删》卷三補腥臊助噓吸。平生仗忠信，安敢保瞬息。寅緣脱魚腹，島嶼稍登陟。天氣鬱欲流，土色焦成赤。草木蒸氛霧，亭午日未出。荒徑少人行，窸窣走虺蜴。居民傍溪滸，横崖户百十。矮屋盡棚欄，臭穢如圈櫪。家家啖菜粥，雜米無十一。小魚與細蝦，相尚珍鼎食。鳥言紛嘲哳，卉服坌蒙冪。顔色盡黄腫，太半抱瘴疾。其風貪以淫，其俗拙以僻。殆非人間世，宜爾太荒閒。我生本匹夫，賦性自真率。雅有江海志，仕宦特牽迫。一日偶遭際，用捨何敢必。但思忠邪分，於國繫休戚。周嫠不恤緯，我意何窮極。漆女倚門嘯，我情第堙鬱。嗚呼謀身者，所宜念陰隲。　宋呂祖謙《宋文鑑》卷二〇

元日

憶昔東班賀紫宸，和風佳氣淨無塵。龍墀初下觚稜日，雉扇齊開玉座春。接武九霄曾近侍，投荒三載作流人。窮通忤合雖天理，俯仰尋思不為身。　同上書卷二五

自歎

當年言路亦逡巡，白簡青蒲十一人。半斥炎荒半除籍，而今無一預朝紳。

感古二首

一言借論資鍾會，意在張華亦已深。大抵知言由養氣，可憐晉武有蓬心。

指鹿姦謀豈偶然，都緣人事不由天。要知左右皆言馬，只為當時殺正先。以上同上書卷二八

宿西軒

茅簷不動晚風微，獨對爐烟枕半攲。惟有多情沙上月，依然青瑣照人時。

焚香有感

掃地焚香開竹扉，輕烟郁郁閒朝暉。却思昔日延和殿，對罷曾携滿袖歸。以上宋陳起《前賢小集拾遺》卷五

獨坐

得喪榮枯事，悠悠過耳風。此身猶是幻，何物不為空。酒聖心常醉，詩窮語更工。小軒搔首坐，斜日滿窗紅。元方回《瀛奎律髓》卷四三

登狼山

狼山青青《錦繡萬花谷》續集卷九作去青山迹已陳，惟餘樓閣向南薰。蓬瀛氣象群《錦繡萬花谷》作三峰在，吴楚封疆一水分。野色西南平接日，潮聲東北怒穿雲。登臨更有超然興，回首塵埃不足云。清孫翔《崇川詩集》卷一二

句

身投魑魅家何在，澤逮昆蟲罪未除。貶昌化和張才叔贈　宋費袞《梁溪漫志》卷四

李夔

李夔（一〇四七——一一二一），字斯和，邵武（今屬福建）人。綱父。神宗元豐三年（一〇八〇）

進士，調秀州華亭尉，移松溪尉，池州軍事推官。歷知錢塘縣，鄜延經略安撫司勾當公事，簽書平江軍節度判官廳公事。徽宗即位，遷大宗正丞。久之，擢宗正少卿，兼學制局參詳官，移太常少卿。大觀四年（一一一〇），知鄧州（《宋會要輯稿》選舉三三之二五），兼京西南路安撫使。改知潁州。宣和三年卒，年七十五。事見《龜山集》卷三二《李修撰墓誌銘》。

句

紫微風韵謫仙身，曾此徘徊今幾春。齊山 《輿地紀勝》卷二二《江南東路·池州》

（以上劉彦捷整理）

全宋詩卷一〇三三

呂南公一

呂南公(一〇四七—一〇八六,生卒年據《全宋詞》小傳),字次儒,建昌南城(今屬江西)人。神宗熙寧初,曾舉進士不第,會以新經取士,遂罷舉(《直齋書録解題》卷一七),以著書講學為事。《宋史》言熙寧中士方推崇馬融、王肅、許慎之業,剽掠補拆臨摹之藝大行,南公度不能逐時好,遂罷舉。《四庫總目提要》已駁正其謬。哲宗元祐初,獲曾肇等人推薦,未及授官而卒,年四十。其子呂郁收拾遺稿編成《灌園集》三十卷(符行中《灌園集》序),已佚。清四庫館臣據《永樂大典》所録,輯為二十卷。《宋史》卷四四四有傳。

呂南公詩,以影印文淵閣《四庫全書·灌園集》為底本。參校八千卷樓鈔本(簡稱鈔本,藏南京圖書館)及《永樂大典》殘本等。新輯集外詩附于卷末。

題仁樂亭

真山蓄幽奇,偽山逞瑰怪。峰巒紛變現,座席疑廣大。未穿披雲屐,對此亦清快。

虎泉

昔聞孤女子,遇虎斯泉側。高僧為追訶,弭耳不敢食。歲月幾何時,稱談如宿夕。故知事可傳,豈限涔泓窄。

虛假行

虛假復虛假，名陶不知瓦。養子役于人，不如生犬馬。公私嚴忌諱，勢利關取捨。奉生既疏違，喪死更苟且。苴麻不敢服，桐竹何由把。未得久哀呼，方當勤唯喏。百年闇罔極，一瞬經廬下。豈不近冠裳，驅牽到乖寡。沾沾荷鋤子，言動只山野。終制負凶縗，興辭淚如瀉。諸儒論鄙俗，不若都人雅。請問雨間民，誰為稱情者。

遊子篇

遊子朱門兒，行樂畏不足。遐方寒苦士，自贄乞隨逐。朝馳錦韉末，夕讌鳳屏曲。雄豪棄殘賸，聲色化耳目。來時布素衣，羞耻見羅縠。幾許膏粱味，嗜好諱水菽。勞勞車馬塵，苒苒歲月速。家書懶拆封，舊業廢編牘。間嘗夢故國，驚覺如被辱。安知愜快餘，窮愁入皮肉。趨承偶踰節，况味稍蹄跼。長年倚恩輝，積漸致輕瀆。因逢故人語，始歎誤程躅。都城名利場，豈不多所欲。從前入關客，無慮共貧毒。商鄽聚珍貨，科舉仰廩禄。神乎奪我魄，而獨迷所屬。何人不謀身，計慮自不淑。寄聲風塵子，哀恨吾已酷。當知帝里游，有禍亦有福。

莓莓原上田

莓莓原上田，春至早已種。墢墢樊間圃，蔬好亦培壅。農家樂地利，倚此擬微俸。依隨節序停，領略兒孫衆。徒耕有讙語，各息無愁夢。冷看里諸生，焦心望鄉貢。

和道先從義同過張掾梅花下飲

山人如寒松，無可媚鶯蝶。諒非清峻契，誰肯略顧接。春城偶來至，豪士懶舉睫。幽幽法曹廳，一往乃敢輒。主人雖壯齒，酷愛文字業。相看論古書，術不計勇怯。陳家俊公子，德義敦慶葉。聞我適過從，逢衣遽披攝。老成北扉掾，喜客若漁獵。招呼倒清樽，促迫信重疊。梅花香樹下，共醉死牛脅。勿憂侵暮冷，坐我有氈氎。飛飛落梅英，繞座不待折。煌煌畫蠟蠋，未夜已戒設。徵詩為罰令，獻白作飲節。譚高衡或爭，笑猛倒還絶。李侯解縣印，心注象魏闕。座中惜分袂，勸酒更酷烈。春先顯父筍，冬外尹吉鼈。肴佳俎未竟，酒美壺頻竭。更籌屢聞轉，歸乘不許謁。誰能避酩酊，但恨落角月。

渠中水

咨爾渠中水，源流本何許。特無停滀分，得此奔逝苦。過村穢濯溉，合澗渾沙土。還當歸海日，亦助雲濤巨。

野翠堂

重城似郊坰，接眼盡蒼翠。無復見枯疏，共疑春每至。丘樊豈少此，野叟不自貴。

鴉聲

鴉聲諜人凶，聽者知慘然。忠言論禍福，受之如不聞。禽口不可緘，人言因義發。畏禽而忽人，使我心如割。

小蟲

大螾身尺餘，輝彩盈首尾。小蟲未知名，長不過半指。相遭籬畔草，錯愕雜憂喜。孤征有令凶，忿鬬莫我止。交攻久騰突，反覆召傾毀。螾跳欲忘生，蟲怒乃抵死。奔衝徹心腹，劫捷沸唇觜。方磨雨痕沙，又墮足跡水。肥無敏才智，短有毒牙齒。吾豪且深侵，彼困漫决起。壯軀俄奄奄，恨血稍泚泚。蟲休遂馳歸，少頃復臨虵。安詳銜螾鼻，拖攃繞籬阯。却納幽穴中，其將食之矣。人間有勝負，不在校形體。樓蘭雖雄王，命盡傳介子。新家巨無霸，一戰亦為鬼。苟惟性資悍，端可制魁偉。君看小蟲威，何獨畏封豕。

有蟲

堂陰闕曲沼，其浸可濫觴。有蟲宅其間，游息能自將。名號亂龜鼈，形軀亞蛲蜋。何知一生微，頗以氣調張。秋風七八月，泓浸稍減常。低回尚飄然，未若謀穴藏。十月水泉竭，泥沙暴枯霜。迷迷舊坻塄，影迹類已藏。延綿盈昃多，天雨斷霈霶。皆言此蟲絶，軀殼應碎殭。咨嗟亦含氣，所託異慨慷。邇來節令改，泰卦直春陽。甘霖一夕飛，灌注成濊汪。凌晨沼面漲，蟲輩早奮揚。上下逞風操，同形喜相望。如知出處時，故以偪仄忘。余嘗舍其側，終始得瞻相。因思物理深，未易草草量。江海非不大，其魚每厝傷。此沼固褊淺，其蟲乃靈長。浮生短與修，有命不可襄。運數苟未盡，憂悲豈其戕。安危與時俱，窮達須預防。所以真至人，如往皆暇遑。

勝因院

莊嚴起何代，幽佚惟天與。有衆倚耕桑，無人歎寒暑。嵐氛矗金碧，谷響酬鐘鼓。白晝方丈西，猶眠聽經虎。

招豫亭飲

愛酒不日醉，多為病相妨。飢虛或傷脾，飲過亦腐腸。略困尚舉白，既頹方卧床。沈迷劇淹旬，得疾豈可禳。嘔泄憎膳食，乖慵豈冠裳。愁醒甫旦朝，衰苶還慨慷。已復念傾倒，咨呼問瓶缸。妻兒惡吾貧，誡我以死亡。載讀伯倫傳，懦衷更强粱。與其憂百年，孰若夭醉鄉。家釀苦屢竭，市沽乏錢囊。進歌五柳陶，聊美天禄揚。幸近豫亭叟，其人固同方。有田百頃肥，秫稌歲益倉。憐我數寂寞，招邀共深觴。醒往酩酊歸，不悟日月長。有或致酬酢，肴蔬雜矜張。叟來坐酣酣，肯問味惡良。我蹇嗜墳史，叟豪樂笙簧。相殊不相關，對酌即兩忘。如此粗適矣，誰猶辨低昂。寧須賣菜傭，豈俟白面郎。今日又得酒，忍為獨沽嘗。泔魚取芳鮮，煮狗到爛香。及我未病困，斟斟足相當。亟來勿踟躕，午影上北廊。

濟道過飲偶成長句

酤酒榷吏杓，買魚市兒籃。雖非爛腸宴，亦知足一酣。冬景忽卓午，晴雲喪曇曇。室廬絶絲竹，文字入笑談。以此稱出俗，相看庶無慚。解衫掛前楹，豈問布與藍。追講石陂會，秋霜正黄柑。傅翁最後至，嘯詠能交參。題詩廡東閣，醉卧堂西庵。論子赴官職，可余老耕蠶。俱為樂榆枋，非傚豀壑貪。摻袂歌慷慨，睽離各情含。寄書建水涯，年歷滿四三。不慮復見日，乃于郡樓南。子為赤髯叟，我有學語男。問訊養生具，僅能無一簪。固知寒儒分，未易過石甑。棄置且勿道，行觴趣空罎。將來難預期，既往已備諳。聊盡酩酊興，安能每憂惔。

疇昔

疇昔林野居，布絮不粗完。及為羇旅人，被服乃綺紈。何以出勝處，為君究其端。籬蘇不馥郁，傳自故老言。魯邦無君子，子賤豈所倫。東方足文史，得飽在長安。蘇秦主父偃，亦各有後歎。况乎今異古，而本無一廛。自非稍激昂，何以脱饑寒。辭鄉挈囊書，豈敢言王官。苟免溝壑禍，微生已成全。文章蓋有力，温燠此其源。遂離斯養科，首尾只十年。篋衣亦何者，聊足覆衰殘。有破得紉補，有新得縫刓。因嗟為短詩，所以記初難。

粟熟二首

昨者小麥熟，野人稍相寬。新粟今又黄，喜聞不青乾。補助復幾許，久饑情所難。譬如轍間魚，勺水亦暫安。澤國農事苦，無功及丘樊。方與三日晴，湖岸車已喧。所以終歲勤，不能離薄田。里豪多曠土，徒用養茅菅。雖有願耕手，賦收重夷蠻。秖今二種利，稀若管中斑。偶穢鈔本作稔可勸後，必荒誰繼前。幸哉雨露仁，副此倚望歡。

種田亦耕山，投隙若避毆。辛勤望成熟，得慰飢歎口。彼豪豈知苦，踞坐科秉斂。憯刻以誅收，奇贏復何有。尚喜不荒空，呼鄰買盃酒。

宿凌雲山中留寄元禮

凌雲山下村，逆旅路旁宅。南征為吾歸，寄卧偶一夕。無人伴幽語，孤詠到平昔。瞻懷此山人，曾是同硯席。蕭蕭古破屋，文字堆四壁。青燈照題評，皎月論肝膈。為詩有盈卷，飲酒無剩滴。携笻繞平坡，班草尚遥碧。栽松此山上，共看偏岡脊。要約過人長，俱來蔭芳色。羈蹤忽分袂，不啻十載隔。世故日紛紜，舊游空想憶。今來此山下，松老似百尺。欲訪松主人，其車已他適。徘徊重咨歎，輾轉對窗隙。晨雞一何慵，傾聽久不得。春風吹殘月，半夜屋角白。難眠却求衣，起望河漢仄。寄聲巖扃去，華髪勿强摘。善醉真良圖，高談盡癡策。雲泉與朝市，處處堪偃息。桑榆景可量，名利不足識。無因接清話，趁曉揹征軛。已度滕家橋，回頭更悽惻。

哭劉郎中

谷風拂層冰，萬凍倏忽流。陽暉照積雪，寸片不得留。郎中冰雪人，清潔映北州。誰令司命家，速以風日收。得非峻節士，地下亦急求。哀哉吴隱之，已矣公儀休。衆皆殖貨利，我獨嫉貪牟。衆皆似芳春，我獨如霜秋。多藏豈不裕，害義固所羞。謀身豈不急，有命其何憂。辛勤洛宋倅，明白盱郡侯。未知居此官，數有斯人不。孤耿一德性，紛綸萬揶揄。嗚呼五十年，平步落九幽。象闕方肅肅，銘旌遽悠悠。吁嗟高論儒，何以示素修。

仕則慕貴顯，貧仍憂子孫。陽窮詐恬淡，此道久滿門。嗟乎郎中心，違衆輒十分。登科未弱冠，白首兩朱轓。笑談傾一坐，絶口勢利言。遥聞朱頓流，索水洗耳根。服不至布絮，食不辭羔豚。自然清白行，皎皎不可昏。杳杳浚郊縣，蕭蕭栢林原。節士今已矣，誰表三尺墳。

初釀

歲稔穀價卑，家家有新釀。諸鄰皆屢醉，吾舍只空盎。封書乞餘米，故舊不我相。淹旬乃分酬，如憊始賜杖。搔然且湛熾，督迫薪火旺。衰遲念盃觴，伺立久骯髒。夜聞鬵沸韵，側枕屢欣暢。朝來見浮蛆，喜氣愈豪壯。槽端乍流瀝，指面已淫漾。肴蔬故稀荒，被服稍質當。無賓與酬酢，引滿自東向。須臾就醺酣，豈藉紅粉唱。人生但能醉，此外何足望。憂勤欲奚為，一譽抵千謗。瓶罌幸未竭，吾盞且頻康。迴思冷醒時，愁寂可懲創。隔牆聞截氣，涎活復嗟悵。非無畢公心，堅壁拒窺傍。如今粗沾給，後得戒初喪。太息富貴間，平生易遺忘。

雜興

時情豈不脆，轉若輪行車。昨日僕役兒，今朝賓友徒。問之何因爾，勢利已相如。福禄固足駭，流品胡能拘。淺草有孱兔，汙淵無瘦魚。宜矣潔介士，望望成遠疏。

題迎賓亭

僧閒有餘日，憐客尋幽隈。開亭翠岡腹，延竚心徘徊。年年車馬多，誰是思山來。

綠淨橋

涵虛正深明，扶檻跨空闊。共喜雲退避，更憎魚撥剌。相從有文酒，讙快到夜月。

爲子舉杯酒

為子舉杯酒，軒然放吟聲。豈無哀噫調，不盡幽鬱情。念此高簡器，早為貧緒縈。迷陽乞衣食，拍拍歲月更。人生負意氣，曷不懷光晶。譬如堅貞松，豈為鈔本作畏霜霰生。永慚苟活迹，胸府針芒并。

獨夜

悠悠此世路，窘窘諸生業。究竟非所宜，俱為謬參涉。三年就羈旅，萬事轉拘劫。故山歸無月，獨夜夢黃葉。

塵埃

塵埃倚風日，放蕩乘空飛。既眯馳者目，亦緇游子衣。雨汁忽散漫，低徊化汙泥。憧憧要歧路，致困在輪蹄。六合局萬有，成存各從宜。升沉俱害物，咄此其天姿。

鄧夫子

吾交鄧夫子，富有免俗氣。包含吉人道，混協時輩事。讀書三十年，恬寞無所嗜。物古少明眼，聲希難側耳。自同崑岡石，堅厚保英粹。不畏埃壒染，非求霖露漬。幽姿審如此，鎸錯安得致。余生尠諧合，幸此蒙羼厠。上嶽眺高遠，趨濤玩滂濞。由來魏王瓠，不在惠施棄。

戲作數目詩

一廛徒自受，想象聖人甿。二耜慚沮溺，疲羸不善耕。三時徒飽食，何力助戎兵。四部雖該涉，心非太學生。五噫聊慷慨，那復慕光榮。六逸如堪繼，相邀且倒傾。七弦休撫弄，里耳悦鏗轟。八殺賓宜懼，過門豈敢迎。九年儲莫望，吟醉但忘情。十室論忠信，吾窮或有名。

南干水

清泚南干水，北至白石角。中間所經過，左右恣衝搏。來當高岸破，去復新田作。洲磧幾淵潭，灣渦或垠堮。余思二十載，更易見已數。唯此磐陀磯，愈漱愈堅確。不然磯陰地，何足化溪壑。固知制變材，可健不可弱。

上山

行臨烏逕前，下馬理屐齒。林風清不徹，石路晴如洗。何處是招提，東峰薄雲起。

夜聽車舍哀歌有感而作

晝歌蟬焦焦，夜歌蚊灑灑。隨牛繞輪轉，濁汙鈔本作汙常滿把。雖歌未嘗樂，至苦不敢捨。豈知清涼屋，中有悲酸者。甘雨不肯降，吾車幾時休。温風忽噴然，調苦聲更愁。仰視河漢轉，天星愈繁稠。寄言擊壤人，與爾非同流。

蠅驥

超超飛驥尾，獵獵蒼蠅翼。託止如雅素，主之無避色。相從輒騰躡，穩望千里益。朝芻雁田粟，夕飲龍淵液。天山峻杳繚，過若影擦隙。神官下旁闞，展折形歎惜。為言蠦蜳類，命自臭穢得。胡然謬携載，浼爾雲天骼。是時决驟次，何莫懷辟易。騡騡驊騮前，擬越窮髮北。仙風響琳琅，忽遇九方伯。殷勤致羈絆，審按題肉力。咨嗟絶塵足，恨乏軼群德。悲此中道驥，憤死秀岡側。蒼蠅試回首，海霧光團圞。進途當此窮，退路安可識。寄聲人間世，遠致毋近測。棲翔度材分，勿妄希彩色。永鑒蠅驥窮，無妨每相擇。

魚蝦

神龍在重淵，羣魚喜回環。自矜龍族類，安佚無後艱。曉戲腥浪餘，暮游浮沫間。輕則遠拂渚，深之下窮灣。或掉其尾萃，或昂其首頒。或揚鬣鋒鋭，或耀鱗文斑。衆蝦亦恣睢，不慮器質孱。跳散弄牙鬚，翕習事狠頑。漁師畏龍威，不敢數往還。操舟變色過，戰汗常盈顔。雖有網與矢，豈容垂且彎。魚蝦尚忿愠，出没如嫉姦。一朝風雷動，波蕩若銀山。神龍捨淵去，恍惚達九關。魚蝦不自喻，固欲嚴追攀。奔衝競上擊，細大不肯閒。須臾雲霧息，墮落如見删。或委頓砂礫，或摧傷草菅。里兒争擇拾，窮血彌望殷。漁師嘯其徒，氣貌特愉慣。漉淵盡取之，不復計鋝鍰。魚蝦雖有悔，已死誰悲潸。

憶亨甫

詩老海上去，三年斷音塵。初非乘桴行，正以廪食勤。夢想不悟遠，聲容藐難親。忍無一紙書，不寄故國人。昨日見其子，來歸自東濱。能言别後意，憔悴不可聞。一被吏責繞，心腸載愁輪。忘餐躡偷黨，閲月馳空村。勞事欲歌詠，匆匆未成文。遂於筆硯間，章句絶所陳。亦復病肺渴，尋常廢清樽。唯餘滿頷鬚，增進玉雪痕。伊昔坐學舍，蕭條恨長貧。題詩日數首，大醉必繼旬。仰望官禄户，謂如隔天雲。豈思曳尾龜，勝却居檻猿。不肯空谷卧，願爲監疑當作藍綬奔。毫釐一失差，千里豈得論。嗟我實蹇拙，平生畏侯門。乃無詩老愁，何耻鳥獸羣。

寄朱九

北風吹寒聲，切烈催歲暮。中歲楚人怨，愁絶不忍賦。念子太學居，辛勤即誰愬。陰爐擁文火，敗襖感陳絮。無錢買酒醪，醒坐若酣醧。三年詁訓藝，一月江淮路。歸夢識親庭，都城非屺岵。干時無好命，費力效章句。堆箱纂織辭，何以貿泉布。男兒營養意，汲汲水東注。三釜若後時，萬鍾猶不顧。勉思豹變義，勿守株下兔。

道傍見乞士捕蝨

夕陽拂西岡，黄淡映古道。晚風吹高林，病葉落如掃。飢人瘦於籤，俛默坐沙草。扶危猶强興，力備輒反倒。還持藍縷縫，委曲捕蝨蚤。視荒數抽鈔本作拈空，殺緩或失腦。悠然不能罷，似欲鋭鈎考。寧思百骸間，羣蟻即入保。傍行笑相顧，慧悟信難早。嚌傷乃知嫌，餒死豈謂好。方爲大銷滅，而畏小苦惱。何有就薪蒸，先愁稍枯槁。衣青嗔罵賤，髮白諱呼老。與爾不同年，誰能共懷抱。以上《灌園集》卷一

全宋詩卷一〇三四

吕南公二

麻姑山詩并引

余年二十二，初至麻姑山，而未能題詩，非不能也，以為不及古人，則不如無作之愈也。後三年，從友人括蒼鮑强久道往來山間，蓋三歲中三至焉。久道時時以題見屬，或作或已，比其别也，所就纔二十餘篇，於是賦之為二十四。

初入東麓嶺路

調笑背南闕，虚徐夢榛梗。稍窮田上路，一驀雲間嶺。身高氣漸逸，步疾神方騁。傾蓋歎紅塵，滿身松檜影。

息羽駕亭下

仙官不日見，羽駕今誰識。漫向嶺松陰，掀掀對名額。蓬萊旌節到，夜半麟羞擗。簫韵沸寒空，山人初鼾息。

至瀑布崖前

忽過亂峰曲，隔林聞水聲。止車問樵夫，知是飛瀑鳴。下步入幽徑，蕭然覓澎渹。仰看百尺崖，倒瀉霜雪明。乍近骨肉健，久留毛髮驚。疑身是雷仙，滿耳鼓不停。六月地赤渴，平川露乾汀。此源一何長，奔注常淫盈。利澤固不淺，邦人昧嗟矜。徒聞晏豫時，相與憐凄清。

至憩車亭

東岡十里險，游客未嘗畏。競愛仙都名，豈知林下意。道人亦良苦，冠簡日延遲。漸近金龍潭，軒車且停憩。

觀金龍潭

鳴泉漱石出，湍壓東崖落。嶮石困衝撞，穿中若深鑊。轟如怒雷鬭，清響振林薄。行人每驚窺，心骨共矍索。傳言天寶帝，龍以黃金作。并投白玉簡，敕使臨淵壑。應雲啟靈祉，可不憂旱虐。豈思嵯峨間，雨霧長所託。寧須藏象物，乃以致滂博。茫茫八紘内，至理參冥漠。祈禳有舊文，千載引穿鑿。揚雄去不返，董相誣難削。勿怪洞中雲，陰森護纖蠖。

過忘歸橋

朱欄跨略彴，孤絶東山口。不見客忘歸，華標字如斗。軒軒六龍轡，不醉雲間酒。何以贈遊人，松聲雜鳴溜。

至碧蓮池

青紅變芙蓉，各是天然色。時情苦賤眼，每歎今非昔。人心與物態，自古有更易。只使碧蓮開，游人果何得。

上葛仙壇

南峰枕崇坂，逕路荆榛稠。遺壇在其巔，名為仙翁留。石角已剥泐，林芳自春秋。誰無骨中塵，來繼沖霄遊。

尋鍊丹井

何年鍊金丹，舊井穴田腹。飛昇誰羽翼，腐盡貪人肉。幽草蘸寒泉，田禽時下浴。

遊流杯池

靈仙心無累，會合祇偶然。當時玉酒杯，放曠隨清漣。不知枯池上，遂有無窮傳。

宿仙都觀

仙山古秀拔，百里見遭匝。樓殿出其中，鼓鐘日鏜鞳。喈喈雲間鶴，下取芝菌嚼。道人鋤藥歸，月色滿畚鍤。夜眠依松檻，清思逼睡榻。起詠步虛聲，傾觴煮蔬甲。事有屬外念，寄之以評商。何由使我心，浩浩上羲皇。

讀李邕天師碣文

騰騰六尺碣，標置羽客墳。龜螭尚堅完，字畫稍破分。道士惜故物，編扶使長存。前已三百年，後當幾何春。昔誦八哀詠，頗推李邕文。披襟喜此逢，再讀目愈昏。道固難洞達，辭猶不雄渾。豈殊沸鳴蛙，見謂鼓吹繁。惜哉開元盛，乃乏史筆人。復疑少陵翁，賞識或失真。凡例竟何有，占招僅成言。當時干謁兒，誤聽一走門。富貴世所擅，文章我知論。忼慨韓柳思，不返撰述魂。

謁真君殿

稽首香案下，索火續新烟。徘徊想功行，緬盡千載前。念昔魏晉間，士流罕身全。高人樂遺世，學者習虛玄。往往迷至道，琅琅漫清言。真君當此時，豈以口吻賢。獨持濟衆術，敢論名後先。陰隲竟感格，飛昇遂聯翩。嚴嚴白玉京，侍從皆羣仙。舊宅入祀典，列祠更他巔。平生豈有意，德在名自傳。浩浩一氣游，蕭蕭諸象專。孰能知真君，庸俗但告虔。

三清殿西廡見穆質題名石刻

香像壞已久，虛名在金石。深知無窮傳，須以託文墨。穆卿剛直者，公論觸權戚。至於禍福間，亦有隨俗迹。端知守財虜，倚此銷罪慝。秪今蚩蚩流，持論能引掖。憑誰致我語，解彼蚩蚩惑。欲慕穆卿賢，當充穆卿德。區區建香像。是乃卿瑕讁。用此而希卿，何殊以耳食。

殿後七星杉

巖巖寥陽殿，東有蔽牛杉。下無蘿薜拘，上有雲霧參。靈根不納老，秀色長如天。鈔本作添已據烟霞都，更帶星斗銜。成名在圖籍，匠手安得芟。由來非自謀，時值本不凡。鸞鶴豈無侶，棲翔倚鬛鬖。詎知高古林，大用有所堪。

上齊雲峰

人言此峰峻，謂與浮雲齊。浮雲雖滿空，勢自有高低。驚名不察實，世論所以迷。為君上峰頭，曠望窮東西。杳繚城下澗，遥遥線環堤。人烟衆邑屋，蒙密亂町畦。想彼平地眠，仰如遇昏雞。應論峰頭人，已盡天路梯。古士說高廣，中州抵倉稊。豈嘗駭嶔岑，隘若坐一閨。安得千尺翼，翻身逐飛霓。扶摇過丹山，飽聽鳴鳳嘶。

道法堂檢點三帝御書

日脚退前楹，崇堂豁明凈。縑緗出百函，翰墨睹三聖。舒張溢牆壁，燦爛累籤橙。鸞龍交飛翻，金石避堅硬。毫無半分弱，大至衮丈勁。真行體兼精，篆籀法畢正。篇章入題寫，作者一何幸。偉哉天縱能，豈謂學成性。名山徧藏蓄，終古得輝映。墨客徒醉心，黄冠荷覃慶。嘗思八世主，覆燾足仁政。詩書所敷揚，乃獨蔑此命。將非史官略，紀叙非盡併。不然天日資，肯特記名姓。或應淳古治，不以餘藝競。膚淺難考評，隨羣但稱盛。

無為閣見楊傑記仙都花

山風吹春來，仙花靚如面。芳馨豈不美，俗耳未肯賤。吾聞西州地，薪以牡丹爨。何嫌此中花，開落無人看。

望秦人峰

此地去秦中，嬴糧每三月。秦人不厭遠，期以一死脱。何言幸可數，久竟各存活。得非潛逃心，世愛多洗割。迥然深林嶺，雲氣長不滅。避俗可成仙，斯言蓋疏闊。余來翠峰地，把酒望深樾。不見雲霞身，山禽但驚聒。

三門橋望五星峰

弄水石橋西，退蔭百尺松。看山同羽人，初問五星峰。為我袖手指，當前秀蒙籠。平排五青尖，似拱寥陽宫。自外雖峛崺，其高莫能同。固知天下名，有以形類通。不然天精緯，詎或聚此中。他山岡阜名，頓拔亦俊雄。民耕牛羊踐，稱謂誰與宗。維此古洞府，羣仙屢從容。烟霞庇草木，題號更峻崇。融結俱土石，靈凡異遭蒙。想當有初物，豈自知所從。嗟嗟蓬蓽士，何用羨帝公。

問玳瑁石所出

陂陀土中石，含彩若龜貝。伊誰攻取之，傳玩詫奇怪。山家厭搜鑿，養草事蔽蓋。閒名偶流聞，尚自困酬對。咨嗟人間世，豈直文為害。大有可用姿，難能免侵敗。他山石不美，粗雜等頑塊。奈何亦争求，爛漫入磨扢。情知既有物，順以除惡愛。不然悠悠生，孰在形器外。

觀虎跑泉

名山一境鎮，水土本深厚。誰令虎來跑，應爪泉飛透。吾知變化物，持氣異羣畜。慚愧剛猛身，堂堂負文繡。仙鄉既遊歷，不忍無所就。怒掌發靈蹤，山祇助噴溜。乾坤任陳故，稱號長芬富。歎息泯泯人，平生不如獸。

入丹霞洞

霞光滿西山，古洞在其下。石老只嵌空，泉寒亦飛瀉。有居容冠褐，無路縱車馬。遊人務周徧，强往不敢捨。森森南榮樹，飄葉撲香灺。過盡去來人，誰為愛閒者。

出山有感

偶隨愛山客，亦賦看山詩。方為昔日登，又作今日歸。勞生竟何有，清賞不可期。故慚康樂侯，萬里窮攀躋。

答道先難交困新知二首

難交困新知，觸事得晚悔。人方趨勢富，我獨居老大。悠悠强衰顔，耿耿墮末界。豈無相於迹，襟腑殊惡愛。羞同復多嫌，欒與翻自壞。譚高遞互笑，飲勇周旋怪。嘉榮徒染濡，程孔肯傾蓋。閉門當止矣，非敢事閒退。

孤坐念平昔，悽然垂涕洟。他鄉二十遊，故里四十歸。父老略已盡，後來異襟期。卑躬揖我進，反顧問我誰。譬彼古器物，形模漫瑰奇。堯冠落戰國，不貴理亦宜。嘿塞習蹇吃，遲徊避橫飛。秋風吹我鬚，蕭颯近素絲。多感屬暮齒，難交困新知。

道先賢良以南公出山慫期示詩見促謹依來韻奉答

為農豈非天，歸計恨不早。業已入犁鋤，謀惟在粱稻。春霜久不解，乾渴滿耕隩。布穀彼何心，聲聲似相報。不知蘭臺聚，安用樊間老。定許叩鈐齋，柴居就長道。

以雙井茶寄道先從以長句

園公嗜慾淺，所好盃中物。有田在荒村，半以種糯秫。居然成醞釀，不復畏法律。客至啟柴扉，甆甌等閒出。春蔬間菘韭，秋果雜梨栗。取次得寬懷，何曾計餘日。山棲經五載，此興殊不失。獨有醒覺時，追傷往年屈。羇游住破屋，愁寂靠倔鈸。仰望步兵厨，優如上公秩。無錢輸榷吏，窮素又畏咄。太息蘇源明，仁襟信奇倔。低徊憐鄭老，長使醉兀兀。發我感古人，何緣希彷彿。粤從歸村後，夙恨億萬畢。耕稼雖自勞，醺酣不他乞。親朋或知我，問訊俱委悉。亦有贈助恩，無非佳紙筆。鄰家世粗糭，竊笑事儒術。故故送樽壺，端為鷗欺鶻。披襟忍辭拒，對案傾倒訖。特是今叚乖，遭承極紆鬱。遥遥海南尉，憫我卧蓬蓽。寄以累幅書，封題附郵驛。慇懃屢存賜，頗以照蕭瑟。乃惠雙井茶，雲腴品居一。人間有餽遺，宜用彼所必。牙櫛奉戎王，鷃鴟取侮忽。藜羹予餓士，荷德到身沒。驚嗟石上英，於我係搪突。迴思西山閣，其主異俗匹。喜醉復喜醒，其胸抵溟渤。今當議移獻，不更嫌草率。再拜寫私誠，庶幾無廢茀。銀鍋焚蟹眼，金匕攪雲骨。陸叟片無三，盧翁碗論七。能希擊節賞，且勉按劍叱。縱被睡魔嗔，吾豪不應恤。

謝鄰翁

窮秋我何事，歲計聊支準。割稻三萬斤，栽松二千本。辛勤完廩庾，顛倒糞畦畛。為有空腹憂，能忘此時謹。菘肥競垂陰，稻美方聯稛。自喜在丘園，年衰且優穩。天功偶不助，人力翻為窘。彌月雨連淫，交冬霜不隕。蔬長煮有綫，穀濕舂多粉。厚望乃無聊，蕭如被宮臏。今朝二十九，看歷驚秋盡。去臘都幾何，陽烏尚高隱。鄰翁巧譚話，念我頻嗟憤。杖插肯經過，單辭稍牽引。上論穹昊意，窅嘿難裁忖。下說倚伏端，回環恒切近。熙寧大丞相，周孔登台袞。手運道德樞，生靈藉鍼診。勞神十五載，坐許無遺恨。歸卧睫未交，紛紜見矛盾。推稱忽排毁，歌詠俄咍哂。藹藹攀附人，層霄墮污溷。前愚初是智，昔禹今成鯀。譬彼羹涴衣，倉黄可漱抆。問君官際會，何似農蔗蓑。而以望小乖，便同身大疢。飄風將暴雨，自古稱豪敏。邂逅不崇朝，誰嫌類榮槿。羲和與青女，會見驅輈軫。晝煖夜嚴凝，安知不相趁。低徊向翁謝，老語真明允。慚愧失路賢，吾貧固當忍。

寄濟道

有田山陂間，年歷六七過。買園丘墓側，畎畝十丈大。於焉擬柴荆，垂就又垂破。豈無速成意，煎逼少財貨。淹留寄他門，一跌防百蹉。詩書相娛老，兒女既翦髻。何必隨羈游，無屋覆高卧。昨來錢可貸，似有鬼陰佐。鄉閭喜吾歸，驚咤競告播。一茅曾未結，羣盜忽譀譋。旌旗蔽枌榆，弓箭擁籬舍。連甍被焚蕩，萬室逃斫剉。吾衰當此時，林下若為坐。蒼茫依井邑，買舍寧敢惰。迎家郡樓南，庭户困堀堁。庇風惟古壁，容足乏高座。平生灌園心，一旦入頓挫。譬如千鈞弩，激發不中埻。力窮墜泥沙，豈免埃壒涴。浮沉非所善，耿介誦楚些。鄰叟異吾徒，軒咍不垂和。慇懃懷我友，契闊似棄播。早以聲氣同，中為章服裹。牛刀到芥羽，蜀錦拭奴唾。雖云不等閒，無慮係轞軻。能無掛冠計，尚却采薇餓。低回頗賢勞，自比蟻行磨。閩州富風物，盈軸積文課。時時寄吾廬，恨不共製作。相思匪朝夕，飢渴各無奈。忽聞有歸期，忻快亟自賀。呼童治盆瓮，醞釀忻秋稬。支持醉梯媒，傷弔俗類纚。仁人不吾誑，早晚應沃輠。延頸望東橋，何當見紳拖。

寄子發

後事喜乖初，勞生擬何稟。思山有藏市，願起或成寢。交聲違本心，歎恨只愈甚。聽君東堂言，去計非苒荏。外危速官謗，内迫將母稔。稔字與下「蔬果具豐稔」重韵，疑有誤不能傚飛鴻，為悔比拾瀋。寒鄉有舊隱，杭稌歲充廩。及此掛吾冠，逍遥適衾衽。咨余方問舍，期就指冬凛。相邀林野娱，高詠略宋沈。閩蠻忽煽虐，白刃萬胸揕。驚奔託城闉，默若魚在槮。問君歸來信，延佇久饞審。亟聞漕臺公，推待過流品。縻留不許退，讒口亦旋噤。古人制行藏，緩走不為趍。況今羣盜熾，巖谷豈安枕。秋風又開菊，庭砌鋪故錦。江鱸鱠絲肥，蔬果具豐稔。相思東堂遠，努力文字飲。

中山感懷

西村灌園生，好尚只墳史。偶為凍餒驅，放浪離桑梓。初謀旅人食，歲月涒灘紀。城西謁郎官，辭業人驚喜。題門辱皇甫，啖炙煩周顗。積漸近攀援，依稀召訾毁。郴陽不果往，劉館聊凄倚。俛仰秋夏交，飄然動行李。凌雲古空谷，中卧幽真士。寄書使來前，得共考經旨。依從得所好，不分嚴霜委。宵話酒乾鈔本作盈樽，朝遊屐磨齒。春風忽浩蕩，客興又遷徙。邑里有名卿，相尋走函紙。淮南官未赴，盱上船猶艤。禄廪見賸餘，羈栖請依止。蕭條出門去，四月大江水。荏苒向樅山，愔沉傍書几。侯鯖豈無味，旅疾或多鬼。諷誦難呻呼，辛勤一朞矣。天書問鄉貢，侮角士争起。却治舉場文，歸參白襴子。征鞍遂南首，故園衝炎暑。把卷詣棘闈，駢羅聚千趾。文章雖草草，論薦亦亹亹。還與同籍公，西行望旒扆。於時冰雪惡，進步憂披靡。迤邐達浚郊，徘徊經臘祀。春官未相識，退作暴顋鯉。惆悵問鄉程，東隨汴波駛。南京恡懆飲，泗郡崩奔泚。稍赴建康城，筋骸倦如死。故人能俯接，未許論亨否。到得爽氣嚴，艅艎始東擬。悠悠豫章岸，速至日無幾。進叩凌雲扉，圖謀備驅使。同心潁川友，曾共長安米。解榻苦招延，幽軒為余啟。歸來坐高館，兩見柳垂蘂。出有馮讙車，居多穆生醴。為文萬許卷，共學十餘第。放論逼玄虛，摛辭謝狂斐。邦君頗投分，巨室能更視。師友足成名，貧窮豈常耻。雖懷招隱詠，敢廢事君禮。況乏一廛家，寧忘抱關仕。須眉保方秀，時命固當俟。蚖肆伏神龍，山梁歎雌雉。徜徉亦何者，游衍姑從爾。籃輿走仙都，皂蓋繞仙寺。掀呀赤松笑，積塌豫亭醉。極有挽袖情，非無送鈎戲。神鋒正軒揭，賢詔已蒙被。辭學屬吾徒，天衢合伊邇。敗軍猶鼓勇，韜略助輕恃。自負七札豪，旌麾必摩壘。高心不虞禍，羣吠忽滿耳。絳灌怒如雷，魑倉衆於蟻。紛紜莫沮遏，回避但嗟唏。大暑北路塵，匆匆二千里。倉皇忍飢渴，迫若畏流矢。又見朱雀橋，重尋保康市。追隨國庠試，玉石混臧否。皆謂連城珍，無勞病瑰瑋。誰援周宣手，反棄中鄉芑。顛沛翅便垂，思山對蟾朏。迢遥馬鞍峽，滂湃虎林涘。倍道怯糧空，逢人類囚罷。朝天兩朱闉，寂寞徒還篚。無數弔唁聲，傷懷淚如洗。時情看成敗，自昔有冰燬。將軍匿風稜，縣尉乃凌抵。雲泉豈不好，消息視天理。即速肥遁裝，勞君屢牽褫。賓筵墮盈昃，卦氣盡壬癸。雖往省松楸，仍來仰盆錡。人皆賤屑越，己獨念摩揣。會得卜終焉，尤難在輕只。齎咨灌園業，早晚工力庀。譬彼蒙籠枝，初培就根柢。求田闊陂側，問舍長林尾。此計或有涯，成家倍為美。侵尋見冬暮，我馬議駕彼。請婚無高堂，授室藉媒氏。風流愧王謝，族望慚昭芈。尚恃五噫才，諸餘庶忘弭。人倫喜修正，鰥黨成離仳。驢快見芳時，承前語沾灩。啼鵑聒窗户，野思兼耘耔。計較理鋤耰，躊躇背床第。棲遲撫州路，獨復操尺箠。却整半老容，臨泉照清泚。比鄰舊時叟，相見意不菲。兒孫喜詩書，揚簸借糠粃。潭潭翠岡下，其屋亦仳仳。虛徐事毛錐，脱略輟金耜。盤飧得筍蕨，滿腹饜青紫。或酌山泉醪，醇香溢吟觜。逍遥度晨夕，次第遺軒陛。秖欲養疏慵，誰能論欽企。柴薪漸營度，且閲灌園技。必可了餘生，功名付塵滓。安排聚雞栅，編織釣魚簍。剗草種篔簹，扶欄栽枸杞。多年此謀熟，願與尺鷃比。平昔僥倖非，從今定休已。書邊夜來酌，酩酊亂終始。夜半睡魄醒，追惟到前此。悲哉一千日，倏忽象轉跬。中間事變繁，何啻億及秭。讙愉漫顔面，愁痛徹骨髓。若不悔先迷，將何異蟲豸。向來與君住，成熟至汝爾。計成合初終，三回倒吾指。當時盍簪輩，今者隔彼已。朱張既分明，陳夏浪同軌。咨余逼衰晚，謀望只尋咫。打併矜銜名，都盧讓遼豕。吾生大魂夢，世路萬瘡痏。作詩解君頤，恨少月露體。

壬戌歲歸治西村居奉答次道見寄長句

肅肅白虎殿，潭潭承明廬。人皆通籍游，我獨老飯蔬。譬彼獸啖土，豈其惡甘腴。道窮吾何之，只得歸荷鋤。盛夏督耘耔，先春理陂渠。低徊居未寧，倏忽歲又除。但怯簿有債，誰羞門少車。載歌裹飯辭，謁酒聊自娱。念子早奮拔，聲華傺名駒。誰云破青衫，罪謗更勃如。朝野固異分，知安盡夷途。牛衣與樵歌，各是對妻孥。

以上《灌園集》卷二

全宋詩卷一〇三五

呂南公三

烟雨

朝來烟雨重，天與平田接。輕風更蕭蕭，清快繞我睫。開扉覓高嶺，没若隔世劫。不見蒼翠顔，徘徊坐揞頰。農夫一何樂，羣輩聚稠疊。移秧塞塍圈，狼籍衣不攝。諠鬨交野語，蹲踞就晨饁。臺笠映扉蓬，端能勝經笈。人生慕温飽，萬趣歸一愜。何必少髭須，區區羡長鬣。吾村有荒圃，吾屋葺未輟。早晚畫度全，方將事農業。耕耘黨既入，歌笑聲可躡。雖欲著新書，無妨理鍬鍤。

傍湖行觀

十日不出門，厭聞水車聲。昨來新雨足，耳外忽晏清。步屧踏初霽，舒徐繞塍行。向時荼蓼處，荒穢略殄平。青秧漸瀰漫，黑手益縱横。固知農趨時，豈特勸督明。下士能致力，高天得無情。願言成歲豐，庶免寇盜驚。

覆船山

高數十仞，廣十餘里，形如覆船。後映會仙諸峰，秀色排空，葱蒼倚壘，遠當縣治之前，邑之名山也。

峨峨覆船山，特起秀蟠勃。當前百十里，已見青突兀。行瞻漸詳諦，依約認毫忽。西峰自排列，儼若魁健卒。羣阜復東迴，欽如揞珪笏。横岡挺戈劍，堅重不可杌。峻嶺擾騶驪，豪雄欲相揬。或寬侔放蕩，或迫類齜齴。或象喜紓餘，或同怒詬咄。林高盛巾幗，畬破露髜禿。有險狀飢癯，有坌似壯腯。偉哉形態衆，盡敘難以猝。憶隨遊覽後，深入禪宅窟。樵徑坦復崎，遥村現還没。是時五月晦，寒氣尚切骨。汲泉煮茶雲，石鼎沸鸞雪。夜垂紙帳卧，疑近鬼窸窣。曉引杖屨行，巖巒徧緣踤。幽坡獸跳踔，佳樹鳥咽嗢。飛瀑下層崖，鏗清斷污淈。分流浹田壤，千里利耕搰。愛此爽洒都，擬詠屢蹇訥。何由結廬舍，静取蔬茹捽。夢想空洞靈，孤雲動飆颸。

奉和内翰太中城南放魚

沾沾水中魚，生死豈有知。成形四氣中，積漸長鱗鬐。但喜藻可依，未諳龍可隨。茫洋天地間，寄命此郡西。歲有竭澤例，肯縱捨者誰。秋潦走海去，荒壕已愁飢。方將赴烹芼，逃避計若為。萬里雷雨解，一時離兑睽。夫何遇仁賢，顧盼成嗟嘻。載憫口腹累，鮮能毫髮遺。支川以三千，此獨數畝池。脱爾倉猝急，吾其亡肉糜。呼舟送中流，狡吏敢挾私。曾是潰爛勢，忽稱太平時。波瀾網罟多，要在慎所之。香餌不足愛，古言未應非。丙寅元祐年，内相守楚夷。愷悌見篇詠，魚乎爾恩斯。

偶遊僊都道先以長句見寄依韵奉答

吹燈染小帖，借馬忤廐人。豈其事朝參，强欲觀雲泉。盥櫛具袍帶，超遥石橋間。同征二十蹄，駑駿亂後先。朝曦遽突兀，送我溢背温。樂郊民何知，桃李自滿園。逶迤松下路，不踐已八年。道翁喜吾來，煮茗巨石根。導我復勉我，攀躋繞巑岏。依依夢中遊，忽得驚覺魂。一聽鐘鼓響，載慚塵土昏。顧兹清泚流，照洗憔悴顔。噎噎金碧光，嘈嘈杉檜喧。樓臺有新增，碑版多舊觀。嘯客徧厢闥，周爰訊黄冠。白頭師靈仙，不免歸丘墳。太息五濁士，憑癡待飛翻。譬持數寸膠，擬救九曲渾。往者不肯説，來乎付誰怨。唯當悟至真，可入了世論。崔嵬黄守庵，本是劉伶褌。憶我初借卧，嗒焉過西𤆬。踏黑叩歸户，倉忙遭駡言。寧知復來時，邂逅乃見尊。中從鮑兄至，三歲四五番。題詩不知我，命酌戒醒還。丹霞所未識，西望久目存。畏雨我獨止，于今負長嘆。鮑去死今長，無人辨龍蚖。我窮羞白襴，引分逃山樊。俛仰十五載，恍如畢晨餐。方為此日游，忽計後戚懽。何以遣孤憤，隨鞍有殘樽。焚魚濯甆甌，浩蕩臨前軒。適舉共悄嘿，屢觴漸紛紜。步兵俄鼎來，四座驚欲奔。授我大紙卷，捧承疑未安。披張縱眼力，審是陳侯篇。上序天質壞，借余盡情文。下傷素交稀，慶快末契敦。憂我困跋履，且令慎盤飧。平生慣衆憎，讀罷腸輪囷。引筆欲作報，停杯類含酸。人間有義好，蕲嚮異轍轅。權勢之所在，萬夫呈肺肝。風雲苟不至，親戚争棄捐。此謬匪朝夕，期誰反狂瀾。餘齡既蹉跎，乃得逸駕攀。感槩捨酒去，衝烟下耕村。黎明候鈴齋，再拜以謝聞。

蔡翁

蔡翁高古士，終始素踐清。曉然不欺心，可抵日月明。二十弄賦筆，周流教諸生。四十背辭場，歸來閉柴荆。長子力近利，旨甘足謀營。次男治詩書，庭户弦歌聲。居止在城邑，身如隱林坰。舊交勢富門，十載不一登。稼穡有凶稔，翁無田可耕。閭閻多是非，翁耳不為傾。蕭條一畝宅，裕若據八紘。書囊配酒樽，此外毫髮輕。晚醉有瘦枕，朝飢有藜羹。未知窮與通，何者當達情。維彼九章衮，煖外未覺榮。維彼八味珍，飽來無足矜。妻子亦垂白，息孫初習行。讙愉同百年，世患安得攖。嗟我稍濩落，晚能慕幽貞。何由似吾翁，坦坦寄餘齡。

早穫

温風扇炎節，高壤見新稻。蒼黃色猶雜，鎌擔力已到。時當艱食久，不暇論贏耗。奔奔竭頃畝，翕翕資釜竈。蒸炊防碎折，焙煏取乾燥。鄉鄰自齊同，早暮誰諷告。老翁操匕筯，一食九嗟懊。豈凶存後憂，飽飫偶今暴。驕陽有炕暵，積雨或淹潦。未是安眠人，兒童但嬉譟。

窮　鬼

窮鬼斷去志，送之豈無文。譬如衢路埃，屢歸已復新。隨我三十載，間關不辭勤。誘我上債臺，為我擁愁根。羈旅風雨夕，空廬冰雪晨。贊成蹇拙謀，謹守冷靜門。遇酒或略避，見錢輒生嗔。亦憎富貴兒，永矢不失身。昨者試羣士，閒亡忽連旬。謂其捨我行，忍不許我聞。乃復跳籬棘，譸張幻司閽。吹沙衆官眼，使視玉為珉。詭計動有效，更誰評正真。歸來只康然，知我恥奏論。憶昔熙寧初，與子俱食貧。相語厭此鬼，多方願崩分。宗伯正憒惑，委其制風雲。倉黃刖我足，置我寂寞濱。子脫白布衣，鬼顏愁不欣。自子有官守，辭鄉八青春。坐想廩俸優，寧復鬼敢親。今者枉書札，無財亦云云。信哉此鬼多，不限吴楚閩。陰靈雖叵測，要自有婚姻。族黨各生子，子嬪又生孫。宗支遶天下，焉往不見存。子行改京官，途轍異凡民。閨房漸珠翠，盤桉溢羶葷。萬一鬼不喜，乖離在逡巡。顧我慣與君，應來合朋羣。益五以為十，其徒日滋蕃。吾文雖極高，鬼去無沿因。

讀東方朔傳

武皇肆荒惑，公卿噤忠鯁。先生有直舌，談笑開吾君。董偃不敢怨，壽王誰與伸。堂堂補衮心，不厭犯怒頻。豈不顧仕養，崇卑位泥雲。耻同高論儒，瑟縮憂烹焚。賢人事昏主，獻替視所因。不爾朝野間，誰非愛其身。彼哉下世士，所見異吾聞。醜謬無不為，乃思謗遺塵。國風歌善戲，孔聖許狂人。何嫌班孟堅，區區記餘芬。

過巫師步

還過巫師步，竚立想平昔。不見舊門閭，蒼蒼但榛棘。當時修竹圃，十里認濃碧。佳樹鬱瓏璁，高能百餘尺。連甍覆多瓦，厚塹疊堅甓。生計具安恬，鄰人總驩適。非無四時樂，乃預五等籍。不知九載間，剗滅自誰力。或尤近川水，川水豈其蹙。隄岸盡民廬，何斯最崩析。有疑沿鬼道，浮誕致淫慝。僻術固欺人，窮祆蓋傷德。不然當合會，大數名終極。幽玄竟難量，理意浪參測。憶初羈角歲，文字未深識。此地事遨嬉，隨羣慣經歷。波瀾澆暑汗，略彴騁霜屐。逗曉集圍魚，連宵按傳覡。走聽鐃鼓動，就視符籙敕。座軋歌神兒，盤分受釐食。中家魄牲果，豪屋送金帛。弟子争聚藏，巫師坐欣懌。顧余方耎弱，比衆似岐嶷。撫省更呼留，慇懃賜遮扼。持盃勸醇酒，引筋指香臘。牽袖索吟哦，嗟天賞英特。其將雪侵鬢，見慶雲路翼。童稚喜矜稱，徘徊重低嘿。豈圖專轞軻，所望壹差忒。荏苒至巾冠，奔馳為甋石。光陰與愁度，肝膽遭事役。文藻漫雄渾，途程轉迍塞。翦翎看遠舉，蹀足羡橫擊。何以副鄉評，徒能冠經席。虛聲漸凌厲，謗口遂壓積。辭山寄他州，封紙問故國。驚心存没異，刺耳榮謝亟。偶爾跨歸鞍，蕭然又行客。凄凉到今日，憔悴對遺迹。碙影冷茫茫，塍泥新拍拍。春風吹駘蕩，夜月照岑寂。曾是禍福場，翻為馬牛陌。誰能逃死喪，乃獨久酸惻。無處瀝餘觴，空思詠漸麥。人間屢興廢，世路真阻阨。愜快一難逢，睽違千易得。布衣甘我老，耕耒非上逼。飽煖即逍遥，功名可拋擲。雖慚巫師語，且免荷蓧責。自作好詩書，寧須位侯伯。

過辭歸嶺

老翁愛園廬，未省越鄰塢。婚姻挽他鄉，送客犯脩阻。委蛇上高嶺，四顧異吾土。相揖遽辭歸，驚如避豺虎。漂浮千世下，出意能近古。游子笑安居，相傳入名譜。黄塵壓碎石，歲月知何許。但有鬱蒼松，亭亭待斤斧。秋風吹我馬，路向此山取。因名重徘徊，不獨行役苦。

過憂劫嶺

强步已半日，前岡更悠悠。下如趨龍宫，上若登雲樓。不見人舍宅，但聞鳥喧啾。我行只空囊，盗劫誰知憂。

五月二十五日三陂橋晚眺

漲水久已退，擎泥草扶疏。平疇極我目，一來施犁鋤。九夏行過六，尚憂復污瀦。哀咨此鄉民，耕力豈躊躇。地勢苦卑薄，況無古川渠。愁潦懼熯乾，不可保終初。昨者多暑雨，洪波日淩虚。新來滿旬晴，滲涸類灌葅。垂秋且當蒔，到否知何如。摇摇衆農心，凛若畏簡書。遠瞻來南山，其壤似郊墟。依微緑秀間，浮白略散舒。間喜早稻吐，因高得紓餘。幸無風旱催，聊濟升斗儲。天下有大福，唯民樂田廬。樂哉俟豐登，快我羈旅居。

詠榴花

敷敷英乍含，春盡葉已碧。垂垂實稍殘，秋晚花尚拆。鮮妍誰造化，遲暮我彩色。方託晨露滋，何知早霜烈。天時豈顧望，生理自溢逼。根柢或未衰，芳葩肯無益。徐孃老情重，武后善塗澤。所美出虚疏，其殃乃窮極。參差共冲氣，窈窕負靈識。草木可毋譏，吾傷在人德。

俗 士

俗士各何在，來登蓋徒然。彼其見湖山，乃特論價錢。為此可徑絶，陰梯阻狙猨。當有詩酒豪，相將快留連。一醉抵萬寶，高吟對遥天。下視闤闠兒，污埃盡癡年。嗟我濩落手，平生負雲烟。題詩不放縱，或似摹印圈。安得冰雪才，同聯座中篇。

歲除感舊

舊德無路報，衰年又增多。平生感激心，恐懼成蹉跎。幽幽黄鍾原，總角便經過。一飯倚從母，徘徊類婞婀。學書隨羣童，讙叫抵雁鵝。相逞知字畫，勇於渴尋河。羞耻道趙壹，矜誇有甘羅。豈云幼慇懃，乃取晚坎軻。荏苒三十載，萬千窮祟魔。舊遊不得尋，聽問徒悲歌。秋霜壓芳蘭，豈復異徑莎。願見故根晼，邈如隔岷峨。老窮怯脂韋，趣尚近笠簑。此恨長不没，安能辨蒿峨。疑當作莪

偶題北軒

説儒論四方，以北為背明。蓋言幽陰位，有嚮即非亨。遂令口耳兒，惡北如近刑。安知壬癸交，於此兆萬靈。天元氣始降，坎水首五行。理數漸推遷，至兑乃秋成。餘陰與初陽，分此朔易庭。故為始終地，變化容可輕。不但天道爾，人為亦該并。帝王宅九垓，輔相羅賢英。德雖若伊周，稽首為公卿。如其惡北面，誰以臣庶稱。吾知講析師，苟以巧自矜。何能亂達識，止可欺愚冥。吾來坐書屋，軒楹有北名。題詩非賦詠，聊以説儒憎。

初遊投子山

東山未嘗到，興言往遊觀。尋幽味已淡，全勝交凡官。揚鞭遂出郭，樵路行縈彎。遇險輒捨馬，聽松頻側冠。霜天正栘寥，野吹何蕭酸。强步且數里，猶在荒林間。峰回得古寺，一叩雲中關。高僧奪睡出，

迎對如嗔煩。解榻迸伏鼠，煮茶爆新泉。東亭一何高，岌若崖臨淵。西庵更爽亢，基與堂甍班。延緣徧登坐，共羡閒人閒。同遊二三子，取酒醺吾顏。約略飣市果，横斜列山盤。飲語快不徹，望睫張無端。曦光忽銜西，歸思攻餘歡。撩樵灑醉毫，拂壁羅矛干。調笑下前坂，暮色凄漫漫。行矣重回首，林凹數聲猨。

答濟道

外物不可必，一官非我心。榮生在適分，素願乃山林。知恩已三年，趣幕不覺深。因君累幅書，更激浩歎音。衮衮旦復暮，勞勞古猶今。其誰有功名，不顧憂患侵。富貴豈不欲，才力視所任。長鯨舞天淵，寸鮒安牛涔。性亦各得耳，何為辨差參。夫子方得路，未應棄光陰。咨余厭卑摧，謀望止尺尋。誓買五畝宅，歸休以浮沉。耕漁入程途，文字亦所欽。看子展雲翼，騰凌和薰琴。還將草堂書，敵子朱與金。

答陳公美

少壯事已遠，舊文良可懷。百年能幾何，十載不得偕。念昔居鄉里，游處了無猜。飲食不相捨，談笑久所陪。拜君以為兄，分密誰敢開。齒髮俱未老，未至衰與頹。我子在襁褓，君猶無嬰孩。君後獨捨去，為吏天一涯。我又厭奔走，遠引不復來。歲月杳難恃，區區老吾儕。况從與君別，多事歲若排。心力不能究，衰病侵筋骸。二子皆已冠，如吾苦無才。君亦已有嗣，眉目秀且佳。人事知幾變，會合終不諧。昨者本不出，豪傑苦見咍。鬱鬱自不樂，誰為予悲哀。皤然感其説，東走凌巔崖。不意君在此，得奉笑與詼。君顏蔚如故，大噱飛塵灰。我老應可怪，白髭生兩顋。新句辱先贈，古詩許見推。賢俊非獨少，故舊每所乖。作詩報嘉貺，亦聊以相催。

擬古

仲尼魯司寇，官職亦已優。從祭肉不及，戴冕奔諸侯。當時不之知，為肉誠可羞。君子意有在，衆人但愆尤。置之待後世，皎皎無足憂。
仲尼為羣婢，一走四十年。荀卿老不出，五十猶力田。顧彼二夫子，豈其陷狂顛。出處固無定，不失稱聖賢。彼亦誠自信，誰能卹多言。
公孫昔放逐，牧羊滄海濱。勉强聽鄉里，垂老西遊秦。自顧未為壯，徒為久辛勤。君子豈必隱，孔子皆旅人。

竹榻

竹榻破壞久，隅稜類繩橋。扶身輕坐之，不敢直我腰。動小響已大，揩嚴勢仍摇。鋪氈蔽其顔，倚以度晨宵。醉卧稍安貼，如舟乍停橈。愁醒輾轉多，似泛八月潮。欲下必以緩，將登未嘗跳。奴僮為我憂，疑我或悵怊。訝我合改置，我心豈其遥。所嗟成與虧，本以材用招。念此蒼翠幹，初非願枯焦。唯難逃匠手，遂與歲月凋。物固不求舊，人貧自無聊。憐强棄其衰，此志亦已恌。我有四壁宅，塵書映空瓢。何嫌此榻存，且以異貴驕。

寄陳道先

寄聲西山閣，知我新近否。病嗽輒彌旬，無錢雇醫叟。夫何稍除去，乃自得醇酒。美味既沾腸，清甘更悦口。適從耕壠上，杯醆不在手。坎坎遂連傳，誼如擊盆缶。清秋田舍事，秫糯或稀有。傾渴聖賢心，囊空欲狂走。思君綵衣次，與我異好醜。病少官壺多，何因到衰朽。古人説天道，高下常更受。此語儻可徵，豐荒竟誰久。

慈濟塔

僧説姦雄人，亦發歸依願。秖今慈濟塔，乃自張崇建。雲空土石乾，碑倒龜龍斷。悠長香火事，豈以非夫賤。

一日復一日

一日復一日，夜眠復朝興。不見事物窮，但覺憂患增。千慮不必免，不思亦如恒。未知此世間，有用智與能。少壯怯鬱屈，衰殘念軒騰。方如夏中蟬，忽若秋後蠅。非譽等毫絲，善惡計合升。可醉且勿道，雲來譬高曾。

理髮

我髮日以少，我梳未嘗頻。過旬一理之，每理愁欠伸。壯長足癢屑，奔馳更埃塵。搔爬不覺勞，垢結類組紃。雖復强櫛沐，憚如負千鈞。鉤牽就平直，流汗益苦辛。當時結似拳，漸細敓梅榛。懸知又十載，幾許及變銀。萬物有盛衰，吾何為喜嗔。借令但兩鬢，豈害有冠巾。人言髮既凋，乃稍異癡民。題詩且自賀，漸係老成人。

宿熯塘村

盡日繞岡嶺，孤征凌險巇。春風處處豪，游子行安之。過午或未飯，人烟信遐稀。暮投熯塘村，正見牛羊歸。黯黯亂山腹，茅廬壓笆籬。陽光向餘霞，畏虎先掩扉。繫馬就屋尾，解冠挂門眉。怡聲問前程，乞火照寢衣。夜半雨忽惡，長雷撼坤維。奴僕亦睡覺，雨瀉百箭馳。草草卷席避，倚牆頗原作顧，據《永樂大典》卷三五七九改晨雞。故園豈無情，一夢不可期。我有三畝宅，比鄰勇鉏犁。何曾問三旃，自足了四時。不肯臥寂寂，亦來走栖栖。幸無王事驅，或是奇鬼欺。咄咄復咄咄，生平笑狂癡。明朝遇清溪，莫洗脚上泥。

西村

東村豈不佳，南村自清幽。北村亦可居，俗悍不易投。維此兑嶺曲，陂陀遶川流。桑麻有青原作清，據《永樂大典》卷三五八〇改園，耕稼有緑疇。雲峰十里外，足舉曠望頭。本無車馬喧，豈有聲利愁。伊我先君子，故家待增修。還當起楹簷，原作簷楹，據《永樂大典》乙此志敢不求。開闢三處徑，疏通四前溝。有軒列琴書，有室貯鋤櫌。壓麴擬長醉，藏芻待肥牛。超然了餘生，不問萬户侯。我策久已決，我身强悠悠。安能荷蓧翁，不以意相收。

鏡鑷

鏡鑷亦何功，鏗鏗漫從事。助人飾形骸，初若逞意思。須毛何足簡，塵垢何足薙。端為兒女懷，豐靚以言貴。余家在農畝，耘耔當傳世。朝犁泥糊糊，暮耨草翳翳。風搔日暴炙，姿狀難娬媚。百年寄託身，顛倒皆順利。顔紅黑何害，髮黑白亦是。誰能妄去取，屑屑論姿致。深村擬三逕，歲月治去計。帶經以隨牛，鏡鑷成相棄。

秋色

秋色今又動，凄然悟衰殘。筠床讀書軒，一卧八九歎。少壯非所惜，塵勞苦間關。端為智慮傾，得此悄悄顔。筋骨衆疾劫，肺肝百憂攢。還當節律遷，刺促驚痟酸。夜眠却明燭，曉脾拒堅餐。從文未終篇，腰脊益痹頑。太息造物宰，勞余豈其偏。寧分無窮悲，直窘有限年。想彼向榮木，蕭森望雲端。雖無蠹齕，久竟歸朽乾。萬化有盡極，一身何足安。方當委順之，不必專憒煩。起坐仰星斗，環行繞簷欄。西風穿我懷，肅若臨矛干。世故屬無謂，悠悠諒何言。唯應就枕時，曠蕩如山樊。

歲寒亭

北風搔長林，萬葉各窮屈。愛此清秀幹，高寒色如一。雖無化石驗，自是後凋質。

送傅亨父

相公坐東府，簡拔無留才。賢良得帥權，志與馮趙偕。以策屈羣力，勃如飛蚊來。河湟多新田，隴渭少驚埃。壯矣功利舉，趣時各賢哉。誰言夫子喙，不在此日開。手把經綸書，想望黄金臺。相期衢道亨，紙墨皆雲雷。臘雪拍馬睫，朔風穿僕懷。雖云行路難，足免壯士哀。去去合利見，少微近三台。得志亦遄歸，我有賀酒盃。

以上《灌園集》卷三

全宋詩卷一〇三六

吕南公四

和得茶雜韵

衰翁脾病怯飲茶，不但嗜酒成雄夸。夜長晝短讀書苦，佇待雞鳴愁日斜。秋蔬搜腸酒正惡，踏爐火慢煎雙脚。偶然接得西安角，險欲衝塵送高閣。沉吟却憶陳公子，慣在京華看貢篚。蒙山顧渚建溪春，花乳清泠偏知味。今來下國深秋景，酒厚花稀心未醒。盱水中泠亦試烹，豈須奔走揚州井。

延陵行

莫愛傾城名，名高禍將作。莫嫁多才郎，才多情義薄。君不見季倫不保緑珠命，長卿終負文君託。豈如延陵廡下賃舂人，無色無才貧且樂。

烏翩翩行

烏翩翩，魚漉漉，陂湖漫漫浮窮肉。貧民疫死屍且壞，冢兒忍看熏牆屋。桐棺一寸無錢置，亦可躶埋難乞地。繩攣簀載肩負拚，暮夜問闗來此棄。哀號數聲淚淋瀝，歸掩柴荆鄰寂寂。官家政令如文王，日月不為盆下光。

黄茅行

黄茅颯颯天垂雺，夜宿野亭行旅共。看看燈火問他鄉，聽説艱虞各悲痛。早年轉貨河東北，亦熟淄青涉梁宋。民生富裕利源寬，所至如家忘勸鞚。晚來凶札作饑饉，首尾七春荒播種。已知人物俱流亡，秪有室廬齊歇空。迴旋却走嚮淮浙，併值紛紛歎飢凍。積屍狼籍臭相兼，無異爛魚藏暑甕。去秋關陝穀將稔，踐嚼忽驚黃鼠衆。正憂飛輓負洮岷，敢論倉箱稀食用。昨聞王師又南伐，熊羆十萬臨諸洞。荆潭五嶺皆宿兵，日費千金誰運送。閩州旁助早成乏，何况匹夫圖竊弄。三川迢遞未得歸，懸想詎能餘賦貢。獨稱江國久豐足，游歷如今愁更重。旱傷水剥疫癘頻，何處商廛猶佚縱。困京少食但蕭屑，寇盗乘虚還扇動。一宵此地漫安身，萬里故園難入夢。喫喫雞唱侵枕脚，淡淡曉光穿屋縫。去矣東西匆復言，文臣方獻昇平頌。

遲晚行

少年踴躍希卿宰，遲晚徒思老江海。吾道淹衰髮漸凋，壯圖銷鑠田今買。文苑鋒鋩稍收戢，醉鄉朋舊多携解。唯有憤世嫉邪心，自計終天不能改。

嗚呼行爲閩寇屢動州郡無兵而作

君不見熙寧宰相經綸苦，不肯養兵累神武。多時州郡罷招軍，欲責耕民為戰伍。詔書一日下九天，守令宣布周鄉田。十家嗟吁百家和，父子握手悲殘年。干戈不與鋤耰雜，此道幾迴輪歷甲。未能井牧似三王，何用匆匆謀混合。輿情有幸聞旒扆，斂鼓收旗防怨謗。爾來下國稍自安，其奈兵防已頹毁。大城有兵不千百，小城更少幾許力。一夫竊發數縣驚，坐恐飢羸皆盗賊。承平久矣稱繁富，儒生枉被高談誤。同聲敷奏盡哀矜，引手施行皆耗蠹。居不得寧輯，財安能充裕。嗚呼，争得略如開元姚宋之民人，萬里東南開夜户。

別離

東家賣兒價何卑，西家棄婦聲更悲，得錢未足三日飽，既別豈有歸來時。山如高城路如綫，迴首難言淚盈面。螻蟻溝渠處處同，短長不復能相見。死別離，未如生別苦，綢繆恩意無窮處，忽作乖違成陌路。非緣官誅與私劫，忍令棄置隨童妾。夷齊不可人人學，争得腹空無悚慴。生別苦，此苦無盡期，百年泉下亦銜悲。娶歸養兒畏不早，何知此日難相保。

貧婦歎

昨日良人死窮獨，糧空子幼身自哭。賣衣葬罷急謀嫁，富翁立待封居屋。夫妻寒賤恩亦深，縗麻終制非無心。飢腸雷鳴無可奈，禮法雖存何足賴。

教學歎

卑卑窮生無令圖，偶開濁眼窺字書。村田子弟念筆札，邀請稟訪同師儒。遠防鬬訟習詭訐，近就財利評侵漁。行身便事世所幸，先王教道徒迂疏。君不見官家設庠校，俊士羅冠裾。亦工細麗苟榮禄，誰復高遠稽墳謨。本期教學敦風俗，今如附子充飢腹。

勿願壽

勿願壽，壽不利貧祇利富。君不見生平齷齪南鄰翁，綺紈合雜歌鼓雄。子孫奢華百事便，死後祭葬如王公。西家老人曉稼穡，白髮空多缺衣食。兒孱妻病盆甑乾，静卧藜床冷無席。

壯士膽歌

非災非祥何所出，迴天轉地成慌惚。蓬萊金曜急食昴，矯矯霜虹横貫日。帝尊萬乘勿致威，大兵如火無所施。擒龍扼虎無所尅，手引存亡纔頃刻。事無今古用則靈，用時天下毛髮驚。能將義勇發至誠，壯士之膽君勿輕。

恩讎必報歌

蘇相東歸施不妄，欒公得位言何壯。恩讎必報真丈夫，不苟而已焉知餘。浮生百歲飄風速，胡為顧慕甘侵辱。道之至實先吾身，紛紛毁譽何足聞。

西　風

西風一夜颼颼動，冷觸病身增疾痛。卧聽促織不成眠，起望明星還内訟。十年客路過秋色，五畝故園停歲種。學如觀海祗自奇，文似屠龍竟誰用。情知至足在飽煖，何事低心隨薦貢。桀溺從初豈有官，接輿却是能歌鳳。今雖未借邯鄲枕，昔曾屢歎南柯夢。盍矣歸哉有近期，會將物我分輕重。

渴　虎

九月十月霜漫漫，壙埌南野如羣邊。東風已作凍未解，日月曉望皆璚田。岡陵焦枯澗壑竭，草木性命俱沈綿。彪家於時若為處，掩擁敗葉方閒眠。陽輝中天穴户暖，起坐嘿罨喉方涎。虚腸未充多譖士，怒掌久斂悲盜泉。黄河泰山深且茂，恨不休止蘄安全。熬然宅此取飢渴，焉用武勇聲名傳。側聞近便長松塢，十頃池塘停滀古。不勝積潤在鱗蟲，浩有餘波沾畎畝。尾摇伊昔諱凶檻，腹滿願今同鼹鼠。世間遇合無必然，平行静視皎日前。嗟來懇惻尚不就，避逐刺促渠為賢。主人若不開文籞，歸卧幽林待天雨。

乞士歌

天下大辱無過乞，忍能餓死不終日。空瓢曲杖行復嗟，高楹厚壁他人家。風蓬蓬，雨㽬㽬，夜投野廟眠枯葉。世上艱難有此時，强顔豈是相師法。從來詬駡多言乞，僮客受之猶噎鬱。今日同行富者孫，末年禍福誰能必。

關關春樹鶯

關關春樹鶯，晨啼不知久。似欣融和景，樂得飛鳴友。可憐天性喜朋類，肯念同羣雜譽咎。年年日暖風暄時，園林無處無芳菲。高翔俛啄足自適，焉用戚促勤追隨。君不見花間柳下紛紜後，擘彈揮丸少年手。蒙籠枝上驚急來，不及咿嚶已分首。世間利害難預期，尠少德義多姦欺。雁奴傷損雉媒飽，儕輩豈不交傾危。古人惡熱曾吹蘁，莫近王丹墓畔啼。

讀文塚銘

長沙進士何襟靈，辭源浩瀚如翻傾。十五年間聚文藁，得三千紙封為塋。自憐意氣頗足惜，題作文塚仍鑱銘。富哉言章有如此，恨不盡見空傳名。吾聞人文乃儒效，用之佐治王化成。五帝三王實推濟，孔孟憂世存書經。真儒不作世已異，文士所説非所行。趨時治已兩不振，奮筆多是圖生榮。唐文舊録二萬卷，于今大半歸漂零。昌黎河東幸存顯，自外寸片誰與稱。故知辭藻貴遭遇，身後紙札皆勞形。當年不用更埋聚，傷嗟此似秦儒坑。

石井大雨

雲垂四山潑墨濃，風怒發屋茅遮空。征人不安紙蓋下，猛雨迸射郵亭中。厩兵色動牽馬出，惟恐摧壓傷儀同。吾衣敝薄未免濕，今夜何處還張烘。

古人

古人已往知無奈，猶被後人興蠹類。原作壞，據《永樂大典》卷三〇〇四改前亦人焉後亦人，患自口强心不逮。揚雄比孟必有辨，馬卿慕藺良足怪。未充志氣徒好名，醇醪豈不因糟麯。

君益惠竹杖

衰來病衆難推盪，日覺筋骸非壯長。百畝鋤耘致苦辛，萬端應接皆牽强。稀曾起處鐘漏盡，多是歸時星月朗。滿腹經綸一意閒，墾田頭緒重新講。偶逢過客語文字，突兀破壞如夢想。太息諸《江西詩徵》卷一〇作詩書不救飢，幾曾貨利微能倣。故人憐我晚愁瘁，委曲相寬三復兩。卒歲嘗分蔽骭衣，方春又贈扶身杖。修飈一竹信瑰特，知自何山精産養。數節包絣鶴脛連，碎花黝糾彪皮爽。提携宛勝冰玉滑，頓卓便同金石響。野老生看每問名，耕兒熟見仍私獎。未諳黄鉞端許制，久慣青藜饒俗狀。靈壽杖堅負曳勞，朱藤飾偽功程枉。何如得此清峭幹，本與雪霜争氣象。舊谷遺根未陸沉，末年遇主成真賞。已將蠟屐作游伴，更共文簦為静黨。測渡無憂石澗淹，助跳肯畏泥坑廣。時修疆畎便指畫，自牧雞豚誰放蕩。差可攙蓬訊髑髏，豈徒闢野披榛莽。傾危屢濟功轉積，安穩利征吾濫享。輒莫飛飛向葛陂，要當受侮敲原壤。古人五十徇鄉禮，我為困窮聊早上。晝戟彤弓且勿思，蒼顔荷蓧西村丈。

代木工言

歐陽子作《啄木辭》，嫉世俗室廬無制，善乎其為激之言也。余以為啟之者不令，而引之者不遜，然後力之者劇焉。是則財豪之罪宜先，匠師之罪可恕。於是代木工言。

願君勿斲木工手，請斲財户眼與心。時平力贍侈不徹，有見必欲相摹臨。試言賤工目所擊，竊竊富室清溪潯。偶來公府證訩訟，適見棟宇雄深沉。歸損多貲換堂室，唯恐壯麗微差參。逡巡子弟到京國，新值器服夸如今。買真購法不議價，持還逞詫爭歌吟。一家矜尚一鄉慕，自此籍籍師奢淫。當時溪西鄙樸老，頗出厲語聊譏侵。為言人生倚衣食，繁手未必加淳音。百年榮落豈易保，身後志業須勝任。華榱不可孕金穀，盛服幾許忘釜鬵。不見聲容赫赫家，晚來衰謝無遺簪。乃公營求嗣孫毀，弓劍往往同芒針。人情護近不庇遠，厲語一出爭詬擒。況我孱微食技業，得不骫靡依餘陰。區區小材蓋如此，天下誰與制尺尋。安得高梯切閶闔，上叩帝膝敷誠忱。盡取人間富財户，免使僭偪難剸斟。工手何辜可毋斵，自然風定無驚林。

奉和内翰太中臘雪出郊長句

冬風雖饕少霜霰，一雪偶嚴飄臘旦。初驚雲物稍悽慘，更覺天威能變换。翰林太守方出郊，去指登高作榮觀。崩騰逼眼忽無盡，皎潔映懷成極絢。從前温燠自迷舛，到此雰涼誰計算。下看平路尚稀微，遠望諸峰先片段。虎頭巖側山腰半，冪䍥薄烟占午爨。傳聲賓從暫紆餘，命酌聖賢同款緩。飛花滿席不須拂，小大入腸寧復亂。山陰安道今在否，更欲扁舟破瀰漫。

立春雪凍有懷道先賢良展誦臘除見寄長篇輒反其韵爲詩奉寄

先春一雪何易消，南山驟見青岧嶢。餘寒忽作雨冰怪，似有陰沴相呼招。第堂晨興乍出户，畏冷須鬢不敢撩。還歸書邊擁鑪坐，想像悠遠情慅忉。念君幽懷繞嵩少，如鏡對物皎莫逃。乘高北望三十六，只見衰朽連平皋。心隨歸雁身欲去，又寫佳句傳鳴嗸。緗圖遥遥郡閣迥，高詠盡日行周遭。無人屬和卷自滿，蚊蚋詎可冠靈鼇。自來耕野寄病叟，珠玉偶許麻囊韜。空山寂歷時一颯，爽爽不覺驚骨毛。當年只是説蘇李，後此豈復論劉曹。嗟乎步武已誤高，蹄涔不録滄海濤。東風浩蕩官酎饒，不善酩酊虧二豪。

和道先南城逢相工

古人往矣説可傳，顯以悟者其為賢。周侯樹立囹圄餓，蔡澤飽足四十年。知之窮通信已妙，降此抵乞食與錢。貪諛末俗滿吻涎，一中百否紛可憐。吾徒自斷休問天，書册讀盡頭蒼然。功名分比槖裏弦，且飲美酒飼豚肩。

和次道村田歌

蠶蛾已撒明年卵，蠶婦乍閒嫌夜短。圃柘無端長宿根，潭蘆不住抽新管。時哉樂矣犁鋤伴，箬笠團團麻袴軟。日出離家日入歸，豈論步武如輪轉。强丁屢歎牽車遠，稚子或訶鳴犢緩。暴雨晴雨忽翕然，相驚不覺耕皋晚。老翁踞坐抵掌談，奬借專勤譏懶散。草衆當争第一耘，塍高勿厭重新剗。中天節近香醅綻，篘面色如人面赧。里巷齊歌競渡聲，人人錢在雞巢滿。

賣帚翁

霜日倒芒梢，劖筠勞束勒。斷送山野村，參陪塵土役。價卑徒易售，用貴安可得。人間糞穢日以多，翁負帚禿當奈何。

老樵

何山老翁鬢垂雪，擔負樵蘇清曉發。城門在望來路長，樵重身羸如跛鼈。皮枯亦復汗淋瀝，步强遥聞氣嗚咽。同行壯俊常後追，體倦心煩未容歇。街東少年殊傲岸，和袖高扉厲聲喚。低眉索價退聽言，移刻纔蒙酬與半。納樵收直不敢緩，病婦倚門待朝爨。

山中即事寄上知縣宣德

一錢重丘山，斗粟輕糞土。昔聞豐年樂，今識豐年苦。東家米粒白如銀，西家稻束大於鼓。再三入市又負歸，慇懃減價無售主。刀機縱在屠伯瘦，盃勺長閒壚婦去。了無蹊徑近甘肥，只有呻吟厭寒暑。相傳城邑尚牢落，村野蕭然安足數。鄙夫自分為儒生，坎壈薄佑來躬耕。言章自昔枉用力，債簿幾許能除名。連旬暴露顏面黑，彌月菜茹腸肚青。原田常恐不遇歲，及此遇矣當何成。昨日鄰翁諳種播，相與竹下團坐。共嗟衰暮值艱難，未覺豐登勝飢餓。望天窅邈叵致詰，得令賢明聊爾賀。不馳幹隸擾租輸，更秉公心惯鹽課。何鄉巨惡不手斂，有處宿姦皆膽破。且勿恤失得，且毋論福禍。但願令尹住三年，錢重物輕猶可過。

麻姑道中

山翁種樹不差擇，桃李無窮雜松柏。風吹陽和入芳根，萬白千紅映蒼碧。猴藏鳥啄人恣窺，桃李實熟無完枝。由來未可論堅脆，松柏材成斧斤至。

道先賢良寄示長篇輒此酬和略希一笑

閉門却埽未足高，遇酒輒醉豈其豪。窮山終歲擁書坐，澗谷曷日興雲濤。浮沉非工俗子惡，只與筆硯為朋曹。流年侵尋路婉娩，鏡裏已復驚蒼毛。作為文章世不用，似對婦女論鈐韜。欲陳肝膽自薦進，恐類衆蟻觀連鼇。嘗聞聲氣有求應，此日寂寞誰相遭。當歌無和亦已矣，豈意或有憐悲嗸。陳侯嵩丘降靈士，傳世事業師夔皋。有官未得斷國論，昭代尚把浮名逃。陔蘭芳香月桂老，静卧感古成憂忉。題詩遠寄巧及我，稍比陳敵輕兵撩。龎涓疏軟孫臏鋭，勝負不待明占招。惟當釋耒往共飲，不必皎潔分桀堯。

夜聞

夜聞黥徒歎行苦，傳檄馳符渺無數。霜晨雨夕常疾驅，鬼魅豺虎何山無。寢興順時豈不欲，簡書可畏鞭刑毒。儒譏冗食知謂誰，我非浪費官家粟。

内翰太中以某伏謁郡齋特賜長句謹和拜酬

寒人氣象寒於冰，聞有嘉運無由乘。陽和吹嘘品彙生，燕谷凍瘁漠未驚。年華四十盱眙城，慣處涸竭忘流盈。六張五角長合并，百慮一得嗟何曾。嗚悲自昔起不平，苦調往往抽毫成。窮衰到處難得朋，坐使見笑蒼蠅聲。心知俗譽不足榮，分死枯槁羞逢迎。由來極晦亦小明，不在壹鬱居蠻荆。翰林先生天下名，風裁如鑑初無情。偶然誤許筵與楹，重言既出衆懦興。譬彼卧蟄因雷醒，恩文撫接曲盡誠。更矧薦牘辨玖瓊，匹夫有獲萬口稱。此世不復投清泠，正恐疏闊如樊英。

送何齋郎赴選

書堂四顧皆蒼山，禽魚樹石烟雲間。紙編屢絶筆屢髷，十載一瞬忘青綸。誰令忽憶南薰闗，盡箠打馬鳴鑣鐶。春風桃李紛妖嫺，辭家大笑涕不潸。由來磊落羞窮跧，下位亦足惠寡鰥。乘田委吏不敢閒，以日自愛維孔顔。當今俊傑登朝班，拔擢杞梓披榛菅。君能忼慨露豹斑，豈比嘿嘿貪食孱。果哉往矣步勿趨，仕以行義賢可攀。僕姑百中初滿彎，書堂静坐尻狂癲。

過界山館

界山館下平街路，行客無窮朝接暮。十年二十四迴過，每覺人烟不如故。初尋此地謁高士，廛里讙愉忘迫遽。固嫌餓子辱閭閻，乃有善人尸管庫。歌聲酒氣等閒滿，魚尾彘肩容易具。半無賓客味羣書，盈耳只聞論富庶。一來奔走繞淮汴，高士亦趨城市去。南蹄北轍不可留，雖有暫經難久住。前冬適自故園出，忽見瘡痍變其處。豈能糠粃保黄台，乃忍溝渠疊童孺。官條既改驛亭破，儒者不存書屋蠹。蕭然巷陌但荒埃，聽説流亡不知數。昨朝又自劍池返，遭值故人車馬駐。相看問訊十年間，涕淚沾襟如水注。當時飽腹今半殍，近歲朱顔多已腐。一盃雖舉屢噫嗚，永夜不眠猶惆懼。哀哉天運不易識，安得各齊金石固。凌晨復過高士門，迴首荆榛帶霜露。

信眼

信眼成吟步，虚廊遶幾回。見雲侵月去，聞雨趁風來。羣動悄已息，煩襟相次開。慇懃謝涼氣，少為挫蚊雷。

急雨

急雨拋砂響，驚風伐鼓過。漏從孤館永，愁入病身多。輾轉思鄉井，依稀夢薜蘿。得他莊叟罪，憂焰日焚和。

平雲閣

高閣與雲平，超如近玉京。未須論峻絶，聊用壓峥嶸。看雨諸村白，乘風百里清。途人豈知此，拍額望丹楹。

寄微之

末俗矜鄉舉，先生尚滯淹。門人能頌述，羣小或憎嫌。舊學時方用，新書日以添。陰霾雖拍拍，會解見圓蟾。

和酬道先雪中見寄

空館雪霏霏，孤懷不可為。綈袍正藍縷，布褐强參隨。想望壚間酒，支持席上詩。念君將遠適，宛轉萬重思。

歲宴

歲宴仍遷徙，蕭然背客堂。聽雞吹宿火，騎馬踏晨霜。世味寧皆惡，吾生有底忙。奴僮亦相笑，歸計只他鄉。

歲宴知何事，低徊戀醉鄉。衰殘三十老，岑寂五更長。識字初無益，醫愁未有方。一盃寅卯舉，天下又兼忘。

小港書事三首

破屋照山埛，山民問筆耕。日無賓接戲，夜厭鼠横行。被服烟埃色，呻吟老病身。不知齊魯士，甘此欲何成。

溝澗横三面，岡巒匝四隅。滿門牛宿留，刺耳鳥喧呼。造請難通謁，經過易失途。鋤犂有餘暇，歌鼓宴官奴。

夢想驚冠蓋，糟糠繼祖孫。多財新得友，善訟舊成婚。策士吞并説，門風楚撻痕。飲酣尤壯浪，潛聽亦消魂。

向火

八月淮南地，輕寒已中人。病夫嫌冷褐，敲火乞烏薪。體暢寧須酒，神和不讓春。養生聊自適，何必問時辰。

送及之丞公

先朝賢御史，風彩九州欽。嗣子傳家法，孤芳映士林。忠良常在我，便佞不關心。得慶宜蒙福，時清豈陸沉。

金秀才歸

書來動鄉思，歸興偶幡然。故國輕一別，綵衣閒八年。星霜親鬢上，文字客燈前。此意終難詰，西風滿耳蟬。

日日

日日聽鐃鼓，坊衢送死頻。豈能悲此事，争願作歸人。邑屋兒孫衆，山墳草樹新。去來應迭代，渠獨淚沾巾。

淵老

淵老真高簡，能逃世外禪。青山如故友，白髮任流年。邛竹五六節，梵文三四編。無人知此味，冷坐小窗前。

鄰老

鄰老今亡矣，誰猶辨短長。隙駒沈迅影，石火掩孤光。錯寞悲新事，凄迷想舊狂。朔風原上草，歸夢見松霜。

氣槩平生事，粗㰖滯故林。得無尊道性，長有貴儒心。躁暴村田酒，粗疏欸乃吟。暮年乖此約，誰使永差參。

送人遊邊二首

六月洮河上，驚飈雹似拳。遊人方仗策，元帥已開邊。京觀酋豪肉，軍儲府藏錢。參謀如有取，常武在周篇。

我愛王忠嗣，兵威萬里横。只知精士馬，不忍幸功名。四印無矜色，三邊有肅聲。未知誰願此，徒用送君行。

病起

病起興蕭蕭，餘魂次第招。悽酸攻意氣，衰朽入風標。納帶驚腰緩，移梳恨髮凋。何心希此世，只合順無聊。

病起南榮下，初寒仰日温。坐頑知力困，視慢覺神昏。避俗無長策，沉思到故園。人生乃如此，微處共誰言。

衰病

衰病相侵卑，勞生得意遲。兩腓初瘦後，左耳半聾時。已取世上苦，强將天下知。只宜收散質，偷惰學支離。

贈白

成童即學佛，五十始披緇。去髮有先後，悟空無速遲。游雲經過雨，淙瀑到清漪。此意分明否，人間不可思。

留題羅漢院愚軒

紛紛偽飾日，愚者乃賢歟。好醜知誰論，文章亦漫書。蟻來方棄智，匠去莫尋樗。秖有閒風月，經過未忍疏。

奉和内翰太中殘春口占二首

久次蕭條郡，高情奈樂何。鶯花三月促，風雨一春多。野寺携筇到，幽溪飲禊過。四郊田水暖，駐節問新禾。

緑陰槐柳院，白日静寥寥。有句方高詠，無賓可屢邀。獨眠聞漏轉，縱步看絲飄。結束東州計，詩編問酒瓢。

曉　作

雨惡天光淡，風高晚氣清。四簷喧急溜，一枕厭寒聲。世慮漫沉想，此心還不平。搔撈下書榻，坐對紙窗明。

同俊和賦禪悦長老此君軒

秖園無俗物，軒為此君開。但未為龍去，何妨引鳳來。法中常住境，天下後凋材。豈復如遷客，慇懃到處栽。

筍　蕨

筍蕨吾山味，風埃旅館心。盃盤感時節，魂夢解參尋。爛漫銷青紫，横斜破玉金。平生疏淡意，飽足望家林。

贈亨父次温伯韵

老未上青雲，誰論德行純。有名傳郡國，無食給冬春。慣見官徵債，多應鬼笑貧。豈能逃俗口，坐作解嘲人。

卧　疾

卧疾動淹旬，搔爬滿爪塵。已能忘飯食，聊復畏冠巾。風雨驚新歲，鶯花待早春。便無游覽分，樽酒幸相親。

足　疾

足疾在中年，蕭衰只自憐。徐行如敬長，頑坐似逃禪。欲適求新履，相忘任故韉。思山徒有興，登頓豈能前。

亨父録示山齋即事五篇索和遂次其韵

齋閣得山棲，蕭然萬慮遺。此心終異俗，吾道更同誰。好意憑琴寫，衰顔取鏡窺。窮通殊未定，幽獨欲何之。

有紅盃面酒，無白鬢間毛。合世心雖淡，論文氣轉豪。迂疏憐野叟，蕭散敵兒曹。免被南華笑，憂時兩目蒿。

榮利機關拙，雲泉興味多。豈同愚士窘，自合聖人和。斂斂青氈舊，酣酣白石歌。故應消息有，貧獨奈余何。

嘯傲村田景，巾裾得所從。壯圖因酒動，睡思向書濃。坐見雲歸岫，吟聞雨濺篷。但無詩準備，何以謝情悰。

榻爲庸兒挂，軒因好月開。清風知曉暮，往事付塵埃。喜燕長褰幕，嫌蛙屢洒灰。山中樂如此，腸莫等閒迴。

以上《灌園集》卷四

全宋詩卷一〇三七

呂南公五

呈知府内翰即次原韵

某頓首。伏蒙知府内翰以某微時舊稿或似可觀，特賜篇章，過形褒借，園廬有幸，緗帙增榮。夫大聲所入，蓋非俚耳之能，而無言不酬，是亦先民之訓。謹循嚴韵，特致斐吟，僭瀆有愆，戰越以俟。某再拜。

山人何事忽伸眉，新得陳王七步詩。題是船齋高詠後，開當寒谷帶經時。仁風坐使羣心動，健筆潛將暖律移。硯席久荒青案乏，報酬非稱更慚遲。

憂來無處寄深思，也擬春秋也作詩。空役肺腸添故紙，有何勳烈補明時。身唯蓬蓽行將老，志似嵩丘永不移。誰使翰林東道主，肯敷餘論憫衰遲。

重遊松溪偶題八句示升卿

七年前已到松溪，不慮重經有此時。寒苦慣為窮進士，清高長羡病禪師。雲山契分輸今日，香火因緣歎夙期。庭栢森森秋實在，向來塵想誤多疑。

夢寐

偶入重城坐客堂，年年風味只荒凉。春花秋月各無味，晚鼓曉鐘俱斷腸。别恨不堪詩控引，高情猶賴酒分張。著書耕釣平生事，夢寐西村五畝桑。

送傅濟道之漳浦尉

河梁東度送征鞭，屈指閩荒路二千。難向解携無一語，再思重見尚三年。高堂上壽今誰及，白屋青衫合自憐。努力官箴莫輕墮，清時無善不登延。

送劉賢甫之餘干尉

太學諸生初入官，緑衣新尉古餘干。科場得志已容易，下邑徒勞不足難。萑澤察姦行繚繞，蚯廳參論坐盤桓。羽儀更養文章去，他日雲天見孔鸞。

出蔡州

奉天橋下水湯湯，橋上征人破曉光。秋色稍能禁暑氣，客愁終欲害離腸。遭逢未入千年會，窮苦猶為此日忙。笑殺壺公祠畔路，又隨塵土過仙鄉。

奉酬純父浚都病起見寄

建康學士註魚蟲，枹罕兵官策守攻。此日精勤徒有得，異時榮盛各成空。吾能委曲謀田上，君乃呻吟厭旅中。故國他鄉俱未快，勞生何事不齊同。

奉别道先

邂逅過從兩載强，詩書存問滿藜床。光榮得路誰非友，道義心知獨不忘。聖代君才多勉勉，中年吾髮已蒼蒼。牙弦自此聊停緩，萬里窮山隔帝鄉。

桐城與曾唐傑話别

事物無窮世路長，人生聚散亦堪傷。寒暄旦暮年年急，塵土風波處處忙。我馬欲衝梁苑雪，君帆先犯楚天霜。交情若是存悠久，定有音書入帝鄉。

宿青綏鋪

兩檻中間風脚横，解衣鋪簟近南榮。曦光欲墮已睡熟，斗柄轉斜纔夢驚。方恨此時無月色，未知何處有蚊聲。塵埃惡熱明朝路，會為今宵動旅情。

過洪州

未定榮華與退休，三年四度過洪州。紅塵白日知何得，西去東歸不自由。一帶好山誰舊隱，百端閒事我新憂。可能石馬亭邊路，見客區區到白頭。

道先游仙都至李尊師故居見余早歲題贈拙句存於屋（鈔本作石）壁輒寄四韻重相歎賞謹有賡酬

仙李枝條萬國分，隴西舊望道家孫。曾經二十載還往，忽過七千餘曉昏。人落九泉無可奈，詩存古壁更休論。困窮辭氣君偏愛，太息南征返北轅。

十月二十日過陳二表民追講昔年同學事迹慨然贈之以詩

西齋共學昔辛勤，一别侵尋十四春。此日科場還似夢，舊時書屋已成塵。文章不鬬錢財福，貧病長依寂寞濱。相值酒邊當取醉，大家忘却困窮身。

百年

百年長短有愁兼，世味如今豈足沾。客路無聊貧苒苒，春風相值病厭厭。辭章漫與前賢並，氣調終遭俗士嫌。安得一廛閒散去，耕桑吟醉似陶潛。

曉陪内翰步至北園

曉風吹雨北園開，追逐雙旌踏翠苔。芍藥一欄霞上錦，嫩荷千片玉流盃。多年架閣游春興，此日關防感物才。花不能言草成恨，故應知我偶然來。

次韻顯翁幽居即事

文高只合論錢神，屈膝須防望貴塵。軒冕未來應有命，丘園隨分亦安身。山樵水釣心常逸，夜坐朝耕樂更均。嗟我久懷農圃計，何時操耒即相親。

送唐傑重過金陵

金陵春水解歸舟，重到金陵恰仲秋。世路已銜奔走恨，風光更引別離愁。支持事變何由辦，歎息安閒不易求。祇有北山長好在，為余頻上冶城頭。

寄贈張縣丞

二年來往南豐路，飽聽鄉民説縣丞。剛果已如秋漢鶚，潔清仍似玉壺水。室無姦吏縱横入，門有書生旦暮登。何事廉車帷幕厚，不將高位待賢能。

熙寧五年歸至舊山傷已感時作詩奉呈升卿黄丈

幾年奔走背農桑，半世歸來只感傷。蛇足畫成曾失酒，古書看遍却亡羊。一廛席屨何從受，三徑園廬已就荒。猶賴比鄰賢父老，許同飛鷺賊餘糧。

彬樹湖前流水遠，石城街左亂山蒼。灘深潭淺無由問，竹秀松枯不可常。物理自應隨變動，道心聊欲寄存亡。唯君坐占忘言境，珍重詩編與酒觴。

再和呈二首

五畝之園未種桑，自憐疏懶致財傷。稻粱只是同鷄鶩，皮鞹徒勞勝犬羊。敢羡蘇秦終富貴，正憂郗鑒遇饑荒。遭承若值開元日，何衈東南萬里糧。

茂林修竹舊時鄉，争得安閒兩鬢蒼。長憶樵漁有山澗，豈論勳業到旂常。兒童好在今初見，故舊尋來半已亡。此意不堪頻念慮，便傾襟抱付深觴。

再用前韵奉贈升卿三十一丈

百年此地有維桑，後慶唯公免物傷。早歲懿文如鸑鷟，一生純德似羔羊。人推奥學追三篋，自許寬巾貯八荒。冷笑村田諸父老，滿胸茅塞只貲糧。

好德年高富且康，就中多福荷穹蒼。吟哦有得能千首，議論無窮只五常。此日鄉閭獲矜式，異時風化免銷亡。嗟余欲買西鄰住，歲為先生祝壽觴。

金陵遞中示到亨父老丈去年秋初見寄詩書捧詠無窮之意不勝私感因成四韵奉呈

郵籤初發去年書，嘆息貧窮未破除。乞食君方如檻虎，賊糧我亦似卑居。有求自恨傷生酷，多難誰能慮事疏。同病相憂古來語，此情今日好歔欷。

九月一日口號奉呈顯翁文叔

九秋未盡六秋窮，露冷風高爽氣雄。無事日成多事過，故鄉身與異鄉同。心隨酒盞歸愁外，眼對時花到夢中。鴻雁已南吾漸北，自憐安穩愧龐公。

次韻酬朱推官

上國輝光不許觀，故園岑寂且閒眠。無心自可齊窮達，有口皆能論聖賢。百本柔桑繞茅屋，一陂清水灌沙田。餘生飽暖聊依此，豈有高風遠市塵。

寄酒伴唐彦君益

門外水渠鳴漉漉，屋頭桐葉落翩翩。向來苦旱難尋井，及此愁霖易怨天。數盞舊藏真糯液，一盤初爛壯牛肩。故人忙迫城隍遠，獨息書床又醉眠。

得鄉信

鄉信迢迢出舊山，琴心先落斷弦間。數行文字傳新鈔本作心事，幾段悲歡破客顏。聞喜竹林經雪好，想憐溪水逐年閒。征衫有淚歸無計，一夜窮魂趁夢還。

過聶彦倫故宅

彦倫門外舊城牆，雉堞崩銷草木荒。人物已成塵土去，風烟猶與歲時長。緑衫科第何曾貴，白髮詩書不可常。平昔往還吾亦預，經過此日倍凄凉。

范十七司理見問歲除鰍蔬夜飲之約新春慫爽以八句答之

田泥涣爛鰍懷子，圃壟肥腴菜長心。僧鏤縱然忘忌諱，書刀何忍屢殘淫。村漁不遜財難動，澍雨無端草易深。拘束學官懶復懶，坐愁佳約未能尋。自注：范君寄住北成佛屋。

出都

霜風吹背出皇都，大笑回頭謝酒壚。楚國但聞悲棄璞，魯門那復辨真儒。百年風槩文終在，一世光榮意已無。乞得耕桑了疏野，太平何害有潛夫。

稚　女

衣無羅綺且貧清，口有詩書亦性靈。論客鬚多如反寇，笑爺帽破似窮伶。園中果熟心先動，案上盃傳眼更青。釵擬荆枝裙擬布，暮年吾活正凋零。

寄李居士

三月山城歎旅窮，冷看豪士振澆風。送花盤上春情重，賣酒壚前醉魄雄。鐘鼓聒眠崇佛廟，綺羅争路拜神宮。此懷若向林泉説，又落仙翁大笑中。

奉答顧言見寄新句二首

早年辛苦待飛翻，翅折無因達九關。更使襟靈憎市井，足知緣分在雲山。誰憐古學長無用，自幸餘生且就閒。多謝鹿鳴筵上友，解傳詩句慰衰顔。

羡君肝膽壯難攀，不厭長安出入關。探穴定期收虎子，採薇寧暇顧西山。盱衡自慶千年運，冷笑人求一日閒。乃肯題詩寄空谷，的於游舊有温顔。

和酬道先賢良見寄新句

中林獨往寡襟期，祇與耕桑治町畦。遲晚識君真幸會，生平於世似分攜。未能捧履師黄石，且欲同歌效紫溪。郡閣郊園遥百里，未妨懷寄屢封題。

池口阻風奉寄唐傑

貴池亭下浪如山，觸撥愁根阻檝間。眼為故人成北望，夢知鄉路數東還。此生太半淪憂患，萬事何時脱險艱。不敢臨流更窺影，便疑秋鬢已斑斑。

子發移令上高

兩州三載屈參卿，百里初來福困甿。無處不思逃濁暗，此邦何幸得賢明。後生智足科防密，凶歲財傷性命輕。能為愛人忘富貴，豈徒循吏有佳聲。

有懷溪齋奉寄微之

溪光清媚四山稠，十五年前記薄遊。茆屋讀書風滿座，野橋尋酒月當頭。身名不分輕如夢，甲歷誰令過若流。此地主人相問否，一廛今帶百端憂。

題陶集

未讀陶詩已愛閒，自從能讀轉思山。烟霞合定徘徊分，塵土剛侵勉强顔。伊昔有人安白屋，祇今何事慕青綸。披簑戴笠終當去，更在規謀俛仰閒。

豫章城

西山東下古池隍，增飾依稀問晚唐。平世但嚴民筦鑰，亂時曾是賊金湯。春歸舊堞多芳草，鳥聚荒陴正夕陽。也欲登臨賦風物，自憐才筆厭憂傷。

曉過城隍街馬上看木芙蓉

秋來風味苦闌珊，偶為繁紅略據鞍。何處更期征雁過，祇今聊作故人看。三冬已至休争氣，九月將殘未覺寒。自有榮華趁時節，免將憔悴惜幽蘭。《永樂大典》卷五四〇作免從蘭菊論豐端

八月十四夜小雨

小雨遮空意未迴，輕風迎夜勢初來。青樓月好人何在，錦帳燈寒扇自開。四七功名真土芥，一千期運亦烟埃。會須放縱雲雷手，不到人間有剩才。

高賦亭二首

耳外蜩螗響切纔，眼前岡麓秀環迴。曦光墮地收風盡，雲脚遮山送雨來。長恐易成多事恨，可憐難見絶塵才。何由上得崑崙頂，試使煩襟磊落開。

事變紛紛不可防，祇應人世惡憂傷。高情易與時風背，遠慮空為智士忙。感古有懷成戚戚，就書圖活得遑遑。貧窮到處乖悰况，不但他鄉異故鄉。

將歸南城留別高賦亭二首

一上高亭一慘然，飄流無狀見風烟。林泉本是儂家分，衣食剛為此世牽。流水嶺雲能自得，樵歌谷響遠相連。來時祇恐禽魚笑，掩斂南華第一篇。

寄食官齋過一期，登臨容易此階梯。四時光景非無樂，千里憂傷却自迷。曠望可能舒感慨，幽吟長是寫酸嘶。從今風物多清暇，免被書生掩淚題。

清明日再題高賦亭

二年來作旅行人，節物相逢但感情。彭蠡湖邊看競渡，攏陽山畔過清明。游神杳默皆愁意，傾耳尋常得恨聲。若有桑麻三畝地，肯將高跡學蓬萍。

送子發赴江州司理

湓江湛湛照闤闠，廬岳嶓嶓蔭郭郛。此地一官雖鬱屈，異人當日亦踟躕。元規樓下隨紅斾，居易祠前看白鬚。才調似君真不薄，有詩無吝寄雲夫。

寄范司理

郡南郡北叫呼間，硯席相望聚首難。笑我性靈偏忍餓，憐君風韵似無官。儻來富貴能多與，不朽文章倍好看。莫怪參尋頗疏緩，鞋穿衣薄怯霜寒。

送張司理

三年頻說獄空虛，歎息賢才治有餘。曉踏府塵鈴窅眇，夜吟庭月樹扶疏。尚微官職人皆有，已大精神衆不如。努力無忘建功業，秃毫他日為君書。

感懷奉呈純父

去年三月出京闕，汴水東奔不可寬。今歲此時還逆旅，牡丹開盡未曾看。春風祇管添鬚髮，世事争來觸肺肝。傳語百憂休恣横，已因泉石著南冠。

次韵彦臣感懷

不得經綸輔太平，枉於天地荷生成。少如賈誼頻垂涕，老似樊須請學耕。醉舞或將猴共勢，飢吟時與蚓同聲。若教眼底不識字，應已脱除窮困名。

過湖口

野客西來意緒勞，為停征棹到亭皋。湖山氣象皆清曠，名利襟懷自鬱陶。曉市魚多腥萬鼻，晚波風健趁千艘。高情未有分張處，愁誦山移一兩遭。

偶書所懷

鳳凰亭上倚層軒，桃李分香到几筵。曾與故人同一飲，試思前事已三年。歌懽舊興知何在，衰颯新愁祇自憐。縱使春風容病跡，亦貪窗下枕書眠。

奉和内翰太中建昌三見梅花

三見梅花似故人，楚鄉春是洛陽春。蘸盃酒意枝枝重，入筆詩情處處新。南野幽林尋去遠，西園高樹繞來頻。無心草木窮山裏，還解遭逢侍從臣。

登滕王閣

韋君德政滿洪州，去後無人更講求。帝子驕奢起高閣，到今連歲為增修。座中簫鼓來無定，檻外帆檣過不休。惆悵幽懷誰與問，水長山遠總關愁。

書邊

勞佚由來命不同，悠悠身事幾時窮。學能愛日終無補，愁解迎春却有功。千慮漫游言語外，寸心常在苦辛中。故應樽酒憐顚顇，會借書邊醉頰紅。

風雨

春來未苦狂風雨，初見雲雷氣象豪。合雜忽如喬岳倒，迷冥不辨九天高。林巒偃亞傳雄韵，溝澗蒼茫起怒濤。花卉一空何足問，且欣餘潤入耕皋。

哭鄧氏女兄

東田嶂下古荒村，又向荆榛占一墳。寒苦到今初是了，榮枯從此更休分。棺旁乳女隨遺襁，膝下亡男恨白雲。共係人間酸鼻事，欲言聊復淚紛紛。

淒涼三十六青春，歎息從人只累身。内外諸門方破碎，初終兩姓却沉淪。平生尚未諳奢泰，已病猶能强補紉。便向夜臺逢考妣，應傳同氣各邅迍。

答道先寄酒柴荆

江州雙酎到籬東，快殺陶家寂寞翁。田野放懷容易老，篇章寫意敢言工。漸生耳外燻烘熱，轉覺盃間激灩空。何必籃輿依五柳，久來身世醉鄉中。

己未上元宿崇相山寺

七十年華已半除，新春猶復感窮途。腸便酒味雖如舊，眼對花枝只似無。計畫但求閒次第，文章知是枉功夫。滿城燈火笙歌沸，獨訪東山宿佛圖。

陪道先兄游麻源輒賦二小詩

借得籃輿便出城，山光門外望西行。昨宵偶雨路塵少，今日好風林靄輕。有竹人家庭院秀，避騶樵客面顔生。溪田橋北駝鞍嶺，猶記當年志未平。

十五年前膽氣麤，擬將文字换金珠。科場委頓成何事，耕稼辛勤落晚途。累歲不曾言石磴，居山空道有茅廬。今朝碧澗潺湲響，若不因公得聽無。

永定東軒望浄土芭蕉

高叢獵獵畫簷西，曾聽寒聲慘淡吹。午枕有懷疏雨後，夜燈無語惡風時。二年成别應多恨，此日凭高動所思。人世不堪謀慮遠，眼前容易得傷悲。

過游源驛

游源驛裏壁間詩，去歲經過一覽時。客子面皮真鐵鑄，閒人公論是靈旂。有誰謔浪慵開口，只我哀憐為斂眉。多謝縣侯新蕩滌，從今莫恨放行遲。

池塘

池塘春草夏仍多，更照層林發翠波。到處風光長好在，座中愁客奈情何。眼隨高鳥尋鄉思，手把閒書養睡魔。誰使早蟬能觸撥，新聲來與斷腸和。

次韻濟道見寄

君作王官儆衆儒，尚逢廊廟有為初。塵中白日雖牽逼，筆下清風肯破除。欲去定成賢者隱，未歸嘗與俗流疏。人生到處隨榮願，何必江湖勝漆沮。

追送城東但立談，當時惜別恨騑驂。一封消息難頻到，千里傾思只坐諳。知有才謀當奮發，豈於州縣却悲慚。為文尚喜多餘暇，寄我新詩似渭南。

過莊子祠堂 堂以嵇康配坐

客過蒙城日欲曛，更尋祠館拜遺真。文章昔已悲衰世，香火今誰望俗人。諸子異端爭土苴，千秋餘亂見緣因。祇應叔夜輕狂輩，未是先生入室賓。

奉寄蕪湖征局都曹

不見銅陵唱和翁，相望三度歎秋風。商量難得樽罍共，存問空煩簡札通。驢上閬仙邀苦思，草中田子建微功。明年官滿當携手，未定韓郎耳便聾。

梳頭見白髮

未老先斑豈自由，可憐蒲柳易驚秋。不緣遷染應非俗，若有梯媒必是愁。老蝨縱嫌相間别，素絲何害共風流。塵勞興味吾諳盡，肯似豪人諱白頭。

黄九游河州

黄河東背賀蘭山，迴望塵沙萬里寬。土地久傳戎種姓，人民還笑漢衣冠。軍中意氣誰先得，史上功名我慣看。何日歸來談將略，轉吾愁面入忻懽。

六月二十七日醉書普安院壁

西尋行甫戌已見，夜候顯翁朝乃來。隔樹鳴蟬休聒耳，滿樽浮蟻且銜盃。多憂莫道無由解，一醉從初不用催。傳語羣書未乖間，只今相憶尚須迴。

題河源諸兄壁

不見諸兄十載稀，重來問事只傷悲。一家未有中興地，兩地皆成永感時。道在莫虧清白業，力微空賦鶺鴒詩。吾門舊慶天如報，會向層霄得桂枝。

將離東洲書社留題屋壁

偶向林間寄病軀，七看圓缺印蟾蜍。何言霧隱南山豹，只得人憐涸轍魚。衮衮光陰添一夢，勞勞精幹落羣書。揚雄若有閒名在，此地曾經寂寞居。

將歸南城書内樂堂壁

野客辭鄉道轉孤，衹於愁上進工夫。乞衣借食虧豪氣，弄筆翻書滯壯圖。三徑未成真隱約，五窮争現主人迂。南歸漫過庚桑國，不得留參鞅掌徒。

己酉歲歸省松楸過武陵翁所居留書屋壁

千里歸來儘苦辛，見君依舊自由身。始知絶學無文者，勝却翻書弄筆人。案上方經閒白日，門前車馬漫紅塵。半軒風竹一樽酒，冷笑世途争富貧。

以上《灌園集》卷五

全宋詩卷一〇三八

呂南公六

憶西村

東岡西下古墩頭，草木風烟事事幽。畦壠彎環延果菜，笭箵參互獻魚鰍。常開夜户誇無寇，競撥香醅賀有秋。願定此居猶未得，豈堪僥倖望公侯。

鍾南平祠像

天禄空虚土運崩，匹夫徒手起欃槍。還將有限驍雄力，换得無窮跋扈名。已是用心貪禍亂，尚何顔面見昇平。丹青此日凝埃色，尚似憂慚問罪兵。

寄黄夢授機宜

少年秋賦險横飛，晚去從軍脱布衣。只見鄉評推孝行，豈知俗效在兵機。黄雲古渭邊烽斷，春草臨洮戰馬肥。了取功名上麟閣，莫因晝錦苦思歸。

得唐彦迴篇再寄

手把封題又慘然，坐驚新句俊翩翩。窮通可是俱關命，聚散由來亦繫天。此日未逃衰俗口，幾時真及古人肩。一樽酩酊難頻共，况望青綾被底眠。

聞唐彦君益作計相過先以此寄用前韻

見說東征計決然，夢魂迎馬去翩翩。遥憐迢遞荒村路，幸對温和此日天。意厚但青貧友眼，裝輕肯赤僕夫肩。書編酒盞蒲團坐，預擬中宵未放眠。

緘題道先詩句尚多未和酬者因書短律奉寄

已作醉鄉貧户限，更逢詩匠惡穿裁。王弘一酎何曾送，崔立千篇不住來。枕上精神難託夢，床頭卷軸易成堆。賀蘭溪上如歸去，省得衰翁合勺才。

寄鄧師厚二首

茅屋分携但偶然，蟾光今已十回圓。自存交分長長在，不用音書疊疊傳。無術入時猶是命，有身多病豈非天。倦遊已作南歸計，只待槐梢沸早蟬。

庾嶺前頭梅散漫，瀫山東下水灌澧。二年時節俱為客，千里家山各未歸。俛睫游從真醜謬，方頭言論易乖違。人間勝事知多少，專把凄凉屬布衣。

金陵寄示亨父

東游西上但差參，寒餓催軀失本心。多難有言悲運命，厭貧無意惜光陰。窮通未定功名主，疾病能將少壯侵。故國漁樵應可入，寄聲先為問雲林。

寄亨父

當年勇慕古人風，坎壈無由到澤宮。力命不容相鬬競，光陰從此便和同。身如孟氏兼三樂，家似昌黎厭五窮。莫為明時頗惆悵，著書亦是濟時功。

再寄亨父

匹馬辭家臘雪初，一年名姓入銓書。熊羆帥府招韓愈，邑里經筵失仲舒。穩把聲榮收雨露，冷看交舊厭溝渠。藍衣定有誇鄉日，為到耕村問溺沮。

奉寄子發

春雷動地竹牙生，社雨淋岡蕨臂擎。田野盃盤容我飽，牛羊鼎俎為誰榮。能無智慮隨天轉，未有工夫與俗争。苦憶南園江健令，解於忙處用閒情。

解於忙處用閒情，絶口多財與美名。剥啄至門方就枕，畢逋歸樹却催耕。燒香事佛人俱佞，曳屣歌詩我亦清。筭蕨又芳春酒冽，相思何計可同傾。

戲題白鶴觀

遼海沈沈信息稀，蒼松枯盡草侵扉。樓臺有字知年歲，城郭無人辨是非。像座風輕蛛作網，醮壇春老蘚成圍。道翁久蓄瑶琴意，莫為閒名取次揮。

南豐道中口占

冷雨迷濛懶舉頭，望中恐得故鄉愁。梅經舊臘香猶在，水被東風凍已收。鳥喜春和紛格磔，馬嫌泥滑轉夷猶。人生祇有安居好，可奈安居不易求。

野菜

采采新英出遠岡，生香不斷冷垂漿。地神手老皮先紫，山鬼腸飢色更蒼。野饌自宜清品味，世情誰識淡馨香。舊林春草盤飧慣，憶共鄰翁踞坐嘗。

秋堂

秋堂燈燭夜輝輝，照我書邊淚濕衣。何術更堪圖愜快，平生已是足乖違。悠悠客路和愁往，杳杳青山借夢歸。蟲響風鳴俱有恨，驚殘二十七年非。

過列岫軒輒題小詩

檻前清沼一奩拔，牆外横山百馬肥。鈔本作馳長使座中知爽氣，豈煩天際問脩眉。留賓出酒人皆喜，不語看雲衆未知。饒借俗儒譚爾雅，主公偏重謝家詩。

贈叔憲

軒昂不肯事雕鎪，放却名韁已十秋。舉世有為皆負累，百年無悶更何求。長驅好意歸吟筆，笑領真風貯酒甌。嫌我生涯非濩落，紙編寒夜困燈油。

贈王九

李杜是非張相國，曹劉忌憚吕將軍。異時各有凌人氣，鈔本作志此日何妨負我文。議論當如山頂石，光榮鈔本作陰會似雨餘雲。恨君不悔邯鄲步，希世功夫枉十分。

塵土

塵土營營自滿城，此間賞望四時清。朝看雲樹吟天末，夜對溪光醉月明。只見漁樵真氣象，豈知廛市細紛争。座中更挂庸兒榻，未識冰壺有舊名。

道卿上人新作塔亭准擬壽終乞余題詩

道人八十轉康寧，却傚浮屠起窣亭。日月無窮終繫數，乾坤有壞亦因形。未張雲鶴蕭蕭影，先養松楸鬱鬱青。究竟會應逢逸少，為師重勒雁門銘。

寄觀上人

袈裟初帶帝城塵，便詠南陔望白雲。賈島未為窮主簿，湯休何事小參軍。古書似我閒千卷，山酒從誰盡十分。正是諸生薄韓柳，勸師絶口莫言文。

寄上山陽太守屯田

故國無田只一瓢，儒冠相誤感萍漂。虞翻骨相終迍滯，許劭題評漫借饒。已養道心忘貴賤，故應榮分任漁樵。文章解頌賢人業，更坐看君立九霄。

獻翰林太守

欲辭鈴閣重徘徊，世路無人計實材。賓榻少因高士下，醴樽多向俗儒開。孤蹤此日叨餘論，直筆他年倚上台。召節不遲天陛遠，輟耕朝夕為公來。

和酬道先高秋見寄之句

眼看金菊木芙蓉，想見嚴城此景同。儒術凋零歸鈔本作見故紙，歲華催趁入衰翁。千秋治亂三鍾酒，萬里關河一畝宫。南鷂北鷹方得志，更誰迂闊問哀鴻。

晚出壽春

馬足遲遲破曉霜，朔風迎袖過川梁。簾櫳幾處迷醒魄，烟靄滿空含曙光。已是途程規進取，可能懷抱似鴻荒。平沙莽莽兵戈地，却為千秋起弔傷。

書齋春日

花困蜂鶯柳困風，年年春恨渺無窮。已添病格憂詩債，未破愁城憶酒功。日月正居勞苦上，山川長在夢魂中。游鞍賞席今多少，想見濃陰替亂紅。

和酬李宣德二首

銷閒堂上日何思，或弄鳴琴或賦詩。聲正只傳心静處，篇成不待燭殘時。隆中有客吟梁甫，洛下無人説克兒。此日餘音到逋客，定如醫藥蓄青芝。

臨邛大邑少鴻生，初敬多辭馬長卿。幾許分財來滌器，不如收迹去躬耕。生前遇主無高位，死後遺文有盛名。畢竟負他賢令意，被人傳説是閑情。

次韵輝卿感春

日日春陰共慘然，愁懷不稱艷陽天。已從魯酒迷醒枕，更向瑶琴怯武弦。往事自驚千里夢，勝游誰犯五更烟。因君解道花如錦，始為芳菲憶去年。

欲寫春愁上粉牋，只凝幽思恨遥天。塵埃漫蠹霞書字，日月終虧錦瑟弦。夜聽子規欹醉枕，曉看新燕立疏烟。冷灰殘燭相遭慣，觸撥東風不記年。

聞説羣芳初滿園，未能尋賞恨參天。風豪雨横傷鶯蝶，酒冷詩荒負管弦。屐齒有時臨蘚徑，馬頭何日破晴烟。誰何贈我寬懷語，每道新年似舊年。

熙寧六年再至鄧氏北軒感而書壁

窗扉暮闔曉還開，乞食寒儒去復來。土木不妨人冷落，詩書能使客低徊。言如鸚鵡今徒爾，宿似夫不亦得哉。但識浮生皆寄託，莫從河漢論涓埃。

寄從義法曹教授

軍學先生骨氣清，每嫌盃酒亂襟靈。譏排只是攻三雅，熟爛除非是六經。榴榼日虚塵拂拂，兔毫宵運燭熒熒。俸錢添得真何用，好贈滎陽買緑醽。

奉酬范十七見寄二首

接人坐語送人行，兩飯逡巡晚鼓鳴。遇社有何歡次第，過春多是病心情。消磨白日無云補，計算流年但暗驚。苦雨寂寥還一醉，夢魂依舊背嚴城。

一紙新詩入北城，起予聊復醉魂驚。低心苦淡吾徒事，轉眼炎凉此世情。六月未須論止息，三年方看大飛鳴。錙銖社肉休過問，幸有鮲蔬且爛羹。

再和

浮桁門外樹如城，歸路迢迢夢易驚。嗟我衰遲從旅食，感君存問有詩情。牡丹不在儒宫種，杜宇偏當静夜鳴。勞費主公憐苦淡，駝蹄時勸一盃羹。

幾欲相尋出郭行，念君家雁不能鳴。逢杯得醉常常事，漸老多慈種種情。荏苒又聞寒食近，牽纏空作暮春驚。衹應已入東風笑，愁思長於萬里城。

次韻酬亨父見寄時亨父在厚平山中

醉墨淋灕詩屢酬，浮蛆上下酒新篘。人生有此自可樂，世事無窮何足憂。端是覽輝同鸑鷟，不應專宿倣夫不。嗟予久負思山興，空得公詩展復謳。

和酬天休

故人邂逅早鶯時，一别經秋燕盡歸。已是苦貧看客懶，更堪長病出門稀。何曾富貴來如夢，但覺光陰去似飛。欲酌清樽相解釋，莫嫌窮巷瓦盃微。

酬何威中

十年經畫鑿坏逃，只為乖違不為高。盡力未能成飽煖，致身那解立勳勞。已從酒盞忘千慮，羞看貪人校一毛。游舊惟君尚相記，每將新句訪耕皋。

和酬伯華

襄陽耆舊足高風，不識州城有德公。器業我應居衆後，姓名今恥達宸聽。文章末技知何用，衣食殘年嘆屢空。朋友贈言當儆戒，恨君虛美一篇中。

道先賢良以其到郡未及相見遠寄四韵謹以酬之

山人還是入闤闠，自笑窮心失本初。鄭相舊憐窮禦寇，秦王新伏勇相如。衣裘破敝身謀拙，齒髮凋殘世味疏。人正棄捐吾獨取，似君風誼更誰歟。

酬次道京還見寄詩二首

會得吾生只汎浮，莫將耕釣異公侯。文章高去乃青史，富貴極來皆白頭。至樂如今惟强飲，最賢從古是無求。荷源磜上楓林葉，又過元豐第六秋。

平昔賢他馬少游，有官何必至封侯。天如大雨當揮手，命合高眠亦到頭。幽澗魚肥堪煮炙，豐年酒賤易追求。恨君門館無酣伴，枉共癡兒對一秋。

酬西閣書事

西山閣上綵衣人，過得三冬似九春。長恨作詩無客和，更緣中酒被妻嗔。有官未入功名境，多暇仍思寂寞濱。文雅一時傳萬世，却應能此是榮親。

朝曦閣詩爲李道正賦

道人開閣破東厢，慣看朝曦亦坐忘。但見長時似車蓋，不知何處是扶桑。雲歸後崦陰無迹，水過前渠響自忙。雨露縱然能惡作，未妨微白到書床。

至淩雲山却寄平仲

建業歸來路二千，一舟輕借死梯緣。貴池亭下風如鼓，采石江頭浪拍天。險與陽侯成憤友，幸從魚腹脱腥涎。只今親舊知憐否，尚有餘生亦偶然。

九月七日偶書

愁裏光陰不覺忙，忽聞時節近重陽。絶無閒藥擬衰疾，纔檢舊衣防早霜。未必此生專冷落，漫因往事巧思量。呼僮閒賞籬邊菊，併括憂端付一觴。

伏睹教場後庭新移梅樹輒賦小詩呈獻内翰太中

中庭移植氣蕭蕭，無數芳華壓翠條。田地縱然非舊壤，冰霜猶可見孤標。人間歲月何曾老，物外馨香猝未銷。故有明年佳實在，鋤羹滋味看和調。

聞仙都李道士下世

布褐毛冠七十秋，為誰浮汎為誰休。但曾計日防三鬼，不慣携琴謁五侯。詩卷在前聊養目，酒尊從此罷銷憂。七星杉下朝曦閣，香火應教弟子修。

長憶初能戴幅巾，仙都門外學游人。科場未數金門賦，襟袖空餘紫陌塵。平世選賢終法令，暮年如我但寒貧。惟師不信文章誤，只道遭逢有屈伸。九月霆霖穀欲登，稻芽連穗水漫塍。無方解我心愁寂，更欲聞師近寢興。紙尾忽傳成異物，棺中還恐已飛昇。羲和睡熟泥塗惡，絜酒尋澆歎未能。

寄江州沈尊師

洞天一别七春風，長夢桃花爛漫紅。不得雲雷相借助，且因文學守貧窮。曾尋物外無窮意，已覺人間萬事空。便作野夫纔是分，祇嗟凡骨誤仙翁。

橘林居士題載溪館壁

雲凍月籠影，風生水澀寒。故人真似雪，何必到門闌。

寄茶李侍禁

東塞將軍日月閒，五兵不試坐雲間。却因睡思侵書卷，送與茶甌解壯顔。

過虎林渡

淮南行盡到江南，野渡風高送晚帆。五五長亭莫迴首，向來窮淚已盈衫。

戲題白鶴觀

八月風高宇宙清，銀河秋浪到天聲。門前合有仙槎過，會待參隨上玉京。

戲題妙靈觀怪松

二十年前看怒龍，鱗鬐半已召雷風。至今未拂層霄去，可是懷文與我同。

曉　雨

曉雨彭彭發舊泥，田家拆壁備朝炊。無數星辰一輪月，夜來空似欲晴時。

重過福興院

重過山寺借床眠，屈指前遊已七年。文字轉工身轉困，被僧相問却悽然。
乞錢謀食總悠悠，兩事平生話亦羞。何意茂林脩竹下，今年還得一迴遊。

和道先雨中栽花

二月前頭雨意迴，移花趁雨破青苔。芳根得地春工敏，定有新英次第開。
旋封旋築帶霏微，贏得澆瓶不用携。衆草自今常避地，主人來繞漸成蹊。

題藥録

華佗氣絶釣臺側，扁鵲墳荒浚水邊。末俗好財無妙智，此書何日似魚筌。

茶鐺

賓榻蕭蕭午户開，松枝火盡半寒灰。主人欲就遊仙夢，休願煎茶醒睡來。

風雨

風雨蕭蕭夜漏沈，北窗燈影見傷心。從今莫更言滄海，只合思量此恨深。

有見

賣藥諸生體調狂，塵埃空助老來忙。壺中自少閒天地，豈是今無費長房。

曉日

曉日曈曈上紙窗，小爐文火近緗緗。衝愁滿盞扶頭酒，笑殺醫師第一方。

詠白髮

人言華髮是愁功，不分悲傷得老翁。亦有不愁頭自白，可憐功過略相同。

已任蕭衰潛似雪，何須輕脱便隨梳。不及窮愁索長遠，一生相逐未相疏。

偶成

苒苒新青上草頭，小庭春色强悠悠。酒餅虚卧琴弦暗，眼見風光似九秋。

新室

為姦只是疑王涉，至死何曾識杜吴。四體早知成散漫，前年悔更染閒鬚。

魏勃

雖發齊兵未不臣，問時何用便銷魂。一生才勇都纖小，可怪區區掃相門。

禰衡

世亂無人及禰衡，眼看豺虎似蚊蠅。喬玄荀彧皆儒雅，至死何曾曉愛憎。

覆船山

山似舟航壓衆坡，静為平地動為波。桅檣不藉瞻烏首，争奈風帆百尺何。

過武陵翁題其屋壁

十年騎馬走紅塵，非敢求為富貴人。只願似他龔處士，不餘不欠一閒身。

緑竹林邊白髮翁，面顔猶似壯時紅。朝來賣藥錢多少，又閃閒愁入醉中。

廢井

清不能常濁有餘，轆轤音絶甃苔枯。荒凉欲就羣蛙問，今有觀天坐客無。

見廣度院紫荆一株先開

滿樹新英待發時，東風先動向陽枝。同根若是生疑怪，為道開遲謝亦遲。

蘭溪驛

驛亭何處近蘭溪，行盡蓮華日暮時。春雨發香無分見，斷腸頻誦杜郎詩。

惡　客薛許昌集有好客篇，故作此以擬反對

惡客無端捨舊山，坐令千慮險相關。青燈白日貧兼病，聽著農桑更厚顔。

野　客擬歐陽詹

野客來過洞府門，天風吹斷去時魂。得歸應被鄉人笑，衣上雲霞有異痕。

酒　客

酒客胸襟亦自賢，平生不斷醉因緣。望見青帘涎已活，誰能顧惜杖頭錢。

夜擬李義山四更四點

四更四點露成霜，箇裏愁人暗斷腸。鼓角未喧聞鼻鼾，北風窗户月荒凉。

反李義山人欲篇

藥囊易中荆卿背，匕首難傷趙政胸。燕國無辜竟魚肉，可能人欲有天從。

題圓上人宴静軒

宴安深静屬居僧，一炷檀烟萬慮清。猶自笑他簷外鐸，風來未免鬭鳴聲。

客到

客到空齋説早春，嫩紅輕緑漸紛紛。寒人不預尋芳品，多謝東風許聽聞。

答内翰太中觀插稻見寄

睡過春深一月餘，緑秧黄犢負村居。東風似恨歸耕晚，故遣藜床日枕書。

楊朱

戰國功名尺寸勞，先生持論異吾曹。孟軻解辯承三聖，後世誰曾拔一毛。

陳都曹座中出示諸公曲詞以四句酬之

看盡新詞聽盡聲，未能高和耳徒傾。聾身縱作岐山老，争得聞他彩鳳鳴。

真輝閣

會得真時真亦空，光輝何足更流通。勸師不用嚴標榜，瞀者逢燈與暗同。

安昌縣侯

能説齊論與魯論，世儒希合便紛紛。何曾後學皆傳信，衹有姦名萬古聞。

小檻

小檻幽花已破香，此心無處避韶光。年年惡作傷春客，穩為東風細斷腸。

楊八送筍以四句謝之時在湖口

殺却盧家十五龍，野人盤饌當時豐。湖干少得中林味，此日鄉心轉不同。

以上《灌園集》卷六

讀白司馬江州詩

四年司馬滯江邊，几杖茅堂自説閑。倘使金鑾不遷謫，知君未暇愛廬山。宋王象之《輿地紀勝》卷三〇《江南西路·江州》

獻陳和叔内翰

留滯周南事可嗟，東風三度見梅花。巖廊未引經綸手，山國頻聽早晚衙。酒為憂民傾日月，詩從思退寫烟霞。賓籌更有林中士，誰及船齋太守家。同上書卷三五《江南西路·建昌軍》　按：《永樂大典》卷三一四五亦收此詩。

九月二十三日過黄家嶺望行春門有感

閒雲泛淡水浮浮，秋色陰時刺眼愁。十載未成三窟計，一身長帶百年憂。逢人語笑非良味，洒面塵埃豈自由。望見故山歸不得，小欄高檻更迴頭。《永樂大典》卷三五二五引《灌園集》

五賢堂

漢唐相望向千年，此地追崇祇五賢。器業不同流俗淺，聲容終得後人傳。壁間碑版敲新墨，砌下莓苔長野錢。何似淫祠專禍福，歌吹士女日諠闐。同上書卷七二三六引《灌園集》

句

溪田橋畔駝鞍嶺，猶記當年志未平。駝鞍嶺　明夏良勝正德《建昌府志》卷二

（朱安群整理　虞行補遺）

全宋詩卷一〇三九

曾肇

曾肇（一〇四七—一一〇七），字子開，南豐（今屬江西）人。鞏幼弟。英宗治平四年（一〇六七）進士。初仕黄巖主簿、鄭州教授，召爲同知太常禮院，遷國史編修官。哲宗元祐初擢起居舍人，未幾爲中書舍人。四年（一〇八九）出知潁州，徙鄧、齊、陳州。七年，召爲吏部侍郎，不久出知徐州，徙江寧府。奉召入對，語惡權貴，降知滁州，歷泰州、海州。徽宗即位，復召爲中書舍人，因兄曾布爲相避近職，提舉中太一宫，未幾出知陳州，歷太原、應天府，揚、定二州。崇寧初入元祐黨籍，貶濮州團練副使汀州安置。大觀元年卒，年六十一。有《曲阜集》四十卷及《奏議》、《西垣集》、外内制集多卷（《直齋書録解題》卷一七），已佚。清康熙間裔孫曾儼掇拾遺文爲《曲阜集》四卷。事見《曲阜集》卷四附録《行狀》及《神道碑》，《宋史》卷三一九有傳。

曾肇詩，以影印文淵閣《四庫全書·曲阜集》爲底本，與新輯集外詩合編爲一卷。

太父太師密國公賦詩江樓世稱名筆從姪子績得之以居肇緬思祖德且愛績之能繼志也爲賦一首

當年太史謫仙翁，筆落江樓氣吐虹。無復琴樽對鷗鳥，空遺松栢幾秋風。由來蘭玉生臺下，重見溪山入坐中。顧我豈能繩祖武，倚闌歸思附冥鴻。

次兄子宣先生作高陽衆樂園成被命金陵易鎮韻

文物河間信可嘉，風流江左亦堪誇。水南水北千竿竹，山後山前二月花。久愧迂儒懷郡紱，聊須隽老駐軍牙。兩州耆舊無多怪，魯衛從來是一家。

遊石仙巖次兄子宣公韻

塵埃華髮换朱顔，十載重來款故關。天下樓臺春寂寂，洞中鷄犬晝閑閑。苔深尚識曾題石，木老難尋舊戲環。未斷凡心却歸去，他年飛鳥會知還。

族兄山莊

宦路崎嶇寄此身，羨君築室離囂塵。能將孝謹傳家法，何用聲名動世人。桑落百壺甯惜醉，竹竿千畝不憂貧。求田更欲依丘壠，來往他時願卜鄰。

出門寄家

出門日日念歸期，恐過歸期未得歸。畫角數聲來别浦，孤帆一點背斜暉。行逢山樹秋前落，坐見江雲水上飛。盡是南人好風景，客心驚此却依依。

寄吕南公

主人第一河南守，之子無雙江夏才。會見吹嘘上雲漢，可能憔悴隱蒿萊。風騷寓興垂金薤，翰墨傳家富玉杯。傾蓋相知勝白首，扁舟臨别重徘徊。

淮南道中

四山蓊鬱氣朝隮，晚雨廉纖未有泥。鴨緑幾尋塘水浸，鵝黄一段稻秧齊。幽花布地金錢小，野蔓縈林翠幄低。滿目淮南風景好，不堪時聽子規啼。

海陵春雨日

公事無多使客稀，雨《江西詩徵》卷一〇作兩時衙退吏人歸。沉烟一炷春陰重，畫角三聲晚照微。桑雉未馴慚報政，海鷗相近信忘機。只將宴坐收心念，懶向人間問是非。

南郭隱居

南郭蕭條居士家，斷垣荒塹翳蓬麻。篔簹映水千竿直，略彴當門一徑斜。老有圖書忘世界，貧無杯酌送生涯。倘來軒冕何須貴，未勝牛衣駕鹿車。

次後山陳師道見寄韵

故人南北嘆乖離，忽把清詩慰所思。松茂雪霜無改色，鷄鳴風雨不愆時。著書子已通蝌蚪，竊食吾方逐鸒斯。便欲去為林下友，懶隨年少樂新知。

京口甘露寺

屈曲危樓倚半空，詩情無限景無窮。江聲逆順潮來往，山色有無烟淡濃。風月滿樓供一覽，乾坤萬里豁雙瞳。片雲迴逐斜陽去，知落淮山第幾重。

元祐六年十月庚午駕自景陵宫移仗謁先聖孔子祠入門降輦步就小次由東階以升奠爵再拜禮官告成禮然後退幸太學詔博士皆升堂坐諸生兩廡下命國子祭酒豐稷講書無逸終篇因又幸武成王廟而還左丞相吕大防右丞相劉摯率百官皆從於是丞相賦詩以形容上德諸在位者皆屬和肇以禮官忝從諸大

夫之後謹和詩一章

琳館陪祠日未央，隆儒詔蹕至膠庠。橋門億萬衣冠集，闕里三千弟子行。降輦橫經尊往聖，垂裳論道法前王。宗公歸美清風誦，穆若賡酬出廟堂。

武夷山天柱峰

燕越相望路八千，忽驚天柱落樽前。何如乞我雙鳧舄，飛上峰頭訪列仙。

南昌繡谷山幽谷亭

行盡車馬塵，踏見水石環。誰為千家縣，正在清華間。

滁州琅玡山茶仙亭

山僧獨好事，為我結茅茨。茶仙榜亭中，頗宗樊川詩。

靈壽同年兄再以杞屑分惠復成小詩以代善謔

場屋十年長，鈴齋一笑歡。微言師水薤，交分託金蘭。腹飽仙人杖，心存姹女丹。他時玉京路，同綴侍宸官。

上王荆公墓

天上龍胡斷，人間鵩鳥來。未應淮水竭，所惜泰山頹。華屋今非昔，佳城閉不開。白頭門下士，悵望有餘哀。

以上《曲阜集》卷三

河間

南北車書久混同，河間今有楚人風。獨慚太守非何武，已見州閭出兩龔。原注：謂彥和兄弟也。

宋王應麟

《困學紀聞》卷一八　按：王氏謂《童蒙訓》以為曾子宣（布）作，恐誤。

二賢堂

天驥精神鳳羽儀，青雲天路此委蛇。由來道誼千鈞重，不獨文章一世師。史牒已傳三黜賦，騷人誰繼八哀詩。有時無命非今日，從古長沙賈傅悲。原注：右為王元之作也。

萬壑千巖花草香，醉翁此地昔徜徉。不聞燕雀知鴻鵠，但見鴟梟笑鳳凰。平日聲名追屈賈，暮年勳業佐虞唐。神清洞府今何處，故事空留楚天傍。原注：右為歐公作也。　宋王象之《輿地紀勝》卷四二《淮南東路·滁州》

鳳凰臺

簫聲無復到層臺，畫棟空餘燕雀來。我是鳳凰池上客，等閑汀鷺莫相猜。　宋馬光祖《景定建康志》卷二二

凌霄花

凌波條體纖，柔枝葉上綴。青青亂松樹，直幹遭蒙蔽。不有嚴霜威，焉能辨堅脆。　宋陳景沂《全芳備祖》前集卷一四

紫薇花

堂前紫薇花，堂下紅藥砌。繁華天上春，偪仄人間世。明麗碧天霞，千茸紫綬花。香開荀令宅，艷入孝王家。幾歲自榮辱，高情方嘆嗟。有人移上苑，猶足占年華。　同上書卷一六

靈壽木

滇池藤赤人難到，太乙青藜事近誣。林下揹來供燕息，省中携去寵師儒。　同上書卷一九

薝蔔花

林蘭擅孤芳，性與凡木異。不受雪霰侵，自足中和氣。欲知清净身，即此林間是。　同上書卷二二

南豐軍山廟碑

土膏起兮，泉流駛兮。牧徂於田，偕婦子兮。既耕且藝，耘且耔兮。一歲之功，在勤始兮。野無蝨螟，塘有水兮。非神之力，其誰使兮。我芑盈兮，我實成兮。揮鐮銍銍，風雨聲兮。囷倉露積，如坻京兮。遺稞滯穗，富鰥煢兮。飲食勸酬，銷忿争兮。儻非神助，歲莫登兮。我有室家，神所祐兮。我有旄倪，神所壽兮。神之惠我，維其舊兮。上之報神，亦云厚兮。釃酒刑牲，殽杯豐兮。吹簫考鼓，聲逢逢兮。我民薦獻，無終窮兮。千秋萬歲，保斯宫兮。　明夏良勝正德《建昌府志》卷九

題王晋卿所藏鄭虔著色山水圖

曾訪江南鳥爪仙，誤隨塵網落人間。紅泉碧澗春風里，尚記麻源谷口山。

邇英閣侍讀筵作

二閣從容訪古今，諸儒葵藿但傾心。君臣相對疑賓客，誰識昭陵用意深。

邇英閣前槐後竹雙槐極高而柯葉拂地狀如龍蛇或謂之鳳尾槐

鳳尾扶疏槐影寒，龍吟蕭瑟竹聲乾。漢皇恭默尊儒學，不似公孫見不冠。　以上清曾燠《江西詩徵》卷一〇

句

巖巖九門深，日舉費十萬。忽于泥滓中，得列方丈案。腥鹹置齒牙，光彩生顧眄。從此辱虚名，歲先包橘獻。微生知幾何，得喪孰真贗。玉食有云補，刳腸非所患。蜜丁　宋吴曾《能改齋漫錄》卷一五

《能改齋漫録》：紹興三年，始詔福唐與明州歲貢車螯肉柱五十斤。俗謂之紅蜜丁，東坡所傳江瑶柱是也。時曾子開感而賦詩，略云云。

蜜雲新樣尤可喜，名出元豐聖天子。　宋葛立方《韵語陽秋》卷五

《韵語陽秋》：世言團茶始于丁晉公，前此未有也。慶曆中，蔡君謨為福建漕，更製小團以充歲貢，而其制益精矣。曾文昭所謂云云。

鼎湖弓劍仙游遠，渭水衣冠輦路新。

階除翠色迷宫草，殿閣清陰老禁槐。　以上宋陳巖肖《庚溪詩話》卷下

《庚溪詩話》：元祐間，東坡與曾子開同居兩省，扈從車駕赴宣光殿，子開有詩，其略云云。

夜雨暗添西澗水，春風開遍北樓花。　滁州　宋《錦繡萬花谷》續集卷九

飲罷流連未歸去，更來花下捧茶甌。　梅花　《全芳備祖》前集卷一（四庫本）

紫蒂黄苞破臘寒，清香旋逐角聲殘。　蠟梅　同上書卷四

一片朝雲粉面乾，雨餘仍帶淚闌干。　梨花　同上書卷九

團團桂叢孤，枝葉寒更媚。托根庭宇間，自有幽人致。何必問嫦娥，青雲借餘地。　巖桂花　同上書卷一三

國艷寧施粉，天香自染衣。　酴醾　同上書卷一五

風雨離披枝葉瘦，可憐終不減清香。　瑞香花　同上書卷二二

春蘭抱幽姿，無意生蕭艾。　蘭花　同上書卷二三

文園渴疾正如酲，誰念流涎向側生。　龍眼

蘭蕙香浮衿解後，雪冰膚在酒酣間。　又　以上同上書後集卷一

童童雙棕櫚，葱蒨兩車蓋。棕櫚

雖非百尺材，歲晚好顔色。黄楊

婆娑兩佳木，生長在巖石。移植君子堂，初因醉翁識。又　以上同上書卷一九

查侯得靈藥，言自八公來。當時雲中犬，千歲伏陳荄。又　同上書卷二四　按：四庫本無，據農業出版社影印本補。

君不見莆陽學士蓬萊仙，製成月團飛上天。南北自此俱歲貢，寸璧往往人間傳。茶　同上書卷二八

蘼蕪有香葉，采采乘清旦。山頭去婦思，堂下騷人怨。使君亦何為，烹茶奉閒燕。蘼蕪　同上書卷三〇

（秦良、虞行整理）

全宋詩卷一〇四〇

畢仲游一

畢仲游（一〇四七—一一二一），字公叔，鄭州管城（今河南鄭州）人。初以父蔭補太廟齋郎，後與兄仲衍同舉進士。歷霍丘、栢城主簿，知羅山、長水縣。哲宗元祐初，除軍器監丞，改衛尉寺丞。召試學士院，同試者黄庭堅、張耒、晁補之等九人，仲游擢第一。除開封府推官，出為河北西路、河東路提點刑獄。召權禮部郎中，又出為秦鳳路、永興路提點刑獄，改知耀州，因蘇軾黨獄調知閬州。徽宗即位，遷利州路提點刑獄，改知鄭州、鄆州。在淮南轉運副使任上入元祐黨籍，降監嵩山中嶽廟。后出籍，管勾西京留守御史臺，提舉南京鴻慶宫，致仕。宣和三年卒，年七十五。有《西臺集》二十卷（晁公武《郡齋讀書志》，《宋史·藝文志》作五十卷），已佚。清四庫館臣據《永樂大典》輯為二十卷，以為「亦幾幾乎還其舊矣」。事見宋陳恬《西臺畢仲游墓誌銘》（《永樂大典》卷二〇二〇五），《宋史》卷二八一有傳。

畢仲游詩，以影印文淵閣《四庫全書》本為底本。校以武英殿聚珍版本（簡稱殿本）等。新輯集外詩附於卷末。

雞鳴行

雞鳴問路行，挾馬渡溱洧。老樹勢突兀，指點疑山嵴。茅茨漸分明，殿本作別牛馬猶昏翳。霜落路四平，星沉天若水。小民幸安樂，朝廷多賢士。食禄乃强顔，流連為妻子。吾聞嵇阮輩，放蕩形骸弛。而我小縣中，區區又何理。

自羅山入信陽再過金關道中作

陰林寂無風，鬼火自明滅。山泉怨何事，耳聲入嗚咽。青泥濺馬腹，黄葉沾人髮。半夜渡前溪，昏昏水中月。

自山陽還至壽春道中有感

寒風切人骨，晴日淡無色。千里今又還，何時許安宅。此身方齟齬，此地尤反側。安得羽翼生，高飛離楚澤。

潁河夜泛

提攜俯清流，自適固閒燕。深行豈不好，路遠怯縈轉。撑舟上孤渚，星月燦水面。目力不自收，隨波起花眩。誰家種禾黍，緑色壓秋甸。樹密雲更深，雲昏山不見。盃盤任狼籍，起坐有餘戀。幸偶東山儒，况逢京國彦。何人發高詠，滿坐清風遍。顧我童子吟，奚能愧雕篆。

從范龍圖月下泛舟

年豐閭里安，歲晚生事歇。官池公載酒，痛飲消日月。迫冬上青林，山氣凋人髮。坐若江海遊，樓船中夜發。冷光飛太虚，照我盤中蕨。清影落潭心，逃遁蛟龍没。如窮河源邈，相見崑崙崒。怪石鈎我衣，嵌空盡山骨。上賓富佳詠，音動黿鼉窟。涌溢詞有源，倒恐三江竭。公懷滄洲趣，一夕夢南越。别有諫静姿，屹如韋補闕。

五更簡子思舅、損之諸君

五更不成夢，起坐倚東壁。曉月下中天，照我西屋白。路行相衝衝，林宿聞啞啞。便欲就巾冠，巾冠正狼籍。

自靈泉晚過崇因寺口占

前峰竦而嵬，後峰屹且峨。冷月射溪水，緊風平野火。同遊獨無語，此意誰知我。虎避無情人，出門不須鎖。

宿崇因寺十韵

山大石巖巖，平川殿本作川平沙莽莽。深崖忽有路，一寺何高敞。彼僧胡為知，迎我共攀上。夜深眺前峰，百里如指掌。詩翁旋沽酒，欲得詠今曩。下筆皆珠璣，嗟予豈能仰。往來氣益乘，欲敵不敢往。回笑塵埃人，何殊在羅網。吟哦不自制，逸韵彌清響。便可書壁東，留為異時賞。

和子思舅氏晚出崇因之什

烟花寒已凝，風色寒殿本作晚猶惡。路雪愛縈綿，簷澌訝垂籜。途行想前事，數歲只如昨。漸欲過陰崖，愁看冰鑿鑿。

留別陳子思舅

三載豈不長，回念如轉燭。南行在今夕，何以圖款曲。朱輪走岐路，夫子駕牛犢。權門聚冠裳，夫子偃空谷。甘貧分始定，樂道心乃足。自怪離別間，悽然悲滿目。欲為商聲操，操變不可復。欲為秦聲吟，吟短不可續。杯行竟無語，慷慨遶空屋。別後兩如何，祗應保饘粥。

佳辰

春風雪中來，吹我堂上茵。斑衣次命服，左右如卿雲。芳樽洗復酌，再拜屬吾親。親年如大家，四子十二孫。子孫亦何事，忠孝而能文。請看今世願，不必辭賤貧。三牲苦易得，軒冕祇榮身。願以五百歲，獻母為一春。

再至兖州簡晁十二子履

送客客未至，自作河梁遊。清瀾浴曉日，爛漫黄金浮。蘋藻飄不斷，悵望蓮亭幽。憶君古堞詩，八月如轉頭。

静勝軒

官居背西墉，有居惟蔀室。川原在其外，指掌千里隔。李侯富天巧，鑿壁盜山色。清風灑面至，竹蔭横西北。坐令方丈地，萬古遺勝蹟。管氏南州來，謂侯有静德。朱輪走岐路，夫子駕牛軛。權門聚冠蓋，夫子偃空壁。甘貧分始定，樂道心乃得。自怪塵土人，兹焉憩行役。欲為居士操，聲淡不可識。欲學幽人吟，詞野不可易。忘懷古今混，問道乾坤窄。此意竟如何，青燈夜方寂。

古寺

崎嶇五六州，夏行今欲雪。亂山出已盡，平地心目豁。晴日午未温，霜雲晚如潑。蕭疏秦樹遠，曠蕩周原闊。徑竹掩招提，門庭苦凄颯。廊低不可步，壁朽何堪劄。歲月驚轉頭，是非紛若櫛。行歸聊可悲，再出尤凛冽。用此免饑寒，謀生一何拙。

城中見山

塵埃埋馬足，人事如鼎沸。朝餔尚不厭，何暇論身計。北山十里近，雲色帶殿本作常陰翳。日日在目前，無由謝城市。

曹南席上分題警鶴

清風來九皋，月出寒夜永。故人聞鶴唳，驚起同引領。山遥聲有怨，樹暗飛無影。不若君子言，詩書日相警。

熙州蔣穎叔侍郎席上

仗鉞出金門，投壺開玉帳。高秋沸簫鼓，萬疊環青嶂。白雲襯湖底，舟行若天上。絶勝後將軍，峽中惟四望。

蒙晁美叔秘監召觀書帖繼示長句次韵

作官在閒地，而我不得閒。有懷南陽書，三載願未還。駕言覲中郎，踴躍心桓桓。軟言慰孤寂，芳樽潔晨餐。詞妙編簡動，理愜心意安。期為高人知，匪效男女歡。珍怪漸傾寫，寶墨來三韓。内愧無衣裾，靦面依門闌。元匪白眉者，謬作青眼看。古書羅異代，千百猶未殫。如何二王迹，到今紙墨完。若獲摩尼珠，寘在承露盤。開緘龍蛇踴，偃蹇風濤寬。熟視已收卷，愛惜還重觀。筆意不可盡，始知學書難。永慚出納卑，敢近華省觀。珍重難再覯，出門猶據鞍。

感興簡歐陽仲純兄弟

昔我來潁州，繫馬西湖濱。潁州絶褊小，所愛民心淳。中間入南國，八載寄壽春。去潁無十舍，土風已頑嚚。從兹重所處，不敢擇要津。遷徙雖未固，常願為潁民。今者伯氏來，得官邑相鄰。民愚少鬬訟，所訊由饑貧。吏戇不識字，况復能舞文。惟有租與貸，未免勞躬親。而我無官事，獨得頤精神。日高偃空房，睡足方欠伸。日暮近燈燭，誦書忘冠巾。懶來起復坐，自在如閒雲。憶昨遊京師，交友千百羣。賢否未可辨，正直惟仲純。仲純年始壯，氣概雄三軍。文章不待學，下筆如千鈞。飲酒或一醉，萬物如埃塵。近過潁州見，顔色彌清醇。兄弟亦相遇，磊落皆奇人。邀我上書堂，為我拂素茵。呼奴正大案，食飲羅甘辛。論議不惜口，彼此從天真。夜川月色殿本作已黑，笑語猶相聞。丈夫各有志，大者思經綸。其志苟未得，不如安其身。何時買鋤犁，耕鑿潁水垠。潁鯉如可釣，持竿就漪淪。相逢俟頭白，不復思淮瀕。

送王君儀北歸

不能送君行，强題送君詩。詩中有鄙語，不是離别辭。君長不五尺，氣若千丈蜺。談經掩衆口，論道驚羣兒。况君擅才華，文若老吏為。剛腸乏軟語，面折不我隨。人嘗論君材，照坐珊瑚枝。疇能論君心，清静如摩尼。奈何三十六，未免州縣卑。君裝赴國門，僕瘦病馬羸。太倉幸可糴，窮達慎所之。儒冠易感慨，華屋難伸眉。紛紛兒女曹，足令壯士悲。工部貪採藥，漢老甘茹芝。不逢方外人，勿吐胸中奇。

贈盧礪

東風吹大河，北客思故鄉。門前車且留，念此道路長。子服儒衣冠，其家有禁方。非徒學之精，而又心術良。聞聲辨生死，易臂知陰陽。救療先閭里，懶上王公堂。子來視余疾，反側方在床。頭風應手愈，珍重不敢忘。遺我刀匕藥，三年用康强。我家乏黄金，我才非庾郎。贈子不成禮，秃筆題藥囊。

和孔毅夫學士題小閣

共坐既云隘，出也欲何之。晴窗日可負，此地猜瑠璃。朝衣雖已穿，襆被亦已遲。緬思廬霍勝，入手當何時。

和孔毅夫省宿

拙學如拙商，欲益翻折閲。壯心消已盡，況復形羸苶。君年雖不少，面目猶冰雪。漢署夜如何，青燈兼白月。

再和孔毅夫省宿

吾懶不閲書，知書不我閲。雙瞳眘仍眵，四體病如茶。黑鬢忽已蒼，但未頭如雪。空食竟原作驚，據殿本改何裨，留連驚歲月。

和晁秘校

牆濕生野蒿，簷低脅嘉樹。涼飈屋上過，故以逃大暑。念彼遠戍人，荷戈事軍旅。而我幸安寧，尚愧林泉主。

和僧圓益題靈泉

我思靈泉遊，不免去閭里。山寒景更清，觸目皆可喜。玆泉何滮滮，宛若雲霧起。酌之無淺深，那再殿本作更問泥滓。盤盤山為腹，鑿鑿石為齒。噴薄無四時，其靈止如此。斯言聞于人，豈得盡其理。更喚山老來，煩師問初始。

壽李少卿

佳辰遡中元，大第羅燕席。今殿本作千歲共玆日，冠蓋合佳客。中堂上壽遲，喜氣生四壁。男女燕雁行，樽俎皆潤澤。惟公臺省舊，况是文章伯。明星在中天，五福陰有力。惟兹基本厚，未止家萬石。共揖廟堂尊，蒼生日安宅。南園椿已大，悠久與之敵。長看堂上兒，白頭衣五色。

希魯奉議四兄生日

畫工畫青松，慘淡千年姿。遼鶴俛不啄，又殿本作下有龜如綦。丈人坐中間，白髮衣帔帨。云是東方宿，來為壽者師。再拜致此圖，惟兄能似之。骨强老于松，心静靈于龜。形健瘦于鶴，自與長年期。從來事丹竈，得道今已遲。定應圖上人，適照生之時。富貴雖常情，在兄奚足為。王侯金滿堂，不義乃滓泥。豈如食舊德，朝冠與朝衣。况復源流遠，後昆未可知。好看學行者，恐是麒麟兒。

讀縣父詩榜

縣地苦迫窄，縣亭乃荒凉。胡為君子來，到此成詩章。上陳圖史樂，次道為政方。終焉戒易足，俾爾能自强。荒亭實何幸，得此人不忘。年深粉墨剥，辭意彌激昂。誰云官冗小，會有真龍藏。其珠在人家，門户常有光。余來誦反覆，感歎嗚中腸。臨風亟欲和，把筆猶徬徨。安得杜陵翁，為我題屋梁。

讀于濆詩

于濆詩不多，遺藁數千葉。緬覩作者意，重歎今人拙。雅辭清我骨，勁氣噴壁裂。感激生亂亡，辛酸更愁絶。長城句最苦，三讀淚流血。莫學蒙將軍，功高家國滅。

傷　春

人傷春色老，我傷春色深。桃花未肯落，半月羈吾心。有酒且斟酒，無酒將奚斟。有詩謾吟詩，無詩將奚吟。詩酒兩不得，坐媿桃花林。咄嗟富家兒，滿堂收黄金。

苦　雨

陰雲藏雨來，風吼如海潮。乖龍喜當路，下雨連三霄。平河忽瀰漫，不見城東橋。蟄者灌其穴，飛者飄其巢。惟有魚與鼈，得勢饒腥臊。雖聞雷霆震，若有鬼神號。禾豐不得斂，穗濕依生苗。農家堵户歎，始覺虚勤勞。乖龍莫之悟，自謂膏澤饒。始知旱魃虐，未得如雨妖。

自羅山入信陽過金闗道中作

村南聞鷄在村北，土坐如堪竹鯈𠣙。野蒿誅盡露溪滑，山樹燒殘空石骨。疾風吹蓬如卷裘，河水夜凍凌割舟。但願黄堂賀新雪，單衣布襪非吾憂。

濟　陰

東州女兒年十七，身在風塵如在室。紅腮緑領巧相宜，露浥海棠嬌滴瀝。態濃意遠畫不盡，對客無言却真實。濟陰縣令為留連，樽俎相逢復相失。我讀古人書，又愛斯人美。既未能忘情，亦未能忘禮。以情敗禮禮之賊，以禮約情情有止。上不與汝礙崆峒之山，下不與汝隔滄浪之水。無山無水有城市，咫尺青樓三萬里。東家酒香噴蘭芷，對客醉歌而已矣。君不見魯國有男子，拒户不開寧老死。

送范德孺使遼

都門冠蓋如雲多，馬頭匼匝金盤陀。平明三節出城去，使華已過桑乾河。桑乾地寒氈作屋，冰霜滿殿本作漫野飛鴻鵠。道旁簫鼓動地迎，鐵面蕃兒皆拭目。金玦裝成寶刀利，銀鞍半露貂裘㬉。日高賓館駐前旌，饋客往來隨酪粥。河間未弛新亭障，山後猶存舊風俗。幽燕婦女白如脂，露面來覘漢冠服。邊風吹雪罨氈城，氈城在處為屯營。黄沙行盡到靴淀，新年下馬單于庭。庭中之人識漢事，而公赫赫傳家聲。

君臣把酒重相勸，知有從來忠孝名。好言天子神聖武，際天接地皆王土。桑麻萬里富中原，制作千年還太古。白日親觀丹鳳翔，黄河近報神魚舞。不須鐵甲屯大荒，坐見長城倚天宇。況君總髮懷剛腸，往年司直中書堂。單騎走馬絶瀚海，而今復使天一方。平時出入雖故事，男兒舉足安可量。鄙人再拜贈公語，北邊射獵雲雪岡。平安烽火三萬日，羽林超距閒金湯。年年蕃馬輸漢地，後車硠礚牽玄黄。願持成效獻天子，歸來躍出尚書郎。歸來躍出尚書郎，鏘金鳴玉趨明光。

送朱彦文通直從慶陽辟命

洛陽之人秀眉宇，束髮從軍心自許。南徹梁江西瀚海，萬里相從舊賓主。慶州之險山作城，青岡路狹如鬬鼠。我嘗與君馳大漠，夜掘黄沙枕冰土。君今重行計安出，羽檄攙槍待君處。去年天狗墮地鳴，今年擬破靈鹽城。男兒鞍馬是常事，髀肉消盡須重生。況君到日春風發，行雲夜閉沙塲月。戰馬沾泥不用嫌，功成便浴讎人血。君不見高平范公慶曆時，往築大順人不知。千金散士得死力，横山可取猶提携。至今塞下呼老子，關中使者公之兒。當年議奏千萬語，攻守二策真可師。勿云近事不足道，狄青之輩為偏裨。

送田百里歸唐

田百里，飄泊如雲心似水，我每思之中夜起。忽來訪我黄河涘，抵掌欣欣不能已。身形雖么麽，膽大無與比。兹行若過汝水濆，為寄新詩與陳子。

次韻和歐陽季默觀書紀事之作

歐陽季默年三十，處世雖艱心地吉。居于頽垣原作敗，據殿本改壞屋傴仄之巷，而有倜儻慷慨汪洋之美質。

高才横騖若飛走，横野騰山漫罝畢。吾懶居家病益生，絮帽蒙頭造君室。兒童驚窺前復後，笑我衰遲見風栗。升堂發篋數百紙，爛錦繁華照初日。怒生風雲與神會，怪走龍蛇堪股慄。奇蹤雖在人已亡，今也源流苦蕭瑟。吾家綈囊亦三四，縱有名書未充實。妻孥饑餓謂無用，誶語如蛩常唧唧。黄籤青縹纔數種，若比君家百無一。後會慇懃定若何，人生聚散胡能必。

次韻和晁秘校招飲

侯門公子桃花色，岐路書生情反側。羡君脱灑心坦平，交友如林真少得。懷中有疏未肯上，鄉里小兒空太息。黄粱甑冷且沽酒，為客典衣無顧惜。淳于道舊醻五斗，倒載不辭門户隔。共約他年江海遊，醉斬鯨魚尋李白。

依韻和祖休承議

吾聞明霞之綺良工造，若比君詩工不到。擲地方知作者神，補天非是常人巧。放懷似覺乾坤小，名節雖高心事少。君不見漢陰有丈夫，脚踏空山樹芝草。

蓋公堂歌

膠西丈人頭皓白，避世不作諸侯客。黄帝老子是其師，短褐補肩人不識。嗚呼相國起文吏，能解干戈謀社稷。諸田喋血腥未已，封裹瘡痍與休息。三齊儒生多説士，强讀詩書談治國。席間衆口亂如髮，鄉飲明堂盡陳迹。丈人西來貌甚野，杖藜殿本作藜杖柴車面黧黑。坐言治道本無事，要爾蒼生自安適。爾能高卧知大體，男子耕耘女蠶織。用之天下如掌上，况爾區區城七十。相君再拜受其教，舍以高堂奉顔色。相君已死君不來，千五百年人歎息。眈眈新堂作者誰，密州太守文章伯。太守高吟醉太白，年穀常豐無盜賊。三牛倒曳九仙木，大斤截落瑯琊石。脩梁巨柱屹如湧，磊落巍峨稱公德。太守思公公不見，闢户張筵望南北。詩成鬼神相對泣，文就龍蛇驚辟易。公今存亡詎可問，况今自有神仙骨。五嶷山高近城郭，太守有堂奚不宅。我欲寫公之意于鳴琴，又欲畫公之容于四壁，太守胡不置我于其側。我欲奮飛無羽翼，注目高歌淚沾臆。

鴻濛歌 范龍圖生日

山川鴻濛火未流，祝融羽衛行九州。南方有氣纏斗牛，乃生之人宜公侯。諫書十上辭不留，繡衣夜過咸陽樓。清談玉帳羌戎羞，羽林超距閒貔貅。單車弭節漸岸遊，世間萬事公無求。兹辰歌舞良燕休，滿堂賓客來曹劉。再拜酌酒交獻酬，文彩照耀珊瑚鈎。願公壽考踰山丘，以八千歲為春秋。

海　内

海内儒生十七萬，日誦詩書頭白半。中有成名當路人，却視詩書猶弊券。猶弊券，可奈何。勸君收淚莫零落，古往今來此輩多。

古冢行

朝行古冢東，暮行古冢西。冢中古人骨已朽，冢外遊子今何之。朝食古道南，暮食古道北。道傍古跡不可見，道上行人常役役。古人居今人必愛，今有古人人不識。面前和好兒女顔，背後往往張弓射。拂衣歸去非不會，無宅無田歸未得。長靴短笏隨衆人，斂首低顔為俗客。深居晏坐尚恐喧，平路緩行猶恐蹶。口中有聲未嘗吐，嚥入喉嚨化為血。君不見谷口鄭子真，又不見蜀中揚子雲。子真老死耕巖石，子雲嗜酒惟醺醺。丈夫窮達皆有命，萬事得失非由人。街頭沽販味雖薄，猶可賒來傾入脣。

提葫蘆行

提葫蘆，竹叢裏鳴。昔嘗見人學，今乃聞爾聲。草深山遠徑路狹，春盡日長花竹明。往來行人竟何事，足繭滕穿千里行。離家去國已牢落，況復饑渴貪前程。是時聞爾勸沽酒，下馬解帶留長亭。

花溪四松

君不見吾植四松樹，多植六松非溢數。高纖筠籠避猛風，頻挑壤穴防根蠹。直幹清音已可憐，短長尺寸詩可傳。草堂舊客今安在，錦里花溪四百年。

觀文與可學士畫枯木

韋偃樹石名天下，後日良工無及者。任侯借我枯木圖，石氣蒼茫若唐畫。畫時只用床頭筆，與可親題是真蹟。霜皮合抱隱不彰，老蓋支離存半壁。梢摧骨朽心已穿，幹爛龍鱗體猶瘠。生意雖休根柢在，崛强杈牙倚天黑。膠流斷節文理深，筭枝剥落如針直。坐久疑行古塞外，凌空慘淡千年色。起身就視覺有神，不見筆痕惟淡墨。豈徒揮洒無人似，苦節清風貧到死。任侯珍重竟殿本作意何如，不獨畫好心君子。若使與可為俗流，枯木雖佳侯不收。

楊照承議蘆雁枕屏

畫師不肯傳風蝶，故作枯乾逞奇絶。清秋未合結繁陰，深户何曾洒飛雪。雪裏鴨兒苦耐寒，眠沙枕浦白雲團。黄蘆槭槭枝葉乾，江頭鳴鴨恰飛起，恍如身到瀟湘間。瀟湘洞庭雲水隔，山路坡陁斷行客。從來冬景畫已難，況有翎毛似鶴白。已覺冰漫稻粱少，更疑水宿溪垠窄。生平有道付滄洲，今日床頭行動色。

屏風主人家近便，我昔曾過潯陽縣，田蘆野雁嘗親見。出門解榻定相逢，借我江鄉今對面。以上《西臺集》卷一八

畢仲游二

出郊

出郊雖未原作已，據殿本改遠，已似惡塵埃。徑穩車先到，門閒客自開。花從今日見，會是隔年來。載酒無知數，揮金可快哉。

索馬

索馬周岡寺，鳥鳴問去程。頑風入衣冷，寒日帶霜清。朝市心雖懶，江湖計未成。因循已三十，真恐悞生平。

信陽道中避暑

下馬湯家市，前村數里賒。敗籬瓜少蔓，簇舍豆先花。放袖從風入，停鞍待日斜。欲知為客恨，更久不成家。

郾城道中阻雨

秋雨連三晝，羸驂驅不前。氣昏吁可怕，雲斷復相連。風急時翻蓋，泥喧懶著鞭。窮途不須問，吾道付高天。

許田道中雨止

索索風回陣，暉暉日弄晴。掃門收石潤，走馬覺身輕。路闊車添轍，泥乾僕問程。暮川行客遠，雲氣自昏明。

虞城病中遣懷

本作看書室，翻成搗藥堂。心違經歲月，病久怯風霜。未數囊中帙，先論肘後方。喜聞臨賀守，鼓枻過湘江。自注：長兄國博守賀州已滿，歸必有藥物。

望王屋

感激愚公事，傳從太古時。伏中猶積雪，雨上見朝曦。氣與扶桑接，心疑峻極卑。天壇如可至，吾欲摘參旗。

過朱僊驛

氣象皇州近，川原暮靄中。沙平千里白，日入半城紅。出處形容改，驅馳歲月同。身名行可料，天地一衰翁。

遷居潁谷

漸入深山處，都無客到來。輕裘勝挾纊，渴飲當銜杯。得失情何預，閒忙老共催。清風一披拂，安坐興悠哉。

定居

臘盡風霜急，東城始定居。豫抄新歲酒，却讀少年書。好事心渾懶，談空病未除。轉頭成四十，吾道竟何如。

贈脩顒上人

巾鉢來何所，茅齋近竹林。能談高士傳，會得祖師心。我識詩情苦，公求理性深。三年居潁水，誰復是知音。

留别損之大士

去去南州遠，無人可問禪。牽懷從此日，聚首在何年。水落城東路，風清淮上船。我心須自寫，彈斷古琴弦。

河陽閒居

飄泊成留滯，河陽見五春。壞池無過路，委巷作比鄰。糲食稀留客，肩輿懶倩人。臨流休照面，自合鬢如銀。

河陽重九

佳辰雖可重，無客共登高。蒸粉隨粗飯，挼花對濁醪。放歌元不解，擬賦亦徒勞。坐聽兒童語，悠悠愧爾曹。

獻壽二首

慶日三陽近，高門附帝居。迎祥春入暮，殿本作幕獻壽晚連裾。中子今持節，諸孫日誦書。始知題萬石，未足大吾閭。

家近黄金闕，筵供白玉船。兩孫今應詔，一子日朝天。壽酒如鱗次，斑衣作陣圓。夢齡人試數，從此更千年。

佳辰二首

傍臘春猶遠，佳辰氣自和。慈顔親事少，壽相比人多。姊妹新為會，兒童預作歌。萊衣容醉倒，始奈錦茵何。

户内三千口，誰為第一樽。清風傳舊族，陰德助吾門。阿母神仙降，班姑法度存。他年堂上燕，侍立見玄孫。

姪馬子試晬

去歲當今日，兒生在北堂。眉疏才必秀，耳大壽應長。乳驥蹄猶小，冥鴻翼未張。吾門如可大，藉汝志强梁。

早赴城西倉即事呈諸同志

上馬雞鳴後，都門四望中。曉光欺月色，和氣挾春風。計拙功名遠，官閒况味同。醉鄉如可入，相率慰飄蓬。

就南排岸謁宋成伯不值而還蒙詩見贈次韵

懶作青門客，來尋隱吏居。上堂誰解榻，窺户却還車。似怕臨池驛，空翻插架書。生涯知有地，共學灌園蔬。

乙亥歲八月十五日夜同景叔知府少卿翼道提舉大夫望月于河中之名闓堂兼簡襄守歐三叔弼虢守孫八元忠二首

上樓初照席，條華漸分明。佳節三秋半，前期一雨晴。冷光天外散，高會世間清。坐久疑輕舉，微風習習生。秋深仍雨過，望月宴高城。列岫呈中夜，微雲避太清。星沉天若掃，林迥野無聲。故友知强健，應同醉五更。

陪蒲守景叔學士會暢家園

亭幽宜更酌，樹近合頻行。蒲劍槮槮長，荷錢疊疊生。隔林千岫踴，帶郭一川橫。共選尋山屐，無心更濯纓。

沈丘縣遇冬至夜會夷仲明叔

佳節無佳句，留連小縣城。客來爐火著，人静佛燈明。把酒隨時俗，高吟屬弟兄。令人驚歲月，屈指是新正。

次韵和宋寧道太祝許氏園席上

雅宴屬才華，清詩自一家。高談落風雨，醉目傲烟霞。席地疏林隔，傳杯小徑斜。再來春已老，猶得醉殘花。

次韵席上

無寥情易感，多病酒先除。城影落平地，月光飛太虛。高吟空有調，倦思本無餘。讀罷傳三鼓，披衣歸我廬。

夜宿崇因寺述懷奉呈諸公

月老庭除白，火明山頂高。酒容無俗客，詩興任吾曹。促席暫讙謔，思家還鬱陶。坐聞鐘磬響，那免話離騷。

寓宿樂明之殿直家戲作

地狹開爐小，門深掩徑斜。雨寒冰裹木，風怒雪翻車。北第頻留客，南園欲探花。我身無定所，酒到是吾家。

會草堂嘗酒戲成四十字呈子思舅

白酒旋開封，身如鳥出籠。愁腸先抹倒，醉眼任矇鬆。甕近那妨就，杯寒且更烘。翁居鎮如此，我馬又西東。

酒後

為爾題詩句，詩成莫浪傳。避人那是怯，勸酒自知妍。翠袖身如削，清歌喉未圓。良宵誰與並，明月共嬋娟。

次韵子思舅

幽居山霧合，日色曉相交。凍馬空嘶櫪，癡鴉不離巢。舊醅澄緑沫，新橘破朱苞。我豈揚雄比，無須苦客嘲。

讀子思詩二首

子思詩二百，開卷淚沾衣。今世識者少，古人能亦稀。當年出咳唾，此日成珠璣。誰憐盛名後，妻子貧無衣。

子思詩句好，當日少知音。不作蘇梅體，猶勝庾鮑吟。郟城山不改，清潁水猶深。試問安良事，流傳直至今。

次韵李成之待制見寄

有客昔遭遇，郎官帥秦川。得間欣燕處，佳句出天然。羽翼九萬里，功名三十年。詩成傳萬口，世俗累都捐。

次韵和子夷秘校見惠之作

啟函如會面，懷抱為君開。昔有風騷主，今為伯仲才。士風門外轍，生計掌中杯。早晚依閭巷，烏巾恣往來。

次韵楊久中阻雨

雞鳴雖不改，人病自添慵。地滑泥無跡，簷疏瓦有松。天低渾似幕，雲怒不成峰。欲决繁陰破，慚無利劍鋒。

次韵和越州監酒鄮令七兄見寄

去國悲新襲，還鄉曳故裾。澗寒迷路晚，花落度關初。計拙家無補，官閒睡有餘。生兒如可教，早晚大吾閭。

讀將叔弟送路帥詩

定州詩刻好，模寄比南金。道盡行人意，堪論作者心。邊城歸盛事，雅道付知音。珍重吾將叔，當時亦苦吟。

和宋成伯

度日門長掩，尋春事已非。鵲驚隨吏散，燕熟傍人飛。手拙裁書懶，頭昏漉酒稀。坐來空咄咄，不是悟禪機。

蕨澗曹正叔有詩見寄因以答謝

子學有餘力，我生無定居。與人常不合，謀己一何疏。酒熟同誰酌，詩成懶自書。會須還潁水，高枕閉吾廬。

得來書有感因成四十字呈夷仲宣仲

獨坐長如醉，書來意暫醒。未能論會合，猶且慰零丁。客少庭稀掃，人回户又扃。歸期試閒卜，見説紫姑靈。

寄南齋諸君兼簡牧之公遠

寄語生平友，暌違情若何。每斟樽内酒，常憶醉時歌。大賦相如巧，新詩子建多。幸煩傳數紙，且欲恣吟哦。

寄鄭介夫

鄭子安强否，梅花萬里春。如何投虎穴，直欲犯龍鱗。北闕今無數，南方信有人。可憐妻子在，年少不謀身。

次十五里店寄交代楊十七判官

世事元無定，吾今得已多。轉頭新歲月，開眼舊山河。蹭蹬如君少，因循奈我何。此生深會得，不用接輿歌。

和李善初會張范二公

會面雖難得，親情豈易忘。定須留客醉，應話老夫忙。地去朝門遠，身依古寺凉。相逢拚一醉，千日未為長。

從軍還京贈羅適正之奉議

一别書渾廢，相逢老可嗟。免為邊地鬼，還宿故人家。塞路風霜惡，京塵歲月賒。衰顏不重少，兒戲煉丹砂。

出巡河東與徐勳宣德

防敵無時節，論兵有是非。屯營蕃馬健，部落漢人稀。土屋穿寒月，氈裘護鐵衣。相逢一樽酒，分首雪中歸。

送寅亮宣義赴明州

隨分之官好，舟行不計程。江山新入夢，風物舊知名。客館離人醉，賓筵楚士清。須知今夜月，近海更分明。

罷淮漕歸汝

任拙因成懶，求閒偶得歸。前途純可料，往事盡成非。汝岸瓜田薄，風川藋逕微。終須一遷徙，知有濼魚肥。

至鄭州望故陳子思靈泉舊居愴然有感詩以述懷

夫子嘗招隱，雞鳴汝上川。飲徒隨手散，詩草任人傳。甥舅元相好，妻兒也可憐。有魂招不得，嗚咽問靈泉。

忤俗

忤俗真堪笑，謀生又不能。放懷衣落拓，高卧髮髼鬙。面垢常揮汗，牙衰怕嚼冰。床頭鬃拂弊，不會殿本作為逐青蠅。

書懷

高城壘脩竹，小舍似山居。痛飲謀身懶，高歌與世疏。拂衣慚國士，買釣夢江魚。可笑虞卿老，窮愁强著書。

永日

永日梅空發，夜眠分作題。不因懷北客，未折向南枝。渡嶺朝雲斷，緣江春路遲。如何夢中作，常勝覺來詩。

秋風

天地東南遠，秋風萬里來。青雲原作風，據殿本改如漫語，白日會相催。頭帶千莖雪，心闌一寸灰。説歸歸未得，江海路悠哉。

夜雨

夜雨洗殘暑，秋風應候來。庭柯色未減，黄菊意將開。布被已思夾，霜鐘漸欲催。歲華空向晚，心事日成灰。

破屋

破屋風千穴，櫺疏日一竿。長巾籠短髮，舊褐怯新寒。道路形容改，悲啼骨髓乾。乾坤非不大，無地得閒官。

疏簷

疏簷團鳥雀，畫壁飽風霜。汲水三村遠，誅茅半畝强。齋錢隨客意，佛事寄僧堂。月落人相對，陰陰塔影長。

早起

起作南樓望，山河在我傍。春風入河濟，曉霧合嵩行。帶郭名園少，穿雲古岸長。留連成皓首，何處是吾鄉。

策杖

策杖西原上，東風意浩然。山河思舊隱，日月换新年。徑曲穿林巧，樽移席地偏。野花誰飣餖，故故簇平川。

亂水二首

亂水號新港，穨雲蘸古城。山樓遥出没，野日自昏明。樹冷禽聲滅，霜高鶻翅輕。夢歸今未得，寂寞寸心驚。

水落芙蕖老，山高薜荔長。野雲吹不斷，晚雨氣先凉。信筆題詩逸，停杯漉酒忙。酣歌露雙足，有意濯滄浪。

恭輓神宗皇帝二首

御極三宸正，調元一氣淳。銅臺漳水夜，玉匣漢陵春。地拓山河舊，天升日月新。自今遺老內，有是四朝人。

北極迴天象，西陵法帝居。松門黄道直，帳殿紫宸虚。宴罷千秋節，哀纏六尺輿。御詩兼手詔，新見睿思書。

恭輓哲宗皇帝二首

徧覆仁無外，尊居道可名。就堯方日出，過杞忽天傾。海闊金梟下，宫開玉鑠鳴。早知龍竟去，鑄鼎不須成。

容衛千官出，攀號萬國同。新名西下壘，空定北郊宫。天泣時零雨，神遊恐御風。孤臣如在列，應許抱遺弓。

恭輓宣仁聖烈太皇太后四首

受遺開嗣聖，約禮避前人。聽覽從殿本作存公議，艱難付老臣。宫車閶闔晚，帳殿鞏原春。似待吾君長，雲軒即上賓。

聽朝驚屢輟，端拱異平居。垂殿簾初徹，因山道已除。書遺長樂記，音斷濯龍車。詔下猶加惠，華夷定宴如。

因革功兼至，權宜道可稱。力扶天步穩，端拱太陽升。椒寢移殿本作迷彤管，泉關付漆燈。須知天子孝，不獨改園陵。

勳業三朝盛，哀榮萬國同。人疑無外戚，家不選中宫。天泣時零雨，神遊恐御風。憂勞如治水，九載亦成功。

恭輓欽聖憲肅皇太后二首

維昔艱難際，安危屬母慈。元龜猶不豫，大策更誰咨。霽霧雲方合，當空月遽迷。聖君常泣慕，常以舜為師。

嗣聖當天日，權宜道不居。力明當辟事，豫下撤簾書。備物端門遠，神遊武帳虚。不知任與姒，較德定何如。

恭輓欽慈皇后二首

神考當天日，宫闈祝燕禖。日符元有感，坤軸欻先摧。追册音容闕，攀號吉葬哀。行知九虞祭，欽聖仗同迴。

緬懷章懿事，聖孝代相傳。比上欽慈册，還同明道年。玉衣晨不整，帳殿日相連。聞説詞多感，哀容可動天。

輓司馬温國公丞相二首

黄髮來雖暮，丹心病未休。艱難天下事，際會老臣謀。似覺浮風返，空嗟白日留。定知名汹汹，萬歲與千秋。

禮絶非因貴，哀深却有榮。世間都畫像，海外亦聞聲。後事雖從殿本作從諸老，前賢是友生。故應房魏輩，泉下定交情。

輓范丞相忠宣公六首

曳杖三朝老，持衡一品尊。忽同秦逐客，幾見楚冤魂。公衮方還第，輀車已及門。遺言不須記，一一表中存。

出處從來定，榮華取次休。嘗看居相府，只似在安州。不事千金産，能捐萬户侯。哀哉天報施，僅免葬江流。

伏枕言雖少，遺書志可哀。尚謀裨國事，猶欲盡人材。白日空垂照，悲風亦自來。更驚諸老盡，吾道信悠哉。

大節誰堪擬，危言每可驚。不牽身外物，寧向澤邊行。近闕官皆復，還家没亦榮。升堂誰慟哭，知是老門生。

忠義傳三世，衣冠盛百年。功名富貴地，父子弟兄賢。被放長如往，生歸豈偶然。至家還不起，無處問蒼天。

揮淚西原上，晴雲為我陰。誰知如望歲，竟不復為霖。主聖空撝己，民思未絶吟。已休還一慟，非但哭知音。

輓司空申國吕公六首

浩蕩風雲地，哀榮屬老臣。兩朝尊柱石，三世擅經綸。際會看前輩，安寧付後人。不須論制作，風俗近還淳。

騎吹西城曉，衣冠一望中。尚疑歸鄭國，還似葬温公。道在民先定，兵銷歲自豐。故知伊吕事，千載有遺風。

試論司空事，還如慶曆年。鹽梅雖國論，衣繡是家傳。二聖知人望，三公託世賢。奚須論燕處，無事不超然。

歲月還箕尾，風雲暗上臺。定超三界外，元自九天來。冰木逡巡合，泉門颯沓開。太平雖已見，吾道亦悠哉。

位與諸公絶，恩逾上相尊。朝廷惟再拜，論道掩諸昆。體貌傳三世，光華聚一門。蒼天苦難料，端坐讀招魂。

道繼三賢後，名成六相齊。氣摩南斗直，功蓋北山低。背日衣冠祖，穿雲鹵簿迷。道旁誰白首，堅卧作兒啼。

輓王元之相公二首

門風清可尚，有道付陶甄。舊載傳家榜，新承顧命篇。遺文星轉斗，定策日升天。東府功名地，安居十五年。

道與風雲會，思留雨露滋。小心黄閣老，大手白麻詞。家有衣冠盛，朝無故舊私。不須三寸舌，終號帝王師。

輓歐陽伯和三首

不起斯人疾，哀歌未是哀。淚流千點血，心死一團灰。白日空垂照，悲風亦自來。半塗成永訣，天道信悠哉。

慟哭西原迴，晴雲為我陰。山河一長劍，生死兩知心。世譜傳來久，天文驗自今。此名埋不得，未信九原深。

純孝慈顏感，悲啼令季傷。梟飛元傍母，雁少不成雙。殿本作行壽夭從開闢，賢愚竟渺茫。不須論甲子，未省鬢毛蒼。

輓履中學士二首

孝悌由家法，詞章亦世傳。婚姻甥舅好，門户弟兄賢。問疾猶樽俎，遺文謾簡篇。平生惟一轍，何事不長年。

漫向蓬丘老，都無一遺車。家人新買道，弔客舊通書。樂事生來少，兼官病後除。蒼蒼吾欲問，生理竟何如。

輓晁端友著作二首其子補之來求

好學五車富，輕財四壁貧。風流漢家令，文物晉詩人。門户青氈舊，窮途白髮新。招魂誰解意，慚愧屈靈均。

試問生何事，清詩七百餘。父兄無舊產，妻子有遺書。散誕謀生懶，高情與世疏。蒼天高莫問，長短竟何如。

輓李成之待制六丈三首

高論嵇中散，行吟楚大夫。笑談雖自若，放逐竟何辜。浮世終難料，蒼天不可呼。莫論身後事，忠義付諸孤。

西帥旌幢舊，東州几杖新。偏裨嘗破膽，徒弟盍書紳。雄略渾無敵，沈機妙若神。不須鋤盜賊，公在本良民。

道孤存白眼，骨朽任黃泉。不與今人合，空為後世憐。文章還誤己，窮達竟歸天。遺藁知猶在，應容手自傳。

輓盧革通議三首

耆宿今多少，惟公景德人。家鄰吴市卒，名重漢庭臣。路在猶耕月，門閒似送春。纔知圖畫好，時見舊精神。

教子生前貴，休官物外榮。居家金節重，開户玉棺輕。江水元如舊，松林長未成。祇應山鳥憾，長向壠頭鳴。

誰記先生事，聲名五十年。素風人不及，陰德世相傳。氣與名流合，官隨子舍遷。闔門賓客散，悵望白雲天。

代范忠宣輓中散某公三首

平日書生貴，中年使者尊。繡衣雖去國，珠履會填門。奏疏皆民事，遺言為國恩。哭君無好句，端坐獨招魂。

宿昔函關路，遊人作上官。鷄鳴軒蓋入，馬到吏民安。苦節摧頭白，清名（原作明，據殿本改）過齒寒。生平彈與挂，只是一朝冠。

解組將安適，無何乃故鄉。門庭雖取次，詩酒是尋常。車過音猶在，琴閒調已亡。因居悟生理，天地只茫茫。

代范德孺輓李稷運使四首

倥偬軍中事，飛騰使者尊。龍岡雖有地，馬革返無門。未見朝廷誄，空遺子弟恩。不如行楚澤，先自作招魂。

萬里魂應返，沙場血未乾。幽明新雨露，恩怨舊衣冠。聲作虞歌易，詞賡楚些難。莫憐歸骨晚，弔奠只空棺。

吾道何伸屈，斯人忽已亡。萝妖非二豎，風變哭三良。室有千言記，塵無一窖藏。舉頭天色在，今古自蒼蒼。

遺札何堪問，知無封禪書。殺身今已矣，報國事何如。人去衣冠在，魂來户牖虚。應同廣川記，惟見玉蟾蜍。

送太師潞國文公致仕赴闕朝覲歸洛

事業觀前輩，河汾出異人。擎天為柱石，蓋代服經綸。早歲登黄閣，羣公會紫宸。指揮平大盜，咳唾福生民。契合由天意，威行静塞塵。飽聞鳴鸑鷟，久已畫麒麟。陰德歸宗社，昌言啟聖神。功成絶能口，道在不謀身。自昔規模定，于今風俗淳。立廷山不動，容物海無津。文力揮南斗，台光拱北宸。英姿元岌嶪，雄略只逡巡。慷慨遺軒冕，光華被縉紳。十年三册命，四海一師臣。貴極多齊物，名高却任真。氣完神洒落，骨老石嶙峋。正殿需雲合，初筵醴酒淳。異恩非故事，全美勸朝倫。高卧鵷鴻集，忘懷鳥雀馴。鬻熊心益壯，自注：鬻熊九十為文王師，曰投石超距，吾即老矣；坐策國事，臣心尚壯。尚父德逾新。行色嚴舟御，縈光照席珍。二疏翻小節，九老盡佳賓。坐上文章士，田間道義鄰。曹劉不難致，園綺會相親。穎脱居塵外，逍遥占水濱。孔光靈壽杖，山簡接籬巾。賤子登門晚，微官侍坐頻。倦遊心落拓，多難骨酸辛。懷古悲寥廓，低颜任屈伸。鄒裾羞掃地，墨突自營薪。餓死猶思洛，當年偶過秦。填溝知幸免，彈鋏更何因。宦况淳于賤，交情鲍叔貧。廢書頑度日，逃飲病酬春。請謁衣冠弊，留連體貌均。不堪名碌碌，尚辱誨諄諄。器小甘無用，詞繁恥重陳。綵衣圍鶴氅，壽酒吹魚鱗。江海新歸計，乾坤舊化均。終篇懷感激，肝膽覺輪囷。

送交代楊應之判官歸洛

借問楊夫子，還家洛浦春。兩為黄綬吏，雙健白頭親。烏帽斜欹面，斑衣穩稱身。鵲靈方報喜，龜夢久方神。自注：應之光祿君嘗夢遊壙中，見其祖焉，旁有龜行。謂光祿君曰：以是賜而為子。及生應之，遂名龜賓，取《史記》所謂龜者國之寶也。高卧今賢相，居閒舊老臣。上堂從隱几，侍坐好書紳。存没空懷感，交遊素耐貧。先生墳上淚，御史甑中塵。嵩頂饒穿屐，伊流慣幅巾。直弦歌太尉，曲學笑平津。自滯心元懶，偷閒味却真。折腰陶靖節，散髮屈靈均。王屋風鳴籟，龍門月漾銀。白芽烹澗水，綠笋當江蓴。折鹿諸儒喜，騎驢大尹嗔。贈人袍已弊，賒酒券常新。小子元疏放，忘歸任屈伸。馬肝嗟屢食，犬吠脱無因。文史慚方朔，形骸謝伯倫。恥同珠履客，寧作醉鄉人。瓜熟叨為代，情親願卜鄰。乞牋金躑躅，試研玉麒麟。祖道無供帳，停車有吐茵。心胸兩傾倒，轇轕動星辰。

送鄆州楊子安教授由京歸洛

好去嵩陽客，清河穩放船。東州新學校，南郭富林泉。悟道先生敏，為文子弟傳。烏皮常隱几，黄絹動成篇。太尉風流在，裴休理性玄。老松生幹直，大海得珠圓。肆筆君房好，論才賈傅傳。尚書行給札，博士久虚員。獻策諸公喜，談經衆手編。長鯨鱗鬣就，儀鳳羽毛鮮。小子甘環堵，窮途懶著鞭。家貧門外轍，酒價杖頭錢。官冷雖知命，身閒學問禪。功名看異日，交契懶同年。明月行梁苑，凉風度潁川。叫閽宜上疏，負郭莫歸田。散飲盃投地，更闌斗挂天。離懷吟不足，彈斷古琴弦。

早寒

十月清宵永，空齋已怯寒。霜籬飛葉密，風案拂沙乾。晏叔狐裘穩，公孫布被完。簷澌方綴瓦，井凍漸封幹。飽食留鷹距，虚驚落雁翰。誰來沽酒飲，自笑典衣難。想望存心曲，嘻吟恣筆端。河冰思澤國，路雪寄長安。邑邑爐灰冷，熒熒燭燼闌。門前生計在，葦蓆稱車單。以上《西臺集》卷一九

畢仲游三

興龍節

簪笏千官拱帝宸，四方同日燕君恩。五弦度曲南風應，萬壽稱觴北極尊。金奏無譁覃雨露，瑶圖有算比乾坤。願為善頌賡天保，如日如山萬子孫。

羅山即事

吏情臨老盍偷閒，異縣人風倦往還。古屋半摧元是塚，重岡相帶不成山。昇平是處容餬口，應接非心祇强顔。早晚騎鯨跨滄海，欲抛簪笏寄人間。

信陽軍筵設樂口號二首

談笑西州塞上春，歸來不薄兩朱輪。功名致主期三代，忠孝傳家第一人。御史平生能許國，將軍未老肯謀身。義陽今與淮陽比，汲孺當年亦諫臣。

曾將行事著成書，前世嘗聞近世無。帝闕天門辭禁近，蜀山秦塞任崎嶇。殿帷昔用書囊染，皮几今隨道帽烏。忠孝成名生計懶，義田十頃近蘇湖。

至曹州值羅正之著作部夫河上有阻會合以詩見意

百里傳書浪有期，到頭樽俎恰相違。春回通汴花争發，冰泮明河客未歸。年老無成今世有，身閒不飲古上。

人稀。諸公憐我如相問，為道因循未拂衣。自注：穀熟羅仲元著作與定陶、寧陵、下邑諸宰皆相識也。時與正之同部夫河

内中考進士

北風吹雪舞長廊，束帶三千筆陣忙。地色不通金瑣澀，天香未散玉爐光。龍墀暴漲詞源湧，鵷駕迷空羽衛翔。三月漢庭重射策，幾人彈幘待王陽。

入内考進士同考官唱和三首

早歲成名地已尊，徘徊五十始乘軒。官同長孺寧居後，疏似王陽獨上言。道氣鬱紆灊嶺秀，詞源浩瀚峽江渾。研朱共較公孫策，坐覺文風似建元。

未得還家意不忙，日斜人散傍修廊。白頭已向新吟懶，青眼相逢舊話長。高閣無聲沉晝漏，側門有路想天章。聞公自謂忘懷者，今日情懷豈易忘。

明光寓直偶然同，八百儒衣度漢宫。下筆春雷從地起，舉頭帝座在天中。條陳不啻三千牘，品藻今惟六七公。況是篇章容易得，好令編集附唐風。

登瀛閣

穿池引水事清幽，水有寒魚釣艇浮。慣識蓬萊好風月，裝成滄海舊汀洲。波涵弱柳雙行影，露裛衰荷半頃秋。從此東州富賓客，非才先得從公遊。

余除鑄錢使者居厚除尚書郎俄皆銷印即事二首呈居厚

出處平生大致同，中間得失等雞蟲。髡髦昔似晉羣謝，華髮今成楚兩龍。握有蘭香為子祟，御無銅臭坐

余窮。善和舊宅殘書卷，只合連床聽曉鐘。

病鴻垂翅噤無聲，慣見虛弦莫浪驚。二仲卜鄰元不惡，兩生堅壁未嘗行。出關誰識為周史，入社猶堪伴洛英。都把首陽山占斷，採薇到老没人争。

秦州道中

單車五月使西州，行入秦關鳥鼠秋。蘇季金多纔過洛，子房功大願封留。新詩欲報難開口，舊物閒思若轉頭。邊戍移書謝妻子，擣衣相寄不須愁。

别從事

從事歸來半白頭，吾今便欲别南州。穿花載酒知難得，散髮行歌且自由。官小恰為黄綬吏，興濃思共赤松遊。莫嫌潁上生涯少，會向焦陂買釣舟。

潁州道中有感

異鄉聞説潁人賢，我到常疑地使然。江泛五程無險岸，馬行千里盡平川。新禾狼籍團團穟，遠樹婆娑簇簇烟。寄語汝陰官長道，會須日上泛湖船。

臨潁道中值雨

野氣寒雲漫不收，飄風送雨冷颼颼。路長馬怯驚蹄滑，巢濕鴉飛打樹稠。計拙甘為黄綬吏，途窮空敝黑貂裘。閉門坐卧真安穩，吾道東西不自由。

暫居河上獲從致政丈朝請之遊仰慕高風因成拙句

葛巾攲側鬢毛疏，安穩揚雄宅一區。縱酒偶然因客至，行歌渾不用人扶。穠花嫩蕊何曾歇，小榭幽亭亦勝無。春日出郊惟跨馬，牡丹纔發到西都。

清河閒居

書囊藥笈付妻孥，解語嬌兒戲坐隅。几浄飽看新印史，壁高親挂舊山圖。待憑風月招佳客，豈有功名屬腐儒。小睡接䍦巾自落，未甘散髮號狂夫。

望春宋公第

宋公池館舊相招，人比青松更後凋。但怪麒麟猶素壁，不知祥鳳已丹霄。賓筵揖讓雖分散，儒館風流未寂寥。不比填門並擁篲，百年纔過即聲銷。

題崇因寺

閒遊偶此共攀緣，勝事誰能為我傳。山鳥無巢任來往，溪流有石更潺湲。路迷空谷寒生霧，目極平林遠自烟。便是瀛洲與方丈，不知何處有飛仙。

過天清寺

收拾閒官作伴來，百年懷抱為君開。高標不數慈恩塔，迥眺如登單父臺。料有神明扶岌嶪，恍疑星斗接崔嵬。不妨痛飲相牽率，待把生涯付酒杯。

曹南貢父學士席上

真珠花小帖腮垂，不分蘇州説杜韋。漢殿香新初著體，楚宫腰怯未勝衣。風林巢穩鶯雛嫩，水閣梁高燕子飛。欲作清詩答清唱，恨無清思敵玄暉。

賀吕子進舍人告謝

金殿移班再拜歸，門庭未冷又光輝。百年相府風流在，三世詞臣際會稀。應復異時當化筆，莫留同甲弊朝衣。似觀天上三階正，又有文星入紫微。

次韻和子思舅

聞説幽居傍北溪，莫將歸思作新詩　未為野客隨翁去，應被山僧笑我癡。近日病中為酒敵，自注：舊有戒酒之意，方可為敵。他年物外得禪師。林泉漫有花開約，借馬相從能幾時。

和陳子思舅探梅

曉過東堂探早梅，山翁指處一枝開。只憐舊路無人到，誰為新詩有意裁。晚雪欺凌空自怨，春風吹拂似相猜。更須催問今朝客，有酒有花宜早來。

次韻蘇子瞻内翰入直鎖院賜官燭法酒

兼金作帶玉為郎，夜步花磚拜賜忙。絳蠟持來元未點，黄封纔破已聞香。星隨燼落花猶在，霜送杯深味更長。乞曉却穿丹鳳入，白麻宣對殿中央。

和趙達夫入試院

不帶書來倦日長，詩傳新語似襄陽。工夫不比唐風集，氣味如聞漢著香。醉酒典衣吾已老，賜袍奪錦子行將。憑詩更作騷人體，為説幽蘭静處芳。

和趙堯夫晨起

留連夜色城中月，造作秋聲雨後桐。殘燭有花非目眩，宿酲無病似頭風。未從丹竈遊方外，且對黄粱説夢中。三十萬家天欲曉，非烟非霧氣葱葱。

次韻和應之判官寵示之作

青衫補綻髮鬅鬆，未信無文可送窮。醉入南山題石虎，夢回西洛賦驚鴻。君才特起如秋鶚，我病微吟若夏蟲。場屋舊遊都老大，可憐樂事轉頭空。

和吕紀常奉使契丹

雪壓胡沙老上庭，春華雖減使華增。且看意氣並人物，未説文章與吏能。靴溅早行圍曉月，滹沱還渡坼春冰。紅牙新下都司誥，異日應須五色綾。

次韻和錢穆父提刑九日登鄆州樂郊

酒面吹花點客衣，茱萸採盡葉離離。蒼苔不掃迷三徑，緑竹長生任四時。文會難逢嗟已散，清歡易失却成悲。北垣龕石皆陳迹，賴有曹南慰我思。自注：樂郊有劉原父、永叔、聖俞、貢父同賦詩刻石，而今惟貢父在。

和錢穆父舍人

簪笏三人共一班，仙凡回首不相關。連名花判圜宫硯，隔坐香焚暗博山。紅藥對開階兩畔，紫宸入侍殿中間。更知外省文書少，草罷詞頭閣老閒。

寄鄆州李常武兼簡王希才先生須城王敦夫

胡髯洛面少知音，會愛清閒忙至今。負郭買田元有意，上書論事已無心。參軍近日詩情老，居士從來理性深。若見須城王令尹，為言憔悴白頭吟。

寄歐蔡二家兄弟

人静身閒日月遲，酒來誰共倒玻璃。吟如峴首山前過，醉似武陵溪畔迷。新夢未曾離潁上，舊交長是憶淮西。郡城到處頻行樂，駟馬驢車理却齊。

和夷仲寄仲純叔弼

流水無聲涷未銷，故人何日許相招。霜花開偏城頭樹，月色應添淮上橋。十載塵埃身碌碌，百年杯酒意飄飄。弟兄已有東歸意，早晚同來採藥苗。

和河南尹上清宮祈雪

旌旆十里駐邙山，夜醮琳宮太古壇。寶殿降真方隱隱，大田彌望已漫漫。撫封和氣通為潤，載路歡謡不避寒。瓊苑玉樓扃大内，惟瞻銀闕在雲端。

和董十二司户見寄

官居破屋兩三間，佳客留連我厚顔。一月俸餘纔有酒，十分地僻却無山。折腰州縣慵來久，散髮江湖願未還。不是清朝甘吏隱，偶因多病伏安閑。

次韵魏承議

翠柏相交夾路深，閉門憔悴白頭吟。曉風駕月粘天去，宿雨堆雲接地陰。酒伴留連非北道，交情珍重比南金。近來髮落牙仍缺，惟有如丹一寸心。

次韵和貢父學士遊左山歸泛北湖

帶郭湖山歸故丘，使君把作醉鄉遊。僧軒愛客長開户，沙鳥迎人不避舟。一塔清風來處原作自，據《永樂大典》卷二二六五改遠，三樓寒月影相留。酣歌想見江南路，野客溪禽好在不。

次韵和裴士傑庫部對棋上貢父學士

吏散公堂訟已平，東軒一局晚窗明。風雲不動星辰燦，樽俎無聲玉石爭。意外死生由巧拙，手中舒卷乍陰晴。自憐小數非秋格，坐久惟聞鴻鵠聲。

次韵和褚恕通察推淮上有感

小床高枕卧書空，節物凄凉歲歲同。錢在杖頭嘗自醉，花開門外為誰紅。君閒好事棋成癖，我病裁詩句不工。故國欲歸歸未得，東風隨夢去匆匆。

和梅德充見寄

前年離陝宴溪傍，白髮蒼顏各老郎。親意百年楊仲武，自注：楊仲武之姑嫁潘散騎，所謂潘楊者也。而某之外祖乃德充之大父也。友情千里晉真長。自注：晉劉琰字真長，與王羲之雅相友善，孫盛作易論語，簡文使殷浩難之，不能屈。帝曰：使真長來，固應有以制之。論詩手出都官藁，自注：聖俞為都官員外郎，以詩名天下。德充之世父也。劉原父嘗言，唐有鄭都官，今有梅都官。好事家傳侍讀香。自注：德充之大父翰林學士侍讀，在真宗為朝臣，性善焚香，其在官所，每晨視事必焚香，至今人傳梅侍讀香方。書到并州何處覓，柳溪高會正傳觴。

和歐陽伯和見寄

自笑無能與世疏，此身疑作野人居。穿花載酒雖難得，散髮行歌許自如。賴有兒童守門户，不妨賓客到階除。會須拂拭烏皮几，準擬虞卿共著書。

和李文叔寄虢州孫元忠學士

病懶逢春不似春，已衰心力未閒身。入關勝跡都題漢，度隴方言漫計秦。人會一時親買馬，交情千里屬雷陳。漸知歸計無多事，只待男婚女嫁人。

次韻和穀熟徐仲元著作監倉之什原作作，據《永樂大典》卷七五一八改

行見東州山外山，却回河上醉春寒。新詩點檢留心苦，舊事尋思覺鼻酸。上疏未能同主父，帶經猶得學倪寬。只今欲作歸休計，淮上田園累歲乾。

奉呈中叔仙翁覬永光和

兩君相得富家聲，書字題詩別有名。健筆九分張長史，苦吟再産謝宣城。門閒掩月居人少，木老凌風直舍清。顧我菲才空有願，願同吏隱過昇平。

和希魯四兄奉議陪蒲守景叔學士宴名闥堂書事

大棟修梁城北樓，使君冠蓋簇樓頭。左山右水足清會，弔古懷賢非俗流。月出長天猶未夕，風來大暑頓成秋。登高能賦真吾事，未及相如死不休。

和宋開叔韵遊風穴山白雲寺

人去人來半日間，徘徊絶頂覺身閒。風雲不動心猶恐，星斗相輝手可攀。皂蓋遠如天上至，籃輿曾記月中還。防身一劍今誰倚，何必崆峒始是山。

和僧圓益晚歸三峰

昨朝分路指溪泉，今日憐師寄一篇。歸去且看松徑緑，重來應見杏花妍。風吹林杪聲初鬧，日曬牆陰影漸延。待得青春夜如晝，却煩相喚詠嬋娟。

和夷仲兄嵩山嶽寺會宿

相迎終日踏泥沙，行過山南路更賖。雖有風光堪共賞，自憐詩酒屬吾家。野僧好事招題壁，稚子無端愛

折花。官冷囊空不須問，此身强健自生涯。

悲陳子思

别後悲傷今已休，相逢淚散不能收。遺書欲問難開口，往事尋思若轉頭。李白才華都是夢，淵明牢落幾經秋。草堂故地今存否，留作生祠記舊遊。

輓歐陽文忠公三首

夜夢鈞天去不還，送車千乘出長安。醉翁亭遠名空在，會老堂深壁未乾。墓草荒凉秋日暗，松林蕭索晚風寒。北山有石誰能取，四十年名不易刊。

少師盛德書生服，居士高名數歲餘。清潁歸來人事近，白雲乘去夜堂虚。累朝舊籍刊成史，集古新編滿載車。聞説使星來已晚，茂陵應復進遺書。

冠冕魁梧二府尊，義緣宗社不謀身。生前事業成三主，天下文章無兩人。志與經綸埋厚地，道懷正直作明神。未年七十身先退，再使人間風俗淳。

和陳子思遊靈泉山

婆娑盤石大，狼籍野雲多。借問山中客，桃源路幾何。

和十一舅題金蝦蟆

石窟昔藏金，蟾光射百尋。今朝在何處，山景正陰陰。

和希之

幽禪吾不學，静處豈無心。日轉眠雙樹，風和散兩襟。

月没

月没雲生障，風和雪壓沙。居家嘗似客，行路却如家。

過泗州贈同行

往來不絶千竿纖，頭尾相銜兩岸船。安得樓高三萬丈，與君直上看雲烟。

將次六邑讀子美詩有感

蘇嵐背日千盤曲，淝渚迎風四面吹。此水此山吾有恨，杜陵才子不同時。

從霍丘赴六邑道中即事

野塘無渡水潺潺，五月凉于八月間。傳語弟兄今好在，有聲相唤即西還。

與信陽王君儀司理約遊首山寺不遂

渡河五里列南山，僧閣連延半嶺間。歲暮相招春晚去，出城風雨又空還。

杜家溪

入山先到杜家溪，溪水長流不住泥。好作清新紀秋色，竹林深處為君題。

江行

長航駕浪入烟空，大醉高吟天地中。快事平生未曾有，渡江才得一帆風。

楓橋寺讀張祐詩碑云長洲苑外草蕭蕭却憶相從歲月遥惟有别時應不忘暮烟疏雨過楓橋是夜與温老語殊可人翼日又邂逅程夢良二人相送寺門因留一章紀事

茂苑春歸花信空，黄梅漸熟麥揺風。今朝門外分携處，還是楓橋烟雨中。

和陳子思謝見過

入城那復得逍遥，酒熟花開却見招。從此相思不須説，只將詩句寫無聊。

和陳子思宿陳家寺

詩老才多又好奇，吟來直欲壓玄暉。帷子不奈思家意，夢逐山雲一夜歸。

和陳子思晚出崇因

兩山夾路鬱崔嵬，雲縷飛空似剪裁。此日定須相别去，甕中殘酒待誰開。

和陳子思馬上口占令益師携茶紙赴會之作二首

幾時曾買建溪芽，小篋深藏品必嘉。豫約今朝狂醉後，須煩同泛一甌花。

早携數幅過山隅，明日詩情各有餘。案上羅文如已少，金花銀葉也堪書。

次韵陳子思

每到題詩偏得趣，自憐把酒不能歌。他時若有相思意，寄我千篇不是多。

和陳子儀

臨行又探北園芳，且欲相延伴酒觴。不似春花少顔色，只看蜂蝶逐風狂。

次韵陳子思留别

上馬同尋舊路行，風林日暖自無聲。此時話别難為語，山水淙淙聒耳鳴。

次韵十一舅留别

莫説他時招我易，須知此日别翁難。還家何似偏相憶，却檢殘書獨自看。

和子瞻題文周翰郭熙平遠圖二首

窗間咫尺似天邊，不識應言小輞川。聞説平居心目倦，暫開黄卷即醒然。

木落山空九月秋，畫時應欲遣人愁。因思夢澤經由處，二十年間若轉頭。

和宋開叔監簿解榜

衣冠相見雖甥舅，場屋同遊若弟兄。今日青雲皆有意，他時白首見功名。

和夷仲兄舟次蒼陵

蒼陵每過怯舟還，聞説蛟龍在水間。今我到來都不問，一聲鳴櫓見青山。

和宋寧道太祝簡陳濟翁

從吾坦率任吾真，每到花時得意新。但恐詩人足離别，此生何處不逢春。

某在洛中蒙朝請惠書促歸兼録示賞家園芍藥兩絶比離洛中芍藥已闌矣因次元韵追和二首

花開次第剪繁枝，先後争妍各是時。謾和新篇隨尺素，何須親見始題詩。

看花不覺過花時，香草才餘十數枝。聞説殘樽猶可倒，曉風吹袖已披披。自注：韓退之詩何如不待報，歸袖風披披。

次韵和魏聖源

市朝雖近是閒官，詩句清新酒量寬。料得還家霜滿地，贈袍應有故人寒。

寄潁川歐陽仲純兄弟

早來簷雨瀉空階，投晚陰雲四向開。最好西湖今夜月，不知誰在女郎臺。

寄蔡州歐陽仲純

東西相去若比鄰，肥馬輕裘有故人。美酒如霞花似錦，莫令辜負汝陽春。

寄成都宇文袠

春深相別已秋深，日戴烏巾遶竹林。斫得魚竿長十丈，無由同釣錦江心。

次韻答楊二十器之簡後見貽之作

門外曾留長者車，醉如白也騎鯨魚。恨無車騎堪生計，不得長安買酒壚。

再次韻

散髮行歌意自如，不須身作蠹書魚。相逢酌酒彈棋外，共杵丹砂試藥壚。

戲贈濟陰令羅正之

飲酒不論彭澤令，草書渾學右將軍。更知近日詩為苦，未及襄陽有幾分。

和僧圓益

山峰望處人難到，草徑行來馬自知。多謝山僧掃塵壁，我今有意不能題。

戲留僧圓益

城頭雲景曉漫漫，未雪先驚特地寒。明夜若能沽美酒，詩僧應不問歸鞍。

和僧圓益先到靈泉

無烟遠數三千嶂，有馬同驅十二蹄。却喜山前堪洗耳，水聲激激聽寒溪。

飛泉

飛泉噴薄萬珠圓，宛似驪山十月間。好作湯池浴寒月，醒人心處是潺潺。

神泉

神泉題字若魚鱗，短句長篇數十人。試向壁間尋作者，李師中後有黃莘。

書軒

書軒東向木欄干，寒食相招對酒盤。日色帶陰春竟晚，幽花未落蝶成團。

即事二首

屋破風斜漏不休，布衾無裏卧窮秋。貧家未説田家苦，狼籍殘書濕自收。

溪迴帶樹彎彎緑，山遠迎人步步高。春水滿塘頹岸去，也如江上見風濤。

偶題

拄杖行行去路遥，城荒樹老色蕭條。潁州寺裏僧知否，夜夢常遊飛蓋橋。

自嘲

箸下嘗來新蟹美，甕中篘得舊醅渾。只今醉倒君休笑，便是當時吏部孫。

自憐

自憐貧病也為儒，燈火相親十歲餘。昔作兒童今已老，案頭猶有未看書。

病中

閒後題詩醉後歌，身名官業任蹉跎。不知老境何形狀，但覺新來病痛多。

五更有感

杯酒雖同興自殊，夜來不寐自嘻吁。五更月落窗還暗，愁聽山禽叫勃姑。

放　魚

續縵沉鈎釣水濱，衆魚撥撥錦為鱗。却將鮮鯉池中放，待倩傳書付遠人。

社　鼓

社鼓鼕鼕南北村，老人相倚話柴門。自從嘉祐初年後，直至元豐有稻孫。

天磨石

玉京傳詔下南山，鎸鑿高崖使轉旋。大匠不知人世用，未施輪軸便升天。

金錯刀

傾囊倒篋皆珍怪，中有如刀兩大錢。不是美新能制作，為憐今近一千年。

玉　刀

鏡臺杵臼昔嘗有，何人更以玉為刀。已覺空堂走魑魅，却緘虹氣授兒曹。以上《西臺集》卷二〇

離蒲中簡游景叔知府少卿

經歲思歸偶得歸，清歌未徹醉如泥。籃輿徑遂西城過，鸛鵲樓高不及題。《永樂大典》卷一〇九九九引《畢仲游詩》

芭　蕉

水痕天影淡相宜，露坐秋凉乍快時。桐葉芭蕉最多事，曉昏風雨報人知。宋陳景沂《全芳備祖》後集卷一三

（馬辛民整理）

句

都無俗到來。宋紹嵩《亞愚江浙紀行集句詩》卷三

全宋詩卷一〇四三

釋守訥

釋守訥（一〇四七—一一二二），俗姓鄭，自號莫莫翁。爲青原下十二世，法雲秀禪師法嗣。初依棲霞山雲渺庵主，後於錢塘淨慈寺祝髮，禮圓照本公爲師，時稱訥叔。住蕪湖吉祥院、江寧能仁寺，繼遷華藏，皆所至未幾即辭去。隱居涇縣金峰，凡十六年。徽宗宣和三年（一一二一），住宣州昭亭廣教寺。四年，卒，年七十六。有《擬寒山詩》數百篇，已佚。事見《筠溪集》卷二四《宣州昭亭廣教寺訥公禪師塔銘》，《五燈會元》卷一六有傳。

和李白水西詩韵

涇水秋更清，清波照城郭。謂言尋勝遊，步躡秋霜閣。詩人昔仙遊，江左苦飄泊。壯志負青雲，浩氣橫碧落。邈矣不可追，苔封辨遺作。珠玉湛冰壺，琅玕脱錦籜。千載挹清風，萬慮都空廓。長嘯寄幽懷，山靈亦然諾。　清洪亮吉嘉慶《涇縣志》卷三一

句

野夫生長仁皇世，再見仁皇御太平。寄滎陽公　宋呂本中《紫微詩話》

《紫微詩話》：元符末，上皇踐阼，遠近稱頌新政。守訥以詩寄滎陽公云云。

蔡京

蔡京(一〇四七—一一二六),字元長,興化仙遊(今屬福建)人。神宗熙寧三年(一〇七〇)進士。調錢塘尉、舒州推官。使遼還,拜中書舍人。元豐七年(一〇八四),知開封府(《續資治通鑑長編》卷三五〇)。哲宗元祐元年(一〇八六),出知成德軍(同上書卷三六九)。歷知瀛州、揚州、鄆州、永興軍、成都府。紹聖初,入權戶部尚書。弟卞拜右丞,以京為翰林學士兼侍讀,修國史,進承旨。徽宗即位,奪職提舉洞霄宮。明年,起知定州。崇寧元年(一一〇二),徙大名府。復為翰林學士承旨,拜尚書左丞,俄為右僕射。二年,進左僕射。五年,罷為中太乙宫使。大觀元年(一一〇七),復拜左僕射、太尉、太師。三年,致仕。政和二年(一一一二),召復輔政。宣和二年(一一二〇),令致仕。六年,再起領三省,復致仕。欽宗即位,連貶崇信、慶遠軍節度副使,衡州安置,又徙韶、儋二州。行至潭州卒,年八十。《東都事略》卷一〇一、《宋史》卷四七二有傳。今録詩十七首。

題御制聽琴圖

吟徵調商竈下桐,松間疑有入松風。仰窺低審含情客,似聽無弦一弄中。《中國美術全集·繪畫編》三《兩宋繪畫》上《聽琴圖》

詔賜南園示親黨

八年帷幄竟何為,《方輿勝覽》卷二作員清時更賜南園寵退師。《吴郡志》卷一四作歸堪笑當時王學士,《方輿勝覽》作年王内翰功名未有便吟詩。宋葉夢得《石林詩話》卷下

《石林詩話》:姑蘇南園,錢氏廣陵王之舊圃也。王元之為長洲令,無日不携客醉飲,嘗有詩曰他年我若功成後,乞取

南園作醉鄉。大觀末，京罷相欲東還，詔以園賜之。京戲以詩示親黨云云。宋馬純《陶朱新錄》

答童師敏

聞説羣花爛漫開，知君醉賞不能來。臨風對酒空惆悵，不得相從把一杯。

與范謙叔飲西園

一日趨朝四日閒，荒園薄酒願交驩。三峰崛起無平地，二派争流有激湍。極目榛蕪惟野蔓，忘憂魚鳥自波瀾。滿船載得圭璋重，更掬珠璣洗眼看。宋張邦基《墨莊漫錄》卷二

送蔡攸征燕

老懶身心不自由，《三朝北盟會編》卷七作老慣人間不解愁封書寄與淚横流。百年信誓當深念，三伏征塗盍《三朝北盟會編》作修塗好少休。目送旌旗如昨夢，心存關塞起新愁。《三朝北盟會編》作身非幃幄若為籌緇衣堂下清風滿，早早歸來醉一甌。宋曾敏行《獨醒雜志》卷五

别寵姬

為愛桃花三樹紅，年年歲歲惹東風。如今去逐它人手，誰復尊前念老翁。宋王明清《揮麈後錄》卷八

《揮麈後録》：蔡元長既南遷，中路有旨取所寵姬三人，以金人指名來索也。元長作詩以别。

恭和御制己亥十一月十三日南郊祭天齋宫即事賜詩

雪晴至日日初南，帝舉明禋祀事嚴。萬瓦溝中寒色在，一輪空外曉光暹。雲和龍軫開冰轍，風暖鸞旗拂凍簷。共喜天心扶聖德，珠璣更誤寵恩霑。

展采齊明拱面南，濃雲深入夜更嚴。風和不放瓊英落，日暖高隨玉漏暹。照地神光臨午陛，鳴皋仙羽下

重簷。五門回仗如天上，看舉雞竿雨露霑。

袞龍朱履午階南，大輦鸞鳴羽衛嚴。玉軫乍回黃道穩，金烏初上白雲暹。五門曉吹開旗尾，萬騎花光入帽簷。已見神光昭感格，鶴書恩下萬邦霑。

飲福初回八陛南，凝旒袞對百神嚴。睍消塵入康衢潤，神應光隨北陸暹。丹檻雉開中扇影，朱繩鶴下五門簷。羣生鼓舞明禋畢，却憶花飛舞袖霑。

題神霄宫

下馬神霄第一回，晴空宫殿九秋開。月中桂子看時落，雲外仙軿特地來。參差碧瓦切昭回，繡户雲輀次第開。仙伯九霄曾付託，得隨真主下天來。

留題保和殿壁

瓊瑶錯落密成林，檜竹交加午有陰。恩許塵凡時縱步，不知身在五雲深。

至玉真軒奉詔賡補

保和新殿麗秋暉，詔許塵凡到綺闈。雅燕酒酣添逸興，玉真軒内看安妃。

見安妃像

玉真軒檻暖如春，只見丹青未有人。月裏常娥終有恨，鑑中姑射未應真。

《揮麈餘話》：宣和元年九月十二日，皇帝召蔡京等燕保和殿。傳旨留題殿壁，京題瓊瑶錯落云云。至玉真軒，即安妃粧閣，命使傳旨曰「雅燕酒酣添逸興，玉真軒内看安妃」，詔京賡補成篇。京即題保和新殿云云。既而但見畫像掛西垣，即以詩謝奏云云。

紹聖春宴口號

牙牌曉奏集英班，日照雲龍下九關。紅蠟青烟寒食後，翠華黄屋太微間。
三春樂奏三春曲，萬歲聲連萬歲山。欲識君臣同樂意，天威咫尺不違顔。以上宋王明清《揮麈餘話》卷一

句

三十六宫人第一，玉樓深處夢熊羆。太后閣帖子　《墨莊漫録》卷四
龍燭影中猶是臘，鳳簫聲裏已吹春。宋吴曾《能改齋漫録》卷八
人主主人翁。同上書卷一二
《能改齋漫録》：徽宗嘗作詩賜元長曰相公公相子，元長遽對云云。
萬鎰黄金手化鐵，五色綵雲神授丹。贈劉知常　宋郭彖《暌車志》卷三
菊英九日萬齡黄。
《揮麈餘話》：蔡京《保和殿曲燕記》載，徽宗顧群臣曰：桂子三秋七里香，嘉王楷頃許對曰：麥雲九夏萬齡黄。蔡攸曰：雞舌五羊千歲棗，蔡京云云。
君臣燕衎昇平際，屬句論文樂未央。以上《揮麈餘話》卷一
姑射神仙猶飲露，龜臺王母未忘桃。贈妙明真人　元趙道一《歷世真僊體道通鑑》後集卷六

（以上劉彦捷整理）

李孝博

李孝博，字叔升，一作叔師（《金石續編》卷一六）。神宗熙寧十年（一〇七七），提舉永興軍、秦

鳳路折納，改提舉秦鳳等路常平（《續資治通鑑長編》卷二八三、二九四）。哲宗元祐七年（一〇九二）為都水監南外丞（同上書卷四七六）。歷知楚州、提點廣東刑獄。紹聖四年（一〇九七）為大理寺少卿（同上書卷四九〇）。事見《蘇軾詩集》卷三五《次韵蘇伯固遊蜀岡送李孝博奉使嶺表》。今録詩二首。

潭嵐院 按：原署提刑李彦博，彦當為孝之誤。

堆積嵐光照碧潭，山前一寺號潭嵐。四時想見無窮景，借問老僧能盡談。

次蔣穎叔韵

維舟亭下號三灣，萬疊青山一水間。偏愛澄江照天碧，飛來幾片白雲閑。以上宋王象之《輿地紀勝》卷九五《廣南東路·英德府》

（徐進整理）

蕭　淵

蕭淵，神宗熙寧十年（一〇七七）為大理寺丞（明洪武《無錫縣志》卷三下）。

別惠山贈璋山主

三年愛山來幾回，携笻躡履真悠哉。片石可枕雲可偎，愆期不到縈吾懷。中藉高僧還有才，能與佳勝為良媒。汲泉煮茗何歡咍，松邊竹下容琴杯。我嗟官滿今還臺，欲去不忍須重來。慇懃慇懃孰與偕，寒猿老鶴聲相哀。山有情兮韞瓊瑰，願泉無窮兮滋九垓。它時再賞登崔嵬，約師把手忘形骸。明洪武《無錫縣志》卷四上

（劉雯整理）

柳安道

柳安道，神宗熙寧十年（一〇七七）以比部員外郎知台州。事見《嘉定赤城志》卷九。

題共樂堂

平波數頃萬峰前，一片丹青畫不全。幽榭小橋横翠水，茂林修竹鎖輕烟。綺羅弦管追歡地，雪月風花爛醉天。争奈及瓜歸覲去，湖山無復苦留連。宋李庚《天台續集》卷中

（劉彦捷整理）

謝愷

謝愷，富陽（今屬浙江）人。景温子（《宋史》卷二九五《謝絳傳》）。神宗熙寧十年（一〇七七）為太廟齋郎（《續會稽掇英集》卷五）。高宗紹興初，官將仕郎（《宋會要輯稿》崇儒六之一五）。

送程給事知越州

越山岧嶤凌蒼穹，北山獨秀誇卧龍。集賢學士辭青瑣，高牙新擁千騎雄。晝看卧龍峰，夕隱蓬萊宫。雙旌倒影射日紅，心閑不厭來山中。排虚屏障環四封，翠積琉璃千萬重。乍見烟霞西復東，倏聽海鼓鳴鼛鼛。照湖一望光悠溶，寒波百里秋曈曨。茂林修竹交青葱，峥嶸樓閣疑天通。使君况復氣摩空，高吟萬字才不窮。醉倒猶索黄金鍾，下筆凛凛生清風。幸當聖世民俗豐，莫惜樽俎頻雍容。但憂政成被追鋒，白雲幽鳥不得長相從。宋黄康弼《續會稽掇英集》卷五

（吴士軍整理）

畢仲愈

畢仲愈，字將叔，管城（今河南鄭州）人。仲游弟、士安曾孫。哲宗時官國子丞、諸王府侍講，知鳳翔府。坐兄仲游事入黨籍。徽宗即位，召為都官郎中。政和三年（一一一三），提舉河東路常平（《宋會要輯稿》崇儒二之二一），卒。事見《東都事略》卷四一、《宋史》卷二八一有傳。

句

徘徊幽興盡。宋紹嵩《亞愚江浙紀行集句詩》卷三

已招明月移歌扇，更倩《萬姓統譜》卷一一五作喚春風試舞腰。元夕

明燈數點林中見，橫笛一聲烟外聞。夜行　以上元《排韻增廣事類氏族大全》卷三

（劉彥捷整理）

李籍

李籍，神宗時人，與畢仲游同時。

句

三公歷拜皆無敵，二府更居貴莫倫。文潞公榮遇　宋阮閱《詩話總龜》前集卷二七引《王直方詩話》

（甯德偉整理）

王鯨

王鯨，字彥龍，長溪（今福建霞浦）人。神宗熙寧、元豐間兩請鄉舉。與尚書黃裳、秘閣陳寬民為文字交。明弘治《八閩通志》卷七二有傳。

句

時鬬西湖作勝遊，使君元是濟川舟。　明陳道弘治《八閩通志》卷七二

《八閩通志》：蘇軾守杭州，開西湖，鯨投以詩云云。軾大加稱賞。

萬規

萬規，字仁甫，時稱東平先生，樂清（今屬浙江）人。神宗熙寧、元豐間試禮部不中，乃閉户讀書。終身不仕。有文集十三卷，已佚。今録詩二首。

題忠烈侯廟

王事多艱險不移，委身先敵大江湄。臨危授命生前勇，列爵封侯死後祠。龔寇已隨湍下没，子規無復夜深悲。欲知幽顯存忠義，勳業重光兩石碑。　明永樂《樂清縣志》卷五

題雙瀑亭

萬斛珠璣瀉碧空，幾年含蓄在龍宫。春秋未斷縱横勢，南北曾奔次第雄。莫向寒岩長漱石，好歸滄海共成功。曾看清夜陪明月，影破朝陽鳳入桐。　同上書卷六

李陶真

李陶真，開封（今屬河南）人。道士。神宗熙寧末住武夷山止止庵。好吹鐵笛。又居建平之通仙巖。徽宗政和、宣和間曾至京師。事見《夷堅丙志》卷一一《李鐵笛》、清嘉慶《崇安縣志》卷一〇。

今録詩二首。

訪曹副宫不遇留題

一别仙標歷四春，神霄今復又相親。爐中氣候丹初熟，匣裏光芒劍有神。未駕鸞輿朝碧落，且將蹤跡傲紅塵。乘風暫過羌廬去，異日相期拜紫宸。　宋洪邁《夷堅丙志》卷一一

留詩别衆

毛竹森森自翦裁，試吹一曲下瑶臺。當途不遇知音者，拂袖白雲歸去來。　清魏大名嘉慶《崇安縣志》卷一〇

范正民

范正民，字子政，一説名正明，字子正，吴縣（今江蘇蘇州）人。純仁長子。以蔭補單州團練推官。卒，年三十三。有文集百卷，已佚。事見《山谷别集》卷一〇《書范子政文集後》及《范忠宣集補編·宋單州推官子政公傳》。今録詩二首。

孔林

漢陵玉匣盡，秦山銀海空。干戈百世後，獨完先聖宫。樹有千年色，門無數仞崇。盛德包覆載，遂順因所宗。坐若顔閔後，頗聞鄒魯風。撫膺感遺言，零落涕沾胸。

季顔師顔謫齊州以詩寄之

歷下故人今何在，音書久已隔寒暄。多年别後紛紛事，何日罇前細細論。忍見風霜摧羽翮，空教江漢瀉

詞源。聖朝寬大超前古，即有恩光照覆盆。　以上宋范公偁《過庭録》

（以上劉彦捷整理）

江汝明

江汝明，衢州開化（今屬浙江）人。仲舉父。曾以朝散郎通判睦州（《北山集》卷三三《江仲舉墓誌銘》）。

吴江太湖笠澤虹橋

地據東吴勝，江從震澤連。萬家臨一水，千古得三賢。　《輿地紀勝》卷五《兩浙西路·平江府》

（劉虹整理）

陳氏

陳氏，眉山（今屬四川）人（《淨德集》卷二三《朝散大夫致仕陳公墓志銘》）。陳習女，唐暨妻。工文章（《道鄉集》卷三五《真淡先生唐公墓志銘》）。今録詩二首。

送張邦基母

念别每驚魂，流年多病身。惟我延陵子，情真意更親。分携無淚盡，望遠更愁新。老眼將何暖，音書不厭頻。

雪意亂江雲，江梅漸放春。雁歸人去後，愁與歲華新。榮路君方振，園居我豈貧。惟餘憂我念，相憶莫沾巾。　以上《墨莊漫録》卷二

《墨莊漫録》：唐暨潛亨，質肅公猶子，余母之舅也。隱居襄陽。……娶陳氏，蜀人，令德純茂，尤工文章。大觀中，

先君為郡學官，代還，以詩送别余母云云。

朱服

朱服（一〇四八—？）（《萍洲可談》卷三），字行中，湖州烏程（今浙江湖州）人。彧父。神宗熙寧六年（一〇七三）進士，為淮南節度推官，充國子監修撰、經義所檢討（《續資治通鑑長編》卷二四四）。元豐三年（一〇八〇），擢監察御史裏行（同上書卷三一〇），俄知諫院。七年，權國子司業、起居舍人。歷知潤、福、泉、婺、寧、廬、壽諸州。哲宗紹聖元年（一〇九四），召為中書舍人（《宋會要輯稿》職官一一之六七）。四年，謫知萊州（《續資治通鑑長編》卷五〇一）。徽宗即位，再知廬州，徙廣州，黜知袁州。坐與蘇軾遊，貶海州團練副使，蘄州安置，卒。有集十三卷（《宋史·藝文志》），已佚。《宋史》卷三四七有傳。今録詩十三首。

合肥書懷

題據《吴興詩存》二集卷二

歷盡風波老境侵，一麾重寄蜀山陰。時清不復崇詩禁，更向淮西續舊吟。

廬州三首

晴湖列遠岫，萬叠來駿奔。横入小蜀岡，金友依玉昆。

將軍蕩寇力能任，陳迹依然得重尋。血繞樓船龍戰息，水摇城堞雉飛深。

肥川勝賞冠他州，浦口揚舲得儁遊。梅雨正迷江國路，萍風未《錦繡萬花谷》續集卷一〇作先破洞庭秋。

巢湖

平湖壓郡境，血食等靈媪。豈無升斗水，活此車中藁。以上《輿地紀勝》卷四五《淮南西路·廬州府》

過廬州

昔年吴魏交兵地，今日承平會府開。沃壤欲包淮甸盡，堅城猶抱蜀山迴。柳塘春水藏舟浦，蘭若秋風教弩臺。獨有無情原上草，青青還入燒痕來。宋祝穆《方輿勝覽》卷四八

九日

一見黄花只自羞，蕭然短髮不禁秋。誰人為整烏紗帽，獨倚西風滿眼愁。宋劉克莊《後村千家詩》卷四

柳絮

隨風逐浪事輕狷，巧占人間欲夏天。只恐障空飛似雪，從教糝徑白於綿。同上書卷一一　按：宋陳景沂《全芳備祖》前集卷一八以及元方回《瀛奎律髓》卷二七皆署張舜民，且為七律，尚有後四句云「未央宫煖粘歌袖，揚子江清惱客船。老去强看愁底事，昏花滿眼意茫然。」而今本《畫墁集》不載，姑錄待考。

次韵桃花菊

籬邊不語自成蹊，紅入秋叢見亦稀。亂插烏巾酬老健，輕浮白酒惜春歸。劉郎一去花何晚，陶令重來色已非。蝶散蜂藏無足怪，冷香寒艷不堪依。宋史鑄《百菊集譜》卷四

梅花

幽香淡淡影疏疏，雪虐風飛亦自如。正是花中巢許輩，人間富貴不關渠。宋陳景沂《全芳備祖》前集卷一

元豐盛《宋詩拾遺》卷七作感事

冠帶橋門路，雍容俊士關。微言尊噩噩，小道屏閒閒。禮樂高千古，詩書到百蠻。斯文知未泯，璧水尚

如環。宋謝維新《古今合璧事類備要》後集卷三九

汨羅弔屈原

委命仇讎事可知，章華荆棘國人悲。恨公無壽如金石，不見秦嬰繫頸時。《永樂大典》卷五七六九引《古羅志》

題東老庵

收拾精神歸卷内，了無非譽入懷中。祇因庭樹藏春色，更有琴書繼古風。學道固非原憲病，好賢誰信孟嘗窮。清尊猶剩回仙酒，萬家悠然一醉空。清陸心源《吳興詩存》二集卷二

句

孤臣正泣龍髯草，遊子空簪鳳尾花。宋朱彧《萍洲可談》卷一

《萍洲可談》：先公崇寧元年帥廣，正月遊蒲澗，見遊人簪鳳尾花，作口號一聯云云。後監司乃指此句為罪，其誣註云：契勘正月十二日，哲宗皇帝已大祥，豈是孤臣正泣之時？讒口可畏如此。

相逢盡欲傾家釀，久客誰能散橐金。宋陸游《老學庵筆記》卷一〇

水無涓滴不為用，山到《輿地紀勝》卷一三〇作至崔嵬猶力耕。泉州　宋方勺《泊宅編》卷三

鷄鳴分水繞肥城。

琉璃十頃浸旻蒼，此境淮南自少雙。游澄惠寺

睠戀肥城詎忍還，每貪公退枕書眠。以上《輿地紀勝》卷四五《淮南西路·廬州府》

九韶先幸舜，五嶺後通秦。韶石　同上書卷九〇《廣南東路·韶州府》

遥看一樹凌霜葉，好似衰顔醉裏紅。楓　《全芳備祖》後集卷一八

朱服

西清邇英閣，密勿侍經筵。晝漏逾三鼓，宸居近玉磚，多聞資學殖，清問發真筌。元豐盛事　清厲鶚《宋詩紀事》卷二五引《古今合璧事類備要》後集　按：查今本《古今事類合璧備要》無此詩。

（以上劉寧整理）

趙令鑠

趙令鑠（一〇四八—？）字伯堅，太祖五世孫。神宗朝進士。累官至寶文閣待制。有《詩聲集》，已佚。事見鮮于伯機《遊高亭山廣嚴院記》（《鐵網珊瑚》卷五）、《宋史》卷二四七《子湜傳》。今録詩二首。

子瞻和予致齋詩有端向甕間尋吏部老來惟欲醉爲鄉之句因送薄酒兼成斐章冀發笑也

古人醉以酒，蓋亦有所寓。一飲百憂忘，陶陶朝復暮。公欲醉為鄉，甕間尋吏部。惜取青銅錢，濁醪安足酤。敢竊好事名，聊資子雲具。巧手斧鼻端，此情知有素。

子瞻辭免起居之命令鑠復用前韵一首以勉之

登州與儀曹，到官如旅寓。螭陛鳳凰池，翱翱未云暮。冰雪照人清，黄色盈中部。譬如千日釀，一宿陋清酤。載筆無多時，公真濟時具。歎息賀德基，猶知我尸素。　以上明趙琦美《鐵網珊瑚》卷五

趙令松

趙令松（《宋詩紀事補遺》卷九二作穰，誤），字永年，太祖五世孫。官至右武衛將軍、隰州團練

使，贈徐州觀察使。事見《宣和畫譜》卷一四。

遊紫麟峰

千仞奇峰薄上清，葛洪於此尚留名。紫麟瑞靄春風暖，白虎丹成夜月明。點點蒼苔空有跡，菲菲芳草不聞聲。高蹤回首今何在，山水猶含萬古情。

元陳世隆《宋詩拾遺》卷一一

（以上陳捷整理）

宋神宗

宋神宗（一〇四八—一〇八五），名頊，英宗長子。仁宗嘉祐八年（一〇六三），封淮陽郡王。英宗治平元年（一〇六四），進封潁王。三年，立為皇太子。熙寧元年（一〇六八）即位。二年，任王安石為參知政事，開始變法，以圖富國強兵。但在變法中動搖不定，終敗。四至六年，命王韶開拓熙、洮等五州，設熙河路，史稱熙河開邊。五年，章惇開拓梅山地區，史稱梅山之役。八年，與遼重劃河東邊界，棄地數百里。元豐三年（一〇八〇）至五年，進行官制改革，史稱元豐改制。屢遣將進攻西夏，靈州、永樂城之役，皆敗。八年，卒，年三十八，葬於永裕陵。廟號神宗，紀元二：熙寧、元豐。事見《宋史》卷一四至一六《神宗本紀》。今録詩七首。

賜秦國大長公主挽詞三首

海闊三山路，香輪定不歸。帳深空翡翠，珮冷失珠璣。明月留歌扇，殘霞散舞衣。都門送車返，宿草自春菲。

曉發城西道，靈車望更遥。春風空魯館，明月斷秦簫。塵入羅衣暗，香隨玉篆銷。芳魂飛北渚，那復可為招。

慶自天源發，恩從國愛申。歌鐘雖在館，桃李不成春。水折空還沁，樓高已隔秦。區區會稽市，無復獻珠人。　宋惠洪《冷齋夜話》卷三引《臨漢隱居詩話》

四言詩一章

五季失圖，獫狁孔熾。藝祖造邦，意有懲艾。爰設內府，基以募士。曾孫保之，敢忘厥志。

題封樁庫

每虔夕惕心，妄意遵遺業。顧予不武資，何以成戎捷。　以上《揮麈後錄》錄卷一

《揮麈後録》：神宗遵太祖遺意，聚積金帛成帑，自製四言詩一章云云。每庫以一字目之，又別置詩二十字分揭其上云云，後來所謂御前封樁庫者也，上意用此以為開拓西北境土之資。

賜大理丞梁士基橫州宅生連理荔枝

橫浦江南岸，梁家聞世賢。一株連理木，五月荔枝天。　明彭大翼《山堂肆考》卷一七二

賜太師文彦博

四紀忠勞著，三朝聞望隆。享茲難老祉，報在不言功。富矣勳彌大，居焉貌甚冲。西都舊士女，白首竚瞻公。　清顧炎武《求古錄》

句

一方文武魁天下，萬里英雄入彀中。賜薛奕徐鐸　《輿地紀勝》卷一三五《福建路·興化軍》

《輿地紀勝》：薛奕，熙寧九年武舉第一，時徐鐸亦擢進士第一，神宗賜詩云云。

燕翼功參九，安榮世歷三。軒輝雖揜北，風教自存南。以上宋李壁《王荆公詩註》卷四九《太皇太后挽詞二首》其一、其二注引。

袁百之

袁百之（一〇四八—一〇九一），字必强，雍丘（今河南杞縣）人。登進士第，歷縣令，州學教授，官至左奉議郎。哲宗元祐六年卒，年四十四。事見《學易集》卷七《陳郡袁府君墓誌銘》。

句

長江雪浪過樊口，西山翠插天崔嵬。次東坡韵　《輿地紀勝》卷八一《荆湖北路·壽昌軍》

（以上陳曉蘭整理）

陸惟忠

陸惟忠（一〇四八—一〇九七），字子厚，眉山（今屬四川）人。道士。曾與蘇軾交遊。哲宗紹聖四年卒，年五十。事見《東坡全集》卷八九《陸道士墓誌銘》。

句

投醪谷董羹鍋内，掘窖盤遊飯碗中。宋蘇軾《仇池筆記》卷下

《仇池筆記》：江南人好作盤遊飯，鮓脯鱠炙無不有，埋在飯中，里諺曰掘得窖子。羅浮潁老取凡飲食雜烹之，名谷董羹。詩人陸道士出一聯云云。

（陳捷整理）

全宋詩卷一〇四四

劉弇一

劉弇（一〇四八—一一〇二），字偉明，吉州安福（今屬江西）人。神宗元豐二年（一〇七九）進士，授通州海門主簿，調臨潁令、洪州教授。哲宗紹聖二年（一〇九五）知嘉州峨眉縣。繼中博學宏詞科，改太學博士。元符中，因進《南郊大禮賦》，除祕書省正字。徽宗即位，改祕書省著作佐郎、充實録院檢討官。崇寧元年卒，年五十五。有《龍雲先生文集》三十二卷。事見宋李彦弼《劉偉明墓志銘》（《龍雲集》附録）、《宋史》卷四四四有傳。

劉弇詩，以明弘治十八年劉璋刻《龍雲先生文集》為底本（藏南京圖書館）。參校清乾隆十三年刊本（簡稱乾本，藏江西省圖書館）、影印文淵閣四庫全書本（簡稱四庫本）、八千卷樓舊藏清鈔本（簡稱八本，藏南京圖書館）、嘉業堂舊藏清鈔本（簡稱嘉本，藏上海復旦大學圖書館）、民國涵芬樓刊印《宋詩鈔補》（簡稱鈔補本），并採用《豫章叢書》中《龍雲集》胡思敬校記（簡稱胡校）。新輯得集外斷句一聯，附於卷末。

贈賈仲武

賈侯器宇何軒昂，下視齪齪真秕糠。眉分八字髭根黄，自許忠膽鐵石剛。彫弓一挽一石强，錦臂錯出虬青蒼。匣劍排射星斗光，壯心飛過祁連傍。架鷹朝按血染裳，鐵驄騎出轡鬧裝。健兒前呵檛列行，捷矢齊指雲中鶬。豈惟武力稱擅場，亦有文價騰焜煌。新詩字字古錦囊，清論灑落飛天潢。險韵千百敢獨當，管鋒落紙鏗琳琅。古文探討屋壁藏，史傳山岳遺毫芒。酒酣往往歌慨慷，連卷大白鯨吞航。自云疇昔富文章，家在冀北邊一方。天書屢膺貢州鄉，雲衢卜日横騫翔。中間落泊志不償，武科拉取如截肪。況有豪氣十丈長，蟠蟄僅類絆驌驦。苦恨天驕久頡頏，撫臂便覺大袂攘。坐縻歲月耗囷倉，口厭醇釀飽肉粱。吾非斯人可相望，要且報國真不忘。我來自東甫春陽，邂逅紺宇同一觴。幅巾輕蓰鈔補本作蹝追徜徉，促膝調笑初無妨。自知投分出泛常，豁如餧腹得糗粻。短長不復置形相，落去睥睨决壅防。嵇生轉覺嗜鍛忙，高陽還因酒發狂。漫叟戲規衹攪腸，嘲嘈不減笛弄羌。截竹岳頂掀滄浪，撥雲春茗誇頭湯。爽齒旋復行蔗漿，黄金大顆披橘穰。插首往往羅幽芳，頃兹行樂殊未央。更辱邀我臨山岡，大壺載酒冽鼻香。果飣梨栗庖麏麞，韓劉黄胡狄與張。一一瀟灑雜珮珩，高談終日佛老莊。妙理密契矢插房，絶倒頓足争蹌踉。罷去追惜成悢悢，誰謂夫君氣特揚。投以大句尤加詳，啟函愜興劇爬瘍。忽疑寫睇臨望羊，高躋欲斧李杜吭。麟鳳自是品物祥，邀予屬和馳縑緗。直取夷險分駑良，九牛犒師始落鋩。正喜先獲大臠嘗，洪河下湧淼沛滂。囚屯衆鬼納大荒，脱走束縛投桁楊，濘郎瞰臨獲與臧。滿注羿矢連九暘，沉魂夜泣青女霜。此來繼辱厚意將，殆欲引轍觀怒螗。狗尾續貂彌足傷，雕胡未易加糠䵃。摶空方見一鶚颺，短翮便可槍榆枋。咄嗟豈得不知量，區區瑣碎久嗜菖。八本、嘉本作昌食魚誰敢期大魴，尚欲勉强牽牛箱。無鹽弄姿映嘉本作當康莊，難工衹益羞姬姜。聊將瓦礫酬琮璜，終愧後乘非騰驤。

元豐辛酉七月九夜大風四十韵

海傍七月無好天，頑雲夜半争糾纏。雷公轟車電操幟，如以墨汁當空湔。門闌刺眼不見地，逼塞四野可築拳。須臾靇風贔屭起，便覺怒竅呺喧闐。茫茫平地駕轣轆，礧石雜下麗譙顛。訓狐投隅狗走竇，拔木僵仆踵不旋。鏗轟時聞擲飄瓦，洶沸錯以池羹煎。藩垣卷去甚撤幙，屋壁如受衆挺挺。戞空飛礫正激射，況復急雨篩涌泉。初疑昆陽遁猛獸，又訝伏弩攢龐涓。黔頭豹褌健肘髀，剖拆囊袋椎鈐鍵。天吳助强馬啣舞，鼯鼬嘷嘯尸陰權。呼聲過於赴趙日，烈勢更甚焚崑前。酣奔劇驟砉未已，陣馬沓奏摩雙鞬。蚩尤殲師灑腥血，驅駕山岳揮秦鞭。海濤撞舂萬鼙震，岌嶫直恐三山騫。林椒宿鳥亂投墜，脅息豈間烏與鳶。蝦蟆何知妄嘈囋，似為得意驚翩翾。流螢迸草戢光耀，啾蚓縮穴愁跧跧。泓窊往往走湍瀨，卧内直可浮長鱣。伊余竟夕不成寐，縱有短炬誰復然。屋如漏釜直下注，坐取滲漉攢兩肩。羸童叩鼻卧東壁，噤不譁駭如束氈。黎明下堂踏新淖，祇覺撫髀成憮然。平時里閈悉傾陊，饑民塞竇突不烟。田苗畦甲披殆盡，草木豈復根株連。帣鍾墮簷相烏折，苙豕逸澤如遭畋。我聞大塊初噫氣，蓄泄蓋亦有節宣。助天撓物著自易，標為玉燭存禮篇。條無鳴聲瑞盛世，反禾宛在隆周年。厥惟反此是為戾，標落下土災所緣。堯罹長風釁滋甚，繫以大繳原作傲，據胡校改尸諸鄽。飛蟲蔽空廩君懟，一昔崛起操戈鋋。往時大旱幾赤地，韓子訟藁于今傳。詩人或以況威虐，歌沛自是所見偏。爾來暴旱亦時有，孰與掀屋揚楣枅。小家破蕩大家秏，飲泣茹恨肩相駢。胡為斯民罹此患，孰任咎責當尤愆。我將玒天吐憤懣，坐使百怪成拘攣。是非曲直當有辨，略舉大較歸吾編。飛廉譴誅豐隆斥，庶幾復使斯民痊。

同朱彦周遊元陽洞兼示文吳二羽人

窮西三湘鄰，奔迫萬岑會。盤拏崩騰根，疑此先草昧。原漶漫，據乾本、八本補不周遷大荒，勢落燭龍外。遠徵混沌鑿，晚怵大塊噫。二字原漶漫，據乾本、八本補平疏一注玉，寬削四隅黛。前崖岌初豪，傍竇戢原漶漫，據乾本補如塊。暗蹊青鮎卧，原校：一作滑側足得無殆。霜蕤擁凝液，四庫本作沫衣四庫本作冰、嘉本作仄綴原校：京本作布倚空蓋。危呀傲天頑，九地一瘍潰。鬱然峭崒姿，似與石廊配。間聞赫幽光，吹作雷雨解。石鼓形似餘，擊考亦砰磕。陰陰隆冬户，塞向真瑣碎。鴻二字原漶漫，據乾本、八本補濛挹氣母，茫昧超物怪。不應私開闢，原校：京本作闔曾是閱成壞。黄熊非鯀化，九肋蓄原校：一作嬉碩大。蹣跚舞陰機，無乃羞主宰。自注：頃有人窮深見二鱉，大如畚，對踞竇傍，若有伺焉者。肉芝桂原校：疑作挂純白，仙物今故在。雲烟更斐亹，巧弄非一態。篔簹下蕭摵，原校：京本作瑟往往到竽籟。片桃仙凡隔，愁絶止飛瀨。誰為篝火遊，邈叩無底界。世傳元崇隱，茲事或虚採。驕陽五月竟，客子短韓邁。火鈴擲奔曦，酷勢捎林薈。追隨邦閭彦，及此洗長慨。俯窺層冰拆，薄收借泠汰。孤清凛毛髪，生意自百倍。清絶兩羽人，驚我鳳翰鎩。掃開數尋天，援挽覓幽隘。嘯儔欣魚貫，詣極愁鷁原校：京本作鶂退。仙者如可作，庶或喬松賴。原校：一云立拊喬松背咄嗟早衰身，樊籠信誰罪。便可冥三奔，吞漱駐童彩。收攝自煎明，茲焉跡長晦。

儀真吕明父席中觀新曲

有客揚楚舲，歸歟汩吾事。波神慳東鈔補本作冬漲，吞遏限脩蝃。轉頭彫歲陰，蓬行變匏繫。一逢金鑾人，穆我若清吹。挽置十尺床，淵襟掃苛細。壺封拆初黄，露液攢沸蟻。老實侑朘原校：一作秋紫，枯螯嚼霜漬。坐有豪爽賓，譁譁睨雲驥。屯雲刮癡白，有如八本作人擁天嘉本作大簪。疏檽炯蕭森，北固决遥眥。半酣大軸出，鯨窟咀甘飴。原作餂，據嘉本、胡校改當中傾玄圃，琚瑀紛百綴。物愁殫眇情，神妬奪孤悶。快魂疏泠泠，大吡回熟寐。况復儀真曲，不減銅堤思。淒清激吴音，皓齒曾未愧。辛鹹皆可口，卷舌得真意。初如嚴冬逼，肅物有餘惴。末似陽春回，悦入衆骨醉。將壇凛先登，樂府仍一洗。吕侯斯人望，胸中弔古氣。二十佩青綸，三十清間侍。高纏見騰踏，茂渥擅褒賁。頃來笑畫脂，無補當身寄。卜築傲園綺，秋蜩一官蜕。大筆横利槊，興來即摩壘。非如騷些徒，冗語釀愁悱。珍重白玉船，虹吞楚狂子。

送方絢解元赴試南宫用桂林一枝荆山片玉爲韵八首 時方氏季孟三人五名前易荆字者，避方家諱耳

紛紛束書兒，穿穴蠹栖桂。及當千人軍，往往出下計。誰如冠軍豪，飄揚選鋒鋭。刺手拔鯨牙，灑落見孤詣。更看抉重關，喜色動春袂。

人言蜀道難，歷井如原校：一作加捫參。何如棘圍裏，對面横霜鐔。聲價一日中，不數雙南金。秋風大情四庫本作清生，半入瀟灑襟。袖有百鍊骨，躍馬辭家林。

馬家白眉良，由來罕儔匹。誰諧虞帝音，貴在得夔一。顢頇康樂後，况有阿連出。春留棣萼好，影厠原校：一作側鴒原密。定是金華遊，羊邊起高叱。

君王十二閑，一一登權奇。飽之青玉芻，絡以黄金羈。南宫舊冀北，雜遝追風姿。驌驦固神物，豈病孫陽嗤。如聞有桂約，暗滿秋風枝。

我來莆之陽，與子初班荆。巖巖太古鏡，中有不蝕明。青緗無留賞，理到刃必迎。睢盱腐儒後，數見胸膽横。詩哦逼振綺，酒吸摧奔鯨。君看老雄變，冠距將而鳴。

病夫亦何有，愧彼小酉山。賴君不佁儗，拔揵捫吾關。意豐報逾儉，叩迫出益慳。經郛榛萊翦，聖海波瀾閑。兹人不易得，坐使幽懷删。

天王坐明堂，温詔飛赤縣。家家魯儒生，羣星會頭弁。坐愁谷駒空，豈直罩魚擅。子行殊未央，去逐淮雲片。神鋒正吹毛，願看長鯨剸。

女床固饒鳳，方流亦生玉。百年海邦菁，文雅殆成俗。之人卷鯨波，浩汗寄高躅。翫笑洴澼子，長年事皸瘃。唾手拾壯圖，未負春顛綠。

古風謝汪都講示惜惜吟

番陽先生萬人敵，少來繙書始成癖。風前白眼望青天，笑捉短鬚吟惜惜。地祇闢鐵掣臨賀，天家寶埸正中劃。萬空原校：一作工扶坎覓坤苗，鑿盡頑陰冶清液。鍥磨鑱鑪歸高手，養水工夫價連璧。別鄧圓虛費鈷鉧，粉白黛綠低真色。傳看代北青氍毹，一泓幾動春消息。無論丞相戒撲滿，先許司空熾原校：一作識然石。楚萍赫赤浪傳甘，秦缶模糊徒薦客。由來此秘似未睹，瑣瑣搔爬嗤美炙。先生早茂椿松姿，道韵仙風方日逼。胡麻青飿飯調饑，夜榻抱弓跧七尺。粉闈聊當襆被遊，齎携不靳胡奴力。大鼾酣酣動蟄雷，霜飈澀盡銅壺滴。青螺仙女暮成炊，綠竹夫人寒卧壁。興來活四庫本作銛筆卷天潢，南國小巫陰褫魄。悠悠萬物何親疏，新故終緣世情隔。夏裘秋箑竟誰負，寢廟偃溲轉身易。昨布東皇九十春，融冶一番浮綺席。莫學長檠换短檠，惜惜鴟夷兩抛擲。

癸酉歲暮壽春道中五首

有城有城半蕪没，倔强當年開狡窟。青轠白馬成底事，魏得其狗空凌突。清淮不洗饕利魄，石馬崔嵬化英物。據鞍浩歎為踟躕，但有悲風起蓬勃。

有鳥有鳥高飛鴻，哀鳴嗷嗷隻影東。枯聲策策霜後葉，狂態騷騷空際蓬。秋毫不礙掛天斗，一氣正在胚腪中。客邪中饑亂心曲，短裘垢襪催衰癃。

有渡有渡背北城，淩排駕淮吹暮聲。郵程未央豈病涉，寄汝一檝推生平。古來豪士重感慨，車下未乏宵衣征。出處任天幸無苦，有如此水吾其行。

有叟有叟皤兩顛，杖藜道周傲天年。懷原校：疑作壞顏發笑挽行子，胡乃僊為忘舍旃。吾儕小人敢不勉，孔孟卷轍如趨然。四庫本作旋男兒禿脛乃始已，非爾所知徒憮然。

有客有客垢髮鬚，羹魁掛鞍無宿儲。翹心北闕比寒藿，它日南山拋舊廬。逆旅丈人原校：一作夫真脆四庫本作解意，揖我下床邀踞罏。悠悠高門擊鮮子，萍匏殊根勿誚渠。

建陽縣二首

東甌消沉故王日，俗號剽輕如故實。挾策不數應門兒，雅尚儒人鄒魯匹。頃來官長稍自安，市里頗聞浮訴窒。陳侯健者吾故人，坐致豈康得無術。

紗四庫本作細民趁商市日高，紅女機杼仍分曹。雙橋卧虹上下水，石脊瘦龍狂鬬牢。稽登爾場俗豐樂，匹馬北客方滔滔。轉將身掛利名網，擲此故歲如騰猱。

贈相掌文廖生一首有引

相掌文廖生，自云前十年余舊也。原校：一本云余十三年前舊也因追計登第以來，符驗略如生言。原校：一本云與生見許略同今又相遭於螺水之上，求余詩尤力，因攬筆滿生之請云。

廖生術天與，如鑑掛高堧。能以禍福語，感動諸奔馳。至有不旋踵，坐獲百萬貲。推排鬼氣奪，擯斥海岳移。自云前十年，負術驤螺湄。鬧中出雙掌，得子如沙披。乃今十年後，所契了不疑。況有遠大語，未易論銖錙。曾聞物外償，不若君家詩。吾謂廖生曰，一詩何補為。生云等詩爾，我則如渴饑。一詩固不惜，為生試言之。天地有文理，俯仰自可推。有文在其掌，乃晉魯嬰兒。方其表異態，覽者初亦癡。生當千年後，把握論著龜。顧原校：京本作願生勿輕許，角立非生誰。

贈廖相手一首有跋

廖生得掌訣，初原校：一作爰自龎眉緇。自注：生自云得術於南嶽老僧。束身事覘釁，羞為不情兒。力原校：一作間持禍福語，傾動諸奔馳。所至餉自倍，如賈操贏奇。衡從辨侵射，側正分隆庳。天緘砉初闓，鬼覷慳幽披。環環太史氏，抱珥司渾儀。臺輿與侯原校：一作公王，初原校：一作自不論何誰。寫照阿堵中，唯生鼓頷頤。自原校：一作因云前十年，挾術驟螺湄。伸縮殆萬肘，較量但原校：一作止肥羸。最晚得子掌，決眥逾灼龜。九方揖孤駿，神睹歸心師。子姑詰奇中，曩言甯肆欺。今者非他須，子盍儥吾詩。冀因拂衣還，松丸染高楣。我聞原校：一作有生囿形質，至文原校：一作款識從可推。懸象麗霄極，川岳羅坤維。逸獸別彪炳，原校：京本作炳鬱激水生原校：一作吹漣漪。上飾右繒綺，高甍紛楶桷。石鼓貴刻畫，汾鼎珍陸離。鑑靈不漫理，節焕饒豐蕤。器敝緣有璺，玉捐原校：京本作卑因見疵。況當筋骸束，前構了不疑。縱理口尚驗，原校：一作驗吻角萬字胸猶宜。原校：一作萬胸表西慈握鈎瑞宣父，方蓐識原校：一作符魯姬。灑壁亦公耳，刻文徒帝為。妙寄斵輪外，如生信天資。秋高摵萬木，客竈倦孤炊。徑棹四庫本作掉直東臂，喜動雲林姿。贈言愧非澤，聊以當瓢賚。

生，俚之尤者。一日持兩盎自副曰：是名兵厨，冀以當子詩儥予，四庫本作子，則標點當移上儥字下其就章毋辭。余笑謂曰：方事之殷，了不復有詩興。視盎中物正自天遠，亟持歸，無多餌人也。決起剖盎，長跪見酌曰：世所謂以軟腕，此真是矣。其不擇緩急如此。不得已為倒盎，詩以畀之，且跋其後，以見拳拳於一時云。

走筆答郭子隆勾稽

春歸幾何時，綠樹陰已滿。蕭條子雲巷，誰借吹噓暖。常日雙柴扉，深扃類休澣。稚燕掠翩翾，疏蟬弄淒斷。擷芳聊自娛，併食習成懶。嶷嶷棲鸞郎，蝸居間三款。兒童憚逢迎，應客事謾誕。謝絶高軒榮，祇增鼯鼠短。賴君不吾靳，尚復斗筲算。南薰破笑語，慇懃接誾侃。酸然梅雨天，煩襟斗湔浣。波瀾信苦孔，風力到微管。加有建安作，大軸舒憤懣。力關神臂弓，傳以青玉笴。自宜造英莖，豈直駢組纂。居然膚寸毫，搜刔入稀罕。諷疾頗渦飛，把持手争盥。索然貧窶家，連挹茂陵碗。久矣吾衰頹，占數還鄙鄭。長年苦中乾，更事筋駑緩。比雁自不材，方木宜登散。赫如千尺光，旁爍幽隘窾。處此得無猜，神觀迷町畽。誰如富青箱，利器未施攢。匹馬青螺城，戢束聊授館。愧無青田核，相與申燕衎。曾是翻瓦甌，掇疏仍淪卵。雖非夸雕俎，猶喜從跣袒。吾人重解攜，兹游未應纘。行看赤驥駒，萬里修程坦。

送李侯朝散還任一首有引

李侯朝散倅秀之三月，沿牒來洪，幾一稔矣。今已事還任，好事者率有詩送行，僕雖不敏，敢不佐之。

西山閲今昔，章水弄清泚。雲陴插天半，滕閣中隱起。青鴛千萬家，湖光豁如洗。鍾陵一都會，信亦非偶爾。君來無幾何，所得已倍蓰。笑談送白日，慷慨拾遐軌。成詩殆百篇，天籟落凡耳。秋摽拔孤峰，陰以上二字原缺，據乾本、胡校補贍掉百鬼。顧我佁儗人，晚乃識君子。未漫禰生刺，先倒蔡公屣。清揚舞眉間，秀語屑瓊蘂。囊間錐立見，公今無乃是。柰何迫歸軟，笑把吴雲指。六月江南天，煩抱劇含滓。輕篙下鯇浪，晝槳搖翬尾。高懷傲匡廬，醉眼寬彭蠡。山長楚甸轉，駃原校：當作駛席抉空紫。珠璣紛滿篋，銀鈎赫蹏紙。野蔌饒掇英，水豢足鰼鯉。人生不知他，安與樂而已。行行勿滯淫，二字原漶漫，據胡校補吴中古來美。一官雖翕翼，焉往不為仕。洞庭五湖間，明月清可跐。鹽豉誇未下，蓴羹貴千里。由來張翰興，今復見松水。吴原作吾，據乾本、胡校改兒洗眼看，吾豈倦游士。九月秋風高，緹騎迎攜李。

寄李彥弼端臣

吾生本何為，筆墨代耨原校：京本作耕耒。拂衣辭雲林，偶與寸祿會。隨翔俗子後，如垢不時靧。幾欲臨紫虛，摽身飛鳥外。時哉不吾與，歲晚怵顛沛。烱烱平生心，誰與論梗槩。李侯西南秀，胸腹無留礙。表表起孤韵，迴飆寫蒼檜。筆挫三千英，壯甚敵王愾。高搴若木枝，直撫靈鰲戴。前年帝王州，晤語早傾蓋。欣逢妙年客，良愧晼晚態。謂我文字工，超起原校：一作忽到前輩。去年清漳滸，經從不辭再。高談破三鼓，陰膽掉百怪。是時方窮冬，瑟縮寂萬籟。滕閣掛星斗，嵌根眇江帶。慚非徐孺榻，僅飽吳兒鱠。忍為鵄夷笑，恃原校：一作時有太白在。四騶馳頹年，遺跡掃茫昧。君今規壯圖，吾轅方未改。青原心欲折，合散幾烟靄。空懷簡書畏，未卜簪裾對。翻思謝客吟，拾月弄雲海。

石廊洞 在永新之蓮花村

君不見仙家三十六洞天，西南大半盤蒼巔。此外元陽擅嶄絶，況有石廊人喜傳。碧蓮參差隅地湧，徙倚危梯飛蝃蝀。陰陰洞户半空開，一縷聯凹愁寄種。胡校作踵萬鈞崔嵬挂礌石，吁可怪原校：一作畏兮若飛動。天然湫面尋丈間，寒掬初慳媪神捧。紫崖蒙茸瑶草秀，懸泉涓涓挹天酒。淑靈豈即乾坤私，窟宅宛是神仙舊。飛鳥點影陽光回，遊子履深驚殷雷。九夏三冬自回斡，雨暘寒燠争喧豗。神物奄有似無謂，突兀古廟當巖隈。魑魅笑舞助怪變，落日愁絶松風哀。瞰臨一方殆天意，累露之疑此其是。仙乎仙乎胡不歸，忍使秋燐泣陰鬼。

同楊方士存弭楫圓潭漩因賦詩即事

媪神臂陰關，一水下辰卯。青玉走萬岑，收來不容稍。盪為無涯津，谽谺究深窅。誰乎張嚱咽，吞嚼争一飽。復疑刺秦魄，環柱怒方拗。直前執長驅，横騖孰侵鈔。或來浩無旁，或去削原校：京本作迹如剽。長年雷車轟，盡心轉蓬掃。春容送日月，汩浰亂昏曉。老蛟非無須，一掬擅囷窌。鯿魴雜鰍鰕，嬉沫佐陰傲。翩彼晉高真，羽駕殄遺狡。直下錮三泉，所補决非小。今無垂涎憂，過者色猶愀。蒼波耆舊空，斷石風烟老。琳宮跨崚嶒，像設儼緗縹。爾來南北帆，坐閱幾飛鳥。我作六月游，未覺煩暑到。撫舊感徂遷，商功愧論報。方寸洗濯心，得君此同調。

以上《龍雲先生文集》卷三

劉弇二

次韻和毛正仲胡潛畫鶴歌

青田有仙物，脱略衆凡外。駕彼輕舉人，邈與五雲會。一朝羽翚空，誰識真意態。有客筆氣捎雲莊，寫以全體翩低昂。月棲宛是隻清影，露警似許聲圓吭。舊傳蟬雀傅輕箑，末技枉奏真孱涼。非如楚絹削原校：一作割秋水，迹未拔陸心先翔。叔寶踞瘦骨，巢父洗塵戀。屋壁擅新誇，巾幐揜餘玩。展疑洞天逼，緘恐神物怨。因舞成賦良未真，緣相作經那足神。萬黄金輕寸毫重，劍術豈啻移裴原作斐，據四庫本改旻。薛公鶴手高唐世，其人已逐東波逝。儻得胡生肖似歸，古人未必今人非。

李宰新成假山

夫子絶俗姿，趣尚豁雲海。花移洛下品，池割天潢派。中間疊嵯峨，石手四庫本作骨紛磊磊。功倅一簣始，正爾臨爽塏。羅浮窮南勢，迎日出巧怪。洗昏新罅發，秘匿若有待。騫騰天吴揖，聳削虬尾擺。當頭七八峰，縹緲散青靄。直下三四溪，何年取東匯。洞指白鹿迷，路認桃源改。時時攻冥煩，瀟灑遞天籟。得非緣夜半，提挈有真宰。俗物卑培塿，高標想衡岱。我家香罏傍，登躡素心在。一從羈官綴，未省識嵬嵬。俯窺攙雲骨，逸興幾十倍。無為議四庫本作識真假，自可蠲塵涴。何日升君堂，把酒取一快。

遊浮洲寺寒林亭

吴牛喘月齒髮頹，晚陰閣雨雜殷雷。一番重釀熨人暑，徑欲濯澗捫崔嵬。潭潭招提此亭在，鷗鷺慣客無驚猜。番君故國號瀟灑，巨浸沃日西南來。别為瀰茫浩汗之沼沚，中有晶熒照耀金碧之樓臺。錢塘未應遜，北顧真悠哉。飲牛之津斡星渚，一色藍英玉奩貯。連岡十里卧晴虹，近竹遠松如抹堵。就追神觀所得多，清風為我生曾波。有生弔暑乃天性，獨快疏檽亦吾病。無論承露盤，未議清涼境。安得大地變廣寒，相與一世振絺屏箑纓頭冠。

黄魚鮓寄狄復之因佐以詩

魚有健且脩，供庖厥名鱣。紛紛水豢中，嗜者貪肥鮮。頷根束短喙，鮎皮突鱓肩。十月天風高，三檽潦聲乾。修蛇列長罛，獵獵排曉湍。魚師頓艤艕，柔鬐掛鈎竿。小固不足數，大或斤盈千。丹膚染霜鍔，疏鱗脱連錢。吴儂喜健噉，日取充羞盤。我食幸有餘，鮓法得新傳。薑芹間紅糝，漬以春醅瀾。置暖恐後熟，羃塵防弗蠲。興來發新坩，正喜供饞咽。瓊蕤附骨脆，黄臘豐脂團。麋麖信非工，豈復數蚳蝝。醢馬試何事，屠虹祗誇謾。福州甖如斗，密覆恨不寬。勤勤寄我友，持以敵琅玕。君識茂先比，舉鑾知所然。此味勝他味，勿作等閒看。

石港高侯見遺雛鶴輒成十五韵

我生好鶴乃天性，得自高侯非所祈。啄插錐芒初穎脱，頂埋丹顆未依稀。親携竊笑皃籠返，細看恐先喬舄飛。三島夢魂迷曉色，九秋舞影怯霜威。長哦自異晨烏啅，瘦骨全勝野雀肥。無跡可尋華表舊，有程應想洞天歸。精神瀟灑元非俗，飲啄安閒似見幾。載以畫船休觖望，浴之野水好生輝。漢宫舊拂仙入掌，遼海今看羽客衣。勿為稻粱生健羡，第令鷄鶩許投依。鳴皋不隔高騫志，截脛初忘過分譏。夜砌行聞清露警，午窗終伴醉棋圍。右軍鵝謾誇真賞，海客鷗空駭暗機。烟月此生真不負，蓬茅他日肯相違。片心便擬成高謝，騎去揚州弄晚暉。

送李令如堤上部夫

東風日作催花計，減去年來大半春。未省春歸向何許，真成等閒愁殺人。我欲揖君空酒樽，君刺野航朝涉津。翩然揮手謝春去，我欲留之良苦辛。沙堤漫漫失故處，下有清海濤頭奔。濤頭奔，可奈何，江淮由來水事多。田家遣丁纔取具，吴歈行勸不煩訶。蝸牛小廬亂雲鍤，梓原校：一作捽土把草夷陂阤。我聞神禹乂九土，息壤能蟄千丈波。獨坐敗堤去民吏，翻笑王尊禦濁河。李侯方精强，程督宜有科。民事不可緩，田疇久滂沱。嗷嗷老將稚，意在却蛟鼉。無為坐歎息，勞事非蹉跎。山膚雜水豢，强飯時吟哦。暮歸泊煩促，不厭玉顏酡。他時解看官門北，千里長虹卧軟莎。

憶昨

憶昨年甫壯，弄翰白玉京。自許稍不凡，笑談揖公卿。蟾蠩貯書滴，彩筆當桉橫。束琴推隻彈，後出笑商聲。搴芝得孤秀，濯繭抽繁縈。時時騎箕尾，儓儗諸儒生。斷經謹誰何，森羅護千兵。白袷照青春，緑鬢髟華纓。步兵卒獨駕，禰衡有虚名。寫懷紫菌閣，指日邁西清。短翮無逸飛，顧與俚俗并。七年甫一第，脱籍纔白丁。簿書聊牽强，短褐戒徂征。十月揚瀾浦，千里海陵城。風濤寸心逼，節物兩毛驚。茂陵饒渴肺，臨淄少宦情。掣肘亦奚補，隨翔終少成。有如蛄蠪蟲，蠹米取腹盈。丹經徒虚語，欲仙骨不輕。頹年負壯圖，白日阻丹誠。鄧禹解笑人，斯言良未平。

人日

去年人日螺江邊，今年人日在通川。故家浩蕩五千里，客子騷屑心茫然。霜蘆原作盧，據各本改盡解故時葉，生意斗爾歸蘭荃。海風如刀冰塞渡，欲航野水雪暗天。它鄉信美非吾土，香草悦魂真浪傳。南冠故聲祇操楚，劉章雅志惟歌田。五秉如單費廩粟，一囊就盡持餐錢。顛毛冉冉不吾與，齒根浮動輕於翾。小雀誰言畏死鷂，未肯屈折同栝棬。章貢直西三徑在，爾來望眼欲成穿。科桑洗竹真吾事，孰使齪齪纔充員。何時解得無拘束，歸釣潭頭楓葉鯿。

同李端臣遊薦福寺禪院

相期采真游，驟得青蓮界。戴公舊棲隱，締構化祇裓。古老張祖乘，參兒走巾瓶。百年沸魚鼓，牡原校：一作壯□四庫本作氣聯青冥。白門三面水，天末蘋風起。衣重褰濕雲，苔幽凉屐齒。南來雙舂鋤，乾雪點晴湖。憐渠足閑淡，悦欲與之俱。蟹眼課谷汲，分餉雲腴泣。落日轉金繩，林暝歸鳥急。束身事幽討，税駕苦不早。及兹一囅然，微君孰顛四庫本、八本、嘉本作傾倒。

叙舊贈董承君并引

弁十年前與董承君承議摻執淮上，今又相值於故鄉，契與比舊則有加矣。聊欲見之於詩，遂賦古風云。

摇摇不根舟，瀰漫隨原校：京本作從所適。朝辭吕梁險，暮駭瞿塘迫。長波送日月，漭與雲海隔。晚從天末歸，良愧故人識。夫子吾土傑，原校：一作秀久任詞翰責。刺手翻天漿，灑作弔古墨。班班出素藴，想見豹姿澤。憶昨長淮壖，半面欣相得。君時天涯官，我亦西風客。薰弦破愁顔，爽原校：一作寸，京本作懷抱洗連璧。吴岑刻原校：一作削玉瘦，吟對挹佳色。頹年瞥眼過，十見溪草碧。鍾陵旅學子，官况秋蟬翼。彭撇愧西崦，弔影心惻惻。魑魅競揶揄，甚者得鴟嚇。由來次公狂，僅免陳遵謫。敢意今者見，依然得江國。

原校：一作復此在江國鄉情比重裘，暖氣回肘腋。南閭與東阡，間躡車馬迹。古人重交契，遠原校：一作侃有千里憶。連牆彼何人，老死不相覿。張陳汩勢利，光初竟何益。青原秀撞天，螺水藍膏擘。襟期原校：京本作君情方未央，更約浮我白。

送邢清臣赴左選

泊舟梅林浦，解纜墨潭灣。層波日日生，雙槳那得閒。龐眉青翰客，相與春風還。江梅吹欲盡，江柳未勝攀。無以持贈君，對君成强顏。官况斬新好，晚步非間關。直北清夢多，半落夷門山。慇懃尺素語，毋為魚鴻慳。

送真藏主赴溈潭乾老會中

昔別大仰巔，今逢章江濱。浮雲限南北，歲月一欠伸。上人邦間秀，落髮早辭親。滄浪浴日月，原校：一作白日初不點垢氛。問師頃何事，學佛苦賓賓。納踵不輟屨，原校：京本作屬無乃大勞神。自云吾西兒，腹寶殊原校：京本作彌不貧。是身難再得，所惜劇飈輪。十年躋楚嶠，六見匡山春。總祐遷秀晉，自注：五人者皆當世禪伯。誰疏復誰親。原注：兩押。束身從之遊，驪頷一一捫。如疲得熟歇，似笑回孤嗔。近聞邑別境，寶峰插高旻。中有拔俗老，疑馬駒後身。餐風了不制，癢興如爬皴。鬧緑稍暗地，梅雨吹南雲。輕於涼風翮，笠首携筇孫。男兒貴决裂，勉哉行問津。

贈前住瑞竹寔禪師自注：將有所住持而中已，故有是贈。

清臞上人四十餘，二十爰祝髮與鬚。惟桑與梓舊螺水，四維陁典卧起俱。原校：京本作經營百紙不憚渠陽岐有嫡嗣曰勇，得法殆亦原校：京本作與西佛如。原校：京本作俱昂昂出世建業寺，譬原校：一作如，京本作似土囊口納衆嘘。金彨子有吼物志，原校：一作師聞初廢寢與食卷鉢攝笻原校：一作卷束笻鉢重趼趨。玄契妙悟似不偶，得未曾有才斯須。原校：京本作甯它須生平學解一朝盡，貳負臣忽脱帝拘。無端梅柳漏春信，成蹊桃李言略無。原校：京本作巧遲拙速歸雙泯，一日如脱貳員拘。春風破地艷百卉，別有桃李言略無頃拋瑞竹依章滸，埋照接衽最下徒。楮衾菅原作營，據乾本改蓆聊卒歲，末俗未覺誰龍猪。蒼岑白澗謝人境，南若楚岳旁匡廬。斜幅繞脛湊初學，蟬聯大刹知幾區。又其甚者控闤闠，金碧爛日傾國都。如師不使正法席，笑衆釋子何朱原校：京本作其四庫本作迂愚。玉虎蟄音久不吐，原校：京本作發是使一世狻猊虛。陋禪趁塊撩孤唱，何啻雞蹠隄江湖。瀘川南子原校：一作安成男子素狂直，為不平者有矣夫。雖師原校：京本作師雖理自無固必，欲得垂手可後乎。由來世事多反覆，使我北望長嗟吁。

丫頭巖

弋陽之東當古道，有石突兀號丫頭。苔侵蘚剥風雨蝕，骨幹聳削如鑱鎪。不知何冤上訴帝，叫閽之勢難稽留。草木焦禿僅比髮，獨瞰平皋疑秀發。淺深丹頰耀晴霞，彷彿瓊梳掠初月。行人躊躇眸子眩，癡女垂羊原校：二字疑亦何別。惜哉偽態苦冒真，土俗傳誇疑有神。陰崖黝黑崩脅腹，石眼六七流嵌根。君不見望夫嶄嶄亦頑石，似不徒然肖真魄。顯頊廟食爾何補，登進雞豚始乘隙。安得擲置八荒外，化作膏腴豐稼穡。

車盤嶺

去年踏雪車盤去，今年執熱車盤來。去年險澀自其分，車盤於我何有哉。道傍飛礫如積糝，幽蔓緣崖不盈攬。懸知到此客脛酸，愁絶雲舒與烟慘。半山棲匭擎華藏，旋覺陰機萬鈞壯。鐘梵時聞一兩聲，妙界還疑落天上。短褐頭陀揖我言，此途詰曲知何年。名情利態過萬計，未聞厭者仍紛然。造物驅人不留瞬，車盤有盡人無盡。勸君莫歌行路難，令人未老華雙鬢。

過紫溪驛讀黃安中中丞留題其卒章云如今只見經游處，不見慈顏淚滿衣

金鑾天仙才，滲漉膚寸管。由來風騷將，要出江謝遠。一生忠孝心，倫匹世所罕。曩聞奉安輿，駕言得茲館。喜先行軿動，榮入綵衣暖。他年逝波痛，故國松楸眼。春暉草心盡，日力烏哺短。銀鈎壁間字，刺落歸粉板。捉衿來孰復，如渴醽斝琖。顧我幺麽姿，辱公披沙揀。波瀾泝沿闊，藻火止覘譬。公今青雲上，功業壯圖滿。此詩落人間，鼎味纔一臠。

宿孫彥儀舍居

先生綠髮隱，為己得能原校：京本作一何多。瘠田止三稜，藷蔗紛陽坡。自言世情确，冰火相戛磨。刺身一不售，瞥去肩隨和。爾來人累輕，但起歸歟歌。青冥遙鴻賓，紛紛空雀羅。我來臥松檐，原校：京本作臨松竹斗酒客顏酡。揮手勢利徒，寄之相諾呵。黎明又南首，其如粱鴻何。

宿法藏禪院二首

斜河左界懸朱提，冷爐掠天螢摻飛。高梧泣液涼參差，前村後村烏夜啼。雕甍綉栱絶坤維，知自在世張禪扉。有皖釋子龐兩眉，清梵一聲捎翠微。亂我心曲天之涯，寂歷故感迎新悲。歸歟誰是真忘機，獨鹿水深愁濁泥。

白汗泣珠霍如洗，桔槔聲噤松風死。班如匹馬客戾止，化人之宮矗天起。錯寞四庫本作莫形骸寬一寄，天涯特地悲身世。齟齬由來真博齒，白頭區區忘男子。跋狼之胡疐狼尾，世路傷哉澀如砥。

清　思

羲和日車説其輻，白雨洗天泊煩促。緑蒲紫荇媚回塘，摇摇瘦青環櫹矗。景長臺樹翳復明，百尺虹腰粘净渌。神觀翛然物外歸，一簪斑籜動涼颸。天上廣寒之宫不足羡，人間縹清百斛真吾師。

憶黄天倪

游絲罥空生别愁，我車欲駕羌無輈。驚風吹花濺紅雨，白日西注僚丸投。青春九十行過半，天脚空隨江水流。思君度日倚高閣，時把長懷寄寥廓。古人不願身後名，但願即時一杯樂。安得此身生羽翰，高騫便似追飛鶴。

村　南

村南行吟踏新塲，馬乘款段壺懸漿。稼如濃雲穟含黄，柿葉原校：一作栗亞枝收趁霜。臘團鷄髀盤餚香，簫鼓下神巫正狂。呼兒往問當壚娘，清美何如顧建康。

安成道中作六首

故家楚尾鄰三湘，粗有晴地麻與桑，利機未判身輕嘗。生涯寄將一葉上，歸釣赬尾秋滄浪。

翠篠娟娟棲暗芳，半隱半見誰門牆，分曹戲兒嶷雁行。今我垂垂老境逼，竹馬鳩車憐汝狂。

波面擲鱗銀作刀，波裏陟鼇紛暗□，乾本、四庫本作跳，《永樂大典》卷八〇二四作毛清秋駛艑吴兒操。會待長風十萬里，躍入雲海翻驚濤。

愚智紛紛同一朽，翦斷愁根莫如酒，誰是瓢齎不離手。但令秋秫登我場，不應它日羞牛後。

新里當南義櫪北，一水中飛抹山帛，吴歈楚俚愁狂客。十年仍作巇巇遊，羞拾靈蓍問通塞。

酸然軟雨吹空濛，忽掛萬丈横霄虹，陰晴回互倏翕中。由來天意不可測，惜哉庶物終鞠窮。

夜歎

丹烏白烏原校：一作丹烏白烏争吞吐，還雲去雲無定度。不無夏簟工熨體，況有秋蛩競扶户。一嘅三歎詎如許，客思紛紛野烟縷。宵明景晏掛斜河，叢萱苒蒻團清露。有美一人在西方，白玉珮環珠兩璫，明眸皓齒艷朝陽。企予望汝涕泗滂，安得捉原作鵲，據乾本、胡校改，四庫本作需汝羅衣裳。

送曾該

紛紛夸毗子，什伯二字原缺，據乾本、四庫本、胡校補羅秦缶。擊考非無聲，顧出俗物後。曾侯西昌來，穎拔殆天就。等閒發秀語，颯灑如振垢。渠黄原校：京本作久為世原校：一作時生，駿骨謝前朽。整頓萬里足，往矣擅天厩。

畏日三首

畏日杲杲天東隅，盤餐逆旅進山膚。岑崟遠岫不知數，磊落近松如有須。旅人瑣瑣信物役，逝者滔滔皆利徒。目送長雲藉平隰，赤驥原校：一本作驥子正愁青玉芻。

畏日赫赫天南隅，漫漫白道盤鬱紆。過蛇摇毒宿莽死，陰崖發赭懸泉枯。沉迷未省招楚些，激越可是歌吴趨。目送長雲指萋蒨，轍鮒愁絶原校：一作浥西江濡。

畏日熮熮原校：二字疑，別本作慘慘天西隅，半規銜山我僕痡。招提訪尋數里近，牛羊斷續前村孤。揚塵動滿垢膩爪，好風不借清涼軀。目送長雲下碕礒，鷔鳦原校：疑作聱耴，見《選》賦愁對陂陰梟。

杉溪驛驛有鮑朱二婦題識

竹巖杉溪道路長，道邊古驛開蒼茫。分流溪水薄枉渚，挨石人家環上方。王程星火懼將恐，霜冬草樹芸其黄。去來今昔幾男子，姓字喧傳兩女郎。

送席延昌奉議

章水如有情，為君生層波。匡南萬岑玉，遥知清興多。四年一官去，擲此歲月梭。恨無青田核，遺君韶顔酡。

贈法雲守光上人原校：守疑作寺

日邊開神皋，古刹面青嶂。寂寥千年後，凛凛發孤壯。上人蒼蔔英，絶軔超性相。獨鶴嶷瘦姿，層冰爛清尚。雲游始丁年，自副乃盂原作孟，據乾本、四庫本、胡校改杖。鞭羊去智害，盡堊契郢匠。喉呀般若音，浩汗卷溟漲。衢尊灑法味，如取赤子餉。九夏天無雲，暑風濁於釀。汩吾眇西征，揮汗迷背項。耽耽清凉境，一榻原作塌，據四庫本改岌相向。屨滿寧嫌猜，目擊自張王。禪場推選鋒，宛是喑嗚將。洗我苦空語，盡决濛冪盎。兜羅辭銛棘，何有挂諸妄。露地非端倪，灑灑白牛放。惜哉功名誤，未爾寄物當。它日虎溪傍，還期杖藜訪。

黄汫

不出東城隅三月，今者忽作黄汫遊。渾渾大江刮海窟，黄汫一水學潮頭。潮去潮來朝復暮，蕭索千里空滄洲。沙岬土唧亂人眼，分曹豈啻魚蝦稠。蠹粉飄霜縈折木，着水凍雲銀篦簌。老漁釣蟺踏新澱，嫠婦績草當空屋。總轡愁聞路人語，新年已非故年熟。故年麰麥破分收，新年未省飽饘粥。保丁催科不貸人，行且税桑賣黄犢。向秋但無惡風濤，舍北相將拾穜稑。

北禪水閣走筆

西風涼客衣，弭檝滄江潯。晚原校：一作曉吾事瀟灑，聊復此登臨。雲容不礙秋，清樾有餘陰。煩心洗東波，寸目明遥岑。樊籠脱鳥窘，摇落弔蛩吟。莽墟閲今昔，長慨撫孤鐔。故楚冠劍原校：一作蓋盡，物情幾浮沉。懷哉歲將月，無為空滯淫。持語朱陵翁，須矣吾抽簪。

以上《龍雲先生文集》卷四

全宋詩卷一〇四六

劉弇三

感寓四庫本作遇二十首

歲月忽其除，颯焉悲凜秋。商飆號晨林，脱葉舞梧楸。鳥邊下白道，木末揚寒流。閨人促幽杼，客子悵遠游。雲闊眇天半，俯景獨遲留。陰霾掃不得，千古空滄洲。

西方有佳人，弱齡三春蘭。一顧迷下蔡，再笑傾邯鄲。青樓十二曲，密睟勝廣寒。寸玉耿孤抱，時時寄哀彈。孟娵久不作，宿瘤聘朱丹。世道終如此，美惡隨所觀。吞聲勿復道，留與蹇修看。

日月跳雙丸，陰陽馳四騶。海水復清淺，萬古信悠悠。咄哉世俗子，真如貉一丘。三楚冠劍胡校作蓋盡，空看逝波流。悲來俯長劍，沾臆淚不收。何事馬蹄間，非夫良足羞。終恐鄧禹笑，三十未封侯。

廬山何崔嵬，直上九千尺。藤蘿翳蒼茫，猿鳥閲今昔。窅窱飛甍開，了與塵垢隔。三十六騰虬，瓊扉挂空跡。中有墨漬翁，不飲亦不食。文鰩為之使，侍衛羅白額。遺我一卷書，生平所不識。小兒其無忽，持以永朝夕。湔掌受翁賜，恍若吸月液。吾將税椒丘，帔霓揮八極。

嬛娟誰家子，粲粲生輝光。弄姿俯春蘭，臨風振微芳。秋水揚清矑，白玉雙明璫。問渠家何許，笑指南山陽。去去不輟軌，恍若游雲翔。遥看入縹緲，明月斷人腸。

蓬萊三神山，夜夢游其藩。岧嶢黃金闕，白玉羅九閽。正見王子喬，卧把肘書繙。顧謂方瞳人，持我謁羡門。揮觴清露滋，行庖屑璵璠。一酌祛滯念，再酌洗冥昏。三酌陵紫烟，列宿已可捫。下觀人間世，參差舞丘樊。有客撫雲璈，長離眇飛翻。送我若有情，徂鑣儼長鯤。悵望不得留，東窗已朝暾。

我慕徐孺子，飄然不繫蹤。屢辟竟不起，三府為一空。當時坐支黨，商飆掃萍蓬。或橫取鉗釱，或逃為雅舂。南州卑薄地，斯人出其中。一丘與一壑，自謂過諸公。坐榻解陳蕃，生芻弔林宗。維顛非一繩，何獨識汙隆。至今清章湄，千載揚高風。寫懷寄白社，寂寞吾焉從。

西山有靈丸，五色發光耀。餌之生羽翰，可以後天老。莊楊擲斗筲，宇宙決籠罩。往逢洪崖生，揖我顧我笑。手披真形圖，持杵剖丹竈。竦身跂雲烟，一息僅不到。終為俗骨累，凜凜驚頭葆。咄嗟魏文帝，空悲跡如掃。

士也方蹭蹬，愀愴不得官。得官無幾何，日刷陵風翰。九衢無閒塵，暢轂走朱丹。一為轍跡誤，翻身落波瀾。愁來歌黃鵠，淒感入脾肝。千載上東門，爾來誰掛冠。犬遺上原作下，據胡校改蔡恨，鶴起華亭歎。冢間與林下，疏傅正蹣跚。

驅車出郭門，四顧心茫茫。玄蟬不知愁，十百號枯桑。東北有故宮，云是許旌陽。旌陽昔仙去，雞犬亦隨翔。云何誇呲子，乾没走康莊。徂年不可挽，緑髮忽已蒼。我欲拂衣垢，駐景吸晨光。駕言從朱陵，荒兮其未央。

鄭謂璞為玉，周謂璞為鼠。處物無定形，公議歸何許。子都斥弗御，世或貴嫫母。棄鼎寶康瓠，楚客非虛語。紉彼荃與蘅，臨風結雙組。吾將駕西崑，拾玉老懸圃。

富貴苦不常，忽則輒易人。青門聚瓜客，曾是故侯身。金鏡失秦家，中原駭烟焚。屠狗販繒子，閭閻排氤氳。一逢泗水公，濯鱗清滄濱。信知天地間，虛橐鼓游塵。冥中有巨力，呼吸旋峨岷。肘股不輟弄，挈故還趨新。得失定有寄，無為喪吾真。

穆滿騁八駿，濯濯萬里足。朝賓王母家，暮抵胥飦宿。揮觴謡白雲，擁雪歌黄竹。歸來七萃空，一舉亡漢曲。其樂安在哉，禍胎真瞬目。荒矣秦漢君，睢盱究前躅。射蛟長江波，寫涕之罘麓。彌年滄海傍，神仙杳難屬。頹年寄西崦，未必不為福。

翩翩外黄兒，片玉駐青春。鏖兵彼項籍，菅艾視吾民。從容出談笑，桑梓脱沉堙。翻咄蹈（原作踏，據四庫本改）海客，胡為苦逃秦。射戟與弄丸，解粉竟勞神。生子不蚤慧，惜哉襄城人。

神器不可為，天下乃大物。唐堯禪虞舜，兹謂能事畢。奈何燕之噲，智詐窮晚出。子丕代衰漢，真情愈難詰。切雲鏤豐碑，豪誇灑雄筆。當時許昌事，埋没十六七。那知石勒笑，正在騁欺術。茫茫千載間，高光竟誰匹。

芒碭彼真人，元是赤帝子。游氛決秦餘，最後項籍死。青雲躋高衢，侯王興壯士。咸陽初置酒，猜似（胡校作伺）從中起。罇俎化胡越，對面邈千里。君王忽天贊，顧謂封雍齒。軍中相與言，事故易了耳。雍齒今且侯，吾屬無患矣。炎炎四百秋，安堵從此始。

我聞迷塗説，未遠勝不還。云何之楚客，北首騖燕山。山魈獨足笑，短尾陰狐鸞。（原校：疑作彎，短狐蟲名）荆棘與風波，平地乃等閑。君平（胡校作平）反初役，無為跌其間。步兵足長慟，楊朱彫泣顔。經涂有九軌，聊以慰躋攀。

昔人泣崑崙，泣使變清流。嫠婦不恤緯，瑣瑣悲宗周。薄蝕叔輒號，負阻愚公愁。曾無百年身，浪自遺私憂。野馬襲日覩，蚍蜉控岑樓。齊客有高蹈，箕山無輟耰。足已不累物，一毛輕九牛。寄言悠悠子，毋貽尸祝羞。

快牛為犢時，數能破人車。駃騠生七日，超母每有餘。經奇本自天，豈直循斯須。里社有病㹀，黔南有駮驢。一生便凡散，嗤彼衆所俱。下愚與上智，此理信不誣。

疾雷疑車音，出門乃知非。抱影長自明，流螢點霜幃。羅帶翦秋水，黃金縷春衣。持看清夜闌，愁無故時輝。食葵心知傾，茹臘四庫本、嘉本作蠟腸虛肥。纂纂棗下歌，惜此歲月違。因聲勸語儂，忽復遲遲歸。

秋日儀真即事十首

秋風來從越天末，痛洗玻璃出明月。雲陴隱起玉龍眠，下有春容萬濤雪。獨繭之綸歘一葉，半酣老漁棹歌發。客心寸許了無多，底事臨風吹欲折。

野雲墮姿渾貼原校：一作點江，過雨罥風鬧斜行。秋聲夜半洗遼廓，十萬屋瓦浮青鴦。樓頭縹緲下簫鼓，羅繻綺襹暗行觴。紛紛傖楚不足數，更甚吴儂來去忙。

兩兩飛來江上鷗，顏色自欲逼人頭。夢如一雨過疇昔，身似五銖輕轉流。紛披原作役，據八本、嘉本、胡校改葦白狂不徹，糾結蓼紅嬌欲浮。五朐之脯一坩鮓，笑問鴟夷乾得不。

湖海有士豪不除，坐客下床初若無。霜瀾洗出不埋魄，十里但見陳公湖。英雄身外亦何有，要使憎匆遷儲胥。彼羞杖晚唾遠者，似不名與天年俱。

丁字河頭文錦翼，似是東園故鸂鶒。天風蕭蕭吹汝急，遣汝周章無好色。江蘺原校：疑作草冪麗過行人，一顧為之三歎息。我願舴艋從溪翁，雙舂鉏邊作幽客。

秋入前山瘦如刻，楚弄吴吹沸江國。魚龍爵馬原校：一作燕爵安在哉，粉白黛黑埋真色。迎鑾誰是當時人，胚胎黃金仍掃迹。飛來蜀岡爾何事，似欲撞空爭岸客。

客從南來一何癯，烏紗不屋非縵胡。散堆亂帙覘午鑊，穿穴彈殘真蠹魚。尋橦雖工亦未胡校：疑當作末計，立仗不鳴甘豆芻。昔人舉肥我今爾，安得外澤如瓠壺。

艾宣蘆雁天下知，頃聞東園原校：一作國頗有之。蕭蕭自含風雨韵，一一對峙江湖姿。隸丘呵護脱不謹，剥蝕挽裂遺松楣。由來藝固不逮德，突兀但有文忠碑。

無根濤頭萬瑶垤，曾是隨風起生滅。不應散裂泥胡校作泥人綃，大似半原校：一作平吞廣寒月。紛紛何用辨馬牛，皖皖相矜笑蛙鼈。會得秋時買野航，别看吴兒舞狂雪。

曲隄貫魚銜萬艘，户有輕薄千金豪。瓦甌一引徑舍去，客主似獨心相高。利機舞眉手摇穽，鼠子乾没窮銖毫。只今大門盡原校：一作老谿壑，死不盈厭寧此曹。

過東流聖感寺

客從西南來，明發倦流徙。寅緣泊煩促，羈旵染原校：一作點寒水。祇園開陽方，百年此經始。陂陀一水去，騰蹴數峰峙。軒楹仍東闢，晚秀皖如洗。物隨眄睞移，一息間三起。僧閒神自定，童野髮不理。平生腐儒計，鞍肉蝕兩髀。眼力耗蠅頭，半豁綴旒齒。崖澗飽所經，茲乃形性侈。疾走影不休，兼忘竟何是。

按田行

野鳶蹲枯桑，白日忽西注。一水東南奔，驚雷洩濤怒。越聞淒涼弄，滯念劇攢蠹。歲時倦客身，雲窅前村路。應門白癡子，覘彎竊指顧。强黠笑官人，彌年此來去。田家不諱窮，誰者當豐阜。摘刔豈吾心，寬攸原校：疑作寬假，草書誤惟爾故。行矣渠未央，遑恤兒女語。

持釣

艇子悠揚打雨來，裊絲越箭青玫瑰。昨聞古湫新雨足，漲波泛入西溪來。西溪兩岸行人少，白鷺對翹佳客陪。低雲弄嬌不成去，半與杜渚相縈回。藻間䞓尾厠銀鯽，正爾作羣争曝鰓。故應沈餌得所置，行醉甕間新熟醅。

宿長山寺二首

蒼山兩蟠虬，傑勢分夭矯。不緣事幽尋，兹地終難到。破暝紫烟生，寫谷原校：一作涼清樾好。原校：一作老村長下牛羊，雲綻原校：一作決雲入歸鳥。松風卷孤磬，夜半秋聲小。客懷方未央，千里漫白道。庭樹一原校：一作猿鳥驚，愁看楚天曉。

客心秋螢點，更覺永夜孤。龐眉彼上人，主禮良渠渠。揖我顧我笑，坐我庭之隅。飲我葉家白，悦與顥氣俱。玉露下金井，缺月低雲衢。擾擾百年身，終慚窘囚拘。黎明掉塵鞅，畢景真良圖。

遊麻姑觀用黄道士韵

鳥道參差掛空白，雲林曾是飛昇迹。誰論滄海復揚塵，已識秋杉老岑寂。玉駕班龍飛九色，古殿崔巍遺石刻。會須揖彼丹丘人，掇拾頹年兹偃息。

夜泊玉湖口

流溪一瀉驚磨垢，夜繫蒙衝玉湖口。青燈明外原校：一作處稍知村，白鳥飛邊初辨斗。風死波閑坐來久，短髮欲搔慵着手。一泓清淚墮吴雲，横管叫秋龍子瘦。

桃葉行

君如秋菊英，妾心流螢光。擬吐方寸照，明月終相妨。桃葉聲亦苦，千秋斷人腸。渡江不用楫，遺讖乃在梁。報言青春子，慎勿學輕狂。

何塘精舍

松閑竹淡原校：一作静清午陰，金地少塵門更深。忽從襬襬四庫本作襬襬出重閣，飛梯十尺下瞰臨。有客觸熱來自東，汗絺裛暑原校：一作一挹慳天風。禎龍揚鬐日轡緩，碧椀先原校：一作空愁井絲短。

永新法雲上方

石廊西頭物色好，别有浄界擎青蓮。玉虹掛門一水割，碧雲原校：一作鱗差徑千家連。浩歌流年客尊酒，高卧白日僧華顛。夜凉散髮弄明月，更欲挽駕青翰仙。

發廬陵

不作釘根桑，翻為凌飆蓬。五年三羈旅，羞哭畏途窮。今者人事縛，宛然遊羿弓。誰尸造物柄，鼓我吹嘘中。雲航鬧急槳，原作奬，據乾本、四庫本、嘉本、胡校改勢奪編蒲風。黄洲轉頭失，旋指墨潭東。旅雁聲其儔，四五翩書空。暝色天水接，俯仰雙青銅。幽情隨岸愜，眇與魚鳥通。酒力秋後葉，扶衰借霜紅。詩敵千蛇矛，稍取别愁攻。男兒貴健决，吾豈專棲雄。

鐵柱觀

鐵柱聞故老，蟄根長江幽。高真此翩躚，瘡痏吾人憂。純鉤推三尺，斬蛟白濤頭。功成去人間，雞犬不得留。班龍駕九色，一别忽千秋。疊構開琳琅，夜壇空斗牛。寒梢碎凉月，縟綵燦文髹。紛吾感遺事，寫涕東南流。麻姑行老大，海變繞蛇丘。逝將理荃橈，弄睨眺滄洲。

舟次生米值風作

東北有雲如搜自注：上聲。墨，舟子熟視無人色。忽然白氣變飛翻，拗怒波神起乘隙。初從下游架玉壘，須臾一望熬酥白。琳宮蒼茫失向背，野鳥高飛避漸翼。紛紛翻舞殊未酣，萬馬躍入朝周客。陽侯睢盱推選鋒，勢欲盡取奔鯨磔。崩騰豈啻陵谷改，刷滌似病津涯窄。大舟踉蹌愁失踞，小舟呼天手加額。間於盤渦拆腥沫，疑課鮫魚助奔擲。瀘川病客篋欲僵，賴是絙縻逃不測。等閒鼲縷或衣襦，倉卒何功補淪溺。晚來風死回安瀾，由胡校作猶自漫空認飛礫。咄嗟鴻毛寄微命，一朝濱死真兒劇。明知屏翳不吾欺，何堪失便垂涎得。

大孤山

章貢原校：一本作漳湞西南來，銀濤白原校：京本作自浮天。揚瀾開泛濫，如剖大腹胡校：疑是大瓠之譌然。茲山遙相望，盤薄知何年。海風一何高，吹落蓬萊巔。浮根襲氣母，弄影白日邊。赴渴夸父奔，闊蕎踵不旋。軒軒執法臣，立當天子前。穹螺出佛髻，青跗帶秋蓮。瑠璃千丈簪，忽與冰箔連。原校：一本作穿鳴榔巖腹雨，挂席浦外烟。鶴駕控不返，空遺紫芝田。香罏初爭豪，落星纔一拳。擢秀蒼梧雲，發彩翼軫躔。上窺杳冥無極之層霄，下控瀰茫不測之重淵。松蘿參天歲月老，清瀾泛沫魚龍閒。中有神揭臨，睥睨舟往還。流俗謂女子，彭纓來此山。香脂問綃繒，鵝猪捧羞盤。至以孤為姑，考究初無端。可憐俗好怪，此語良大漫。鈔補本作謾神固不可誣，何得正以女子觀。吾言庶幾為不妄，不然茲山徒與望夫、女几爭巑岏。

贈知訓上人

英英商顏芝，遠在青蒼岑。雲烟適有寄，為瑞本非心。往聞攀緣人，紆軫恣所尋。一落城市間，苾蒭護蕭森。鯨魚叩蒲牢，大吼洪鐘音。巖巖清冰骨，外垢不得侵。試從古人求，絳鉢中支林。定香原缺，據嘉本、胡校補發遠涘，慧劍韜長鐔。招提始嘗聆湊泊，塵端駛辨秋黃落。一見知非佁儗人，懲躁雪煩真刮膜。赤髭由來號該洽，況有新詩堪發藥。俊如驍壼輩中出，秀甚巉巉麟一角。卑枝雨過結留荑，曲氾萍開窺哺㲉。紫茸緝春柔，輕屣不躡跟。白疊擁方袍，皖如崆峒雲。時時好事者，巾屨喜及門。隨緣綴香火，高謝乃世紛。齒先衆一飯，獨傲傾羲輪。顧我紛紛何所為，年來病眼欲成眵。風情落莫非故時，未適棄原作乘，據胡校改去唯應詩。辱師勤請過六七，獨恨瑣瑣無經奇。强顏終篇使持去，着足成累庸非師。

寄李知章

文章盛自元和間，誰其傑者柳與韓。二公秋鶚擅神俊，天使側翅摧誇謾。卷收萬象付寂默，神怪鬼篡皆殫殘。詩書並馳可終古，豈止唐世論不刊。陋儒睢盱百年後，摻原校：疑是操字筆仡仡愁脾肝。問津誰當語博望，初步竟笑非邯鄲。紛紛緗縹灑飛礫，埋没理二字原缺，據乾本、嘉本、胡校補詣非一端。之子清才如振綺，緑髮照春容激丹。原缺，據乾本補 嘉本、胡校作湍鄉評舊許擅螺水，文戰曾是鏖桑乾。自云從事二公者，用意能到衆所難。新詩遺我章江曲，百首洗出青琅玕。蒼梧雲生逼齒潤，溟海月借吹衣寒。由來青萍止三尺，天末斗牛曾上干。流塵不隔自為快，寧與折鐵論淒酸。何由鞭鯨肅吾駕，看子切雲重整冠。

贈善權禪師有引

善權禪師者，南安人，巾瓶自副，方棲集仁山之隆慶。安成劉弇過焉，而異之曰：是乃金地之五芝，慈林之一鶚也。西證外，號工古律歌詩，今時衲子中決不多得。則與之遊為尤舊，蓋百往不厭也。歲八月，予調官就道，惜其不得數相即，而又恐師忽一日擲去也。留詩以遺之，且引諸其端云。

劫塵吹冥冥，人乃萬物一。流浪苦趣中，奚啻焦豕蝨。爰有勇猛子，間以捷脛胡校：鈔本作徑出。一念得西證，茲謂能事畢。誰其秀開士，懽也早奇崛。親更藥病師，熟寐驚孤叱。祖關決重鍵，法肆躪通術。顔顔空王臣，排嶂方山屹。又如富兒曹，百寶爛私室。況有清整姿，宛是青田匹。憶昨螺水曲，靦然契微密。眉宇殊津津，襟期洞無窒。詩成泣神姦，滩渙湧新帙。長驅筆陣閑，坐諷秋蛩唧。蕭條畫公後，微子吾幾失。方期汗漫遊，悵別念茲日。孤雲爾錫駐，過鳥吾帆疾。聊作魚相忘，無多嗤蚌鷸。

送哲公禪老二首有引

哲公禪老住奉新之人王院，於其取別也，送以二詩。

有鶴青田來，骨傲九秋老。羽毛鷄鶩間，不復故時好。吴霜割清夢，一夕落幽島。哲乎開士秀，佛路着鞭早。世累糊空雲，一以涼飆掃。往聞琅琊覺，禪海卷狂潦。紛紛方袍子，未易艖䑢到。師如健噉兒，把握攫梨棗。爾來三十年，方寸不貲寶。鯨鐘人誰識，聊徇衆擊考。又作雲山行，方將同木槁。勿學斷緣人，時寄新詩藁。

我聞豫章境，勢勝所至生。山皆撞空活，水有照骨清。其間佛老宫，原校：京本作構佛宫往往聯飛甍。人王邑一隅，古屋纔數楹。塵點自不到，日飽松風聲。十丈挂溪影，虹橋插峥嶸。揶揄下魑魅，踉蹌笑麐麖。師方得所欲，振錫了不攖。非如入流子，橫計多餘嬴。秋畦蹲鴟老，晝飯宜香秔。由來介石身，忽作歸雲輕。

以上《龍雲先生文集》卷五

全宋詩卷一〇四七

劉弇四

次韻酬蕭器之朝奉

弇也培塿姿，狹識謝崇崛。策疲迷津梁，憂患醉心骨。魯酒笑薄圍，商聲慚後出。曾微剸犀效，澀鐵但緘室。濫紆原缺，據四庫本、胡校補元豐詔，經名掛千佛。中間困齏鹽，晚復椽丹筆。同時簪雲英，大半空冀匹。鄭衛正啾耳，冷落女媧瑟。勞生一瓢壺，風波信浮没。幾欲定蝸居，歸歟訪葱蔚。甘齒婆娑民，庶可老縑帙。恩波從天傾，隨器到豐溢。例當薦員收，殆不止夔一。春根聊撥陳，敢議得償失。積薪無踰材，魚須暫囊笏。持此歲月閒，尚冀補終訖。蕭侯朝閨彥，憐我升斗秩。洗以古襟期，如邑發新鬱。青天方睹樂，些語劇招屈。倒持珠璣囊，一寫非所恤。泠然觸幽抱，海若發瓠窒。巴歈迫新賡，芹暄羞獻術。得喪雙騰虬，未易嬰長紼。薄言遵醉鄉，庶我遨永日。幸無孔顔悔，妙外論越軼。

次韻和賈仲武同諸公遊狼山

寒林羨朝暾，裸原作課，據乾本、八本、嘉本、胡校乙壤渴膏霂。昔聞三神山，噴薄擅疑獨。忽從六鼇頂，角起連天麓。我欲追幽尋，笻龍跨飛竹。呼吸沆瀣滋，六合歸蹂蹴。苦恨弱羽短，彌年胸憤蓄。朅來兹山遊，快甚焦得沃。幽岐纜脩帶，僵木披刳腹。桐萼瑩圭姿，槐青收兔目。蘭風遞孤爽，天半落芬馥。捫蘿躡飛蹬，輕屣捷馳陸。窮探初未原作來，據胡校改已，肯憚岡岑複。直欲駐頹陽，攬駕還若木。主人山南公，白面鬌雙緑。載酒邀我行，璀瑑揮觥玉。雄誇倚馬白，原作白馬，據嘉本、胡校乙高謝言詩卜。狄侯士林秀，智敏紛炙轂。江夏拔俗標，天驥脱羈束。合匝四座賓，匠手誰甘縮。嗟予早不偶，投足祗取黷。卑飛得海角，若胡校作苦畏官謗速。樊籠一灑濯，便覺榮願足。濫當新詩酬，奏雅慚終曲。行將秣予馬，更約相追逐。

再和賈仲武遊狼山

尋春古原頭，林梢過朝霂。狼山連東南，擅美此其獨。搏鵬岌駭勢，潑黛森孤麓。宜樵葉堆松，供茹萌抽竹。區區介丘北，四庫本作比回視一何蹙。渾疑杳靄中，爽氣每先蓄。掬泉弄幽清，渴肺初欣沃。嘘雲出羽蓋，入鳥洞胸腹。茫茫宇宙間，千里得寸目。照髮射冷翠，襲裳來遠馥。根株吐乾坤，要會控水陸。高躋頂初絶，却轉道彌複。楩楠間桐櫧，干霄非一木。覃覃闢寳構，殿閣輝丹緑。禪客稻餌珠，騷人楮原缺，據乾本、胡校補留玉。遊嫌後時追，賞貴前期卜。睠彼市井徒，乾没走二字原缺，據乾本補丹轂。老死不一到，動輟取攣束。誰知吾輩遊，趣尚非四字原缺，據乾本補搐縮。拂衣便成往，握手不嫌黷。句外氣争豪，禪中機四字原缺，據乾本補鬭速。無為苦役役，坐自絆馳足。紛紛簿領間，與物商直曲。會須擺紅塵，更着輕鞭逐。

贈雪峰長老守超

仰窺玉奩天面窄，頑胡校作頂碧顛青自天擲。祖禪二字原缺，據乾本、四庫本、胡校補不管地祇慳，十五百徒此其宅。流水聲中換今昔，粉抹頳糊老椽壁。枯木庵回舊日春，難提塔示重來坼。自注：存公自云難提塔坼當示現。超公最後法席張，全機撲落輥毬場。曾令天花倏飄墜，况有庭橘符青黄。自注：師與愛而師住持適當塔坼云。弟彦伯中散公雙生。生時庭橘止有青黄二色，人以為瑞。烏藤横膝傲佛祖，熟識眉宇瞬且揚。天昊吹瀾洗霾垢，方諸挹月來清涼。東甌萬刹盡金布，咋舌誰堪論妙悟。賺殺參兒走衲雲，高枕無乃林泉負。廬峰南遠真西材，叩寂丈室慚宗雷。秀巔龐眉逼人爽，反疑不自塵中來。由來山興復不薄，畏途何計揮塵縛。詰朝匹馬汗羞顔，又作楊花無止泊。

和仲武苦雨見寄

君來通川居，朱門瞭重屼。近聞值霖雨，匝舍野水淙。平地忽浩瀚，頓足疑涉江。猛風利如刀，觸紙無完窗。朝釜魚頭生，飄注旋罌缸。仰收墮案書，俯拾短焰釭。癡兒臨缺湫，往往駭影雙。我亦有此患，漏榻遶屋扛。塊如失羣鵠，感憤愁眉龐。孤膺紛填噎，更甚兩肘撞。辱君大句投，華旗揭脩杠。直欲却以心，不容苟且降。森披漢殿戟，縹緲梵天幢。蒼惶短兵接，豈暇輒淬鏦。區區苦吏役，展驥曾非庬。强亦歌巴歈，跛鼈慚驪駹。

晚晴

翔颷拂層陰，孤鏡掛天脚。幽姿媚澄塘，俊活扶秋岳。饑烏下木末，啅雀喧簷角。落日銜半規，逗翳如新濯。海濤晚聲收，萬里卷冰箔。微颸襲疏櫺，輕靄躐叢薄。蛛絲裊如狂，虛隙野馬躍。病軀得愜適，更甚解攣縛。瀟灑萬籟并，沖融百飛原校：疑作非却。熊經與鳥申，彷彿猶能學。蕭蕭寒砧弄，天半哀音落。客愁轉如蓬，萬緒入冥寞。不無臨風想，矖目原作日，據胡校改歸領略。茹蔬味新腴，把酒醮沉粕。明朝踏新泥，已有躋攀約。

贈黃成伯仇覽

翔風攪原校：一作春風吹客心，爛熳不可收。隻舲揚層波，益信生計原校：一作若浮。滄洲澀歸迹，飄撇慚吴鷗。若人求四庫本、嘉本作來自東，卓犖原校：一作攬物欣嘯儔。揖我暮川涘，疏明炯天球。掀髯藉芳草，閒則數魚鰍。詩書見孤詣，盤丸走軻丘。况有掃圍筆，可擅岐陽蒐。陰湖六尺舉，初恨不少留。自注：前值君蕪湖，恨不相省録而過。梅根躍高檣，笑我仍回頭。自注：過梅根渚，君檣帆輒先，自戲我以得雋。繩床列短炬，相與枯春蒻。清狂到詼誹，券内嗤蜉蝣。原校：一作悠悠女床無凡羽，渭曲皆清原校：一作潔流。自注：君名父之子。嘉實自彌望，原校：一作嘉種自青玉直未斂以揫。須矣策高衢，稽句寧公羞。

有詔遣移局實録院因成古詩奉别同舍學士諸公聊佐一笑

春秋謹嚴書，百史兹考信。晚周駕而東，弱魯猶足訓。低昂心權衡，與奪管膚寸。包羅三八祀，誣始蓋其慎。一言開慘舒，九地迴斧衮。密雖蒐鯤鮞，寬亦漏鯨蜃。姦魂負芒羞，忠骨蓋棺奮。肉角死西郊，風味一朝盡。千秋聖人經，寂寞風雨燼。三子豪未除，巧語終不近。早時遷固儔，雄誇掠秋隼。斧鑿謝前規，沙場出孤駿。森嚴雖時乏，猶足傲拘窘。黠兒何厚誣，乞米詆髫齓。至今汗青手，縮袖賫痛憤。此道竟寂寥，斯文有遺恨。於皇宋七世，輝赫到禹舜。起趠原校：當作趁趠，《玉篇》驅步下祥祉，郁穆起聲聞。載祀盈十六，鏟滌無垢釁。斯民被醇和，淪浹酣九醞。冠劍趨夔皋，戈鋋老廉藺。君臣不朽計，邈與事功運。龍催鼎湖去，墨燥螭凹潤。際會風雲收，刀尺光景迅。胏腫歸太史，承乏乃頑鈍。詔遣陪青箱，隨宜課程趁。攀緣赤霄塄，颯灑塵土鬢。嗟我佁儗人，機杼終不韵。早負江湖心，晚繇道山進。幺麽亦胡為，陪躡濫英俊。捫奎星辰逼，飛辯球琳振。計工蠹魚上，三載真一瞬。今者聯結束，如發千里軔。鷦鷯巢新林，末似枯枝穩。赬鯉定自勞，何取名赤鱓。酒徒謝知章，詩敵拋何遜。徒勞門户成，慙愧上車問。猶幸親切連，勿負時通訊。

送李堯咨赴官山陽時在海門

長離飛從丹穴傍，刷羽渤澥晞扶桑。旦經崑崙莫砥柱，玉山之黍聊充腸。歷覽五都遍九土，一朝翩然歸女床。夫子故家本山陽，憔悴一官纔故鄉。時人等閑得重糈，君家撲滿無餘藏。相逢海上真偶爾，畢趣論心良慨慷。不無幅巾遲蕭散，況有逸爵揮淋浪。酒酣調笑不嫌靳，共指鶢鶋飢鳶翔。蕭晨八月渚紅香，水風泛入客衣涼。溪頭艇子送急槳，輕齎誰識王陽裝。恨無佳設綴行色，匣劍欲解慚非良。淮山刻作秋來瘦，淮水刮眼清如霜。謝公何日東南下，別浦應尋臨汝郎。

送陳師益還建安時在海門

南來海舶浮雲濤，上有游子千金豪。閩山左轉七千原校：京本作十里，挂席六月天風號。俯窺虞淵弄白日，彤原校：京本作丹霞下爍波欲熬。陽侯嘯瀾罔象舞，出没金背原校：一作脊嬉鯨鼇。等閒推徙失向背，往往三山隨所遭。我欲徼原校：京本作衙，當作徼幽驗荒忽，脱非值子終原校：京本作真徒勞。吴牛喘月玉斗搖，金井芙蓉啼桔槔。一緣竹葉泛歸夢，別興斗與淮雲高。青蘋送客淒涼地，節物騷騷驚兩原校：京本作骨毛。家園柿栗行可拾，況有穲稏蟠東皋。魯連蹈海徒虛語，尼父乘桴安所逃。它時作底原校：京本作解印投快便，與子去作滄波原校：京本作海遨。

送曾靈永赴舉

孟荀久不作，吾道竟茫茫。滔滔天下人，生死名利韁。誇兒騁新學，剽竊摸青黄。爬羅盡砂礫，氣焰苦不揚。初如拆襪線，那復一條長。又如抄選客，十九為琳琅。自注：近世諺語有曲士（四庫本作上，嘉本作士）節選，好句不留之說。埋没太古音，啾耳紛蜩螗。曾郎春不如，闊印眉間堂。十年讀書史，一日胸膽張。興來灑酣筆，落紙松丸香。摧頹鷟鶵間，識此雛鳳凰。梅天暑氣原校：一作風溼，江東潦聲狂。辭我歸袂擁，霜蒲拄高檣。飄翩不可留，橫槊赴文場。期子勿苟作，瓊瑶擷新芳。莫學下俚曲，黄花胡校：當作夸問折楊。由來玉山粒，梗澀在粃糠。河雖一掬波，曾是九秋潢。行行事斯語，看子摩天翔。

送新淦余宰虞卿

時平循良用，墨綬紛委蛇。夫子西南英，三十朝紳拕。四庫本作拖爰來慈衆兒，一掬芝眉和。里閭無愁嘆，卒歲知婆娑。牛解等是刃，恩染誰非波。神閑略朱墨，日永餘弦歌。及瓜賦歸歟，去去可奈何。春容雲濤裏，一葉翩經過。羹魚飯香秈，涼衣乾本、嘉本作夜送長哦。三年種桃李，留得春陰多。鄧挽徒虚語，爾翩方雲摩。行哉尚良食，吾君正卷阿。

留題王公謨原校：一作謀沖閣

簷牙排青冥，眺聽脱蒙昧。居然人境寬，魚貫出萬態。坐疑天機緘，發露窮瑣碎。圓清入烏哢，蕭灑送客慨。脱巾晚吾來，静稱一榻對。睨雲發高興，勇欲决翳薈。胡為淫書史，欿若嗜炙膾。長年馬如狗，埃壒顛毛改。兹趣恐長負，踽踽依儕輩。何當拾頽齡，相與原校：一作密爾寄槈耒。挽君醉鄉衣，枯肺時一溉。

贈王隱居適中

樗翁卧南郭，宛是逍遥鄉。朝餐止半菽，暮偃仍繩床。如原校：一作長松生磽陵，不害材資良。少也頓絶羈，駸駸躞雲莊。十出九不售，髭根半秋霜。他時原校：京本作遂令轉蓬子，頑嬉過其傍。那知胸腹原校：京本作臆中，固自儲琳琅。我曾耳清謦，原校：一本作謦灑落皆天潢。謂宜神明相，衎衎臻樂康。胡為乞刀圭，彌年對原校：一作卧清漳。曼容隱成僻，照鄰廢堪傷。睡虎與蟄虬，兒童勿輕嘗。自注：樗翁乃適中自為病號。

送元舉宫苑秀州鈴轄

插犀頭角何崢嶸，紫棠色照長弓騂。不學蠹魚只浪死，聊因躍馬酬生平。奏書明光覔自試，臣有膽武前無勍。俞音一朝九天下，瑩膏瘦鐵虬鏗鳴。坐上少年勿遽起，請聽此日吴趨行。吴中風物妙絶殺，自注：所戒切。檇李髹碧輝連甍。紫崖陰洞泄神秘，霓旌羽帔嬉仙靈。鱸肥秔滑匕筯好，鷗眠梟浴波瀾明。突烟晝恬夜柝死，元戎退案休千兵。詩成青天送白眼，由拳灑作千鴉驚。金船爛漫貯春色，葉底數花餘幾英。吴酸挨胡校：疑當作抉腸去宿滯，楚舞挑客留瘦四庫本作餘情。功名成就付偶爾，要是行樂寬吾齡。迢迢汴水滴油駛，暖烟晝鷁酣雙旌。回頭應笑東方生，胡為索米長安城。

再繼權之嚴韵二首

庭椿摘初黄，畦韭翦柔緑。春盤巧飣餖，一筯生理足。今者鳴啾腸，飢花到雙目。終慚短豆戀，誰轉紫芝矚。青烟撲九衢，碧瓦酣萬屋。朝來好龍客，義動重裘燠。慇懃斗酒約，豪健賽楊僕。吹回麯車夢，鵠原作鴨，據四庫本改羽正肅肅。九天真龍飛，萬物彈冠沐。蕭短草木姿，窶賤衾裯宿。叨逾太官粟，敢計功利速。惟應杯中物，可仗詩筒趨。東風入顛毛，非復故時緑。生涯蠹蟫裏，術智謾蛇足。晚作芸香游，頗復窺叢目。乾坤開清明，物色洗瞻矚。謬當匠石寄，楹桷翰夏屋。追隨金閨彦，懷抱鄒律燠。新詩閒模寫，勇若驅妾僕。千秋赤壁後，英爽得瑜肅。朝來牆頭花，皖皖弄膏沐。歸期莽難求，不啻襆被宿。端成心賞違，誰念客當速。聽取提壺聲，勿負慇懃趣。原校：趣趨二字疑通

送貫之縣丞解官還壽春

西江客袂春風老，吹得歸心亂如草。鯇浪三篙下晚艎，去程不學寒蓬掃。淮山蒼蒼淮水長，千里一官歸故鄉。舉世由來青眼少，孟娵破黛嫫母狂。緹巾十襲盡燕石，埋蝕太半雙明璫。干霄自是男兒氣，遭與不遭真偶爾。人非田文莫彈鋏，世有伯喈須倒屣。君其行矣重問津，蹀月騊駼寧絆死。

次韻和彭道原元夕

攙雲幄原作握，據《永樂大典》卷二〇三五四改幕張流蘇，華軥夾原校：一作匝道青氍毹。黄昏天公下種榆，百萬星點成須臾。赤帝鞭車墮雲衢，燭龍騈頭浦還珠。競隨《永樂大典》作髓丹豹膏鳳雛，麟鬚拂蛾間數疏。弦管喉聲鬱紆，櫛比百戲羅侏儒。輕紈綉履踏艷姝，灼灼巧笑聯芙蕖。有客年來倦著書，囊錢囷粟索無餘。短釵原校：一作釭列桉擁弊襦，未看《永樂大典》作省行樂誇睢盱。大奴聽響仆屋隅，小女行卜迎紫姑。子雲門巷正蕭疏，誰者載酒論區區。

書新興羅漢室

應真檀施者誰子，僧云福堂隴西李。亘無窮盡理則那，明明善根此其始。

次韻林錫遠食蜂兒之句

世人嗜食心，專甚鼓記里。剞磔供嚼齧，誰計物生死。紛紛蜜蠃蚳，晚亦列甘旨。况如玆蜂者，捃拾纔蠢爾。八月陰崖昏，戢戢若攢指。老房脱枯蓮，薦右方物美。翻嗟甘口鼠，横使童角毁。吴蠶徒自僵，商賈斯遠矣。我思天地間，材死舉相似。鳥殪在澤羽，象焚緣插齒。梢梢撓雲幹，釿鋸入儀軌。豹胎及駝峰，日飽饞咽子。人方懷此憂，何暇多議彼。異時佳設張，更餉勿余鄙。

題遠上人休老庵

上人叢林秀，襟期支許越。往從湖山遊，發軔無留轍。轉身浮雲空，歸興飛鳥豁。故鄉得青乾本、八本、嘉本、胡校作清海，下瞰鯨燦窟。結廬纔蝸牛，勝踐喧卑脱。叢殘翦荆棘，悅敞胡校：疑當作敞棲楣埒。蘭苕紛被逕，關鎖晝不掣。由來大慷生，卓錫果清絶。菅茅席三徑，虛榻掃涼月。不持一錢居，未省香火歇。鶴骨老亦輕，田衣故仍潔。高春一飯過，野蕣供嚼齧。笑作瘡剜肉，薦語畏饒舌。陽岡藷蔗稠，乳竇春泉冽。行當攬俗駕，滯念論一吷。

酒家逢徐逸人

嚨嗯馬子踏落花，落花盡頭逢酒家。酒翁破顔迎墨客，五雲冰漿發青杷。丹丘羽人笑揖我，餉我碧海雲琅芽。食之奇光襲兩腋，小哉天地自幕席。原校：疑有脱句眼底不辨驪與騧，冷風時能借一快，便欲搴芝淩紫霞。且唱蹋銅鞮，莫歌白浮鳩。躍沫寄頽年，陰陰馳四騶。雲璈駕閬風，玆約竟悠悠。却憶東皋醉鄉記，翻笑三閭非所憂。安得烏孫青田核，下變春江萬斛流。

志　雁

東道出海陵，儲水得故灤。野雁若烟海，於焉避繒繳。去來迷春冬，唼喋識領略。于時臘將殘，篝火彼童弱。霜葭揚飛熛，敦迫海風惡。崑陵原校：一作焚卷大地，雹笑牽霆搏。翩翩隨陽侶，照影起虛愕。鳴四庫本作鳴呼犯蓬勃，騰踐劇殞雹。捎捎青雲翮，寒焱謝寥廓。莫知孰奴王，百萬歸一爝。有叟家青溪，三日舉不涸。赤肉羅岡陵，腥血灑叢薄。商人争行錢，烟艇紛飄泊。蓬茨未改故，十倍富前昨。翻笑任公子，釣鯨滄海角。

海門故城 俗謂姚司徒城，蓋草竊者

故城邑東南，盤盤蟄脩蛇。借問經始人，云是司徒家。唐季遭閔凶，羣盜紛如麻。淮海尤剽輕，時時起邀遮。甚者控壤地，相錯臨犬牙。斯人何為者，尋兵嘯麏麚。擅此一抔土，僅侔國於蝸。鉗鑕稽天誅，至以功爵加。百年去隨手，遺堵臨汀沙。牛羊閱朝昏，草木自萌芽。誰非化黄壤，此獨遺鷄笯。停驂一回首，浩歎空歌巴。

夜飲留李聖咨法曹走筆

君不見東皋酒狂能放懷，醉鄉着家身去來。又不見昔時西晉把螯客，隻手敵以黄金罍。流年驚鴻瞥眼過，為君特地柴門開。鵝雛轉黄吹甕醅，紫蒲白薤雜芋魁。始知有神王歡伯，解卷霢霂蘇愁荄。玉繩挂閣爽氣回，烏樹不驚螢點苔。熱耳未厭雞聲催，玉山好約斜河頹。枯腸一掬君勿負，蓬行丸轉真悠哉。

我行

我行適東陂，野色若可搴。問津初無從，强驅良苦鞭。三霪貯客潦，冉冉吞昊天。故壘何崢嶸，荒凉非昔年。虹腰截海堰，蜃氣嘘窰烟。霜封百草乾，回風時颯然。狐兔死欲盡，飢鷹空老拳。村深行人稀，落日下烏鳶。敗荷古毳衲，野菊金連錢。羈懷自騷屑，節物驚徂遷。投暮僧舍中，誰者同留連。

雷塘

磐嬉截長淮，聞自隋天子。運丁大業末，役跨遼東始。汹湧溝瀆河，赤血洗千里。江都天東南，歲閱翠華指。錦帆抹非烟，疊鼓蓬蓬起。紫幰朱絲絡，百萬羅衛士。璇房貯彩女，灼灼艷芳李。虞公正逢惡，何稠甘没齒。一從水調奏，便識還聲已。浪傳遭箇春，不悟羊無尾。雷塘一掬土，僅足掩冠履。行人為傷心，清淚墮如水。池荒九曲春，尚想迷樓倚。落日注蕪城，牛羊下坡觜。

依師小軒獨酌

東籬粲佳英，依約圓錢帖。西渚傲霜篔，瀟灑狻猊鬣。居然容膝地，況四庫本作悅與蓬丘接。始余供煩使，浪謂素意愜。一當駭物機，局縮如跧摺。客塵不制人，脱去苦不捷。誰謂一日間，跂倚發蹀躞。椒漿洒玉瀝，蠹簡披往牒。兀爾自忘懷，少復進專輒。流年苦蹉跎，念咎真脱葉。皤皤彼禪客，趨尚未易躡。正應發再駕，萬念兹一攝。

早發臨川經回龍寺少刻因觀李供奉壁畫須菩提

黎明出故壘，得此空王宫。結廬知何年，十里巒岡重。居然謝埃壒，窗寮開房櫳。篞籬漏初日，雲木凉高風。直疑天邊秋，六月到此中。壁端故時筆，磊落空生容。詐言竺乾客，原作容，據八本、胡校改燕坐長年逢。我來偶拭目，滯念為一空。野僧强留連，稻飯延高春。王程迫星火，持語勿惱憹。方慚簡書畏，何計棲狂胡校：疑征字之訛蓬。

留題疏山白雲禪院因呈長老秀公

白雲去不還，空留白雲額。至今飛山顔，片片盡秋色。蕭蕭事盤紆，劓石轉欹仄。觚稜騫古殿，粉墨昏絕壁。有客倦歸艎，瀟灑寄一適。松蘿青鳥哢，江影卷餘白。始時開山人，真意非無得。百年驚一吷，節物變今昔。誰是雲無心，翛然彼禪伯。

過昆陽城

古聚少，荒蹊多，枯湟十尺餘陂陀。絳霄南來赤龍子，叱吒二字原漶漫，據四庫本、八本補此地揚天戈。虎據乃其始，鵠起寧須時。坐令劉宗半天下，尋邑百萬徒爾為。今來玉壘半荆棘，但見蒼烟白日嬉樵兒。愁來商歌涉長道，澤國秋蘭紫莖老。九原蓬顆日益多，世事茫茫一飛鳥。以上《龍雲先生文集》卷六

全宋詩卷一〇四八

劉弇五

鄱陽湖四十韻

巨浸連吳越，高躔直斗牛。玄冥開別府，江伯匯支流。象緯元精逼，神姦秘怪裒。番君疏帶礪，彭蠡壯襟喉。赴隙如無地，憑壖忽有州。津涯逾寫潤，窟宅定刳幽。島認瀛鼇戴，濤疑陣馬蒐。珠跳憐雨駛，鏡滑識風收。樹帶喬枝隱，山餘短碧浮。窺覘波罔象，睥睨怵陽侯。漾月都迷皓，蒸雲間作油。涵濡均藻荇，冗長到蝦鰍。蜃幻晴噓閣，龍腥夜拔湫。萬尋懸圃玉，一帶洞庭秋。盈縮知誰紀，吞并似力揫。鯉矜封赤鯶，龜笑斥朱眸。嵌竇扶桑罶，珍文匠石鎪。鷗羣馴野客，蚖肆傲潛虯。罟數筐零霰，檣輕弩激鏃。孰分浮瓠濫，或訝繞蛇丘。弦索延商婦，觡艭送莫愁。陶朱誠得策，神禹想遺憂。端稱潺湲弄，非無隱伏搜。豆分高下渚，葦視去來舟。血脈乾坤活，瘡痍稼穡瘳。披猖包息壤，瑣碎落浮漚。蓮女嬋娟棹，漁郎芼燥甌。有人搴繡被，無客傲鷫裘。貨貝窮乾没，醪羞肅丐求。束枯論沃釜，戒覆比傾輈。梟水杯盂外，他年吐納尤。鵲填功未議，鯨吸志應酬。何事輕思濟，吾防果未周。阽危心骨醉，飄泊面顏羞。敢計乘桴去，何知戴笠遊。片帆真擾擾，隻影轉悠悠。卑溼嗟原校：疑作嗟梁傅，星霜挂魏牟。勞歌慚孺子，破簏付平頭。烏鼓緣尊置，黄粻為餶謀。清螺取歸日，穩棹聽夷猶。

蔣沙莊居十首

他日蓬蒿地，吾廬瓦數溝。井泉甘勝乳，庭竹冷先秋。村落時情淡，田疇歲計優。荆扉輪四庫本作論日掩，最喜近松楸。

黄嶺虹腰抱，龍山食案横。中非避世士，稍亦畏時名。傍晚澆慵酒，尋春濯足行。雞雛嬌底死，犢子健能生。

翳翳柔桑活，輝輝野水寬。藝蔬蒼芥甲，延客白蒲團。點綴花粘蔓，稀疏粉束竿。家風纔茗飲，一室聽冰寒。

軟滑香秈顆，肥長紫蕨苗。盤餐殊不惡，鄰叟亦時邀。潘岳蕭條鬢，陶潛頡頏腰。巢枝得安穩，萬物一鷦鷯。

晴屋鳴鳩婦，春陂翳雉媒。筯頭甘野蔌，鋤力到陳荄。掠水千艘健，横風一笛哀。最憐雙白鳥，解事等閒來。

十里蛇原近，宜秔一畝金。亂醒原校：原作鞓眠暗術，嬌碧擁雲林。早晚歸歟計，因循愧此心。江南吾土樂，應得慰消沉。

松種龍蛇子，栽培近著行。有時窺北榻，不日暗東岡。酒落終含韵，輪囷未竟長。故應容足地，投老慰荒凉。

羊棧雞塒接，蔬畦麥壠傍。蝸涎書老壁，苔陣澀高厢。家有青緗學，兒傳急就章。未甘騎瘦馬，跳蚤事乾忙。

名愧周繁弱，材非魯孟勞。蛙仍當鼓吹，徑任没蓬蒿。紫芋新厨味，黄粮馥鱠刀。業詩何水部，耽酒阮兵曹。

劉宗墳墓國，金水眇縈回。颭颭鴉巢覆，疏疏槿户開。春風持贈柳，臘雪試妝梅。欲識塵埃少，元無俗物來。

莆田雜詩二十首

清樾陂陀外，春深四五家。叢祠下簫鼓，平楚暗桑麻。水國潛虯傲，天程去鳥賒。仙山仍在目，瀟洒送生涯。

梅雨催農鎛，癡風泣海檣。魚龍波浪闊，燕雀户庭涼。鰩柱春刳玉，蠔山夜鑿霜。家園兩（四庫本作雨）痕淚，早晚促吾裝。

南北分雙刹，公私限五塘。蚶祠開鎖碎，蟹井幕荒涼。酒熟傳紅泛，搶（原校：疑作傖）珍異墨黃。飄零晉耆舊，冠劍幾星霜。

梅井經疏鑿，如聞自昔人。玉奩深貯月，雲乳暖藏春。桐葉誰新汲，葵芽好問津。端堪事杯酌，泠汰客襟塵。

末麗娟娟妬，山丹灼灼姝。暖烟朌養璞，沉碧鳳將雛。刀尺文章拙，巾幐禮數迂。課成鷗鷺想，片夢落江湖。

十里壺公廟，喧傳像逼真。斧斤刳洞骨，風雨溜松鱗。氣象乾坤豁，涵濡草木春。的應雲鬧處，藏得武陵人。

鶗鴂青春晏，鼱鼩白社驕。掠風雛燕翼，界雨晚虹腰。醥醁銀床灧，芊茸紫澗苗。到家幸無苦，浦溆有回潮。

飽聞何氏子，遺跡在仙山。節擁三清絳，龍騎九色班。曲屏明蓊薈，哀玉原作王，據八本、嘉本、胡校改走潺湲。好刷摩天翮，徂鑣試一攀。

香憶傳嵒號，龜曾得寺名。禽巢多越思，海錯盡南烹。接食烏兒墮，漫岡犢子獰。正憐盃酒賤，醉叟日縱横。

鶴唳歸雲急，龍移過雨腥。桂清飄月岫，槎老卧烟汀。洞失壺公舊，雩傳妙應靈。不緣幽事隔，小復理篁原作篁，據胡校改箳。

共樂超然構，躋攀一氣邊。蒼茫雲水國，清潤李梅天。碎白淙崖瀑，孤青煮海烟。三神山自邈，何至苦求旃。

蠨蛸當户綴，絡緯擁莎吟。詩魄干霄上，棋魔攪海深。忘機一飛鳥，藏拙萬黄金。昨有逃虚慰，支郎下北岑。

直東無際海，萬水自朝宗。沃日纔分燏，浮天亦盪胸。吐吞何楚越，冗長到魚龍。好在乘桴客，吾安議適從。

遠寺梢清梵，孤城咽晚笳。稻畦眠浄淥，榕逕愕懸蛇。尊俎輝琮璧，詩書蟄鏌鋣。家家餘歲計，吉貝與蒸紗。

當日山南寺，層樓插蔽虧。龍蛇緘柳筆，風雨舛唐碑。甃淺雲吞液，山稀海襯眉。杖藜揞瘦鶴，白髮茂林緇。

功名慚鶚瞬，龜組困鳩佻。元結郎終漫，劉安隱孰招。客塵關簿領，生計負漁樵。賴足尊中物，時將塊磊澆。

傍海千塍稻，由來穲稏𥝗。異時更虐颶，中夕舞驚瀾。竟使魚鼈有，不堪蛙黽讙。嗟吾無急策，坐視汝凋殘。

荔子綃囊搯，蕉花玉糝駢。紫髯牽腰裊，紺繐走嬋娟。蕭寺千家幕，蘭盆七月天。壺公仙日月，乞汝送流年。

三縣闤扉閒，全閩道院傳。夜濤慳夢寐，晡食厭腥羶。家塾儒風舊，牢盆利孔偏。塵埃如拂得，定作海鄉仙。

雨露蕭茅浹，乾坤燕雀微。草萊鞭懶蟄，廊廟集横飛。今者誠何補，吾其孰與歸。夜來天直北，劍魄繞星輝。

早發赴蒙縣二首

草露垂垂白，溪泥脚脚深。槿籬藏吠犬，桑蘙漏棲禽。食匕驚浮世，鞭梢度寸陰。利名幺麽得，會是死灰心。

摇落秋無賴，追隨月結緣。褐衣寒未授，櫪馬老先顛。客思淮雲遠，鄉魂越鳥邊。荒唐故時叟，曳尾想遺阡。

贈謝民師

三語君為掾，百罹吾厭生。江山共鄉思，蘭桂敵交情。黄卷真無負，龍淵恐不平。何當改初服，别約紐茎蘅。鈔補本作紉

臨江

居然兩福地，首尾限清江。岡寮蘆州抱，晶熒石澗淙。潑雲秋原作和，據乾本、嘉本、胡校改䆉稏，割雨曉艀艘。愁絶村南舍，馴雞對小窗。

贈李子從三十韻

落落將家子，堂堂儒者宗。虹蜺蟠志氣，天地貯心胸。骨秀霜含樹，神清瀑掛峰。才應過八斗，業已足三冬。燈壁曾聞鑿，螢紗屢聽縫。書從蒲葉寫，詩向錦囊封。醉把乾坤揖，吟將風月供。揮毫珠錯落，吐論玉錚鏦。逐逐儒林虎，昂昂墨海龍。文踰原作偷，據乾本、胡校改韓吏部，學切鄭司農。雨露恩將及，風雲運正逢。海深鯤定化，霄遠鶴須沖。汝乃今王粲，予非昔蔡邕。敬蒙修客刺，特辱造賓墉。遂闢膺門納，因施孺榻容。禮賢臺再築，待客黍頻舂。磨講詩千首，歡諧酒一鍾。笑談風對起，論難劍交鋒。篇什回環數，緘題往復重。共將諸子探，同把異端攻。聞見輸君博，賡酬愧我慵。便當思閣筆，何敢更撞鐘。堂胡校作棠舍經宵會，琴堂累日從。並行花縣密，同坐柳陰濃。出處漢四皓，情懷楚兩龔。淡聞君子水，久見大夫松。正喜陪談柄，應難別去蹤。短亭情黯黯，南浦恨匆匆。負笈遊洙泗，擔簦往辟雍。相如行有日，非久客臨邛。

傷段謙叔失意二十八韻

場屋遺才日，英雄失意秋。薦賢無北海，削迹有東丘。未遂圖南志，先貽敗北憂。曠弦多誤奏，卞玉却輕投。西逐慚秦客，南冠愧楚囚。天亡非戰罪，道喪是吾羞。命薄聞歌鳳，時窮見叩牛。丹山摧鸑鷟，虞阪困驊騮。落日千行淚，西風萬古愁。壯圖沉草莽，歸思動滄洲。是理皆前定，非人可豫謀。悶來宜自遣，勢去不須尤。消日棋千局，忘懷酒一甌。更宜思破釜，莫便欲乘桴。豹匪終藏霧，鯨非可在溝。此生如富貴，未死合公侯。子況才華妙，身兼學業優。文章思頓進，志意素加修。禹穴書曾探，嵩山澗亦搜。紗螢頻見聚，鄰燭屢聞偷。默記踰三篋，疏通貫九流。賦才肩賈馬，詩格駕曹劉。肯向清時廢，須膺紫詔求。不當三徑隱，未可五湖遊。齧臂盟須復，題橋志必酬。寧終葬魚腹，誠合跨龍頭。早弄書生筆，當焚敗將舟。也知男子志，未肯死前休。

傷蔡文仲秋闈失意四十韻

側聽秋闈榜，君名又不傳。病龍頻失水，倦鳥久驚弦。有意期行道，無人肯薦賢。長沙傷鵩日，西狩獲麟年。失意應常理，嗟君最可憐。雙親堂上老，三釜養中偏。鬢有千莖雪，家無二頃田。甑中原校：疑作空塵屢起，囊乏磬長懸。草木荒三徑，埃氛滿一廛。鶉衣傷子夏，蝸舍病焦先。雪冷袁安卧，風清靖節眠。謾誇五色筆，不及一囊錢。抱玉冤誰雪，沉舟恨自牽。翼摧雲外鵠，身絆駕頭鸇。憤氣高沖斗，悲號下入泉。未甘為敗將，猶擬奮空拳。文喪思投筆，膠稀欲絶弦。悲彈三尺劍，悶釣五湖船。遷擯當修史，雄閑合草玄。張衡四愁什，杜甫八哀篇。臏刖兵書作，丘窮易道編。文人從坎坷，才子本迍邅。得失誠由命，窮通莫怨天。不須吟澤畔，何用餓山巔。豹匪終藏霧，龍非久在淵。鵠侯高定中，楊葉細須穿。子況千人敵，身仍百善全。平生於傳癖，終日被書癲。容貌堂堂也，胸襟落落然。文章追賈馬，德行繼淵騫。吐論崑崙决，揮毫組綉聯。字奇稱草聖，句巧號詩仙。身瘦文彌古，家貧節更堅。士流瞻若斗，學者慕如羶。自合升朝右，寧終死道邊。此來雖蠖屈，前去定鶯遷。鄒黍當重秀，韓灰决復燃。焚舟收後效，破釜雪前愆。誠願窮猶鬬，何甘廢中權。未應豪傑士，憔悴老螺川。

傷友人潘鎮之失意七十韻

念子多屯躓，秋闈又背馳。南陽龍卧久，東魯鳳何衰。刖足寃誰雪，傷弓翅已垂。有文須奪席，無地可容錐。破落三間屋。荒凉四壁籬。平生萍蕩漾，活計葉離披。磬掛囊多乏，塵生甑少炊。飢寒妻擬棄，憔悴嫂貽嗤。行古時稀合，身孤世早知。盡應嫌學僻，無不笑書癡。讀已周千卷，攀猶滯一枝。鷁因風緊退，蘭為雪深萎。卞璞羞空獻，齊竽嘆失吹。未為横薦鶚，又作曳泥龜。東國頻遭黜，西山獨忍飢。皇皇行澤畔，寂寂卧漳湄。應下傷麟淚，還牽感鵩悲。著成孤憤傳，吟就八哀詩。道喪誰開眼，愁來自皺眉。迍邅真命也，險阻屢嘗之。清廟含三嘆，明時動五噫。野歌成匪虎，磯釣本非羆。事故多如此，心休苦怨咨。都緣名是累，須用道為醫。破悶無如酒，消憂莫若棋。勿同楊泣路，休效墨悲絲。得失皆由分，窮通自有時。海深鯤化早，天遠鶴沖遲。子况多能者，身懷可致資。九河流原校：疑作疏劇辯，萬馬走雄辭。學似彫龍巧，文如吐鳳奇。五車書並覽，三篋記無餘。四庫本、胡校作遺解辨魯魚惑，能分亥豕疑。博聞探禹穴，多見識曹碑。行止珪無玷，周流玉不緇。經明人盡仰，才大士爭師。名價關西振，儒風稷下移。生徒居若市，來者被原校：當作袂成帷。天道如將復，人文未喪斯。定伸膏澤志，入侍帝王墀。豹匪終藏霧，蛟非久在池。青雲如借路，蹇步足通逵。定補千裘原校：疑作羊腋，寧由五羖皮。冠彈思貢禹，舌在憶張儀。已往雖非悔，方來尚可追。此生當富貴，未死屬男兒。顧我誠荒斐，四庫本作廢蒙君愛保持。杏壇齊出處，槐里久參隨。情荷椒蘭契，言蒙藥石規。琢磨朝切切，講誨夜孜孜。小大鐘容叩，高低仞許窺。開談發吾覆，飛辯解人頤。較藝思焚硯，交鋒擬樹旗。奚斯睎考甫，子貢服宣尼。共有亨途約，俱懷遠到期。精誠甚膠漆，酬唱越塤篪。本謂同游處，何圖有別離。身從來嶺表，音逐隔天涯。荏苒年光換，回還氣候推。暗驚時倏忽，屢見月盈虧。故國書迢遞，他鄉路嶮巇。登高魂欲斷，眺望力應疲。側望魁鄉薦，夫何擯有司。臨風心惻怛，開榜淚淋漓。場屋非收子，文闈更薦誰。主盟寧至當，提掖豈無私。盡指珠多纇，咸疑玉有疵。叩天身患遠，叫帝泣嗟卑。寫恨憑精衞，聲冤付子規。彼蒼不可問，徒積故人思。

題仰山二十韻

維南斗牛下，萬仞聳崔嵬。日上光先占，江盤勢却迴。一方蒙雨露，幾處對樓臺。不逐秦鞭去，曾經禹載來。雲生風慘淡，冰泮谷喧豗。險外烟嵐變，深中洞府開。巖花春灼爍，溪鳥暖毰毸。飛瀑含清籟，乖龍走疾雷。平川蕭廟閟，半腹鄧壇摧。自注：蕭公兄弟廟在山下，鄧表昔於此上昇，山有壇在焉。精緼瓊瑰寶，奇鍾杞梓材。僧軒宜薜荔，樵徑怯莓苔。旁睨龍洲橘，前瞻庾嶺梅。仙經饒地脈，賦筆讓天台。神物多靈貺，農田少旱災。隱居須獨行，吟咏亦難才。何客能依止，伊余敢語哉。一麾成繫滯，四友阻遊陪。自注：謝靈運與族弟惠連、何長瑜、荀雍、羊璿之共為山澤之游，時人謂之四友也。未脱紅塵累，徒嗟白髮催。夢頻生枕席，賞每倒罇罍。預恐瓜時代，圖歸作醉媒。

覽唐元成詩因而有贈

欲識君詩格，飄然人所難。清風生玉宇，白露滴金盤。吟嚼充腸冷，披開遶坐寒。迥無脂粉氣，字字是琅玕。

春日舟中即事

墨綬蠻鄉去，青春瘴海行。陋篷愁暴雨，小艇畏長鯨。灘惡舟難渡，風狂浪易生。不堪江上笛，時送兩三聲。

讀汪都講邵宫教擬試賦三十韻

文效追前日，詞科急俊民。儒風穆漢殿，家璞走荆珍。汪邵推高手，卿雲想後身。争移初律暖，競撥老根陳。睥睨三都上，吹噓七子鄰。龍蛇開蟄户，河漢洗天津。堂室誰升入，詩書迭主賓。剸犀鋒自倍，徹札手彌親。鼓吹丘軻外，波瀾屈宋新。巴歌徒里耳，燕石謾緹巾。美觀圭聯璧，和聲鼓間錞。駸駸新歷塊，自注：邵。喔喔舊司晨。自注：汪。爽實嗤烏有，阿時陋劇秦。鑿愁神秘露，搜恐物華貧。楚劍雙干斗，吴娃幾學顰。飛揚逼場屋，旁午動簪紳。傖父幾焚硯，修家舊有人。珠驚對還浦，角豈獨推麟。價比千瓊玖，文成一欠呻。鼻端論妙斲，使外得周詢。布瑞雲歆鼎，連深鯉挂緡。豈徒矜羽獵，直可絢郊禋。宛是隋唐舊，何分雅頌真。兩眸寬病客，一氣到洪鈞。捉卷時湔掌，沿涯屢耗神。爰居泣韶濩，嫫姆駭蛾螓。愜興誰爬背，長哦獨哆脣。傳夸歸有恃，羞縮死將濱。讎校三千士，蹉跎九十春。岐周雙鸑鷟，不省至何因。

次韵奉酬邵美中奉議示同舍

真太忙生苟一時，野情幽事每交馳。同舟濟者聊傾蓋，吾黨歸歟盍指期。風日頻開友顔笑，珠璣間出洗愁詩。小儒坐耗大官食，羞學饑猿嗛兩頤。

覽邵美中擬試賦出詩三十韵紀之邵有詩謝復次其韵

重棘初無課最書，春風破卷得三都。千尋傑氣千霄上，一片降心免胄趨。藏室森羅公柱史，附庸幺麽我顓臾。正緣好語遥推借，跛鼈猶能特百夫。

試院次韵奉酬趙達夫記室惜春之什

風酣雨軟裊簷絲，端負吾人痛飲師。使者嶺梅傳信遠，王孫芳草怨歸遲。釀成紫府無端夢，開到朱欄第幾枝。欲問東君挽流轉，顛狂好在曲江詩。

酷愛春如蜂蝶迷，還憂青帝學班師。愁城恨壘挨排到，酒約花期賭當遲。端負江湖歸去棹，最關原校：一作憐桃李別來枝。松丸暖動蟾蠩滴，消殺風光盡付詩。

次韻酬朱充仁示同舍

絮撲花然鑰靚深，物華看即滿曾陰。魯魚是正成何補，鶯燕勾牽著底禁。聲迹汾睢連漢鼎，報投緑綺間南金。到家禊事應非晚，孤劍懸知出水心。

張壽翁朝散有詩紀同舍名銜録次其韵

柳茸無力杏燒紅，春入愁腸不散窮。千佛經慚名姓入，一尊酒愜原校：一作美笑言同。寫成懸圃新聯璧，分與秋風舊轉蓬。好樣醉鄉抛擲却，百錢輸與杖頭翁。

貢院奏號奉呈同舍諸公

朝來甲乙去閶天，喜色胚腪淡墨前。干斗已應千劍躍，摶風誰是一鵬騫。路歧穩步青霄近，閭里傾心古語傳。收拾春光終未晚，爛遊端屬緑衣鞭。

晋之太博同舍常愴六世外祖鄭氏苗裔中絶曩訪得丘墓所在歲時享祀不輟鄉里化之因有詩紀其事謀弁屬和云

綢繆霜露他時感，零落昆雲幾葉孫。原上有封吞馬鬣，道邊無石認羊蹄。黄粱暗换塵勞世，白草重歸血、食魂。未論紛紛悲往逝，的應凜凜愧生存。

次韻和汪道濟都講惜惜吟 錫製温體器也，汪强名為惜惜

温柔鄉定虚言耳，鑪火功真長物哉。疑别有天春不老，知誰為雨夜曾來。滿移妃子三湯夢，暗奪仙家一息胎。燕玉浪傳思暖老，箇中消歇幾沉煤。

題福州黄檗山確禪師息老堂 七言十韵

頃來法席如師少，老去生涯似此無。直寄天年謾龜鶴，聊收化日到桑榆。蒼環作抱三臺壯，縞帶明空一水紆。時拂東齋壞雲衲，更開南粤隱居圖。買山支遁初無費，示疾維摩本不徒。夜雨龍腥飛别澗，晝烟禽哢落高梧。齋餘短捉清生塵，坐久柔團暖稱蒲。三樂榮期猶俗物，二毛潘岳信拘儒。禪林彪虎新眠熟，覺海烏藤舊攬枯。不學昔人悲唾遠，已將玆世脱魚濡。

送林錫遠帳勾罷官北引二首 有引

錫遠帳勾罷官北引。吾其執也，義不得束味，輒賦送行二篇云。

五月角黍江南天，驪駒送客黄金船。悠悠别思不足道，去去宦情如欲仙。青萍由來異死鐵，緑綺未易論膠弦。强懷為君歌短什，壯圖輒勿輕流年。

由來不敵是清才，尚喜相逢契此懷。直把唯阿平笑語，更將爾汝外形骸。吾身方愧猿拘檻，自注：無補學舍。君事何疑箭插鞾。自注：磨勘有日，而學者員溢。天子聖明思急策，試論弊事决陰霾。

招季山還家

蕭條門巷未足愧，畹晚歲時胡不歸。緑葵白芋故園老，黄頷赬尾前溪肥。浮名莫羡風過耳，久客可憎塵滿衣。原校：元本作涅衣約君對擁當户榻，聊割一畝原校：京本作片秋蟾輝。

早發襄邑

迢迢汴水吞窈冥，白榆多於天原缺，據四庫本、胡校補上星。林梢碎漏月痕白，草頭冷泣螢腰青。雲霄九重近在目，鵷鷺百翮誰趨庭。雞聲馬蹄正立敵，斷送垢褐疲吾形。

夜泊建溪豐樂驛前三首

坐看雲葉洗昭回，磴束天仙玉宇開。水染東甌清到骨，客傷南浦釃於醅。雪萌正薦澆醒筍，粉色渾藏艷眼梅。稍覓暗芳窺熠燿，更從白石認毰毸。

鬖鬖彪弁吹頹鬢，戢戢懸鶉戒早寒。漂泊昔遊堪冷笑，悠颺短夢迫驚湍。霜潭傲險蒼虯嘯，月磧牽波翠篠團。十載南冠欹一葉，背人功業底無端。

溪靈覓罅吹灘聲，削木刺波舟逆行。問津候館得豐樂，回首洞天無玉清。愁看迮纜疊石子，快是隔篷眠水晶。兒曹燈間動喜色，甌有滑白長腰粳。

贈邑宰詹志行長官

頭骨插犀冰照顏，胸襟元自漲清瀾。吏歸申午緣無事，民卧田閭識以寬。晤語早傾程子蓋，評詩尤原校：一作元逼杜公壇。如論妙譽無留賞，合向驍壺作倚竿。

清真觀步翠閣

飛梯倒插玉螮蝀，危檻別刻青芙蕖。送涼野水舊涵竹，借色春山擬滴裾。王喬過舄可坐揖，蕭史鳴鳳徒紛如。眸子欲酸跂予望，弔世清淚橫方諸。

清真觀清軒

向背仙宮總闢琳，原校：一作僻林兹軒仍出古城陰。千年曾史長存魄，一片巢由不染心。秋闊雨高原校：一作餘天洗翳，夜凉風軟月吹金。冰壺早訝貯人世，况復隔溪葱蒨深。

清真觀齋軒

物理相懸能幾何，是非得喪了無多。仙家日月閑庭户，人世浮沉寄唯阿。轟樐曉聲來雜珮，漣漪春脈漲青羅。箇中故有天倪在，持語流光任擲梭。

月波樓

玉魄冰魂萬頃連，曲欄仍在斗魁邊。浮天自作通津去，洗客終疑爽氣偏。不比尋常閑水墨，最宜三五好嬋娟。暈飛穩蘸明河接，更擬憑虚逼島仙。

賀氏怡軒

盤薄簷牙紫翠間，正緣天屬得恬原校：一作治安。已聞名教兼三樂，况有家聲到二難。棠棣蕚留春色好，鶺鴒原占洞天寬。友于誰復知真適，拾穗榮期似太漫。

建德縣作

銅官南部號無事，烟火蕭條數百家。令尹印章希搭紙，里胥邦賦半催茶。山稠别限番君國，潦暗疑通海客槎。石磴落當蕭寺面，憐渠清絶好生涯。

新開湖詩

輸寫由來未易窮，渾疑天作水仙宫。浩無邊際藍吞野，散作霶濡雨卷空。末口潦收秋漲縮，汙溝波泛暮潮通，會當揮楫乘高興，盡把塵纓濯此中。

平鋪縐縠幾千尋，瀟洒由來爽客襟。天借月華來海上，地蒸雲氣出波心。魚蝦澤國抛殘玉，燈火船窗點碎金。聞說蚌胎無纇顆，又憑風力舞秋陰。自注：湖有大珠，天晦暝，漁者即之輒失所在。

送廷允決曹解官舟行赴闕

由來佳掾推三語，故有能名擅一方。投分稠人期李郭，平心他日到于張。囹扉盡洗沉冤魄，貫索時分入夜光。舉世謾嗟岐路澀，只今騰踏見飛黃。

春江活碧染衣濃，鬧櫓初挨鷁首東。岸柳躍絲金稍重，渚梅收糝玉全空。腐儒糟粕迂疏後，上客風雲感慨中。好訪瀛洲綴仙客，家山原校：一作水仙無苦夢壺公。

次韻酬

束書歸伴鶴頭鉏，贏得髭根未雪如。春畘有田皆杜鄠，曉窗無岫不衡廬。糟床最與天真近，魚沫何妨世態疏。鞹足龜腰負芝朮，因君特地愧三餘。

次韻表民偶作

紛紛儀覆與秦傾，何者竟為吾道行。物外金朱猶土梗，興來詩酒亦功名。夢同秋棧縈紆入，分比春蘭馥郁生。他日未宜輕感慨，勸人歸是子規聲。

贈致政曾宣德十二韻

自得逍遥物外情，肯將冠冕謾勞形。門前始種先生柳，斗下重添處士星。文豹霧中誰逐逐，飛鴻天外自冥冥。最憐孤竹人高卧，却訝三閭客獨醒。放曠七賢林下洞，棲遲六逸水邊亭。和烟買得花栽潤，帶雨移來藥顆馨。梟舄印殘蒼蘚綠，蝸廬築破遠山青。消磨日月棋千局，笑傲雲霞酒一瓶。隱几旋成招隱句，披衣新看養生經。小軒静把琴開匣，幽苑深將鶴剪翎。明月有時來竹塢，紅塵無路到松扃。幾多九老圖中景，都為丹青入障屏。

以上《龍雲先生文集》卷七

全宋詩卷一〇四九

劉弇六

上金陵黄尚書安中二首

南來踽踽拜前塵，雅睠仍從轍鮒新。四照色温初似玉，一時恩到總成春。非如學者論糟粕，須信人間得鳳麟。况有珠璣長滿把，冥搜終恐物華貧。

千毫回斡自無旁，逸勁仍聞飲四庫本作飫石粱。黄卷素心因事見，空門真味與閒長。扁舟尚録袁臨汝，清酒無論顧建康。五載轉頭歸一瞬，門闌依舊笑羝羊。

和安中東樓會飲

岧嶢飛觀决層雲，主意全傾合坐賓。談笑龍岡下白日，衣冠麟閣識功臣。欲窮人目逢山好，未老秋容到酒醇。忍對南鴻問寥廓，沉冥誰是蜀莊珍。

和安中鐵柱留題

隱然平地起嶙峋，千古春四庫本、八本作舂波此與瀕。九牧貢金殊夏后，三泉下錮笑秦人。力回坤軸陰機壯，妙灑銀鈎榜墨新。欲識當年鎔鑄意，萚蘆原校：疑終恐更非真。

王公濟四美樓

寸心不與一物隔，遠目自為原校：一作將千里期。便共溪山有情分，更緣阡陌識參差。層雲異日雖輕舉，獨鳥長年可俯窺。緹騎到家春滿眼，庚公清興不應衰。

王公濟蘭荄原校：一作陔亭

閭里傳驚飽物華，此亭真是一生涯。人知菽水歡終異，地比蓬蒿徑自佳。歲計黃雲千穲稏，春心青玉幾龍蛇。不須分外開新畹，故有兒孫敵謝家。

李四庫本作季倅惠詩次元韻酬謝

寸原校：一作健毫揮灑敵連城，想見仙標白玉京。周鼓直須論妙刻，陶琴初不費煩聲。他年浪許曾窺豹，此日誰堪與濯纓。寂寞蓬茨今有助，病軀那復愧登瀛。

再次韻和酬

俗眼紛紛少得青，獨君襟義富坻原校：一作莫能京。揮斤郢鼻時驚巧，持鼓雷門浪費聲。正喜珠璣生咳唾，敢期茅蕝被游纓。鯫生譾譾難論報，此日方知海是瀛。

九曲池

昔帝檣烏下日邊，曾留清蹕此蹁躚。魚龍窟暗浮春漲，鳧雁行低破暝烟。星閣摧頹空歲月，蕪城埋没舊山川。後庭一曲陳家破，更看當年水調傳。

揞筇

蹭蹬年來誰寄聲，靜揞筇竹了無營。照衣簷竹露逼冷，過耳海潮風送清。豈有稻粱驕雀鼠，終慚醅酒費瓶罌。請纓自是男兒事，咄咄胡為過半生。

和重陽感懷

又逢佳節破牢愁，天卷微雲盡放秋。一水孤飛臨汝棐，幾人清興庾公樓。螢腰亂試林塘點，蠅陣微收几案稠。黄菊紅萸滿烏帽，椒丘誰是醉鄉謀。

次韻酬錫遠孤坐有懷

白簡差差長蠹魚，强顔那復計三餘。長波不洗客愁去，脱葉似將官况疏。行樂醉鄉金欲盡，投身老境歲還除。因持舊史論窗燭，大半功名不是書。

次韻和劉次公以詩見贈

格老辭嚴趣復新，百篇洗眼盡驚人。喑嗚自是東（八本、嘉本、胡校作風）騷將，瀟洒疑非閥閲身。快甚天星秋炯炯，富於倉廪昔陳陳。終慚不敵齊呀喊，敢議肴羞與栗榛。

寄兜率悦禪師二首

三峽當年一錫飛，祖燈曾是密傳西。示徒端的只消指，灌頂分明别有醍。秋衲擁雲驚曉榻，病髭鑷雪照寒溪。知誰解吸西江水，賴有孤（原校：一作狐）禪覺衆迷。

箯輿曾約下山顔，白足塵緣等是慳。貪為水雲留物外，劣（原校：一作肯）容紙墨到人間。銀潢一掬愁枯肺，金鑰千重想上關。病客此身似籠鳥，何時（原校：一作不應）毳衲對斕斑。

次韻酬何伯修見貽

學非歆向擅家聲，憧指仍慚左蜀程。夢月自憐名舊識，屠龍何補技先成。悲纏風樹新創鉅，心折家園獨鳥驚。樵斧漁竿有真趣，不應鄰叟怪逃名。

次韻酬何伯修

廣場較藝號肩摩，筆挫千人敏若梭。共喜此聲傳烜赫，直應無物避爬原校：一作計避包羅。雅音尚汩多哇鄭，荆璞誰收原校：一作明屢獻和。洗眼今看色絲語，快於執熱濯束原校：一作清波。

次韻酬譚履常送致政徐朝奉

拔迹朝闈太早生，不容餘蕴付功名。肯緣簪紱重回首，似共林塘别有情。恰恰冥鴻如素志，來來弊屣薄浮榮。留貲無有公何恃，赢得桑榆慰此行。

王適中原校：一作通直渝飲約以詩招之

别君倒指倏旬日，顧我摇心如旆旌。滿引未應勤上客，高談聊欲破勞生。望梅終恐難酬渴，挹露懸知别得清。咫尺履綦猶惜到，可能無復故人情。

送致政吴通直

黑頭貪作隱中仙，高謝清時五兩綸。物外收將閒日月，人間歸去好溪山。二疏等作揮金計，自注：通直伯氏前此亦以朝請謝事。五柳猶遲倦鳥還。多少有車懸不得，規規鐘漏亦胡顔。

謝何舜庸見借畫舫還鄉

好様原校：一作漾江邊青雀舫，愧君暫借不相妨。帆檣縹緲青天近，窗户玲瓏白日長。濃緑迢迢春到水，衰顛種種客還鄉。却應耆舊遥知羡，况味渾如臨汝郎。

次韻奉酬何舜庸寄酒

寄來何啻十千價，置處曾非六一身。自慚無足斗筲算，暫見已覺神形親。他年换得青田核，此日吹回紫府春。剪却愁根真外助，不妨功勝齒亡脣。

贈致政李元古原校：二本作原古二首

膴仕委蛇四十秋，翻然歸作赤松遊。無瑕舊是千金璧，不繫今如原校：京本作為一葉舟。舉世風霜空末路，此身芝朮最良謀。新篇晚更追騷雅，何計從公乞愈頭。

興味高於鶴在雲，去留初不掛毫分。鄭公鄉里新門巷，謝氏芝蘭好子孫。瀟洒笑談寬日月，優游在世傲乾坤。鄰翁盛說原校：京本作憐翁舊況歸歟美，曾是當年朱兩轓。

贈吴伯玉二首

少年騰踏屬驊騮，骨相疏明玉照秋。湓口猶傳舊令尹，豫章聊半古諸侯。一官身外原校：一作世上真無負，百故胸中自不留。論薦由來公道在，誰將卓犖到需頭。

瞥原校：一作輕去門闌兩換春，標規仍愜此來親。能將官況為原校：一作似將官況歸餘事，別有陽和到後塵。衮衮何妨流水淡，紛紛誰數白頭新。擬論一報歸原校：一作酬恩地，愧我猶為欒原校：一作無由戀棘人。

羅漢系南長老原校：一本題云羅漢大禪伯南公吾十年前舊也因以詩遺焉

諸方喉舌卷春容，直指慈幢信長雄。翳盡全開捫海月，清多平挹洗天風。相望原校：一作忘震旦傳衣後，別寄西兒妙蹟中。好把沃洲論原校：一作他日沃洲今五老，颿然重此原校：一作曾是得支公。

送螺川張太守二首時請宮觀寓居琅琊

西南五馬照青螺，衆惜班春未幾何。緑髮桑榆收太早，青雲岐路剩來多。仙家職事清閒好，逋客林泉取次過。正恐此身休不得，再看鄒律起陽和。

涼颸一水漾清虛，畫鷁翩翩北去初。暫把壯圖收紱冕，只留和氣到原校：一作滿閭閻。海邊有夢通琳闕，物外無心挂隼旟。寄語琅琊好泉石，使君不是賦歸歟。

和吴伯玉九日同會

上林曾共見鶯遷，五百英豪氣戾天。鬬在並存嗟白髮，成空半已鎖黄泉。菊花酩酊同今日，桂籍風流記舊年。愧辱新詩無以報，誤煩褒筆比青錢。

次韻酬張商佐

跧迹青綸木不春，洗君眉宇海津津。江湖隔闊青螺夢，歲月飄零北固身。俯仰未應羞彼俗，漱銜仍喜屬吾人。嚼螯擘殼懷哉樂，又作秋風一笑新。

清涼法和禪師

東南誰是識彌天，覺海烏藤攪欲乾。金色髯鬅飛妙吼，雲間頭角傲秋蟠。觚稜勢逼嶙峋去，杖屨陰回矗欂寬。十載洒然（原校：一作海峰）重洗我，一襟通底是清瀾。

陪王純父燕歷陽連雲觀（天門、八公，二山名）

天門直北八公西，杏栱（原校：一作棟）梅梁脱蔽虧。金葉卷空飛鳥影，冰紈浮入茂林姿。裁雲麗服淮娥踏，熨齒紋綫（四庫本、胡校作牋）楚客辭。十二玉簾渾軸水，瘦龍捎月叫參差。（原校：一云廣寒宫殿碧參差）

江館三首

山川定出書意外，魚鳥自閑眠對時。艇子黏天歸一葉，濤頭吹雨落千麾。截波尚欲論孤劍，應客初慚乏大兒。聽得漁郎隔溪語，夜來秋色暗江蘺。

無塵一境好仙去，有夢九秋應鶴知。弱篠嬋娟藏别塢，野菰高下補疏籬。秫田百畝堪供酒，膾手千刀間憶鰡。未愧鏡湖誇賀監，聊將星管覓桓伊。

連雲草樹縱横幕，點水鳧鷗黑白棋。日晏厨烟青一穗，暑餘窗雨暗千絲。飽聞楊惲生行樂，懶賦張衡我所思。軟碧會須連月占，恣看飛檝界琉璃。

贈高郵尉郭奉世

好樣仙曹斗野西，不將顔色傍人低。由來胸腹開濛汜，故有篇章照黑原校：當作赫蹏。采捧掛門虚晝警，鴟夷浮客趁秋躋。風胡去世純鉤蟄，誰取吹毛瑩鸊鵜。

靈鷲寺 寺有光相洞

蠹粉侵侵原校：一作稜稜抱繚牆，佛祠仍是舊仙鄉。晴雷殷地溪聲轉，頑槖吞空洞脈長。旦過客分雲卧冷，臘高僧煮澗毛香。須知剩得天龍護，別繞森嚴十萬岡。

光相洞

仙客當年蜕塵土，洞天此地老烟霞。頃來雞犬如無跡，裏原校：一作知許山川別是家。遼海不歸千歲鶴，武陵頻换一番花。可能匕上胡麻飯，變得勞生兩鬢華。

自竹巖至杉溪

曉尋葱蒨踏頑雲，越俗閩風雜楚民。天窄定藏巫峽雨，溪深疑有武陵春。驅寒萬籟争奔壑，競秀千峰自逼人。斷送殘年歸馬首，却羞頭着故綸巾。

送狄太守清明日燕莆田共樂亭三首 原校：一云陪彭安行龍圖

青幢翠葆抱參差，浮客黄金鑿落暉。一日山川如得主，兩眸天地不藏機。華胥有國真稀闊，齊物名篇孰是非。澀道直西暄絳蠟，卷空簫鼓使君歸。

赤白觚稜插戾翰，東南重此識多盤。自注：音般。起從海若三山外，分得壺公一境寬。世事升沉隨過鳥，物情瀟洒屬層巒。畫圖恐是天抛擲，乞與莆人恣展看。

他年勝踐歸林記，自注：舊亭有林子中記。大半豪誇落蔡篇。自注：亭有蔡君謨詩。快甚躍壺窺日月，怳疑枯海變桑田。觥船照客吹紅液，軒檻嬌春撲紫烟。到得無雲原校：一作天雲剩寥廓，此身仍在鳥飛邊。

宿泗洲院

羸驂戢束來閩嶺，晚歲崢嶸宿泗洲。一縷蟬聯通鳥道，萬稈層疊掛民疇。林標入夜梢雲梵，暖色先春動毳裘。誰把地祇金鏁掣，踏開行客古今愁。

建州試院次韵和林原叔監試

鷺袍粉白筆摩秋，餘地争看衆刃游。堅壁賴公專細柳，得壺如我愧中流。僕姑此日先穿札，綠綺何心曉報鏐。恰恰豐隆通蟄户，論功相與副旁求。

出試院次韵和酬鄭通直二首

吏役區區病足酸，愁聞三十六盤山。自注：建安道中有山號三十六盤。偶從物外抽身去，又作人間行路難。主意十分濃原校：一作嚴似酒，客心一縷急於灘。夜光莫道無因至，乞與扁舟洗眼看。

百粤東頭倦客身，秋風溪鱠正堪論。塵埃洗盡生風語，粉黛仍傳到手罇。吹劍自應超世味，曳裾誰復羡侯門。臨流更擬張胸膽，終恐精微未易言。

芝山

當年曾此爛芝英，山半樓臺轟化成。一點有情懸客望，三休疑路與雲平。冷吹蘿蔓陰晴變，景落魚龍窟穴清。擬禿謝公前却屐，生憎併日計江程。

澄心亭 在薦福寺

心本虚明亭更幽，亭澄心外復何求。高堂掛鏡來斯照，素月流天翳盡收。道力定僧堪默對，我忘吟客快冥搜。風痕四庫本作𤸁，嘉本作漪不動玻璃軟，十萬人家一色秋。

贈饒倅陳伯模朝奉二首 時陳權將四庫本、八本作知郡事

畫戟東南第一州，番君斥大漢家侯。王祥別乘開風采，顔駟潛郎識滯留。投四庫本作篃鮖里豪空兩獄，發硎刀刃失全牛。昨聞鈴閣仍豐暇，身卧雲濤最上頭。

早窺安定先生奥，自注：君胡先生門人。晚刻慈恩塔下名。宜有璽書旌治狀，飽聞玉筍數門生。紙翔市價抄書癖，壇逼詩流覓句精。原校：下闕

次韻陳伯模見贈之什

秀語驚人自昔年，津涯今見浩無邊。情逾玉璧虞卿贈，味賽鮧魚宋帝便。易駟始慚中且下，鏖兵信是一當千。端應消得鄉閭賀，橐楮新藏朱鷺篇。

白鷺亭逢胡仙尉晉侯二首

漲天絲雨欲肥梅，江上相逢秀色開。白髮十年歸夢寐，青衫一笑洗塵埃。雲邊活碧山圍健，汀末疏明鳥陣回。獨向稠人見高義，此情須敵萬瓊瑰。

老雄冠距舊鳴將，他日文闈果擅場。聊佐縣章紆墨綬，飽聞家學富青緗。占春桃李須慚早，駐日桑榆自

審長。流水高山空逼耳，有誰論列到需章。

過合肥會黃天倪

白狼峰頂共留連，一紀于玆剩四年。事過已如炊黍夢，鬢催難着買春錢。飄零慚原校：一作暫說相思駕，洒落仍傳到手篇。梨栗果盤魚蟹飣，恍疑身世上通川。

上王提刑二首

峨峨名節重於山，舊作朝廷耳目官。鳳闕幾聞隨仗入，龍顏曾許捲簾原誤作簷看。昔年白筆驚人凜，今日清風過嶺寒。直指近來新有例，出疆回使侍金鑾。

獬豸冠中筆罷簪，却乘驄馬出駸駸。手提國憲風霜重，口布王言雨露深。古劍夜光原校：疑作無衝斗氣，甘棠春有遶庭陰。澄清好把冰壺水，洗却天涯濫濁心。

贈致政劉大夫

一章飛達九重天，求解黃堂石二千。甘守綠園三畝宅，肯貪紅藥八花磚。利名擺去灰心定，功行修來月性圓。尤喜掛冠歸第後，生涯非欠買山錢。

贈連州致政蔡宣德

挂冠歸慕赤松遊，不羨金門萬户侯。一枕清風三徑曉，滿船明月五湖秋。冥冥宛若高飛雁，泛泛渾如不繫舟。幾向夜深南極望，老人星見照連州。

贈致政曾宣德

何得清時便挂冠，歸來高卧水雲間。一輪白日易催老，百斛明珠難買閒。行止盡將隨野鶴，生涯都付與青山。庭前烏影高三丈，見説朱扉尚閉關。

送友人赴省

佩劍携書入帝京，秋容如畫照行程。三千道路雖迢遞，萬里烟霄絶坦平。丹漢風高鵬翼健，曉天霜淺馬蹄輕。好將擲地金聲賦，奪取前春榜上名。

送友人赴省二首

飄飄勒馬出城闉，篋裹還為席上珍。荆玉始分三獻日，瓊林終折一枝春。驚天動地文堪擲，捉月拏雲手定伸。正遇漢庭新用賦，子虚須屬茂陵人。

久藴驚天動地文，乘秋得志正逢辰。青錢萬選終須中，白玉三投始辨真。鶚薦比聲鄉貢日，鶯遷前試帝城春。漢庭方尚春秋學，須作平津第一人。

冬日呈郭明遠二首

騷雅亡來幾百年，不圖今日見君篇。遒豪壓倒元才子，清麗追回李謫仙。風月吟窮三寸舌，江山歸欠一囊錢。此時長嘯出門去，但覺遶梁遺韵傳。

底事遑遑不見容，秋來又見走西東。四時花月搜吟内，萬里江山險阻中。歸去但應存舌在，愁來莫更笑途窮。從今買馬休談詠，恐起霜天刮面風。

春日送簽判陽承議

春山野思萬千重，那更江頭來送公。别淚滴流紅杏雨，離情摇曳緑楊風。一枝易遶南飛鵲，隻字難憑北塞鴻。惟有感恩情不斷，夜深長入夢魂中。

春日送林推官

送君南浦忍分襟，注目春江烟水深。思亂似雲無所着，情濃如酒不堪斟。杏花燒斷離人恨，杜宇啼穿去客心。别後願為深夜蝶，翩翩飛夢去相尋。

贈柳秀才三首

三徑蓬蒿貧處士，五車經史富書生。幾回醉後顛狂甚，便擬騎鯨上太清。

應被功名誤一身，卜居歸就水雲耕。詩題招隱同原缺，據乾本、胡校補，四庫本作有誰和，賦奏閒居獨自成。

奔走文場十載勞，歸來三徑滿蓬蒿。麟窮西狩人誰念，龍卧南陽節自高。貧裏田園居四壁，吟中風月筆千毫。早知今日詩書誤，悔不當初學六韜。

萬丈飛泉落筆端，源流渾覺海波寬。若非學造淵騫寢，焉得詩登李杜壇。文苑春開紅芍藥，詞林秋削碧琅玕。篇成底事猶多困，只為名高折却官。

題蓮花市客肆壁二首

男子謀身豈易知，魚蝦燕雀莫相欺。蛟龍翻海非無日，鴻鵠沖天自有時。直把寸心睎孔孟，終攄餘藴繼皋夔。當年張禹荒唐輩，猶作炎劉帝者師。

片心長是樂清虚，一到蓮花喜有餘。柳倚古溪風不斷，路迷芳草客來疏。樽無美酒難浮蟻，手有文竿未食魚。細草晚天時躍馬，紅塵無復上衣裾。

真陽阻水

真陽城下漲春濤，船覆車摧滿眼愁。泛泛我非援溺手，滔滔誰是濟川舟。一城直恐為魚鼈，四境何緣辨馬牛。焉得長鯨浮到海，吸乾狂浪得安流。

春日舟中即事

不因門有北堂親，肯泛孤舟瘴海濱。萬里江湖愁去客，一春風雨厭行人。花朝水國留題懶，月夜鄉園入夢頻。每被烟波驚破膽，却思雲石自由身。

春日舟中喜晴三首

霧斂雲回雨却殘，衣單猶尚怯朝寒。烟塵暗處江山窄，日月光來宇宙寬。漁棹不憂灘浪險，客輪惟喜路程乾。關關珍重梢頭鳥，每到晴中語亦懽。

久厭梅蒸蠹客袍，一逢晴色喜陶陶。嵐烟散後青山出，海霧開來日月胡校：當作白日高。四海廓成清世界，五湖消滅惡風濤。九衢來往趨名者，遂免泥塗僕僕勞。

安得繩絲萬丈長，絆留烏影在扶桑。三春厭倦泥塗走，一旦親逢日月光。山有晚烟青鬱鬱，天無陰霧碧蒼蒼。雨餘更荷風相照，吹送殘花滿院香。

題清風亭

四面無塵一徑深，嵐烟吹盡好披襟。寒生醉榻宜春睡，冷入詩窗豁夜吟。坐有清凉非待扇，夏無煩慍不須琴。泠然試把闌干倚，頓起飄飄物外心。

題韶州宣溪亭

片帆西下泊江亭，風物蕭疏慘暮程。山色尚凝遷謫恨，溪流猶瀉怨嗟聲。一朝逐客仙舟過，萬古行人玉筯傾。不待鷓鴣啼落日，自然臨景易牽情。

題廣州浴日亭

誰識咸池萬頃中，源流窮處與天通。氣蒸古木千巖曉，浪拍扶桑四遠紅。焰焰驪珠初出海，騰騰烏翼漸摩空。不須更問乘槎客，只此波間是月宮。

海山樓晚望

登高懷遠思依依，目斷滄洲舊釣磯。城上兩三聲畫角，天涯千萬里斜暉。烟抽緑草隨洲轉，風遞輕烟貼水飛。到此自然堪下淚，不須啼鳥勸如歸。

春日即事

歲月催人誤壯圖，風清官況强支吾。春來酒病尋常有，老去花迷大殺無。慵裏盛添詩債負，閒中贏得睡工夫。誰知到此扁舟内，白面書生瘦矣乎。

舟中驚夏

牡丹纔過石榴開，歲月驚人老易催。一面紅顔春遞去，滿簪華髮夏催來。蠅頭利禄徒勞耳，麟閣功名大晚哉。不必更增川上嘆，及時行樂且銜盃。

觀劉禹錫題湟川記

誰道連州海瘴邊，只消禹錫一雄篇。江山草木皆增價，風月烟霞總直錢。十二亭臺塵外境，一千疆界洞中天。自經大筆留題後，從此湟川勝洛川。

贈錢承務吟翁

何事新霜上鬢毛，從前都為作詩勞。老松經歲材方勁，古檜吟風韻更高。可播管弦升樂府，自堪奴僕命離騷。冥搜直到窮源處，驚得神啼與鬼號。

題清漪亭

平昔江流清得名，只今池面勝江清。人間有鏡磨秋骨，天上無宮敵水晶。月借嬋娟相表裏，路分瀟洒入逢迎。會雖原校：當作須飽占銀潢魄，莫似滄浪濯垢纓。以上《龍雲先生文集》卷八

劉　弇七

次韻譚令尹茅庵十詠 原作韻，據四庫本、八本改

雲卷公餘迹，鋒藏用外神。故將容足地，聊學坐禪人。
物華他日好，歲月箇中延。欲識無餘事，纔如一指禪。
歊風青苯蕁，浴月碧漣漪。僅比蝸廬客，肯慚衡泌詩。
訟少聞羅雀，自注：令尹下車，庭無嚚訟。囚虚識降神。自注：前此神見燈于獄垣，以驗囚之弗直者，囚情卒得。借令濃野興，不負有民人。
所借非佗物，能忘是此心。弦歌時一到，駐作武城音。
到佛元非定，如仙等是家。了忘名利戰，秦晉謾彭衙。
暫為陶令結，自注：陶詩云結廬在人境。仍愜孝先眠。不學笙歌地，長年俗耳煎。
罅月明窗紙，凉竿掃徑塵。却應環堵在，瀟灑屬吾人。
自有幽芳對，無煩粲笑迎。清虚歸眼界，那計幻漚生。
丈室纔鷖子，神遊殆化人。公乎聊寄迹，肯此負朝紳。

輦下春懷十絶呈趙達夫 試院中作

絳闕岧嶢五色中，六街風穩柳貪慵。金明解染波千頃，不似君王惠澤醲。

欄玉梯金十二樓，百花烘作紫烟浮。草黏天遠難憑信，絲撲人來慣送愁。

蝶正冶容蜂正狂，鶯如羞澀燕如忙。低枝莫搭鞦韆索，留送嬋娟出短牆。

杏紅似為桃紅妬，柳緑渾將水緑争。去日背人來日逼，新愁特地舊愁并。

楊柳絲間黄栗留，杏花枝底碧遮油。一鞭歸興輸年少，十日香塵卷日流。

一番勒花寒陣過，幾竿搓柳日痕流。新阡紺幰迢迢去，往事黄昏恰恰愁。

活琉璃漲金明色，鬧綺羅成上苑圍。須信皇州春自滿，莫愁青帝等閒歸。

已憑歡伯為愁敵，更指華胥卜夢鄰。數歇賣花聲過耳，誰家鬬草事關身。

三徑就荒歸渺邈，五漿先饋懶逢迎。較量春色無花品，收拾生涯有酒觥。

魂先絮怯青樓女，命為花輕白袷郎。春色不應疏病客，正緣生計紙千張。

再用前韻酬達夫

酒聖無端整日中，不堪有七過嵇慵。欲知春色詎如許，萬斛浮蛆未博醲。

九重城闕鳳凰樓，金碧觚稜曉日浮。和氣已從天上落，寒鄉莫賦畔牢愁。

擷藥攀枝得似狂，未拚身世事乾忙。羽翰不借還家夢，鑰牡銜魚抱繚牆。

花為妝成長近妬，水將藍比不多争。陽和滅裂窮塗望，獨許侯家擅四并。

百鬼揶揄成故態，一胸塊磊信重圍。沉清鄭白平治得，請傍東皇振旅歸。

岸柳禁持人學舞，牆花勾引客窺鄰。速將事當悠悠夢，剩買歡歸袞袞身。

直取浩歌論纂纂，肯容三爵徑油油。送花明月憐人殺，怗四庫本、八本、嘉本、胡校作帖體紅波凝不流。

露房霞頰迎人笑，訂四庫本作評訂芳菲第幾流。黃四娘家無數夢，玄都觀裏一番愁。

罰籌滿把槽仍滴，鱠手千刀刃必迎。春若背四庫本作肯教花不老，恣挨紅陣燥瑶觥。

闊疏未可輕愚叟，放浪多原校：一作端應學漫郎。待挽春工醉鄉去，隨教蜂蝶笑雄張。

三用前韻酬達夫

掠風社燕窺簾入，閣雨溪桃結子慵。莫笑嫵眉等閑畫，藁砧情地勝春醲。

花氣嚏嚏活逼樓，十分大白直須浮。自憐短髮如烟薄，敢買鈿車貯莫愁。

柳挽花搴獨自狂，鼓催鐘趁幾人忙。重城特解春將閉，時放紅英笑女牆。

得喪三分徒鼎峙，是非兩角謾蝸爭。人情不似春情好，一氣無私見合并。

閑殺篩風釀雨時，可憐腰帶漸寬圍。何因徑作江南夢，泛取圖中竹葉歸。

關關柳幄鶯懷友，曳曳花房蝶乞鄰。未羡西園冠蓋客，稍關南浦別離身。

蹀驄草媚障泥錦，結妓花烘壓杏油。梁父吟輸醉鄉客，拋毬欒稱曲家流。

騂棘重關不自由，橫將匏繫代萍流。飛絲莫罥林塘興，留與騷人作四愁。

酒徒博醉貂龜解，社老賽神簫鼓迎。未省撥忙酬燥吻，壁端贏得掛空觥。

它日江淹曾賦恨，幾人顏駟尚潜郎。年來春事稠于髮，莫把哀絲為急張。

四用前韻酬達夫

怯思酣魂九十中，蠶苗鳳子學人慵。來來不會春工意，醞造風光抵死醲。

黄金遲日蟻成樓，翠色紅光一樣浮。短殺自注：所戒反。五更無客夢，小垂雙手有人愁。

高陽門巷有人狂，金谷園林數自注：音所。日忙。多事正堪憐考父，不尋花去却循牆。

雀緣底事兒童戲，蛙為何人口舌争。待割金明一尋碧，恨無霜剪快如并。

葉底蜂兒抛蜜桶，花邊猧子亂棋圍。一綳周昉新番畫，擬就勾芒乞取歸。

夢草客兒成底句，貪杯吏部覓誰鄰。雪衣女軟留茶舌，金十奴慵刺繡身。

樓臺半蘸浮天水，燈火頻乾繼晷油。桃李不須連夜賞，牡丹它日有高流。

稍喜濁醪扶病頭，强看狂絮點清流。王鱣叔鮪成何事，不似吞書鯉破愁。

提壺自注：音鶘。蘆能送好聲，客來長是及門迎。惜花待着連天幕，賭酒須翻卷海觥。

折柳愁生灞陵岸，射鵰閑殺羽林郎。長安不禁花時夜，京兆于今有趙張。

題建州富沙門樓安濟橋十絶呈太守黄彦發

富沙門樓五絶

通莊一日踴青鴛，目極須知剩得天。競秀溪山歸筆助，撥忙風月看觴傳。

文榱繡栱切浮雲，喜色先開萬井春。未俯欄干窺獨鳥，已驚衽席度游人。

撲閙行人衮底流，闤闠縹緲到三休。霜魂月魄交光夜，十二冰簾不上鈎。

王粲登臨端不負，庾公興味故應清。廣寒約酌四庫本作彴無多地，取取乾本作聊取，四庫本作聽取，胡校作眇眇仙風洗骨生。

曾聞仙者好樓居，樓外仙山入指呼。聊作上游新粉澤，使君不為貯羅敷。

安濟橋五絶 編舟為之，去玉清洞天五十步許

誰把靈楂接飲牛，主人瀟灑古東甌。玉清夜半開冰箔，暗認方平别駕虯。

扶檻侏儒玉刻紅，斬新裝飾水精宫。武夷不信仙山近，十萬曾孫正踏虹。

跨海鼇身傳洛陽，貼波虹影老吴江。未如截取玻瓈去，穩卧箜篌白玉腔。

擁翠拖青得要津，截波仙屐略無塵。借令萬鵲填橋巧，何補褰裳一世人。

江夏無雙自妙年，潁川第一早聞天。陽和自滿千桃李，更欲邦人識濟川。

送曾道者歸玉笥舊隱二首

踏盡匡山十載雲，却抽秋鶴九皋身。明明似為溪毛熟，笑整西風不屋巾。

道隱原校：一作導引曾窺反接猱，急人尤喜施圭刀。浮生不絓秋毫外，肯把長閑博暫勞。

道旁見牛車因成一絶

由來得計在通津，蝕盡冥冥古道塵。犢子掣轅疲欲死，須知作俑是椎輪。

兼兩正緣勝任取，摧輈終忌大圓生。尺塗寸潦皆吾病，何必羊腸九折行。

送李德素罷官歸舒城三首

瀟灑由來物外姿，文章滿把盡珠璣。飛黄蹀月胡校作血終難絆，看取蘅皋手一揮。

朔風吹眼四庫本作浪水溶溶，白社回香杳靄中。千里滄洲帆一抹，遥知此日背冥鴻。

水落淮天蟹子肥，三年游子片帆歸。東坡穲稏黄雲滿，試傍林椒振客衣。

和知府龍圖黄安中淺沙馬跑二泉二首

甃面平吞寸許寒，記曾一掬洗中乾。定知滿斛原校：一作斗黄金屑，會有遊人鏡裏看。
飛黄開迹想當年，何啻軍中渴刺泉。無補裹蹄空漢鑄，有心流水謾牙弦。

和安中詠陳仲舉徐孺子二首

當年禮意號難通，南國纔傾孺子風。户外爾乾本、胡校作邇來多客屨，誰堪一榻與要終。
一從辭聘卧樞繩，四海誰論目若瞽。衰世竟閑援溺手，林宗好在寄吾聲。

和安中鐵柱留題

疾惡情深礙目沙，果聞仙秩以功加。連年馘毒纔三尺，何似豚蹄祝滿車。

和安中上藍横泉井

誰劃銀潢下甃中，更聞南北豁相通。窮妖本作終身計，千古翻成勿幕功。

陪彭安行雙蓮亭小酌三首

無塵净渌枕青鴛，箇樣清虚不似鄽。更喜晚來翹白鷺，伴君和我作三仙。
觥籌一原校：一本作三舉破愁城，似勝長驅十萬兵。可是胸中澆塊磊，更須鬭白與汾原校：一作沉清。
枯荷搨水楓丹霜，十分拍拍鵝兒黄。挽君衣袖莫嫌數，直恐跨鯨抛醉鄉。

留題神仙院二絶

白鷺飛邊盡古今，蕭條鬼冢與神林。故時門巷猶能憶，十載重來白一簪。
問僧活原校：一作何計祇瓶鉢，愧我世緣猶網羅。小官未免妄男子，較量所得誰為多。
白帝憐秋自不原校：一作不自勝，等閑時放一番清。詩情大似歸飛鶴，聊作當年警露聲。

陪林明復功德院小軒對假山有成

候禽幽囀似争春，我亦貪搔不屋巾。巀嶭烟姿在眉睫，個中還有傲秦人。

試筆

盧蒲衰髮故蕭蕭，绛節霓旌不易招。若使此身輕健得，會須歸去掇翹蕘。

西峰寺

客塵不到勝黄梅，竹遶松圍金地開。盡撥雲根出葱蒨，翠蕤青葆一時來。

贈慶恩禪師

深顱瘦脛出家人，八十終身一衲雲。高壽不論松與鶴，獨留心賞寄迦文。

高氏環翠樓二首

彫甍已入千山抱，倒影仍浮一水光。誰撲曉嵐都不惜，似緣袍色妬劉郎。

眼界初欣得茂林，野烟蒙羃此何心。擬從複嶺重岡外，便原校：一作更借蒼岑十萬尋。

蓮華峰法雲即事五首

蟬聯封略三湘近，縹緲神仙兩洞開。持語蓮華峰上月，好將清影逼人來。

蓮華峰下蓮華水，萬古來從天北隅。客子會須成利涉，箇中還得問津無。

渡南渡北閑花草，鬧緑稀紅隨分好。得意即適那知非，淺近由來貴深渺。

奈我此身無定居，正如飛絮撲江榆。兩毛更甚盧蒲短，好在朱陵見憶無。

十十五五跳波魚，三三兩兩踏歌姝。前山後山碧一色，似不多愧瀟灑圖。

趙屯阻風書懷示黃成伯章子脩二首

漾漾雲艎八本、胡校作艎躐尾行，北來風力大粗生。與君更向春容裏，暗聽蝦蟆數擊更。

故家曾是鳥巢南，欲折歸心迫片帆。十載萍根浮履舄，令人羞澀對青衫。

再次前韵

心逐雲容初欲遠，身同春物乍欣生。不緣旅泊蹉跎去，一任江波歲月更。

白浪差差沮我南，祗成重釀破風帆。半生感慨輕兒女，翻笑江州淚濕衫。

送徐擇之秘校還睢陽二首

華裾照地睢陽客，入手當年有春色。家山歸夢不須多，歲晚青翰天際識。

汴水東頭古堞開，青鴛舞影幾樓臺。莫將歸雁比行色，身未到家春已來。

書國清寺清曉上人壁

老師八十大僧生，頭插吴龜見壽徵。斸開雲根作活計，原校：一作八十老僧大僧生，瘦脛深顱饒壽徵，雲根斸盡好活計隱約百尺飛舢稜。

和許亢秀才適軒三詠

卑枝已能分好月，况復地力能新培。託根反出社木後，正使匠石愁無材。自注：右小木。

吾聞水月故相攝，小水還同大虚量。誰掬銀潢下九秋，更想靈槎到天上。自注：右小池。

蟄龍蟠地秃角出，便訝雲物儲其間。由來浪費康樂屐，自可對面酬商顏。自注：右小山。

題屈原

直魄忠魂不復生，後來誰與繼英聲。只因一派瀟湘水，千古澄波伴獨清。

題增城駐舟亭

一亭瀟灑枕江流，水色山光四面浮。多少客帆簷外過，不知誰是濟川舟。

題韶州韶石亭

數層頑石立孤岑，代往碑訛事莫尋。惟有湯湯亭下水，至今猶似奏韶音。

泊韶州宣溪亭

昔年吏部謫韶州，曾向宣溪泊暮舟。多少烟波愁不盡，一時留與後人愁。

題吉水南華寺

紫翠原校：一作氣浮浮奪曉昏，生涯原校：一作盡谷汲與松焚。客塵一點自應少，原校：一作紅塵一點飛不到終日到原校：一作過門惟白雲。自注：今寺有刻石，扁其堂曰白雲。

野興由來愜杖藜，層巒影裏見翬飛。虛空四庫本作堂一炷起凝碧，化作九天雲染衣。

龍雲觀稼

黃雲撲撲擁千塍，惡歲嗷嗷比獨登。稍取快襟移遠岫，更從始擊見秋鷹。

紹聖丙子之既秋，偉明考藝于饒原作遶，據胡校改州。已事，晡飲四庫本作飯茲舍，弟姪親舊從焉者凡十有二人。時主僧設茶，奴王少二拔天門冬以腹原校：疑作馥壺漿云。　以上《龍雲先生文集》卷九

全宋詩卷一〇五一

劉弇八

知府黄龍圖安中生辰五首

弇皇恐再拜。弇竊謂天之生是人也，雖若無預吾事，至於命世大才，則人皆欲為時而生也。既生矣，不幸而用不究其藴，與略究其藴而居不得其地。於是外焉者，人必欲還之朝；侍從焉者，人必欲使之相天下而後已。此世之常情也。然則命世大才，其生也固與衆人異，而人之蘄贊之者，亦不得不異矣。兹者伏遇判府龍圖慶誕之日，弇辱顧最厚，不敢自比於默默者，謹課成拙詩五篇。首篇紀昭武為東南佳壘，命世大才於□乾本作焉鍾山川淑靈而生也。次篇紀遭遇原缺，據四庫本、胡校補先朝，致身論思之地。而又其次則見偃藩章淑，其悉心疚懷，無一不在民物者。又其次則言抱負至藴，人皆欲我公之歸而莫先黄閣者。至其末篇，則大率本之奉觴祝算，皆衆人之所同。而五篇則非特為閣下賀，又將以賀夫民物他日之有賴於閣下者也。斸祓神觀，自以為有所謂不偶然者，其本末如此。謹持詣台階上獻，伏望鈞慈俯賜采覽下情，無任歡抃激切之至。

由來昭武勝天台，淑原校：一作間氣俄鍾命世材。天上月華方攝兔，原校：一作縮桂人間春色已先梅。長庚夢白真無敵，嵩岳生申世有開。直恐龍陂清澈底，自注：昭武有九龍陂。照人都入骨毛來。

早歲聲名原校：一作華動玉除，區區漢日謾嚴徐。高將官况雲難學，清得才情水不如。端的好光親原校：一作依日月，分明有原校：一作得力是詩書。軒軒昭代文章伯，誰識麒麟下紫虛。

豫章瀟洒古南州，偶屈天邊法從遊。孺子榻塵終日少，曲江詩板有時留。自注：唐張曲江都督洪州日，留題尤多，今集中存者尚數十篇。而公有雙泉、鐵柱、横泉、井竈潭、滕閣等數篇，皆傑筆，出張遠甚。千帆白雪艨艟浪，萬頃黄雲穲稏秋。誰原校：一作欲識使君經濟處，原校：一作切長年清怯為民憂。

從古無雙江夏黄，此身親簉玉宸原校：一作除傍。暫閑十載陶鈞手，猶勝一時鵷鷺行。況復唐虞新日月，不妨伊傅好舟航。願原校：一作定酬千里邦人祝，直築沙堤到大梁。

迎春新酒潑鵝黄，獻原校：一作前壽争持瀲灧觴。入夜台躔動符彩，拂星旌户集簪裳。平時猥辱非常顧，賤子初無可録長。獨有此心效芹塊，願先歌魯熾原校：一作壽而昌。

知府熊公待制生辰

弇皇恐百拜。兹者伏遇知府待制侍郎慶誕生辰，某也久辱麻庇，懷不能已，謹課成五言二十二韵祝壽律詩一首，詣台階上獻，伏乞少賜采覽。

天上麒麟瑞，人間杞梓良。原校：一作祥扶周崧孕秀，開漢昴騰芒。蓂月清和半，桑弧决拾傍。雲旌初驗昉，自注：任昉母裴夢五色旌，四角懸鈴，自天降而入懷，生昉，登梁顯仕。水渚忽臨張。自注：張興家世臨水，無有島嶼。興生，門前忽有島生，後綿歷貴仕。汗血來西極，長離下女床。决科霄漢上，著姓斗牛鄉。伊昔聞遭遇，維時適凱康。輔臣推練達，天子賜輝光。政府初更贊，農曹亦薦揚。仰窺惟白日，穩步是銀潢。西液常楊筆，同天舜禹觴。自注：神考誕聖日，公親上壽觴。岷峨欣惠字，邛筰入寥狼。襦袴謡南海，韜鈐肅桂陽。有為皆稷契，無地不龔黄。藩服今連楚，江城故壓章。熊憑新傳軾，雞馥舊含香。賈召行前席，曹歸定束裝。鈞中揮造化，川際起舟航。賤子慚麻庇，佳晨倍激昂。松椿先衆禱，芹塊止誠將。和逐薰弦遠，歡同畏日長。椒漿持滿斝，何計上公堂。

上熊待制生辰二首

雅什曾歌嶽降神，今看天上玉麒麟。舜弦一弄均和氣，堯蓂三收得令辰。池到鳳凰須指日，符分魚竹未妨身。祈公戩穀終何擬，星有元台木有椿。

往歲曾看九萬飛，日邊親得好光輝。西清儤原校：京本作寓直荷為橐，左蜀宣風繡作衣。直使聲名過紫塞，原校：京本作殿剩留功業到黃扉。蒼生久繫為霖望，早晚追鋒合北歸。

王運判生辰二十韻

高躡明昌會，全收傑俊聲。慶緣庚入夢，粹是昴騰精。梁日麒麟下，周年鸑鷟鳴。門庭諸謝美，襟韵七閩深。姓字黃金榜，才華白玉京。五車經目盡，一賦未晡成。在昔聞開泰，于時契陟明。經綸真主識，風采滿朝傾。迅擊方秋隼，橫騎上漢鯨。激昂孤立氣，魁壘並遊英。決指西清邁，俄優左省行。堯天窺日月，漢陛右公卿。豸脱臺冠舊，軺馳使傳輕。瘡痍瘳物瘵，荆枳斸姦萌。范轡歸餘事，萊衣萃極榮。陋儒何幸會，慶誕適親更。芹塊慚無補，毫毛浪有情。凉颸來翠㮴，嘉氣動雕楹。瀲灧千分酒，翂翍萬里程。祈公此心切，立欲壽如彭。

冬至上王丞相生日黃鍾歌

乾坤變化造萬物，十有一月生黃鍾。黃鍾資養太和氣，上賢稟受為三公。至音鏗鏘儀鳳凰，播在簡册成文章。權衡度量立大法，朝廷四海聲洋洋。往時霜木立如束，原野焦枯無紫緑。自從緹室一陽生，半夜萌芽動寒谷。登堂請獻眉壽杯，願同律管容葭灰。玉鉉金鼎調鹽梅，年年陽德先春來。

狄大夫生辰二十韻

一指斗魁天陸北，五新蓂葉帝階傍。降神山嶽全儲秀，遍射桑蓬驟發祥。厩暖共看駒汗血，玉靈争記水流方。家臨人物先賢楚，祖擅功名大國梁。孝穆撫摩驚秀整，升卿標識見蕃昌。芝蘭庭户真難得，雕鶚風雲自不常。頭角人間知有子，星辰天上早占郎。州緣緑髮臨來好，路到青梯上正長。濯濯柳姿今識緒，汪汪陂量舊傳黄。謦虛比户沉宵柝，愛結曾陰轉曉棠。座上藍田神更潤，匣中干越智彌藏。原校：一作藏龜魚腰重黄金刻，珠玉胸開古錦囊。放雀籠樊饒奮翥，饋魚尊俎稱淋浪。旄倪芹塊懸私禱，譜牒松椿入短章。季諾往蒙新睠渥，膺門仍出舊恩光。昂頭竟類田方馬，賀厦空循考父牆。堆玉巑岏方刮眼，横雲穊穊已登場。光回愛日庭希訟，喜動前旌客薦觴。況復斕斑衣上綵，不妨瀟灑醉中鄉。願符魯什昌而熾，更擁箕疇壽且康。

賀提刑生辰二十韻

律中蕤賓候，時生翰苑才。昴星天上降，玉樹署原作暑，據乾本、胡校改中開。地望無雙也，公侯有種哉。儀刑推虎子，頭角號龍媒。雅負凌雲操，陰懷構厦材。家聲説王謝，儒學美鄒枚。德宇渾深厚，書林早貢原校：疑胡校作貫該。發談生霧露，走筆落瓊瑰。仕譽彰宸聽，綸恩擢憲臺。泥封雲外捧，使旆日邊來。未夏薰風至，先春暖氣回。驅馳車翼翼，制割刃恢恢。欽恤恩涵海，澄清令走雷。露幃衣照日，行部駕揚埃。上表除蛇豕，飛章薦草萊。鬧中金韵擲，醉裏玉山頹。龍印當時伏，鵷班異日陪。暫來為八使，終去面三槐。身況推華胄，門曾位上台。定重調鼎鼐，應再作鹽梅。適遇懸弧旦，宜傾上壽杯。下僚何所祝，願早見天魁。

哲宗皇帝挽詞二首

帝所鈞天樂，人間弊屣輕。夢移黄屋貴，丹促紫霄行。原校：一作軒臺猶信夢，杞國竟憂傾雲絶依原校：一作從堯望，山餘祝漢聲。夜長堅絮漆，川急愴牆羹。原校：一作榆柳歸竹帛，想象到牆羹。榆柳疑是揄揚之誤雁鶩黄金闕，樓臺白玉城。陋儒孤識擢，清血九秋横。自注：臣元符元年進《南郊大禮賦》，上稱善，擢秘書省正字。禹迹從容陟，虞華舄奕重。辰韓頒秘籍，自注：高麗遣使求《太平御覽》書，詔秘書省錄本以賜之。湟鄯撫新封。洮頮方原校：一作初憑玉，髯胡忽挽龍。鳳岡盤王氣，柏殿邃原校：一作奉真容。洛照原校：一作秀當陽水，嵩回原校：一作朝入抱峰。傷心守陵女，猶認上陽鐘。

大行皇太后挽詞二首

摯別王雎德，吁嗟卷耳心。軸回坤事退，波度月痕侵。金暗奩花澀，椒寒壁氣沉。生平宗廟福，膏澤在民深。

東朝功業高參九，丞相門閭盛活千。二紀再中扶漢日，一簾全覆避堯天。濯龍春去蠶空老，長信衣藏玉不烟。與子弄孫神聖上，飛騰誰識原校：一作傳母儀篇。

追尊皇太后挽詞二首

代邸基元命，唐侯福萬邦。五雲深紫鳳，九地轉銀江。白玉形容册，蒼烟扈從幢。由來閶闔路，望絶帝瞳雙。

循陔備養虚蘭膳，吹棘深慈愴凱風。歲閲栝棬餘舊物，氣躔龍虎識新宫。素冠起慕三年外，暖律添暉六服中。百載重論章懿典，崇成應得敵高嵩。

何隱居挽詞二首

人世猶當作由來共一漚，如君無憾此生浮。蘭陔長負平生一作居養，萬里方成不測遊。故物他年歸石馬，東楹何事揜天球。始應羞殺吳中士，誤把垣星决去留。

瑟縮神皋萬木悲，此中祖帳是長辭。半生桂向秋蟾老，一日舟先夜壑移。終恐短長私造物，了無毫髮愧銘詩。青鸞僅原校：一作近就千雲構，誰是當年識履綦。

歐陽升之挽辭

老爛為儒衆所聞，病中猶不廢研論。生榮不得文章力，死贈須霑雨露恩。賢有鳳毛奚所憾，命終龜壽亦何冤。臥牛又得佳山水，青紫他年定滿門。

哭上藍居晋禪師二首

師在雲無心，師化雲無迹。明明身後語，宛是西來的。胡為西來原校：一作夸毗子，計較歸寸尺。膏脣拭舌下原衍禁字，據乾本、四庫本、胡校刪奈爾何，咄哉青蠅真弔客。

惻惻復惻惻，浪生浮世悲。清松疏冷風，尚想瀟灑姿。一吷寄去留，羞殺方袍兒。令人却憶當原校：一作興陽剖，投手退身徒爾為。

鄧縣君挽辭二首

九原秋草没麒麟，哀挽黎明出問津。花魄欲招誰些楚，簫聲先斷客愁秦。家間白鶴空雙舞，天上黃姑定卜鄰。晣晣目存成底事，空餘粉墨逼天真。

中庭熨冷事多違，像設俄驚繐作幃。風雨夜花連子失，鉛黃朝鏡覺鸞非。一篇潘賦空賫恨，數鼓莊盆未息機。俯仰便成今昔異，瓶銀簪玉意何歸。　以上《龍雲先生文集》卷一〇

句

西山崔嵬摩蒼穹，秀嶺巃嵸如朝宗。題翠微堂

宋王象之《輿地紀勝》卷三一《江南西路·吉州》

（宋易麟整理）

全宋詩卷一〇五二

王祖道

王祖道（？—一一〇八），字若愚，福州（今屬福建）人。英宗治平二年（一〇六五）進士（《淳熙三山志》卷二六）。調韓城尉，知松陽、白馬二縣。神宗元豐三年（一〇八〇），為監察御史（《續資治通鑑長編》卷三〇四），出知汀州、泉州。哲宗元祐二年（一〇八七）除江南西路運判（同上書卷三九五）。七年，以權發遣江東路提點刑獄為權發遣福州（同上書卷四七五）。元符初入為左司諫。三年（一一〇〇），出知海州（《宋會要輯稿》職官六七之三〇）。徽宗崇寧元年（一一〇二），再知福州（《北宋經撫年表》卷四）。三年，知桂州（《宋會要輯稿》選舉三三之二三）。官終刑部尚書。大觀二年卒。《宋史》卷三四八有傳。

此君亭歌次毛公韵

君不見太白之精下人間兮，昔人號爾謫仙翁。君不見不為蒼生起兮，謝安携妓山之東。玉堂主人繡衣客，邀我載酒金蓮宮。小亭環立千竿竹，參天百尺翳陰重。岸巾散髮對此坐，一日無君誰我同。夜來霜壓北枝重，剩見鐘雲數尺峰。玉實幽香儀彩鳳，日華轉影飾金櫳。孤幹未甘春雪折，青陰不逐秋風紅。長隨檜柏老剛勁，不羡桃李争鮮濃。我愛此君有直節，肯學蟠木求先容。我愛此君歲寒志，長笑霜井落青桐。大夫老松邀我侶，三品頑石徒誇雄。不作湘江兒女泣，蒼梧雲散愁盈胸。夜深明月滿亭户，此君入我懷袖中。故人來兮七賢至，開門滿坐生清風。此君此君聽我語，藏器於身兮，終奏太廟歌黃鍾。

宋馬光祖《景定建康志》卷二二

句

石頭虎距海，洲岸馬昂槽。馬昂洲　同上書卷一九引《金陵集》

（陳曉蘭整理）

釋元照

釋元照（一〇四八—一一一六）（《釋氏疑年録》卷七），字湛如，號安忍子，俗姓唐，錢塘（今浙江杭州）人。傳天台教觀，深明教律。神宗元豐中住靈芝崇福寺，歷三十年。徽宗政和六年卒，年六十九。賜謚大智律師。有《芝園集》二卷、《補續芝園集》一卷、《芝園遺編》三卷傳世。事見《嘉定赤城志》卷三五，《咸淳臨安志》卷七〇、七九。今録詩四首。

求法頌

又聞（僧統）自號求法沙門，此見平生出家本志矣。輒以求法二字而為頌曰：

僧統號求法，乃見出家心。未審以何求，為求便等法。了知求即法，無復更他求。將求求佛法，何不自求求。

《芝園遺編》卷下

白雲庵

道人倦逢迎，結菴就巖穴。静愛山頭雲，空濛如積雪。隨風亦卷舒，觸石更明滅。却憶古人詩，祇可自怡悦。

宋陳起《聖宋高僧詩選》後集下

題北山松軒

築室已清曠，栽松更幽寂。為愛金石姿，不逐風霜易。颼飀合琴引，鬱密助山色。待折最高枝，談對千拳石。

宋林表民《天台續集別編》卷二

詠甯國院

今古區區滚世埃，此中蓮社為誰開。從教靖節攢眉去，却喜劉雷拄步來。百計坦平心地静，點光回照玉蘘開。翻嗟當日陶彭澤，拍手空歌歸去來。

宋施諤《淳祐臨安志》甯國院條（清抄本）

（王麗萍整理）

釋普交

釋普交（一〇四八—一一二四），俗姓畢，鄞縣（今浙江寧波）人。未冠得度，初往南屏山聽天台教，後師泐潭，為南嶽下十四世，泐潭乾禪師法嗣。居天童寺。徽宗宣和六年卒，年七十七。事見《乾道四明圖經》卷二、卷一一《天童山交禪師塔銘》、《五燈會元》卷一八。今録詩三首。

偈

若人問我解何宗，一喝須教兩耳聾。滿杓黄齏飽喫了，生涯總在鉢盂中。

辭衆偈

寳杖敲空觸處春，光陰掣電舊曾聞。《五燈會元》卷一八作箇中消息特彌綸昨宵風動寒巖冷，驚起泥牛耕白雲。

以上宋張津《乾道四明圖經》卷一一

偈

黄面老，佛法付王臣。林下無情客，官差逼殺人。　宋普濟《五燈會元》卷一八

《五燈會元》：寺偶虚席，郡僚命師開法。恐其遁，預遣吏候于道，故不得辭。受請日，上堂曰云云。

（陳曉蘭整理）

劉安世

劉安世（一〇四八—一一二五），字器之，號讀易老人（《永樂大典》卷二三四二引《古藤志》），學者稱元城先生，魏（今河北大名西北）人。登進士第，不就選，從學於司馬光。調洛州司法參軍。哲宗元祐初光入相，薦為秘書省正字。三年（一〇八八），擢右正言（《續資治通鑑長編》卷四〇八）。遷起居舍人兼左司諫，進左諫議大夫。五年，提舉崇福宫（同上書卷四四七）。六年，召為中書舍人、樞密都承旨（同上書卷四五四）。八年，出知真定府（同上書卷四八四）。忤章惇，連貶新州别駕，安置英州。元符元年（一〇九八），移梅州（同上書卷五〇〇），歷衡及鼎。徽宗即位，知鄆州、真定府。為曾布、蔡京所忌，連七謫至峽州羈管。後定居宋都。宣和七年卒，年七十八。有《語録》二卷、《文集》二十卷（《宋史・藝文志》），已佚；有《元城盡言集》十三卷傳世。《東都事略》卷九四、《宋史》卷三四五有傳。今録詩四首。

出游 飢甚買寒具飲酒，戲嘲弟姪

數子坐愁思出游，麗日光風得情節。一百五日寒食近，二十七品鮭菜闕。盤空釜冷柰酒何，變劑連環當佳設。詰屈宛是腸九回，緝綴渾如衣百結。玉筆繞指影參差，疏櫺度風曉明滅。濁醪引滿亦何負，響齒膏唇咀冰雪。君不見龍丘行令譏點鹽，又不見韓侯出燕歌炰鼈。生緣自信可柰何，歸抱柴關晝常閉。

《永樂大典》卷八八四四引《劉元城盡言稿》

集句留别李子玉守素處士二首

行藏由命不由身，一卧東山三十春。誰謂他鄉各異縣，與君相見即相親。

故里心期柰别何，幾時回首一高歌。鏡中絲髮悲來慣，他日相逢應更多。同上書卷一三四五〇引《劉元城盡言稿》

南　山

山屏石壁共巉嶔，外鎖浮雲内日陰。巖凈四時捐俗慮，泉聲一派潔塵襟。搜吟得助騷人句，笑傲忘歸逸士心。何日路穿松徑僻，杖藜携酒再登臨。清唐宗堯康熙《韶州府志》卷一六

（王嵐整理）

王　紳

王紳，神宗朝宦者（《温公續詩話》）。哲宗元祐二年（一〇八七）爲涇原路經略司走馬承受公事時以贓貶官（《續資治通鑑長編》卷四〇五、四一九）。今録詩二首。

太皇太后生日

太皇生日最尊榮，獻壽宫中未五更。天子捧觴仍再拜，寶慈侍立到天明。原注：寶慈，皇太后宫名。

太后幸景靈宫駕前露面雙童女

平明綵杖幸琳《詩話總龜》前集卷一七作靈宫，紫府仙童下九重。整頓瓏璁時駐馬，畫工暗地貌真容。以上宋司馬光《温公續詩話》　按：《詩話總龜》前集卷一七引《古今詩話》亦載此二詩，謂『元豐初，王伸效王建作《宫詞》百首獻之』。著者作

王仲，詩題作宮詞。今從《溫公續詩話》。

（顧永新整理）

李元輔

李元輔，廬陵（今江西吉安）人（《南嶽總勝集》）。神宗元豐初，為司農寺主簿（《宋會要輯稿》職官二六之一二），三年（一〇八〇），經制變運川陝路司農錢物（同上書食貨三九之三二）。哲宗元祐中知絳州（同上書職官六六之三七）。

留題招仙觀

一片桂蒼崖，分明不惹埃。蹙成珠顆白，垂下玉繩來。野燕飛難入，山風捲不開。聲聲去朝海，無意戀巖隈。　宋陳田夫《南嶽總勝集》

譚粹

譚粹，字文叔，湞江（今廣東滃江）人。神宗元豐初，知惠州。哲宗元符三年（一一〇〇），知英州（清康熙《羅浮山志會編》卷一〇）。今録詩四首。

景泰禪閣

二山相傳成，禪閣出山半。仰觀青冥逼，俯見白石粲。錫杖涌玉泉，鐵橋通銀漢。巍然概諸天，恍若登彼岸。無人解菩提，松濤自昏旦。　清宋廣業《羅浮山志會編》卷一五

建中靖國辛巳八月十日獨遊碧落洞遂成拙句

碧落嵯峨石室幽，到難嗟我未嘗遊。兩崖卷束雲霞滿，一水通流秋色浮。宛矣壺中延日馭，凝然乳竇滴泉旒。徘徊注目孱顔久，疑有真仙在上頭。

望仙《金石補正》卷一〇四作山亭成再書一絶

一亭新構聳崔嵬，水墨屏圖四面開。洞口白雲無鎖鑰，州人尋勝任頻來。

重建南山亭輒成小詩迺建中靖國元年孟冬五日也

南山亭榭復修完，上枕蒼崖下碧瀾。此景詩人吟不盡，丹青圖寫也應難。　以上清阮元道光《廣東通志》卷二〇九

（以上劉寧整理）

吴恂

吴恂，字德夫，興元府（今陜西漢中）人。神宗元豐元年（一〇七八），任豫章法曹。事見《羅湖野録》卷三。今録詩二首。

偈二首

中無門户四無旁，學者徒勞捉影忙。珍重故園千古月，夜來依舊不曾藏。

廬峰居士舊門人，邂得師真的的親。大地撮來成箇眼，翻騰別是一般新。　宋曉瑩《羅湖野録》卷三

《羅湖野録》：吴恂，以元豐元年任豫章法曹，時郡帥王觀文韶迎晦堂和尚入城，館于大梵院而咨心要，吴亦往參扣。……乃閲《傳燈録》，至「鄧隱峰倒卓而化，其衣順體不褪」，深以為疑，……復趨晦堂而問之，晦堂笑曰：「公今侍立，是順耶？是逆耶？」吴曰：「是順。」晦堂曰：「還疑否？」吴曰：「不疑。」晦堂曰：「自既不疑，何疑于彼？」吴于言

下大徹。嘗作二偈題于晦堂云云。

（王麗萍整理）

杜子民

杜子民，神宗元豐元年（一〇七八），為詳斷官（《續資治通鑑長編》卷二九三）。哲宗元符三年（一一〇〇），為朝散郎（《宋會要輯稿》職官五八之一四）。徽宗崇寧元年（一一〇二），通判常州（《咸淳毗陵志》卷九）。今錄詩三首。

望瀛亭二首

擁傳來觀海，危亭一振衣。雲晴千怪出，浸大百川歸。日月遭吞吐，乾坤入範圍。羣鷗不須避，禪寂久忘機。

北望滄溟大，茫茫天地間。迴環知萬里，縹緲認三山。漢使何年到，星槎度歲還。蟠桃應已熟，方朔在人寰。　明王雲鷺《蓬萊閣集》卷八

揚州

人穿魚蟹市，路入斗牛天。雲水家千里，江山月一船。　宋王象之《輿地紀勝》卷三七《淮南東路·揚州》

（劉寧整理）

趙說

趙說，長安（今陝西西安）人（《式古堂書畫彙考》卷三九）。神宗元豐元年（一〇七八），知安溪縣（明嘉靖《安溪縣志》卷三）。

題韓左軍馬圖

龍媒神飛影在紙，雙瞳墨濕電光紫。烏首昂昂渴奔水，青鬃迎風拂不起。逸氣難居皂櫪底，勢欲陪龍走千里，月支真馬有如此。落筆一與王生似，云是吾州韓畫士。清卞永譽《式古堂書畫彙考》卷三九

（李更整理）

戴蒙

戴蒙，字正仲，號無知子，杜陵（今陝西長安東北）人。神宗元豐元年（一〇七八），爲都官郎中，知綿州（《宋詩紀事補遺》卷二三）。

宿富樂山贈海公禪老大師

芙蓉溪畔石連松，殿閣崢嶸倚半空。一念超居無色界，幾人長住廣寒宫。佳賓喜上山頭月，密友時來竹下風。除却少多元本物，泥牛哮吼任西東。清劉喜海《金石苑》卷三

（王麗萍整理）

田叔通

田叔通，神宗元豐元年（一〇七八）時以國子博士通判徐州，與蘇軾有唱酬（《蘇軾詩集》卷一七《和田國博喜雪》、卷一八《留别叔通元弼坦夫》）。

句

鑄劍斬佞臣。石炭　宋蘇軾《蘇軾詩集》卷一八《田國博見示石炭詩有鑄劍斬佞臣之句次韵答之》

（陳曉蘭整理）

何宗範

何宗範，青城（今四川灌縣東南）人。神宗元豐元年（一〇七八），爲江安令（《續資治通鑑長編》卷二九五）。歷巴川令、眉州教授、江西提刑（《摛文堂集》卷四《江西提刑何宗範可戸部員外郎制》）。事見《淨德集》卷二五《光禄寺丞致仕何君墓誌銘》、《奉議郎何君墓誌》。

句

輝赫唐封後，尊嚴寧隱初。丈人觀

仙雲春對客，神燭夜流空。上清宮　以上《輿地紀勝》卷一五一《成都府路·永康軍》

（王麗萍整理）

釋景淳

釋景淳，一作警淳（《吟窗雜録》卷三二），神宗元豐初桂林僧，居豫章乾明寺。事見《冷齋夜話》卷六。今録詩二首。

絶句

夜色中旬後，虚堂坐幾更。臨溪猿不叫，《詩話總龜》前集卷三〇作隔溪猿乍叫當檻月初生。

後夜客來稀，幽齋獨掩扉。月中無旁《詩話總龜》作事立，草際一螢飛。以上宋惠洪《冷齋夜話》卷六

句

捲箔西風起，乘時上古臺。秋聲隨葉下，夜色帶烟來。憶上人

漁翁睡重春潭闊，白鳥不飛舟自横。寄象敦　以上宋陳應行《吟窗雜録》卷三二

葉某

葉某，神宗元豐初人。

句

明朝蓬島去，白雪滿頭飛。《輿地紀勝》卷一○七《廣南西路·昭州》

《輿地紀勝》：恭城縣西水島之平山，古傳（葉靖）尊師祖葬於此，每歲上元必來省墓。去墓十里有大悲寺，元豐初有客姓葉宿於寺，因口占詩八句，僧但記其斷章云云。

王氏

王氏，王安國女，劉天保妻（《臨漢隱居詩話》）。

句

不緣燕子穿簾幕，春去春來那得知。宋魏泰《臨漢隱居詩話》

（以上陳曉蘭整理）

魏憲叔

魏憲叔，名未詳，吴郡（今江蘇蘇州）人。曾官禮部。其侄魏憲，徽宗朝官吏部侍郎，後知明州，高宗建炎初被召，曾贈憲詩。事見《中吴紀聞》卷五。

贈魏憲

炎祚無疆越萬齡，如何夷鹵尚憑陵。中興事業須王導，撥亂韜鈐要孔明。劇盜已分齊鉞定，端星行指泰階平。呼韓朝渭非難事，好繼當時丙魏聲。宋龔明之《中吳紀聞》卷五

（崔統華整理）

李唐

李唐，字晞古，河陽（今河南孟縣）人。善畫山水人物，尤工畫牛。徽宗朝已知名。高宗建炎間授畫院待詔，時年近八十。事見《珊瑚網》卷二九《李唐作伯夷叔齊採薇圖》，《圖繪寶鑑》卷四有傳。

詩一首

雲裏烟村雨裏灘，看之如易作之難。早知不入時人眼，多買胭脂畫牡丹。明汪砢玉《珊瑚網》卷二九

（甯德偉整理）

全宋詩卷一〇五三

秦觀一

秦觀（一〇四九—一一〇〇），字少游，一字太虛，號淮海居士，高郵（今屬江蘇）人。神宗元豐八年（一〇八五）進士，授蔡州教授。哲宗元祐二年（一〇八七），以薦應賢良方正能直言極諫科試未第。五年，召為祕書省校對黄本書籍（《續資治通鑑長編》卷四四三）。六年，遷正字（同上書卷四六二），兼國史院編修官。紹聖元年（一〇九四），坐黨籍，出為杭州通判，道貶處州監鹽酒税。三年，削秩徙郴州。四年，編管横州。元符元年（一〇九八），除名，移雷州（同上書卷五〇二）。三年，放還，至藤州卒，年五十二。有《淮海集》四十卷，《後集》六卷，《長短句》三卷。事見《秦觀詞年表》（《淮海居士長短句》附録二），《宋史》卷四四四有傳。

秦觀詩，以宋乾道高郵軍學刻《淮海集》（藏日本内閣文庫）為底本，原集唱和詩多誤入他人之作。參校宋乾道高郵軍學刻、紹熙謝雩修補本（簡稱謝本，藏北京圖書館，殘存二至十一卷，四十卷，後集一至四卷）、常熟瞿氏鐵琴銅劍樓舊藏眉山文中刻《淮海閒居集》（簡稱文本，藏北京圖書館）、明鄂州張綖刻本（簡稱張本）、清高郵王敬之刻本（簡稱王本）、影印清文淵閣《四庫全書》本（簡稱四庫本）等。新輯集外詩編為第十六卷。

泊吴興西觀音院

金刹負城闉，閒然美栖止。下山直穹窿，若水相依倚。霜檜鬱冥冥，海棕鮮蕤蕤。廣除庇夏陰，飛楝明朝晷。溪光鳧鷺邊，天色菰蒲裏。緒風傳晝焚，璧月窺夜禮。洩雲彗層空，規荷鑑幽沚。艅艎烟際下，鍾磬林端起。聱牙當作耴戲清深，嶔崟撲空紫。所遇信悠然，此生如寄耳。志士恥溝瀆，征夫念桑梓。攬衣軒楹間，嘯歌何窮已。

三老堂趙少師、張少保、趙通議

堂堂三元老，業履冠儔匹。蹇諤橫秋霜，高明麗朝日。並道謁温宣，連科收甲乙。東南奠藩服，西北馳使驛。解韍環堵安，岸幘氈裘屈。群姦懾謦咳，衆廢起咄叱。至今領麾地，謳吟遍蓬蓽。出入雖異途，歸絜固如一。晚厭方内遊，把袂訪閑逸。雲壑慶安車，風川駛飛鷁。酬獻張本、四庫本作獻酬埃壒外，珠玉在揮筆。風標傲松鶴，顏髮移丹漆。遂令吴越人，藻繪資各本作恣稱述。邈然超世姿，彷彿得十七。辟廱禮寂滅，麟閣事蕭瑟。兹焉出民願，名實更炳蔚。琬琰琢文本作瑑高詞，龍蘭燎深室。福履既所綏，光華無終畢。

送周裕之赴新息令

丈原作文，據各本改人淮海英，抗節浮雲外。揮毫錯星錦，抵掌參竽籟。青春抱脩能，脱略無范蔡。晚營三徑資，百里聊束帶。扁舟歲欲徂，古刹夜仍艾。去去整羽儀，行與高風會。

寄曾逢原

孟夏氣候好，林塘媚晴輝。回渠轉清流，藻荇相因依。叢薄起疏籟，衆鳥鳴且飛。高城帶落日，光景酣夕霏。即事遠興託，撫已幽思微。超摇弄柔翰，徙倚弦金徽。美人邈雲眇，王本作杪志願固有違。丹青儻不渝，原作逾，據王本改與子同裳原作棠，據文本、四庫本改衣。

送僧歸遂州

竇師本巴蜀，浪跡遊淮海。定水湛虛明，戒珠炯圓彩。飄零鄉縣異，晼原作腕，據各本改晚星霜改。明發又西征，孤帆破烟靄。

司馬遷分韵得壑字

子長少不羈，發軔遍丘壑。晚遭李陵禍，憤悱思遠託。高辭振幽光，直筆誅隱惡。馳騁數千載，貫穿百家作。至今青簡上，文彩炳金雘。高才忽小疵，難用常情度。譬彼海運鵬，豈復顧繒繳。區區班叔皮，未易議疏略。

觀易元吉獐猿圖歌

參天老木相樛枝，嵌空怪石銜青漪。兩猿上下一旁掛，兩猿熟視蒼蛙疑。蕭蕭叢竹山風吹，海棠杜宇相因依。下有兩獐從兩兒，花餐草囓含春嬉。藝老筆精湖海推，畫原作書，據張本、四庫本改意忘形形更奇。解衣一掃神扶持，他日自見猶嗟咨。金錢百萬酒千鴟，荆南將軍欣得之。老禪豪取槖為垂，白晝掩門初許原作詐，據各本改窺。房櫳炯炯明冬曦，榛叢羽革分豪釐。殘編未終且歸讀，歲暮有間重借披。

夜坐懷莘老司諫次韵參寥

六合寥寥信茫昧，中有日月無根柢。古往今來漫不休，青髮素顔從此逝。嗟予自少多邅迴，氣血未衰心已艾。北渡長淮霜入屨，南窺禹穴塵生袂。日鑿一竅渾沌死，雖有餘風終破碎。回車復路可無緣，三問道人三不對。

答朱廣微

廣微才華殆天付，十歲孤山有佳句。又夢東林飲虎溪，歎息清風人不悟。自爾所見無全牛，桐柏崑崙日傾注。葱蘢曉景破新花，蹭蹬老拳擒脱兔。身勤事左竟何成，巧迫化工天所怒。兩鬢星星滄海頭，强學禪那慰遲暮。咋夜燈花吐金粟，曉烹鯉魚得尺素。笑我徜徉吴楚間，經卷酒巵隨所遇。人生迮意十八九，月得解顔能幾度。著書準易空自疲，服藥求仙良亦誤。北風老矣無能為，行看黄鸝語飛絮。安得從君醉百場，落筆珠璣不論數。

送僧歸保寧

西湖環岸各本作繞皆招提，樓閣晦明如卧披。保寧復在最佳處，水光四合無端倪。車塵不來馬足斷，時有海月相因依。上人弱齡已隸此，原作比，據文本、四庫本改心目所證惟瑰琦。白玉芙蓉出清沼，天然不受緇塵擾。坐客一語不入意，目如明星視飛鳥。冠切雲兮佩玉雞，《四部備要》本作環上人顧之真等閑。應緣聊入人間世，興盡却歸湖上山。伊余久欲窺禹穴，矧今仲父官東越。行挽秋風入剡溪，為君先醉西湖月。

和王通叟琵琶夢

鶗鴂鳴時衆芳歇，華堂夢斷音容絶。風驚玉露不成圓，一夜芙蕖泣秋月。金紋捍面紫檀槽，曾抱花前送酒舠。庾郎江令費珠璧，小研紅牋揮兔毫。風流雲散令人瘦，忍看麴塵昏錦綬。楚水悠悠更不西，上天破鑑空依舊。

醫　者

塊然一氣初渾淪，散作六物相吐吞。主承客禦勝復存，是為萬物疾病原。寥寥空陂遊冤魂，誨此法術成軒轅。金書玉册要不煩，焕如星宿不可捫。時遷聖徂遂幽昏，弊俗竊以資利源。余嘗感槩期明論，世無妙質孰與言。因君乞詩置屋軒，聊復援筆賦本根。

漫郎 分韵得桃字

元公機鑒天所高，中興諸彦非其曹。自呼漫郎示真率，日與聱叟為嬉遨。是時胡星殞未久，關輔擾擾猶弓刀。百里不聞易五羖，三士空傳殺二桃。心知不得載行事，俛首刻意追風騷。字偕華星章對月，漏洩元氣煩揮毫。猗玗春深茂花竹，九疑日暮吟哀猱。紅顔白骨付清醥，一官於我真鴻毛。乃知達人妙如水，濁清顯晦惟所遭。無時有禄亦可隱，何必龕巖遠遁逃。

記夢答劉全美

歲逢困敦斗申指，辰次庚辰漏傳子。夢出城闉登古原，草木縈天帶流水。千夫荷鍤開久殯，前有一人狀瓌偉。素冠長跪烝酒殽，云是劉郎字全美。馬鳴車轡斷還續，人境晦明秋色裹。既寤茫然失所遭，河轉星翻汗如洗。世傳夢凶常得吉，神物戲人良有旨。全美聲名海縣聞，閉久當開乃其理。娟娟二十四橋月，月下吹簫聊爾耳。洗眼看君先一鳴，九萬扶摇從此始。

田居四首

雞號四鄰起，結束赴中原。戒婦預為黍，呼兒隨掩門。犁鋤帶晨景，道路更笑喧。宿潦濯芒屨，野芳簪髻根。霽色披窅靄，春空正鮮繁。辛夷茂横阜，錦雉嬌空園。少壯已雲趨，伶俜尚鴟蹲。蟹黄經雨潤，野馬從風奔。村落次第集，隔塍致寒暄。眷言月占好，努力競晨昏。

入夏桑柘稠，陰陰翳墟落。新麥已登場，餘蠶猶占箔。隆曦破層陰，霽靄收遠壑。雌蜺卧淪漪，鮮飆泛叢薄。林深鳥更鳴，水漫魚知樂。羸老厭煩歊，解衣屢槃礴。蔭樹濯涼颸，起行遺帶索。冢原作家，據各本改婦餉初還，丁男耘有託。倒筒備青錢，鹽茗恐垂橐。明日輸絹租，鄰兒入城郭。

昔我蒔青秧，廉纖屬梅雨。及兹欲成穗，已復頹星暑。遲暮易昏晨，摇落多砧杵。村迴少過從，客來旋炊黍。興發即杖藜，未嘗先處所。褰裳涉淺瀨，矯首没孤羽。叢祠土鼓悲，野埭鵾雞舞。雉子隨販夫，老翁拜巫女。辛勤原校：一作艱難稼穡事，惻愴田疇語。得穀不敢儲，催科吏旁午。

嚴冬百草枯，鄰曲富休暇。土井時一汲，柴車久停駕。寥寥場圃空，跕跕烏鳶下。孤榜傍横塘，喧春起旁舍。田家重農隙，翁媪相邀迓。班坐釃酒醪，一行三四謝。陶盤奉旨蓄，竹筯羞雞炙。飲酣争獻酬，語闋或悲咤。悠悠燈火暗，剌剌風飆射。客散静柴門，星蟾耿寒夜。

寄題傅欽之草堂

按：本詩一作黄庭堅詩，見《山谷外集》卷二。

河陽有洑流，經營太行根。盛德不終晦，發為清濟源。斯堂濟源上，太行正當門。仰視浮雲作，俯窺流水奔。脩竹帶藩籬，百禽鳴朝暾。相望有盤谷，李愿故居存。主人國之老，實惟商巖孫。班行昔供奉，亟進逆耳言。天子色為動，群公聲亦吞。蕭條冰霜際，不改白玉温。出處士所重，其微難具論。公勿思草堂，朝廷待公尊。

次韻酬徐仲車見寄

渭清非勝涇，蘭芳本無慕。我生季葉中，乃與古人遇。職當供灑掃，匏繫愧遲暮。來章感存没，三讀淚如注。

次韻邢敦夫秋懷十首

以微雲淡河漢，疏雨滴梧桐為韻

驅車陟高丘，却望大梁圻。馳道入雙闕，勾陳連太微。夷門壯下屬，清洛相因依。美哉吾黨士，皋卨良可希。

暮有二客至，俱以能禪聞。一枝惠林出，一派智海分。言各不相可，往來劇絲棼。謝客姑舍是，妨余醉看雲。

昔者曾中書，門户實難瞰。筆勢如長淮，初源可觴濫。經營終入海，欲語焉能暫。斯人今則亡，悲歌風慘澹。

渤海有巨鼇，其顛冠嵯峨。宿昔嘗小抃，八弦相盪摩。忽遭龍伯人，一舉空潮波。取皮煎作膠，清此崑崙河。

蝮蛇初螫手，壯士斷其腕。豈不悲毀傷，所衈在（原校：一作存）軀幹。西羌沙鹵地，置戍或煩漢。雞肋不足云，阿瞞妙思算。

湯湯辟廱流，中有學子居。但説若稽古，言猶三萬餘。來者轉相祖，詞林日凋疏。稍喜績溪令，入校天禄書。

匠氏構明堂，百材入斤斧。儻非豫章楝，冗長亦焉取。英英范與蘇，（自注：登守、慶帥。）器識兼文武。胡為先一州，不用作霖雨。

憬彼高句麗，來脩裔夷職。天都富如海，勞汝送涓滴。舳艫尾相銜，遠近困供億。止沸當絶薪，揚湯百無益。

祖宗舉賢良，充賦多名儒。執事惡言者，此科為之無。雖有仲舒錯，或横江潭魚。果欲鳴鳳至，還當種椅梧。

邢侯秋卧痾，揮毫見深衷。賡者二三子，翕然笙磬同。不為兒女姿，頗形四方風。屬有山水念，因之絲與桐。

以上《淮海集》卷二

全宋詩卷一〇五四

秦觀二

春日雜興十首

按：本詩潭潭故邑井、昔我游京室、客從遠方來、桃李用事辰四首，亦見張耒《柯山集》卷七，題《春日雜興四首》。

飄忽星氣徂，青陽迫遲暮。鳴飛各有適，赤白紛無數。雨砌墮危芳，風軒納飛絮。褰幃香霧横，岸幘雲峰度。林影舞窗扉，池光染衣屨。參差花鳥期，蹭蹬琴觴趣。撫事動幽尋，感時遺近慕。秣馬膏余車，行行不周路。

結髮謝外好，僶俛希前修。繆挾江海志，恥為升斗謀。齞歷難刻畫，賤貧多釁尤。發軔背伊闕，解驂憩邗溝。丹鉛費永晷，麴糵歐深愁。璧月鑒簾櫳，珠星絡梧楸。泯泯渠水駛，霏霏花霧浮。公子悵何許，撫膺徒離憂。

潭潭故邑井，猗猗上宫蘭。不食自清渫，莫服更幽閒。志士恥弱植，卷跡甘飢寒。佳晨追良覿，觸物懸悲端。川途眇回遠，經歲曠音翰。豈不慕裘馬，詭得非所安。蟬冕多怵迫，繩樞尠憂患。枉尋竟何補，方枘誠獨難。

吳會雖褊小，海濱富奇峰。天雞一號叫，劍戟明遥空。谿谷相徑復，深林杳攢叢。猿吟虎豹啼，雲氣迷西東。中有遯世士，超然閟孤蹤。被蘭服明月，起坐松聲中。夜鍛吸沆瀣，朝琴庇青葱。騎星友元氣，巢許安可同。俛眄區中人，飛埃集毛鋒。問津或不繆，從子游鴻蒙。

東方有美人，容華茂春粲。抱影守單棲，含睇理哀彈。聲意一何切，所歡邈雲漢。徒然事膏沐，孰與徂昏旦。微誠浪自持，嘉月忽復晏。巧轉度虛檽，飛紅觸幽幔。歲歲芳草滋，夜夜明星爛。合并會有時，索居不必歎。

寢瘵倦文史，篤言從遨嬉。颸風舉遥溆，規日麗清漪。含桃粲朱實，杜若懷碧滋。娉娉弱絮墮，圉圉文魴馳。明霞廓遠矚，哀禽攪離思。縟草天際合，孤雲川上移。寬閑絶輪鞅，重複多路歧。信美難久佇，歸歟從所治。

昔我遊京室，交通五陵間。主客各英妙，袍馬相追攀。千金具飲啜，百金雇吹彈。纓弁羅廣席，當頭舞交竿。鮮妝耀渌酒，采纈生風瀾。燈燭暗夜艾，士女紛相班。歡娱易徂歇，轉眄如飛翰。亹亹負孤願，離離銜永歡。山鳥窺茗飲，簷花笑蔬餐。棄捐勿重陳，事定須蓋棺。

客從遠方來，遺我昭華管。吹之動人心，異境生虛窾。礉礉青嶂横，泱泱春溜滿。馬蹄交狹邪，車轂錯平坦。士女競原作竟，據四庫本改芳辰，禽魚蔭修竿。依微認睇笑，凌没王本作波見纖短。停吹欻泯滅，耽耽復空館。靈物信所珍，顧恨知音罕。

桃李用事辰，鮮明奪雲綺。繁華一朝去，默默慚杞梓。時徂鷹化鳩，地遷橘為枳。獨有羨門生，後天猶原校：一作常不死。

藝籍燔祖龍，斯文就淪喪。帝矜黔首愚，諸隽原校：一作雄出相望。揚馬操宏綱，韓柳激頹浪。建安妙謳吟，風概亦超放。玉繩帶華月，艷艷青冥上。奕世希末光，經緯得無妄。兒曹獨何事，詆斥幾覆醬。原心良自誣，猥欲私所尚。螳螂拒飛轍，精衛填溟漲。咄咄徒爾為，東海固無恙。鵷鸞日彫滅，黃口紛冗長。投袂睇層霄，兹懷誰與亮。

和孫莘老題召伯斗野亭

淮海破冬仲，雪霜滋不平。菱荷枯折盡，積水寒更清。輟棹得佳觀，湖天繞朱甍。信美無與娱，濁醪聊自傾。北眺桑梓國，悠然白雲生。南望古邗溝，滄波帶蕪城。村墟翳茅竹，孤烟起晨烹。簷間鳥聲落，客子念當行。攬衣視日景，薄陰漏微明。何時復來遊，春風發鮮榮。

和虚飄飄

虚飄飄，虚飄飄。風寒飄絮浪，春暖履冰橋。勢緩霜垂霰，聲乾葉下條。雨中漚點没流水，風裏緑雲鋪遠霄。虚飄飄，比時光影猶堅牢。

和游金山 和子由同彦瞻

江流會揚子，汹汹東南騖。海門劃前開，金山屹中據。鼓鍾食萬指，金艧棲千柱。夜庭游月波，曉觀搏香霧。天清猿鳥哀，原作京，據張本、四庫本改風暗魚龍怒。雲物横古今，濤波閲晨暮。三州氣色來，上下端倪露。偉哉元氣間，此勝知誰聚。念昔憩精廬，登臨輒忘去。汲新試團月，飯素羹魁芋。妙興入芳藤，真境在芒屨。别來景張本、四庫本作星暑换，痞痳經從處。忽蒙珠璧投，了與雲巒遇。幽光炯肝肺，爽氣森庭户。區中多滯念，方外饒奇趣。寄語山阿人，泠然行復御。

同子瞻端午日遊諸寺賦得深字

太史抱孤韵，暢懷在登臨。别乘載鄒枚，佳辰事幽尋。參差水石瘦，窅窕房櫳深。清磬發疏箔，妙香横素襟。復登窣堵波，環回矚嶔崟。雙溪貫城郭，暝色帶孤禽。凉飈動爽籟，薄雨生微陰。塵想澹清漣，牢愁洗芳斟。揮箠訂往古，援毫示來今。愧無刻燭敏，續此金玉音。

寄陳季常

一鉤五十犗，始具任公釣。揭竿趣灌瀆，與爾不同調。先生本西蜀，俠氣見英妙。哀憐世間兒，細黠似黄鷂。侍童雙擢玉，鬒髮光可照。駿馬錦障泥，相隨窮海嶠。平生携手好，十七登廊廟。小生相吏耶，徒枉尺書召。暮年更折節，學佛得心要。鬻馬放阿樊，幅巾對沉燎。泠泠屋外泉，兀兀原頭燒。欲知山中樂，萬古同一笑。

以上《淮海集》卷三

全宋詩卷一〇五五

秦觀三

同子瞻賦游惠山三首其一王武陵韵，其二竇群韵，其三朱宿韵

輟棹縱幽討，籃輿入青蒼。圓頂相邀迓，旃檀燎深堂。層巒淡如洗，傑閣森欲翔。林芳含雨滋，岫日隔林光。涓涓續清溜，靡靡傳幽香。俯仰佳覽眺，悠哉身世忘。

史君厭機械，所與惟散人。顧慚蒹葭陋，繆倚瓊枝新。上干青𡾊𡾊，下屬白磷磷。洞天不知老，金界無棲塵。緬彼人間世，烏蟾閲青旻。詎得踵三隱，山阿相與鄰。

樓觀相複重，邈然閟深樾。九龍吐清泠，瀌瀌曾未絶。罌缶馳千里，真珠猶不滅。況復從茶僊，兹焉試葵月。岸巾塵想消，散策佳興發。何以慰遨嬉，操觚繼前轍。

馬上口占二首文本注：或云後一首參寥和。

向晨結束争張本、四庫本作事長途，利風刮面冰在鬚。岡窮得水馬不進，霧暗失道人相呼。悠悠旁舍見汲井，軋軋隔林聞輓車。游目騁懷自可樂，勿憶鄉縣增煩紆。

霜風稜稜萬木枯，梅花破萼猶含鬚。田家往往事游獵，追逐狐兔相號呼。微茫山中起狂燒，隱約林梢低日車。馬頭漸覺有佳趣，勿厭阡陌多縈原作榮，據四庫本改紆。

別子瞻

人生異趣各有求，繫風捕影衹懷憂。我獨不願萬户侯，惟願一識蘇徐州。徐州英偉非人力，世有高名擅區域。珠樹三株詎可攀，玉海千尋真莫測。一昨秋風動遠情，便憶鱸魚訪洞庭。芝蘭不獨庭中秀，松柏仍當雪後青。故人持節過鄉縣，教以東來償所願。天上麒麟昔漫聞，河東鸑鷟今纔見。不將俗物礙天真，北斗已南能幾人。八磚學士風標遠，五馬使君恩意新。黄塵冥冥日月换，中有盈虚亦何算。據龜食蛤暫相從，請結後期游汗漫。

和黄法曹憶建溪梅花

海陵參軍不枯槁，醉憶梅花愁絶倒。為憐一樹傍寒溪，花水多情自相惱。清淚班班知有恨，恨春相逢苦不早。甘心結子待君來，洗雨梳風為誰好。誰云廣平心似鐵，不惜珠璣與揮掃。月没參横畫角哀，暗香銷盡令人老。天分四時不相貸，孤芳轉盼同衰草。要須健步遠移歸，亂插繁華向晴昊。

送少章弟赴仁和主簿

我宗本江南，為將門列戟。中葉徙淮海，不仕但潛德。先祖實起家，先君始縫掖。議郎為名士，余亦忝詞客。風流以及汝，三通桂堂籍。汝弱不好弄，文章有風張本、四庫本作新格。久從先生游，術業良未測。武林一都會，山水富南國。下有賢别駕，上有明方伯。干將入砥礪，騕褭就銜勒。勿矜孔鸞姿，不樂棲枳棘。吴中多高士，往往寄老釋。辨才雖物化，參寥猶夙昔。投閑數訪之，可得三友益。少來輕别離，老去重乖隔。念汝遠行役，惘惘意不懌。道山雖云佳，久寓有飢色。功名已絶意，政苦婚嫁迫。終從大人議，税駕邗溝側。追蹤漢兩疏，父子老阡陌。

送李端叔從辟中山

人畏朔風聲，我聞獨寬懷。豈不知凜冽，為自中山來。端叔天下士，淹留蹇無成。去從中山辟，良亦慰平生。與君英妙時，俠氣上參天。孰云行半百，身世各茫然。當時兒戲念，今日已灰死。著書如結氂，聊以忘憂耳。騣騣歲遒盡，淮海歸無期。功名良獨難，雖成定奚為。念君遠行役，中夜憂反側。攬衣起成章，贈以當馬策。

以上《淮海集》卷四

全宋詩卷一〇五六

秦觀四

贈蹇法師翊之

天都九經緯，人物如紡績。豈無僊聖游，但未見哀〔張本、四庫本作高〕識。蹇師蜀方士，鬼物充服役。朅來長安城，摩挲金銅狄。大蛇死已論，葛陂囚且釋。是事何足云，聊爾恤艱厄。方從馬明生，西去鍊金液。丹成〔原作或，據張本、四庫本改〕得度世，造化為莫逆。予亦江海人，名宦偶牽迫。投劾去未能，見師三歎息。

送劉貢父舍人二首

虎去藜藿採，珠在其川媚。君子一詘信，實繫天下事。念昔元豐間，公初謫南裔。託詞吊湘水，聞者為心醉。踰年憸臣逐，國老起相繼。除公守襄陽，士始有生意。茲焉歸法從，乃是朝廷計。在公何足云，事業本餘棄。掖垣美花木，入直春正麗。同僚看家風，立馬揮九制。

觀也本諸生，早與世參商。方枘不量鑿，交親指為狂。末路辱公知，賜出非所望。相期古人處，豈止事文章。汝南雖奥區，校官實始張。解鞅百無有，栖栖寄僧坊。築室從有徒，皆公借餘光。一壺千金直，所濟在倉黃。萬里猶比鄰，別離無足傷。何以報公德，修好以為常。

南京妙峰亭〔王勝原作滕，據四庫本改之所作，蘇子瞻題榜〕

王公厭承明，出守南宮鑰。結構得崇岳，巋然瞰清洛。是時謫仙人，發軔自廬霍。郊原春鳥鳴，來此動豪酌。報投一何富，玉桉金刀錯。新牓揭中楹，千載見遠託。埸來訪陳迹，物色屬搖落。人烟隔鳧雁，田疇帶城郭。紅蕖隕風漪，砂礫卷飛籜。青青陵上姿，獨汝森自若。人生如博奕，得喪難前約。金鎚初控頤，已復東方作。大明昇中天，龍鸞入階閣。深懲漁奪弊，法令一刊削。斯民如解懸，喜氣鬱磅礴。公乎數登覽，行矣翔寥廓。

次韻奉酬丹元先生

金華紫烟客，來作牧羊兒。至言初無文，尋繹自成詩。二景入妙解，元氣含烟詞。憐我鬣蒼浪，黃埃眩蟲絲。勸解冠上纓，一濯含風漪。攝身列缺外，倒躡蜿蜒髻。維斗錯明珠，望舒耿脩眉。真游無疆界，浩蕩天風吹。

送裴仲謨

君才張本、四庫本作子出於德，妙高如匠石。但見廣厦原作夏，據四庫本改成，不見斧斤迹。厚為諸兄奉，自奉頗云嗇。三生陽亢宗，薄俗有慚色。汝南古佳郡，月旦評一易。爾來似揚州，不辦龍蜥蜴。短簿髯參軍，喜怒移頃刻。正平竟獲免，實我文舉力。念公當乖隔，憂思如紡績。恥為兒女仁，到此淚橫臆。熙朝大烹飪，賢者不家食。朝為郡縣吏，暮作臺省客。矧聞諸法從，久欲薦言責。去去勿重陳，九萬自此擊。

題雙松寄陳季常

遙聞連理松，託根黃麻城。枝枝相鉤帶，葉葉同死生。雖云金石姿，未免兒女情。想應風月夕，滿庭合歡聲。

徐仲車食於學官吏或以爲不可欲罷去之太守不聽禮遇如初感之而作

許丞老病聾，督郵白欲廢。賢哉黄次公，鑒裁實精詣。殷勤謝督郵，此丞乃廉吏。重聽庸何傷，善助無失意。古人骨已朽，來者復誰繼。仲車天下士，固非許丞類。至行通神明，問學有根柢。若充老更聘，自革風俗弊。太守前已聞，粟帛俄見賜。奈何少年子，輒效督郵事。道喪賢哲窮，聞之為流涕。人心如其面，難以一律揆。所望在次公，督郵何足議。

次韵夏侯太冲秀才

儒官飽閑散，室若僧坊静。北窗腹便便，支枕看斗柄。或時得名酒，亭午猶中聖。醒來復何事，弄筆賦秋興。焉知懶是真，但覺貧非病。茫茫流水意，會有知音聽。鐘鼎與山林，人生各天性。

送張和叔兼簡黄魯直

汝南如一器，百千聚飛蚊。終然鼓狂鬧，原作任開，據張本、四庫本改啾啾竟誰聞。議郎盛德後，清修繼先芬。未試霹靂手，低回從此君。學官冷於水，虀鹽度朝曛。間蒙相煖熱，破憂發孤欣。君今又復去，冀北遂空羣。豈無一樽酒，誰與通殷勤。大梁多豪英，故人滿青雲。為謝黄叔度，鬢毛今白紛。

題驄裦圖

雙瞳夾鏡權協月，尾鬣蕭森澤於髮。鞍銜不施韁復脱，旁無馭者氣騰越。地如砥平丘隴滅，天寒日暮抱饑渴。驤首號鳴思一發，超軼絶塵入恍忽。東門金原作京，據張本、四庫本改鑄久銷歇，曹霸丹青亦云没。賴有龍眠戲揮筆，眼前時見千里骨。玉臺閶闔相因依，嗟爾龍媒空自奇。鸞旗日行三十里，焉用逐風追電為。

和東坡紅鞓帶

君不見相如容貌窮不枯，卓氏恥之分百奴。一朝奉指（張本、四庫本作旨）使筇筰，駟馬赤車從萬夫。仲元君平更高妙，寄食耕卜霜眉鬚。兩川人物古不乏，數子風流今可無。參軍少年飽經術，期作侍中司御壺。老披青衫更矍鑠，上馬不用兒孫扶。一朝忽解印綬去，恥將詩禮攘裙襦。懸知百年事已定，却笑列仙形甚臞。東阡北陌西風入，瑞草橋邊人叫呼。想見紅圍照白髮，頹然醉卧文君壚。

和王忠玉提刑

嵩峰何其高，峰高氣尤清。念昔秋欲老，從公峰下行。古木上參天，哀禽報新晴。脩塗雲外轉，槁葉風中零。曛黑度伊水，眇然古今情。黎明出龍門，山川莽難名。信美非吾土，顧瞻懷楚萍。美人天一方，傷哉誰目成。黃綬我聊爾，白鷗公勿驚。糟醨可餔啜，古人忌偏醒。

題楊康功醉道士石

黃冠初飲何人酒，徑醉頹然不知久。風吹化石楚山阿，藤蔓纏身蘚封口。常隨白鶴亦飛去，但有衣冠同不朽。異物終為賢俊得，野老田夫豈宜有。華陰楊公香桉吏，一見遂作忘年友。日暮西垣視草歸，往往對之傾數斗。大夢之間無定論，啟母望夫天所誘。穀城或與子房期，西域更為陳那吼。我疑黃冠反見玩，若此堅頑定醒否。何當一笑凌蒼霞，顧謝主人聊舉手。

送蔡子驤用蔡子駿韻

越絶山川遠相屬，萬壑千巖抱青緑。卧龍一峰稱是（文本作最）奇，遶趾清漪如帶束。鏡水春生鴟尾銜，稽山日暮猿聲續。三休上與蓬萊接，登眺使人遺寵辱。我昔東游觀禹穴，痛飲狂歌得所欲。上天何曾有官府，鸞鳳日日遭鞭扑。僧坊畫壁閲幾徧，神妙難忘獨金粟。華胥夢斷已十年，又見春風煮餳粥。苧羅若耶固依舊，可憐雲月誰追逐。故人淡泊出天性，鷦鷯巢林一枝足。不肯弦歌甘莞庫，還同市門隱梅福。惟應月下小叢歌，尚有哀音傳舊俗。

飲酒詩四首 按：本詩一作蘇軾詩，見《蘇軾詩集》卷二九。

我觀人間世，無如醉中真。虛空為消隕，況乃百憂身。惜哉知此晚，坐令華髮新。聖人難驟得，得且致賢人。

左手持蟹螯，舉觴屬雲漢。天生此神物，為我洗憂患。山川同恍惚，魚鳥共蕭散。客至壺自傾，欲去不容間。

客從南方來，酌我一甌茗。我酌初不啜，彊啜且復醒。既鑿渾沌氏，原校：一作竅遂出華胥境。操戈逐儒生，舉觴還酩酊。

雷觴淡如水，經年不濡脣。爰有擾龍系，為造英靈春。英靈韵甚高，蒲萄難為鄰。他年血食汝，應配杜康神。

艇齋 并序

予以典校史領倅錢塘，邂逅得友丁君彥良於陳留官舍。丁君彥良年少氣雋，誦詩文亹亹不休，動有過人語，深恨得之晚也。臨分以艇齋詩速予賦，為寄題一篇。

平生樂漁釣，放浪江湖間。兀兀寄幽艇，不憂浪如山。聞君城郭居，左右羣書環。有齋亦名艇，何時許追攀。釣古不釣今，所得孔與顏。不然如爾祖，跨鶴出雲張本、四庫本、王本作塵寰。

和裴仲謨放兔行

兔飢食山林，兔渴飲川澤。與人不瑕玭，焉用苦求索。天寒草枯死，見窘何太迫。上有蒼鷹禍，下有黄犬厄。一死無足悲，所恥敗頭額。敢期揮金遇，倒橐無難色。雖乖獵者意，頗塞仁人責。兔兮兔兮聽我言，月中仙子最汝憐。不如亟返月中宿，休顧商巖并嶽麓。

和裴仲謨摘白鬚行

仲將題凌雲，比訖鬚盡白。陸展媚側室，星星染為黑。人生如寄耳，況復形與色。澤壑藏山舟，夜半輸有力。厖眉三不遇，已矣何所惜。二毛賦秋興，自愛頗姑息。聞諸古竺乾，毛髮因地得。數窮反其本，螻蟻得而食。妙年光可鑒，烱若鴉羽戢。映梳漸蕭肅，變化了無隙。所以梵志云，昔人已非昔。皤然君勿笑，子羽以貌失。信美如客兒，終翦施摩詰。我作白鬚行，而得養生術。以上《淮海集》卷五

全宋詩卷一〇五七

秦觀五

覿覿二弟作小室請書魯直名曰寄寂作此寄之用孫子實韵

韵下原有二首二字，詩實為一首，據四庫本删

力田不逢年，識者未宜閔。他時歲在金，百兩無虚稛。士生當自量，天道平如準。汝兄魯叔山，正坐不前謹。有琴亦無弦，何心尚求軫。客來欲頽玉，大白輒滿引。官長既屢駡，諸生亦時矉。一口吸西江，玄哉居士藴。歲寒知蒼松，日暮識丹槿。夢想八九椽，森然羅玉筍。

南都新亭行寄王子發

洛水沄沄天上動，道入隋渠下梁宋。宋都堤上十二亭，一一飛驚若鸞鳳。光華遠繼周王雅，宴喜還歸魯侯頌。玉觴嚴令肅衣冠，金縷哀音繞梁棟。娟娟殘月照波翻，習習暖風吹鳥哢。何處高帆落文鷁，誰家駿馬嘶征鞚。柳枝芳草恨連天，暮雨朝雲同昨夢。借問亭名製者誰，留守王公才望重。胸中雲夢吞八九，日解千牛節皆中。祥符相公實曾祖，庭列三槐多伯仲。承明厭直出荆州，轉守此都行大用。此都去天纔尺五，交廣荆揚歸引控。兔園事迹化黄埃，清泠文雅堪長慟。舳艫銜尾車挂轊，昨日出迎今日送。送故迎新無已時，古往今來相戲弄。亭下嶔崎淮海客，末路逢公詩酒共。一樽明日難重持，豈恤官期後芒種。今年氣候頗云早，夭矯梅花春欲縱。行見亭中祖帳開，千乘送公歸法從。

反初

昔年淮海来，邂逅安期生。記（張本、四庫本作謂）我有靈骨，法當遊太清。區中緣未斷，方外道難成。一落世間網，五十换嘉平。夜參半不寢，披衣涕縱横。誓當反初服，仍先謝諸彭。晞髮陽之阿，餔餟太和精。心將虚無合，身與元氣并。陟降三境中，高真相送迎。琅函紀前績，金蒲錫嘉名。耿光洞寥廓，不借日月明。故棲黄埃裏，絶想空復情。

寄蓴薑法魚糟蟹 寄子瞻　按：本詩一作蘇軾詩，見《蘇軾詩集》卷四九，題作《揚州以土物寄少游》。

鮮鯽經年漬醽醁，團臍紫蟹脂填腹。後春蓴茁滑於酥，先社薑芽肥勝肉。鳧卵累累何足道，飣餖盤餐亦時欲。淮南風俗事瓶罌，方法相傳為旨蓄。魚鱐蜃醢薦籩豆，山蔌溪毛例蒙録。輒送行庖當擊鮮，澤居備禮無麋鹿。

精思 按：本詩一作蘇軾詩，見《蘇軾詩集》卷四九，題作《古風》。

精思洞元化，白日昇高旻。俯仰凌倒景，龍行速如神。半道過紫府，弭節聊逡巡。金床設寶几，璀璨明月珍。僊者二三子，眷然骨肉親。飲我霞一杯，放懷暖如春。遂朝玉虚上，冠劍班列真。無端拜失儀，放斥令自新。雲霄難遽返，下土多埃塵。淮南守天庖，嗟我實何人。

送楊康功守蘇

公於萬事輕，獨嗜山水重。寓直西掖垣，滄洲長入夢。廣陵一都會，厨酒萬斯甕。每歎闕登臨，持此將焉用。比持蘇臺節，論鬱縉紳共。翻云美泉石，汔可小嬉弄。匆匆治行李，草草別賓從。乃知仁智心，所樂異庸衆。梅花發春端，百卉日興動。公等行復反，臺閣俟鸞鳳。

偶戲

偶戲失班龍，坐謫崑崙陰。崑崙一何高，去天無數尋。嘉禾穗盈車，珠玉炯成林。天飄張本、四庫本作飆時一拂，清哀動人心。一面四百門，宫譙雲氣侵。闞然竹使符，難矣暫登臨。羣仙來按行，憐我久滯淫。力請始云免，反室歲已深。親朋喜我來，感歎或霑襟。塵寰君勿悲，殊勝巢嶔崟。

次韵黄冕仲寄題順興步雲閣

故山無期大刀頭，黄塵溽暑未罷休。步雲之篇忽我投，便見冰玉懸清秋。順興山川甲閩甌，無風萬壑松颼颼。步雲之人人品優，御風禦寇真其儔。仙人乘槎凌斗牛，回環十見天星周。猿鶴忽驚空蕙帳，周家正要磻溪望。

正仲左丞生日

元氣鍾英偉，東皇賦炳靈。蓂敷十一葉，張本、四庫本作莢椿茂八千齡。汗血來西極，搏風出北溟。之無分褓褓，詩禮學趨庭。妙質珠遺海，高材刃發硎。亟四庫本作初更芸閣祕，屢直瑣闈青。史筆開凡例，綸言正緯經。文昌頻曳履，京兆屢空囹。遂總臺綱紀，常參國典刑。兩宫隆眷遇，諸夏聳瞻聽。武略驅雷電，文鋒粲斗星。乞閑辭亢滿，分逸下青冥。騎引雙朱服，腰横萬寶釘。明峰春矗矗，汝水暮泠泠。散策花間徑，揮犀水上亭。壺觴延墨客，燈燭按歌伶。周衮歸公旦，商巖夢武丁。久聞虚揆席，佇見返皇扃。别數汾陽考，重鐫宋父銘。巍然廟堂上，永作世儀形。

病犬

犬以守禦用，老憊將何為。踉蹌劣於行，纍然抱渴饑。主人恩義易，勿為升斗資。黽勉張本、四庫本作追隨不肯去，猶若戀藩籬。屠膾意得逞，烹庖在須斯。糟糠固非意，豚矢張本、四庫本作豕同一時。念昔初得寵，青韁纏毬絲。飼養候飢飽，動止常相隨。胡原作朝，據四庫本改云不終始，委逐在衰遲。犬死不足道，固為主人悲。

贈女冠暢師

瞳人剪水腰如束，一幅烏紗裹寒玉。飄然自有姑射姿，回看粉黛皆塵俗。霧閣雲窗人莫窺，門前車馬任東西。禮罷曉壇春日静，落紅滿地乳鴉啼。

和子瞻雙石

天鑱海濱石，鬱若龜毛緑。信為小仇池，氣象宛然足。連巖下空洞，鼎張彭亨腹。雙峰照清漣，春眉鏡中蹙。疑經女媧鍊，或入金華牧。鑪熏充雲氣，研滴當川瀆。尤物足移人，不必珠與玉。道旁初無異，漢將疑虎伏。支機亦何據，但出君平卜。奇礓入華林，傾都自追逐。我願作陳那，令吼震山谷。一拳既在夢，二駒空所欲。大士捨寶陀，仙人遺句曲。惟詩落人間，如傳置郵速。

徐得之閑軒

按：本詩一作釋道潛作，見《參寥子詩集》卷五，題作《寄題徐得之先生閑軒》。

建安自古多俊髦，徐子磊落尤其豪。論兵説劍走湖海，身勤事左無所遭。緑林原作水，據王本改五校已居膾，黑衣三衛羞徒勞。歸來故山便卜築，脱棄萬事輕鴻毛。橫前澗水漱哀玉，傍舍老櫪藏飛猱。山蔬何用媿粱肉，鶴氅未必輸青袍。追寒弄月有真意，慎勿輕語傳兒曹。

雷陽書事

按：本詩駱越風俗殊、舊傳日南郡二首，又見《蘇軾詩集》卷八，系《雷州八首》中的二首。

駱越風俗殊，有疾皆勿藥。束帶趨祀房，用張本、四庫本作瞽史巫紛若。弦歌薦繭栗，奴士洽觴酌。呻吟殊未央，更把鷄骨灼。一笛一腰鼓，嗚聲甚悲涼。借問此何為，居人朝送殤。出郭披莽蒼，磨刀向猪羊。何須作佳事，鬼去百無殃。舊傳日南郡，野女出成群。此去尚應遠，東門已如雲。蚩氓託絲布，相就通慇懃。可憐秋胡子，不遇卓文君。

海康書事十首

按：本詩前六首又見《蘇軾詩集》，係《雷州八首》中的六首。

白髮坐鈎黨，南遷海瀕州。灌園以餬口，身自雜蒼頭。籬落秋暑中，碧花蔓牽牛。誰知把鋤人，舊日東陵侯。

荔子無幾何，黄柑遽如許。遷臣不惜日，恣意移寒暑。層巢俯雲木，信美非吾土。草芳自有時，鶗鴂何關汝。

卜居近流水，小巢依嶔岑。終日數椽間，但聞鳥遺音。鑪香入幽夢，海月明孤斟。鷦鷯一枝足，所恨非故林。

培塿無松柏，駕言出焉遊。讀書與意會，却掃可忘憂。尺蠖以時詘，其信亦非求。得歸良不惡，未歸且淹留。

粤女市無常，所至輒成區。一日三四遷，處處售蝦魚。青裙脚不襪，臭味猨與狙。孰云風土惡，白州生緑珠。

海康臘己酉，不論冬孟仲。殺牛檛祭鼓，城郭為沸動。雖非堯曆頒，自我先人用。大笑荊楚人，嘉平獵雲夢。

粲粲菴摩勒，作湯美無有。上客賦驪駒，玉奩開素手。那知蒼梧野，棄置同芻狗。荆山玉抵鵲，此事繇來久。

裔土桑柘希，蠶月不紡績。吴綃與魯縞，取具艑王本作舸船客。一朝南風發，家室相怵迫。半賈鬻我藏，倍稱還君息。

一雨復一暘，蒼茫颶風發。怒號兼晝夜，山海為顛蹶。云何大塊噫，乃爾不可遏。黎明衆竅虚，白日麗空闊。

合浦古珠池，一熟胎如山。試問池邊蜑，云今累年閑。豈無明月珍，轉徙溟渤間。何關二千石，時至自當還。

次韵曾存之嘯竹軒

翩翩曾公子，子猷定前身。嗜好凖疇昔，了然不緇磷。寄食平凖官，植竹當比鄰。朝與竹相對，暮與竹相親。安可一日無，此君真可人。

游仙二首

服形百神朝，刳心萬緣盡。我無退轉境，何以有精進。戲為汗漫游，八極一何近。渺渺東海水，纍纍北邙墳。向來歌舞處，忽復成荒村。愚人如鹿耳，其死了無魂。孰知九霄間，玄圃枕崑崙。緇塵化人衣，蒼蘿誰與捫。

雲車自天來，駕言游混茫。手持太一節，身佩使者章。龍虎傍夭矯，馬龜伏以翔。朝元紫微上，所睹浩難量。寶綱結萬珠，參伍相焜煌。花品不知數，妙英拆玄房。宮殿隨人身，處處輒清涼。危髻擢貞玉，高謝人間妝。二三古鬚眉，冠雲帶含光。遺我飛霞佩，副以明月璫。再拜敬服之，百四庫本作白毛發靈香。

次韵答張文潛病中見寄

與君涉世網，所得如鈎温。念昔相乖離，俯仰變寒暄。把袂安可期，寄書囑加餐。三年汝水濱，孤懷誰與言。末路非所望，聯鑣金馬門。校文多豫暇，玄談到羲軒。孰云笭箵小，史書垂後昆。匪惟以舊聞，牴牾良可刊。比枉病中作，筆端淮海奔。亟駕問所苦，兀坐一室閑。晤對不知夕，歸途斗星翻。平時帶十圍，頗復減臂環。君其專精神，微恙不足論。愷悌神所勞，此理直張本、四庫本作真如弦。

送喬希聖

鶡翔蓬蒿非所悲，鵬擊風雲非所喜。貴賤窮通盡偶然，回頭總是東海水。我思田文昔相齊，朱袍照日如雲霓。三千冠珮醉明月，清歌一曲傾玻璃。如今陳迹知何在，但見荒冢烟蕪迷。又思原憲昔居魯，門户東西閉環堵。杖藜對客騁高談，自覺胸襟輩堯禹。如今寂寞已成塵，空有聲名掛千古。送君去，何時回，世間如此令人哀。我徒駐足不可久，笑指白雲歸去來。

與子瞻會松江得浪字

松江浩無旁，垂虹跨其上。漫然銜洞庭，領略非一狀。怳如陣平野，萬馬攢穹帳。離離雲抹山，窅窅天粘浪。烟中漁唱起，鳥外征帆颺。愈知宇宙寬，斗覺東南壯。太史主文盟，諸豪盡詩將。超摇外形檢，語笑供頡頏。娵娟棄不追，張本、四庫本作追逐撥剌亦從放。獨留三百缸，聊用沃軒曠。

以上《淮海集》卷六

全宋詩卷一〇五八

秦觀六

德清道中還寄子瞻

投曉理竿枻，溪行耳目醒。蟲魚各蕭散，雲日共晶熒。水荇重深翠，烟山疊亂青。路迴逢短榜，崖斷點孤翎。叢薄開羅帳，淪漪寫鏡屏。疏籬窺窅窕，支港泛笭箵。遠溆依微見，哀猱斷續聽。夢長天杳杳，人遠樹冥冥。旅思搖風旆，歸期數月蓂。何時燃蜜炬，復聽閤前鈴。

次韻子由題斗野亭

滿市花風起，平堤漕水流。不堪春解手，更為晚停舟。古（張本、四庫本作上）埭天連雁，荒祠木蔽牛。杖藜聊復爾，轉盼夕烟浮。

鮮于子駿使君生日

惟昔高堂夢，熊羆兆吉占。氣鍾西蜀秀，時應仲秋嚴。江漢揮犀尾，風雲下筆尖。微辭追屈宋，精義到黄炎。操履森寒栢，名聲耿夜蟾。擊彊鵰鶚健，治劇鶻鵝銛。使者旌旄昜，將軍印綬添。鴛鴻隨步武，虎豹入韜鈐。錦覆郎官被，（張本、四庫本作綬）彤垂太守襜。兩行分蜜炬，十里上珠簾。禮士常懸榻，誅姦或奮髯。雨堂昏絳帳，風帙亂牙籤。銀漢星初换，金莖露已霑。懽聲連北固，壽邑亘東漸。麗句充文几，奇香㓜玉奩。簪紳五福具，罇俎四難兼。賤子真殊幸，清標獲屢覘。誤蒙雕朽木，猥辱畫無鹽。嘉運方熙洽，英才豈滯淹。佇公歸法從，行道慰民瞻。

輦下春晴

樓闕過朝雨，參差動霽光。衣冠紛禁路，雲氣繞宮牆。亂絮迷春闊，蔫花困日長。經旬辜張本、四庫本作牽酒伴，猶未獻長楊。二句《詩話總龜》前集卷八引作平庸何處是，十里帶垂楊。

睡起

睡起東軒下，悠悠春緒長。爬搔失幽囀，款欠墮危芳。蛛網留晴絮，蜂房受晚香。欲尋初斷夢，雲霧已冥茫。

次韻莘老初至湯泉按：本詩原作二首，第二首為釋道潛詩。今刪入存目。

夾路山重複，參天樹老蒼。一區成小市，數埒引温湯。洗沐同幽客，餔餐就梵坊。未輸朝市子，斗酒得西凉。

過六合水亭懷裴博士次韻次莘老韻　按：本詩原作三首，第一首為孫覺首唱，第三首為釋道潛次韻。今刪入存目。

晚憩孤亭上，羸驂繫斷柯。荒門寒帶路，空檻闊增波。往事青山在，餘生白鳥過。誦言成絶唱，亹亹迫陰何。

懷孫子實

舉眼趨浮末，斯人獨好脩。青春三不惑，黄卷百無憂。玉出方流潤，鸞停翠竹幽。相思自成韵，不必寄西郵。

對淮南詔獄二首

一室如懸磬，人音盡不聞。老兵隨卧起，漂母給朝曛。樊雉思秋野，鞲鷹望暮雲。念歸忘食事，日減臂環分。

淮海行搖落，文書亦罷休。風霜欺獨宿，燈火伴冥搜。笳動朱樓曉，參横粉堞秋。更拚飛鏡破，應得大刀頭。

次韵答米元章、

嗜好清無滓，周旋粲有文。揮毫春在手，岸幘海生雲。花鳥空撩我，蓴鱸正屬君。惟應讀雌蜺，差不愧王鎬。

宿參寥房

鄉國秋行暮，房櫳日已暝。驚風多犯竹，破月不藏星。鉤箔簷花動，抄書燭燼零。非關相見喜，自是眼長青。

次韵蔣穎叔南郊祭告上清儲祥宮二十六韵

特起朝陽内，祠宫極邃清。高窗闚玉女，巨闕守昌明。盛掩秦諸畤，雄逾漢兩京。垣横天上紫，洲露海中瀛。黄帝初龍躍，中原罷虎争。樵夫亦談道，行旅不持兵。此地脩禳禬，于時保利亨。栢梁災未幾，陳寶詔重營。御帑金繒出，慈闈服玩并。標題動宸翰，撰次屬鴻生。玉刻黄冠印，金書祕殿名。妙經藏洞觀，真籙佩威盟。仙溜花間静，瓊枝物文本作檻外榮。肇禋承帝祉，肆眚順民情。天施寧論報，風行不計程。近傳聞磬管，時或見旄旍。海嶽朝雙闕，星辰集上楹。禮如尊太一，事異寵文成。大以圓丘報，長於至日迎。侍臣來祭告，法駕欲時行。釐事通元氣，高真達孝誠。慶增黄帝系，壽續太陰精。西北夷門峻，東南輦路傾。雲行博山氣，風卷步虛聲。符貺方期應，英髦各彙征。謳歌輿法從，可見泰階平。

次韵米元章齋居即事

庭木雙株茂，盆池一掬慳。支頤魚出樂，入眦鳥知還。老境行將及，仙書讀未閑。因君歌鳳過，通昔夢歸山。

次韵酬陳傳道

白髮三冬學，青衫八尺身。誰知人上傑，聊作吏中循。揮翰通元氣，開編友古人。寄聲張氏子，曲逆豈長貧。

次韵傳道自適兼呈都司芸叟學士

楚國陳夫子，周南頗滯留。弊袍披槁葉，瘦馬兀扁舟。藥餌過三伏，文書散百憂。何人共禪悦，居士有浮休。

擬郡學試東風解凍

寶曆開新歲，春回斗柄東。漪生天際水，凍解日邊風。浩蕩依蘋起，侵尋帶雪融。江河霜練静，池沼玉奩空。魚藻雍容裏，雲霄俯仰中。更無舟楫礙，從此百川通。

駕幸太學

原廟初更十二章，還輿詔蹕幸諸庠。法天辟水遥迎仗，應月張本、四庫本作夜深衣不亂行。風動四夷將遣子，禮行三舍遂賓王。前知此舉追虞氏，果有球音發舜堂。

題閤求仁虛樂亭按：原作三首，注「前二首莘老」。實第一首為孫覺首唱，第三首為釋道潛和作。今入存目。

長官平昔嗜林丘，僧與開亭待勝遊。修竹回環扶碧瓦，小池方折轉清流。春深鶗鴂催詩句，夜静蟾蜍入酒舟。只恐政成留不得，縣人空此憶韋游。

懷李公擇學士按：此詩後原有《次韻二首》，係孫覺、釋道潛次韻。今删入存目。

一辭行旆楚亭皋，幾為登臨掛鬱陶。蓬斷草枯時節晚，山長水遠夢魂勞。流傳玉刻皆黄絹，早晚金閨報大刀。宣室方疑鬼神事，順風行看駛鴻毛。

題湯泉二首

滿斛泠泠注不窮，幻原作幼，據各本改塵乾慧洗皆空。法流水接諸天上，神瀵香聞一國中。金粟示為除病惱，跋原作躍，據張本、四庫本改陀仍已獲圓通。馬蹄又入風埃去，回首吴吟謝迮翁。自注：湯泉有迯迮翁。

温井霜寒碧甃澄，飛塵不動玉奩清。老翁仙去嬴驂共，太子東歸廢沼平。據石聊為實陀觀，决渠還落堰溪聲。浣腸灌頂雖殊事，一洗勞生病惱輕。文本注：莘老。按：各本無注，故仍作秦觀詩。

寄題王欽之自圓庵

誅茅北户結圓廬，從事風流入畫圖。珠箔粉垣藏混沌，葛巾藜杖造虚無。春閑居士天花室，晝静仙人白玉壺。遥想吏行鳧鶩散，沉烟一穗對團蒲。

流觴亭并次韻二首

縹緲原作縹，據王本、四庫本改雲巒欲盡頭，灑然華構引飛流。朱盤瀲灩開冰鑑，碧甃縈紆走玉虬。毛骨漸驚超濁界，風烟驟覺變清秋。更憐白足如霜句，可羡溪邊六逸遊。

卧龍西畔北池頭，水擘華堂瑟瑟流。幾曲漪漣盤翠帶，一峰孤秀浴蒼虬。香囊近午清無汗，素扇生凉爽入秋。待唤畫師來貌取，圖成便是竹溪遊。

遊龍門山次程公韵

路轉横塘入亂峰，遍尋蕭洒興無窮。樓臺特起喧卑外，村落隨生指點中。溪傍五雲清逗玉，松分八面翠成宫。歸途父老欣相語，今日程公昔謝公。

遊龍瑞宫次程公韵

靈祠真館閟山限，形勢相高對越臺。莓徑翠依屏上轉，藕花紅繞鑑中開。鶴銜寶箭排烟去，龍護金書帶雨原作兩，據四庫本改來。夾道萬星攢騎火，滿城争看使君回。

次韵朱李二君見寄二首

東阡北陌坐淹時，偶為高風振羽儀。十丈蓮花開處遠，三年楮葉刻成遲。鬢毛但速安仁老，錢粟難輸曼倩飢。尚賴故人遥省憶，發揮春色有新詩。

萬古流空一鳥沉，衣冠常苦事違心。七行俱下知君舊，四者難并笑我今。梅已偷春成國色，雲猶憑臘造天陰。美人緑綺煩遥贈，莫致南金增原作贈，據謝本、四庫本改永吟。

睡足軒二首

長年憂患百端慵，開斥僧坊頗有功。地撤蔽虧僧界浄，人除荒穢玉奩空。青天併入揮毫裏，白鳥時興隱几中。最是人間佳絶處，夢殘風鐵響丁東。

數椽空屋枕清流，一榻蕭然散百憂。終日掩關塵境謝，有時開卷古人遊。鳴鳩去後滄浪晚，飛雨來初菡萏秋。此處便令君睡足，何須雲夢澤南州。

以上《淮海集》卷七

全宋詩卷一〇五九

秦觀七

寄孫莘老少監

一出承明七換麾，君恩復許上彤墀。白衣蒼狗無常態，璞玉渾金有定姿。天上圖書森似舊，人間歲月浪如馳。鼇頭只在蓬山畔，原作伴，據張本、四庫本改行赴蟠桃熟後期。

次韻馬忠玉喜王定國還自濱州

淮海相逢一解顔，紛紛歲月夢魂間。初驚漁艇迷花去，忽認星槎拂斗還。桂嶺暮登猿斷續，槐堂春到鳥綿蠻。石渠舊議行當復，未信佳時得自閑。

寄李公擇郎中

節旄淮畔脱秋風，忽跨鯨魚上碧空。華秀兩跗當重露，文成五色在高桐。江南又説衣冠盛，廷右仍瞻禮樂隆。朝晛既升淮海見，瀌瀌雨雪自消融。

寄李端叔編修

旗亭解手屢冬春，聞道歸來白髮新。馬革裹尸心未艾，金龜換酒氣方震。夢魂偷遶邊城月，道從公穿禁路塵。知有新編號横槊，為憑東使寄淮濱。

寄題倪敦復北軒

倪郎才韵照冰壺，北向開軒頗自娛。簷度蕙風鳴鵠鶬，壁經梅雨畫蝘蝓。觥籌交錯銀河掛，文史縱橫角簟鋪。官舍私居同是漫，莫嗟三徑就荒蕪。

寄題盧君斗齋

俠氣軒軒翰墨場，邅迴世路鬢成霜。出從車馬行千里，歸與琴書寄一方。鳥轉入簾春欲破，爐香侵夢日初長。扁舟會有山陽役，聊借狂夫挹酒漿。

次韻酬周開祖宣義

并州令尹古人風，淮海相忘十載中。麗句曉披花綽約，清談初扣玉丁東。追攀昔共猗玗子，嗜好今同桑苧翁。所惜華船輕解綍，未窺笠澤故書叢。

送王元龍赴泗州 張本、四庫本下有糧料院三字

子猷風味最諸王，試吏聊懷筦庫章。鵠峙碧桐初振羽，珠遺滄海漸騰光。淮山暮眺千峰擢，各本作耀洛水秋輪萬鷁翔。顧我行為大梁役，一巵薄酒話愁腸。原校：一作為公繫馬一傳觴

廣陵五題 按：題原作《次韻子由題九曲池》題下注，實為五詩總題。

次韻子由題九曲池

蕭瑟通池闕茂林，岸傍無復屬車音。涵春似恨隋家遠，漲曉疑連蜀井深。鬬草事空烟冉冉，司花人遠樹陰陰。勞生俛仰成陳迹，縱有遺聲各本作音可用尋。

次韻子由題平山堂

棟宇高開古寺間，盡收佳處入雕欄。山浮海上青螺遠，天轉江南碧玉寬。雨檻幽花滋淺淚，風巵清酒漲

微瀾。遊人若論登臨美，須作淮東第一觀。

次韻子由題蜀井

蜀岡精氣滀多年，故有清泉發石田。乍飲肺肝俱澡雪，久窺杖屨亦輕便。炊成香稻流珠滑，煮出新茶潑乳鮮。坐使二公鄉思動，放杯西望欲揮鞭。自注：府尹司封、高安著作皆是蜀人。

次韻子由題摘星亭迷樓舊址

崑崙左右兩招提，中起孤高雉堞西。不見燒香成宿霧，虛傳裁錦作障泥。螢流花苑飛星亂，燕滿春城緑髮齊。長憶凭欄風雨後，斷虹明處海天低。自注：障泥事見李商隱《隋宫》詩。

次韻子由題光化塔

古佛悲憐得度人，應緣來現比丘身。水流月落知何處，花發鶯啼又一春。方外笑談清似玉，夢中煩惱細如塵。老僧自説從居此，却悔平時事遠巡。

次韻子瞻贈金山寶覺大師

雲峰一變隔炎涼，猶喜重來飯積香。宿鳥水干迎曉鬧，亂帆天際受風忙。青鞋踏雨尋幽徑，朱火籠紗語上方。珍重故人敦妙契，自憐身世兩微茫。

遊鑑湖

畫舫珠簾出繚牆，天風吹到芰荷鄉。水光入座盃盤瑩，花氣侵人笑語香。翡翠側身窺渌酒，蜻蜓偷眼避紅妝。蒲萄力緩單衣怯，始信湖中五月涼。

謁禹廟

陰陰古殿注脩廊，海伯川靈儼在傍。一代衣冠埋石窆，千年風雨鎖梅梁。碧雲暮合稽山暗，紅芰秋開鑑水香。令我免魚繇帝力，恨無歌舞奠椒漿。

蓬萊閣

雄簷傑檻跨峥嶸，席上風雲指顧生。千里勝形歸俎豆，七州和氣入簫笙。人遊晚岸朱樓遠，鳥度晴空碧嶂横。今夜請看東越分，藩星應帶少微明。

别程公闢給事

人物風流推鎮東，夕郎持節作元戎。罇前倦客劉師命，月下清歌盛小叢。裘弊黑貂霜正急，書傳黄犬歲將窮。買舟江上辭公去，迴首蓬萊夢寐中。

中秋口號按：本詩《淮海後集》卷三重出，已删重出詩。

雲山簷楯接低空，公宴初開氣鬱葱。照海旌幢重出詩作旛秋色裹，激天鼓吹月明中。香槽旋滴珠千顆，歌扇驚圍玉一叢。二十四橋人望處，台星正在廣寒宫。

客有傳朝議欲以子瞻使高麗大臣有惜其去者白罷之作詩以紀其事與莘老同賦

按：原收二首，第一首詩末注：「此一首莘老作」。今删入存目。

學士風流異域傳，幾航雲海使南天。不因名動五千里，豈見文高二百年。貢外别題求妙札，錦中翻樣織新篇。淹留却恨鴛行舊，不得飛觴駐蹕前。

以上《淮海集》卷八

全宋詩卷一〇六〇

秦觀八

顯之禪老許以草庵見處作詩以約之

按：此詩原收二首，第一首據《淮海集》卷三八《遊湯泉記》「孫公愛其地勝，欲寄以老焉，因請名曰寄老庵」，當係孫覺原唱。今入存目。

椽葉岡頭釋馬銜，區中奇觀得窮探。崖空飛鼠聲相應，江静群峰影倒涵。居士碧雲裁秀句，道人哀玉扣清談。偶成二老風流事，不是三乘宿草庵。

和莘老游龍洞

葦蕭傳火度冥冥，乍入清都醉魄醒。草隱月崖垂鳳尾，風生陰穴帶龍腥。壁間泉貯千鍾碧，門外天橫數尺青。更欲仗笻留頃刻，却疑朝市已千齡。

送蔣穎叔帥熙河二首

侍臣不合出都門，為有威名蓄原作藩，據王本改漢尊。户部左曹回妙手，匈奴右臂落清罇。揮毫珠璧生談笑，轉盼龍鸞在夢魂。瀚原作潮，據王本改海一空何足道，歸來黄閣坐調元。

天馬蒲萄隔玉張本、四庫本作域門，漢廷誰更勇如尊。行臺曉日屯千騎，祖道春風屬一罇。莫原作奠，據各本改許留犁輕結好，便令甌原作歐，據張本、四庫本改脱復游魂。要須盡取熙河地，打鼓梁州看上元。

和劉僕射感舊言懷寄蘇左丞左丞昔守南京僕射方爲幕客今同爲執政作此詩

僕射詩略記其一聯云論文青眼今猶在報國丹心老更同

三禁提衡系攙龍，拜無燒尾有家風。班行舊號青雲士，賓主今為黄閤公。烱烱坐屏雲母隔，珊珊行佩水蒼同。自驚初到蓬萊上，便見驪珠出海宫。

西城宴集元祐七年三月上巳日詔賜館閣官花酒以中澣日游金明池瓊林苑又會於國夫人園會者二十有六人二首

春溜泱泱初滿池，晨光欲轉萬年枝。樓臺四望烟雲合，簾幕千家錦繡垂。風過忽聞花外笑，日長時奏水中嬉。太平誰謂全無象，寓在群仙把酒時。自注：次王敏仲少監韵。

宜秋門外喜參尋，豪竹哀絲發妙音。金爵日邊棲壯麗，彩虹天際卧清深。已煩逸少書陳迹，更屬相如賦上林。猶恨真人足官府，不如魚鳥自飛沉。自注：次王仲至侍郎韵。

清明前一日李觀察席上得風字

病軀寒食百無悰，偶到平陽舊第中。池籞信為三輔冠，杯盤真有五陵風。美人賦韵分春色，上客揮毫奪化工。白髮漸於花柳薄，但憐流水碧相通。

次韵羅正之惠綿扇

吴扇新翻製素綿，名郎持贈意俱圓。有人充户修明月，無女乘鸞向紫烟。供奉宜升清暑殿，動摇合作御風仙。誰知揮却青蠅輩，功在春蠶一覺眠。

寄新息王令藏春塢

令尹才高寺為空，歲時行樂與民同。旋開小塢藏春色，更製新聲寫土原作士，據四庫本改風。客向罇前忘爾汝，路穿花去失西東。無言嫣女今焉在，桃李相傳恨未窮。

送劉承議解職歸養

征馬蕭蕭柳外鳴，議郎歸養洛陽城。登山尚記飛雲處，罷吏端如棄唾輕。為米折腰知我拙，下車入里見君榮。堂前嵩少宜秋色，獻壽還應旋製聲。

次韻王仲至侍郎會李觀察池上

螭口清漪下玉欄，隔花時聽鳥關關。酒行寒食清明際，人在蓬壺閬苑間。天近省闈卿月麗，春偏戚里將星閑。忽思歸去焚香坐，静取楞嚴看入還。

慶張君俞都尉留後得子

天上吹簫玉作樓，蟠桃熟後更無憂。內家報喜車凌曉，太史占祥斗掛秋。龍得一珠應獻佛，虎生三日便吞牛。魯元福禄何人似，坐見張敖數子侯。

寄題趙侯澄碧軒

風流公子四難并，更引清漪作小亭。潤及玉階春漲雨，光浮藻井夜涵星。捲簾几硯成圖畫，倚檻鬚鬢入鏡屏。何日解衣容借榻，卧聽螭口瀉泠泠。

寄張文潛右史原校：一云次韻參寥寄蘇子瞻時聞蘇除起居舍人

解手亭皋纔幾月，春風已復動林塘。稍遷右史公何泰，各本作忝初閱除書國為狂。日出想驚儒發冢，風行應罷女争桑。東坡手種千株柳，聞說邦人比召棠。

次韻裴秀才上太守向公二首

東風已動北風歸，寒氣侵尋自霽威。何處管弦傳臘酒，誰家刀尺製春衣。使君英妙開蓮幕，别駕風流出粉闈。唯有廣文官獨冷，終年如坐水邊磯。

上客新從潁尾歸，使君高會列南威。風將沉燎縈歌扇，雪帶梅香上舞衣。翻樣雲團分御胯，如椽蜜炬出宮闈。食前方丈羅珍怪，却訝犀燃牛渚磯。

次韵太守向公登樓眺望二首

茫茫《詩人玉屑》卷一八作沄沄汝水抱城根，野色偷春入燒痕。千點湘妃枝上淚，一聲杜宇水邊魂。遥憐鴻隙陂穿路，尚想元和賊負恩。粉堞女牆都已盡，《詩人玉屑》作朱桓都過了恍如陶侃夢天門。

庖烟起處認孤村，天色清寒不見痕。車輞湖邊梅濺淚，壺公祠畔月銷魂。封疆盡是春秋國，廟食多懷將相恩。試問李斯長歎後，誰牽黄犬出東門。

寄錢節時節出為揚州從事，新鰥，兼簡參寥

論月柴門不浪開，命車良為故人來。茫然極目春千里，尚想愁腸日九回。緑水池邊聊復爾，黄粱枕上信悠哉。何時共約參寥子，自擷青菁作飯材。

贈劉使君景文

落落衣冠八尺雄，魚符新賜大河東。穰苴兵法申司馬，曹植詩原出國風。拈筆古心生篆刻，引觴俠氣上雲空。石渠病客君應笑，手校黄書兩鬢蓬。

答龔深之

深巷茅簷日漸長，卧看花鳥競朝陽。惜無好事攜罇酒，賴有鄰家振燭光。尚友頗存書萬卷，封侯正闕木

千章。錯刀錦段相仍至，小子都忘進取狂。

次韻答裴仲謨

十年淮海閒居草，偶遣兒童次第成。方愧貧家矜敝帚，忽蒙鄰壁借餘明。文昌但願花前老，張翰何須身後名。移病闔門參拜阻，卧聽車馬去來聲。

答曾存之

環堵蕭然汝水隈，孤懷烱烱向誰開。青春不覺書邊過，白髮無端鏡上來。祭竈請鄰聊復爾，賣刀買犢豈難哉。故人休説封侯事，歸釣江天有舊臺。

春日寓直有懷參寥

觚稜金爵自岧嶢，藏室春深更寂寥。捫虱幽花欹露葉，岸巾高柳轉風條。文書几上鬚髯變，鞍馬塵中歲月銷。何日一笻江海上，與君徐步看生潮。

次韻裴仲謨和何先輩二首

聞説何郎操行端，蕭然環堵若為安。鳥啼花發阻携手，水遠山高空憑欄。别後想多黄絹作，春來尤厭惠文彈。兩章讀罷知高義，貴賤交情自古難。

汝南古郡寡參尋，兀兀長如鶴在陰。支枕星河横醉後，入簾風絮報春深。青山未落詩人手，白髮誰知國士心。多謝名郎傳緑綺，愧無佳句比南金。

答閻求仁謝參寥彦温訪於墳所

老澳城西木半摧，崑崙岡下路新開。故人此地銜憂去，禪客他時問疾回。聞為樹風增永感，却因水鳥證西來。已謀寒食驅羸馬，細聽清談動玉哀。

次韵劉遜父以寧齋詩二軸作以還之

揚舲偶過海邊州，一見名郎破百憂。荀氏諸龍俱俊偉，河東小鳳最風流。明珠白璧俱投報，細草幽花入獻酬。别駕舊齋何足念，文昌新府待公游。

次韵何子温

一星就起海隅傍，縣弩前驅過射陽。行見斯民無重困，坐令吾道有餘光。簿書不礙詩人筆，猿鳥常窺使者章。談笑自然群吏肅，何須酒後次公狂。

次韵宋履中近謁大慶退食館中

翠華初到殿中間，三館諸儒共一班。迎謁曉廷清蹕近，退穿春仗綵旓閑。病來怕飲東西玉，老去慚陪大小山。知續春明退朝録，借觀當奉一鴟還。

與鄧慎思沐於啓聖遇李端叔

羸兵瘦馬犯黄塵，自笑區區夢裏身。不是對花能伏老，自緣無酒可澆春。校書天禄陪群彦，晞髮陽阿遇故人。三百六旬如此少，更添香火坐逡巡。

和程給事贇閤黎化去之什

風流雲散越王城，珍重闍黎願力成。不使鄧尼驚倒化，祇教白傅歎先行。早因妙契窺曹洞，竟以清芬繼肇生。迴首中庭旌騎散，月華還可一方明。

再賦流觴亭

仙山遊觀甲寰瀛，不比人間自各本作目雨亭。歌斷瑶池雲杳杳，酒行金谷水泠泠。珠簾卷雨驚秋近，羅襪凌波笑客醒。月下珮環聲更好，應容揮麈伴公聽。

燕觴亭

碧流如鏡羽觴飛，夏木陰陰五月時。清渭日長遊女困，武陵春去落花遲。玉笙吹罷觥籌錯，蜜炬燒殘簪珥遺。吴越風流公第一，未輸山簡習家池。

會蓬萊閣

冠裳蓋座灑清風，軒外時聞韵籦龍。人面春生紅玉液，銀盤烟覆紫駝峰。天涵秋色山山共，樹攪鄉思葉葉重。便欲買船江北去，為懷明德更從容。

次韵侍祠南郊

風馬雲車下九天，郊柴初告帝心虔。天如倚蓋臨壇上，星若連珠繞御前。縹緲珮環參雅奏，岧嶢樓閣抱非烟。侍臣舉酒欣相屬，醉看參横左右肩。

與李端叔遊智海用前韵

點目誰能化兩龍，超然想見古人風。紅塵稍與僧家遠，白髮偏於我輩公。休計浮名千載後，且欣湯餅一杯同。何時並築邗溝上，引水澆花半畝宫。

和黄冕仲寄題延平泠風閣

泠風三伏是清秋，雖有炎蒸不汝留。滿地溪山歸藻井，有時絲管下滄洲。快哉便得逍遥趣，偶爾還成汗漫遊。誰為發揮無妙手，賦凌楚玉有家丘。

次韻謝李安上惠茶

故人早歲佩飛霞，故遣長須致茗芽。寒槖遽收諸品玉，午甌初試一團花。著書懶復追鴻漸，辨水時能效易牙。從此道山春困少，黄書剩校兩三家。

次韻范純夫戲答李方叔饋笋兼簡鄧慎思

楚山冬笋斸寒空，北客長嗟食不重。秀色可憐刀切玉，清香不斷鼎烹龍。論羹未愧蒓千里，入貢當隨傳一封。薄禄養親甘旨少，滿四庫本作蒲包時賴故人供。

寄少儀弟

一隔音塵月屢遷，忽收來問涕潸然。栖遲册府吾如昨，流落江村汝可憐。夢裏漫成池草句，愁來空誦棣華篇。卑飛暫爾無多恨，會有高風送上天。

九月八日夜大風雨寄王定國

長年身外事都捐，節物驚心一悵然。正是山川秋入夢，可堪風雨夜連天。桐梢摵摵增悽斷，燈燼飛飛落小圓。湔洗此情須痛飲，明朝試就酒中仙。

林次中奉使契丹劉仲平出倅鄆州同舍十有六人飲餞于丁氏園次少蓬韻二首

送次中諫議

鮮車百乘使龍庭，路指全張本、四庫本作金燕古北平。祖帳列仙修故事，行臺諸部奏新聲。留犂撓酒知胡意，尺牘移書示漢情。納節便應歸法從，中途已報制書行。

送平仲學士

須句别駕偉儀刑，陵谷初無見坦平。七子建安推世藝，五經中祕擅家聲。南宫參掇端如夢，東觀分携空復情。莫愛谿堂好風月，早來龍尾道前行。

以上《淮海集》卷九

全宋詩卷一〇六一

秦觀九

寄孫傳師著作

上林池籞富春風，十里宮青錯御紅。應與少年修故事，誤隨遊轂柳花中。

泗州東城晚望

渺渺孤城白水環，舳艫人語夕霏間。林梢一抹青如畫，應是淮流轉處山。

戲雲龍山人二絶

芳草未應羞鶗鴂，潛鱗終是畏提壺。蔡經背上痕猶在，更念麻姑指爪無。

選勝只携長脛鶴，入廛還駕短轅車。時人若問虚玄事，笑答無過李老書。

圓通院白衣閣

按：原收三首，底本目録作「和圓通院白衣閣二首」，并注唱首詩附；文本題下注：「公闢首唱」。第一首應爲程師孟詩，今删入存目。

無邊剎境一毫端，同住澄清覺海間。還似此花并此葉，壞空成住未曾閑。

一根反本六根同，古佛傳家有此風。滿目紅蕖參翠蓋，不唯門裏獲圓通。

照　閣

獮猴鏡裏三身現，龍女珠中萬象開。未若此軒人散後，水光清泛月華來。

睡足寮寄震鼎二弟

與物無營但欲眠，客來從笑腹便便。秋生淮海涼如水，得句還應夢阿連。

次韵參寥見别

爐香冉冉紆寒穗，篝火熒熒擢夜芒。預想江天回首處，雪風横急雁聲長。

與倪老伯輝九曲池有懷元龍參寥

雲月娟娟淮海秋，隋家池上共浮游。可憐一段風流事，特欠支郎與子猷。

春日五首

幅巾投曉入西園，春動林塘物物鮮。却憩小庭纔日出，海棠花發麝香眠。

一夕輕雷落萬絲，霽光浮瓦碧差差。有情芍藥含春淚，無力薔薇卧曉王本作晚枝。

裌衣新著倦琴書，散策池塘返照初。翠碧黄鸝相續去，荇絲深處見游魚。

春禽葉底引圓吭，臨罷黄庭日正長。滿院柳花寒食後，旋鑽新火爇爐香。

金屋舊題煩乙子，蜜脾新採賴蜂臣。蜻蜓蛺蝶無情思，隨例顛忙原校：一作狂過一春。

秋日三首

霜落邗溝積水清，寒星無數傍船明。菰蒲深處疑無地，忽有人家笑語聲。

月團新碾瀹花瓷，飲罷呼兒課楚詞。風定小軒無落葉，青蟲相對吐秋絲。

連卷雌蜺掛西樓，逐雨追晴意未休。安得萬妝相向舞，酒酣聊把作纏頭。

次韵子由召伯埭見别三首

孤蓬短榜泝河流，無賴寒侵紫綺裘。召伯埭南春欲盡，為公重賦畔原作伴，據謝本改牢愁。
青熒燈火照深更，逐客舟航冷似冰。到處故應山作主，隨方還有月為朋。
冠蓋紛紛不我謀，掩關聊與古人遊。會須匹馬淮西去，雲巘風溪遂所求。

還自廣陵四首

薄茶便當烏程酒，短艇聊充下澤車。墳墓去家無百里，往來仍不廢觀書。
南北悠悠三十年，謝公遺埭故依然。欲論舊事無人共，卧聽鍾魚古寺邊。
邗溝繚繞上雲空，坐阻層冰不得通。賴有東風可人意，為開明鏡玉奩中。
天寒水鳥自相依，十百為群戲落暉。過盡行人都不起，忽聞水謝本作冰響一齊飛。

元日立春三絶

此度春非草草回，美人休着剪刀催。直須殘臘十分盡，始共新年一併來。
發春獻歲偶然同，新曆觀天最有功。頭上兩般幡勝影，一時飛入酒盃中。
攝提東直斗杓寒，驟覺中原氣象寬。天為兩宮同號令，不教春歲各開端。

次韵宋履中題李侯檀欒亭

陰陰數畝籜龍稠，亭外危通一徑幽。頗似竹林當日集，酒狂莫笑阮陳留。

春日偶題呈上尚書丈丈

三年京國鬢如絲，又見新花發故枝。日典春衣非為酒，家貧食粥已多時。

觀辱户部錢尚書和詩餉禄米再成二章上謝

本欲先生一解頤，頓煩分米慰長饑。客無貴賤皆蔬飯，惟有慈親食肉糜。

夢裏光陰挽不回，掩關獨坐萬緣灰。偶因問訊維摩病，香積天中施飯來。

擬題織錦圖 按：題下原有「東城（坡）跋并詩三絕見注下」注，而詩末實為注文，注中詩三首，亦見清馮應榴《東坡詩集注》卷四七。

悲風鳴葉秋宵冷，寒絲縈手淚殘妝。微燭窺人愁斷腸，機翻雲錦妙成章。自注：余少時見一江南本，其後有人題詩十餘首，皆奇絕宛轉，過於蘇氏之作遠甚。今獨記其三絕：春晚落花餘碧草，夜涼低月半枯桐，人隨遠雁邊城暮，雨映疏簾繡閣空；紅手素絲千字錦，故人新曲九回腸，風吹絮柳愁縈骨，淚洒縑書關恨見郎；羞看一首回文錦，錦似文君別恨深，頭白自吟悲賦客，斷腸愁是斷弦琴。

晚出左掖

金爵觚稜轉夕暉，翩翩宮葉墮秋衣。出門塵障如黃霧，始覺身從天上歸。

次韻蔡子駿瓊花

無雙亭上傳觴處，最惜人歸月上時。相見異鄉心欲絕，可憐花與月應知。

處州水南庵二首 按：本詩一作蘇軾詩，見《蘇軾詩集》卷五〇。

竹柏蕭森溪水南，道人為作小圓庵。市區收罷魚豚稅，來與彌陀共一龕。

此身分付一蒲團，靜對蕭蕭玉數竿。偶為老僧煎茗粥，自携脩綆汲清寛。

三月晦日偶題 按：此詩《淮海後集》卷四重出，題作《首夏》，已删重出詩。

節物相催各自新，癡心兒女挽留春。芳菲歇去重出詩作過盡何須恨，夏木陰陰正可人。

次韻東坡上元扈從三絕

赭黄纖底望龍章，不斷惟聞蠟炬香。一片韶音歸複道，重瞳左右列英皇。
端門魏闕鬱峥嶸，燈火成山輦路平。不待上林鶯百囀，教坊先已進新聲。
仗下番夷各一群，機泉如雨自繽紛。細看香案旁邊吏，却是茅家大小君。

以上《淮海集》卷一〇

全宋詩卷一〇六二

秦觀一〇

四絶按：此詩第一首《淮海後集》卷四重出，題作《雪中寄丹元子》。已删重出詩。

陰風一夜攪青冥，風定霏霏霰雪重出詩作紛紛雪片零。遥想玉真清重出詩作想見玉清真境上，白虚光裏誦黄庭。

夜深樓上撥書眠，天在欄干四角邊。風拂亂雲毫髮盡，獨留璧月向人圓。

天風吹月入欄干，烏鵲無聲子夜闌。織女明星來枕上，了知身不在人間。

本是匡山種杏人，出山來事碧虚君。上清欲問因何事，請看先四庫本作仙山十丈文。《侯鯖錄》卷二作請看仙家十賚文

奉别牛司理

堂堂先德擅才名，詞賦高凌墨客卿。之子妙齡初筮仕，好修文史繼家聲。

送酒與泗州太守張朝請

莫笑杭州别駕村，昔曾柱下數承恩。而今雖是江湖吏，猶有當時七字尊。

題郴陽道中一古寺壁二絶

門掩荒寒僧未歸，蕭蕭庭菊兩三枝。行人到此無腸斷，問爾黄花知不知。

哀歌巫女隔祠叢，飢鼠相追壞壁中。北客念家渾不睡，荒山一夜雨吹風。

又别牛司理

半年淹衈越溪濱，好愛如君只數人。解手莫令書信斷，故園桑梓幸相鄰。

和工部侍郎新章

甍棟相連數畝中，出門遥見大明宫。朝元雖共浮丘伯，煮茗還同桑苧翁。

題金華山寺壁

鸞鶴同為汗漫游，天風吹散下滄洲。金華有路通元氣，水繞高寒不斷流。

次韵出省馬上有懷蔣穎叔

新淬魚腸玉似泥，將軍唾手取河西。偏裨萬户封龍額，部曲千金賜褭蹏。
制詔行聞降紫泥，簪花且醉玉東西。羌人誰謂多籌策，止有黔驢技一蹄。

元祐三年余被召至京師從翰林蘇先生過興國浴室院始識汶師後二年復來閱諸公詩因次韵

聊移小榻就風廊，卧久衣巾帶佛香。白髮道人還省否，各本作記前年引去病賢良。

客有遺予以假山石盆池者聞陳元發有石菖蒲作此詩乞之

瑟瑟風漪心為清，更窺巇崒眼增明。可憐一片江山樣，只欠菖蒲十數莖。

興國浴室院獨坐時兒子湛就試未出

滿城車馬没深泥，院裏安閑總不知。兒輩未來鈎箔坐，長春花上雨如絲。

題趙團練畫江干晚四庫本作曉景四絶

本自江湖客，宦游常苦心。看君小平遠，懷我舊登臨。
鳥外雲峰晚，沙頭草樹晴。想初揮灑就，侍女一齊驚。
公子歌鍾裏，何從識渺茫。惟應斗帳夢，曾到水雲鄉。
曉浦烟籠樹，春江水拍空。煩君添小艇，畫我作漁翁。

夢中得此

縞帶橫秋匣，寒流烱暮堂。風塵如未息，持此奉君王。

寧浦書事六首

揮汗讀書不已，人皆怪我何求。我豈更求榮達，日長聊以銷憂。

魚稻有如淮右，溪山宛類江南。自是遷臣多病，非干此地烟嵐。

南土四時盡熱，愁人日夜俱長。安得此身作石，一齊忘了家鄉。

洛邑太師奄謝，龍川僕射云亡。他日巋然獨在，不知誰似靈光。

身與枝各本作杖藜為二，對月和影成三。骨肉未知消息，人生到此何堪。

寒暑更拚三十，同歸滅盡無疑。縱復玉關生入，何殊死葬蠻夷。

題務中壁

醡頭春酒響潺潺，壚下黄翁寢正安。夢入平陽舊池館，隔花螭口吐清寒。

題法海平闍黎

寒食山州百色喧，春風花雨暗川原。因循移病依香火，寫得彌陀七萬言。

留別平闍黎

緣盡山城且不歸，此生相見了無期。保持異日蓮花上，重説如今結社時。自注：紹聖元年，觀自國史編修官蒙恩除館閣校勘、通判杭州，道貶處州管庫。三年，以不職罷，將自青田以歸。因往山寺中修懺三日，書絕句於住僧房壁。　以上《淮海集》卷一一

全宋詩卷一〇六三

秦觀一一

大行太皇太后挽詞二首

東朝制詔九年稱，烈武功高後世興。坐舉不周天柱正，親扶暘谷日車升。班行尚想延和殿，羽衛俄趨永厚陵。洛水嵩峰霄漢外，百官西望涕難勝。

保扶明主自春宫，萬國昇平出至公。顧命一時聊共政，思齊千古遂同風。外家恩數仍長信，原廟蒸嘗即治隆。欲叙聖功歌挽者，乾坤難入畫圖中。

韓樞密夫人挽詞二首

奕葉貂蟬後，宗姻樂静閒。從夫登兩地，看子入三山。舊像瞻榆闕，遺音想佩環。百年川閲水，不復更西還。

天上開華屋，丘山忽返真。内人歸賵盛，挽者轉哀新。鸞詔初乾墨，魚軒已暗塵。藹然多德善，論次有蒼珉。

俞公達待制挽詞二首

詞場英妙氣如虹，出入青雲見事功。流馬木牛通蜀漕，葛巾羽扇破渠戎。風生使者旌旄上，春在將軍俎豆中。詔墨未乾人奄忽，傷心江漢日傾東。

一麾出守著威名，凶訃西來上為驚。玉帳原作帳，據各本改笑談成昨夢，錦囊書札見平生。衣冠漸散紅蓮府，鎧馬還歸細柳營。可道風流回首盡，芝蘭庭下粲朝榮。

陳承事挽詞

明時就養寄淮壖，忽歎艅艎以柩旋。八尺衣冠成繪事，百年風誼列幽鐫。銘旌暮暗黄梅雨，鄉路秋横碧玉天。遥想葬期豪傑會，高車連軫駐新阡。

永壽縣君挽詞二首

廷尉蒙恩後，蘭臺就養初。大椿宜更壽，流水遽焉如。鸞錦封花誥，蛛絲網板輿。百年誰考德，琬琰在幽墟。

明世辭隆養，哀榮道路傳。賻喪從上宰，歌挽出群仙。素幔傷秋泛，青缸慘夜船。玉峰歸葬處，木拱雁連天。

曾子固哀詞

皇受命而熙洽兮，實千祀而一時。協氣鬱而四塞兮，與盛德其俱升。麟鳳出而旁午兮，猶氤氲而扶輿。篤生我公兮，以文章為世師。公神禹之苗裔兮，肇子爵而鄫封。逮去邑而為氏兮，季葉汨其南征。祖騫翔而績著兮，考蹺蹋而文鳴。公既生而多艱兮，踵祖武而好修。既輕車又良御兮，遂大放乎厥詞。發天人之奥秘兮，約六藝而成章。元氣含而未泄兮，洞芒芴而窅冥。挽天河而一瀉兮，物應手而華昌。揖揚馬使先路兮，咸告公曰不敢。彼崔蔡之紛紛兮，孰云窺其藩翰。辰來原缺，據各本補遲而去速兮。固前修以跋疐。方盤礴而上征兮，遽相羊而補外。皇揆公之忠誠兮，即商墟而賜環。紬史諜乎東觀兮，裁誥命乎西垣。典章絶而復作兮，世争睹而快先。正經緯乎終古兮，配維斗而昭然。變化詭而難常兮，雖司命其或昧。忽遭艱而去國兮，遂銜哀而即世。述作紛其具存兮，悵爽靈之焉詣。信百年不斯須兮，遒四庫本作猶電原作雷，據各本改滅而焱逝。天不憖遺一老兮，固搢紳之所傷。矧不肖以薄技兮，早獲進於門牆。路貫江而修阻兮，曾莫奠乎酒漿。悲填膺而茀鬱兮，聊自託於斯文。

蔡氏哀詞

惟夫人之高誼兮，真一時之女英。既富有此好德兮，又申之以令儀。帶幽蕙之縹緲兮，佩明月之陸離。人自操舍之不一兮，雅獨取善以自持。何報施之或忒兮，罹禍艱於不虞。顔色炫而原作兮，據各本改未暮兮，所天忽以殞徂。痛平素之偕處兮，忍此奄奄而嫠居。瀝哀血以自誓兮，甘餌毒而捐軀。佩珠玉以死真王本作貞兮，固衆女之所嗤。曷卓越以不顧兮，棄性命其如遺。美不可强有兮，信天資之所開。要反心以内省兮，豈或售乎人知。嗟三晨之未浹兮，遂俱遊王本作逝而莫留。死者有知兮，羌魂魄以並遊。日黄昏而不見兮，虚張本、四庫本作庭室窈其無人。惟哀風以歸來兮，動素幔之襜襜。何平生之款密兮，遽音聲之不可尋。儼遺跡以在目兮，紛百憂而攻心。豈至理不吾喻兮，如意厚而悲深。撫雙櫬以增慟兮，涕清各本作漬血而洒襟。已矣哉，人生有死兮，自前古而既然。精魄忽其不駐兮，惟修名之可延。忍録以寓世兮，信烈者之所羞。儻佳志之獲申兮，雖奄忽其焉悼。

時宣義挽詞

奮發多難裏，哀榮後夜中。妙年推正行，末路見陰功。風雨雙龍合，山川吊鶴空。懸知青史上，又載一于公。

中書侍郎挽詞二首

崛起商巖後，清忠士論歸。法知商鞅弊，議折董宏非。遷謫生華髮，騫騰上紫微。又騎箕尾去，朝野涕空揮。

守道無夷險，如公實寡仇。望從烏府重，官到鳳池休。二品追褒峻，千金賻恤優。搢紳終有恨，王駿不封侯。

吕與叔挽章四首

舉舉西州士，來為邦國華。藝文尤爾雅，經術自名家。正有高山仰，俄成逝水嗟。賢人各有數，不獨歲龍蛇。

數日音容隔，人琴遂已虚。門生應有謚，國史可無書。舊室懸蛛網，遺編走蠹魚。定無封禪草，平日笑相如。

追惟獻歲發春間，和我新詩憶故山。今日始知詩是讖，魂兮應已度函關。

風流雲散了無餘，天禄空存舊直廬。小吏獨來開鎖鑰，案頭塵滿校殘書。

東平夫人挽章錢穆夫人

相閥風流盛，王家地勢雄。室中蘭作佩，庭下玉成叢。啼鳥悲春檻，荒原入夜宮。遺芳得鴻筆，論次詔無窮。

開府李公挽章

報國封章數，論交意氣真。先朝貴公子，當代老成人。月動融尊酒，花催鄭驛賓。誰知古原上，馬鬣一朝新。

戚里薨耆舊，哀榮世未如。襚加三事衮，奠致兩宮輿。鹵簿前衢隘，歌鍾後院虚。英風知不墜，芝玉茂庭除。

孫莘老挽詞四首

同功一體盡調元，獨抱沉痾反故園。壺遂暮年非不遇，人生到此可忘言。

青春芸閣妙文詞，進讀金華鬢若絲。轉守七州多異政，奉常處處有房祠。

月旦嘗居第一評，立朝風采照公卿。門生故吏知多少，盡向碑陰刻姓名。

華屋丘山可柰何，百年光景一投梭。故人唯有羊曇在，慟哭西州不忍歌。

陳用之學士挽詞

禮經三百鬢毛班，追述先儒伯仲間。誰請尚書重給札，盡抄遺稿入名山。

岧嶢芸閣上參天，直舍相依欲二年。願寫此情歌挽者，淚霑毫素不成篇。

雲臺觀者候昏明，奎壁躔中失二星。上界真人重離別，陰風一夜攪青冥。

牢落公車待詔時，白頭掌故更棲棲。一生勤苦成何事，只得銘旌數尺題。

滕達道挽詞

早歲峨冠侍冕旒，白頭淹卹外諸侯。篋中尚有東封草，塞下曾無北顧憂。心繫漢廷長入夢，氣吞胡虜不防秋。經綸未了埋黄土，精爽還應屬斗牛。

江南江北奉周旋，合散如雲二十年。春郡勝遊花蔽馬，夜山清話雨連天。共驚萬里長城壞，獨把千金寶劍懸。平日書題多散亂，呼兒尋聚一潸然。

自作挽詞 昔鮑照、陶潛自作哀挽，其詞哀。讀予此章，乃知前作之未哀也

嬰釁徙窮荒，茹哀與世辭。官來録我槖，吏來驗我屍。藤束木皮棺，藁葬路傍陂。家鄉在萬里，妻子天一涯。孤魂不敢歸，惴惴猶在兹。昔忝柱下史，通籍黄金閨。奇禍一朝作，飄零至於斯。弱孤未堪事，返骨定何時。修途繚山海，豈免從閹維。荼毒復荼毒，彼蒼那得知。歲晚瘴江急，鳥獸鳴聲悲。空濛寒雨零，慘淡陰風吹。殯宫生蒼蘚，紙錢掛空枝。無人設薄奠，誰與飯黄緇。亦無挽歌者，空有挽歌辭。

以上《淮海集》卷四〇

全宋詩卷一〇六四

秦觀一二

進南郊慶成詩并表

右臣伏睹皇帝陛下肇修典禮，冬日之至，親有事於南郊。仍復祖宗故事，以皇天原缺，據各本補地祇合祭。前期之日，陰雲蔽空；將祀之夕，月躔畢宿。詩云：月離于畢，俾滂沱矣。於法當雨，而是夜開霽，特甚晏温，星月照明。禮畢之明日，雨雪乃作。朝市郊野相告欣然，頌嘆之聲形於中外。非二聖有作，上當天心，神祇顧享，何以逮此。臣雖疏賤，通籍祕省，預見熙事，不勝犬馬區區之情。輒將輿人之頌，撰成郊禮慶成五言二十韵詩一首，隨狀上進。干冒宸嚴，臣無任瞻天望聖激切屏營之至。

於赫龍飛後，中區八月秋。合嚴天地祀，遠繼祖宗休。熙事將興舉，彝章預講諏。紛然曲臺議，斷自太任謀。宗伯方承命，元龜遂告猷。三錢封内帑，五瑞輯諸侯。路寢前齋玉，清宮復射牛。長迎南至日，圓即自然丘。扈蹕三千劍，干霄十二樓。鈎陳嚴御座，太一奉宸遊。好雨虚闈畢，生陽不待鄒。浮雲依斗散，華月亘天流。霄被黄裀却，霜空曲蓋收。堪輿同顧饗，河嶽盡懷柔。麾日初鳴仗，旂風不滿旒。回鑾龍入馭，傳詔鶴為郵。崇慶天雖老，華胥聖不憂。衣冠千玉簡，宇宙一金甌。可但豐年屢，當知世德求。慚無班馬手，作頌配商周。

幽眠

幽眠起常晚，冬晷復不長。中間數十刻，倏如驚燕翔。晨餐粗云畢，申鼓鳴相望。忽忽竟何就，念之動中腸。天地一逆旅，死生猶轉商。暫來旋云去，遲速乃三字原缺，據各本補所常。較計亦何補，徒然非慨慷。不如聽兩行，一槃付酒觴。北風吹老槐，白日轉紙窗。布衾一覺睡，身世成渺茫。宿莽冬不衰，蘭茝幽更芳。無庸傷局促，速此鬢髮霜。

越　王

越王念吴役，寢興常不安。有臣曰種蠡，實與同難艱。終酬會稽恥，列國不敢干。智者見未兆，愚夫暗前觀。范公拂衣去，扁舟五湖間。清輝照四海，秋月耿雲端。種也竟不悟，處之若無難。屬原作蜀，據四庫本改鏤一朝至，身與名俱殘。兔走獵狗悲，鳥盡良弓閑。自古身不退，多為世所歎。

隕星石

蕭然古丘上，有石傳隕星。胡為霄漢間，墜地成此精。雖有堅白姿，塊然誰汝靈。犬眠牛礪角，終日蒙氈腥。疇昔同列者，到今司賞刑。森然事芒角，次第羅空青。俛仰一氣中，萬化無常經。安知風雲會，不復歸青冥。

山陽阻淺

一日行一尺，十日行一丈。豈不歎淹留，所幸無波浪。悲風動深夜，原野眇林爽。青天行蟾蜍，枯水轉魍魎。此時蓬茅下，去心劇於癢。棄置勿復論，通塞如反掌。

次韵參寥莘老

迅風薄高林，萬象號虎豹。紛披枳與棘，爾復鼓狂鬧。我垣既已頹，我棟又以撓。豈無一木枝，橫力難與較。黎明忽自罷，晴日射魚罩。死水失狂瀾，衰木回故貌。勞生真原校：一作共夢事，往趨如睡覺。炊黍焚黄鵠，吾其理歸棹。

送洪景之循州參軍

寒梅不自重，輒花桃李先。嬌枉有佳菊，最後衆芳妍。各因一時美，難以相嗤憐。物理固若是，士林亦宜然。夫子南國俊，聲猷推妙年。數奇晚方偶，參軍古龍川。龍川雖云遠，風物號清鮮。羅浮不相下，頡頏巉荒天。雲鬟二三子，聊足奉周旋。行矣試老拳，歸歟遠翔騫。

茶

茶實嘉木英，其香乃天育。芳不愧杜蘅，清堪掩椒菊。上客集堂葵，圓月探奩盝。玉鼎注漫流，金碾響丈竹。侵尋發美鬯，猗狔生乳粟。經時不銷歇，衣袂帶紛鬱。幸蒙巾笥藏，苦厭龍蘭續。願君斥異類，使我全芬馥。

茶臼

幽人躭茗飲，刳木事擣撞。巧制合臼原缺，據張本、四庫本補形，雅音侔柷椌。靈各本作虛室困亭午，松然明鼎王本作北窗。呼奴碎圓月，搔首聞錚鏦。茶仙賴君得，睡魔資爾降。所宜玉兔擣，不必力士扛。願偕黄金碾，自比白玉缸。彼美制作妙，俗物難與雙。

石魚

佛宫琢琳瑯，懸魚警羣聰。緩扣集方袍，急原缺，據各本補拊趨百工。雖無筍虛器，原缺，據各本補自協徵與宫。犂然當人心，邈有炎氏風。山泉自疏數，珮玉相玲瓏。朝昏間鍾鼓，清響傳無窮。惟有寶陀山，於音獲圓通。一聞如得解，石鞏亦投弓。

劉公幹

鄴中多賢豪，公幹氣飄逸。弱歲頗徊徨，飄零低金室。君王事邀四庫本作遨宴，下馬列琴瑟。豪吹挾哀彈，娛歡非一日。當年侍賡酬，珠玉在揮筆。五字一何工，妙絶冠儔匹。所得雖經奇，原作寄，據謝靈運《擬魏太子鄴中集·劉楨詩序》改未得偏人失。

贈醫者鄒放

百工皆聖作，惟醫有書傳。緒餘起人死，妙處實通天。鄒子本淮海，弱齡加討研。岐扁逢卷中，遂知百病先。往歲遊京室，公侯紛薦延。國工不敢妬，遣兒求執鞭。晚棄本州役，青衫鬢蕭然。臨衢開大肆，旁午送金錢。嗣子頗不凡，文場早周旋。行期拾青紫，善積神所憐。

贈張潛道

張生何為者，落魄不自拘。獨携三尺琴，笑别妻與孥。一來泊吾里，忽已月再虚。朝遊故人館，暮止佛子廬。雖無食羹餘，所樂常晏如。我欲有所進，生聞勿煩紆。君子閑有道，不專塊然居。無道衹深適，嗚原作嗚，據四庫本改戲亦已愚。願生脱塵鞅，從我滄海隅。

荷　花

方塘收雨脚，落日半遥岑。芙蕖浄娟娟，麗服撫翠衾。無言意自遠，欲渡秋水深。緬懷平生人，對此詎可尋。弄芳惜晼晚，酒至誰與斟。天涯有歸雲，聊寄相思心。心開獲清賞，芙蕖一何綺。美人艷新妝，斂袂照秋水。端如蕩子妻，顧自良家子。黄金還燕趙，摇落對江沚。薄暮風雨來，獨立淚如洗。望君君詎知，傾宫定誰似。

酬曾逢原參寥上人見寄山陽作

倦客當老秋，於各本作忽忽少佳意。孰云塵滓地，劉阮肯俱至。一披清骨毛，再見失身世。有如執盛熱，傃月濯涼吹。又如觀巨梓，却覘蕭葦細。十辰同遨遊，不覺日車逝。嗟予逃空虛，終日面林翳。聞人足音喜，况乃道所契。方念衣袖分，明月忽我畀。眷言何以酬，白髮同所詣。

吴興道中

僶俛華門下，十年守一方。胡為御舟者，挽我置此傍。青山不肯盡，流水故意長。雖云道理遠，瓦樽有酒漿。

無題二首

君子有常度，所遭原作連，據各本改能自如。不與死生變，豈為憂患渝。西伯囚演易，馬遷罪成書。性剛趣和樂，淺淺非丈夫。

世事如浮雲，飄忽不相待。欻然化蒼狗，俄頃成章四庫本作車蓋。達觀聽兩行，昧者乃多態。舍旃勿重陳，原作陸，據各本改百年等銷壞。

喜雨得城字

陰陽有常職，代御不可并。一氣或錯繆，衙伏相寇兵。惟時四月交，南國厭久晴。風師挾帝令，呼號肆徂征。雲師畏推逐，蓄意不敢争。雨師曠厥官，所苟朝夕生。黄塵暗如霧，掩彼日月明。帝眷一昔回，旱議沮莫行。番然需膏澤，夜半來雨聲。黎明縱遐眺，溝澮各已盈。青秧散廣畝，白水涵孤城。耕夫欣有託，水鳥飛且鳴。乃知化工妙，悠然信難名。行矣耘我穡，歲終庤坻京。

東城被盜得世字

野人無機心，觸事少防衛。所至輒酣寢，屢墮穿窬計。孤亭夜深墨，風死雨初霽。有盜穴壁來，攘取逮衾袂。微思不敵怒，弱力鼓虛鋭。起搏且復呼，可否難原作誰，據王本改量勢。誰云同原作月，據各本改室鬭，函丈莫相繼。兩奴眠牖旁，矯首但睥睨。棄之倚柱休，盜亦從此逝。嘶無牛缺賢，幸脱燕人斃。亡弓豈須求，失馬不必涕。黎明成感歎，事往若異世。良賈號深藏，無閡稱善閉。君子勿我誇，得喪求無際。

夢伯收文公

昨夜夢故人，心顏少歡趣。自嗟原缺，據各本補棄有司，却言歸山路。君王下明詔，群英翕争赴。焦鵬共揮翮，跛鱉亦騁步。擾擾天地間，飛鳥不知數。何意獨蕭條，命與時相忤。空復蔽馬牛，不為匠人顧。昔為土中花，行待東風煦。今為簷下草，遠矣霑秋露。老母鬢成絲，寒妻被無絮。歲暮多嚴風，絺綌將焉度。覺來不復見，撫枕淚如注。安得萬頃波，活此舟中鮒。

送佛印

抱王本作打包初捨蔚頭藍，江月松風處處參。他日惠林為上首，幾年彌勒作同龕。真珠撒帳開新座，飛鳥銜花繞舊庵。雲散虎溪蓮社友，獨依香火思何堪。

次韻公闢會流觴亭

偷引湖光一派飛，詠原作泳，據各本改觴還却似當時。吴歌送酒隨流急，越艷浮花轉曲池。山廟早因前守徹，冰盤元是故工遺。年年禊飲今非昔，不到蘭亭到北池。

次韻公闢會蓬萊閣

林聲摵摵動秋風，共躡丹梯上卧龍。路隔西陵三兩水，門臨南鎮一千峰。湖吞碧落詩争發，塔湧青冥晝幾重。非是登高能賦客，可憐猿鶴自相容。

送羅正之兩浙提刑

豈為鱸魚憶故丘，東南昏墊賴良謀。一封暮别雲間閣，三組秋歸海上州。子政暫為都水使，千秋終作富民侯。贈君一語君應笑，競注江河本不流。

以上《淮海後集》卷一

全宋詩卷一〇六五

秦　觀一三

秋夜病起懷端叔作詩寄之

寢瘵當老秋，入夜庭軒空。天光脆如洗，月色清無縫。風飆戾戾輕，露氣霏霏重。簷花伴徐步，籠燭窺孤諷。緬惟情所親，原作新，據各本改佳辰誰與共。夫子淮海英，材大難為用。秉心既絶俗，發語自驚衆。麈尾扣原作拒，據各本改球琳，筆端攢蝃蝀。雄深追揚馬，妙麗該沈宋。浮沉任原缺，據各本補朝野，魚鳥狎鯤下原衍摶字，據各本删鳳。與時真楚越，於我實伯仲。爾來居邑鄰，頗便書札貢。上憑鴻雁傳，下託鯉魚送。二物或愆時，已孱移文訟。人生無根柢，泛若凌波葑。昧者復汲汲，晨暝趨一鬨。陰持含沙毒，射影期必中。自原缺，據各本補匿嫫母容，對客施錦幪。溘然一朝逝，萬事俱成夢。形骸猶汝辭，利勢猶君動。原缺，據各本補思之可太息，傷原作復，據各本改之為長慟。所以古達人，脱身事高縱。我生尤不敏，胸腹常空洞。彊顔入規模，垂耳受羈鞚。行謀買竿栧，名理就折衷。但恐狂接輿，煩君更嘲弄。

送孫誠之尉北海

吾鄉如覆盂，地據揚楚脊。環以萬頃湖，粘天四無壁。蜿蜒戲神珠，正晝原作畫，據各本改飛霹靂。草木無異姿，靈氣殊鬱積。所以生群材，名四庫本作各抱荆山璧。小為百夫防，大為萬人敵。夫子少邁倫，喑嗚阻金石。奏賦明光宮，玉座瞻咫尺。翻身墮雲霄，十載迫窮厄。焚舟更一戰，得尉滄海北。五月乘畫船，簫鼓事遠適。天横齊山青，雨帶楚水黑。勿云晚方仕，四十乃古昔。勿云名位卑，九萬自此擊。幽求尉朝邑，鬢髮森已白。元振尉通泉，律令非所即。一朝會風雲，顧眄立四極。行矣壯舊圖，勉原注：缺文。

抱甕

搰搰抱甕人，汇呼治其内。仲尼為所輕，子貢無以對。捨器欲還樸，為量固已隘。苟得渾沌真，寧羞事機械。

讀列子

咄咄兩小兒，多言空爾為。後之日無定，不覺心有期。尺棰探蒼溟，俱各本作但令傍者嗤。誰謂不能决，孔丘乃真知。

和顥之長老

禪子觀因緣，寸晷無復餘。講人治經論，艾夜猶未除。冷風奏哀松，寒月挂碧虚。此意了不諭，悲哉同翳如。

清夜

子夜天無雲，稀星耿頑碧。茫茫行役者，對此焉不息。胡為蝸角端，相與競尋尺。勸君歸去來，飛空鳥無跡。

南池

汎汎池中鳧，上下與水俱。不與水争力，所以全其軀。遇物貴含垢，修身戒明污。胡能若雲月，浪自驚群愚。

和王定國

峥嶸歲月徂，物色莽原作芥，據各本改於邑。歡言公子至，坐失百憂集。宵箔蕙烟横，寒炮玉脂泣。勉旃決南圖，荷華行滿隰。

宿金山

山南山北江水流，半空金碧隨雲浮。我來仍值風日好，十月未寒如晚原作曉，據各本改秋。山僧引客尋蒼翠，歷盡原作卷，據王本改參差到平地。萬里風來拂骨清，却憶人間如夢寐。夜深無風月入扉，相對老人如槁枝。流水與天争入海，共笑此心誰得知。下山却向中流望，番憶當時在屏幛。老母思兒且欲歸，回首雲峰已天上。

别賈耘老

若有人兮霅之濱，服火齊兮冠切雲。有才不為世所掄，盡入詩句為奇新。忘歸繁弱不浪陣，發必中的疑有神。目關飛鳥縉蒼鱗，俛仰自娱忘賤貧。緊我與君素參辰，孰為一見同天倫。共指飛光易沉淪，莫若痛飲還我真。況有内子賢文君，終日叫呼不怒嗔。酒酣往往出前珍，瓦甌竹筋原作筯，據四庫本改羞青芹。左列文史右紅裙，樽前不覺徂清晨。念我行當西道秦，挐舟來别非所欣。欲託毫素通殷勤，郢匠旁矚難揮斤。人生百齡同臂伸，斷梗流萍暫相親。行行飲酒且勿云，丈夫萬里猶比鄰。

李端叔見寄次韵

君文豪贍原作膽，據各本改無與儔，使我吟諷忘離憂。浩如沅湘起陽侯，翻星轉日呑數州。華章藻句饒風力，頃刻朱紅迷畛域。一班縱復為管窺，萬派終難以蠡測。區區文墨倦高情，解鞅還游恍惚庭。半槽新水六尺簟，卧視雲物行空青。伊我籃輿抵京縣，溽暑黄埃負初願。君家只在御城東，彌月不能三兩見。求仙未若醉中真，蟻鬭蛾飛愁殺人。清都夢斷理歸棹，回首一樹瓊枝新。歸來草木春風换，世事蝟毛那可算。幸謝故人頻寄書，莫笑元郎自呼漫。

陳令舉妙奴詩

西湖水滑多嬌嬙，妙奴十二正芬芳。肌膚晳白髮脚長，含語未發先有香。溪上夜燕侍簪裳，皎如華月墮滄浪。音聲入雲能斷腸，不許北客辭酒漿。主人藹藹邦之良，少年射策謁未央。俊詞偉氣森開張，玉杓貫斗生怒芒。天欲文采老更昌，故使斂翮窺群翔。五十僅補尚書郎，浩歌騎牛倚倡佯。東風戲雨花草狂，一溪泱泱青黛光。妙奴勿倦侑羽觴，主人正欲游醉鄉。

自警

古人去後音容寂，何處茫茫尋舊迹。君看草遍北邙山，骼骴猶來丘壟積。那堪此地日黄昏，長途萬里傷行客。只知恩愛動傷情，豈悟區區頭已白。莫嫌天地少含弘，自是人心多褊窄。争名競利走如狂，復被利名生怨隙。貪聲戀色鎮如癡，終被聲色迷阡陌。休言七十古稀有，最苦如今難半百。聞道蓬宫仙子閑，紅塵不染無瑕讁。日月遲遲異短明，三峰秀麗皆仙格。女蘿覆石蔓黄花，芝草琅玕知幾尺。桃源長占四時春，漾漾華池真水碧。乘槎擬欲扣金扃，巨浪紅波依舊隔。歸來芳舍與誰儔，老鶴松間三四隻。唳天聲動彩雲飛，對我時時振長翮。驂鸞未遇且悠悠，盡日琴書還有適。紛華任使投吾前，争奈此心終匪石。拜命懷金誰謂榮，低頭未免拾言責。從兹俗態兩相忘，笑指青山歸路僻。同人有志覓長生，運氣休糧徒有益。須知下手向無為，莫學迷徒賴針炙。

陪李公擇觀金地佛牙

薄伽梵相含空虚，化人分段同璠璵。原作凡與，據各本改爾來示滅二千歲，真骨萬里傳中區。錢塘有尼號法照，得自禁掖藏金鋪。欲因此勝高構閣，假設象似開群愚。偶從好事至霅上，持出瞻玩相歡娛。靈牙寶色玉不如，上有無數光明珠。莊嚴一一出御帑，蜿蜒繡袋縈硨磲。是時賓客盡上士，回向已登十地初。殷勤稱讚出軟語，坐人顧眄驚俗污。因悲人生信如夢，浪逐聲勢霜鬢鬚。一源清淨誰復無，枉入諸趨各本作趣更崎嶇。願因今日詣真際，古松白日常蕭疏。乃知金仙原作山，據各本改妙難測，餘潤普及霑凡枯。况復老尼亦才辯，朱甍碧瓦非難圖。行看岧嶢倚青嶂，翁嫗頌説傾三吴。

雪浪石

漢庭卿士如雲屯，結綬彈冠朝至尊。登高履危足在外，神色不變惟伯昏。金華掉頭不肯住，乞身欲老江南村。天恩許兼兩學士，將兵百萬守北門。居士彊名曰天元，蘇軾《次韵滕大夫作》作天吴寤寐山水勞心魂。高齋引泉注奇石，迅若飛浪來雲根。朔南修好八十載，兵法雖妙何足論。夜闌番漢人馬静，想見雉堞低金盆。報罷五更人吏散，坐調一氣白元存。

和蔡天啓贈文潛之什

蔡侯飽學困千張本作干，四庫本作于釜，濯足清江起南土。劇談頗似燕原作蒸，據四庫本改客豪，快奪范原作茫，據四庫本改睢如墜雨。東城橋梓原缺，據張本、四庫本補未足論，栢直何為口方乳。蔣侯山中伴香火，三年不厭長蔬苦。平生瑰瑋有誰同，要得張侯三日語。晝閑那自運甓忙，時清不用聞鷄舞。桓榮歡喜見車馬，書册辛勤立門户。要當食肉似班超，猛虎何嘗窺案俎。

早春

黄金蔌蔌滿垂楊，尚有春寒到畫堂。酒力漸銷歌扇怯，入簾飛雪帶梅香。

赴杭倅至汴上作

俯仰觚稜十載間，扁舟江海得身閑。平生孤負僧床睡，准擬如今處處還。

以上《淮海後集》卷二

秦觀一四

次韻孔彦常舍人曝書

上帝圖書府，傳觀詔特容。嘉賓蒼佩玉，盛饌紫駝峰。散帙牙籤亂，開函錦襲重。君羹如可請，願備北堂供。

次韻莘老

妙齡隨計日，紺髮度關年。較藝先豪俊，飛聲動眇綿。祕書窺甲乙，密室詣温宣。已叶半千運，仍親五尺天。御香春晚炷，宫蠟夜深燃。漢殿螭頭筆，岐藩幕下蓮。孔鸞人共貴，蘭蕙世皆憐。附尾方瞠若，提刀獨焄原作爇，據張本、四庫本改然。皂囊封細札，青簡續遺編。璧府深難造，龍媒雋莫先。大農參奏計，宗伯與興賢。玉鉉行真即，金甌忽浪傳。兩輪苕上駕，百仗剡中牽。荏苒馮唐老，淹回賈傅還。星霜俄九换，金竹遽三遷。鼓吹吴雲外，旌旛楚水壖。經綸殊未倦，憂患復相連。惡草空摇毒，群蝸謾污涎。松筠終不易，雨露竟無偏。憔悴千株橘，荒涼二頃田。幾書借船帖，屢賡絶交篇。禪譽推龐藴，親評主閔騫。懶因閑處極，樂向静中全。歲月黄塵裏，鶯花白髮前。冰臺清照底，玉海湛無邊。身世尤飛隼，功名眇蜕蟬。蕉心難固待，楮葉謾勞鎸。佇續清都夢，還隨濁世緣。泉虬淹已久，風翮去應便。預想朝元處，簪裾立萬仙。

送陳太初道録

先生簪紱後，世系本綿瓜。駐馬生枯骨，回車濟病蛇。帶雲眠酒市，和月醉漁家。落日千山路，西風一枕霞。幾年流俗笑，一旦五侯誇。棋惜春深日，琴憎雨後蛙。背因書字曲，髮為注經華。地轉東淮水，天回北斗車。新宫黄道近，舊隱白雲遐。顧我身多累，逢君意謾誇。空提方士劍，未上客星槎。何日同歸去，重飛九轉砂。

贈蘇子瞻

嘆息蘇子瞻，聲名絶後先。衣冠傳盛事，兄弟固多賢。感慨詩三百，流離路八千。直心羞媚竈，忠力欲回天。縲紲終非罪，江湖秪自憐。饑寒常併日，疾病更連年。明主無終棄，西州稍内遷。奏言深意苦，感涕内（原缺，據各本補）人傳。前席須宣室，非熊起渭川。君臣悦相遇，願上角招篇。

次韻安州晚行寄傳師

投暮安州北，蒼烟亂眼昏。茅茨人外路，砧杵月邊村。野水飛雲薄，空林噪雀繁。幾人堪此樂，逢客莫輕論。

題五柳亭

結構依流水，新題五柳亭。登臨有遺味，攀折不勝情。隔岸閭閻鼓，遶軒舟舫横。

觀寶林塔張燈次胡瑗韵

飛來峰上塔，然蜜（原作密，據王本改）奉慈觀。互照三山（原缺，據張本、四庫本補）家，分輝七寶欄。勢擎金界迥，影蘸玉奩寒。次第邊烽舉，高低祭燭攢。虹旌排陣堞，火傘御靈官。魏乘珠千顆，隋帆錦萬端。華敷連藏海，光集匝宫壇。冏冏連青昊，熒熒逼翠巒。月卿秋抒原缺，據張本、四庫本補思，星將夜濡翰。繼聽鈞天奏，尤知屬和難。

還白湯泉十四韵

歲晚倦城郭，聯驂度嶫峨。天黄雲脚亂，村黑鳥翎訛。潦水侵生路，晴天落慢坡。澄江練不卷，温井鑑新磨。漁火分星遠，沙鷗散點多。霸祠題玉節，龍窟受金波。琬琰存吴事，兒童記楚歌。孤龕瘦居士，雙塔老原作盞，據王本改頭陀。飛鼠鳴深穴，胡蜂結巧窠。晚參圓白足，昏梵禮青螺。雲原缺，據張本、四庫本補馭沉荒甃，仙春没淺莎。杖藜從莫逆，談笑入無何。慘原作滲，據王本改澹日連霧，蕭騷風轉阿。華清俄夢斷，回首失烟蘿。

辨才法師嘗以詩見寄繼聞示寂追次其韵

遥聞隻履去翛然，詩翰纔收數月前。江海盡頭人滅度，亂山深處塔孤圓。憶登夜閣天連雁，同看秋崖月破烟。尚有衆生未成佛，肯超欲界入諸禪。

次韵公闢州宅月夜偶成

新秋過雨月如霜，緩足蓬萊徹上方。翠木玲瓏藏寳界，白烟濃淡鎖華堂。書名越艷誰興發，角動單于自感傷。山似卧龍天似水，却疑身在海中央。

繚繞千重雨後凉，月含秋色上東方。風催絡紓四庫本作緯歸金井，月轉檀欒蔭畫堂。游目騁懷佳興發，感時撫事壯心傷。歸來枕簟清無夢，卧看明星到未央。

次韵公闢即席呈太虚

與君鄰並共烟霞，乘興時時過我家。更漏一新聞曉角，門闌數級看秋花。湖山對值全如買，風月相期不用賒。賴有醉毫吟更苦，他年分作句圖誇。

次韵公闢將受代書蓬萊閣

城連湖岸水爲關，旦暮樵風自往還。龜負寶林新佛地，龍蟠使宅老仙山。平生仕宦今何得，終日登臨獨未閑。歲滿徘徊難遽别，就中瀟洒異人間。

次韵公闢聞角有感

一聽胡笳動越吟，聲潜原缺，據各本補地底氣逾深。千宫月色單于曲，萬里天光魏闕心。秉燭何人猶把盞，挑燈有女正穿針。早寒時節黄昏後，更逐西風應遠砧。

呈公闢

東歸行路歎賢哉，碧落新除寵上才。白傅林塘隨原缺，據四庫本補畫去，吴山花鳥入詩來。唱酬自有微之在，談笑應容逸少陪。除此兩翁相見外，不知三徑爲誰開。

奉和莘老

童子何知幸最深，父班籍湜奉登臨。挾經屢造芝蘭室，揮麈常聆金玉音。黄卷香焚春畹晚，絳紗人散夜蕭森。明朝只恐絲綸下，回首青雲萬里心。

致政通議口號并引　原校：一作秋燕口號

竊以五福具膺，實搢紳之盛事；四難并得，亦尊俎之佳期。恭惟致政通議馬鶴英姿，鼎槐華胄。身見六朝之盛，位登兩省之崇。北陌東阡，時命青牛之駕；左圖右史，日從赤松之遊。判府左丞神嶽殊鍾，星躔異禀。方面雖分於玉節，姓名已覆於金甌。舉白飛觴，極水陸四方之饌；彈絲擊石，盡賓主一時之歡。

秋空晝隼照新晴，符隱庵前小隊停。玉斝金醪通繾綣，鳳笙龍管入青冥。靚妝釃酒花侵席，寶獸呀香霧滿庭。太史應占豫州分，上台星近老人星。

口　號

美酒忘憂之物，流光過隙之駒。不稱人心，十事常居八九；得開口笑，一月亦無二三。莫思身外原作行，據各本改無窮，且睹尊前見在。功名富貴，何異楚人之弓；城郭人民，問取遼東之鶴。付與香鈿畫鼓，盡歡美景良辰。欲奏長謠，聊陳短韵。

平原居士今無影，鸚鵡空洲誰舉杯。猶有漁陽摻檛鼓，為君醉後作輕雷。

悼王子開五首

按：本詩亦見賀鑄《慶湖遺老集》補遺，題作《王迥子高挽章五首》。

我昔官房子，長懷忠穆賢。里無行馬第，山有卧牛阡。當代三公後，惟君五福全。桐棺遠歸祔，追舊幾潸然。

卓原作早，據王本改爾金閨彥，頎然玉筍班。周旋三友益，零落十年間。轣轆靈輀動，悠揚素旐還。暮年還《慶湖遺老集》作懷抱愛，應復原缺，據張本、四庫本補《慶湖遺老集》作未辨追攀。

蕭散竹林風，平生約略同。官班嵇《慶湖遺老集》作魏叔夜，年輩晉安豐。民詠濡須政，朝推朐腮功。九原無復作，埋玉恨何窮。

南浦維舟訪，東堂抵榻眠。後期猶指日，輕別遂終天。墨妙今初貴，詩名久已傳。清風如未墜，諸子更翩翩。

已矣知無憾，賢愚共此途。白駒馳白日，黄髮掩黄壚。和氏終歸趙，干將不葬吴。拏痾如可彊，猶擬奠生芻。　以上《淮海後集》卷三

全宋詩卷一〇六七

秦觀一五

秋興九首

擬韓退之

逍遥北窗下，百事遠客慮。無端葉間蟬，催促時節去。愁起如亂絲，縈纏不如緒。日月豈得已，還復役朝暮。人生均有得，悲歎我不誤。春愁自天時，感憤亦真趣。

擬孟郊

曉風有暴信，暮蟬無好聲。曉風與暮蟬，自與時節争。獨客辭故鄉，推車謁梁城。梁城道迢遞，區區役吾生。不如歸舊山，藜藿安性情。

擬韋應物

坐投林下石，秋聲出疏林。林間鳥驚棲，豈獨傷客心。物亦有代謝，此理共古今。鄰父縮新醅，林下邀同斟。癡兒踏吴歌，婭姹足訛音。日落相攜手，凉風快虚襟。

擬李賀

魚鱗甃空排嫩碧，露桂梢寒挂原作桂，據四庫本改團璧。白蘋風起吹北窗，尺鯉沉没斷消息。燕子將雛欲歸去，沈郎病骨驚遲暮。濃愁茫茫寄何處，萬里江南芳草路。

擬李白

芙蓉露濃紅壓枝，幽禽感秋花畔啼。玉人一去未回馬，梁邊燕子三見歸。江頭白蘋老波底，尺書不來空相望。斜吹疏雨濕秋江，霜風暗引芙蕖香，石上菖蒲三尺長。緑頭鴨兒棲萍草，採蓮女郎笑花老。木蘭船上動江水，不覺鴛鴦帶波起。

擬玉川子

南州有病客，起卧北窗下。玉兔銜光照清夜，故人别我京洛遊，不寄一行三改秋。秋色變冷客裘薄，漸覺衣袂寒颼颼。作詩欲寄君，未語先有愁。不如呼童起，危坐北窗下，一杯寬我千日憂。眼前俗事何擾擾，此夕盡向杯中休，何必懷黄金印兮爵通侯。

擬杜子美

紫領寬袍漉酒巾，江頭蕭散作閑人。悲風有意催林葉，落日無情下水濱。車馬憧憧原作潼潼，據張本、四庫本改諸道路，市朝滾滾共埃塵。覓錢稚子啼紅頰，不信山翁篋笥貧。

擬杜牧之

鼓鼙夜戰北窗風，霜葉鋪階疊亂紅。一段新愁驚枕上，幾聲悲雁落雲中。眼前時節看馳馬，日下生涯寄斷蓬。弟妹别來勞夢寐，杳無消息過江東。

擬白樂天

不因霜葉辭林去，的當山翁未覺秋。北里酒錢煩屢索，南州詩債懶頻酬。欲歌金縷羞紅粉，擬插黄花避白頭。底事登臨好時節，等閑收拾許多愁。

金山晚眺

西津江口月初弦，水氣昏昏上接天。清渚白沙茫不辨，只應燈火是漁船。

病　中

疏簾薄幔原作慢，據四庫本改對青原作清，據張本、四庫本改燈，鸜鵒喧喧自轉更。風雨渺漫人卧病，地爐湯鼎更悲鳴。

聞雁懷邵仲恭

楚澤吴天去未遲，煩君且原作亘，據四庫本改傍蒜山飛。白袍居士如相問，為説淄塵欲滿衣。

冬　蚊按：《甕牖閑評》卷七定本詩為歐陽修作，《全宋詩》亦收入歐陽修補遺。

蚤蝱蜂蠆罪一倫，未如蚊子重堪嗔。萬枝黄落風如射，猶自傳呼欲噬人。自注：文忠公云蚊子最可憎處，是先要唱後來咬人。

白馬寺晚泊

濛濛晚雨暗回塘，遠樹依微不辨行。人物漸稀疏磬斷，緑蒲叢底宿鴛鴦。

雪上感懷

七年三過白蘋洲，長與諸豪載酒游。舊事欲尋無處問，雨荷風蓼不勝秋。

和程給事贈虞道判六首

刀圭雲母具晨餐，門對三層步斗壇。夜考鶴經分七九，曉占歲氣辨黔丹。

火棗交梨近可餐，不須地肺及天壇。龜藏坎海毛皆緑，鳳宿離宫色自丹。

紫府沉沉掩夜關，竹陰清掃月中壇。歲星偷得桃枝碧，董奉栽成李四庫本作杏子丹。
囊中玉色已經餐，醉拂絲桐坐杏壇。應笑倦游塵滓客，鬢毛蕭瑟事鉛丹。
漢武遊心縹緲間，文成五利盡登壇。何如屈曲韓夫子，不羡神君白玉丹。
使君本住道家山，時訪玄都太古壇。陰惠已能追許令，治功不獨過韋丹。

處州閑題

清酒一盃甜似蜜，美人雙鬢黑如鴉。莫誇春色欺秋色，未信桃花勝菊花。

春詞絶句五首

蒲萄裀暖蕙薰微，紅日窺軒睡覺時。人倦披衣雙燕出，青絲披罥木蘭枝。
弱雲亭午弄春嬌，高柳無風妥翠條。懶讀夜書搔短髮，隔垣時聽賣餳簫。
都城春富百花披，長憶人歸駐馬時。淺色御黄應好在，為誰還發去年枝。
風驅白雨洗園林，蔽地飛花一寸深。狂紫浪紅俱已矣，老春雖在亦何心。
顛毛漸脱風情少，匣劍空存俠氣銷。人遠地偏無酒肉，春深花鳥謾相撩。

秋詞二首

雲惹低空不更飛，班班紅葉欲辭枝。秋光未老仍微暖，恰似梅花結子時。
無數青莎繞玉階，夕陽紅淺過牆來。西風莫道無情思，未放芙蓉取次開。

齊逸亭

锬發郎君更不歸，故亭蕭瑟異當時。玉笙金管渾如夢，只有梅花三四枝。

春日

殘臘渺茫雲外日，新春彷彿夢中來。雪霜便覺都無力，只見桃花次第開。

宿乾明方丈

漫天白雪無端現，佛室夜艾烏更啼。相逢解頤足自慰，勿語俗子念心携。

新開湖送孫誠之有龍見于東北因成絶句

狂客走影暗悠悠，菡萏吹風五月秋。黄綬不為無氣概，蒼龍垂各本作隨尾送行舟。

呈李公擇

青篾擘處銀鈎斷，紅袂分時五筯懸。雲脚漸收風色緊，半規斜日射歸船。

落日馬上

日落荒阡白霧深，紫騮嘶顧出疏林。回頭已失來時路，杳杳金盤墮翠岑。

次韵參寥三首

武陵漁子入花源，但見秦人不得仙。會有黄鸝鳴翠柳，何妨白眼望青天。

長安仕路與雲齊，倦僕羸驂不可躋。但得玄暉曾折簡，何須平子更安題。

且折花枝醉復醒，人間時節易峥嶸。屠龍肯自羞無用，畫虎從人笑不成。

和書天慶觀賀祕監堂三首

老仙舊地枕東城，古木參天警晝聲。我亦願為方外友，風流何必並時生。

史君平昔慕玄原缺，據各本補清，一到祠堂意一新。户外黄冠應指點，公應便是謫仙人。

衣屨蕭條氣久清，豪家門館未嘗行。朱甍碧瓦何從得，疑有陰兵夜助成。

和書觀妙庵

龍瑞宫中種玉人，誅茅結室傍秋雲。自言洞裏山川别，此處千分未一分。

早春題僧舍

東園紫梅初破蕾，北澗渌水方通流。歸去一春花月夢，定應多在此中遊。

盆池釣翁

誰刻仙材作釣翁，尺池終日釣微風。令人却憶鴟夷子，散髮五湖狂醉中。

賞酴醿有感

春來百物不入眼，唯見此花堪斷腸。借問斷腸緣底事，羅衣曾似此花香。

以上《淮海後集》卷四

秦觀一六

王昭君

漢宮選女適單于，明妃斂袂登氈車。玉容寂寞花無主，顧影低回泣路隅。行行漸入陰山路，目送征鴻入雲去。獨抱琵琶恨更深，漢宮不見空回顧。

樂昌公主

金陵往昔帝王州，樂昌主第最風流。一朝隋兵到江上，共抱悽悽去國愁。越公萬騎鳴笳鼓，劍擁玉人天上去。空携破鏡望紅塵，千古江楓籠輦路。

崔徽

蒲中有女號崔徽，輕似南山翡翠兒。使君當日最寵愛，坐中對客常擁持。一見裴郎心似醉，夜解羅衣與門吏。西門寺里樂未央，樂府至今歌翡翠。

無雙

尚書有女名無雙，蛾眉如畫學新妝。伊家仙客最明俊，舅母唯只呼王郎。尚書往日先曾許，數載暌違今復遇。聞說襄江二十年，當時未必輕相慕。

灼灼

錦城春暖花欲飛，灼灼當庭舞柘枝。相公上客河東秀，自言那得傍人知。妾願身為梁上燕，朝朝暮暮長相見。雲收月墮海沉沉，淚滿紅綃寄腸斷。

盼盼

百尺樓高燕子飛，樓上美人顰翠眉。將軍一去音容遠，只有年年舊燕歸。春風昨夜來深院，春色依然人不見。只餘明月照孤眠，回望舊恩空戀戀。

崔鶯鶯

崔家有女名鶯鶯，未識春光先有情。河橋兵亂依蕭寺，紅愁緑慘見張生。張生一見春情重，明月拂牆花影動。夜半紅娘擁抱來，脈脈驚魂若春夢。

採蓮

若耶溪邊天氣秋，採蓮女兒溪岸頭。笑隔荷花共人語，烟波渺渺蕩輕舟。數聲水調紅嬌晚，棹轉舟回笑人遠。腸斷誰家遊冶郎，盡日踟蹰臨柳岸。

烟中怨

鑑湖樓閣與雲齊，樓上女兒名阿溪。十五能為綺麗句，平生未解出幽閨。謝郎巧思詩裁剪，能使佳人動幽怨。瓊枝璧月結芳期，斗帳雙雙成眷戀。

離魂記

深閨女兒嬌復癡，春愁春恨那復知。舅兄唯有相拘意，暗想花心臨别時。離舟欲解春江暮，冉冉香魂逐君去。重來兩身復一身，夢覺春風話心素。

以上四庫本《淮海長短句》卷下《調笑令十首》附

遣朝華

夜霧茫茫曉柝悲，玉人揮手斷腸時。不須重向燈前泣，百歲終當一別離。

再遣朝華

玉人前去却重來，此度分携更不回。腸斷龜山離別處，夕陽孤塔自崔嵬。　以上宋張邦基《墨莊漫録》卷二

《墨莊漫録》：少游侍兒朝華，姓邊氏，京師人。元祐癸酉歲，少游納之，時朝華年十九也。後三年，少游欲修真斷世緣，遂遣歸父母家，資以金帛而嫁之。朝華臨別，泣不已，少游作詩云云。既去二十餘日，乞歸。明年，少游出倅錢塘，因謂朝華曰：汝不去，吾不得修真矣。復作詩云云。時紹聖元年，少游嘗手書記此事。

閒燕堂聯句

黄葉山頭初帶雪，緑波尊酒暫回春。欽臣　已聞璧月瓊枝句，更看朝雲暮雨人。觀　老醜紅妝翻曲妙，喜逢佳客放懷新。欽臣　天明又出桃源去，仙境何時再問津。觀　宋吴曾《能改齋漫録》卷一一

《能改齋漫録》：王仲至與秦少游謁恭敏李公，飯于閒燕堂，即席聯句云云。

納　涼

携杖來追柳外涼，畫橋南畔倚胡床。月明船笛參差起，風定池蓮自在香。　宋蔡正孫《詩林廣記》後集卷八

東坡守杭

十里荷花菡萏初，我公所至有西湖。欲將公事湖中了，見説官閒事亦無。　宋《新編簪纓必用翰苑新書》前集卷九

牽牛花

銀漢初移漏欲殘，步虚人倚玉闌干。仙衣染得天邊碧，乞與人間向曉看。宋魏慶之《詩人玉屑》卷一八

即席次君禮年兄韵

情舒喜面山浮翠，袖滿薰風凉透時。萍碎錦鱗金網舉，影差簾燕玉鈎垂。輕輕篆鼎凝香細，款款方壺轉漏遲。清興比來同約久，趣多深意古人詩。宋桑世昌《回文類聚》卷三

醉眠亭

醉來豐瘁同，眠去身世失。二樂擅一亭，夫子信超逸。杯行徂老春，肱枕頹昇日。壯志未及伸，幽願良自畢。宋楊潛《紹熙雲間志》卷下

遊杭州佛日山浄慧寺

五里喬松徑，千年古道場。泉聲與嵐影，收拾入僧房。宋潛説友《咸淳臨安志》卷八一

觀音洞

四馬驕嘶石路斜，觀音洞口踏烟霞。普陀風景差相似，祇欠潮音小白花。清梁詩正雍正《西湖志纂》卷六

光華寺

霞通海天曙，月來東山白。共是憑欄人，誰足當秋色。

玉井泉

雲蒸崑山液，月浸藍田英。臨風咽沆瀣，滿腹珠璣鳴。

流杯橋

曲水分山陰，輿梁勝溱洧。一詠見高風，駟馬安足取。

江月樓

仙翁看月三百秋，江波日去月不流。肯因炎塵暝空闊，直與江月同清幽。蒼梧雲氣眉山雨，玉簫三年無今古。九天雨露蟄蛟龍，琅玕長憑清虛府。以上清高攀杜嘉慶《滕縣志》卷一七

墨竹

墨君颯颯風雨鳴，垂鸞舞鳳翻青綬。一竿珍重幾百緡，奚啻渭川三萬畝。金鏘玉戛空琴聲，婢行奴顔謝花柳。得亭真從寂寞間，卓古高標壓群醜。不須辨直致湘江，便覺滿窗凉意透。挺然葉節抱風孤，頓應君子虛心受。雷迸籜龍龍欲走，櫻笋紛紛徒適口。破除肉味若聞韶，王猷笑詠還依舊。藉檻湘陰凈簡書，接地春華幻塵垢。拂手筆端别有神，往來平安報良友。前時無偶後無繼，奇寶秘靈宜永久。清師亮采《秦郵帖》

白鶴觀

複殿重樓墮杳冥，故基喬木尚峥嶸。銀河不改三千尺，鐵馬曾經十萬兵。華表故應終化鶴，謫仙未解獨騎鯨。井泉一一兒童舊，白髮衰顔祇自驚。清劉坤一光緒《江西通志》卷一一四

清溪逢故人

共約來春會，牙檣發畫船。和風楊柳岸，微雨杏花天。故國應携手，前途共著鞭。吴兒看環佩，珠樹秀嬋娟。

文英閣二首

都門將酒惜分携，歸路騣騣望欲迷。千里又看新燕語，一聲初聽子規啼。春風天上曾揮翰，遲日江邊獨

杖藜。回首三山樓閣晚，斷雲流水自東去。

流落天涯思故園，散愁郊外任蹣跚。雲歸邃谷知無雨，風卷寒溪没近灘。已見雁將歸楚澤，遥知春又到長安。桑林壠麥依稀是，衹見秦川萬里寬。以上清雷銑光緒《青田縣志》卷一五

句

斷霞一抹海天低。宋李壁《王荆公詩箋注》卷四八《初晴》注引

夢魂思汝鳥工往，事故著人羊負來。宋朱翌《猗覺寮雜記》卷上

高郵西北多巨湖，累累相貫如連珠。詠三十六湖　宋《錦繡萬花谷》續集卷九

槿籬護藥纔通徑，竹筧通泉白遍村。朱槿花　宋陳景沂《全芳備祖》前集卷二〇

泥新烏棟初巢燕，萍匝荒池已集蜻。萍　同上書後集卷一二

自是我翁多盛德，頓回秋色作春陰。元方回《瀛奎律髓》卷一二

雨砌墮危芳，風簷納飛涼。明楊慎《哲匠金桴》卷四

城晚通雲霧，亭深到芰荷。清王敬之刻本《淮海集·補遺》

存目

詩題	首句	出處	附注
次韵莘老初至湯泉二首其二	年華行已老	《淮海集》卷七	此係釋道潛詩，見《參寥子詩集》卷二，題作《和莘老初至温泉呈慶禪師》

過六合水亭懷裴博士次韻三首其一	昔同裴博士	同前	此係孫覺首唱，清茆泮林《宋孫莘老先生年譜》謂熙寧九年八月，莘老「訪漳南道人昭慶於湯泉，經六合西門水亭懷裴博士」，作此詩
過六合水亭懷裴博士次韻三首其三	折柳相從地	同前	此係釋道潛詩，見《參寥子詩集》卷二
同前	誰構新亭近翠微	同前	此係釋道潛詩，見《參寥子詩集》卷三
題閻求仁虚樂亭三首其一	禪房幽構徑彎環	同前	原注：「前二首莘老。」按此為孫覺首唱。《淮海集》多有把首唱和他人和詩誤收的情況，僅少數幾首詩有注
次韻二首	青髮從遊各白袍 畫船京口見停橈	同前	第一首係孫覺次秦詩韻，孫與李常年齒相若，早歲即有交。第二首係釋道潛次韻，見《參寥子詩集》卷三
客有傳朝議欲以子瞻使高麗……	文章異域有知音	《淮海集》卷八	詩末注「此一首莘老作」，入孫覺詩

顯之禪老許以草庵見處作詩以約之其一	汩汩塵勞不自堪	《淮海集》卷九	就詩意及《遊湯泉記》記載，此詩亦係孫覺原唱
圓通院白衣閣其一	白衣閣外遶朱欄	《淮海集》卷一〇	底本目録作《和圓通院白衣閣二首》，注：「唱首詩附。」文本題下注：「公闢首唱。」今收作程師孟詩
無題	掃地焚香閉閣眠	《淮海後集》卷二	此係蘇軾詩，見《蘇軾詩集》卷二二《南堂五首》之五
蘇子瞻記江南所題詩本不全余嘗見之記其五絶今以補子瞻之遺	紅窗小泣低聲怨 晞草露如郎倖薄 琴詩斷續愁兼恨 參横霽色天沉水 寒信風霜似葉黄	同前	此五首係孔平仲詩，均見《清江三孔集》，題作《題織錦璇璣圖》。秦觀作一首，已見《淮海集》卷一〇《擬題織錦圖》
寄公闢	憶昔都門手一携	《淮海後集》卷三	此詩見王安石《王文公文集》卷五九，題作《寄程給事》，亦見鄭獬《鄖溪集》卷二七

（徐培均、虞行整理）

全宋詩卷一〇六九

李公麟

李公麟（一〇四九？—一一〇六），字伯時，號龍眠居士，舒城（今屬安徽）人。神宗熙寧三年（一〇七〇）進士。歷南康、長垣尉，泗州録事參軍。陸佃薦為中書門下後省删定官、御史檢法。元豐二年（一〇七九），為禮部試試官。哲宗元符三年（一一〇〇），病痹致仕，歸龍眠山。徽宗崇寧五年卒。公麟以書畫知名，工山水佛像。事見《畫繼》卷三，《宋史》卷四四四有傳。今録詩二十首。

和鄧慎思詩呈同院諸公三首

苦學鄧夫子，仁風良可依。顔回樂也内，曾點詠而歸。盛德彌年劭，知音貴我稀。瀟湘逢此地，咳唾得明璣。

瑠璃墨客堂，太乙助燈光。紬史探金櫃，摛辭和柏梁。近傳江綵筆，遠緝漢珠囊。吏部文難可，猶稱萬丈長。

共校南宫藝，多年復此回。羣賢主堂奥，一榻占廊限。步屧朝追逐，詩筒夜往來。故人情不淺，無乃困慳才。

宋鄧忠臣《同文館唱和詩》卷一

和鄧慎思秋日同文館詩三首

鎖寂身如隱，幽清物向齊。忘憂經露菊，蘇肺到霜梨。白髮知談笑，朱籤歷品題。賢書天下望，鵲喜遍深閨。

呦呦鳴鹿野，皎皎白駒場。朋盍連茅茹，文程琢玉章。門通三級峻，桂露一年香。慶及飛龍旦，同歌庶事康。

寄棲容幕燕，覆節等醯雞。欲雨風多北，窮秋日易西。官書便夜讀，家報索親題。早晚驂騑入，重門坼印泥。同上書卷二

和鄧慎思未試即事雜書率用秋日同文館爲首句三首

樹乾風索索，霜葉到書闈。枝並鶬鶊宿，床吟蟋蟀歸。幽人知坦履，游子念縫衣。暗喜還家近，承顔慰久違。

莫以多為贅，須知寸有長。掄才何濟濟，顧我獨凉凉。雷雨龍皆起，江湖魚兩忘。攀依聊假手，賢立本無方。

今朝庭鵲喜，燈為一花開。側指皂囊去，轉頭驄馬來。新橙家斫鱠，殘菊客浮杯。樂事連休日，須憑酒作媒。

和鄧慎思天啓有少年真喜事之句用其韵和

秋日同文館，凄風動九回。亂雲收暑去，一雨送寒來。猥與英躔接，慚非藻鑒陪。雍畿兹籲俊，元祐看新魁。以上同上書卷三

和鄧慎思初入試院

敕使書囊問隊行，聚星深館粲諸英。雲隨襟袖來蓬島，香散房櫳宿化城。振鷺充庭天有幕，珊瑚入網海

無聲。範模一世尊先覺，況此提平慰後生。

和余樗年試院即事呈諸公

盍簪聞善若江河，簾幕疏閒笑語過。月照飛牋穿户綺，風生揮塵動衣羅。已張英彀收三俊，更賦離騷續九歌。凉夜沉沉清不寐，空庭無奈葉聲何。

和鄧慎思重九考罷試卷書呈同院諸公二首

籲俊天畿合辟雍，愧將瓦釜綴黄鐘。聽窮一一竽無濫，撥遍磷磷玉似逢。龜列春庭先壤奠，龍飛天路得雲從。吾曹莫念拘縶久，求稱公朝慶賞濃。

鞅掌棲遲一畝宫，憤聽更柝及晨鐘。黄華慰眼祇爾許，緑蟻於人亦漫逢。幾日囊篇賡不逮，三時庭步笑相從。近來尋却家山夢，投枕和衣睡更濃。　以上同上書卷四

和鄧慎思己未年春與伯時校試南宫同年被命者六人今兹西館唯同伯時一人而已因書奉呈

憶鎖南宫會友文，天梯相攝看雲津。白頭笑我成今日，青眼逢君尚昔人。　同上書卷六

謹次元韵奉酬慎思學士年友

君家祝融水一方，平生書閣食可忘。雲河漱潤搴瑶芳，天帝璧府讎書郎。馳騁千載凌子長，神清骨秀顔色蒼。書淫傳癖笑輿狂，十年此會同都堂。上樓吟春礙旗槍，詩筒吴歈賡楚羌。一律校文公否臧，日飽大官沉瀣糧。朱鸞入網空南岡，賢書奏牘紛滿床。朝出粉闈暮帝旁，騄駬天路羣龍驤。病鵾帖帖乃汙隍，白雲隴望因假裝。放歌長林聲激揚，佩蘭思馨雖朋亡。雲出鳥還聊自償，羽扇塵尾隨經囊。龍眠乃

是無何鄉，朝游不辭麋鹿行。歸卧展圖覩驌驦，憲貧頌古時歌商。徜徉興罷住雲房，焚柏翻經究法王。冉冉暗度歲月光，山頭草青還葉黃。洞明已死閒骨香，凡志未就嗟涼涼。親顛向白每稱觴，旨甘鞭後難翱翔。竭來竊食天中央，古人千歲空相望。同文鎖密御史霜，得公再集評文章。亦説種松輞口莊，使我夢蝶栩栩忙。便欲負郭占農祥，門開儻容倚孔牆。想挽北斗下挹漿，箜篌更對高秋張。　同上書卷一〇

贈蔡天啓

上泝虞姒亦易爾，下者始置周秦間。造端宏大町畦絶，往往世俗遭譏訕。　宋吴曾《能改齋漫録》卷一一

《能改齋漫録》：李伯時公麟，雅好鐘鼎古文奇字。自夏商以來，以先後次第之。聞一器，則捐千金不少靳。所蓄日富，具為圖記。蔡天啟得商祖丁彝，李尤寶愛。因作詩贈之云云，蓋實録也。

小詩並畫卷奉送汾叟同年機宜奉議赴熙河幕府

畫出離筵已愴神，那堪真別渭城春。渭城柳色休相惱，西出陽關有故人。　宋孫紹遠《聲畫集》卷一

醉卧圖詩帖按：此詩又見《蘇文忠詩合注》卷五。題作醉睡者，見《全宋詩》卷八三一。

有道難行不如醉，有口難言不如睡。先生醉卧在石間，萬古無人知此意。　宋岳珂《寶真齋法書贊》卷一八

春社出郊

千尋古櫟笑聲中，此日春風屬社公。開眼已憐花壓帽，放懷聊喜酒治聾。携刀割肉餘風在，卜瓦傳神俚俗同。聞説已栽桃李徑，隔溪遥認淺深紅。　宋陳元靚《歲時廣記》卷一四

（李更整理）

常安民

常安民(一〇四九?—一一一八?),字希古,邛州(今四川邛崍)人。神宗熙寧六年(一〇七三)進士,授應天府軍巡判官。歷成都府教授,知長洲縣。哲宗元祐間除開封府推官。紹聖初拜監察御史。謫監滁州酒稅,改通判溫州。徽宗立,提點永興路刑獄公事,改通判鄆州。入元祐黨籍,流落二十年。政和末卒,年七十。《東都事略》卷一〇〇、《宋史》卷三四六有傳。今錄詩二首。

題醒心亭

為《錦繡萬花谷》續集卷九作我愛昌黎湖上句,醉來直上醒心亭。煩醒不待山風解,卧讀殘碑已自醒。

懷嵩樓

當年謾作嵩山想,末路難回瘴海身。斜日西風總如昨,風流只欠倚欄人。以上宋王象之《輿地紀勝》卷四二《淮南東路·滁州》

(李仲澤整理)

程奇

程奇,具茨(今河南禹縣北)人(《金石萃編》卷一四〇)。神宗元豐二年(一〇七九),為大理評事(《宋會要輯稿》儀制一〇之二六)。哲宗元祐元年(一〇八六),為通直郎(《續資治通鑑長編》卷三八七)。徽宗政和元年(一一一一),提舉京畿京西路鹽香事(《宋會要輯稿》食貨三八之一〇)。

遊師埪寺留題

塵中總總誰青眼,黃髮蒼顏世情短。坐看前溪一片雲,安得相從任舒卷。浩歌聊詠北山薇,不有歸心真自欺。欲借養和延晝夢,數聲啼鳥日平西。原注:元祐庚午冬十二月中澣寺僧惠元立石,李輔刊。清王昶《金石萃編》卷一四〇。

王沔之

王沔之，常山（今屬浙江）人。介子，沇之弟。神宗元豐二年（一〇七九）監東作坊門、河南左軍巡判官（宋周必大《文忠集》卷一六《跋安福令王棣所藏王介及其子涣之漢之沇之等帖》、《續資治通鑑長編》卷三〇一）。

劉阮洞

流傳晨肇隱無蹤，搜發仙源屬鄭公。百尺靈泉清澈底，千尋蒼玉勢凌空。飄香故跡人雖到，採藥巔崖路不通。二女深沉斷消息，桃花依舊笑春風。宋李庚《天台續集》卷中

（以上李更整理）

滿中行

滿中行，字思復，金鄉（今屬山東）人。登進士第。神宗元豐二年（一〇七九），以國子監直講、著作佐郎擢館閣校勘（《續資治通鑑長編》卷三〇〇）。三年，權監察御史裏行（同上書卷三〇二）。五年，知無為軍（《宋會要輯稿》職官一七之三七）。七年，知相州（《續資治通鑑長編》卷三四四）。哲宗元祐元年（一〇八六），知明州（同上書卷三七六）。有《昌邑集》二十卷，已佚。事見清乾隆《金鄉縣志》卷一八。

題耿氏温清堂

密牖疏櫺次第施，却寒清暑兩相宜。惟知堂上雙親樂，不覺人間四序移。美酒先春和氣滿，茂林亭午綠陰垂。閒居就養如君少，無負南陔孝子詩。　清盧思誠光緒《江陰縣志》卷二七

（王麗萍整理）

錢師孟

錢師孟，神宗元豐二年（一〇七九）權知邕州（《續資治通鑑長編》卷二九二）。移知宜州（同上書卷三三二）。哲宗元祐中知橫州（《欒城集》卷三〇《黄裕知賓州錢師孟知橫州制》）。今録詩二首。

真仙巖二首

巨石何爭此結成，老君有像亦難名。以身為患言猶在，漫使當時分重輕。

巖前流水碧潺潺，鶴馭翩翩去復還。堪笑世人求不死，豈知得道有無間。　清王錦乾隆《柳州府志》卷三八

（劉寧整理）

廖正一

廖正一，字明略，號竹林居士，安州（今湖北安陸）人。神宗元豐二年（一〇七九）進士（明嘉靖《延平府志》卷一七）。哲宗元祐二年（一〇八七），為秘書省正字。六年，除秘閣校理（《宋會要輯稿》職官一八之一二）。紹聖二年（一〇九五），知常州（《咸淳毗陵志》卷八）。入黨籍，貶監玉山稅，卒。有《白雲集》、《竹林集》，已佚。《東都事略》卷一一六有傳。今録詩七首。

題汝墳驛壁三首

阿憐二十頗有餘，秀眉豐頰冰瓊膚。無端欲作商人婦，更枉方尋海畔夫。

阿梅笄歲得同歡，懊惱情深解夢蘭。鶯語輕清花裏話，柳條柔嫩掌中看。

淮源距襄陽，亭候逾十舍。征鞍背繡幃，雲雨□四夜。雙艷盡傾城，一姝偏擅價。獨怒蕙心輕，誤許商人嫁。　宋張邦基《墨莊漫錄》卷一五

《墨莊漫録》：宣和戊戌冬，予道由潁昌之汝墳，驛壁間得廖正一明略手題三詩云云。初不曉其意，是年至唐州外氏家，因舉是詩，邦人任喻義可云：頃年明略與郡之二營妓往來，情好甚篤，其一小字憐憐，其一名梅時，憐憐將為大賈所納。明略既去，道過汝墳作詩，蓋有所感也。

答張十八畫

玉人風味夙相親，骨法多奇巫峽神。何幸丹青煩右相，坐令虛室四時春。　《聲畫集》卷二

和吴可權長官

士元應展驥，百里聊爾絆。函繼三異聲，江述憑東觀。　宋謝維新《古今合璧事類備要》後集卷七九

和李主簿彥和

李侯持尺璧，十五城不換。倦飛偶棲棘，孤鳴異巢鶴。淮海一俊乂，博洽識理亂。國論匪與聞，偷將經術斷。君家文多豪，陵嶠賀白觀。　同上書卷八〇

和補之梅花

蕙蘭芳草久睽離，偶洩春光此一枝。自許輕盈羞粉白，何人閒麗得鄰窺。寒欺薄酒魂消夜，月入重簾夢破時。幸有暗香襟袖暖，江南歸信不應遲。　元方回《瀛奎律髓》卷二〇

（李更整理）

鄭至道

鄭至道，字保衡，莆田（今屬福建）人。神宗元豐二年（一○七九）進士（清乾隆《福建通志》卷三三）。哲宗元祐二年（一○八七），知天台縣，秩滿因家天台。又知樂昌縣。著有《琴堂諭俗編》、《錦囊》四集（《宋詩紀事補遺》卷二四），已佚。事見清光緒《台州府志》卷六四。

劉阮洞

採藥歸來世代賒，洞門方此掃烟霞。碧潭清泚弄明月，翠巘高低飄落花。芳草已迷當日路，白雲空想舊人家。自慚不是浮觴侶，謾向山前醉帽斜。《天台續集》卷中

句

近村得雨遠村同，上圳流波下圳通。宋《錦繡萬花谷》後集卷二○

（陳曉蘭整理）

唐最

唐最，字夢得，懷安（今福建福州西南）人。神宗元豐二年（一○七九）進士（《淳熙三山志》卷二六）。徽宗政和中提點兖州東嶽觀（《宋會要輯稿》職官六八之三三）。

安適軒

卧聽潮音坐看山，烟蘿静處閉禪關。都將物外紅塵隔，占得壺中白日閒。吟罷寒猿號木末，定回清磬落雲間。高僧隱几無餘事，應笑勞生去又還。宋梁克家《淳熙三山志》卷三五

施常

施常，尤溪（今屬福建）人。神宗元豐二年（一〇七九）進士（明嘉靖《延平府志》卷一四）。曾知永福縣（《淳熙三山志》卷三七）。今録詩二首。

高蓋名山院二首

白雲來去自閑閑，鎖勒千山與萬山。仙客已歸霄漢去，虚堂流水漫潺潺。

步盡千山與萬山，白雲步處叩禪關。曉猿夜鶴應相笑，笑問勞生幾度閑。《淳熙三山志》卷三七

邵叶

邵叶，晉陵（今江蘇常州）人。神宗元豐二年（一〇七九）進士（《咸淳毗陵志》卷一一）。嘗知新昌縣（《豫章集》卷一一《筠州新昌瑞芝亭記》）。今録詩二首。

擊甌樓

駐旌元帥遺風在，擊缶高人逸興酣。水轉巴文清溜急，山連蒙岫翠光涵。《輿地紀勝》卷一八七《利東路·巴州》

麓陰亭

山腰路轉響灣泉，一徑悠然陟翠巔。滿眼祥雲繞法供，刊岩瑞像儼金仙。元戎孝感諸天護，古木歌題峭壁鐫。俯仰巖亭盡幽絶，夜深燈火更流連。清黎學錦道光《保寧府志》卷六二

徐常

徐常，字彦和，建安（今福建建甌）人。神宗元豐二年（一〇七九）進士。哲宗紹聖元年（一〇九四），提舉廣南西路常平（《宋會要輯稿》職官四三之七）。徽宗崇寧元年（一一〇二），提舉河東路常平（同上書職官六七之三七）。後知吉州。蘇軾嘗稱其為天下奇男子。明嘉靖《建寧府志》卷一五有傳。

句

詞賦切宜《建寧府志》卷一五作事業要須師二宋，文章須《建寧府志》作端是學三蘇。宋岳珂《桯史》卷一三《建寧府志》：徐常與蘇軾兄弟游最久，又每慕二宋為人，嘗有詩云云。

沈偕

沈偕，字君與，吴興（今浙江湖州）人。東老子。神宗元豐二年（一〇七九）進士（《嘉泰吴興志》卷一七）。少入上庠，好狎遊，繼而擢第，盡買國子監書以歸（《齊東野語》卷一一）。今録詩二首。

遺賈耘老蟹

黄秔稻熟墜西風，肥入江南十月雄。横跪蹣跚鉗齒白，圓臍吸脅斗膏紅。虀須園老香研柚，羹藉庖丁細擘葱。分寄横塘溪上客，持螯莫放酒杯空。

報賈耘老詩仍次韵

蟲腹無端苦動風，團雌還却勝尖雄。水寒且弄雙鉗利，湯老難逃一背紅。液入幾家煩海滷，醞成何處污園葱。好收心躁潛蛇穴，毋使雷驚族類空。以上宋周密《齊東野語》卷一一

《齊東野語》：時賈收耘老隱居苕城南橫塘上，沈嘗以詩遺之蟹云云。耘老得之不樂，曰：「吾未之識，後進輕我。」且聞其不羈，因和韵詆之。君與怒曰：「吾聞賈多與郡將往還預政，言人短長，曾為人所訟。吾以長上推之，乃鄙我若此。」乃報之云云。

劉䄙

劉䄙，字文毅（《青瑣高議》後集卷一），莆田（今屬福建）人。神宗元豐二年（一〇七九）進士。嘗為烏程縣丞（清乾隆《莆田縣志》卷一二）。

贈歐陽汾

妙筆君今第一人，心欺造化奪天真。精明形骨從來一，移入青縑作兩身。宋劉斧《青瑣高議》後集卷一

李丹

李丹，字炳文，新昌（今江西宜豐）人。神宗元豐二年（一〇七九）進士。徽宗大觀二年（一一〇八）權知英州（清道光《廣東通志》卷二一〇）。政和中通判鄂州（《宋會要輯稿》職官六八之三二）。官至朝請大夫（《萬姓統譜》卷七二）。今録詩三首。

烟雨樓

乾坤交泰氣氤氲，烟雨標名望意云。自是聖時多瑞靄，莫疑蠻徼有妖氛。《輿地紀勝》卷九五《廣南東路·英德府》

天堂地獄偈

釋迦生中國，設教如周孔。周孔生西方，設教如釋迦。天堂無則已，有則君子登。地獄無則已，有則小人入。《古今合璧事類備要》前集卷四八

留題真陽南山

南山地久與天長，磐石安基勢永昌。億世皇圖齊不拔，萬年聖壽等無疆。清阮元道光《廣東通志》卷二一〇

句

二頃田園祇舊時。明凌迪知《萬姓統譜》卷七二

《萬姓統譜》：（李丹）自為文士至累典藩郡，官至朝請大夫，田園未嘗增益，故晚詩有句云云。

（以上李更整理）

林磐

林磐，字定國，龍溪（今福建漳州）人。神宗元豐二年（一〇七九）進士。歷汀州教授，知千乘縣，邵武軍。以朝散大夫致仕。明嘉靖《龍溪縣志》卷八有傳。

蝗不入青丘

賑濟饑荒尚未蘇，旱蝗何幸我疆無。悲愁遠宦天應閔，不復鄉村鬧鼓桴。明吳宜燮嘉靖《龍溪縣志》卷八

《龍溪縣志》：（林磐）知青州千乘縣，時諸縣旱蝗，獨不入青丘境，嘗自為詩云云。

林迥

林迥，字子山，羅源（今屬福建）人。神宗元豐二年（一〇七九）諸科進士，授惠安簿。歷金華丞，以老告退，歸南華洞。著有《南華集》，已佚。清道光《羅源縣志》卷二〇有傳。今録詩五首。

同黄秘校遊連江玉泉

泉山好景微，權尹訟庭希。曉馬破雲去，夜船乘月歸。妓歌珠不斷，人醉玉相依。薄宦自拘者，咄哉多是非。《青瑣高議》補遺

四時山丹

葉剪青油藥渥丹，春風隨衆出欄干。碧桃黄菊凋殘後，誰伴長松到歲寒。

長春

洞門深不放春歸，客到尋芳莫問時。遲日暖風花草麗，照人紅艷一枝枝。以上《淳熙三山志》卷四一

題林子默隱居

先生平昔命何非，萬卷詩書一布衣。回首長安成底事，吴山蒼翠幾時歸。

留題宿猿洞

幾年形勝晦南州，一旦聲名藹湛侯。夜色併來三島月，水光分破五湖秋。荔枝影裏安吟榻，紅藕香中繫釣舟。金印解還天子後，詔書徵起不回頭。以上清盧鳳芩道光《羅源縣志》卷二〇

句

門前紅日海千里，池上白蓮山四鄰。《淳熙三山志》卷三五

青韮供盤餅面圓。同上書卷四〇

春晚花王在處稀，山中還信正芳菲。出山遇慈恩長老獻牡丹　同上書卷四一

多謝東君深屬意。宋李龏《梅花衲》

過門人指朝郎宅，入室渾如野老家。自叙

尺書中夜至，清曉即揚鞭。出山　以上宋陳善《捫蝨新話》上集卷二

汲水僧歸林下寺。《詩學欄江網》丙集下卷七

當年春榜首傳名，對御如君有幾人。清道光《羅源縣志》卷二〇

都　頡

都頡，字光遠，餘干（今江西餘干西北）人。神宗元豐二年（一〇七九）進士。官至司農少卿。清同治《餘干縣志》卷一二有傳。

元明觀鄒希衍丹室

嘉樹團團蔽紫烟，黄冠師作地行仙。留形住室真餘事，鍊氣精思本自然。鶴警喬松常見月，龜藏浮葉不知年。坐中應到諸天上，曾侍玉皇香案前。清區作霖同治《餘干縣志》卷一八

（以上甯德偉整理）

劉斯川

劉斯（《紫微詩話》誤作師）川，東光（今屬河北）人。摯子。摯次子名蹈，與兄跂同舉神宗元豐

二年(一〇七九)進士(《宋元學案》卷二),官奉議郎,以文學知名,先於摯而卒。疑劉斯川即為劉蹈。事見《學易集》卷二《與諸人步郊外作寄舍弟斯川》、《紫微詩話》及《忠肅集》卷一四《祭蹈文》。

贈吕本中弟

大阮平生余所愛,小阮相逢亦傾蓋。濟陰未識情更親,信手新詩落珠貝。楊氏作公誰料理,臧孫有後誠可喜。長亭水落風雨多,無酒飲君如別何。宋吕本中《紫微詩話》

《紫微詩話》:劉師川,莘老丞相幼子,力學有文,嘗贈舍弟詩云云。余時為濟陰縣主簿,大阮謂知止也。

(王嵐整理)

紆川

紆川,疑非本名,據《回文類聚》編次約為神宗時人。

絶句

小徑緣溪緑,低簷傍樹陰。好峰秋入眼,清月夜窺林。宋桑世昌《回文類聚》卷三

梅窗

梅窗,疑非本名,在《回文類聚》中與紆川相次。今録詩八首。

四時四首

春

晝永春庭邃,雙飛燕隔簾。袖隨簾捲翠,時見玉纖纖。

夏

曲澗跳珠碎，叢山叠翠濃。竹新敷影薄，閒看倚枝筇。

秋

小雨凉添夜，蘭芬潤襲衣。曉屏山曲曲，長若夢思歸。

冬

曲徑穿叢密，香清為客來。玉梢梢外雪，苔古暈疏梅。

秋江寫望

寒江暮泊小舟輕，白鷺棲烟叢葦鳴。寬望遠空浮湛碧，老蟾驚玉弄秋清。

西湖戲書二首

蜿蜿翠麓秋烟漲，灩灩金波夜月澄。樽酒具時隨興遣，景多逢處曲欄憑。

雲巢望斷望西湖，竹護梅藏隱士居。芬草緑深春盎盎，客來同攬一山孤。

春望

絲絲柳翠連雲幕，點點鷗輕漾晚波。時事無心隨興遠，日長閒處理衣蓑。

以上《回文類聚》卷三

陳子高

陳子高，字朝老。在《回文類聚》中與梅窗相次。今録詩五首。

因小兒學琴終夜不寐作

鳴鶴操音清，興幽發性情。聽琴愛夜半，明月上殘更。

客　懷

遠山雲夢斷，長路客愁新。殘漏悲鐘急，香車碾暗塵。

暮　春

纖纖亂草平灘，冉冉雲歸遠山，簾捲深空日永，鳥鳴花落春殘。

春　晝

悠悠亂片花空舞，冉冉輕絲晴晝長。樓下怯寒香袖薄，破愁春酌濁醪香。

宿龜山次韵

潮回浪濺細沙傾，岸柳平波映眼明。橋接短亭連野迥，《宋詩拾遺》卷二三作曠艇横長笛帶風清。迢迢翠草寒烟暝，隱隱疏林暮靄晴。遥見疊峰清淺黛，客心傷處碧雲輕。以上《回文類聚》卷三

茹芝翁

茹芝翁，疑非本名。在《回文類聚》中與梅窗相次。今録詩二首。

詠　梅

東溪小步晚烟隨，玉點花疏竹外枝。風襲袖香清滿徑，匆匆好處恨來遲。

秋月收兵獻鍾侍郎

强兵義勇威嚴令，化靖由來不戰征。疆境復時歸馬健，鼓鼙休處亂雲輕。霜凝積恨懷邊戍，月落銜寒夜

上城。黄葉樹頭風凜凜，碧波江遠路平平。以上《回文類聚》卷三

時彦

時彦（？—一一〇七），字邦美，開封（今屬河南）人。神宗元豐二年（一〇七九）進士（《續資治通鑑長編》卷二九七），簽書潁昌判官。哲宗元祐五年（一〇九〇），為秘書省正字。八年，遷集賢校理（同上書卷四五三、四八四）。元符二年（一〇九九），提點河東刑獄（同上書卷五一一）。徽宗立，擢起居舍人，出為河東轉運使。崇寧二年（一一〇三），知廣州（《宋經撫年表》卷五）。五年十月，知開封府（《宋會要輯稿》刑法四之八六），數月，遷工部尚書，進吏部，卒。《宋史》卷三五四有傳。

留題南山

青松夾道英州路，終日千巖萬壑間。唯是看山心不足，又携兵妓看南山。《廣東通志》卷二〇九

（以上甯德偉整理）

全宋詩卷一〇七〇

劉跂一

劉跂，字斯立，時稱學易先生，東光（今屬河北）人。摯子。神宗元豐二年（一〇七九）進士，釋褐亳州教授。哲宗元祐初，移曹州教授。歷雄州防禦推官，知彭澤、管城、蘄水縣。以其父為御史中丞，不得仕朝官。紹聖初，又因其父入黨籍，牽連免官。徽宗立始復官，卒於政和末，官終朝奉郎。有《學易集》二十卷（《直齋書録解題》卷一七），已佚。清四庫館臣據《永樂大典》輯為八卷，其中詩四卷。事見《宋史》卷三四〇《劉摯傳》。

劉跂詩，以影印清文淵閣《四庫全書·學易集》為底本，新輯集外詩附於卷末。

寄劉仲平

移居逼城阿，頗似山中住。當軒列佳石，繞舍紛高樹。園林便為主，魚鳥欣相聚。春來物物好，適意隨所遇。是適本無因，亦復無定處。當有忘機人，知我此中趣。

重寄

憶昨去國初，置傳史疑當作吏所監。季也行泣隨，往舍都城南。沐我屢飯我，終此一日淹。明作分嶺水，苦別心如惔。遄歸護孥重，却掛東川帆。停橈憩汴泗，攬轡趨霍灊。間關又相對，共被栖窮簷。未畢十日懽，已復秣征驂。猗嗟季行役，曷日弛負擔。長懷芳草句，未讀衣已沾。先人門户事，駑力詎克堪。一朝奇禍發，熾甚烈火炎。頑迷得憂辱，自取非謗讒。危巢風雨漂，菅蒯不足芟。于時季來歸，棄官不待占。收合敗散餘，賴此守獨嚴。闔門數百指，一一恩意涵。輯睦乖迕情，牢不見隙纖。聚糧非短轂，千里均屬厭。囊書動高聽，恩環賜東漸。吾親所奇貴，挺立故不凡。晚節就難冀，前非掩多慚。正如已躄人，欻起蒙鍼砭。衰顏積霜雪，幸亦解羈銜。昨從憂迫來，將復見安恬。西廊坐食菽，可以慰飢饞。漸欲親酒盞，頗思疏藥奩。願季愛玉體，豢我及西崦。從今荷明時，歡樂百無嫌。酬恩無處所，香火供瞿聃。

集句寄斯川

渺渺孤舟逝，計日望舊居。萬族各有託，吾亦愛吾廬。栖栖失羣鳥，暫與田園疏。今日始復來，再喜見友于。緬然睇崇丘，負痾不獲俱。試携子姪輩，且還讀我書。親戚共一處，過此奚所須。起晚眠常早，誰謂形迹拘。厚恩固難忘，慨然念黃虞。養真衡茅下，不樂復何如。

寄馬全玉

歲月如歸鴻，秋至欻將翔。郊原帶爽氣，榆柳媚無光。客子抱幽獨，耿耿誰與明。不辭青鞋賤，來躡君子堂。君子松檜姿，勁不慘風霜。其交淡如水，衆口未易嘗。忘言默領會，此意却難忘。不飲知酒趣，聊復酌公漿。寒燈夜寥閴，一笑未渠央。誰令別離此，夢寐長相望。

寄尹遷介叔 原案：後五首疊前五首韻當別有標題，為傳寫者脫去，連為十首。

我生非良材，頑礦不受礪。讀書但漁獵，初不名一藝。形骸弱如柳，暑雨更疲曳。清風何時生，一掃去酷吏。

孫友太瘦生，相遇一何闊。途窮欲改操，冉冉在故轍。贈君七年艾，輒為兒女奪。養生有標本，姑息良已末。

我有好詩酒，端為舅氏作。陳遵見張竦，雖見不改樂。小官未朝謁，日日事飲博。書來託天真，笑我守糟粕。

二尹山東秀，一第安足賀。滕侯薦鶚書，極口良未過。青衫五斗米，所要脱飢餓。自重士當然，蓄積非為貨。

前年郭法曹，寓直經略院。同時幕府歸，獨送兩秋燕。新書滿百帙，鉛槧老不倦。他時淮南子，試為離騷傳。

養志如養力，益峻在益礪。大方略畦畛，小智私才藝。古來要倔彊，檻折不可曳。何謂薛贛君，小生敢相吏。

擇術患不終，未易笑迂闊。發軔三尺輪，不改萬里轍。死生漢節共，巨猾氣為奪。坐令李都尉，慟哭天壤末。

鴟夷笑井瓶，同是意匠作。拘方等歸盡，放意差獨樂。往時二千石，天子償負博。彼視淑德侯，何堪貯糟粕。

歌詞郢中來，未數白與賀。一斑昧全虎，端似隙中過。可憐光萬丈，不救妻子餓。平生嚴鄭公，皂隸有餘貨。

吏隱非山林，州府為道院。莫夸非食肉，虎頭頷如燕。公田亦種秫，瞥去飛鳥倦。何用蕭德施，先生自為傳。

送陳述之

羸軀抱肺惡，喘甚劇奔豚。水飯輒短氣，矧敢近酒尊。君亦謝嵇阮，力酾不盈分。相看但蕭索，何以慰離羣。往昔各少年，束帶登橋門。白眼霄漢際，冥鴻注孤騫。我鬚今蒼黄，君髮亦翩翻。同吏一州縣，凍螢彊相温。慼頹歲月去，此事更誰怨。願君愛玉體，長使百憂諼。非關易斗粟，政恐耕耘煩。他時老相問，一笑坐忘言。

送徐彦榮

嬋娟水邊楊，宛是渭川竹。光翠相動摇，照我尊酒緑。松風含衆籟，雲月澹華燭。何必簫與鼓，清言媚幽獨。當年妙風致，文采自膏沐。會逢百煉明，照此燕趙玉。晨風惜行色，車騎喧出宿。一笑如未忘，新詩寓歸僕。

送劉貢甫貶衡州

洞庭木葉下，衡陽鴻雁飛。放舟河之水，歲暮以為期。豈曰無徑路，大直固逶迤。波平弭桂棹，風清捲蘭旗。紫蟹間丹鯉，霜蓴兼露葵。醉歌搴杜若，還以寄相思。不厭道里遠，所嗟時序移。會登崑崙丘，遂索玄珠遺。以兹鼓枻去，瞠若不可追。乃知體道人，涉世自有宜。入獸不亂羣，安肯陋九夷。如何録録者，反笑抱關為。

次黄完仲見寄韵

讀書老無味，記一輒忘十。視昔那得超，但覺有不及。誰能求甚解，拘窘被書縶。為文亦爾爾，造語須易給。未足解客嘲，況復令鬼泣。柴門一鵲噪，童稚迎信入。開緘故人書，快閱驚喜集。新詩瑩病目，儼若冰玉立。才兼劉柳健，思鄙郊島澀。定從西山來，爽氣扶炭橥。惠然遠見屬，疑我故閑習。叢臺三晉舊，鎮静無警急。府寬郎幕尊，森衛走呼吸。以兹書檄省，頻歲息篇什。神交庶暫對，悅不閡川隰。盧溪白士藪，野處分屝笠。如聞趣歸裝，早作下車揖。吾廬雖庳陋，稚亦便樵汲。無酒或過雄，有酒誰饋伋。何時甲乙第，版築見君葺。比鄰或借倩，梨棗亦得拾。不恥共禿翁，相携走城邑。

次孫元中至後五日遊蔡氏園韵

林深宜夏炎，亦復便冬冷。居然安穩處，合是招提境。晴烟起屋脊，煦日下天井。飽飯策杖出，如行贊公嶺。平生一丘壑，快眼春睡醒。誰言城市喧，能比郊原静。人間會合少，萬事等泡影。適意不自取，兀立真土梗。時平日月好，歲熟羈旅幸。逢人但懽喜，得酒便酩酊。知我非子誰，頻來不須請。

費家風次韵二首

行年病肺熱，當暑極燔炮。宵分偶小息，起步駐凉飈。咄此怪事發，天北起喧囂。扶摇駕霹靂，萬竅争怒號。雙耳不及掩，對語何由交。木作蘇葦拔，瓦如埃墙飄。顛吹怖欲死，一一驚兒曹。所憂吾其魚，遑賦屋上茅。須臾事亦定，骨肉相勤勞。東方漸杲杲，音響為誰銷。

風雷助神物，兹理古不空。邂逅一夕事，知有費家風。洛橋誦書女，涇川牧羊童。不知費氏子，業力與誰同。便能役蜚廉，頗復鼓豐隆。坐令城郭人，在爾動用中。劍出延平水，竹化葛陂翁。况爾得人趣，變現豈易窮。時時要雨澤，祥暑殊未終。勿逢金翅王，非爾能長雄。

子和惠貺佳什惇叙世契誦詠感慨情見乎辭因次其韵

恭聞裕陵初，文物萬古先。仁英所造士，臺閣徧招延。堂堂丹陽公，發軔自賓筵。維我先大夫，整駕亦周旋。一時起接武，千里稱比肩。俱陳曲臺議，共校天禄編。心期久相契，燥濕無改弦。晚登廊廟席，玉笥照華顛。廄馬並飛蓋，齋榻連脩椽。到今啟事帖，尺牘餘藤牋。憶我既冠後，羣趨集英前。公持柱史槖，水鏡資平銓。謂宜掇上第，擊節稱奏篇。聲名竟寂寂，感遇空拳拳。事過劇脱兔，邇來三十年。翰墨恍未落，拱水森已圓。嗟哉最孤露，罪戾深益纏。迷途雖云指，頑質何由鐫。以兹衆惡歸，白首猶迍邅。屢驚流夜郎，敢望尉通泉。弦腸恐齊斷，身璧欲俱捐。豈知巢傾覆，胎卵却復全。聖主日方中，照曜無黨偏。宸筆下霄漢，一洗空宿愆。生還出望外，喜極悲淚漣。詩書手自束，衣袂輕欲翾。猶憂抱沈瘵，針石久未蠲。朅來問醫藥，蹭蹬淮之壖。追惟曩時樂，夢破無重眠。疇知王公子，但説副車賢。持帶走窮隸，趣駕來飛旃。勞我鬢霜雪，歡顏語嬋娟。北堂太夫人，備福獨綿綿。往者三殿朝，吾親亦班聯。問訊逮妻女，悲懽深愴然。升堂一拜阻，自痛久拘攣。念子事方殷，使客舟車駢。撥忙屢顧盼，尊酒勸留連。新詩又來辱，巨軸星斗懸。七字健欲活，靡靡争春妍。夷途取騄驥，武庫出戈鋋。驟聞吴叔辯，霍然病欲痊。感子重拜嘉，儻未溝壑填。西風理歸棹，往稼汶陽田。王途正清廓，天子仁如天。軒冕豈不好，于我亦青氈。政惟蕭丘火，寒焰寧復然。亨衢子當騁，願言早著鞭。高閎富令息，犢子亦所憐。世交固未替，更賴清白傳。

秋夜次四姪韵五首

凉飈起天末，倏已掃庭户。光鮮向時柳，慘淡非其故。鉛華不足恃，美人抱幽素。窮吾分當爾，不為讀書誤。

行樂北山路，綿力涉逶迤。諸郎騁逸足，掩冉去莫羈。歸坐獨兀兀，糜粥聊自資。狂瀾成止水，吾病真吾師。
顥氣日且肅，鳴弦此其時。泠泠矢古音，慷慨不勝悲。翔飈媚百卉，苦雨何紛披。曲罷自澄寂，霜氣皎冰姿。
千古柴桑翁，于酒頗能全。絶知閒居樂，雅乏從事賢。傾心禱王母，更欲丐長年。緬思東籬下，想望故悠然。
窮簷詎云陋，霜月粲孤明。空山值飢虚，秋菊餐落英。吾衰抱沈瘵，玩物得我生。循分各有適，天公一何平。以上《學易集》卷一

劉跂二

宿靈泉寺二首

石磴排林端，路轉陰嶺滑。側身長風外，凜落天為闊。冉冉光風浮，金輪起天末。

團團芳桂樹，隱隱巖之幽。敷坐翳其陰，酌彼飛泉流。絲桐懷友人，寫我心離憂。

滑家橋逢壞舟者有感而作

橋傾若車翻，舟破如瓦解。二禍適相觸，生此大狼狽。齊生海邊人，試吏今得代。鄉閭恍在望，舟檝信所快。頗知大道夷，不避小物礙。撐夫虎豹健，力出馳突外。何其一跌傷，脱若葱與薤。疾雷不及聽，生理欻焉壞。瓦飛昆陽戰，鶴唳淝水敗。身非吕梁叟，沈没豈不殆。嬌兒年十五，八歲又其妹。豈伊瞬息間，生死不相賴。死者長已矣，生者心破碎。泣盡繼以血，耳目坐盲聵。哀哀天無情，皦日為昏憒。徐觀水中意，波浪自澎湃。我來獨心惻，涕出增感慨。頃年岳陽下，憂患亦顛沛。慼頞萬死中，血肉偶俱在。今此溝澮狹，豈復江湖大。咄汝豈不仁，曾獨與禍會。冥冥倘有主，焚溺甚菹醢。不然遭無辜，神理良汝紿。從今十手指，永是後車戒。靈均苦讒舌，穎士厭沈瘵。良時不似昔，努力善自愛。我亦乘小艇，兀兀信所屆。搜求得餘尊，聊以勞疲憊。雖微西江闊，勿厭升斗隘。歌闋從此辭，人生慎行邁。

宴左山二首

閏冬節物晏，十月猶素秋。招提陽岡路，宛在峴山頭。史君有高致，尊酒擅一丘。歡顏動長嘯，松菊含春柔。風清宿霧斷，地迴行潦收。時令將凛落，飛光為誰留。

行飯轉北岡，如登贊公嶺。悠然竟晴日，終比城市永。殘霞澹微照，遥林耿疏影。天空氣象杳，落落見此境。彼哉不自愛，快意烹五鼎。來日苦大難，忘言得深領。

題東道輔懷疏亭二首

逢時樂宦達，既達貴蚤休。東門兩歸客，冉冉不可留。大夫名賢後，出處亦俱優。築室在何許，南郭林塘幽。安車摇佩魚，步屧隨杖鳩。勝日至佳客，懽顏終獻酬。鄙人最樗散，世用一何繆。政以無事身，尊俎常見收。令年掃三徑，近不隔虎丘。欲問杜陵老，來往幾風流。

賢哉疏太傅，遺榮歸印綬。當時漢廷臣，未省出其右。進為豈不能，止足吾所守。驅車曉出關，祖帳已芻狗。惟餘清風在，竹帛端不朽。大夫懷家聲，相望千年後。結廬離城郭，與致寄林藪。華髮映童顏，如公殆無有。何必松與喬，豈弟神所壽。嗟余真漫浪，持是終安取。敢言六百石，固已愧升斗。行當自免去，執謁隨鄰叟。縱復無新詩，猶期飲醇酒。但問客如此，亦許登亭否。

秋夜自瀘溪泛舟入澤濼二首

浮舟入浩渺，有楫任逶遲。望迷烟樹合，影迴星漢移。清静水月界，身到始應知。

山横染黛碧，波散湧金明。風微葭葦静，露寒魚鳥驚。絶境不得到，愁隨歸棹生。

舟行懷斯川用王介甫韵

遄往欲何之，緩行聊爾爾。悟身無期會，在彼猶在此。輕舠類短鞍，安取途九軌。所嗟湍流長，汩没未及已。蒹葭雁鶩澤，清淺良可喜。美人詎云遠，耿耿隔一水。憐我抱沈痛，藥劑厭餘滓。談笑何時來，幽憂賴湔洗。

晁端州秀宴席

同寮貴公子，好事敵原嘗。晁侯更蕭散，不愛囊中裝。步兵玉觥滑，洞庭金丸香。宛轉蒪帶細，紛綸鱠縷長。鰒魚三百飣，豈必河之魴。咄嗟事便辦，侍御色不忙。熙熙春臺上，醉語各相忘。湯餅最後出，雖飽別有腸。願君善遇客，懽樂殊未央。不須投車轄，敬舉主人觴。

和梁十登三學閣

屏居倦煩促，約此塵外遊。于我快兩目，云誰翻百憂。蒼山東北秀，野水西南浮。平生林壑心，今老此一丘。悲風入叢薄，掃迹瓜芋疇。高樹未搖落，鼎鼎彌道周。感此節物化，澒涊何當休。幻事涉苦海，禪心得中州。徙倚到無言，風鈴聲更幽。新詩出肺腑，明月非暗投。終篇不及酒，似非我一流。願為靈泉去，醉語看橫秋。

與諸人步郊外作寄舍弟斯川

行年踰六十，衰墮百慮休。新春逢佳日，忽漫思出遊。鄰曲四五人，風味成一流。步屧相後先，散若水上鷗。重城未云遠，乃得此林丘。緬懷斜川人，疏野更無儔。千載今日歡，政爾聊相酬。誰言恨枯槁，玆語當信不。阿連最領此，欲語翻離憂。寄聲早歸來，二仲須羊求。

夢與舍弟登靈泉步趨如無疾既覺感而賦詩用王介甫韵

老夫東歸喜，豈復念西悲。心安體當佳，抱病如何其。欲成蹇士賦，應作半人詩。丘園窺不得，溘死恐無時。誰令北山夢，彊健變衰遲。陟巘石岌岌，班荆草離離。季也遮我留，更與道人期。夢中差獨樂，不類覺時為。晝夕代乘除，勞逸更共之。我豈不有瘳，陰若相扶持。福雖未盈眦，自怪盛如茨。從今愛吾生，糜粥養蕃滋。

題古器物銘贈得甫兼簡諸友

往者李龍眠，監河國城岸。家多古時器，羅列供客玩。爵觚屢飲我，鼎鬲貯肴膳。到今李侯書，一展如對面。邇來三十載，復向趙卿見。收藏又何富，摹寫粲黄卷。沈酣夏商周，餘嗜到兩漢。銘識文字祖，曾玄成籀篆。頗通蒼雅學，不畏魚魯眩。遂將傳琬琰，索我序且讚。我衰心力薄，游不出里閈。孔懷忘年友，契闊異州縣。深慚千里駕，請畢十日燕。諸賢共留連，更賴三語掾。

見蘇黄邦字韵詩戲示王倅安國二首 時倅欲往督捕

與君南北人，斗粟聚此邦。維彼惡少年，潢池稱下江。白晝射大屋，屋破無完窗。繡衣募壯士，受馘不受降。我弱異都盧，豈敢學尋撞。君才過烏獲，九鼎一臂扛。懸金八十萬，何啻白璧雙。胡不騎赤兔，斫樹收死龐。坐寬刺史憂，不復念政厖。凱旋夾道迎，父老集瓶缸。

天下本無事，此語僅興邦。得志不與物，誓心有如江。腐儒若腐螢，槁死讀書窗。誰能守筆研，心大云何降。終然氣相許，霜鐘不須撞。道雖千鈞重，努力期自扛。他時僑與札，日月聲名雙。秪應南海趙，便是襄陽龐。慎毋彊揀擇，貴純不貴厖。請見胸中物，止水琉璃缸。

答王允中聖推

長安重行樂，寒食及佳辰。聯翩出遊宴，閭巷無居人。動静各有趣，拂我朱絲塵。分將幽獨心，守此濩落身。斯豈衆所然，獨子何殷勤。叩門隨謁入，俯仰色甚真。從容一笑粲，不覺傾蓋新。念昔各從宦，宿亳為近鄰。溢言相引重，嗟我曾未聞。乃知國寶拙，不悟王綏仁。高談喜未定，佳句意益珍。幾有按劍感，驚怪惠好頻。子方赴吏集，朝暮旅食貧。不忍拜馬足，會且掃朱門。獨肯閒見我，惟子欲何云。乃言人生世，取舍理莫均。譬之平地水，東西南北分。感此重拜嘉，幸子長相親。

答王升之

去家今來歸，川陸萬里長。有官無祿食，生理劇微茫。飢創何時瘳，麥隴得扁倉。丁稚八九人，我老自裹糧。不辭終歲勤，一飽幸見償。所願杯椀足，何取玉無當。向來無數青，渾作可憐黃。想見冰玉姿，膏沐出沸湯。誰作不祥語，詛呪甚砭傷。妒人神所呵，坐使天雨雾。翁媪拜相賀，懽欲插翅翔。新詩果來謝，追悔如負芒。君惟文字戲，竿木故逢場。豈顧狷狹人，為虐變炎涼。且復置是事，釀玉滿君堂。垂涎得涓滴，渴夢轉顛狂。不嫌餅餌惡，雖賤敢獨嘗。交易儻許可，寧復有他腸。且毋火我屋，亦未穴君牆。乘除各醉飽，前事永相忘。

作蜂室

栽基植甓作蜂室，其陽分孔便出入。懸窠毒螫非爾匹，百卉芳華登股膝。孫息蟬聯深洞房，露結膏凝如截肪。比功九粒冠百味，削滓猶堪資夜光。憐爾于人甚無負，一世分甘身獨苦。高崖熏灼彌更難，且復留連小環堵。

寄晁以道

江東野老羹蓴絲，弗羨肉山酒為池。啖我故人吏未歸，脚靴手板方苦飢。豈無盤飧置璧圭，我乏是物君非宜。近聞示病作居士，不似齊州稱主司。歲惡無乃饞所為，自是不當食肉糜。書來中有七字詩，問訊勞苦開人眉。墨丸不減官喻麋，著書寂寞來孔時。我曹老矣善自持，莫擬狂瘦勝痴肥。他鄉異縣久別離，明月千里長相思。

送高將永亨

大高殺身如伍尚，弟有子胥天未喪。小高自慕顔太師，能言兄守常山時。事隨日往長已矣，邂逅相逢識其弟。誰言恨不見古人，兩意恐非今人比。結髮行陣初齊名，志同不在同生死。苦遭文吏巧見詆，邊人至今猶墜淚。三年默默趨戎行，騂騮捕鼠非所長。趣裝定返雲中守，上書今遇尚書郎。

次資道韵

今我不樂何所為，調笑盍各言其好。不願擊水南溟飛，但愛乘風北窗傲。大夫聲名過單父，即日去受東朝誥。固知為偶我非齊，莫忘相從君與操。駿辯瑰章殆希有，玉堂金馬應須到。功成却記雞黍期，同著青鞋映黄帽。

次韵大人正月十四日作

端闈夜許都人望，紅繖亭亭坐南向。燭龍影落陸海中，廣樂聲在鈞天上。華嚴寶藏光景出，雙鸞飛下蓬萊嶂。大平天子千萬歲，呼舞共作嵩山唱。小臣躑躅百寮底，未許外班陪末行。今來淪落一何極，山城裝點成窮相。苦吟漫欲酬節物，擁膝句作酸寒狀。搜抉渾如餌毒藥，畏縮更似藏私釀。詩成竟亦勿交涉，欲取樓蘭經樂浪。典衣聊復沽市酒，一飲徑醉成昏忘。黄昏陋巷燈火絶，守把不費城門將。豈不見人生懽樂易生悲，惟有静默長無量。

隴上遇雨

隴上怕雨竟遇雨，空山路窮避無所。昆陽之戰飛屋瓦，白登之圍矢交下。從者散去馬可憐，故人借我非我馬。上坡歷塊已欹側，下坡流滑攢四脚。既僨而起倏復顛，墮策失轡心茫然。從者好在無自苦，履穿衣敝吾償汝。我亦短褐不得完，掛樹一裂長尺五。此生辛勤身不辭，七歲嬌女三歲兒。泥塗模糊啼午飢，買餅一百汝勿啼。滹沱麥飯蕪蔞粥，咄汝豈得長食肉。仰天長嘆冠纓絕，下馬納屨踵亦決。張儀舌在雖自知，范叔衣寒一何切。人生貧賤烏足悲，行吟不顧妻罵隨。寄聲公等勿誚我，富貴莫忘牛衣時。

答純益書懷

矯矯林間鶴，汎汎水際鷗。俱非鼎俎用，斗粟誰為留。君師蔡義我施讎，同時聲名今白頭。博士弟子動千數，追記軍中陳與劉。黃金絡馬錦臂韝，印組丈二鳴八騶。席間設燕竟何味，車上負芒終可憂。人生在世各有趣，江東且復客曹丘。田横刎頸亦義事，感知捐軀非所羞。此心會與君意合，今無古人何處求。不如置之酌美酒，同郡諸公皆舊遊。耳熱眼花付一醉，雞蟲蚌鷸何時休。

重　答

君文有如太史遷，多至萬字少千言。小詩未足見馳騁，要當著書名雋永。詞源一深幾千丈，苦恨舉世無長綆。少時白眼視嚴徐，老傍君門冉冉趨。聲價若許金滿斗，倦游銷減一毫無。雖貧終非兒女態，倔强時時編虎鬚。食貧我亦懷抱惡，泰山不毛秋濯濯。縻乾黍空酒味薄，飢死不學東方朔。

以鄜條贈晁掾

握手喜相逢，何以贈契闊。解我鄜縣墨絲條，繫君南海縠皮褐。結君歡愛君勿忘，祝君玄髮如許長。帶圜莫作沈家令，腰腹須稱東平王。秖憂道人骨相發，王塗騣騣弦上筈。金璽盭綬丙丁文，魚鬚寶笏搢錦紳。此時此條亦相尚，參禪問道裴丞相。

碾　茶

玉川涕泣訟月蝕，蟾蜍無光玳瑁魄。委照墨海鷃疑當作鸜鴿石，恐是雲龍小蒼璧。我家得之天人家，天家金盤薦玉食。豈堪書生漱糠覈，床頭什襲封未拆。不辭屑玉遺君飲，要君錦繡生肝膈。意中佳句甚了了，口不能道空脈脈。諸公椽筆好相過，莫道彭城讖水厄。

以上《學易集》卷二

全宋詩卷一〇七二

劉 跂 三

寄 人

聞道江家宅，椒蘭春自榮。道人今好在，歸馬太遲生。飛鳥山南路，浮雲隴上城。相看各多病，搗藥待君烹。

送成都漕

里巷居偏近，生平月亦同。開懷一笑語，轉首兩西東。共是塵勞内，全輸吏隱中。魚來勤尺素，淮汴古來通。

送東之

受業師高第，居官郡右曹。掾非蠻語得，才有鶚書褒。會是人難及，胡然力獨勞。府趨空冉冉，誰得吕虔刀。

送王升之

翩翩捧檄喜，便作放舟行。愛客懷抱好，能詩膚骨清。蹇余身濩落，況此歲峥嶸。自是愁成醉，離觴不復傾。

諸公見過野飯晚步輔之有詩因次其韻

野人城下住，巷底更誰鄰。秖有携筇路，應無躍馬塵。客非俗士駕，詩似古人淳。載酒催公等，藜羹難重陳。

西溪次韵九首

終年倦城郭，夢入水雲鄉。酒美俱中聖，詩成獨擅場。高風助悲壯，皎月照清狂。露下如鉛水，沾衣笑淚浪。

携手西溪陌，懽顔共舉觴。雲山滿目静，風月一襟凉。但得杯中玉，那知鬢後霜。何妨擊尊破，故作聽歌長。

英英數君子，貧甚亦清門。蕭散俱相好，疏慵每見原。玄談得涇渭，芳意有蘭蓀。從此窺名理，金篦刮眼昏。

漁人一竿老，麤糲半饑虚。豈有令鉤直，惟應恨網疏。有時脚不襪，自笑食無魚。我自餘尊在，愁眉爾暫舒。

秋風漲川谷，小汊亦容舠。落照收長纜，隨流試短篙。隔溪聞鼓枻，臨海試觀濤。解賦南州浦，前身何水曹。

洞庭明月下，天地一冰壺。悦對瑶池雪，驚逢甓社珠。窮鄉悲百粤，勝槩憶三吴。誰作稽山伴，秋風入鏡湖。

輕雲巧迎月，高柳媚疏光。城堞傳嚴鼓，尊罍動急觴。望迷山四面，影占水中央。清絶無人地，居然五友鄉。

幽人若幽鳥，適意但卑飛。宦拙羞潘岳，才多笑陸機。不堪屍馬革，幸未泣牛衣。來往瀘溪上，鄰翁有釣磯。

柯亭三弄笛，慘栗易悲風。妙曲來天上，飛花落酒中。翠屏虛在望，玉鏡迥當空。摹寫何人解，王維老畫工。

次畢將叔韵寄壽陽二首

撫枕得滂湃，開軒延翠微。乃翁故時客，何許更言歸。有興添書滴，無心傍釣磯。惟應一大事，策杖到禪扉。

苦竹溢江宅，黄山秋浦亭。猿聲作頭白，客淚對衫青。笑爾悲臯陘，知吾寄水萍。時時賴嚴尹，小隊出郊坰。

丈人文力健，能事與心違。彭澤秔田少，襄陽菰菜肥。紫團生雪液，蒼餅破雲衣。持許無人寄，殷勤小陟歸。

題張氏園亭二首

蒼頭奉筇竹，稚子試春衫。共著野人服，來遊居士巖。園蔬佐酒椀，藥録貯書函。草草非難得，從今不計凡。

岸薺隨漁屨，林桃映舞衫。定非銅雀榭，似是雨花巖。僮有家千指，書多日百函。斯人太高語，吾意秖塵凡。

與李深梁山泊分韵得輕風生浪遲五首

大澤水常滿，秋來洲渚平。游鱗不能渡，短棹若為行。氣吐西江蜃，風搏北海鵬。波濤未可料，汩没恐身輕。

從今魚易得，居與水相通。世事青天外，生涯高浪中。蒲深疑落日，萍轉覺回風。勸爾終身計，鴟夷是范公。

為問風多逆，舟行太緩生。漁歌不用調，水宿莫論程。飽有雕胡飯，香無錦帶羹。相看乏酒飲，愁劇似淵明。

莊生語逍遥，元子稱漫浪。此身如土梗，雕刻不成樣。何心解賓戲，猶欲避官謗。默默難具論，幽愁浩盈望。

丹鳳不出世，整翮上林枝。黄鵠非所擬，翔集偶為期。風高不易到，歲晏仍苦飢。扶持幸有托，敢厭路逶遲。

舟中二首

野水今年長，青田入白湖。鄉音聞驛馬，風力驗檣烏。永夜眠雖著，高秋病未蘇。常憂北山拜，辛苦倩人扶。

故國風烟外，飄零隔歲淹。今兹去拘窘，行復見安恬。未擬親酒盞，何當疏藥奩。酬恩無處所，香火供瞿曇。

使遼作十四首《永樂大典》卷一〇八七七作虜中作十八首

自昔和戎使，於今出使光。胡星原作邊烽，據《永樂大典》改宵不見，漢節歲相望。州邑三餐返，原作遍，據《永樂大典》改溝封一葦航。太平無險固，道德是金湯。

虎北奚《永樂大典》作西南迴，居然帶礪全。百尋天上樹，千里掌中川。毳《永樂大典》作沙幕宜逃漢，山戎莫病燕。即今甌脱地，渾占兩河田。

禮為王人重，關亭道路除。荒城初部落，名鎮古巫閭。習俗便乘馬，生男薄負鋤。傳聞斷腕地，歲歲作樓居。

但逐銀牌使，何堪記驛程。路迷如欲盡，山轉忽通行。列仗新羅原作東丹，據《永樂大典》改騎，先驅渤海兵。鑿空誰計此，曾未及長纓。

寒日川原暗，顛風草木昏。捉襟愁肘見，語客畏聲吞。曠蕩疑人少，倉皇覺馬奔。匆驚銷髀肉，長遣節旄存。

神水堅冰合，沙場寸草無。長疑淚是血，誤喜唾成珠。畫出驚貂鼠，宵鳴厭訓狐。悲歌人不應，自覺寸心孤。

北嶺能捫斗，南岡欲摘星。舊聞空耳滿，異域得身經。好樂嫖姚塚，仍刊車騎銘。莫言天作限，關路有松亭。

鼓角霜初曉，簫笳日欲曛。莫為天外意，只作夢中聞。問道無人迹，嘶風有馬羣。山高飛鳥急，决眦入層雲。

一作重山去，頻看破鏡飛。長悲青塚怨，莫忘白登圍。禮覺周旋異，心知笑語非。南飛何處鳥，安得與俱歸。

喜鬬人皆勇，誅求俗故貪。為謀不耐暑，嗜味獨便鹽。已怪今生到，寧能一夕淹。長安遠如日，北斗望為南。

今日朝元仗，千官兩掖門。從容魚藻宴，供奉栢梁尊。厭服貂裘敝，愁看桂酒温。誰知廣文淀，水面箔為藩。

置酒穹廬曉，僧山合管弦。應緣地褊小，難遣舞回旋。風急皮毛重，霜清湩酪羶。君看東嚮坐，貴重盡童顛。

土春今日是，虜原作北，據《永樂大典》改，下注同曆自相忘。厭食乾羊味，如聞生菜香。隴梅渾破臘，燕雁正隨陽。時節催歸興，憑陵天際翔。自注：虜曆立春差一日。

日覺筋骸耗，中宵慘未寧。厭看山濯濯，快見栢青青。記里無官堠，更衣原作依身，據《永樂大典》改有短亭。心驚此何地，生死一流萍。

病中

病如漳浦卧，一腹果然浮。不著三升飯，能容萬斛愁。水聲回别浦，山影到中流。遣興須憑酒，殷勤為汝留。

曹紘陷交阯十七年與其母逃歸得官汶上求詩

曹侯將家子，異域久飄飖。人獨憂瓶乳，天方借海橋。亡弓終在楚，去鶴會歸遼。凛凛今如許，風霜看後凋。

答景亮二首

門無車馬迹，卧榻兩閒人。野服風前薄，園蔬雨後新。絲桐叔夜操，香火浄名真。斜日穿簷入，悠悠對隙塵。

吾廬亦自愛，況屬仲春中。賓榻疏簾隔，鄰園小徑通。何妨書袠亂，未遽酒尊空。更約高人過，當軒看偃松。

七夕

夜永風露下，庭空簾幕秋。盃盤延素魄，針縷動雙眸。天上秖今夕，人間寧少留。如何一水際，歲歲此相求。

寄贈

絶世丹青業，中臺雨露辰。師門推上第，王室見名臣。磊落儒林丈，風流畫省賓。燕朝分錦仗，僳值近楓宸。嗚鳳丹山穴，占星潁水濱。殿廬俄厭直，藩社此班春。山節還銅虎，京符換玉麟。威行三輔地，歌浹兩川民。已喜徵黄霸，無勞借寇恂。即應公簡上，會見俗還淳。歎昔時難偶，逢今勢莫均。楚材難入晉，漢法近沿秦。稽古皆前列，希風絶後塵。斯文如汩没，吾道久湮淪。海嶽功歸聖，熊羆釣有人。藍田仍産玉，郢匠早揮斤。周曆方開永，蕭規欲盡循。天時知會遇，人力漫紛綸。夙有摻弦便，今逢斂板親。猥慚牛下走，敢玷席中珍。迹遠龍門峻，心懷燕厦仁。緒言聞已舊，從此更書紳。

答資道

都尉聲名後，篇章不乏才。談高正始際，詩自建安來。險怪探龍頷，甘珍味豹胎。陰何長有思，郊島漫相猜。白雪憑誰聽，黄花入衆咍。楚醒搴水薜，蜀興動官梅。晚艇翩翩鳥，秋濤隱隱雷。水兼天浩蕩，山為日崔嵬。麗藻煩三復，愁腸殆九回。自慚無世用，莊語笑迂駘。

七夕戲效西崑體

終年情脈脈，此夕夜遲遲。玉宇秋來闊，珠簾夜後宜。仙娥月為姊，海實樹生兒。露共雲車下，風將鵲扇移。鮫盤空有淚，椽筆未成詩。借取揮戈便，金釭更百枝。

寄葉勤次其韵

五斗折腰俱為貧，詩書律令若為分。西山今朝有爽氣，北闕無時飛白雲。一紙綢繆三歲字，七言憀慄九章文。故人好在長相憶，悵望江皋麋鹿羣。

送趙俟思恭

西城冠蓋日初曛，南浦笙歌夜嚮晨。何許烟波千頃隔，爾來霜月一鉤新。名花只許平泉有，開讌誰如北海頻。我亦尊前舊時客，獨將衰白卧漳濱。

用公允韵送介叔東歸

曾曳長裾何處門，楚聲悲壯不堪聞。侵陵急景東都雪，觸忤新愁南浦雲。未信書生歌嶽嶽，要令天子禪云云。少年持許今安在，拭目翺翔鷖鷺羣。

次王彦昭寄蘇景謨青社園亭韵二首

丞掾分曹付舊規，翩翩文彩妙當時。何人誤讀雌霓賦，他日真成幼婦碑。曲水流觴如故事，平山行樂有新詩。春來想見棠陰盛，可但詩人别後思。

誰道前賢迹已塵，園林氣象邇來新。高山流水有深意，翠竹黄花如故人。小隊郊垧時訪客，後堂歌吹獨留賓。汶陽寂寞無佳賞，卧閤蕭然過一春。

涵輝閣次韻

光風冉冉動平湖，花草幽香滿坐隅。薰暖頗如懽伯在，蕭閒宜與此君俱。可無剡水乘舟興，端是郊居作賦圖。借與禪翁有幽事，一支筇竹倚圓蒲。

行次長風沙次韻

清晨喜氣動江流，兩見新篇到小舟。石裂崖頹非快意，風聲鶴唳亦消憂。已令雙鯉隨梅使，更不飛烏倚柁樓。興味從今得嘉境，著書應不號窮愁。

遊白雲山次韻二首

不到山中寧久如，兩日闕然或闊疏。每憐身留只意往，何事子行令我居。莫向山僧疑入定，但從溪友試觀漁。朝來新作幾兩屐，更待西原春雨餘。

數子讀書渾欲狂，深山縱汝共徜徉。千鈞脚力有底健，萬丈心情如許長。對景吟哦亦有意，逢人笑傲若無旁。幽花細草何足賞，歲歲天邊仙桂芳。

次孫君汝弼晚步韻

寂寥誰過仲宣樓，邂逅斯人肯小留。多病兒童便食粥，忘機鷗鳥共臨流。賦成擬學張平子，志大空慚馬少游。載酒從今相煖熱，著書應不號窮愁。

張大年覽文與可墨竹及先人所題與可挽詩見惠長句因次其韻

墨妙蒼筤雙玉枝，賞音悲壯七哀詩。多慚寂寞青氈地，又得風流黃絹詞。往事白楊無數拱，餘生衰鬢不堪垂。聲沈影絶何人識，賴有柯亭可見思。

次介叔韵

酒船定向江東去，知有風流賀季真。北嶺南岡元自熟，短楊高柳邇來新。老吾官職渾無味，壯子文章最有神。知欲弦歌且三徑，徵君莫自傍風塵。

次胡仲道韵并簡公允弟

幾年書不到江東，知我忘形事事慵。南阮最貧方遠宦，阿連同調且相從。狂生肯信原非病，妄校須慚廣未封。安得論文如定力，不眠長聽五更鐘。

次大人二月三日過吴德仁韵二首

溪上高人稱福吴，一尊深喜共為娱。步行可是困公子，日晏不應驕灌夫。縱履全勝驅下澤，緩歌長欲聽提壺。行年八十心如水，正覺公非嵇阮徒。

一一郊原春事催，客愁今日為君開。柳枝鸜鵒未成舞，溪面葡萄初潑醅。曲水便應詩句滿，稽山那復酒船迴。海棠徑裏紋楸石，為爾從今得得來。

次竇子野韵

不辭身熱野田風，水引膏環入眼中。麴米顧公多樂事，鉏犁憐我有深功。博聞可但百間屋，愛客未嫌三斗葱。天麥毒人安敢獻，莫令堂上一尊空。

次黄完仲韵

幾年流落喜東歸，笑語相懽此一時。轣轆小車真快意，伶俜短杖且扶危。新詩遣興幾成癖，濁酒忘懷定不癡。政恐為官抛我去，除書聞已下京師。

題僧道誠應緣菴用李端叔韵

歷歷孤寒不可羣，應緣聊寄夢中身。無弦琴裏本來曲，枯木巖前元自春。詩句已多猶恐少，禪機雖舊不妨新。鄉山更好莫歸去，且伴蒲團夜坐人。

惠山寺

從來未到山頭寺，應在武陵深處藏。漢水文人生自拙，香山居士興何長。四旁島嶼娟娟緑，萬頃菰蒲靡靡香。且醉尊中眼前物，瀛洲蓬島兩微茫。

龍山寺

曉色翩翩烏帽輕，道人瞥去不關情。高山流水為誰説，翠竹黄花空自生。急雨欲來先暑氣，凉風已過却秋聲。後期好取歸時月，照我深巖處處行。

又泛西溪

春晚西溪入勝遊，白楊花亂緑波浮。欲延笑語遲行酒，要盡溪山緩放舟。灘上時看魚撥刺，林間静聽鳥鉤輈。年來偷活干戈際，强把閒吟寫我憂。

題半隱堂

一堂圖籍自陶冶，三逕蕭蘭俱歲華。定非平恩許侯宅，會是仲長公理家。端居雅不煩擗擋，佳設頗嘗成咄嗟。惟我身閒數來往，徽弦一泛即生涯。

和長歷賦紙閣用王介甫韵

頂還平直得中方，肯作僧庵半夜床。脱帽不憂風栗烈，熾爐仍助日蒼凉。賞音正自鳴琴便，宴坐何辭問疾妨。我有陟釐三百幅，禦冬真欲倒歸囊。

和石友

卜居無賴款郊扉，忽忽春還樂事微。莫道身貧非是病，由來人瘦不知肥。讙呼豈肯觴三爵，落魄誰如帶十圍。富貴功名更誰是，且來同醉莫相違。

和曾存之約遊北園

主家韋曲小桃溪，客有詩名杜拾遺。煮酒未成逃暑飲，夾衣猶及惜花時。樾間日下潭潭蓋，蘋末風生寸寸漪。一醉百篇供草聖，主人拚取墨為池。

和王景亮席上

兒曹付汝莫相關，來伴詩翁作醉顏。花似有情憐客老，竹應無意惜春還。已憑玉麈消爐篆，不怕金輪照屋山。尊俎重開定何日，北溪流水正回環。

東南秀羅亦佳山而近用前韵約遊

邂逅飛蓬身事輕，異鄉風物不勝情。出無輿馬自憐許，食有蛙魚空瘦生。失路漫漫迷日影，並溪瀝瀝灌田聲。似聞更有佳山在，試卜東南十里行。

答尹彌爾

門巷相看經幾時，重來新事如弈棋。從今碌碌自我拙，爾後錚錚非子誰。每驚咳唾盡珠玉，定有錦繡生肝脾。人生蓋棺事乃已，一笑一嚬安足悲。

答劉槩石豫

春來深覺境翛然，幽鳥簷頭接翅眠。落寞久知身是夢，安閒更喜日如年。江山南國樓臺外，桃李東風錦繡邊。野興暫成沂水浴，故人盍駕越溪船。

贈秦帥吴子中

河嶽根源稟植堅，金行鼎鼎應弧懸。執珪阿閣三階上，建隼元戎十乘前。都護已高延壽最，中朝深記弱翁賢。從今看似張丞相，富貴康强一百年。

重葺前堂榜曰學易景亮六丈寵惠新詩謹賦二詩上謝

並舍荒蕪三四尋，稍營軒檻便幽深。已將種木待休影，未暇攤書聊洗心。投老篇章愁脈脈，隨緣香火静愔愔。從今掃灑供雞黍，知有高人肯見臨。

草堂門徑邇來通，好事何人肯過雄。故與圖書為伴侶，可無風月到簾櫳。生平適意絲桐内，老去忘懷麴米中。感激新詩百金重，貧裝從此不憂空。

舍弟寄茶

吾弟餉人真不惡，建芽來自禁烟前。一杯未易陽侯厄，四兩應為蒙頂仙。病子頭風如得藥，酒家中聖殆忘眠。平頭奴子堪餅椀，可帶樵青竹葉煎。

遣　懷

此身為客幾東西，萬物須于一馬齊。山色不隨春草緑，邊聲長伴夜烏啼。宦遊碌碌憑誰記，簿領紛紛為底迷。猶喜官輕無局事，不妨酣寢過晨雞。

以上《學易集》卷三

全宋詩卷一〇七三

劉跂四

坐進庵戲作

自吾營此庵，遷徙屢有無。壁間故人文，今獨與我俱。
結以不根茅，闔之無鑰鎖。堅密烏有身，非坐常宴坐。
圓蒲與方竹，伴我守幽閒。夜闌得禪趣，明月窺窗間。

王升之絶句以詩成有共賦酒熟無孤斟爲韵因次其韵

端居得韵語，不作凉秋悲。快若彈丸轉，知是王家詩。
之人嫻辭令，病起猶越聲。不量蒼蒼鬢，屬和愁僅成。
客來問玄解，付與尊中友。我口不能言，此間甚多有。
欲逃蘇晉禪，苦乏陽城俸。鄰家稱子貧，杯酌與君共。
憶昨艘檝間，月白雲水暮。妙語同賞心，請君來重賦。
且無遽典衣，素書堪下酒。旋斸金鈴黄，栽軒媚重九。
念當歲峥嶸，少别友中玉。夢寐大刀頭，安得盧橘熟。
霜蟹豐兩螯，磊落登盤盂。亹亹倦咀嚼，緊我愁獨無。

庭階脱葉静，岌岌高井梧。雁聲排雲去，歷歷心不孤。
夜寒慘不寐，起坐彈鳴琴。之人邈雲漢，空盃難獨斟。

梅徑

幸蒙託根地，歷歷令著行。莫遺桃李妖，壓我玉雪香。

葵軒

朝暾媚花木，户牖延榮光。新沐晞我髮，悠然成坐忘。

竹里亭

雖無白家池，竹是九之一。新萌如許長，來歲障夏日。

藜杖

雨衣類襏襫，野屩號不借。扶此枯藜根，行田北山下。

學易堂作

幽居淡無營，飽食心晏如。老不任作務，讀我少時書。

和張赴供備

騎曲休歌出塞愁，渥洼名馬鷫鸘裘。文章不暇三冬足，骨相由來萬户侯。
桓桓壯氣敵陽秋，冒雪衝風不被裘。天子方修上林苑，戎王莫怕義陽侯。

和初到嶺一絶

到後渾如痛定時，不辭追賦道中詩。趁虚糴米非閒事，莫倚文章堪療飢。

欲語吞聲且復休，異鄉風物伴牢愁。鉛華不為無人識，獨自妝成却自羞。

玉簪花和希純

有香無色不因春，端是書生席上珍。同作虀鹽賦詩客，定非歌舞賞花人。
根移少日便花開，數子殷勤手自培。更翦素衣成鶴氅，王恭定向雪中來。
玉蘂花開動玉宸，唐昌觀裏夜逢真。仙人瓊弁初無比，直恐芳心却未申。
鳳尾成陰蕉葉重，金鈿相對菊花繁。莫悲舉世無相識，佩蕙紉蘭有屈原。
孤潔偏因霜露成，春花無數不知名。秖應新沐彈冠客，要爾相宜一倍清。
日日花前醉賦詩，多情休誦北山移。沾巾不要時人學，獨為秋香插一枝。
姑射山前舊約非，秋風滿意未成歸。仙人一去無留迹，墮珥遺簪作雪飛。
藍田故有他山錯，瑶旆瓊旒碧玉干。左紫姚黄滿金谷，野人留取伴雞冠。

贈王安國芍藥

羣花銷盡獨芳菲，淡沐輕膏知為誰。寂寞書生久無意，風流别駕合相知。

相州州園

解鞍休馬暫蕭然，雖晚猶堪一醉眠。所到園林且為主，若須吾有是何年。

又泛西溪詩十首

溪小纔容舴艋舟，一樽聊復寄春流。縱横不用施篙棹，自在教隨水上鷗。
溪頭青草弄春柔，一帶花開動客愁。貪看波中錦紋石，不知船已過芳洲。

春水微生放鷁初，和風習習日舒舒。洲前且為停輕楫，待摘蔞蒿煮白魚。
扁舟如箭過前灣，飛鷺多情送我還。張起片帆風正急，回頭已失蔡公山。
天生橋畔水交流，夾岸花飛逐客舟。時聽山禽歌一曲，何須吹笛舞凉州。
下瀨忽驚花滿樹，踏舟常恐酒杯翻。鼻頭只怪香風遠，知是行過桃李村。
寒沙如雪水如藍，歌嘯中流響半巖。秖恐驪龍驚睡覺，呼風吹浪濺春衫。
春樹連山水浸雲，櫂歌初奏浪花分。溪神為我添風色，十里歸來日未曛。
淡淡春烟夕照微，渡頭已覺行人稀。玉罇未盡賓朋意，兩槳何妨待月歸。
岸邊漸長陶潛菊，渚畔初生柳惲蘋。自學操舟狎清泚，從今休笑往來頻。

次黄富道覓山釀韵

深巖窮谷自涓涓，慚愧詩情却泫然。政使家貧無麴米，猶堪烹作惠山泉。

寄張竦

張侯生意秖如瓶，出入艱難亦自成。却縱鴟夷差獨樂，此中何物不堪盛。

和定國湖上

溪光涵影碧蕭蕭，四合深林不見梢。寒暑若言無避處，世間那有況雲巢。
雨過松篁多樣翠，風迴蘋藻一般香。玉蘭桃李非無意，興味由來静處長。
菰蒲深處水藏波，邂逅相忘自嘯歌。曳組懸龜知底用，水邊消得一漁蓑。
酤酒添庖趁晚飢，冷淘堆椀照銀絲。羹芹有意無由獻，此味君王恐未知。

瀏鶒鸕鷀樂更真，夷猶溪水碧粼粼。全如傲世佳公子，泛泛波間不可親。
盤中擘粒試垂綸，與子應非臧丈人。渭水何須笑温水，絶勝憔悴楚江濱。

夜坐示兒姪

露下天高秋氣清，北書不到雁無情。且將款曲終今夕，遮莫鄰雞下五更。
尊香輕泛數枝菊，豈獨春風一一回。自憐寒律窮途客，不恨飄零却恨開。

戲示語道

御史青驄持望重，將軍赤兔得勳多。乘黄騕褭今相見，垓下烏騅奈若何。

麥　壟

麥壟漫漫宿藁黄，新苗寸寸未經霜。手中馬箠餘三尺，想見歸時如許長。

次韻智夫并呈庭誨

為問尊前醉阿誰，韓娥應囀縷金衣。何須料理沙邊客，更遣梁塵作雪飛。
卧隨編草依龜背，行踏冰泥上馬垠。却望高城在天上，故知李郭是仙人。

答景亮

十札新詩忽見投，筆端高興不能休。願將筋力如公比，安得耽書到白頭。

以茶寄安國

苦茗槍旗誠鄙甚，密雲龍鳳太高生。一甌為寄忘年友，此味應須識此情。

闕　題

君家十畝春蒼筤，犀株解籜冰玉香。山東麥飯藜羹客，有底詩情合得嘗。

先寄左軍語道

已喜仲容連騎去，更思小陸度山來。賦槐白士愁顏甚，唤取溪傍一笑開。

咏吕步舒詩

先生卵翼計平生，針芥相睽禍欲成。自是揮斤非妙手，郢人為質却無情。

緡書見舍弟去年自壽歸鄆道中詩悵然懷想久不作詩因集句爲答用渭城體可歌也

春深逐客一浮萍，何處淹留白髮生。山城過雨百花盡，野渡無人舟自横。
青春白日坐消難，須著人間比夢間。八公山下清淮水，明月何時照我還。
汶陽歸客淚沾巾，莫厭傷多酒入脣。暫時相見還相送，水遠山長愁殺人。
荒山野水照斜暉，緑浄春深好染衣。請君問取東流水，來歲如今歸未歸。
尋思百計不如閒，塞馬重來事偶然。皇恩若許歸田去，頭白昏昏只醉眠。
詩成吟咏轉凄凉，獨宿空簾歸夢長。長年事事皆抛盡，惟到尊前是故鄉。

重送成都漕

曾遊淮上愛清流，况子官為郡督郵。可賀吕虔賢太守，佩刀應得不須求。

口　號

孟仲争秋毒熱新，自今三指算歸旬。已判明月隔千里，可對茱萸少一人。

面目已憑詩寄去，笑談須待自將來。香泉不煮雙金榼，候取歸人趁菊開。

闕題

北堂手種藍田玉，采斵不隨薑芋疇。邇來留得花爲佩，付與吴儂可療愁。

又景亮惠藜杖賦絶句以謝

藜根矯矯似枯松，扶我蹣跚病力窮。置几賜餐非所重，康寧願學樂全翁。

銀角桃枝空有賦，鐵根藜杖可無詩。從今客到迎門待，還我維摩未病時。

張辟彊

老畫騣騣不可攀，風流依約片言還。小兒若悟他年事，肯使生心涕淚間。

覓竹示子勉

爲覓新篁雪後移，殷勤都莫遺根知。道人要作騎龍杖，與子相從到葛陂。

和公度

多情佳客送春來，雉尾猫頭次第栽。從此庭前共蒼翠，夭桃繁杏不須開。

松石

長茂用武子流沙作松石，既成示予，而武子來請作小詩歸之，并簡長茂。

筆端陶冶不無神，紙面流沙秋後雲。點破沙痕便成水，一溪松石浪沄沄。

向來愛鼎已成癖，今日還書真是癡。不分多求董威輦，只應重老李咸熙。

恩赦放還集句先寄鄉中弟姪三首

去年當日別東都，魚鳥猶疑畏簡書。詔恩許逐陽和至，只向長沙住歲餘。

櫓聲衝雨似鳴機，終日思歸此日歸。自為野客尋幽慣，不用登臨歎落暉。

閒思往事似前身，羞見黄花無數新。我家孤姪在海浦，遍插茱萸少一人。　以上《學易集》卷四

李氏繡佛贊

稽首慈悲父，相好光明藏。應現行願力，針縷妙措成。我觀因緣空，亦非自然性。種種皆心造，是心非造者。佛子不思議，熾然一念生。諸聖所加持，具足千百億。我願如是故，造作及見聞。遇見未來等，同承佛記莂。

巍巍堂堂，妙莊嚴聚。一念現前，非針非縷。文聞已彰，何妨金露。滿月當空，誰知在處。

古器圖贊

想古之人，悠哉邈乎。我獲其器，賦象在圖。有客見之，笑此展轉。閱斯勤斯，其人云遠。我欲曉客，耿不能言。退觀古人，恍獨如存。千載寥寥，不在圖外。謂不信者，取器以對。　以上同上書卷六

虜中作四首

文物燕人士，衣冠漢典儀。舉知繒絮好，深厭血毛非。形勢今猶古，規模夏變夷。誰言無上策，會是有天時。

甘作河南犬，休為燕地人。舉能羞石晉，誰復怨嬴秦。地扼遼東海，星占析木津。悲傷此邦舊，會遣一朝新。

人物分多種，遷流不見經。已無燕代色，但有犬羊腥。海馬生難馭，山苗煮始青。舜韶方九奏，異類合

來庭。

聞有官軍士，生存仍宦胡。羞言隴西李，忍對杜陵蘇。椎髻心何似，環刀意豈無。陳湯那復得，衛律不勝誅。《永樂大典》卷一〇八七七引《劉學易先生集》按：《永樂大典》收《虜中作》共十八首，四庫館臣删去四首，改題《使遼作十四首》，收入《學易集》卷三。此四首原序列為第二、第六、第一二、第一八。

吴江長橋

路隔銀潢鳥倦飛，行人恐犯女星機。長虹出浪無冬夏，老蜃浮空半是非。兩岸履聲雲内合，三州帆影月邊歸。欄干獨立秋風早，豈待鱸魚始拂衣。影印《詩淵》册三頁二〇三三

句

急雨欲來先暑氣，涼風過後却秋聲。龍山寺　宋吴幵《優古堂詩話》

（陳曉平整理　虞行補遺）

全宋詩卷一〇七四

周諶

周諶，毗陵（今江蘇武進）人。神宗元豐二年（一〇七九）進士（《咸淳毗陵志》卷一一）。官太常博士，監左藏庫（《續會稽掇英集》卷五）。今録詩二首。

送程給事知越州 二首

公應夙世作詞臣，文采飄飄入眼新。晝燭排空滕閣夜，紅旍照海越臺春。新篇錦繡盈南國，舊德鵷鴻綴北辰。白髮會稽還卧鎮，直將生理付陶鈞。

風烟初別武王臺，更向金河握節回。自注：虜中有金河渡。日月違顔天縹緲，塵沙吹面玉摧頹。試看紫府驂鸞去，又見長安駟馬催。欲作東州遺愛録，自慚詞筆乏鄒枚。宋黄康弼《續會稽掇英集》卷五

陳琙

陳琙，永春（今屬福建）人。神宗元豐二年（一〇七九）進士（清道光《福建通志》卷一四七）。

句

自是古今無變異，豈因霜雪有枯榮。寒松軒　宋王象之《輿地紀勝》卷一二八《福建路·福州》

孫子實

孫子實，名不詳，神宗時人，與秦觀同時（《淮海集》卷六《覿覯二弟作小室請書魯直名曰寄寂作此寄之用孫子實韻》）。

詩一首

薛宣欲吏雲，季氏或招閔。此分冒中秋，萬物既收稛。賣藥偶知名，草玄非近準。才難不易得，志大略細謹。士生要弘毅，天地如蓋軫。驥令鹽車驂，井下知綆引。難甘吁爾食，聊寄粲然囅。誰能借前籌，還婦用束蘊。吾聞調羹鼎，異味及粉槿。豈其供王羞，而棄會稽笋。宋秦觀《淮海集》卷六《覿覯二弟作小室請書魯直名曰寄寂作此寄之用孫子實韻》注引

（以上甯德偉整理）

曾誠

曾誠，字存之，泉州晉江（今福建泉州）人。孝寬子。哲宗元符間爲秘書監（《墨莊漫録》卷六、《獨醒雜志》卷七）。徽宗崇寧三年（一一〇四）因賄賂事勒停（《宋會要輯稿》職官六八之一〇）。今録詩三首。

與同舍諸公飲王詵都尉家有侍兒輩侍香求詩求字者以烟濃近侍香爲韻得濃字

俯仰家人看墨蹤，和研親炷寶熏濃。詩情過筆當千里，妙思凝香欲萬重。山盎泄雲傾白酒，越羅霑露浥黄封。從來粉黛宜燈燭，妙手憑誰寫醉容。

七夕王都尉邀同舍置酒聽琵琶

寶檻淩雲結綺高，小奩争巧暮分曹。春葱細撚龍香撥，秀頸偏明邏迦槽。牛既《宋詩紀事》卷三五作饑寫形呈粔籹，馬軍馳酒送蒲萄。淚珠散作人間露，最覺更闌潤錦條。　以上宋張邦基《墨莊漫錄》卷六

雪

瞥看塵硯忽生冰，試出疏門雪已平。棲鳥亂争寒栱鬧，晚雞微傍凍樞鳴。風花半結乾尤重，雲葉初黄暗未晴。書罷擁衾渾不寐，夜長惟聽灑窗明。　宋劉克莊《後村千家詩》卷一三

句

從來釣竿手，不解叩黄扉。　宋鄒浩《道鄉集》卷九《聞存之遊京師且邸報達官有薦之者》注引

椎冰小鯉應堪鱠，掃岸疏梅未放花。　宋高似孫《緯略》卷六

年衰髮種種。　宋紹嵩《亞愚江浙紀行集句詩》卷一

幽襟失所從。　同上書卷三

侵岸疏梅已放花　宋李龏《梅花衲》　按：此為集句，疑為前「掃岸疏梅未放花」之異文。

（崔統華整理）

范周

范周，字無外，吴（今江蘇蘇州）人。仲淹從孫。曾入平江府學，所居號范家園（《吴郡志》卷二六）。今録詩四首。

木香

暖風吹麝入鉛華，不肯隨春到謝家。半夜粉寒香泣露，也應和月怨梨花。　《墨莊漫錄》卷九

題監簿石存中園亭壁

范周來謁石存中，未必存中似石崇。可惜南山焦尾虎，低頭拜狗作烏龍。

與府庠諸坐巡夜

自古輕儒孰若秦，山河社稷付他人。而今重士如周室，忍使書生作夜巡。

崑山

萬疊青巒壓巨崑，四垂空闊水天分。夜光寒帶三江月，春色陰連百里雲。桂子鶴驚空半落，天香僧出定中聞。不將此境憑張益，三百年來屬老文。以上宋龔明之《中吳紀聞》卷五

句

一瓢有道泰山重，五鼎不義鴻毛輕。宋范成大《吳郡志》卷二六

（劉寧整理）

蔣晞顔

蔣晞顔，生平不詳。《崑山雜詠》排名在范周前，當是徽宗、高宗時人。

上方翫月

明月自當千里共，如何獨得占嬋娟。只應飛閣侵天半，此外誰能近月邊。宋龔昱《崑山雜詠》卷上

（顧永新整理）

苗仲淵

苗仲淵，開封（今屬河南）人。仁宗妃苗氏之侄。曾官將作監主簿（《蘇魏公文集》卷三〇《苗仲淵可將作監主簿制》），知楚州（《輿地紀勝》卷三九《淮南東路·楚州》）。

趙康州徐夫子廟

世惟忠與孝，訓俗知所止。殺身趙康州，錫類徐夫子。雖非萃一門，死葬同閭里。《輿地紀勝》卷三九《淮南東路·楚州》

（甯德偉整理）

慈觀長老

慈觀長老，徽宗大觀末住雲蓋。事見《羅湖野録》卷二。

頌

龍牙答話只蘇嚧，借問諸方會也無。昨夜虛空開口笑，祝融吞却洞庭湖。宋曉瑩《羅湖野錄》卷二

《羅湖野録》：龍牙才禪師受潭帥曾公孝序之請，開堂於天寧。一日曾延見諸禪，問曰：「龍牙答話只蘇嚧，如何道林？」月菴乃應聲而顧諸禪曰：「借問諸方會也無？」曾笑曰：「可聯成一頌，以為禪悦之樂。」時座無續者。及傳至雲蓋，有慈觀長老云云。

（王嵐整理）

司馬康

司馬康（一〇五〇—一〇九〇），字公休，陝州夏縣（今屬山西）人。光子。神宗熙寧三年（一〇七〇）進士。五年，監西京糧料院。光修《資治通鑑》，為檢閱文字。授簽書山南東道節度判官公事。

元豐八年（一〇八五），擢祕書省正字。哲宗元祐元年（一〇八六），爲校書郎。四年，爲修神宗實録檢討官。五年，提舉西山崇福宮，卒，年四十一。事見《范太史集》卷四一《直集賢院提舉西京嵩山崇福宮司馬君墓誌銘》，《宋史》卷三三六、《東都事略》卷八七有傳。

寒食上塚至瀾洄莊追思祖烈感而爲詩

祖學當年向此勤，子孫今日繼清芬。賢能自過高陽里，尊寵無慚萬石君。花滿一川紅蕊亂，渠環千頃翠波分。高門駟馬流餘慶，當見吾家世有聞。清儲大文雍正《山西通志》卷二二三

（劉彦捷整理）

釋系南

釋系南（一〇五〇—一〇九四），俗姓張，汀州長汀（今屬福建）人。早歲出家，後見開元潭禪師，又見隆慶閑禪師、仰山偉禪師。晚遊湖湘，入道林元祐禪師之室，得密符心印。後繼祐禪師住持廬山羅漢院。爲南嶽下十三世，雲居祐禪師法嗣。哲宗紹聖元年卒，年四十五。事見《姑溪居士後集》卷一四《廬山承天羅漢院第九代南禪師塔銘》，《五燈會元》卷一八有傳。今録詩四首。

示居士張戒二首

汝到廬山山到汝，更誰别我廬山去。出門問取嶺頭風，大道騰騰無本據。

頭戴烏巾着白襴，山房借汝一年閒。出門爲説來時路，家在黄陂翠靄間。《羅湖野録》卷一

偈

禪不禪，道不道，三寸舌頭胡亂掃。昨夜日輪飄桂花，今朝月窟生芝草。呵呵呵，萬兩黄金無處討。一

句絶思量，諸法不相到。

臨終偈

羅漢今日，倒騎鐵馬，逆上須彌。踏破虚空，不留朕迹。

宋普濟《五燈會元》卷一八

（陳曉蘭整理）

蔣静

蔣静（一〇五〇—一一二〇），字叔明，常州宜興（今屬江蘇）人。神宗元豐二年（一〇七九）進士（《咸淳毗陵志》卷一一）。哲宗元祐六年（一〇九一）知安仁縣（《景定建康志》卷四四）。移知陳留縣。徽宗初立，以附蔡京遷國子司業。出知壽州。崇寧五年（一一〇六）徙江寧府（同上書卷一三），睦州。因病提舉杭州洞霄宫，越九年，召為大司成，出知洪州。復告歸提舉洞霄宫。宣和二年卒，年七十一（《宋會要輯稿》儀制一一之一一）。《宋史》卷三五六有傳。今録詩七首。

别柳將軍廟

夢事雖非實，將軍默有靈。舊祠從此焕，古檜蔚然青。甲馬宵中見，琴堂卧正冥。留詩非志怪，三五扣神扃。

宋洪邁《夷堅甲志》卷一

翠光亭

君山堆翠出危尖，練水浮光照短簷。夜鶴曉猿同冷淡，胡床麈尾獨安恬。雲來晝棟休遮眼，月到澄溪任透簾。還似棄官陶靖節，北窗高卧怕誰嫌。

《輿地紀勝》卷九《兩浙西路·江陰軍》

題蔣帝廟二首

青骨沈埋恨未休，寒烟深鎖舊山愁。悲風力掃欃槍日，勇氣平吞澤國秋。身殞一朝心報國，功褒千古首凝旒。當年白羽雲頭扇，還許仍來得見不。

鍾阜巍巍插太虛，祠堂高拱此山墟。誰言荒草埋青骨，時有僊風掃舊廬。宋馬光祖《景定建康志》卷四四

遊白龍山

駐馬白龍山，拂石青松下。雲從潭底生，風向松枝灑。風雲了無心，聊隨白龍化。勿謂風雲擾，中含閑暇者。明趙錦嘉靖《江陰縣志》卷三

題毗山

四十年前掉臂遊，寺庭荒落易悲秋。重來氣象渾非昔，滿院松杉翠欲流。方外故人惟白骨，壁間陳跡獨銀鈎。青春祇道堪行樂，獨倚僧窗萬斛愁。

洗心亭睡起偶題

黄粱未熟酒猶醲，一夢南柯事已空。水緑山青無限好，今來古往不知窮。龍吟竹笛秋江面，雪糝蘆花夜月中。清景阿誰偏占得，白頭波上釣魚翁。以上清陳延恩道光《江陰縣志》卷二六

句

行藝已書丞相筆，姓名還結裕陵知。挽劉谷

他日如尋隱君子，女山深處一孤墳。又 以上清于琨康熙《常州府志》卷二七

（李更整理）

孫 緦

孫勰（一〇五〇—一一二〇），字志康，寧都（今屬江西）人。哲宗元祐三年（一〇八八）進士，授奉寧軍節度推官。歷鄆州教授，知舒州太和縣。從辟高陽、太原兩路安撫司機宜文字，除知岳州。晚年提點崇福宮，歸於陳。徽宗宣和二年卒，年七十一。有文集四十卷，已佚。事見《斜川集》卷五《孫志康墓銘》，明嘉靖《贛州府志》卷一〇、《宋元學案》卷三有傳。

金精山

多病厭凡垢，思欲求道真。金精古福地，中有超世人。駕言從之遊，洗我千劫塵。洞門無扃鎖，松竹四時春。泉聲散風韵，珩珮若有聞。九微何燿煜，百和方氤氳。稽首願乞靈，縹緲如相親。至妙非言說，蕭然清吾神。大道本自然，一悟不在勤。逍遥此岩下，當自觀其身。　明董天錫嘉靖《贛州府志》卷二

句

端溪紫玉試自滌，磨動玄雲驅霹靂。　宋高似孫《硯箋》卷一

錢適

錢適（一〇五〇—一一二一），字德循，婺州浦江（今屬浙江）人。神宗熙寧九年（一〇七六）進士，調洪州推官。累遷越州通判。哲宗元符三年（一一〇〇），提舉荆湖北路常平（《宋會要輯稿》職官六七之三二）。徽宗崇寧初，為殿中侍御史。劾曾布，進中丞。踰年，知潁昌府，改滁州，徙宣州。五年（一一〇六），知秀州（同上書職官六〇之一八），以事屏居婺州十五年。宣和三年，為方臘所殺，年七十二。《宋史》卷三五六、《敬鄉録》卷三有傳。

秋宵

南鄰燈火冷，三歎愁夜永。北里歌未終，已驚初日紅。不知晝夜誰拘管，一等秋宵有長短。元吳師道《敬鄉錄》卷三

（以上劉彦捷整理）

劉溫

劉溫，神宗元豐三年（一〇八〇）通判桂林。事見《八瓊室金石補正》卷一〇〇。

留題九龍巖

三任湖湘，悵移桂林，元豐庚申中□□日

繡嶺如屏倚梵宫，九龍疇昔隱巖空。湖壖勝概嬉遊遍，名宦勞生西復東。清陸增祥《八瓊室金石補正》卷一〇〇

（蕭永鳳整理）

姚舜諧

姚舜諧，神宗元豐三年（一〇八〇），以承議郎通判台州。事見《嘉定赤城志》卷一〇。今録詩二首。

題共樂堂

秀氣清陰日滿前，仙瀛蓬閬景都全。綵舟畫楫魚噴浪，綺席金爐麝吐烟。權勝更思明月夜，飲酣惟恐夕陽天。自注：屢陪公静遊東湖，常以城闉之阻為恨也。主人報政榮塗近，淮浙重遊路接連。

題東掖山承天院

面勢崔嵬插斗牛，東分一掖鎮丹丘。玉毫金相祖師會，自注：院有九祖閣洎十八羅漢堂焉。寶帙琅函海藏流。蒼

檜茂林常蔭映，白蓮香社共熏修。自注：承天、白蓮，舊同一院。紅塵斷處人難到，俗駕經年始此遊。自注：予官此已二年，今方一到。　以上宋李庚《天台續集》卷中

宋景瞻

宋景瞻，神宗元豐三年（一〇八〇）為涇縣令。事見清嘉慶《涇縣志》卷一三。

崇慶寺

峭壁青連古院松，疏林聲渡晚風鐘。地擘鰲背中分勢，僧住天宮第幾重。泉落斷崖懸素練，樹蟠危石掛蒼龍。登臨遠與紅塵隔，疑在三山最上峰。　清洪亮吉嘉慶《涇縣志》卷三一

句

可憐萬里南飛翼，肯向霜林借一枝。　宋張耒《柯山集》卷二〇《宿南山普濟院》注引

（以上劉彥捷整理）

張莊

張莊，應天府（今河南商丘）人。神宗元豐三年（一〇八〇）進士。歷提舉司、講議司檢討官，出提舉荆湖、夔州等路香鹽事，改提舉荆湖北路常平、提點刑獄，廣南西路轉運副使，知融州、桂州，兼黔南路經略安撫使，知靖州。《宋史》卷三四八有傳。

陪諸公觀稼

陪龍圖閣直學士、經略王公若愚與提點刑獄劉子至、提舉學士唐夢傳觀稼近郊，遂過傲雲諸閣。大觀元年五月十

六日。

山甫遄歸有詔期，省耕聊復輝《桂勝》卷四作耀幢麾。翠岑恰似千旗密，緑野何妨萬馬馳。雕鶚精神元老貴，鼎彝功業太平時。自惟晚進誠天幸，偶附台躔每處隨。元陳世隆《宋詩拾遺》卷一四

（王麗萍整理）

家彬

家彬，字中孺（《范太史集》卷五五《手記》），眉山（今屬四川）人。神宗元豐三年（一〇八〇）進士，哲宗朝為尚書吏部郎中。六持使節，贈銀青光禄大夫。有學行，為士林所尚。事見《淨德集》卷二三《朝請郎新知嘉州家府君墓誌銘》、《鶴山集》卷八四《知富順監致仕家侯炎墓誌銘》。今録詩二首。

題南龕寺

巖下楩楠秋復春，當年觴詠悉名臣。舊遊已去成陳迹，佳句還如見古人。極目江山依夕照，回頭城市隔囂塵。登臨未久還西去，堪愧芸夫每問津。清燕庭《金石苑》冊五

林敏功

林敏功，字子仁，蘄春（今屬湖北）人。年十六，預鄉薦，下第歸，杜門不出二十年。哲宗元符末詔徵不赴，與弟敏修以文字終老，世號「二林」。徽宗政和中，賜號高隱處士。有詩文百卷，號《蒙山集》；又有《高隱集》七卷（《直齋書録解題》卷二〇），一作《林敏功集》十卷（《宋史·藝文志》），均

佚。事見《尚友録》卷一三、《江西詩社宗派圖録》。今録詩八首。

春日有懷

風高收雨急，日薄過窗微。梅萼《宋詩拾遺》卷一〇作蕊初迎臘，春溪欲染衣。形容今日是，遊衍昔人非。節物關愁者，《宋詩拾遺》作緒歸鴻正北飛。　宋呂祖謙《宋文鑑》卷二三

書吴熙老醉杜甫像

清晨出尋酒家門，蹇驢破帽衣懸鶉。年年碧雞坊下路，野梅官柳慣尋春。酒錢有無俱醉倒，改罷新詩留腹稿。兒童拍手遮路衢，拾遺笑倩旁人扶。百年風雅前無古，沈宋曹劉安足數。後來一字人難補，君莫笑渠作詩苦。　宋孫紹遠《聲畫集》卷一

題薛彦海墨竹

修竹嘗連林，誰復訪清秀。妙手拂素壁，直節乃一□。□□别孤芳，妙舞欺長袖。隻影媚澄潭，清風在中霤。山中歲言邁，慰我聊邂逅。臃腫門前樗，軟弱常□茂。固無斧斤厄，每犯霜雪叩。誰知彼樗肥，不如此君瘦。　同上書卷五

子瞻畫扇

夫子江湖客，毫端託渺茫。攢峰埋暮雨，古樹困天霜。偪側餘僧舍，溟濛失雁行。生死隨化盡，此意獨難忘。　同上書卷六

絶句

君心恨不走天涯，不比衰翁只戀家。最是横塘黄葉路，今年無伴折梅花。　宋劉學箕《方是閑居士小稿》

德章寺

我行蘄州城，東望黃梅山。謂言一驛地，何時可躋攀。今日復何日，籃輿到山間。林開德章寺，岫幌青雲關。《輿地紀勝》卷四七《淮南西路·蘄州》

與劉義仲檢討別後有懷

檠燈耿夜窗，夜雨欲達晨。寒雞催曉色，結束征車輪。車行馬上霜，送子西入秦。二年絶廪禄，此去當通津。人生萍托水，相遇即相親。況我與夫子，恩意踰天倫。屈指十日別，今君千里人。關山行役勞，欲雪風怒嗔。投身聲利區，納足冠蓋塵。銅墨不須歎，君心知愛民。歲晚勿滯留，歸及江南春。宋劉元高《三劉家集》

贈趙正之

君為稻田官，君非力田科。我令耕田夫，為君奏田歌。南畝茨粱稼，東郊烟雨蓑。田家不作苦，奈此歲暮何。憫憫望有年，一失成蹉跎。立苗非不疏，稊稗常苦多。小人剥良善，蓬蒿賤嘉禾。去惡藉老農，芟夷戒駢羅。夫君邦之彦，妙年加切磋。治國與治身，此道終靡他。人心不相遠，如以斧伐柯。願君日顯榮，吾言期不磨。《宋詩拾遺》卷一〇

句

嘗憶他年接緒餘，饒三落托我迂疏。谿橋幾換風前柳，僧壁今留醉後書。寄夏均父　宋呂本中《紫微詩話》

心逐片雲閑。

路尋流水遠。以上《亞愚江浙紀行集句詩》卷二

竹間初折半斜枝。同上書卷五

近方薝蔔黄，遠比茉莉小。巖桂　宋陳景沂《全芳備祖》前集卷一三

附録

無題

琵琶起舞換新聲，總是關山舊客情。撩亂邊愁彈不盡，高高秋月照長城。按：《永樂大典》卷八九九引作林子仁詩，實為唐王昌齡《從軍行七首》之二，見《全唐詩》卷一四三。

林敏修

林敏修，字子來，號漫郎，蘄春（今屬湖北）人。敏功弟。有《無思集》四卷（《直齋書録解題》卷二〇），已佚。事見《尚友録》卷一三、《江西詩社宗派圖録》。今録詩九首。

竹溪

張牧之隱於竹溪，不喜與世接。客來，蔽竹窺之，或韵人佳士，則呼船載之，或自刺船與語；俗子十反不一見，怒駡相踵弗顧也。人或以少漫郎，余獨喜與古人意合，乃作竹溪詩。

幽閑古城陰，結屋清溪曲。溪流湛回映，上有青青竹。漫郎欣得之，緑髮詠空谷。高風及前修，勝趣隨遠矚。惡客徒擾人，立談非我欲。麾去寧汝嗔，真意聊自足。或言不當爾，往往相謗讟。答云豈吾私，恐作林泉辱。源流别涇渭，臭味同草木。肯當百事勝，容此一物俗。獨餘嵇阮輩，蕩槳戒臣僕。濁醪澆古胸，日没還秉燭。僕忝瓜葛後，意氣頗相屬。平生幾兩屐，共老三徑菊。行年事無定，此計諾已宿。徑

須買牛衣，兒亦荷書篦。從子竹間遊，溪魚斫寒玉。《宋文鑑》卷二〇

閻立本畫醉道士圖

破除萬事無過酒，有客何須計升斗。解將富貴等浮雲，醉鄉即是無何有。昔人繪事亦有神，丹青寫出畫天真。尊罍未耻月漸傾，更待曉出扶桑暾。餐霞服氣浪自苦，自厭神仙足官府。脱巾解帶衣淋漓，眼花錯莫誰賓主。君不見炙手可熱唯權門，欲觀佳麗遭怒嗔。何如銜盃樂聖藉地飲，安用醉吐丞相茵。《聲畫集》卷二

文湖州作山水横軸吴希全家藏其子誠伯求蘇養直賦詩語特奇妙遂用其韵同賦

明窗十日復五日，出此湖光與山色。前身畫師語不妄，文侯乃是金門客。乍從雲際辨遠岫，爭數喬林誇眼力。没原校：一作波漂菰米歲事空，水濱柱《宋詩拾遺》卷一〇作枉下南飛鴻。欲投曉渡唤舟子，急槳已入昏烟中。徑思天邊問歸路，錯認江鄉舊洲渚。能傳萬里在尺素，豪奪應防卷寒雨。同上書卷四

觀劉格非畫

人言畫師非俗士，小技不妨聊戲耳。欲搜萬象入詩句，未若丹青易盈紙。坐令晚景下鴻雁，力奪春工發紅紫。明眸破笑不作難，頃刻冰紈出西子。信能自適亦自累，好事終為人所使。曷不窮年自寫真，奮髯箕踞走百鬼。同上書卷八

歙硯

瑟瑟方池霧縠紋，麝烟初散墨花春。晴窗晝静桐陰轉，筆下雲生字入神。《硯箋》卷二

送劉義仲檢討 時往鉅野

二年食貧兒女煎，大寒客居衣裹穿。閉門窮巷氣不屈，誰問過午無炊烟。腹中萬卷自得飽，冷熱不假世人憐。思歸一日止舊隱，牆垣荆棘荒三椽。青山不肯埋妙器，幅巾却作康廬仙。今年再渡江北船，旋買走馬趨日邊。即今日月九天上，陛下旰食思求賢。結交老蒼半臺閣，亨衢插翼看翩翩。朱顔誰無起家念，壯志輸君先著鞭。我今憔悴類蟠木，斧斤不到終天年。病身無用聊自惜，對榻猶堪雨夜眠。

次韵寄檢討 公時在鉅野

濟北淮南夢到稀，牢愁猶賴酒來微。欲知飯顆詩人瘦，政憶長鬚主簿肥。應世君方持手板，畏人我已著山衣。春來消息甚疏闊，徙倚高原惜寸暉。　以上《三劉家集》

喜到竹齋書事呈無位居士

嶺上小梅初破萼，同雲作寒雪花落。千里南還喜見君，一杯相屬寧辭數。楚狂小子笑孔丘，杖屨謾學名山遊。二年勝景覽欲盡，贏得顔髪先驚秋。却歸竹下尋詩句，追講前歡禿千兔。竹間已有嗣宗狂，吟醉何妨陪杖屨。　《永樂大典》卷二五四〇引《林敏修詩》

蓮子

落盡紅裳翠的生，甘泉金鑄馬蹄輕。中心有意君知否，半是湘妃淚點成。　明《新編增廣事聯詩苑叢珠》卷一一

句

歲寒羣物慘無光。　《亞愚江浙紀行集句詩》卷六

（以上陳曉蘭整理）

林膚

林膚

林膚，字碩儒，福清（今屬福建）人。旦子。以蔭入仕。徽宗崇寧三年（一一〇四），因元符末上書事入黨籍。事見《宋史》卷三四三《林旦傳》，《元祐黨人傳》卷五有傳。

句

延平閣想張華劍，寶婺樓觀沈約詩。雙谿亭原注：在羅源縣淨戒院。《輿地紀勝》卷一二八《福州路·福州》

（楊澤生整理）

李陶子

李陶子，名不詳。神宗元豐初蘇軾知徐州時，其父李陶官徐州通判（《仇池筆記》卷上）。

落花

流水難窮目，斜陽易斷腸。誰同研光帽，一曲舞山香。宋蘇軾《仇池筆記》卷上

《仇池筆記》：徐倅李陶有子年十七八，忽詠落花詩云云。父驚問之，若有物凴附者，云：「西王母宴羣仙，有舞者戴研光帽，帽上簪花，舞《山香》一曲，曲未終，花皆落去。」

（陳曉蘭整理）

孫勴

孫勴，字志舉，寧都（今屬江西）人。立節次子。偕兄勰從東坡遊。朝廷舉遺逸不應，卜居延春谷。年七十，卒。《宋元學案》卷三有傳。今録詩三首。

訪王主簿同泛菊茶

妍暖春風蕩物華，初回午夢頗思茶。難尋北苑浮香雪，且就東籬擷嫩芽。宋史鑄《百菊集譜》卷三

題靖節祠二首

先生拂衣歸柴桑，視時富貴猶粃糠。義心耻食易代粟，督郵於我何低昂。

五字高吟酒一瓢，廬山千載想風標。至今門外青青柳，似向東風懶折腰。

《永樂大典》卷六七〇〇引《九江志》

（劉彦捷整理）

楊檦

楊檦，生平不詳（《宋詩紀事》列於北宋後期，姑從之）。

玉枕石

棧道險復險，客懷愁更愁。萬山俱絶壁，一水不通舟。

宋祝穆《方輿勝覽》卷七〇

陶應

陶應，一作陶應弼（《錦繡萬花谷》續集卷九），生平不詳（《宋詩紀事》卷三五列於北宋後期，姑從之）。

題寶雞縣原作題寶應縣，今屬江蘇，與詩中地理不符，據《宋詩紀事》並參詩内容改

雪樓當月動清寒，渭水粱山鳥外看。聞説德宗曾到此，吟詩不敢倚欄干。

《方輿勝覽》卷四六

岑碩

岑碩，字希微（《吟窗雜録》卷三四），生平不詳（《宋詩紀事》卷三五列於北宋後期，姑從之）。

三德院

齊朝立蘭若，曾廢會昌初。佛法滅不得，僧徒還此居。無碑傳古昔，有樹老扶疏。門外滁塵水，寒光浸太虛。　宋談鑰《嘉泰吴興志》卷一三

句

金屋暖猶積，玉關寒更深。　咏雪

伯嚭肆讒吻，夫差失霸圖。　題吴山廟

極目又芳草，捲簾非故山。　旅中春日登樓　以上宋陳應行《吟窗雜錄》卷三四

釋祖瑃

釋祖瑃，俗姓吴，福州（今屬福建）人。住潭州大溈。為南嶽下十三世，大溈秀禪師法嗣。《五燈會元》卷一八有傳。今録詩三首。

偈三首

道無定亂，法離見知，言句相投，都無定義。自古龍門無宿客，至今鳥道絶行蹤。欲會箇中端的意，火裏蝍蟟吞大蟲。

雨下階頭濕，晴乾水不流。鳥巢滄海底，魚躍石山頭。

祇見石磊磊，不見玉落落。若見玉落落，方知道寬廓。《五燈會元》卷一八

釋聞一

釋聞一，住潭州安化，稱啟寧聞一禪師。為南嶽下十三世，隆慶閑禪師法嗣。《五燈會元》卷一八有傳。

偈

拈花微笑虛勞力，立雪齊腰枉用功。爭似老盧無用處，却傳衣鉢振真風。《五燈會元》卷一八

釋惟爽

釋惟爽，住寧國府光孝。為南嶽下十三世，三祖宗禪師法嗣。《五燈會元》卷一八有傳。

偈

今朝六月旦，一年已過半。奉報參玄人，識取娘生面。娘生面，薦不薦，鷺鷥飛入碧波中，抖擻一團銀繡線。《五燈會元》卷一八

念禪師

念禪師，住郴州萬壽。為南嶽下十三世，華光恭禪師法嗣。《五燈會元》卷一八有傳。今録詩四首。

偈

往復無際，動静一源。含有德以還空，越無私而迴出。昔日日，今日日，照無兩明。昔日風，今日風，鼓無兩動。昔日雨，今日雨，澤無兩潤。

頌三首

元正一，古佛家風從此出。不勞向上用工夫，歷劫何曾異今日。

元正二，寂寥冷淡無滋味。趙州相唤喫茶來，劚起眉毛須瞥地。

元正三，上來稽首各和南。若問香山山裏事，靈源一派碧如藍。

以上《五燈會元》卷一八

什庵主

什庵主，住鼎州德山静照庵。為南嶽下十三世，石霜琳禪師法嗣。《五燈會元》卷一八有傳。

頌

我有一柄拂子，用處别無調度。有時挂在松枝，任他頭垂角露。

《五燈會元》卷一八

（以上陳曉蘭整理）

釋圓極

釋圓極，曾依安吉州法如禪師。事見《五燈會元》卷一八《法如傳》。

贊法如禪師

生鐵面皮難凑泊，等閒舉步動乾坤。戲拈十智同真話，不負黄龍嫡骨孫。

《五燈會元》卷一八

《五燈會元》：安吉州道場法如禪師，衢州徐氏子，參雲蓋，悟汾陽十智同真話……水庵圓極依之，嘗贊之云云。

（李更整理）

張戒

張戒，曾問法於廬山羅漢南禪師。事見《羅湖野録》卷一。

頌

天不戴兮地不知，誰言南北與東西。身眠大海須彌枕，石笋抽條也大奇。《羅湖野錄》卷一

《羅湖野録》：廬山羅漢小南禪師，隨道林祐禪師移雲居，名重諸方，學者翕然歸之。時有居士張戒者，雅意參道，一日南問曰如何，張曰不會。南復詰之不已，張忽領旨，遽以頌對曰云云。

（王麗萍整理）

晁端中

晁端中（一〇五一—一一〇〇），字元升，鉅野（今山東巨野）人。哲宗元祐六年（一〇九一）進士（《浮沚集》卷四《晁元升集序》）。調趙州平棘尉，遷雄州防禦推官。元符三年，知潁州沈邱縣，將行而卒，年五十。事見《雞肋集》卷六八《雄州防禦推官晁君墓誌銘》。

西歸

安得龍山潮，駕迴馬（《山谷外集》卷二注引作實，《苕溪漁隱叢話》後集卷三四、《詩林廣記後集》作安）河水。水從樓前來，中有美人淚。宋周行己《浮沚集》卷四《晁元升集序》　按：《山谷外集》、《苕溪漁隱叢話》後集、《詩林廣記後集》皆題晁元忠作。

（劉彥捷整理）

孫諤

孫諤(一〇五一——一一〇九),字正臣,徽宗崇寧中有旨改名,遂以字行,邵武(今屬福建)人。神宗熙寧六年(一〇七三)進士(明嘉靖《邵武府志》卷八),授池州司法參軍。七年,試大法第一,除監制敕庫、吏房習學公事。出為睦州司理參軍。元豐五年(一〇八二),召為重修編敕所删定官。哲宗元祐六年(一〇九一),調通判建昌軍。紹聖元年(一〇九四),遷秘書省正字。二年,權發遣梓州路轉運判官。四年,移成都府路。召為吏部員外郎。徽宗建中靖國元年(一一〇一),除秘書少監,國子祭酒。崇寧元年(一一〇二),兼權秘書監。進直龍圖閣、權發遣江淮荆浙等路制置發運副使、知潤州,未幾,得管勾杭州洞霄宫。大觀三年卒,年五十九。事見《龜山集》卷三四《孫龍圖墓誌銘》。今録詩三首。

資聖院

四山藏一寺,方丈壓諸峰。回首坐禪處,白雲深幾重。

題江濱驛

渡江始至長江縣,返照雨餘村落明。此地曾經詩客到,九秋風月至今清。

以上《輿地紀勝》卷一五五《潼川府路・遂寧府》

文州

烟籠合處日華明,龍女山横擁郡城。番馬遠隨流水至,邊人高入白雲耕。

句

秋空獨見周王廟，夜月猶懸蜀將營。文王廟

以上《方輿勝覽》卷七〇

臧詢

臧詢（一〇五一——一一一〇），字公獻，湖州安吉（今屬浙江）人，世居梅溪鎮。神宗元豐二年（一〇七九）進士，調黟縣尉。歷知桐廬縣，汾州教授，知下邳縣。徽宗建中靖國元年（一一〇一），除太僕寺丞。崇寧元年（一一〇二）遷鴻臚丞，坐事免。三年，復除管勾元豐庫。四年，遷諸王府記室參軍。大觀四年冬，以疾請致仕，卒於京師，年六十。有文集十卷，已佚。事見《苕溪集》卷三〇《臧記室行狀》。

題清芬閣

舊隱固瀟灑，先生偏苦吟。俗情隨水落，雅趣與山深。白日自朝暮，清風無古今。遠孫簪組盛，終有愛閑心。

影印《詩淵》册四頁三〇三六

（以上吴士軍整理）

全宋詩卷一〇七五

米芾一

米芾（一〇五一—一一〇七），字元章，號襄陽漫士、鹿門居士、海嶽外史等，因曾官禮部員外郎，世稱米南宮。原籍太原（今屬山西），徙居襄陽、丹徒。宋代著名書畫家，書法與蘇軾、黄庭堅、蔡襄（一説蔡京）並稱四大家。以恩補浛光尉。歷知雍丘、漣水縣，江淮荆浙等路制置發運司勾當公事，知無為軍。徽宗崇寧間召為書畫學博士，擢禮部員外郎。大觀元年，出知淮陽軍，卒，年五十七。有《山林集》一百卷（《寶晉英光集序》），已佚。宋岳珂輯有《寶晉英光集》，後人續輯有《寶晉山林集拾遺》。事見《寶晉山林集拾遺》附《故南宫舍人米公墓誌》、《東都事略》卷一一六、《宋史》卷四四四有傳。

米芾詩，以宋嘉泰元年筠陽郡齋刻《寶晉山林集拾遺》（八卷，藏北京圖書館）為底本。校以文淵閣《四庫全書》本《寶晉英光集》（八卷，簡稱四庫本）、清咸豐《涉聞梓舊》本（八卷，補遺一卷，簡稱涉聞本）、日本河山亥本《寶晉英光集》（六卷，補遺四卷，抄本藏北京大學圖書館，簡稱河山本），並據補遺。新輯集外詩附於卷末。

自漣漪寄薛紹彭

老來書興獨未忘，頗得薛老同徜徉。天下有識推鑒定，龍宫無術療膏肓。淮風吹戟稀訟牒，典客閉閤閑壺漿。吟樹對山風景聚，墨池濯硯龜魚藏。珠臺寶氣每貫日，月觀桂實時飄香。銀淮燭天限織女，烟海括地生靈光。儁原作攜，據四庫本、涉聞本、河山本改兒乃是翰墨侶，俠竹不使輿衛將。象管鈿軸映瑞錦，玉鱗棐几鋪雲肪。原缺，據四庫本、涉聞本補依依烟華動勃鬱，矯矯龍蛇起混茫。持此以為風月伴，四時之樂樂未央。部刺不糾翰墨病，聖恩養在林泉鄉。風沙漲天烏帽客，胡不東來從北荒。

寄薛紹彭

歐怪褚妍不自持，猶能半蹈古人規。公權醜怪惡札祖，從兹古法蕩無遺。張顛與柳顛同罪，鼓吹俗子起亂離。懷素猲獠小解事，僅趨平淡如盲醫。可憐智永研空臼，去本一步呈千媸。自注：法帖所載可見。已矣此生為此困，有口能說手不隨。誰云心存乃筆到，天工自是祕精微。二王之前有高古，有志欲購無高貲。殷勤分付四庫本作語，涉聞本作貽薛紹彭，散金購取重跋題。

寄題薛紹彭新收錢氏子敬帖

蕭李駿子弟，不收慰問帖。妙迹固通神，水火土更劫。所存慰問者，班班在箱笈。使惡乃神護，不然無寸札。原作恰，據四庫本、涉聞本、河山本改自此趣畫相，後人眼徒眨。

硾越竹學書作詩寄薛紹彭劉涇

越筠萬杵如金版，安用杭油與池繭。高壓巴郡烏絲欄，平欺澤國清華練。老無他物適心目，天使殘年同筆硯。圖書滿室翰墨香，劉薛何時眼中見。

劉涇收得子鸞字帖云是右軍余恐是陳子鸞薛紹彭亦云六朝書又得像余時在漣漪答以詩云

劉郎收畫早甚卑，折枝花草首徐熙。十年之後始聞道，取吾韓戴為神奇。邇來白首進道奧，學者信有髓與皮。始知什襲但遮壁，牛馬便可裹敝帷。峨峨太平老寺主，白紗帽首無冠蕤。武士後列肅大劍，宫女旁侍颦脩眉。神清眸子知寡慾，齒露唇反法定飢。世人見服似摩詰，不知六朝居士衣。後人勿輒亂唐突，梁人四庫本、涉聞本作時筆法了可知。道四庫本作劉子見之必再拜，曹盧何物望藩籬。本當第一品天下，却緣顧筆在漣漪。

劉涇新收唐絹本蘭亭作詩詢之

劉郎無物可縈心，沉迷蠹缣與斷簡。求新不獲狂時發，自謂下取且謾眼。猗嗟斯人今實尠，我欲從之官有限。何時大叫劉子前，跽閲墨皇三復返。

題蘇中令家故物薛稷鶴

遼海來稀顧螻蟻，仰霄孤唳留清耳。從容雅步在庭除，浩蕩閒心存萬里。乘軒未失入佳談，寫真不妄傳詩史。好藝心靈自不凡，臭穢功名皆一戲。武功中令應天人，束髮遼陽侍帝宸。連城照乘不稱實，黄圖孔誥孔涉聞本作禮、河山本作札，誥四庫本作詠悉珍真。百齡生我欲公起，九原蕭蕭松蕤蕤。得公遺物非不多，賞物懷賢心不已。

題子敬范新婦唐摹帖三首

貞觀款書丈二紙，不許兒奇專父美。何為寥寥實是似，遭亂真歸火兼水。千年誰人能繼趾，不自名家殊未智。嗟爾方來眼須洗，玉躞金題半歸米。

雲物龍蛇慘四庫本、涉聞本作森動紙，父子王家真濟美。庾四庫本、涉聞本作張翼小兒寧近似，滄溟浩對蹄涔水。

騰蛇無足蜈多趾，以假移真信用智。龜濈雖多手屢洗，卷不生毛誰似米。直裂紋匀真古紙，跋原作踠，據四庫本、涉聞本改印多時俗眼美。誠懸尚復誤疑似，有渭方能辨涇水。真僞頭面摸四庫本、涉聞本、河山本作拳趺趾，久假中分辨愚智。寶軸時開心一洗，百氏何人傳至米。

蕭閒堂詩并序

四明從事晉陵錢君世京，字延叟，過襄陽米芾曰：昨送李濟明渡江，與汪行之復會蕭閒堂，已徹幕，壁間有君像，而題曰權杭州觀察推官米元章像，楊之儀筆。楊之傑贊曰：君子之交，小人之讎，以人方人，叔度宜儔。余以袖掩字，而問行之曰誰歟，行之曰君也。僕為檢同氣、德友、識面三編，無二君名姓。嗚呼，古人論世取友，況同世哉。世復有三君子者，觀文殿學士王公韶字子純，樞密直學士劉公庠字希道，知僕，竟不識其面；選人蔡君肇字天啟，於相知問語僕，若素心腹者，云得僕於王荆公。蓋僕於元豐六年赴希道金陵從事之辟，會公謫不赴，始識荆公於鍾山。聞公門有數後進，喜争名而相非，又託以長者之言也。如天啟樂道人善得，一人而已。僕老矣，不知一蔡二楊行能一見其面乎。因延叟之語發歎，并記其事於家集中，以貽子孫。嗚呼，仕開速進之路，則世人之邪説大行，紛紛不求己而非人，豈其本心，實利之誘，然今樂善君子一何多耶。彼口不道忠信，捷捷而惡人，翩翩而自喜，默默懷奸藏慝，竊竊掩人之善，呫呫自標置者，得不少悛乎。既序其事，因系以詩。

誰起蕭閒堂，圖贊凡醜質。昧昧起我思，有懷斯士吉。吾生終不逢，二陵已相失。苟四庫本作拳養走四方，公卿更絶迹。向老交漸稀，背憎十六七。豐吾九畹蘭，任汝滿地棘。我豈蕭閒人，偶然得空壁。美哉何方彦，精絶入妙筆。君不愧顧長康，取媚桓温圖九錫。我不愧孟浩然，緩策京四庫本作空山遇摩詰。前此交道久不康，紛紛白頭多不卒。嗚呼紛紛白頭多不卒，回首此君應辟易。

甘露歌上呈留守門下侍郎

太微淵默嚴不動，斗為其車運中央。四序回旋變造化，一杓直指無偏傍。柄臣比之號八柱，一柱難闕各有當。紹聖元年圖舊德，更公玉麟使過國。屹然山立天子重，列作八柱扶天極。天極尊嚴物有道，不減不溢常不忒。均勞於外天闕柱，至今朝廷虚衮舄。皇皇辟君明如日，安用動威偃禾木，表以甘露太和液。飲太液，親壽益，公難老，歸致太平萬物好。

某（四庫本、涉聞本作芾，且無題末五字）**頓首今日去國之官謹成拙詩上獻相公汲公鈞席下**

執某頓首上

百尺青（原作有，據四庫本、涉聞本改）琅玕，浸以萬丈瀾。我欲擷柯梗，一蠡酌知難。屢亦為世有，（四庫本作難）豈不詰其端。嶷嶷呂汲公，捧日當碧天。簡直抱一氣，代理夫何言。有志隆宋業，無心崇黨偏。透（四庫本作剖）璞辨珉玉，披蓁刈蘭蓀。腐儒自束髮，口誦六藝言。治亂甚白著，用舍豈一賢。明時貴知用，自古遲暮年。敢陳必堯舜，況時值媧軒。豈徒琢空文，文姦籠羣頑。汩没俗眼順，妬嫉兒女諼。竊取為利路，死棄等草菅。朝哦不求和，暮吟不揭竿。不歎歲不與，惟恐枉所存。願披向龜鑑，大叫出肺肝。精誠露皎皎，洞徹金石堅。康濟有次第，沿革自貫穿。删除救災法，下民不棄田。剔抉經費壅，源源如流泉。思豫近習隙，不紊出納專。正姓（四庫本作性）以明本，捐賞以運邊。改弊貴無迹，移風當有筌。竊邑飽妻子，封豕所並肩。法令若薪束，不息不敢剸。亦不歎折腰，所歎志不宣。時乎恍易失，髮白悵剛悁。遲遲竟去國，浼浼臨長川。此志苟不遂，江湖終浩然。

元祐辛未上元後一日同周文之劉瑞邁章縱矩游浮玉

近臘昔夾衣，入春今重裘。天運亦已廣，四序或不周。張燈兒戲歇，發興在滄洲。兹山通玄府，瑤壇帝曾遊。荷衣可薦藻，神清不沉牛。厭俗入喧亂，風波屢為憂。昨夕淨名天，結客湧不留。一唈寄心契，江澄客漾舟。冰磴若見拒，寒荄如有愁。大塊欲動蟄，陰壑尚潛虯。重賞定誰與，春光會和柔。臨曠攝北若，持坏結東流。臥石帶白雲，勒崖託千秋。焦公心賞佳，掃跡願相投。分山飛鳥争，劃水遊鱗鯔。借我一錫地，為公瓢掛頭。

題永徽中所模蘭亭叙 永徽去貞觀不遠，得真為最

永和九年暮春月，内史山陰幽興發。羣賢題詠無足珍，叙引抽毫取奇札。好之寫來終不如，神助留為後世法。二十八行三百字，模寫雖多誰定似。昭陵竟發不知歸，尚有異形終可秘。彥遠記模不記褚，要録班班有名氏。後生有得苦求高，涉聞本下有尋購褚模驚一世，寄言好事但賞佳二句俗説紛紛那有是。

太師行寄王太史彥舟

太師天四庫本作大源環賜第，自榜回鸞鴉雀避。好賓四庫本作賢嗜古富圖書，玉軸牙籤捧珠翠。歌舞陳前慰俗人，不傾玉瀝發銀滕。王郎十八魁天下，招客同延客涉聞本作我，四庫本三字作延客同貴客星。末出東晉十三帖，此第十一石蘊瓊。絹標間是褚公寫，誤以右軍標作謝。我時指出一座驚，精神煥起光相射。磨墨要余定等差，謝公鬱勃冠烟華。當時傾筴換不得，歸來嘔血目生花。十五年間兩到國，朱門如舊無高牙。帖歸翰長以姻媾，忽然陳前興健嗟。開元璽封尋復出，永存珍秘相王涯。翰林印著建中歲，王原作土，據四庫本、河山本改謝炎靈傳更貴。副車侍中王貽永，出征不貨收文藝。太常借模真却還，郗愔四庫本作吝惜入版餘皆棄。芳林鬻第書有行，次入太師重姓李。我識翰長自布衣，論文寫字不相非。知己涉聞本作我酷好輟己好，惠然發篋手見歸。謝安談笑康江左，物外人標没兩大。子敬合書只後批，天才物望都無那。治亂

悠悠八百年，人隆偶聚散亦遄。兵火水土不隨劫，端使米老鋪案間。我生辛卯兩丙運，今歲步辛月亦然。丙申時宜辛丑日，此帖忽至庸非天。臨風浩思王仲寶，江南宰相只謝安。

天雞

天雞一叫凡雞和，戢戢萬靈驚起坐。智驅慾使心機大，狗苟蠅營糞人墮。沉沉夜色還東起，身伏氈莞機暫止。昧昧萬殊俱默契，窮達於君寧智理。

晉陵龍掛行

萬聲齊呼一聲嚇，東望蒼旻原作雲，據四庫本、涉聞本改兩龍掛。浩浩隨雲百川倒，隱隱雷車千兩駕。疲農望天手加額，怕歉求豐心惘惘。老龍甲拆血流莽，取水雖多旱彌廣。暴尪囚魃精誠微，赫赫炎曦一輪榜。

題巨然海野圖

江郊海野坡陀闊，林遠烟疏淡天末。枰分蓁町暮潮生，四庫本、涉聞本作發星列漁鄉夜渠活。闞荆大原作火，據四庫本、涉聞本、河山本改圖矜秀拔，取巧施工不真絶。意全萬象無不括，維摩老手四庫本、涉聞本作筆巨然奪。橋防四庫本作旁忽覺來人物，接羅肯更圖牛羯。淵渟浪湫開龍閱，汩入瀣翻下鯨呿。楠盤疑是少陵宅，蘆深恐有詹何客。黃塵蔽天歸興浩，時向虛齋一開滌。

硯山有序

誰原缺，據四庫本、涉聞本、河山本補謂其小，可置筆硯，此石形如嵩岱，頂有一小方壇。

九江有奇石，趺岱而嵩頭。巨靈藐一擘，嶕嶢憶三休。屹業稟異質，嶒崚誰刻鏤。自注：石十二面十峻。百疊天巧盡，九盤猿未愁。陽壁宜產芝，陰崖諒潛虬。危顛方壇結，玉秘金泥脩。垂手探杲日，朱輪運滄洲。一塵具一界，妙喜非難求。心欲躡赤霄，八極皆部婁。自注：借。况茲對衆物，其致一揆收。啑啑分别子，交戈舂其喉。

發潤州

氣就蛇須角，睽通豕負塗。解衣同俗裸，酌水合狂夫。探社新銘禹，經韶舊弔虞。據鞍休示壯，寡要悔為儒。為弔忠遊楚，因崇讓過虞。四庫本、涉聞本作吳要離葬終近，嚴子釣行須。御晏妻知辱，歆膺客自愚。誠修日難掩，醯在蚋還趨。和寡方聲越，知稀覺道腴。命齊都將相，義拙落江湖。南夢應隨雁，西風却背鱸。弓旌今正歇，多少定同鳧。

讀杜甫集

少陵平生飢，乃以醉飽死。惜哉斯人窮，四海無寄趾。後傳水仙召，牛渚花相比。神怪反愛才，時人乃封豕。遺文何崛奇，岱輿載贔屭。貫穿破九流，突兀撐一氣。自嘆萬古名，寂寞身後事。此老遑遑心，懸鶉破無裏。我行自嘉禾，卧欹一蓬底。烈曦畏俄中，開卷為磨洗。

東坡居士作水陸於金山相招足瘡不能往作此以寄之

久陰障奪佳山川，長瀾四溢魚龍淵。衆看李郭渡浮玉，晴風掃出清明天。頗聞妙力開大原作天，據四庫本、涉聞本、河山本改施，足病不列諸方仙。想應蒼壁有垂露，照水百怪愁寒烟。

栖雲閣

雲出救世旱，澤浹雲尋歸。入石了不見，豐功已如遺。龍騫薦復起，抱石明幽姿。雲乎無定所，隱者當何栖。

過虎關

憑軾下虎關，揚舲下清洛。川神秘幽姿，靈介破大樸。壯哉河山固，皆是大禹鑿。舟人歌大禹，水怪不敢作。功宣欲萬祀，人望只如昨。短哦復長詠，豪舉亦哀噱。夢寐三涉聞本作山川勝，使事少行樂。無雨洗嵩少，春烟淡寥廓。

答紹彭書來論晋帖誤字

何必識難字，辛苦笑四庫本作效揚雄。自古寫字人，用字或不通。要之皆一戲，不當問拙工。意足我自足，放筆一戲空。

甘露寺悼古有序

甘露寺壁，有張僧繇四菩薩，吴道子行脚僧。元符末，一旦為火所焚，六朝遺物掃地，李衛公祠手植檜亦焚蕩。寺故重重金碧參差，多景樓面山背江，為天下甲觀，五城十二樓不過也。今所存，唯衛公鑰塔、米老菴三間。作詩悼之云。

色改重重構，春歸户户嵐。槎浮龍委骨，畫失獸遺耽。神護衛公塔，天留米老菴。栢梁終厭勝，會副越人談。

題麟鳳碑

非篆非科璞已彫，形容振振與蕭蕭。曾因忠厚方四庫本作思，涉聞本作開周德，坐想訏謨覽舜韶。漢德已衰還應孽，魯邦既弱不為妖。虚齋自是驚人玩，不勝雄狐逐怒鴞。

題南昌縣君臨偃竹

偃蹇宜如季，揮毫已逼翁。衛書無曲妙，琰慧有遺工。乍睹虬如物，初披颯有風。顧藏維謹鑰，化去或難窮。

詩送吴丈賓州使君元豐乙未四庫本作己丑，涉聞本作乙丑，按元豐干支有己未、乙丑長沙掾舍真禧道館書

萬里相分又一時，憐君身世半差池。老來猶得安城守，夜召尚淹宣室思。越嶺寒横迎吏謁，荆雲暮合燕歸遲。江湖還送天涯客，憔悴江湖更別離。

送大夫孫公鎮東陽

照地干旌十丈長，大皇孫子守東陽。吴濤卷海銀為幔，郢雪飛英錦作章。無事笙簫開客館，有情山水聚衙床。樓中惡語須磨鑑，盡把新題換沈郎。

蘇東坡輓詩五首有序

辛巳中秋，聞東坡老向以七月二十八日畢此世。季夏相值白沙東園，云羅浮嘗見赤猿，後數入夢。

方瞳正碧貌如圭，六月相逢萬里歸。口不談時經噩夢，心常懷蜀俟秋衣。可憐衆熱偏能捨，自是登真限莫違。書到鄉人望還舍，晉陵玄鶴已孤飛。自注：梓路使者薛道祖書來，云鄉人父老咸望公歸也。

淋漓十幅草兼真，玉立如山老健身。夢裏赤猿真月紀，興前白鳳似年辰。將尋賀監船虚返，自注：余約上計回過公。欲近要離烈可親。忍死來還天有意，免稱聖代殺文人。

小冠白氎步東園，原是青城欲度仙。六合著名猶似窄，八周禦魅訖能旋。道如韓子頻離世，文比歐公復並年。我不銜恩畏清議，束芻難致淚潸然。

平生出處不同塵，末路相知太息頻。力疾來辭如永訣，自注：公別於真閘屋下曰待不來，竊恐真州人道放著天下第一等人米元章，不别而去也。古書跋贊許猶新。自注：公立秋日於其子過書中批云謝跋在下懷。荆州既失三遺老，自注：是年蘇子容、王正仲皆卒矣。碧落新添幾侍晨。自注：公簡云相知二十年，恨知公不盡。余答曰更有知不盡處，修楊許之業，為帝宸碧落之游，異時相見，乃知也。今思之，皆訣别之語。若誦子虛真異世，酒傭屍佞是何人。招魂聽我楚人歌，人命由天天奈何。昔感松醪聊墮睫，今看麥飯發悲哦。自注：見公送麥飯詩。長沙論直終何就，北海傷豪忤更多。曾藉南窗逃蘊暑，西山松竹不堪過。自注：南窗乃余西山書院。

奉陪洞霄内閣拉殊師利宿穹窿本公故寺絶類岳麓感之而作

湘西衣冷榻留雲，此夕還如入夢魂。六月薜蘿嗟我欲，一生林壑與心涉聞本作誰論。吴王舊賞今何有，惠可餘光宛若存。對榻深堂清話歇，長風快雨洗松門。

浮玉亭原校：一作金山

石赤表雄名，三辰出濁清。江澄天上見，鰲負水中行。瑞像浮溟海，殊香下玉京。神靈禮金碧，梵力度幽明。揭榜訛浮玉，莊嚴是化城。壯哉夜潮落，入枕百川聲。

紹聖二年八月十八日觀潮於浙江亭書

怒勢豪聲迸海門，州人傳是子胥魂。天排雲陣千雷震，地捲銀山萬馬奔。高與月輪參朔望，信如壺漏報朝昏。吴争越戰涉聞本作吴亡越霸成何事，一曲漁歌過遠村。

山林堂

洗竹延清景，培松衛歲芳。好峰多漾翠，嘉卉襲人香。犀玉開書札，龍蛇起混茫。微風北窗卧，真可上羲皇。

净名二首

山晚烟棲樹，漁收鷺宿沙。曲生初月魄，遠淡滿川霞。依静家如寺，游頻寺是家。何須傳大士，芰製著袈裟。

縱目天容曠，披襟海共開。山形當檻走，雲影度江來。世界㹠雙足，生涯付一杯。横風多景夢，壺領酹泉迴。

除書學博士呈時宰

半生湖海看青山，慣佩笭箵攬轡艱。曉起初馳朱雀路，霜華㹠綴紫宸班。百寮卑處瞻丹陛，五色光中望玉顔。浪説書名落人世，非公那解徹天關。

送沂州使君納政榮歸

神强體健頬猶朱，犀虎輕拋憶舊廬。明月滿船常伴畫，素風傳世莫非書。湧金門外秋長老，有美堂前錦不如。預想容觀春色好，靈龜舞鶴引安車。

送水丘先生入都

垂虹秋色醉題詩，徑及銀濤濯酒巵。雅謔高談傾國士，英風俠氣嚇吴兒。五侯倒屣重前席，三歲專經却下帷。早作四庫本、涉聞本作把黄金買嵩少，西湖逸客有心期。

送潘景純

五年相遇一行頻，笑佩笭箵望塞雲。曼倩未應徒為米，仲宣何事樂從軍。開尊共喜身强健，秣馬還驚歲杪分。此別固應尤作惡，天涯老去與誰羣。

登棲靈塔

清露濕衣裳，心遐拉大荒。想雷雲上見，覺蟻蔀中藏。地獻山川秘，天開日月光。太阿常耿介，未敢暫彷徨。

將行戲呈彦楚彦昭彦舟

沉沉静境在人寰，樓殿蒼巒指顧間。棄汝又成朝北闕，杜門安得老西山。朱金有命趨時拙，窮達忘懷枉道難。主相聖賢公路啟，長裾重曳舊青氈。

遊山光寺

竹圍杉四庫本作松，涉聞本作山徑晚風清，又入山光寺裏行。一一過僧談舊事，遲遲繞壁認題名。仙來石伴懷灰劫，鶴語池邊勸後生。三十年間成底事，坐叨閒禄是身榮。

江皋晚望

柳外艤舟晚，醉餘雙眼醒。水光涵一氣，星彩動圓靈。炯炯月初上，翛翛風更泠。遠山横秀碧，淡墨説吾經。

和王彦舟

混塵慵走俗，陟巘喜非期。漠漠江雨四庫本、涉聞本作雲歇，溶深春水時。陶潛那寄傲，惠遠更能詩。吏自成稀闊，言歸心尚遲。

揚州作

春風何索寞，帶雪入揚州。尚想遺釵雀，曾觀上玉鈎。真同一夢覺，坐想十年遊。邂逅逢孫楚，酣歌慰滯留。

湖守林子中同遊道場

寳刹觸南箕，林幽石磴危。雲霞隨履舄，魍魎避旌旗。遐寓乘新興，深尋據古詩。窪尊勿置酒，沆瀣已盈巵。

呈王彦舟

吏日雖云冗，逢休樂有餘。山林三面勝，圖史一齋虚。煉藥驚衰早，逢人話索居。傾囊收剡楮，待著鹿門書。

奉酬仲微見寄之作

倦遊湖海老侵尋，去就何情適契心。一境山林資我懶，半年風月為君吟。闢開暗室成三果，選出香巒敵萬金。千里寄聲懷惠好，西風正隔洞庭深。

雜咏二首

俠少場中酒作讎，不勝杯勺鬢今秋。道言禪語須蔬食，作意丹陽十日留。涉聞本作遊

透迤一水出苕叢，碧底無沙冷照容。獨倚溪橋看風月，西山紫翠暮千四庫本、涉聞本作重重。霜雪迷西極，雲濤隔閬風。平生會心趣，都在浄名中。

垂虹亭

斷雲一片洞庭帆，玉破鱸魚金破柑。好作新詩吟景物，涉聞本作寄桑苧垂虹秋色滿東四庫本作江南。

去漣水

長日閒閒境，春風美鼻雷。黄紬依舊暖，牙鼓莫相催。

頻于夢中作宫詞何也漫成一首

滿院紅芳減復添，清微風細入重簾。穠香不使朝醒快，竟日鑾沉擁繡衫。

别吴方回弟

客星熠熠滑稽雄，愛著青衫自作窮。澤國三年哭不死，又拖長袖揖王公。

題李成二字原缺，據四庫本、涉聞本補畫

畫號為真理或然，悠悠覺夢本同筌。殷勤封向青山去，要識江東李謫仙。

賞心亭晚望

晴新山色黛，風縱蘆花白。盡日依欄干，寒宵低細月。

蕭堂書壁

插雲臺榭壓西興，笑語風生溽原缺，據四庫本補暑清。誰為决雲開皓月，練翻雪捲看潮生。

題泗濱南山石壁曰第一山

京洛風沙千里還，船頭出汴翠屏間。莫論衡霍衡星斗，且是東南第一山。

書淮岸艤舟館秀野亭

青葱秀野挾銀淮，誰把丹楹此地開。我欲臨風取清曠，寄聲魚鳥莫相猜。

寶應道中

蒸雲大澤鬬蛟龍，五日頑無一點風。十幅快帆飛野水，此生亦是小時通。

高郵即事二首

高沙風快走蒼雲，小艇供鱸摘紫蓴。野泊終朝愛清景，不辜閒禄太平身。

華胥臺上欲臨風，萬籟無聲霧鬱空。南北二龍乘障起，威音爛色正争雄。

過浯溪

胡羯自干紀，唐綱竟不維。可憐德業淺，有愧此碑詞。

雜詠

得官塵土古揚州，好客常稀俗客稠。掩簿叱胥無恩我，冒風踏雪作清遊。

竹西桑柘暮鴉盤，特地霜風滿倦顔。不用使君相料理，都緣四庫本作斷無塵土少四庫本、涉聞本作蔽青山。

贈我白毫筆，報以木蘭酒。我書將示誰，汝筆稱我手。

瓜州百川浦

西瞻山逾緬，東望水正茫。楚人投餌處，吾肯扣鳴根。

致爽軒四首

西北瞻雲異，東南走貢珍。川華開日月，林嶺暗松筠。

北固輕綃外，西山淡素中。一天烟雨好，未獨愛霜空。

玉斧初騎御，通明暫住居。翛翛四庫本、涉聞本作然輕吹度，灑落碧華珠。

阿氏金為屋，姮家玉作臺。岱輿憑海立，兜率跨雲開。

浄　名二首

厭市衝烟入，忘懷對客遲。吟看飛鳥没，坐到夕陽時。舊對湘西雪，遲遲憶故闗。水雲資老景，吟引謝江山。

又

晨入雲隨步，宵還月共輿。清傳供佛飯，寒燎隔江漁。市響昏鴉亂，林穿列曜疏。殷勤顧景物，為爾老南徐。

題嗣濮王蘆雁二首

偃蹇汀眠雁，蕭梢風觸蘆。京塵方滿眼，速為唤花奴。野趣分苕水，鳳光剪鑑湖。塵中不作惡，為有鄴公圖。

題所得蔣氏帖

棐几延毛子，明窗館墨卿。功名皆一戲，未覺負平生。

答薛紹彭寄書

世言米薛或薛米，猶言弟兄與兄弟。四海論年我不卑，品定多應定如是。

答劉涇書

唐滿書奩晉不收，却緣自不信雙眸。發狂為報原作少，據四庫本、涉聞本改豢龍子，不怕人稱米薛劉。

庖丁解牛刀

庖丁解牛刀，無厚入有間。以此交世故，了不見後患。奈何觸褊心，忿氣益滋蔓。是非錯相干，惡成那及涉聞本作容諫。智者善持己，頗覺操修辨。此道固不遠，可約可以散。黄帝本齋心，斯民即晏粲。

明月歌二首

高高凝碧夜色卷，八荒更無纖雲屯。冰輪直壓巨鼇首，東海萬里齊崩奔。仰觀左右毛骨竦，徐掃澄涉聞本作塵烟攝羣動。寥泬初疑玉兔跳，銀潢更恐金波湧。兒童争指桂枝好，遊人不厭嫦娥老。苦留清景拂疏星，要與羲和接昏曉。光到長門知不知，猶勝闕山人未歸。清風著我生雙翼，來作蟾宫變化飛。

姮娥竊藥為飛仙，夜食丹霞凌紫烟。瞥開銀碧排翠鈿，信手拂掠新妝妍。蛾眉點出争嬋娟，皎然嬌額臨風前。佳人再拜心拳拳，多生端有好姻緣。掀雲直指烏號懸，下射萬頃楊花氈。南飛驚鵲殊可憐，北堂人冷空無眠。彩霞欲掣舞衣揎，水精梳插籠鬢蟬。方諸滴瀝生流泉，老蚌呼吸凝芳鮮。誰家破鏡飛上天，滿林玉玦相勾連。多情應照載花船，無窮解趁尋春鞭。蓂莢原作階，據四庫本改自與桂華偏，駒隙誰争白兔先。斯須幾望摶清圓，白毫宛轉吞大千。纖埃不隔知無邊，蘂宫可掬疑深穿。瓊華隨步翻繡筵，琉璃倒海傾長川。買來曾不用一錢，笙歌醉賞須年年。

菱溪石

長虹潛貫幽巖窟，綠烟更染秋波骨。不容俗眼覘神功，只向菱溪作靈物。少室仙人領一麾，至誠發遍山中奇。雄雌亭亭兩挺出，宛若碧玉含春漪。朱欄碧甃拱山麓，翠霧彤霞掩幽谷。能將膚寸起清泉，幾見峰前春雨足。邇來新飾紫微宫，奇詭搜索林泉四庫本、涉聞本、河山本作巒空。五色磊磊可補缺，三品往往慚收功。紫衣使者御天敕，肯教閟此蒼苔色。菱溪脱迹飛上天，迴看幽谷空雲烟。

僧舍假山

玉峰高愛攙天碧，過眼雲關無處覓。纔將呀豁向疏窗，已見峰稜翻瘦脊。明月照出溪中水，清風掃遍巖邊石。懸崖絶磴疑可攀，白露蒼烟俱咫尺。天陰未徹山陰寒，雨聲欲絶泉聲乾。須知物理有真妄，豈識道眼無殊觀。萬象森嚴掌握内，大塊俯仰毫芒間。抽身更洗清浄足，探歷幽深非所難。山僧作山真有以，詩人吟詩從此始。意教妙手發天慳，戲取神功當衆美。君不見浣花野老深結廬，白鹽赤甲龍虎趨。清吟醉賞左右足，當時應笑秦鞭驅。

智衲草書

人愛老張書已顛，我知醉素心通天。筆鋒卷起三峽水，墨色染徧萬壑泉。興來颯颯吼風雨，落紙往往翻雲烟。怒蛟狂虺忽驚走，滿手黑電争回旋。人間一日醉夢覺，物外萬態涵無邊。使人壯觀不知已，脱身直恐凌飛仙。棄筆為山儻無苦，洗墨成池何足數。其來精絶自凝神，不在公孫渾脱舞。

吴侍禁緑野亭

楚江倒水天上來，吴山削玉青崔嵬。飛流欲截衆峰險，揮手可擘烟雲開。危亭據此揭佳麗，斲出榱桷超層臺。憑空直喜縱高舉，下瞰愈覺心悠哉。曠野萬頃正入眼，清風四坐無纖埃。淺黛低潑弱柳色，紅粉正抹秋蓮腮。好音終日自多興，美景變態誰能裁。主人與客窮新賞，羅榼更擲神仙盃。歌珠舞雪不知已，何妨邀月聊徘徊。時來孰肯趣真隱，寄語沮溺無嫌猜。

溪蓮行

廣寒宮女貪游戲，瑩滑琉璃光照地。嫩雲纔捧出纖腰，無數鮫綃擁嬌翠。仙葩姿逞天姿穠，只愛臨溪梳洗慵。太真艶色禁不得，含羞微笑迎秋風。秋風苦惱秋露泣，的皪珠璣時瀉入。紅凝朱粉緑參差，儘濺裙襦烟不濕。初驚王母來瑶池，酡顔更醉流霞卮。三千佳麗已羅列，争先鸞鑑匀娥眉。俄見洛神歸洛浦，波卷靴紋翠蛟舞。羽車雲蓋空紛披，碧疊巫峰生暮雨。坐憐吟倚風涉聞本作芸靈香，多情先斷何人腸。不及鴛鴦與鸂鶒，恣穿薄影眠池塘。

答郭純老秘校贈笏四庫本、涉聞本作杖

銀蟾倒掛摇清輝，當中桂子初低垂。飛空已歷萬古盡，下照不使秋毫欺。轉盼冰輪湧東海，長天一派成琉璃。栽培不畏雪霜苦，剪拂豈容刀斧爲。明河無聲駕飛葉，紫府有陌馳修枝。姮娥愛惜日已久，玉階亦貴秋風吹。寧論匠石可斲削，還恐風雷堪出治。列真洞府秘不得，紫微宫闕藏其私。金童來授玉女捧，投之寶篋那能窺。每當方士脱凡骨，賜予一根朝帝墀。入手既覺袨服羽，照人端不羞朝曦。乃知不是風塵物，握出風塵真所宜。邇來地不愛此寶，名喧東魯誇珍奇。千金欲易不可得，横紋錯落青絲披。胡爲夫子遠寄我，意以華豪驚絳帷。低頭拜賜亦已厚，我欲效報君須知。三年大聘獵英俊，捫膺吐氣生虹蜺。揉藍綵服俯可取，携將直上青雲梯。翱翔歡呼起拜舞，仰瞻日彩生堯眉。雞人忽報洞天曉，看取飛升變化時。

攬秀亭

羣峰矯矯蛟龍顛，衝波鼓鬣方迴旋。排空刻削萬仞碧，秀色直上干雲天。地形天巧世莫測，插出怪變知何年。傍驚列翠不入手，擬將瘦脊束差肩。何人高致得入手，擇奇結構當其前。丹甍繡桷麗朝日，綺疏藻井摇非烟。葱蒼數里拂巾袂，蓊鬱衆木臨書筵。開扉割得曉光瑩，繞榻飛來佳氣鮮。乘閒超忽不知已，徒覺四顧清無邊。毫眉主人曳芒履，策杖欲作商宫仙。犀尊蕩漾瀉醇醴，招賓集醉秋風蓮。蓮華菡

菑翠的皪，皎月照耀争嬋娟。金絲鏘戛亂兩耳，醉倒三百黄金船。風流不見謝太守，昭亭朗賦磨新鎸。放傲豈如王逸少，蘭亭草聖窺天全。才華墨妙古已遠，只今唯有空山川。孰若開編樂教子，坐使發策驚前賢。還當操筆俯欄楯，試與採掇供詩篇。

漣漪瑞墨堂書

陟巘不自期，孤雲掛松頂。一揖不相期，飛雲四庫本、涉聞本作去無留影。雲已去，泉更長。雲泉畢世友，相得每相忘。

雜　詠

水月光華動不風，寒增緑柳露滋松。西山夜色無人唤，四庫本、涉聞本作管直透疏簾翠一重。

巨艦横江穩不摇，順浮溟漲午時潮。江南晴色山無翳，乞與閒人取次描。

送大郎應舉尹仁

天下英才米大郎，朝來跨馬入文場。緒餘驚世須魁選，歸帶蟾宫桂子香。

奉呈彦昭使君陪壯觀之賞

邀賓壯觀不辭寒，玉立風神氣上干。欲識謝公清興處，千山萬涉聞本作重巖嶺雪漫漫。

寄吴詩客吴名可，字思道，建康人

江上遲留臈破春，好詩時見賈參軍。年來鑒遠多新句，難附江風與海雲。

奉詔書御屏四庫本、涉聞本作軸

目炫五光開，雲蒸步起雷。不知天近遠，親見玉皇來。

詠梅二首

姑射真人自少羣，要親高節許交君。一臺二妙逢清賞，甘遜佳名得致桊。

江頭盡醉似泥何，管領仙姿酒醬多。烟艇兩三横岸處，惜花佇立想凌波。

宿紫極宫

重柯交蔭動塵容，蓬閬仙家住水宫。道士神升金闕下，天君光降玉虚中。朱鬃筆定四庫本、涉聞本作注超凡籙，碧簡書傳避世翁。三夕臨風醒病骨，鈞天冉冉夢魂通。

道林

樓閣明丹堊，杉松振老髯。僧迎方擁帚，茶細旋探簷。

法華臺

坱圠有同色，雪深雲未開。終南晴夜月，彷彿似登臺。

筆

摹畫由來妙手知，彩箋落處直疑飛。寸心用盡終何補，贏得霜毫秃後歸。

墨

百鍊經來老更奇，暗中光價自然飛。錦囊手跡長顔色，曾是君王乞得歸。

紙

陶泓毛穎陳玄輩，同日聲名四海飛。獨有先生索高價，誰人獻賦洛陽歸。

硯

金井寒生一水池，讀書窗紙照螢飛。悲歡涉聞本作歌窮泰尋常共，擲破還須匣取歸。

今日獻祝壽紀慶生申詩輒録呈某頓首再拜

祥雲藹藹擁華筵，玉府蓬山見上仙。瓊杯瀲灎祈眉算，永薦生申壽八千。

周氏園居

高花落落照軒明，沼水涓涓遶砌聲。静裏聞香醒倦思，雨中無事見閒情。

登米老菴呈天啓學士

我居為江山，亦不為像法。劫火色相空，未覺眼界乏。屹然留西菴，使我老境愜。衛公精爽在，千古對岌嶪。公來不可作，登臨浩相接。

同官送鱸二首

斑鱗擣鬣玉為肌，夢入松江自可疑。跨跳金盤催膾手，西風正是憶鱸時。

鳌黄鯉赤太凡生，蓴紫棖青道不行。暫喜滿盤堆玉膗，原作藿，據四庫本改誤教陳粟傲香粳。

觀　雪

月姊封銀界，龍君幻玉壺。江南三尺雪，人道十年無。

新沼未有水

排檻花争媚，環林石鬬蒼。何時瀦渌浄，吾欲借籐床。

浄名作

大球三尺美無臕，素業清風合立朝。此别何言贈君子，讜言忠諭好禆堯。

遊湖州

泛泛五湖霜氣清，漫漫不辨水天形。雖無織女支機石，且對姮娥稱客星。

新主簿沈機惠棋局

縱横世路久無猜，布劫争先豈繫懷。與我一枰撩萬緒，操戈信是逐生來。

求監廟作

竊禄江湖事不攖，微祠舊足代深耕。敢為野史攄幽憤，待廣由庚頌太平。

元祐己巳歲維揚後齋爲亳州使君蔣公寫二首

水竹風清一夢甦，濤生月破紫甌須。滿堂愛客談書畫，且展宣王扇暍圖。

小疾翻令吏日閒，明窗盡展古書看。何須新句能消暑，滿腹風雲六月寒。

贈人

平時語我密須移，我是商丘内不欺。時節因緣翻異論，助他笑我見阿彌。

題砂步三首

一株怪石數莖�，明月清風不繫身。石月無痕竹無韻，寓軒消息與君陳。

砂步漫皆合，松門若抱桴。悠悠摇艇子，真似剡溪圖。

已有扁舟興，曾看過剡圖。翻思名手盡，誰復費工夫。

題壁間二首

歸來湖上寺，頓覺清有餘。月色何太白，照人心腑紓。

水月虚懷，烟霞浪迹。但莫憎愛，洞然明白。

鄙詩上呈通判朝奉大夫

不是通侯貴，還應涉聞本作容貢禹彈。只應好形製，自已愧彫殘。簪玳尚誰繼，風雲那可看。自曾許持送，談笑未嘗乾。

文　殊

見聞如翳四庫本作夢幻，三界若空花。四庫本作鏡，涉聞本作境聞復翳根除，塵銷覺圓浄。

致爽軒二首

水口癡雲散，林梢愛景還。朝寒無物禦，擁鼻對西山。

夕紫堆香豆，朝嵐映墨池。客來不須報，正是學書時。

長壽菴咏梅

沉檀應在骨，龍麝自薰心。千載吟蘄竹，清雅少知音。

以上《寳晉山林集拾遺》卷二

壯　觀壯觀在真州城北原上

臨南山猗陟北岵，撫壯勝猗遺萬古。漫漫蒼蒼穹無所，奕奕㠑㠑蹤奇度。逶迤猗前征，盤礴猗後駐。奮迅猗奔駛，却約猗畔顧。環旋猗抱卷，引伸猗就旅。霧釋猗離掩，雲乘猗平舉。瞭瞭猗蟾輝，愷愷猗蒸雨。鬱鬱猗陽春，莽莽猗玉露。爚爚猗午停，翳翳猗西去。領吾儕猗並輿步，却飛仙猗不遐慕，癯其形猗久何苦。便莫便猗遵坦路，適莫適猗破心阻。樂莫樂猗頻會遇，莫莞藤猗擷芳萸。

王略帖贊

昭回於天垂英光，跨頡歷籀化大荒。烟華淡濃動彷徉，一噫萬古稱天章。鸞夸虬引鵠序翔，自注：數字皆有此形勢。洞天九九自注：八十一字。通遼陽。茫茫十二小劫長，自注：自晉至今十二代。璽完神訶命潎藏。

王獻之蘇氏寶帖贊

猗太宰，秀當代。靈襟疏，沖韵邁。一筆落，兩行帶。雲龍廷，走百怪。驚電掣，斷兕快。盤偃蹇，意無在。藐百川，會百海。人那知，冠千載。

王右軍稱恭二字原缺，據四庫本補帖贊

混沌破，龍蛇出。大荒子，鼓神物。縱變怪，造恍忽。起洪水，稽天骨。大道驚，戮狂勃。時蟄引，無憚率。神禹符，鎮鏄窟。

書法贊

去顏肉，增褚骨。發天秀，助神物。敢竊議，增骨突。

十八羅漢贊

巍巍釋能儒，十八大果士。每於垢濁世，見此無相身。追貌自楚工，磷玉妙吴匠。種種出道韵，二幻與佛同。在處為道場，五濁化浄土。

晦堂心如來真贊

此是晦堂，更無佛祖。百尺竿頭，誰敢進步。無限衆生，為此老誤。誤不誤，陝府鐵牛跳出土，兩脚搥胸叫寃苦。

臨化偈

衆香國中來，衆香國中去。人欲識去來，去來事如許。天下老和尚，錯入輪迴路。原作法，據四庫本、涉聞本改

焦山普濟禪院碑贊

古佛留法度大心，種種威攝現勝相。大心衆生攝威德，求度傾身及衆寶。冥陽咸會精誠通，正法是歸大緣集。我今稽首佛陀僧，永奠海山作津筏。我今稽首明應公，永護寶車炳威德。悉化大心依浄住，一世咸如今佛日。三光不愆四序調，主聖臣忠載萬億。五穀蕃生土地肥，萬靈常躋仁壽域。

露筋之碑贊

王化焕猗盛江漢，叔運煽猗人倫亂。一德彦猗昭世典，情莫轉猗天質善。楚澤湎猗雲木偃，煒斯囦猗日星建。

天衣懷禪師碑贊

稽首歸依無上尊，清浄圓滿千億化。三身俱現立法祖，一法不立即如來。示現有漸緣慈悲，慈悲本不為佛祖。佛祖不立無歸依，所以三身開後覺。寥寥千古古佛遠，堂堂此身即古佛。衆生不昧本來心，此是古佛行住處。以上同上書卷四

全宋詩卷一〇七六

米芾二

甘露作呈夷曠 原注：新添，見英光堂帖。

欲雨氣不透，庭梧有栖烟。迴首望北固，雲藏浄名天。呼童速具輿，憑高覽山川。隱見豈不好，開霽景固全。須臾剛風流，湛湛清露圓。歸途知有伴，華月上丹淵。

夜登鑑遠觀江南野燒作 原注：新添，見英光堂帖。

君不見紅旗一卷無奔北，龍驤將軍初下蜀。又不見天兵十萬領藩曹，百丈靈旗照江國。高樓夜登有鑒涉聞本、河山本作健賞，江南野燒深山谷。烈勢已覺逼南辰，龍蛇膏血如爆竹。故應玉石俱被焚，老樵拾炭投斧斤。長松巨梓中大廈，一隨烈焰同塵埃。人言木自為風戛，木中生火自焚爇。欲知利害日相磨，此火害人尤慘熱。

不應武康清溪之檄端居即事呈淮陽建昌二太守辰溪監郡三公 原注：新添，見英光堂帖。

秘篋大開千古到，雪圖小掛滿堂寒。墨濃員嶠峰孤起，枕冷燕山玉一團。圓扇古人蟬雀意，清風四海弟兄歡。閉關不謝勤來原作來謝勤，據涉聞本、河山本乙客，畏暑非緣懶作官。鳧脛欲長寧可益，蝸枝求足已能胖。有時驚覺神濮夢，北里新聲舞翠鸞。

獄空行上獻府公朝奉麾下漣水令米芾皇恐原注：新添，見英光堂帖。

楚州五邑口百萬，擾静盡繫太守公。政由吏人民乃擾，政由太守民氣通。安土樂生善民欲，惡民惟欲與吏同。太守無能不戢吏，精力不給吏乃庸。兩獄百問塞有罪，有耳未聞一日空。晉昌唐公名世後，清風素節為時宗。五更三點運精思，衆人安寢吏計窮。百姓小妄赦不罪，庶幾小屈能自致。五邑來者初亦彙，久而官悚吏皆畏，雖欲呼之亦不至。乃知獄空空有理，百萬無冤無枉吏。來者迎刃無留滯，赦來兩獄久無事。太守政聲既如此，廉車旁午目所備。胡不剡章上天子，追風早來促公起。去入省闈或使指，吏皆欲去民欲留。我祝公去豈同吏，長坂大車程萬里。

壯觀一首原注：新添，見英光堂帖。

無涯小智壯營營，昔昔浮生夢數驚。重到白沙登壯觀，江湖醉眼暫揩明。夢寐中間得鹿時，孔軒如在定能知。江山勝處頻傾酒，我是當年謝客兒。

壯觀後詩同一公遊壯觀上呈府公工部原注：新添，見英光堂帖。

壯觀不到俄四期，叮嚀老思模雄奇。羣山勢活各奔走，大川氣斂合衆離。蒼崁留雪玉刻巧，碧落静滑紅輪馳。寒潮不生九澤凍，行膠與子約再來。

龍真行爲天章待制林公跋書云秘府右軍書一卷有一龍形真字印故作原注：新添，見羣玉堂帖。

龍形真字芸香裏，伏日道山聊一啟。媪來鵝去已千年，莫像癡兒收蠟紙。蕭衍老翁食無肉，錦質綉章能獨侈。不知劫火付冤家，却誤頑仙求令史。文皇有金無鑒目，賴取穹官齊押尾。徐生小點辨茅簷，不道天真難力致。晚薄功名歸一戲，一奩尤勝三公貴。牡丹不語人能醉，墨光覺勝朱鉛媚。與身俱生無術治，又染膏肓劉巨濟。自注：芾自命此書為跋尾書，惟題於家真蹟，不寫以遺人。

催租 原注：新添，見英光堂帖。

一司日日下賑濟，一司旦旦催租稅。單狀請出且原作杖請出三，據涉聞本、《寶真齋法書贊》改抄納，自注：敝邑以身當夏稅之責，不令受賑時催。百姓眼中聊一視。白頭縣令受薄祿，不敢鞭笞怒上帝。救民無術告朝廷，監廟東歸早相乞。

海岳菴雜詩 原注：新添，見英光堂帖。

仲若呼不聞，孝然叫不應。東海滚底浪，南山入雲徑。西南嵯峨者，起復巧相競。火輪激剛風，倒化紫金境。枕石不知冷，鼓腹歌更迴。

以上影印文淵閣《四庫全書》本《寶晉英光集》卷三

書壽陽樓柱

披豁雄風至，欹眠一夢遲。豪騎八公馬，醉擷五香芝。廉老心徒勇，梅生語不卑。青岡何處是，猶壯謝家兒。

太常二絶 原注：新添，見羣玉堂帖。

塵埃徹腦老侵尋，悮入清流聽八音。魚鳥難馴湖海志，岸沙汀竹憶山林。

竹前竹後太常齋，風度簫韶識舜諧。博士擁書方徹卷，相公上馬報當階。

以上同上書卷四

青山 原注：新添，見英光堂帖，次篇過當塗詩同。

一園松竹冷陰森，猶得桓公歎可臨。却叵原作匹，據涉聞本、《寶真齋法書贊》改劉琨看左傳，玉壺徒缺誤雄心。

過當塗

鷗鷺依寒水，蒹葭静晚涉聞本、《寶真齋法書贊》作靡風。烟光秋涉聞本、《寶真齋法書贊》作朝烟開雨細，樹色涉聞本、《寶真齋法書贊》作輕素碧山重。

鑑遠樓

賞心亭上羣山雪，三夕丹淵借月華。吟盡江南清絶趣，亟行歸覲紫皇家。

拜書學博士作原注：新添，見英光堂帖。

昔夢浮生定是非，家山且喜隔年歸。扁舟又出欄潮涉聞本作湖鬧，出處初心老更違。

研山詩原注：新添，見英光堂帖。

山研雲初涉聞本、河山本作時抱，奩書客不傳。北窗多異氣，正對浄名天。

寶月觀原注：新添，見英光堂帖。

新創亭觀之盛，又非海岱比也。寶月觀用觀風樓基，高出雲表。

濁盡塵難掩，光分逐露圓。香清得桂子，珠瑩墜花鈿。

槐　竹原注：新添，見英光堂帖。

槐前竹後午陰繁，壺嶺華胥屢往還。雅興欲為十客具，人和端使一身閒。

萬　籟原注：新添，見英光堂帖。

萬籟寒空涉聞本、河山本作深響，羣山隱映開。遲遲暮鐘裹，且喚竹輿來。

杉　徑原注：新添，見羣玉堂帖。

萬椝森然老更成，要將餘韵鬬僧清。道傍誰識凌雲操，只有詩人著眼明。

早來堂原注：新添，見羣玉堂帖。

山聚詩增思，洋寬墨有池。紫金化夕境，嵐翠發朝曦。兜率當銅檻，蓬壺對蕙帷。平生會心趣，歸計豈應遲。以上同上書卷五

黄龍真贊原注：新添，見英光堂帖。

的的曹溪一點開，從兹驢足踏塵埃。黄龍若不三玄接，争得東林八轉來。同上書卷六

全宋詩卷一〇七七

米芾三

擬古

青松勁挺姿，淩霄恥屈盤。種種出枝葉，牽連上松端。秋花起絳烟，旖旎雲錦殷。不羞不自立，舒光射丸丸。柏見吐子效，鶴疑縮頸還。青松本無華，安得保歲寒。

龜鶴年壽齊，羽介所託殊。種種是靈物，相得忘形軀。鶴有沖霄心，龜厭曳尾居。以竹兩附口，相將上雲衢。報汝慎勿語，一語墮泥塗。

入境寄集賢林舍人

揚帆載月遠相過，佳氣葱葱聽誦歌。路不拾遺知政肅，野多滯穗是時和。天分秋暑資吟興，晴獻溪山入醉哦。便捉蟾蜍共研墨，綵牋書盡翦江波。

重九會郡樓

山清氣爽九秋天，黄菊紅茱滿泛船。千里結言寧有後，羣賢畢至猥居前。杜郎閑客今焉是，謝守風流古所傳。獨把秋英緣底事，老來情味向詩偏。

和林公峴山之作

皎皎中天月，團團徑千里。震澤乃一水，所占已過二。娑羅即峴山，謬云形大地。地惟東吴偏，山水古佳麗。中有皎皎人，瓊衣玉為餌。位維列仙長，學與千年對。幽操人河山本作久獨處，迢迢願招類。金飈帶秋威，欻逐雲檣至。朝隮輿馭飆，暮返光浮袂。雲盲有風驅，蟾餮有刀利。亭亭太陰宮，無乃瞻星氣。輿深夷險一，理洞軒裳偽。紛紛夸俗勢，坦坦忘懷易。浩浩將我行，蠢蠢須公起。

送王涣之彦舟

集英春殿鳴鞘歇，神武天臨光下澈。鴻臚初唱第一聲，白面王郎年十八。神武樂育天下造，不使敲抨使傳道。衣錦東南第一州，棘壁湖山兩清照。襄陽野老漁竿客，不愛紛華愛泉石。相逢不約約無逆，輿握古書同岸幘。淫朋嬖黨初相慕，濯髮洒心求易慮。翩翩遼鶴雲中侶，土苴尪鴟那一顧。邇來器業何深至，湛湛具區無底沚。可憐一點終不易，枉駕殷勤尋漫仕。漫仕平生四方走，多與英才並肩肘。少有俳辭能罵鬼，老學鴟夷漫存口。一官聊具三徑資，取捨殊塗莫迴首。

爲政

美人為政本忘機，服藥求仙事不違。葉縣已泥丹竈畢，瀛洲當伴赤松歸。先師有訣神將助，大聖無心火自飛。九轉但能生羽翼，雙鳧忽去定何依。

戲成呈司諫台坐

我思岳麓抱黄閣，飛泉元在天半落。石鯨吐出湔《襄陽詩鈔》作流一里，赤日霧起陰紛薄。我曾坐石浸足眠，肘項抵水洗背肩。客時效我病欲死，一夜轉筋著艾燃。自注：關灌。如今病渴擁爐坐，安得縮却三十年。嗚呼安得縮却三十年，重往坐石浸足眠。

將之苕溪戲作呈諸友

松竹留因夏，溪山去為秋。久賡白雪詠，更度采菱謳。縷玉鱸堆案，團金橘滿洲。水宮無限景，載與謝公遊。

半歲依脩竹，三時看好花。懶傾惠泉酒，點盡壑源茶。主席多同好，羣峰伴不譁。朝來還蠹簡，便起故巢嗟。自注：余居半歲，諸公載酒不輟，而余以疾，每約置膳清話而已。復借書劉、李、周三姓。

好懶難辭友，知窮豈念通。貧非理生拙，病覺養心功。小圃能留客，青冥不厭鴻。秋帆尋賀老，載酒過江東。

仕倦成流落，遊頻慣轉蓬。熱來隨意住，凉至逐緣東。入境親疏集，他鄉彼此同。暖衣兼飽食，但覺愧梁鴻。

旅食緣交住，浮家為興來。句留荆水話，襟抱卞峰開。過剡如尋戴，遊梁定賦枚。漁歌堪畫處，又有魯公陪。

密友從春拆，紅薇過夏榮。團枝殊自得，顧我若含情。漫有蘭隨色，寧無石對聲。却憐皎皎月，依舊滿船行。

拜中岳命作

雲水心常結，風塵面久盧。重尋釣鼈客，初入選仙圖。鼠雀真官耗，龍蛇與衆俱。却懷閑禄厚，不敢著潛夫。

常貧須漫仕，閑禄是身榮。不託先生第，終成俗吏名。重緘議法口，静洗看山睛。夷惠中何有，圖書老此生。

謹以鄙詩送提舉通直使江西

三吴有丈夫，氣欲吞海水。開口論世事，借箸對天子。瑞節高如松，一歲幾繁使。秋水浮湘月，罇酒屢覯止。言别不可攀，寥虚看雲駛。

秋　山

淡墨秋林畫遠天，暮霞還照紫添烟。故人好在重携手，不到平山漫五年。

穰侯出關

穰侯去國綏驅車，蔡澤還來取范雎。惡客只應真可厭，怪他漢相館邸虚。

中秋登海岱樓作

目窮淮海兩如銀，萬道虹光育蚌珍。天上若無修月户，桂枝撑損向西輪。

壯　觀

君謨登壯觀，要我賦新詩。鬢逐年光老，詞緣大作奇。江山一世斷，風雅六朝卑。對酒勸不飲，操懷誰與知。

次韵魏泰見寄

山椒卜築瞰江波，千里常懷楚製荷。舊憐俊氣閒羈馬，老厭奴書不玩鵝。真逸豈因明主棄，聖時長和野民歌。一自扣舷驚夏統，洛川雲物至今多。

和陳建州覺民

七年烏帽抗黄塵，晝錦歸來世又新。若過武夷山下看，人間不太敝精神。

白頭何慕久京華，静洗黄塵眼界花。萬寳精神在風月，好詩追取不須賒。自注：陳詩首唱云汩汩塵埃閲歲華，青山相見認空花；清淮風月元無價，憑仗詩翁為我賒。又一篇云長淮千古自流東，六月城頭日日風；天際玉潢無出處，夜山圍在月明中。絶唱也，為之刻而不復和。

收張僧繇天王上有薛稷題閣二物樂老處元直取得又收景涣問禮圖亦六朝畫珊瑚一枝

三枝朱草出金沙，來自天支節相家。當日蒙恩預名表，愧無五色筆頭花。

一生

一生吏案發人狂，重入承明馬齒長。書畫不賢倉庾氏，便於賃舍植秋芳。

張長史今歲仍得見於越上長史遂出此展之可愛成佳物也主者寳之

吴人善砧理，惡楮化為美。其他亦傚此，第未知之耳。

奉酬山甫

每登鑑遠樓，下視皇天蕩。思挹落落人，凭欄攬萬象。忽逢西浦士，談彩何蕭曠。養成谷口名，行見青藜杖。山色且淡濃，漚鷺翩下上。漁舟何者子，佇目看烟浪。

過姑孰作

下輿照澗數星星，一世還如隔世經。不見山東李十二，青山山色只青青。

皇太后挽辭

餘慶源真相，求賢佐裕陵。知幾捲箔早，戡變叱龍升。静德羣邪震，清心後世矜。大恩知欲報，聖孝已天時。河山本注：奉議郎充江淮荆浙等路制置發運司管勾文字武騎尉賜緋魚袋米芾上進。

都梁十景詩十景在泗州原注：首紹第一山懷古，即集中題泗濱南山石壁一首。按：見本書卷一〇七五

龜山寺晚鐘

龜峰高聳接雲樓，撞月鐘聲吼鐵牛。一百八聲俱聽徹，夜行猶自不知休。

五塔寺歸雲

塔邊雲影任高低，閒逐清風自在飛。四海望遥人久渴，不成霖雨又空歸。

瑞巖庵清眺

西山月落楚天低，不放紅塵點翠微。鶴唳一聲松露滴，水晶寒溼道人衣。

清風山聞笛

鐵笛誰吹一曲哀，清風約我上層臺。悠揚正到堪聽處，怕惹閒愁却下來。

八仙臺招隱

山徑重重鎖緑苔，松花曾見幾番開。羣仙費盡招呼力，那得休官一箇來。

杏花園春晝

風輕雲淡午天春，花外遊人載酒樽。不是山屏遮隔斷，牧童錯指是孤村。

玻瓈泉浸月

半山亭下老苔錢，鑿破玻瓈引碧泉。一片玉蟾留不住，夜深飛入鏡中天。

會景亭陳迹

自是韶光不耐秋，水光山色一時休。細將瓦礫分明看，片片飛來落葉愁。

寶接山落照

怪石纍纍玉作堆，登臨晚景更徘徊。夕陽無限堪停好，莫到奇山空自迴。

望海樓

雲間鐵甕近青天，縹緲飛樓百尺連。三峽江聲流筆底，六朝帆影落尊前。幾番畫角催紅日，無事滄洲起白烟。忽憶賞心何處是，春風秋月兩茫然。

甘露寺

六代蕭蕭木葉稀，樓高北固落殘暉。兩州城郭青烟起，千里江山白鷺飛。海近雲濤驚夜夢，天低月露溼秋衣。使君肯負時平樂，長倒金鍾盡醉歸。

雜詠

揚清歌，發皓齒，北方佳人東鄰子。且吟白紵停緑水，長袖拂面為君起。寒雲夜卷霜海空，胡風吹天飄塞鴻。玉顔滿堂樂未終，館娃日落歌吹濃。弦歌興罷拂衣還，棄米何嘗有俸錢。恩自大鈞能逐物，只應訪藥是優賢。

閶門舟中戲作呈伯原志東二首按：原奪第一首末五句，且合為一詩。今據《吴都文粹續集》卷一、河山本補。

蘋風忽起吹舟悍，雨打圖書藏裹亂。閶門咫尺不安流，何況盟津與江漢。非無輕檝并長棹，逆風流水適相遭。須臾風迴水流順，星宿浮槎問月高。

吴王故苑古長洲，潮汐池邊一佇留。秀蕙芳蘭無處所，荒莞叢葦滿清流。

觀音巖

秦驅禹鑿已寥寥，却為高人得姓焦。鮑餌有時邀楚釣，海雲常覺護山樵。巖多陰霧龍藏角，虹絓蒼林玉露臕。濁氣不侵靈覝下，方壇曾駐紫清飆。

貞娘墓歌

何不學仙冢纍纍，白楊西郭陰風悲。虎邱一叩貞娘墓，薜荔援牆委蘭露。千歲蒙茸幾樹花，夜飄鬼火曉啼鵶。向憐挾瑟彈清月，猶憶吹簫乘彩霞。吴閶少年往來道，黛蛾釵燕誰能好。酒滴春雲夢不消，泉聲幽咽鐘聲老。陌上行遊緩緩歸，昨日紅顔今日非。東望闔閭穿葬處，玉鳧將化湛盧飛。

不集南山

山翁茗芋葛彊隨，庭下青春鸞雀飛。幕府慣為方外客，風前嬾易道家衣。

以上涉聞本《寶晉英光集》補遺

全宋詩卷一〇七八

米 芾四

弈棋圖歌

神仙縹緲何年別，忽此逢迎山石裂。前溪練瀑派玉簾，更後雲林霧痕缺。聚頭磕額方外人，擔肩抱蟾骨法新。棋枰對弈環座看，誰信樵斧忘青春。我今髮雪三千丈，尚要崑崙撐頂上。爐心且養九轉丹，拂却銖衣記無恙。

龍團歌

瀛帥謝公之所惠，大如車輪輕如紙。磨而試之墨過漆，元非本約重違意，寒雀比之立憔悴。道寧萬一歸於彼，不督芙蓉乃恕耳。三木模研理固異，耿墨比此天與地。開匣付介驚欲墜，惜之不得幾下淚。君匣獱州便可碎，只留承晏使執侍。

瀑布詩

吾有瀑布詩，古今賽不得。最好是一條，界破青山色。

堯山

信美此山高，穹窿遠朝市。暑水結蒼陰，飛泉落晴翠。

和嚴道培書院韵

城頭山脚舊圖開，華構凌雲亦壯哉。談席昔人文獻地，升堂此日豫章材。弦歌化裏清風動，麟鳳天南紫氣來。獨奈巖阿叢桂冷，幽棲不是偉長才。

高館寨帷萬象開，西山翠入氣佳哉。六經重振南方學，千里還徵上駕材。鸞鶴遶庭翔更集，雲霞拂棟去還來。古今同被弦歌化，林卧其如老不才。

題寶珠閣

北固火後作一閣，前見黄鶴群仙捧勢，乃芾家山也。僧要名，題曰：

對檻青山露，羣仙捧寶珠。求遺如起定，象罔是文殊。

虹縣舊題二首

快霽一天清洲氣，健帆千里碧榆風。滿船書畫同明月，十日隨風窈窕中。

碧榆緑柳舊遊中，華髮蒼顔未退翁。天使殘年司筆硯，聖知小學是家風。長安又到人徒老，吾道何時定復東。題柱扁舟真老矣，竟無事業奏膚公。

秋暑憩多景樓

縱目天容曠，披襟海共開。山光隨毗到，雲景渡江來。世界慚雙足，生涯付一杯。横風多景夢，應似穆王臺。

題董北苑畫

千峰突兀插空立，萬木蕭疏擁澗陰。日暮草堂猶未掩，從知塵土遠山林。

琴詩

澹乎無味中，指下清音發。□□□□□，空山墮涼月。

開先寺觀瀑布

度挾捫青玉，臨深坐緑苔。水從雙劍下，山挾兩龍來。春暖花驚雪，林空石迸雷。塵纓聊此濯，欲去首重回。

詩二首

水勢臨階轉，峰形對路開。槎從天上得，石是海邊來。瑞草分叢種，祥花間竹栽。舊傳辭賦客，唯見有鄒枚。原注：下云元符二年夏四月八日書。

携琴遶碧沙，摇葦弄青霞。杜若幽庭草，芙蓉曲沼花。宴遊來野客，形勝得山家。往往留仙步，登攀日易斜。

詩三首

三閭宰國議，相如造承明。莫教朝廷上，不及為郡名。

幾時越五湖，行行遂所適。之子方樂天，衆累焉能迫。

閒中無所事，得意思同論。約月升崇觀，校射出平原。自注：既成此三則，兼存之。　以上日本河山亥《寶晉英光集補》卷一

大臣薦對詩

笏引上天梯，鞘鳴奮地雷。誰云天尺五，親見玉皇來。　宋方勺《泊宅編》卷六

驅蝗蟲詩

蝗蟲本是天災，不由人力擠排。若是敝邑遣去，却煩貴縣發來。宋周紫芝《竹坡詩話》

《竹坡詩話》：米元章少時作邑，會歲大旱，遣吏捕蝗甚急。有鄰邑宰忽移文責之，謂吏驅蝗入境，元章取公牒作一絶句書其背而遣之云云，見者大笑。按：《湖海新聞夷堅志》亦記其事，詩作蝗蟲元是飛空物，天遣來為百姓災；本縣若還驅得去，貴司却請打回來。

謝吴安中留宿

肉眼通神四十年，侯門拖袖氣如烟。符離經過無行李，西入皇都索相錢。宋吴坰《五總志》

寄題開福院白蓮堂

二林消息已千年，戲向池中種白蓮。昨夜秋香逐霜雪，又看蓮子藕如船。

舊多社客談因果，新向禪林問祖風。歸去萬緣無不了，這回洗鉢聽齋鐘。宋李庚《天台續集》卷中

干越亭

長卿骨已朽，延陵得茲亭。延平廖明略，大句題軒楹。遂令干越俗，擅此今古名。高詠劉廖句，白雲穿石屏。琵琶洲無弦，我彈君能聽。彈罷共一笑，白雲歸玉京。宋王象之《輿地紀勝》卷二三《江南東路·饒州》

題李伯時山陰圖許元度王逸少謝安石支道林四像二首

一幅輕綃三尺闊，百歲丹青半鹿脱。誰將光景寫吴綾，神采森然動毫末。

臨卷嘆張芝，筆格入妙思。疏眉映朗目，白玉無泥滓。堂堂偉且長，想見坦腹姿。宋周密《雲烟過眼録》卷一

龍井延恩衍慶院

竹徑隨泉上，山雲觸石生。竇棲彈指處，的的是分明。宋潛説友《咸淳臨安志》卷七八

懷南唐研山

研山不復見，哦詩徒嘆息。唯有玉蟾蜍，向余頻唳滴。　元陶宗儀《南村輟耕錄》卷六

題越人王脩竹所藏雪竇禪師真跡

一幅昏昏半已空，何人重出自為工。從兹萬偈並千頌，攪亂春風卒未窮。　元鮮于樞《困學齋雜錄》

鷄　黍

鷄黍招要意已真，後堂許到轉相親。巧裁花竹豈多地，浄掃軒窗無一塵。傾倒不知情話密，衰隤深畏酒行頻。落花一夜成疏迹，風雨還增客恨新。　明汪砢玉《珊瑚網》卷六

題馬遠作四皓弈棋圖横卷

落落四皓翁，山林養其静。羞為漢家臣，若辟秦苛政。商顔高峨峨，坐待天下定。欻起佐儲皇，上前啟名姓。堪憐羽翼成，難將口舌争。無語及扶蘇，空歌紫芝咏。　同上書卷二九

題定武蘭亭古本

翰墨風流冠古今，鵝池誰不賞山陰。此書雖向昭陵朽，刻石猶能易黄金。　清卞永譽《式古堂書畫彙考》卷五

題禪堂壁間

水石相搏，風竹相吞。爐烟方裊，草木自欣。　清胡承謀乾隆《湖州府志》卷四三

壯觀亭

扶笻上瑶臺，一笑領清絶。如何夜來風，獨下前村雪。　清阿克當阿嘉慶《重修揚州府志》卷三二

題仙掌石

碧海出蜃閣，青空起夏雲。瑰奇□怪石，錯落動乾文。清陸耀遹《金石續編》卷一五

送端臣桂林先生兼簡信叔老兄帥坐

驂鸞碧玉林，琢句白瓊瑶。人間埃壒盡，青羅數分毫。程老列仙長，磊落粹露臕。玉瀝發太和，得君同逍遥。刻巖棲烏鵶，陟巇透紫霄。南風勿賦鵩，即是登雲軺。同上書卷一七

太白江油尉廳詩

嵐光深院裏，傍砌水泠泠。野燕巢官舍，溪雲入古廳。日斜孤吏過，簾捲亂峰青。五色神仙尉，焚香讀道經。清陸增祥《八瓊室金石補正》卷一一〇

題多景樓

華胥兜率夢曾游，天下江山第一樓。冉冉明廷萬靈入，迢迢溟海六鰲愁。指分坱圠方輿露，頂矗昭回列緯浮。衲子來時多泛鉢，漢星歸未覺經牛。雲移怒翼搏千里，氣霽剛風御九秋。康樂平生追壯觀，未知席上極滄洲。

吴江舟中作

昨風起西北，萬艘皆乘便。今風轉而東，我舟十五縴。力乏更雇夫，百金尚嫌賤。船工怒鬭語，夫坐視而怨。添槹亦復車，黄膠生口嚥。河泥若祐夫，粘底更不轉。添金工不怒，意滿怨亦散。一曳如風車，叫啖如臨戰。傍觀鶩窨湖，渺渺無涯岸。一滴不可汲，況彼西江遠。萬事須乘時，汝來一何晚。

題蘇東坡木石圖

四十誰云是，三年不製衣。貧知世路險，老覺道心微。已是致身晚，何妨知我□。欣逢風雅伴，歲晏未

言歸。

從天竺歸隱溪之南岡詩

昔年訪月寒溪頭，霜高酒劣稜生裘。溪僧輟寢從吾幽，共移不繫漁人舟。斷崖老木紛金亂，又如蘋藻涇清流。鶴骨浸煩風露憂，妙語滿地無人收。以上朱仲嶽《米芾墨蹟大觀》

句

清明去郡則得郡，安用作業解洗業。《米元章書史》卷一

中間有一蕭閒伯，學道登仙初應格。朝元明日拜五光，玉皇應怪鬚眉白。宋曾敏行《獨醒雜志》卷六

金山醉歸江月出，瓜洲洶湧寒潮入。金山寺　《輿地紀勝》卷七《兩浙西路·鎮州府》

飯白雲留子，茶甘露有兄。

人是西方無量佛，壽如南極老人星。

手摩一丈石，讀盡上元碑。

甘泉如惠泉。

孤嶼水中圓，遥空海邊闊。以上《寶晉英光集補》卷一

如來髓，釋迦骨。人不識，彌勒佛。題彌勒像　同上書卷三

（甯德偉整理）

全宋詩卷一〇七九

華鎮一

華鎮（一〇五一—？），字安仁，號雲溪居士，會稽（今浙江紹興）人。神宗元豐二年（一〇七九）進士，調高郵尉。哲宗元祐元年（一〇八六），監溫州永嘉鹽場。七年，爲道州司法參軍。元符二年（一〇九九），知海門。徽宗崇寧五年（一一〇六），知新安。政和初知漳州，官終朝奉大夫。有《雲溪居士集》一百卷及《揚子法言訓解》等，已佚。清四庫館臣據《永樂大典》輯爲《雲溪居士集》三十卷，其中詩十二卷。事見本集有關詩文及附録其子初成進書表、行狀，《寶慶會稽續志》卷五有傳。

華鎮詩，以影印文淵閣《四庫全書》本爲底本。校以邵二雲及沈氏鳴野山房抄本（簡稱鳴野本，藏北京大學圖書館）、清乾隆翰林院抄本（簡稱翰林本，藏北京圖書館）及《兩宋名賢小集》（簡稱小集）等。新輯集外詩，另編一卷。

神功盛德詩

神州，推美也。藝祖、太宗，宣祖之子，太平之業創於二后，故推以歸美焉。

茫茫神州，有疆有理。殲殄豺虎，翦夷荆杞。人可以稡，神獲其祀，惟宣祖是畀。

道有倫極，克建克敘。不喪厥猷，物有其紀。既汙者隆，何千萬年。施于孫子，惟宣祖所畀。

其畀惟何，篤生真人。作之孔武，敏則有神。乃聖嗣德，益之以文。慶既令矣，克成厥勳。

神州三章，一章七句，二章章八句。

於皇，受命也。藝祖以神武受天休命，開太平之基焉。

於皇武王，帝錫其猷。克奮神武，應天之求。維睠乃顧，申命用休。獄訟謳歌，旁來（鳴野本、翰林本作采）不謀。高視虞夏，嗣于有周。

蠢爾小腆，昧天之靈。弗念厥顯，首干我經。龍旂東指，淮海惟清。西狩三城，澤潞（原作路，據鳴野本、翰林本改）以平。皇皇天聲，如雷如霆，罔不震驚。

偏師四指，露檄旁招。負固銜璧，知幾造朝。凌江絶嶺，曾不崇朝。蜀道失險，關烽聿銷。

恢恢皇綱，周漢之後。唐嗣不武，實弛其紐。自我維之，律此羣醜。式相上帝，以奠九有。

於皇四章，一章十句，一章十一句，二章章八句。

亨龍，定功也。太宗佐佑藝祖，應天順人，盛德升聞，復受厥命，克成帝王之功焉。

瞻彼亨龍，應時而作。維雲維雷，（鳴野本、翰林本作雨）以引以翼。大人有徽音，物被其澤。德馨孔昭，休命爰錫。

蕞爾汾晉，穢我王路。天誅久稽，爰赫斯怒。大明繼昭，晞彼朝露。文軌攸同，平平天步。

朱干琱戈，包以虎皮。脱劍解冑，敦説書詩。鍾鼓喤喤，俎豆儀儀。相我斯成，以永丕基。

亨龍三章，章八句。

猗歟，體道也。章聖莅天下，無為而成，體至道之用焉。

猗歟道真，厥心希微。我則道（鳴野本、翰林本作體）之，萬物紛錯，我攝之以無為。股肱良矣，心膂則奇。蕩蕩妙用，民莫之知。既綏寰中，亦静四夷。承休垂裕，維君維師。

雍雍和聲，召彼協氣。散為豐年，凝為嘉瑞。三脊之茅，四海之美，惟帝王是致。

巖巖太山，升於天中。鸞輿戾止，玉檢金封。汾脽千里，親飛六龍。上下昭報，神明以通。

在昔圖書，出於河洛。有龍有龜，前聖之作。惟天無親，德侔斯格。我躬受之，寶符神筴。

猗歟四章，一章十三句，一章七句，二章章八句。

惟天，保民也。仁祖有盛德，協於上帝，能保惠於庶民，增大先人之功焉。

上天之載，引之惟逸。原民之生，天子之職。我安其止，弗擾弗刻。厥德罔愆，宜符帝則。

我征既寬，我役不煩。息我干矛，審爾刑冤。井飲田食，日舒以閑。鴻化何為，淳風載還。

俾爾息而庶，俾爾厚而富。黄髮稚齒，既仁且壽。帝歆其馨，介我純祐。

其祐維何，如商之戊。天地其行，既長且久。寵綏下民，克念厥後。取我元良，錫之九有。不失其傳，益羨三后。惟堯舜為難，惟我則不。

惟天四章，二章章八句，一章六句，一章十二句。

德淵，有慶也。英皇起維城之地，毓明德而陟寶位，見世積之慶焉。

世德之淵，慶流瀰瀰。篤生哲后，在宗之子。其積彌新，有聞不已。文考受之，以肖以似。人之攸歸，天命爰止。

天命靡常，惟德惟功。神聖有作，曆數在躬。正位東朝，遂成大宗。協和萬邦，萬邦以雍。

沈沈神機，其動其時。和柔以剛，克愛以威。肅之振之，俾無或隳。功則未既，思有宏規。

德淵三章，一章十句，二章章八句。

皇猷，復古也。神考體非常之略，篤見古道，能底不世之功焉。

皇有大猷，其成落落。文武不世，千載無作。聖人勃興，積厚施博。作之新之，以底遠略。既發我明，既達我聰。合變體經，神化無窮。長毓儒雅，蓄礪兵戎。無思不服，物有其容。夙夜不怠，濟我豐功。

濟濟朝廷，有名有實。多士在服，百工勵翼。禮樂興矣，刑政既達。郁乎有文，紹周之則。綿綿句麗，原按：《通典》高麗本名句麗，以高為氏。《後漢書》作高句驪。《魏志》、《唐書》皆作高句麗。莽莽河湟。絶彼東海，逸于西疆。或翦或懷，德威孔揚。列我郡縣，襲我衣裳，於前人有光。

皇猷四章，二章章八句，一章十句，一章九句。　以上《雲溪居士集》卷二

華　鎮二

詠古十六首

衮衣自美好，無能被猿猱。鶢鶋巢魯門，惻愴臨九牢。此物乃異類，珍華宜見逃。潁陽本無人，嗜好非羽毛。執心一何苦，用形一何勞。采薇代芻豢，芻豢氣膻臊。飲水寧手掬，飄原作瓢，據鳴野本、翰林本改風聲怒號。不慕黃屋尊，遺之如秋毫。道真固所重，無乃太囂囂。達士各有心，非志斯鬱陶。飲河已盈腹，河流自滔滔。一枝儻可棲，雲構如蓬蒿。適外皆長物，逐物非吾曹。如何市朝人，捐生競錐刀。潁川無回波，始覺素風高。

穆王有天下，王綱正齊肅。玉帛來萬邦，明堂覆重屋。珠金嚴器皿，龍章粲華服。玉戚副朱干，英莖薦清曲。窈窕備嬪御，芳顔美如玉。文章窮制作，采色已繁縟。晚與化人遊，清都暫經目。夢回顧人世，愴恨情不足。九重深且嚴，視若窘羈束。腐朽視玉石，膻惡生膏沐。倏起駕八駿，凌飛厲黃鵠。遠尋西王母，高宴崑山麓。歸來九廟荒，日暮歌黃竹。

黃河天上來，一曲一千里。馮夷值海若，反顧忘秋水。通川不足多，支流寧復紀。大樸久已喪，羣言亂如麻。儒墨及刑名，交流自名家。曲士殉所察，紛紛摘其華。伯陽究宗本，為言天地初。蟪蛄驚春秋，格言落玄虚。華顛困章句，强識家人書。

長劍寄寶匣，往往夜鳴吼。芒針補弊履，雖賤不為醜。藏器貴有施，斯人自吾偶。汲汲出疆贄，皇皇喪家狗。無愧三宿行，未多沮溺耦。營丘執羔客，乃是射鈎手。解縛履文陛，低顔亦含垢。魯堂品藻中，茂實帝王後。君子當際會，所學問行否。南陽三顧日，不羨商巖叟。相期等釣璜，兹為兆熊后。宿將輕少年，前席亦何有。恢恢王景略，落落秦關右。周旋二十年，初心了無負。何必逐桓温，聯翩東南走。松栢儻莫依，嵩岱皆培塿。

昔在戰國時，吴生固多奇。弱魯偶以將，彊齊不能支。聿來守西河，縱横各有施。黔首樂無貳，財用日以滋。士卒思致命，官事咸允釐。韓趙既來賓，秦人怯東窺。魏郊昔多壘，中外安且熙。當時計其功，誰復相等夷。盛德乃不器，中智各有宜。由來秉國鈞，不類提軍綏。論列謾紛錯，至當難重違。桓桓蓋世氣，低徊下卑辭。

風雲起幽朔，霜雪彫松桂。修竹實不華，猗梧慘憔悴。江漢凝以沍，醴泉更蒙蔽。鸞鳳何所歸，增擊真良計。岐山盡禾黍，九成困惉懘。鳴矣後佳期，來儀爽幽契。烏鳶競腐鼠，仰視驚高逝。衆羽亦可懷，雲飛屢回睨。猗嗟魯先生，生後唐虞際。高華雖韡韡，碩果終幽翳。幅紙下聊城，片言挫秦鋭。銛鋩釋紛難，未足論明哲。原按：哲，讀去聲，音制。傅玄《祀景帝登歌》：執競景皇，克明克哲。旁作穆穆，惟祇惟畏。況復歷下談，微端本柔脆。時無豪傑士，横議喧鶗鴂。原按：鴂，本音玦。《爾雅》「鴡鶪鸋鴂」是也。鶗鴂即鸋鴂。《集韵》：「涓惠切，音桂。本作鴂」。考《離騷》「恐鶗鴂之先鳴兮」，王逸注：「一名買鵤」。揚雄《反騷》「恐鸋鴂之將鳴兮」，顔師古注：「鸋鴂一名買鵤，一名子規，一名杜鵑，常以立夏鳴，則衆芳歇，而農事興。」此入霽韵，正依《集韵》音桂也。春冰薄輕綃，可耐秋陽熒。黍稷無惡種，方苞藉良農。淳化混無外，殊疆藹同風。海濱昔未洽，盜弄潢池中。勝殘無善政，矧日勞兵戎。龔叟達事變，嘉言契清衷。鈇鑕何所施，鉤鉏日成功。鷄豚被封域，桑麻翳垣墉。天子念循良，召對明光宮。醉客雅輕事，臨歧願追從。厚意難重違，歸軒相與同。終藉哲人語，清風傃淵冲。小人徇其末，所得竟無庸。君子喻其大，道義在所攻。聯裾治水衡，遲暮何從容。

鮒魚在涸轍，所志斗升水。斗升不可得，安望長江鯉。朝登禹門浪，回首風雷起。高才忽細行，脫略外譏毀。鄉閭不見容，縣令邈難邇。悠然挹斗酒，西遊咸陽市。一言悟時主，傾注超園綺。獻納無間言，經綸有餘美。平步躡雲漢，瞬息致千里。賈生終如遺，資用豈不偉。

三聖贊拔茅，拔茅有連茹。四始詠鳴鹿，鳴鹿嘯其類。性理儻可賞，微物在所貴。矧伊人倫秀，德輶自勤鳴野本作輕致。昔在世宗時，炎劉正昌熾。蒲輪聘枚叟，異人始鼇至。鄭生何慷慨，稱薦天下士。嘉言美且閑，咀之有餘味。當朝尚趨和，浮沈在承意。囊括未足多，似忝司農位。獨以推轂賢，千秋仰高義。周公親吐握，事與田竇異。如何大將軍，碌碌無所譽。功業雖可名，風流固多愧。

吾愛袁東陽，才華自天性。注射溢飛泉，玲瓏韵鳴磬。微吟傍牛渚，傾寫江州聽。珠聯麟野韵，響答臨歧贈。倉卒宣城辭，顛沛長沙詠。辭林騁高步，聲華既明盛。不為桓公屈，高風更嚴勁。榮路何足論，清衷原作裏，據鳴野本、翰林本改自如瑩。

興平昔喪亂，射鳴野本、翰林本作豺狼恣吞攫。雄才臥南陽，盤桓寄雲壑。良玉沽善價，高情無適莫。風雲時會合，約束非縲索。蕭公鎮關中，守固惟筦鑰。韓彭冒鳴鏑，閫內非所度。成都偪仄地，草昧事參錯。顧盼乾坤靜，談笑風霆作。東連紫髯公，北設渭濱略。靈源挹愈盈，英風際寥廓。明知不自假，高談貴無作。宿昔何所侔，夷吾暨燕樂。

窫窳當九門，西山賓騶虞。鴟鴞集上林，丹穴巢鵷雛。姦雄始基搆，哲人晦良圖。步兵偶叔末，整轡登蓬壺。身世委杯酒，不以禮法拘。長嘯引鳴鳳，新詩綴驪珠。慷慨臨廣武，感激慟窮途。所志豈方外，林下薄踟躕。恢恢大雅人，矯矯真龍駒。寧愧蘇門士，臨刑據槁梧。

秋陽鑠金石，康莊晝如焚。乘軒及負荷，累足朝市門。揮汗散淩雨，騰埃播長雲。隋珠彈黄雀，貴賤誰復論。安知北窗下，乃有羲皇人。高卧挹清風，翛然遠世紛。緑琴寂繁奏，白醅漉綸巾。井水患甘旨，膏蘭困明芬。何用結廬地，喧填走車輪。

唐昔先天後，天步復清平。君王圖治定，槐棘來羣英。渭水亦投竿，莘原猶棄耕。丈夫敦志尚，不為軒冕輕。矯矯同州守，素風獨峥嶸。慷慨論十事，激切觀王明。獻納無迕言，始來歆大烹。富貴豈不念，直道思有行。馭者信所學，不為變奚更。况當秉國鈞，見利難自傾。行己或可枉，乘軒何所榮。風虎既相從，雲雷底光亨。開元及貞觀，當日乃懸衡。至今夸毗人，聞風心骨驚。

高柳何葱蒨，嫋嫋章臺端。眉葉蔭紫極，條絲拂朱欄。何以謝松竹，撓弱慚歲寒。既乏貞固姿，枝葉何足觀。小人殉利慾，俛仰如轉丸。苟非社稷臣，禍患寧肯干。蒲山已歸覲，黎陽尚盤桓。當時方寸地，明明赤如丹。飆舉冠淩烟，騰芳臭如蘭。一言失其所，功名兩彫殘。高帝論平陽，劉氏終以安。英公負文皇，武氏為世患。無忌問趙相，侯嬴起長歎。白首不可保，知人良獨難。

蘭芷生幽薄，浥露搴華姿。芙容隔秋江，扁舟滿（鳴野本、翰林本作泛）江湄。丈夫抱材用，但願君王知。甯生擊牛角，載歌南山詞。詞終脱裋褐，纓佩暮萎蕤。人事非有定，斯言或難持。翩翩李將軍，鳴弦壓由基。餘威震戎虜，談笑静邊陲。桃李曾無言，嘉聲滿黄扉。心知堪萬户，乃謂生匪時。烽火照甘泉，未能包虎皮。目視漢飛將，棄棄輕如遺。頗牧已黄土，切切勤緬思。如何中林士，坐視青雲期。

古風

瞻彼南山下，溝塍蔚相續。泉流既清美，土壤膏且沃。巖壑雲氣多，時雨常霑足。苦乏知人術，所寄非良淑。樹藝本未工，營私一何速。銚鎒原按：《詩・周頌》「庤乃錢鎛」，傳：「鎛，鎒也。」疏云：「或作耨字。」詁云：「頭長六寸，柄長一尺。」鎒，古字也，今作耨。不及時，終然廢穜稑。嘗恐歲云暮，蟋蟀鳴我屋。良苗不可見，何以望嘉穀。

讀孟東野懊惱詩

東野不解事，强為懊惱詞。惡詩皆得官，舉世不及嗤。好詩空抱山，寂寞無人知。詩自有好惡，得官不在詩。白面無伎能，青雲多路歧。君無一囊錢，姻婭復為誰。且保珪玉質，無使傷磷緇。文章古所貴，恐非涉世資。羽翼聖道術，收拾古佚遺。此外不可倚，倚文諒多奇。

小院

小院無經過，虛庭窈深幽。高堂晝晴永，朱箔上銀鈎。文砌桐花落，碧瓦烟光流。交疏靜丹綺，飛梁架青虬。原校：一作回風楚罷夢，凝塵寂其謳流鶯自睍睆，好音暫遲留。

早發蕪湖風便舟中有感

長波西南騖，高風激江流。掛席向浦漵，凌虛駕輕舟。洲渚亂揮霍，蒹葭颯颼飀。重山捷飛過，疊浪紛悠悠。鳧鷖不及辨，頻吒越飛鷗。舟人擊鼓吹，謔浪相賡酬。調笑西來人，掩淚寒沙頭。人聞此語樂，我聞此言憂。爾速非爾巧，彼淹豈其尤。淹速偶所值，矜笑徒自偷。況余涉世途，泰稀否常稠。此日雖偶駛，來日恐或不。馭也儻可矜，留滯還增羞。天道雅無常，非分非所求。但願日日行，行路無阻修。

汎舟

汎舟涉長川，舟巨川且廣。操榜無良師，東西逐波蕩。左之蕉葦多，右之洲渚枉。中有安流道，可以詣所往。不習昧其從，終日勞蕩槳。蕩槳勞尚可，所憂波濤長。黑雲蔽白日，驚飇摧五兩。沈浮何足道，形生在反掌。豈無觴深人，疏絶不得賞。

題竹軒詩

歲寒青松青，落落惟修竹。烟葉舒青翠，風莖戛蒼玉。高標契嘉士，暫挹情已足。況復清陰中，耽耽有華屋。屋下富經史，塡篋韵方睦。啄食日已肥，文綵更繁縟。側聆簫韶奏，聯翩赴清曲。秋色正蕭疏，庭宇清以肅。且復遶修林，采采黄金菊。莫學山陽客，顛倒困醽醁。

贈别新渭府機宜蔡二同年

賈生流落處，寒日照山郭。江湖行欲盡，客意正寂寞。轂擊逢蔡侯，舊交宛不若。立談露底裏，貞意銷垠堮。握手笑登舟，杯盤已紛錯。初言叙交契，次問何漂泊。苦道行路長，春陵亦墝埆。仲冬纔薄寒，秋水雖已落。湘山尚重疊，湘水亦浩漠。水深莫暮止，路遠宜晨作。委曲話津途，纖悉指棲托。前修共科名，分義曾不薄。此道久淪替，後生多落寞。頌君古人風，不為一杯酌。我舟尚南邁，君馬方西躍。各指天一涯，何以慰離索。平凉古名鎮，扼控開戎幕。緑髮照青衫，從容預經略。從軍古所貴，清世尤多樂。已見六翮修，行看上遼廓。

宿道林寺詩

鉦鼓遠轟塡，旌旗近凌亂。蘭棹截波艤，肩輿傍山轉。白羽映塵舉，烏紗倚風岸。揆才非阿都，託乘陪中散。暝投蕭寺迴，路入修林蒨。清談曾未既，長夜已踰半。周旋仰陂量，眄睞慚溝斷。欲倚青雲披，輕歌白石爛。高風生夜壑，長松響幽澗。秉燭訪陳跡，辭墨疊壯觀。纓蕤雖未濯，心目欣已浣。文奇楚招些，跡異元郎漫。初驚冰玉違，已見珠璣璨。臨池名草聖，天台得才冠。兼資古所稀，荐遇世尤願。琳琅鼓餘韵，蛟虬走芳翰。詣絶雅無倫，神變敏如幻。規為到古始，氣槩起消懦。須知趙璧貴，祗借秦人玩。吟想情有餘，言終屢增歎。

汲水詩

汲水苦綆短，低回就清淺。綆短儻有續，重淵良不遠。清淺本無源，其涸易見晛。重淵酌愈出，流波被溝畎。膏盲苟願治，會須好俞扁。所之在萬里，庸可策駑蹇。白茅滿原隰，刈之何不勉。緝索綆乃長，單極恣舒卷。寄聲汲引者，功微利亦鮮。

虚　室

軒前列羣山，軒後得虚室。宛若成都居，枵然惟四壁。清明照窗牖，不待秋月色。萬籟悄無聲，終年飽岑寂。

頤軒詩

土木謝琱華，結構趣閑敞。四座來風月，中庭容几杖。庭喧海潮至，窗暝山雲上。蕭散寄官曹，欣兹會清賞。

寶墨堂堂在新安縣舍後圃

堂有顏公石，辭墨真世寶。圓潤屈銀鉤，淳華掞春藻。忠義昔所服，文藝久彌好。至今有識人，撫卷惜元老。

廣述二首

茫茫太行道，日側嘯彫虎。天明落檻穽，迴失山林阻。摇尾仰視人，意態已如鼠。烏鵲竟何為，倇咮噪而聚。高明人共畏，鰥寡世所侮。丈夫氣如霜，所貴摧强禦。埋輪斥豺狼，不待梁冀死。長孺戒李息，張湯方遇主。古人恥低徊，吐茹兩不武。真節一朝奮，千載羞莽鹵。兹人不可見，兹事乃近古。三復清風詩，永懷仲山甫。

飄風入閶闔，九陌起黄埃。駆還振鳴珂，馳驅東西來。側足凑高明，珠箔為褰開。附會崇岳友，沮譽牛李儕。傾側競姿媚，談笑足詼諧。朝為道旁客，暮為廊廟才。如何首陽人，悵望黄金臺。所得竟斗筲，回首良可哀。安見鄭子真，谷口日徘徊。嘉聲滿朝野，何用苦自媒。以上《雲溪居士集》卷三

全宋詩卷一〇八一

華　鎮三

春日雜興十五首

季冬歲云暮，玄冥肅寒威。濃雲蔽白日，朔風戾天飛。霜華晝不消，木冰粲瓊枝。河漢凝以沍，松竹慘萎蕤。豺虎有飢色，况乃狐兔微。朝陽汎春光，黄雀鳴華榱。

鳴禽斷殘夢，寒衾有餘温。褰帷覽東窗，朝陽汎晴暾。晨興不知倦，攝衣步南軒。碧瓦無寒霜，芳露浥蘭蓀。東風苦未競，愁見陰雲屯。登高遠四望，極目際郊原。

三眠愁夜久，夙興坐高堂。是時大火中，啟明在東方。曉月俯前楹，列星掩微芒。和風從東來，草木有流芳。欄花浥零露，密影森低昂。咸池浴朝日，照耀上扶桑。輕烟靄簾櫳，盈盈斂餘光。

韶光入南園，芳樹囀珍禽。弄月曉烟際，吟風夕陽林。間關調巧言，玲瓏韵鳴琴。密傳青帝意，説盡陽和心。採之芳林幽，置之華堂深。願言几席間，時聽林中音。朝餐屑崑玉，彫籠飾南金。引盼結綺疏，弄影高梧陰。三旬春欲暮，寫此如簧吟。

緩步出東門，徘徊高城隅。芳郊曉烟霽，極目眺平湖。遲日暖潛魚，東風汎菰蒲。陽和著萬物，動植皆昭蘇。行樂貴及時，流光易云徂。五陵少年客，燕趙傾城姝。憧憧滿金隄，盈盈雜簪裾。華龍儼上駟，冰雪瑩膚腴。帷花啟芳筵，藉草羅樽壺。搴條密相遺，巧笑情有餘。溱洧宛未妍，桑中良不如。

東風入九門，細草有餘緑。長楊散金縷，繚亂青樓曲。緗桃美於錦，素馨純如玉。名園搜未盡，春華已盈目。蘭蕙有天香，乃在山之麓。不與東風發，誰知顧中谷。

姜庸曉相携，採桑高城東。新妝競姚冶，危鬟較櫳鬆。袿襦無舊製，組繡有餘工。穿林逐流鶯，遵渚學驚鴻。密葉朝露晞，遠揚戾東風。日昃蠶已飢，采采不盈籠。

虚懷湛秋水，拳石枕寒沙。上栽九節蒲，依倚復欹斜。寄懷曲几穩，發秀終年嘉。細根散蒼髯，巨柢蟠青蛇。玉篦瑩故葉，劍鋩長新芽。融怡謝陽光，滋澤非露華。潔貞宛相適，吹噓曾不賒。乃知元氣游，胎合大道涯。生生無間斷，在在均邇遐。陰騭有異稟，朗應無爾差。故兹靈藥材，見重長年家。寧如溱洧贈，復異洛陽花。臭腐薦高腴，夭冶揚芬葩。栽培劇彫楮，徂謝迅飛霞。韶光瞬息移，不得延豪奢。

東郊接南陌，芳樹繚脩隄。疏雨斂輕埃，十里平如坻。雲日弄晴陰，烟花淡低迷。往來多騕褭，躑躅赴東西。紫騮連錢花，青驄碧玉蹄。軒頭剥秋兔，闒臆竦鳴雞。金鑣響玲瓏，玉校光高低。促轡合組繡，脩策琢玻瓈。顧影斂逸足，迎風鬱長嘶。不逢王武子，與解錦障泥。

晴春厭密處，駕言出林坰。捨車步蘅皋，緩帶遵蘭汀。長林合葱蒨，緑陰透虚明。上有遷谷鶯，下聞求友聲。風和簧（原作黄，據鳴野本、翰林本改）舌穩，薄暮耳猶傾。歸輈俯俄景，脩路尚安行。華鋪閉深院，嘉樹列前庭。高梧蔭綺窗，媚柳拂朱甍。安得谷中侣，晨昏此飛鳴。

迢遞長江表，崎嶇青障間。瑞草雜野卉，吐秀莫窮看。馥鬱誰與奇，細碎如等閒。荆榛共榮悴，樵牧幾摧殘。殊鄉採嘉聲，千里輳名園。輕舟走彫檻，文砌薦朱欄。芳華未盈枝，傾都已酡顔。疏叢乏葱蒨，薄采媿朱殷。珍賞占芳時，野客更舊觀。試問蜂和蝶，何如蕙與蘭。

江梅燦瑶琨，緒風未成和。紅藥簇雲錦，韶光已蹉跎。臘寒苦難任，秋陽暴如何。寧知桃李樹，乘春蔚婆娑。二月艷陽天，兩京佳麗多。五陵浮瑞氣，三州翻緑波。宮槐出華闕，御柳夾銀河。玄鳥雜飛舞，黄鸝競鳴歌。芳蹊展平練，繁艷簇香羅。浥露笑金谷，迎風媚銅駝。落英縱紛紛，珍實已峨峨。莫訝潘河陽，盈城意靡他。

纖纖蘭蕙甲，青青楊柳絲。草木有春華，園林競芳時。妝點貴銓次，高下有推移。連畛已端修，茅蹊盡平治。雕欄被丹雘，文甃合瑠璃。穿薄啟縈迂，拍隄汎漣漪。安排紅藥樹，映帶牡丹枝。蔓草既誅鋤，秋榮亦芟夷。碧蘆斷修幹，丹蓼剪芳蕤。苞杞散不收，叢菊棄如遺。蘆蓼尚云可，杞菊或未宜。神功著西河，嘉聲藹東籬。朱實照金鼎，黄華登玉卮。暄涼雖異序，榮秀各有期。商飆掠春叢，摧折誰能支。

春華雜丹素，芳心馥椒蘭。蝴蝶採其榮，交飛密為團。輕鬚卷絲緒，弱翅剪冰紈。栩栩婉有容，飛飛閑可觀。深叢密依倚，曲徑恣盤桓。日昃芳氣消，露晞黄粉乾。繁華未零落，幽意已闌珊。

中和嘉會日，名都肆廣筵。華榱蔭簪裾，樽俎森盈前。主賓興方諧，威儀曾未愆。鳳簫密銀簧，瑶琴掩朱弦。衆優湊廣庭，蹁躚颯回旋。被服佪古製，咿嗚操方言。鉦鼙雜鳴擊，促數競喧填。歌舞養心耳，心耳今煩悁。恐非君子音，不足延永年。

和孫秀才醉中二首

封人祝多子，患寡不患小。林慮行且歌，自喜身已老。五月日可畏，不踐門前道。北窗足虛閑，清風颯然到。況有樽中物，玉山恣傾倒。黄河或可斷，世事未云了。

吾鄰有達士，時得問話言。寄身杯酒間，萬事不復論。大嚼青精飯，高岸白綸巾。愧非伯倫伴，辜此羲軒民。

瀑布

蒼崖入青冥，飛泉下巖頂。薄風春雷怒，照月秋練迥。清潤冷書幌，輕柔媚茶鼎。揮弄自忘歸，賞心意誰並。

横山

户外片山横，長蛇勢繚繞。林疏無鷙獸，海近多鷗鳥。雲氣弄晴陰，烟光媚昏曉。坐中見樵采，隱隱下林杪。

懷嵩亭亭在新安縣舍後山

嵩高維神嶽，峻極上霄漢。臨登信舍地，庶入朝夕觀。垂簷碧雲低，帶户前山亂。何日見愚公，神棲夢輕斷。

適南亭

子真埋照地，千載委榛莽。知音久未會，遺蹤寂誰賞。華堂始基搆，皂蓋日來往。高風邈已遠，兹焉競長想。

湖原作河，據鳴野本、翰林本改**南運使柯少卿用廣西提刑曹司勳遊嶽麓寺韵送廣西行俾令同賦**

昔聞湘西寺，夢想投雙脚。身境隔楚越，攘臂無由攫。此日陪勝集，當年意彌廓。山環秀色遠，地勝真興託。赤日朗泥金，彤霞焕塗雘。追隨得後乘，登頓閑芒屩。窮幽際高深，歷險遵厓堮。北斗近在手，南溟消一酌。天風韵球琳，世味羶醴酪。躡屐想王謝，登舟成李郭。欣戚起參差，去住同紛錯。常時惜聚散，靈襟費恢拓。契理在相忘，言志亦盍各。無然結惆悵，聊用聆談噱。况當擁斧繡，不類居榛壑。金石雖欲流，風雲正相薄。蕣華夕則隕，蠟味淡可嚼。照坐蘭玉明，揮翰珠璣落。青嶂繚雲構，紅紗羅蠟熘。景勝語難工，柔毫幾頻閣。

早發京口舟中

解維去北固，掛席指西湘。秋江迥以朗，物色見毫芒。篷窗列遠岫，天際插連檣。鷗鷺簇寒沙，蒹葭肅初霜。千里伊此始，扁舟前路長。路長念行遲，家遠情難忘。回首東南引，朝陽汎滄涼。稽山不可見，况復梓與桑。日月無停晷，星漢迭回光。人生天宇間，安得戀故鄉。徒勞非所願，薄言奉高堂。念昔楚與越，相望若參商。山川有分守，出入多譏防。道泰共家國，路夷闢關梁。勉從四方事，及此筋力强。羇宦真飛蓬，飄飖隨風翔。遠近不自我，東西竟何常。君子貴知命，世路各有方。

巫山神女詩

巫娥美無度，綽約姑射倫。冰雪照肌骨，被服丹霞裙。蘭膏皆臭腐，天香有清芬。手提瑶華枝，乘鸞弄氤氳。緬邈相光彩，杳然喪塵紛。楚王夢見之，三歲情如醺。伊人竟何許，宛在陽臺下。宋生未見稱，朝暮自雲雨。

襄陽道中望鹿門山

龐公昔避世，全家入翠微。空遺山下路，不知今是非。高風久寂寥，世路誰與歸。山頭日欲落，搔首重依依。

采石

夜暗梟狐響，天明蛟蜃伏。君子貴知幾，乘時介多福。中原昔不競，淮海波濤蹙。高視孫仲謀，雄心冀前躅。大明將昇騰，氛祲先驅逐。周師東南指，淮瀣歸亭毒。遺燼倚江流，熒熒怯風燭。真人方遠略，墜緒勞君績。後至祇取羞，先迷庶能復。時雨動民望，遠猷走辰告。密算結浮梁，長驅踐平陸。敵氣沮飛渡，軍勢乘破竹。鱗羽不及張，巢窟駭傾覆。百年厓石稜，鐫刻猶在目。風濤杳不作，水落秋山足。留與釣魚舟，穿維宛相屬。由來一帶水，未勝長城曲。道梗叛或易，時清去還速。何必鑿秦淮，佳氣自消縮。

銅陵阻風

常言秋冬交，泝江便風多。我行已旬餘，有風不生波。直道不敢往，曲港傷逶迤。昨日始張帆，騰凌越盤渦。倏途驛未歷，寒日景已俄。夜半轉巨橐，驚濤擁蛟鼉。天明更雄厲，尋尺不得過。密雨喜初霽，整衣起婆娑。倚檣玩輕鷗，遵渚踏寒莎。羨望東行舟，飛帆峭嵯峨。回數挽引日，多少唯與阿。行止風在天，天為謂之何。欲歎翻自笑，聊為阻風歌。來日如未已，且用資吟哦。以上《雲溪居士集》卷四

全宋詩卷一〇八二

華　鎮四

書李西臺詩帖

古來論書如論馬，不看皮毛看筋骨。赤驥雖瘦神彩駿，骨筋强奇氣突兀。點畫筋骨生筆端，昔人小伎不自忽。用筆臨紙如用兵，敵陣深攻横馳突。水墨淋漓無顧藉，鋒毫來往輕陵猝。皂鵰蒼隼摶秋天，老蜃長蛟結幽窟。李唐末年天下亂，劍戟縱横文藝缺。鍾王遺法散不傳，一二百年來更蕪没。卧豪側管不到紙，狐渡春冰輕窸窣。尋蹤貌影見形似，坐擬前人已超越。秃盡南山千兔毫，妙絶曾無一毛髮。西臺老李得古意，揮洒工夫通恍惚。昔聞已覺心思啟，今見頓使蒙蔽發。縹�院欲卷更復開，明發臨風到華月。

次韻和湖南運判司勳曹公衡山行

大山隱隱横如衡，北與常嶽當天經。發奇吐怪無時停，旦暮生氣凝紫青。隆隆翠光照南溟，是為朱陵赤帝庭。奇峰八九羅明星，真仙宴集通層城。飛樓疊閣到絶頂，環回照映真雲屏。流泉夜逐銀河傾，危石上與搘機撑。輕輿飛蓋不知峻，來往常見林梢盈。炳靈彌世動宸扆，儀物嚴奉侔朝廷。天章國寶萃神異，金華墨彩光峥嶸。提封奄有神仙宅，星軺部按經雲扃。傳經俯可拾青紫，擒華早合登蓬瀛。肯跨蘇耽嶺頭鶴，輕逐浮丘吹玉笙。暫將勝具擬玄度，行與大帝調六英。漢庭已當思汲黯，紫坦歸次光晶熒。尋源况曾到雞足，根塵洗盡丹臺靈。宰官應世通有誡，飛雲何意超鴻冥。玄珠不獨罔象得，白雪一點洪鑪生。詩豪墨妙天許并，雲崖蘇壁增新銘。紫虛羽蓋飄竛竮，湘源寶瑟鳴蘭汀。蛾眉旋顧若自失，霜威一肅春華零。琴高睥睨不敢請，遺鯉失步奔長鯨。平反犴獄成虛囹，姦豪斂衽無辜寧。隨車靄靄留餘馨，千里卷盡重雲暝。威形不習西門豹，襟風遠析湘人酲。自憐匏繫致身誤，遲日坐費三春晴。况無氛翳動精祲，照乘惟有仙花明。日邊應許留姓名，雲車未間相逢迎。花源深處尋遺氓，枕泉漱石窮幽清。拂掠朱鸞毛羽輕，朗聽日轂聲訇訇。誰知信舍遠千里，胸中浩氣高難平。翰林一想天姥起，當年飛夢三更成。便欲登臨雲頂寺，俯看練帶瀟湘橫。驚聞佳句得交珮，傳寫寶祕勝韋籯。清新自是文章伯，飛譽高華由妙齡。美如時雨恣飛洒，有聲着物皆欣聽。河流萬里勢不息，曲折細可為章程。大匠斤斧何經營，良賈厚藏非力耕。鋒鋩銛利新發硎，文彩繁縟森華纓。洗心吟玩曾未再，已覺兩腋生羽翎。千巖萬壑句中盡，此身如在衡山行。

雲溪行 原按：《紹興府志》、《會稽縣志》皆無所謂雲溪者，考若耶溪亦名五雲溪。唐徐浩遊此歎曰：「曾子不居勝母之里，吾豈遊若耶之溪」遂改其名。疑雲溪，即五雲溪也。

雲溪發源自雲門，千古流注越山根。城金河玉雖已遠，南來波浪長崩奔。蒼崖峭壁三十里，翠烟紫霧籠寒水。往來鷗鷺逐波頭，出没魚龍穿石齒。清時有客寄扁舟，長嘯日來溪上遊。緩教霜翮追清曲，漫引輕絲下碧流。有時醉卧閒雙槳，不知船逐樵風上。挹盡千巖曉氣清，聽我鳴野本、翰林本作殘萬壑寒泉響。無端側耳鳳凰鳴，却跨青鸞上玉京。流連丹桂三秋色，辜負寒松半夜聲。十年南北何擾擾，咫尺溪頭不成到。幾回魂夢似當時，夢覺尚疑雲滿抱。今日羈縻江海曲，折腰翻為斗升粟。山頭日落見雲歸，自怪此身何局促。皂雕萬里在一飛，蛟龍未必藉溝池。風月好時心似水，嘯歌聊可解人頤。

梅花

當年杜老對梅花，曾憶何郎淮海作。今日江城歲云暮，還思杜老歌東閣。春風冬雪三百年，中間梅花歲歲妍。清才一往不可見，惟有凌寒曉妝面。

燈

細風吹雨霑疏幕，夜久燈青寒盡鳴野本、翰林本作燼落。未言金椀沃龍膏，且免鄰牆旋彫鑿。淄川老翁牙齒疏，四十始欲披儒衣。况是雙鬢青絲好，不應便作衡門老。他年清切許雄飛，人間萬事隨動頤。不獨千枝照羅幕，廐溷蠟淚當成堆。吾鄉先達少陵後，功名爭光皐與伊。虛齋一盞半明滅，賓主清談到明發。

叢玉山

原按：叢玉山在會稽縣東北三十里，與石城山相連。山中水石，有東巖、西巖、石徑、石峰、月峰、天柱峰、交雲峰、落星峰、仙人峰、羅漢峰、仙隊峰、露天池、合巖石、石臺、金櫃峰、北巖、碧雲峰、芙蓉峰、蓮花峰、戲龜峰、師子峰、金魚峰、石龕峰、原缺，據鳴野本、翰林本補龍吟峰、伏虎石。山中亭宇，有雙巖亭、快覽亭、邀月亭、迎暉亭、迎仙橋、翠筠庵、招仙亭、晚光亭。

石城深沈有神櫝，蒼壁青圭森矗矗。榛蕪未薙見圓石，沆瀣初披得叢玉。寒流噴薄洗煩慮，翠光斂舒瑩人目。兩巖神化瑣烟霞，一逕天成徧厓谷。朝陽杲杲亘東嶺，夕陽亭亭載西陸。拄天峻極天為低，交雲拔起雲常簇。風箕雨畢列華藻，木客雲娥儼儀服。應真示相契空門，洪厓脱身度塵躅。露天池寒星斗簇，鳴野本作繁合巖石暖莓苔緑。石臺登眺多春容，金櫃緘封富奇蓄。幽竇懸泉歲清淺，碧嵐如雲日紛鬱。蓮花風度夏香深，芙蓉露裛秋華肅。靈龜戲游物自壽，師子雄騰誰與逐。金魚熻赫待時雨，石龕贔屓依蒼麓。滿川雲起老龍吟，虛谷風清雕虎伏。主人天與經綸器，才名早在神仙籙。清時北闕方我須，雅興東山難自速。倏途未許頓長轡，勝地何妨揭華屋。雙巖挹秀左右逢，快覽凭高心眼足。夜邀秋月得丹桂，曉迓冬曦看若木。飛梁續徑壓蒼磯，投隙團茅繚脩竹。雲軒芝蓋俯可揖，水色天光濃溢掬。緑野篇章惜未多，輞川圖畫今能續。披圖已覺思超越，過眼應忘身跼束。華編今日許聯詩，芳徑何年容秉燭。因嗟輕别五雲隱，長思起效三閭卜。分知方外學屠龍，不及人間謀刻鵠。魯國也欣三釜粟，梁園倦游還憶蜀。葛洪平昔志丹鼎，子房雅意捐嘉穀。願登天路青雲梯，長聽仙翁紫芝曲。

徐元立出示李父龍角水壁詩邀予繼作因成長篇

龍德神變通盈虛，孕育乃與鯀鰌俱。被鱗戴角形非無，飛潛食息皆時須。太上道德體未刳，神物咸萃天王都。坰林苑囿馴騶虞，宫中高閣鳴鵷雛。玄龜負卦洛水隅，戴因之獸游廣途。此時應龍如鷗鳧，翔泳宫沼何舒于。庖犧正位膺乾符，是出德水呈神圖。彝倫九叙時紛敷，蒼白紀官各有呼。皇風綿邈雖已徂，下至虞舜成帝謨。豢御世守職未渝，節時飲食如哺烏。玄冥失職水正蕪，物乃坻伏潛天區。耳目接識非朝晡，疑無驚有無智愚。葉公好尚俄有乎，真物來止還驚吁。遺鱗脱角時可俘，世俗往往疑見誣。淮上乃有桑門徒，曾見得之青草湖。紺鱗兩葉角一跗，坳洼猶見藏泥塗。堅質温潤如荆瑜，冷光凌亂侵琨珸。我疑仙客催盤盂，乘興擊破鴛鴦壺。又似石尉矜原作務，據鳴野本、翰林本改豪麤，醉中敲折青珊瑚。此物殊觀惟可娱，得名非似齊人竽。但恨不見真形軀，冥飛杳渺何能拘。昔人市骨求駿駒，毋在文駟交馳驅。靈德況與魑魅殊，沈潛非為禹鼎模。喬岑十疊窮崎嶇，鯨波萬里不可逾。驤騰此地聊踟躕，有時亦肯游潢汙。悠悠自非真丈夫，無能駕馭登雲衢。時注甘雨蘇焦枯，六月不用商人雩。陂杖一擲生頭顱，壁梭亦與風雷趨。洛浦鳴琴致綃姝，洞庭吹玉來寸珠。豈如蝃蝀無肌膚，雨餘成象才須臾。當知鱗角非怪迂，閒語無用空揶揄。

次韵劉三秀才瑞香二首

南枝碎玉飄溟濛，春光次第海天東。紫囊夜發香中瑞，芳蹊不用夭桃紅。開謝忍從風日下，形容聊寄襪毫中。珠玉交輝色璀璨，塤篪迭奏聲和同。園林光價遠莫擬，造化機權疑未公。會須折向玉峰去，追隨鳴珮摇天風。

玄機冥運依鴻濛，執規歲歲來司東。乘時剪裁馭大巧，梢頭幾度鋪青紅。匡廬幽香誰見賞，直須為瑞芳華中。餘寒未盡已爛縵，似領千花修會同。貴名舊尊木芍藥，第品應許居上公。願分靈根徧四海，充塞天地皆香風。

道守董公重成寇公樓集宴僚屬因賦長句

九峰翠滴天光曉，自注：樓面九疑。日射三川波浩渺。自注：瀟、營、沱三水會於樓前。朱門畫戟古城西，岑樓新駕長林杪。飛欒疊棨横紛錯，重覆交疏深窅窱。幕開碧落四垂低，屏列好山千疊遶。卧聽羲馭轉轆轤，坐看星車回縹緲。嘯歌微動薄寥虚，樽俎平鋪俯蘿蔦。耳前燕語得其所，目外鵬圖莫之夭。簾翻江日酒霞鮮，窗度天風香穗裊。平昔萊公此棲止，目窮佳麗真明瞭。雲歸自惜原作昔，據鳴野本、翰林本改故鄉非，日低誰念長安杳。帝居閶闔深難叫，世路風波古瀰渺。飢烏得食嚇鵷雛，嫫母在宫憎窈窕。干將莫耶不惜折，威鳳麒麟恥羈擾。北瞻曾冠拱辰星，南飛却過隨陽鳥。彭殤滔滔不足問，榮悴冥冥未宜了。沐猴纓弁竟非真，明玉在塵終自皦。百年同氣妒賢守，抉隱搜遺思遠紹。網羅勝賞得偏多，懷想高風情不少。鯢蟠陳迹久寂寞，虹揭畫梁重夭矯。已知青竹播馨香，更看華牓延光皎。自憐值遇分濩落，重此登臨思倚偏前山小。凄悄。舉目頻驚五嶺明,回頭却顧長沙藐。局促可能參庾亮,清平豈是依劉表。楚天不斷故關迷,危欄倚偏前山小。

新開河

淮山畎澮奔東海,注作陂池地形改。濁水曾無五尺深,驚濤便欲千尋駭。人魚漏網逞胸臆,老蚌乘陰弄光彩。東風吹斷西來流,見爾枯虚當可待。

如意院井詩二首

太平興國古佛刹,小院得名如意輪。何人默識原地脈,鑿井正會甘泉津。闊容三尺白銀甕,深可二丈青絲綆。夏凉未覺冰雪冷,味美不啻醍醐珍。寺僧知愛不忍惜,汲引無間都城人。鳴鐘聲歇更漏促,天雞初報扶桑晨。側肩接足負擔者,排闥争凑蒼苔唇。絲瓶上下掉孔急,語笑嘈雜春雷振。永日迢迢既云暮,健夫噏噏皆嚬呻。萬人已喜用周給,一泓依舊清瀹淪。

井德本來無得喪,居遷乃見井有仁。深穿闊甃世不少,聞名索實多非真。潢汙方集已登幹,驕陽未久先飛塵。盈虚既與陰晴變,安用華屋床雕銀。崇寧元年五六月,僦居偶在寺井濱。曾經畏日曝累朔,亦見霖雨傾彌旬。碧痕澄澄古甃上,消長不改蒼龍鱗。莫嫌營置近闤闠,莫厭資取多紛綸。深院無人轆轤静,焉知此井常清新。

李光道見過贈詩

高槐上拂青天面,枝疏不得驚禽戀。槐下官曹何冷落,去馬來牛色多倦。春風緑楊暗虚室,秋雨蒼苔鎖深院。三見牆頭梅子花,一字不畫塵侵硯。宛如太古兩相忘,况復飛蓋追遊宴。有時獨詠西園詩,想像清風情眷眷。門前忽報華軒過，邂逅開懷如昔見。目擊便嗟相得晚，更僕清談盡黄卷。顧我迂疏何所取，似君秀穎迺可羡。少壯應須努力時，人間歲月如流電。

寄贈永嘉鄭先生

滎陽人物世仍有，文雅風流傳已久。廣文獨步天寶年，才名曾在諸公右。新詩高陪屈宋遊，神翰遠與鍾王偶。更覺丹青到微妙，獨將造化争妍醜。一封入奏蓬萊宫，三絶題自君王手。當時盛事雖云遠，今日高風曾未朽。親逢夫子滄海頭，重起清芬百年後。倦遊不肯依梁苑，尚德自甘耕谷口。方外聰明已木雞，人間事變皆芻狗。子雲寂寞守儋石，靖節軒昂遺五斗。不試惟令曲藝工，久幽更覺機神厚。詩情渺與江湘迥，畫筆能教鬼神走。論工子建已知親，較勝長康未應負。所嗟藻鑒闊楚越，猶使佳名在林藪。邂逅雖知近巖壑，栖遲尚苦拘塵垢。明明冰玉長在懷，望望烟霞屢驤首。何日傾心聽誦詩，他時洗眼看揮帚。狂歌且寄草堂客，佳句終慚杜陵叟。 以上《雲溪居士集》卷五

全宋詩卷一〇八三

華　鎮五

陪和守宴城樓罷留望江山懷古

歷陽城樓多好風，南來和雨飛溟濛。齊紈四座寂不動，六月酒面魚鱗紅。鈴齋無訟日多暇，時引大旆摩晴空。賓來不問禮數隔，披襟倚檻欣迎逢。平蕪不斷楚天闊，無數好山來望中。伊昔重瞳顧寰宇，八千西渡皆貔虎。叱咤風雲五六年，蓋世拔山寧不武。力盡江頭已蕭瑟，秋風未央亦禾黍。亂世英雄氣頗麤，當時還羨紫髯夫。箭重舟偏徐轉柁，舟中賓主亦歡呼。龍驤露橈下三峽，春草不合臨平湖。衣帶縈迂寧足倚，桃葉渡之勝一葦。三閣香消春夢殘，空傳玉樹江南女。人間萬事無妍醜，過眼紛紛盡芻狗。祇有江山似舊時，從來却落漁樵手。懷春悲秋徒自苦，浮雲去來我何有。鳴絲案竹閙清唱，當軒更有盈樽酒。清時勝日臨高明，未愧黃金垂六鈕。

永嘉巡檢張侍禁廨舍闢洞名黃石

國朝孫、吴、穰苴《兵法》，《六韜》，黃石公《素書》，《尉繚子》，《李衛公對問》為七書，試武士，張君之子時中其選

下邳逋客赤松侶，興薄雲天寄廛市。五世鳴鐘不自矜，肯向人前進遺履。素靈將傾赤精奮，羽翼當資天下士。夜半殷勤授素書，歷歷商郊阪泉旨。西過陳留得沛公，雲蒸龍躍相因倚。剪嬴傾項成帝業，廟謀勝算皆予起。漢家明堂窮壯觀，楹棟能收真杞梓。清塵獨步千載上，名實誰可繼其美。君家緒系出南

陽，世服戎衣登禄仕。鳳毛益使家聲振，新以七書見天子。君居無事若山居，退食小齋日經始。茨茅塗土完且潔，栽花接果盈階戺。風月江山散不收，標題黄石寧虚爾。應懷祖武日自礪，功名將使旂常紀。今日中原久太平，頌聲交作干戈止。南過銅標束帶方，玉帛梯航餘萬里。惟有祁連及賀蘭，朝廷未欲知疆理。儻推漢幄從衡術，定遠將軍何可擬。

南嶽僧仲仁墨畫梅花

世人畫梅賦丹粉，山僧畫梅勾水墨。淺籠深染起高低，烟膠翻在《永樂大典》卷二八一二作作瑶華色。寒枝鱗皴節目老，似戰高風聲淅瀝。三芭兩朵筆不煩，全開半函如向日。疏點粉黄危欲動，縱掃香須輕有力。不待孤根暖氣回，分明寫出春消息。大空聲色本無有，宫徵青黄隨世識。達人玄覽徹根源，耳覩目聽縱横得。禪家會見此中意，戲弄柔毫移白黑。佳句殷勤致兩番，深情邂逅高雙璧。不愁開謝逐東風，全勝當年隴頭驛。

咏西施

浣紗溪上浣紗女，野服山花照寒水。含嚬慘淡不勝愁，猶使東鄰駭西里。山鳥淵魚無定識，俯見潛逃仰驚起。矜花晻月春復秋，長恐朱顔成暮齒。君王掄選入吴宫，吴宫寂寞無桃李。芙嗚野本、翰林本作玉容一笑君意傾，宰嚭言行子胥死。姑蘇臺榭游麋鹿，闔閭城闕生荆杞。蛾眉倩盼應自成，築宫教習胡能美。當時掩抑無人顧，今日為君除國恥。君莫怪騄驥鹽車弭耳時，誰人不作駑駘比。

次韻和劉五秀才重陽不見菊詩

黄花長汎重陽酒，今日重陽花未有。莫傷節物此時非，少陵已歎移栽後。江梅滿枝春未來，紅藥開時春却歸。春前春後各自得，化工無私人莫測。明日籬邊金蘂黄，未應埋没隨風霜。高堂滿汎黄金盞，相陪何用茱萸囊。

贈别越帥蔡侍郎五十韻 并序

某啟。某伏睹知府鈐轄侍郎待制新建月堂，尤得卧龍之勝。佳致滿目，清宵益奇，四時異逢，賞適無二。政成多暇，日引賓客登覽東南之美。嘗許疏賤，陪侍坐末。今當捧檄湖外，遠違樂郊，追想前日樽俎之間樂事美景，茫然如鈞天夢回，無邂逅處。雖他年東歸月堂如舊，而玉音冰質當在具瞻之地，杳如天上，敻難復親。謹吟成月堂長句五十韻，繕寫呈獻。雖不足以形容物色冥邈標致，聊以達思戀無窮之意。伏惟台慈特賜省覽，幸甚，幸甚。詩曰：

飛廉鼓槖開氛雺，玉龍盤礴堆蒼岫。雲崖左壁出高墉，環回占盡東南秀。高瞻牛女提封闊，下瞰閭閻烟火富。紫青巖壑敞屏幃，金碧樓臺錯紋繡。城西半規日欲落，天東一縷雲如鏤。人間未覺桂華昇，林梢先見金波溜。冰輪冉冉經箕斗，碧落沈沈失星宿。清光不斷萬象呈，目極塵寰了無覆。扶桑欲曉天雞唱，玉珮丁東咽殘漏。西南松桂碧參差，寒金碎玉高低透。春和二月融青宙，紅紫千花簇繁囿。香潔蜂蝶夜不知，暗和清影凝羅袖。暑雨晚隨虹影斷，炎威夜逼餘輝逗。南湖拂拂起輕颸，鑑光千里冰紈皺。星流一葉高梧下，玉刻千峰晚山瘦。桂子香凝零露溥，兔毫冷咽飛泉漱。六花舞絶平川壤，萬樹玲瓏綴瑩琇。凍雲收盡一輪寒，光華上下清交鬬。明眸朗鑒古難偶，許謝登臨亦虚覯。勝地埋藏祇自奇，鳴野本、翰林本作寄千年林下輸猿狖。儒家宗主中郎裔，早掞春華甲英彀。量闊難窮渤澥遠，德馨未羡椒蘭臭。青雲有路早徊翔，要津策足頻馳驟。旒扆傾衷聆玉振，經綸溢耳擬金奏。暫虚法從牧遠民，大旆高牙會稽首。庖刃從容經肯綮，鵠卵無勞魯雞伏。探幽索隱有餘工，逸勝遺奇落精究。意匠經營誰與相，壺中風物真天授。霜斧晨開蔽日林，虹梁晚結飛雲搆。軒窗四闢洞無物，林嶺旁來遠如走。佳名一字既惟新，寶墨八法曾非舊。鵠返鸞徊美無度，龍跳虎卧雄相湊。何地通宵得佳致，誰人忘寢臨觴豆。西園物色難重逢，秉燭詩詞漫三復。華堂有月終年好，月下樽罍溢醇酎。坐令越絶山水佳，日添光價高難貿。五雲溪上綸竿手，誤指王圻攬纓綬。畫虎年多愧未成，屠龍伎巧傷難售。清時支離逐斗粟，樂國凄凉寄圭竇。結巢未忍息南枝，倚輈何計登華厩。片帆隨牒西南邁，塵滿儒衣色多垢。文麗難忘反楚騷，魂交尚冀親南狩。昔人富貴志已得，越吟清切傷微疢。今人徒勞情若何，玉壺慷慨臨風叩。飛蓋早容陪後乘，曳裾屢許登文甃。烟波滿眼始憑凌，談笑回頭難邂逅。吴會他年見桑梓，荆湘數稔包霜柚。嗚珂應在白沙隄，芟舍徒瞻碧棠茂。萍迹漂漂渺難繫，蓬心慅慅紛奚就。九疑三五夜晴時，為想堂前皎如晝。

田園四時

春

曉來風信從東轉，風中春氣生微暖。隴頭殘雪已全銷，麥苗漸見青青滿。土脈膏疏日舒緩，鋤犁但覺塍畦短。桑葉生陰布穀鳴，可使流光容易晚。細風吹盡桑黄紫，緑暗柔條添旖旎。晚來逐伴望林梢，三星便欲當辰巳。節過清明未云遠，碎髮新蠶已盈紙。遲日融融暖有餘，早晚應須候眠起。

夏 原闕

秋

萬頃秋來雲葉黄，瓜田起盡築新場。茅簷昨夜微霜下，天高氣爽風日强。明星未上腰鐮去，歸路不辭乘月光。隴頭薄暮片雲起，明日晴陰未可量。

階頭露草珠盈縷，門前促織分明語。日午簾帷氣已清，香肌暗喜消殘暑。蚊蚋無聲燈火冷，已將紈扇歸巾褚。更長便合促鳴機，月白何妨弄砧杵。

冬

田家歲事霜飛後，五種收成十分有。征輸早了吏不來，柴荆晝掩閒雞狗。兒童飽暖歡呼走，堂上樽罍湛春酒。力耕歲晚足餘歡，五陵裘馬真遊手。

朔風吹水成冰堅，鳴野本、翰林本作壑風壯冰堅白於練。霰雪還隨密雨來，轉眼紛紛滿溝埤。陳根凍爛還為土，土落田中肥一半。霜鐮去手即須耕，敢望東風待冰泮。

粉蠟梅梢妝蓓蕾，雪晴烏鵲聲零碎。蘭堂晝暖浴蠶天，百果流芳噴寒水。春事望春須準擬，臨風不惜呵纖指。寒日頻添繡線長，百五光陰已無幾。

題桃源圖

枝頭巧語聲高低，波光葱蒨深柔荑。烘爐日暖金鱗動，漁舟蕩漾沿芳隄。淡紅片玉滿流水，中有誰家桃李蹊。刺棹沿洄忘遠近，山重水轉迷東西。金豪瞥見林中犬，玉羽旋聞隴上雞。相逢巾屨如圖畫，驚聞有客争邀携。穿花行到花盡處，華鋪晝敞同攀躋。簾櫳炫熀闘金碧，樓閣玲瓏凝紫霓。瓊杯石髓甘如醍，碧桃瑩膩堆玻瓈。殷勤歷問塵寰事，聞説興替聲如嘶。自言疇昔避閭左，鄉鄰負抱謀巖棲。入山惟憂山路淺，穿雲涉水隨麏麛。山深遂與人境絶，回首但見雲萋萋。年年桃花又桃實，不聞劉項鳴鉦鼙。當時祇恨棄桑梓，此日却悟凌丹梯。酒闌歷覽烟霞外，天風淅淅鵷雛啼。塵羈世網遠心目，年齡便可乾坤齊。俗緣如瑕滌不去，荆布還念糟糠妻。思家欲歸歸却悔，憶路重來來已迷。碧砌朱欄無處覓，溪長烟草寒凄凄。玉京雲路今何在，千年圖寫傳繒緹。高堂衆客一經目，盡願乘景騎狻猊。祖龍虐政猛於虎，療飢消渴資黔黎。霜髯黄口不相保，四海慘戚如牢狴。當時人世無居處，往往雲壑為中閨。竄身幽側寧所樂，骨肉苟免資塵泥。種桃為食不如黍，豈惡芻豢忘烹刲。全家邂逅登金籙，此事渺忽無端倪。清時汪濊下膏澤，浸潤生齒如孩提。日長不使餔糠秕，飯炊彫胡截駃騠。歲寒豈獨完裋褐，霧縠衣裘雲錦袿。翦除敗類毓良淑，宛若嘉穀純無稊。干羽雍容絶征戍，春來處處操鋤犁。今人不似秦人苦，寄身何用武陵溪。

失題

蜂鬚萎蕤花脱萼，粉蝶流鶯何處着。暖融密卷玉為椽，一點明星坐中落。猩唇血重鮫綃薄，百出寶蓮金鈿錯。蕙蘭不斷起長烟，餘香隨風度羅幕。天階漫激鳴籤響，壺中不夜春常若。何人天外引長繩，剛愁日下西山脚。

以上《雲溪居士集》卷六

全宋詩卷一〇八四

華　鎮六

嶽麓寺

衡嶽到江盡，招提嶽秀中。飛樓上喬木，清梵俯冥鴻。鶴去泉猶在，臺存法更雄。望終三楚勝，清興迥無窮。自注：寺有白鶴泉、法華臺、會勝閣。

道林寺

疏鐘到城市，臺殿隱修林。訪古多陳迹，探幽愜賞心。夜聲寒溜碎，曉色翠烟深。自愧麖塵鞅，驪駒又見尋。自注：寺有陶公井。

齊無已書堂

騷客高吟地，山僧指舊基。虛堂非昔搆，清景是當時。石甃流泉漫，松軒度日遲。鯈魚有餘樂，池上竟誰知。自注：堂在道林寺。已公詩云園林坐清景，梅杏嚼紅香。即此地也。

湘江二妃廟

帝子靈祠古，秋風更寂寥。門臨湘水迴，路指舜陵遥。寶瑟知何在，英魂不可招。年年添淚竹，遺恨未應消。

長沙王廟墓在廟西

秦吏方摇毒，君王獨得名。國雖為地小，忠亦自天成。秘殿儀容粹，玄堂草木榮。興亡何足道，青竹有嘉聲。

賈太傅廟

夫子生何代，漂流正所宜。長鳴那易賞，合抱固難施。碧蘚封遺井，丹楓落舊祠。日斜飛鵩過，依約賦成時。

畫眉鋪

湘楚窮愁地，何名得畫眉。不因啼鳥目，應記剪燈詩。逐客傷憔悴，征人困別離。風流京兆尹，寧復此飛馳。

愚　溪

瀟湘同瀉處，一水亦東傾。屈曲游龍勢，玲瓏戛玉聲。傍城無暫濁，當暑有餘清。楚俗真懷古，猶傳夢客名。

無生菴龐老故居，在衡陽城南

大士今何在，空山舊隱存。百年閑蘚徑，終日敞塵閽。砌暖晴添草，窗寒暝叫猿。當時團坐客，相顧竟何言。

雜　詠

上下契如如，忘機示有為。室虛窗潔素，塵盡地平夷。社燕添新土，春花發舊枝。此中君莫問，自有海鷗知。

永嘉巡檢廳奇竹并序

永嘉巡檢舍中生奇竹數本，雖在宇下，而扶疏蒼翠倍於林藪。又聞夜輒零露，淋漓槃盂。張君侍禁索余作詩，因書四十字以賦之。

脩竹趁春陽，猗猗出畫堂。孤根穿密甃，高幹倚飛梁。色潤窗紗緑，烟和印篆香。傳聞尤異處，清夜露瀼瀼。

和孫秀才與弟醉飲

醺酣歸至樂，麴蘖古來賢。荆樹同株日，蕭齋欲雪天。傾頽叔夜玉，臬兀季真船。熟覽新詩意，依稀識道筌。

題黄主簿足軒

枳棘久棲遲，新齋樂有餘。尋（鳴野本、翰林本作傍）垣栽草木，疏沼引龜魚。外曲遊塵世，情高適太虚。紛紛簿領退，滿目盡琴書。

東海

誰謂滄溟遠，吾家曲檻東。靈潮隨月長，積水與天通。白鳥長沙外，青峰薄霧中。星槎在何處，屈指待秋風。

聞韶亭

重華祠宇下，危構壓山椒。壁石因天設，茨茆得舊條。雲山排筍簴，風竹度笙簫。想見來儀羽，飛飛下泬寥。

會景亭

此亭會清景，登眺適襟靈。烟瀨鳴瑶珮，雲峰疊翠屏。漁樵分杳靄，鷗鷺上青冥。□□□□□，□□□□□。

翠微亭

虚閣俯蒼麓，飛甍倚碧岑。鮮英環坐密，青靄抱楹深。秀遠開塵目，清明契夙心。帶星宜所慕，聊此叩徽音。

棲雲閣

高閣倚蒼岫，山雲且暮棲。冷凝半榻穩，濃拂遠燈迷。户轉星樞直，窗移日脚低。登臨人莫厭，尋取上天梯。

秦淮

渺渺方山道，江流一派通。寒沙翹白鷺，夕靄暝丹楓。平截埋金地，虚涵建鄴宫。六朝乘王氣，疏鑿竟無功。

澄瀾閣

飛欄跨喬木，危柱枕蒼磯。石漱溪聲碎，林分日影稀。正宜逃暑氣，聊用解征衣。欲去重回首，清風滿翠微。

元祐六年秋夜泊震澤時漲潦未盡牽道斷毁仍阻風

四顧水天平，扁舟竟日撑。孤村聊可艤，薄暮不成行。雲重魚龍起，風高波浪驚。無心就衾枕，坐看月華生。

君山

特秀起平湖，秋空照日孤。無塵接南楚，有路到東吴。聚翠時濃淡，長林半有無。未能尋勝賞，飛夢遶烟蕪。

狼山

長江到海處，獨秀峙江干。平野根雖闊，驚濤迹未殘。高環僧刹穩，翠入郡樓寒。千里吴王國，臨窗仔細看。

洞庭

險固三苗左，茫洋七澤西。山光千疊小，天碧四垂低。風便修途近，波驚跬步迷。誰知魚鳥樂，不復待鞿鞾。

李仙姑舊隱

雲卧人猶近，團茆迹已空。秀巖孤海外，修竹冷江風。笙鶴今誰賞，星河舊隱通。何當見金碧，華采照淮東。

密雨

昨夜好風月，須明陟路岐。陰雲生隴上，密雨滿天涯。豈患泥塗惡，難堪僕馬疲。却愁期會失，心緒亂如絲。

桃竹

栽竹不栽桃，非關閬苑遥。桃花半春落，竹葉無時凋。照水静蒼翠，吟風冷飄蕭。歲寒筠更緑，雨雪謾瀌瀌。

早梅花二首并序

余往在會稽，早梅花時雖蹀雪衝寒，必先采擷置研席間，素華射窗，流芳盈室，弦歌其側，欣適無涯。迨隨牒薄遊，越江而北，心賞一失，浸更歲時。今兹春初，梅榮南國，慨然遐想，千里增懷，作詩二章姑以自釋。

早歲越溪上，茆齋欲雪辰。雖無十日飲，常得一枝春。不識霄漢路，空緇京洛塵。遥憐遠巖壑，芳秀為誰新。

畢竟成何事，無端走四方。年年思素質，歲歲失幽香。東國溪雲好，南枝海日長。何時一杯酒，相對淺清傍。

次韵酬劉處道

漂泊人間世，幾鄰耳順年。心愚顓直道，步蹇失英躔。星列真虚忝，仙枝亦偶然。雄飛君未晚，何歉續韋編。

千瓣二色桃花

迴出成蹊類，尤深造物功。細攢重疊瓣，匀賦淺深紅。艷質平分異，香心一點同。武陵溪上樹，虚占好春風。

慶親堂和湖南運使程大卿韵

輪奂非謀己，標題慶有親。盈庖欣釜粟，照座得言綸。集富稱觴客，寬容戲綵人。遥知映階砌，丹桂及芳春。

思歸二首

湖光清似鑑，山色翠於眉。投老身須逸，探幽計莫遲。河清不可待，頭白已多時。誰謂茆茨陋，求安過一枝。

二頃何時有，鄉園且結廬。憑軒見巖壑，閉户得琴書。雪幌冬鑪暖，風窗夏簟虚。非才甘退縮，不是傲簪裾。

送道守董朝散

史筆傳遺直，經帷起世家。一麾分郡寄，千里藹春華。鳴阪方睎驥，言時已及瓜。車塵杳難逐，飛夢遶天涯。

挽兗守程大卿四首

名實時方會，君臣德正同。剸裁周庶物，薦擢冠諸公。金口褒揚首，丹梯指顧中。榮途雖未既，尋尺自初終。

佪翔卿寺棘，自注：公為太僕卿、司農。轉漕楚江舟。忠厚臨人大，勤勞結課優。丹枝方習鳴野本、翰林本作襲慶，梁木忽驚秋。天意寧無在，于門必有侯。

交遊敦久要，賞鑒謝先容。自愧非王粲，人驚得蔡邕。塋漫猶在刃，舟壑已遺蹤。不見星軀處，空瞻馬鬣封。

憶昨湘江上，追風送使帆。青雲方滿路，丹旐忽垂縿。燕舞難重見，霞杯不復銜。自注：後堂歌舞之會，累容參陪。遥憐三徑菊，冷落對雙巖。自注：公叢玉仙隱巖，尤勝絶處。

壽蔡大資留守

四氣成功月，三陽得數辰。昴星還輔漢，崧嶽復生申。事業乘時會，心源體道真。燕來新賜第，相賀八千春。

挽嚴四府君

歲事時無失，先疇手自耘。克家親有養，投老意彌勤。方羨高年慶，旋驚白日曛。可憐墳上土，仍占壠頭雲。

挽鄭十一府君並夫人

君子言無玷，夫人德有鄰。絲桐人世遠，窀穸隴頭新。粧閤閑明鏡，吟窗積暗塵。西風原上路，鳴鐸為悲辛。

挽蔣尊師

少報羽人衣，年耆道更肥。未容青雀至，俄駕白雲歸。海上蟠桃熟，人間晚露稀。空留墨妙在，鸞鶴自翻飛。自注：師善大字。

挽傅仲温

人是南州老，家傳北地雄。忽騎箕尾去，不待大丹功。自注：陸侍郎為君墓誌云常勵諸子為學，未能如志願。府君嘗以問我，對曰讀書必效。譬如服食仙丹，未即見功，後當有證。又曰自古聖賢死，皆不忘志氣，在上。往往傍日月，騎星辰。傳説是也。府君實説之後裔。華屋閑歌席，長楊慘暮風。已符同穴契，寧復念孤桐。

挽馮際道

令德稱鄉黨，風流有自來。能仁曾益壽，善計亦豐財。鳳羽彌增秀，車門既有開。祇憐原上路，松柏莫風哀。

挽周祖文

斶辰臨遠日，祖奠徹中楹。寒月銘旌影，霜風晚鐸聲。夜臺無曉日，泉路斷回程。已矣生前事，空勞問代耕。

挽馮户曹

干禄名雖啬，承家實自肥。身全五福美，數過百年稀。有裕居清世，何嗟掩夜扉。芝蘭更盈畹，指日見光輝。

挽陳朝奉

疇昔鄉原作卿，據鳴野本、翰林本改評事，風流出後生。早聯華萼秀，先得桂枝榮。守死尊文墨，持平御重輕。已焉休茹恨，三鳳佇飛鳴。

挽馮通直

功名早自期，策足有餘貲。世路多荆棘，榮途失羽儀。素絲寧復理，青眼不勝悲。千古秦山路，霜風歲暮時。

挽毛夫人

守義惟賢婦，夫人更妙年。紛華人自競，始卒意彌堅。善慶曾無爽，家聲既有傳。秀眉歸永夜，無愧及重泉。

挽鍾氏夫人

處號閨房秀，歸稱内助賢。豐華歡壯齒，甘旨慶高年。鄉譽良人重，家聲嗣子傳。道傍多健羡，寧貴一潸然。

挽陳氏夫人

純貞謝琢磨，報施竟無訛。義守三從固，身膺五福多。有言貽綵服，無恨屬頹波。行路惟稱歎，寧悲薤露歌。

以上《雲溪居士集》卷七

全宋詩卷一〇八五

華鎮七

和光道元日書事二首

蕪城池苑盡荒殘，春到長思競秀山。谷口風和鶯已出，天南日轉雁初還。千家簾幕峰巒上，百里笙歌水竹間。記得當年行樂事，韶光不放片時閒。

急管妖弦朝暮聞，翠帘下應鳴野本、翰林本作映當壚君。叫呼梟盧一百萬，砍削兕脯三千斤。孔座嘉客每日滿，楊園細草何須耘。夜長秉燭可為樂，春色三分未一分。

元豐六年正月二十九日季壬生徐元立以詩來賀用韵酬之

芳荆堂下兩枝長，一本朝來産此旁。敢謂他年當似驥，且期今日得如罔。顧余已免重占虺，聞子還思待弄璋。多謝見貽真錦繡，歸時應得衒吾鄉。

石筍

小窗西下碧溪隅，片石干雲一筍麤。蒼蘚長時斑點露，老藤蟠處節痕紆。不須凡木裝佳色，自有靈花入畫圖。為美又應勝竹箭，堅高元與衆材殊。

養竹詩

莫笑青青一兩莖，春來次第滿林生。露凝節目猶含粉，風過枝梢已有聲。拂拭且看霜雪幹，剪裁當見鳳凰鳴。繁枝去盡生微逕，幾為清陰特地行。

和光道春日雨寒

細風密雨冷相添，天右餘寒勢未殲。漠漠亂絲凝曠野，涓涓碎玉下重簷。凌晨預約陽光發，入夜先聞霰雪兼。自注：世言久雨得雪則晴霽。蝶夢未成欹寶枕，銅壺聲咽凍孤蟾。

元豐六年二月檢田凌塘中馬上口占因簡德器主簿

强半春光未足看，花心柳眼尚盤桓。景陽不放融怡色，原按：原本融怡作蝸怡，二字不可曉。孔武仲詩云春色着人寒料峭，日光生野暖融怡。是宋人常以料峭對融怡，作蝸為誤。密雨猶矜料峭寒。借問董工湮沮洳，何如騎馬按岡巒。幾番回首自惆悵，可借江南一釣竿。

和陳尉見貽二首

畫棟塵驚燕子來，芳郊時雨斂輕埃。須憐好景分明在，為把愁顏勉强開。仙客有情深賞物，新詩勸我且持杯。更言留得花王住，忍放韶光取次回。

燕語鶯啼次第新，柳綿花錦曲江濱。且將邂逅天涯客，共看芳妍海角春。須愛日添隨日線，莫教花笑對花人。一杯隨分休辭訴，況有清歌激絳唇。

食櫻桃思越中風俗

答答驅禽欲曉天，筠籠輕摘薦芳筵。檀唇深注胭脂紫，琪樹匀排火齊圓。醇蜜冷和甘益重，小梅青近色增鮮。花時南國豪華甚，得爾杯盤更可憐。

和陸彦則郊外初夏送客

紅英落盡紫荷長，野岸陰陰暗緑楊。過眼芳菲渾似夢，感時情緒直如狂。江皋有客懷雙佩，淮上逢人賦乘黄。顧我越吟方自苦，可堪别曲念江鄉。

槿　籬

移栽野槿密參差，來束乘時作短籬。樹立已教存大本，彌縫不使去纖枝。春殘葉暗青雲合，秋至花繁錦障垂。家似長卿惟壁立，不憂鼠竊夜潛窺。

題共亭

駕鶴峰前山氣佳，煉丹泉上石如排。高低簷宇依叢竹，屈曲梯橋跨斷厓。仙客肯教人世得，賢侯還與郡民偕。春風日落歌聲散，蘚徑時時有墜釵。

元老十二丈教授就館西城因以寄之

誰教蹇步躡丹梯，曾是先生振所迷。始喜草廬依郡北，旋聆絳帳出城西。儀韶久合為虞鳳，伏鵠猶勞似魯雞。却愛春風嘉樹下，依然還見舊成蹊。

和光道喜和叔得雨兼呈和叔知縣鄉兄

精誠一念格明神，時雨經宵即效珍。政屬士龍真有譽，頌成吉甫更無倫。千疇土脉三冬起，百里根荄一日春。自古移風由美化，善良從此在吾民。

送左司董郎中出知汾州三首

策足年來據要津，漸分符竹寄兵民。雙旌卷霧輝霜日，駟馬驕風蹀路塵。魏晉河山元險固，陶唐風俗本深淳。銛鋒爽鑒清夷旦，報政應須笑魯人。

少壯同看桂苑春，白頭相顧等天倫。素風凜凜驚頹俗，高義翛翛媲古人。邂逅論情槐棘地，殷勤分袂雪霜晨。剖符自是諸侯貴，不學河梁話苦辛。

養狙有感誰非是，塞馬無因自去來。人見終軍持漢節，世聞郭隗上燕臺。九門天上雲泥隔，三徑山陰夢想開。青瑣黃扉嚴密地，待看旌旆應時回。

和李判官

衛玉清標未及門，先知和氣襲人温。言高自有精醇味，手敏曾無洗削痕。一捧絲綸來幕府，兩迂舟楫過江村。已慚無取叨交契，更辱新詩仔細論。

雜詠三首

相逢邂逅典文場，人世機心一笑忘。麗藻滿籯堆錦繡，清談終坐擊琳瑯。衣裘不羨公西勝，才術當知賈傅長。今日故園聊躑躅，他年要路看騰驤。

風過依稀聽步虛，穿林度水得清都。地靈自有烟霞勝，歲久何妨粉墨蕪。雙鶴未歸晴晝永，片山長在白雲孤。無端塹斷靈源地，王氣寧知屬後湖。

日曝山頭土欲焦，全家冒日走岧嶢。石泉絶澗階千級，嶺路穿雲線一條。借問裹糧朝歷險，何如坦腹夜吹簫。□□□□□□□，□□□□□□□。

鳳凰臺

昔吟太白鳳凰詩，此日登臨認故墟。丹穴好音今寂寞，碧梧秋葉晚蕭疏。訪尋池苑無陳迹，指顧江山似舊書。流影逝波何足恨，且聽天籟響虛徐。

陪潭倅張朝散江皋觀魚

通守陳魚許縱觀，旋開芳宴俯江干。合圍緩覺波心遠，數獲豐知網目寬。何必姬姜當脆板，自多魴鯉薦琱盤。歸舟清興知何限，湘水無風夕月寒。

送史道源往宛丘

與君身世本西東，一席虛齋邂逅同。張尉寬衷無巧詆，陶唐遺俗有淳風。座中未閣紅瑶麈，門外還嘶白玉驄。來歲金科新榜上，當看名字冠諸公。

和陳承事喜雨應祈見賀

空階昨夜響淋漓，正是東皋渴雨時。螻蟻未應能有感，乾坤自是本無私。已知協氣通三壤，想見嘉禾秀兩岐。更待秋冬高廩後，與君同賦謦堯詩。

送湖南提刑安學士

洞庭六月暑風長，使者征帆挂短檣。汲引津途多肉食，追隨行路有壺漿。南洲自戀涵濡德，北闕方思獻納良。更識高門延慶事，綵衣新有桂枝香。

節遇中秋挾日餘，哲人來契夢熊時。神澄曉露珠凝彩，氣爽秋風桂有枝。歌袴始喧清贛曲，使星還照碧湘西。太平天子方求舊，但指松椿祝壽祺。

龍窟寺

籃輿薄暮下禪扃，貪看松蘿氣象清。未與老僧張榻坐，且携稚子繞廊行。小堂烟重鐙生暈，遠壑風高水有聲。寂寞卧龍無處問，數聲山鳥自飛鳴。

和純翁新秋夜雨

西風吹雨下天涯，還見蕭疏八月期。筠簟驚秋初冷後，蘭缸凝暈未吹時。誰人擊節悲秋夜，幾處停針念所思。此景多情吟不盡，何郎底事最先知。

秋日登戒珠寺

幽尋蘭若已多歡，更踏崇山望遠山。高閣路餘心未愜，秀巖目盡興初還。隴雲凝素晴猶闇，籬菊分金暖尚慳。飛蓋不須容易去，且偷閒暇笑談間。

重過高郵丁志高道路并序

予元豐中初官高郵，出入丁志高道路首尾三年。今日重過，見其居民增多，人物蕃膴。昔之茆茨甕牖，往往皆高堂大厦矣，惟兩隄槐柳依然如舊。

扁舟平日此東西，屈指于今二十期。村落平田添棟宇，人家碧瓦煥茆茨。經過自覺風烟好，來往誰知歲月移。密柳高槐都似舊，行人雙鬢漸成絲。

壽顧侍郎

應鐘司序兩旬時，台座光凝照水湄。善慶遠歸三俊後，哲人來副半千期。澄波渺渺韜洪量，喬嶽稜稜挺異姿。早晚鈞衡調燮去，鳳池當見老蓮龜。

送敏修赴官鉅鹿

蜩鷽悠悠祇可憐，搶榆控地已飄然。早聞達識無諸蔽，晚挹清風勝所傳。會面已欣渾似舊，開懷還肯便忘年。渌波碧草芳春日，忍詠江生送別篇。

題王氏清軒

開亭後圃號清軒，非逐豪華效兔園。入座馨香惟蕙草，照窗清淺只池源。暫來自怪塵埃遠，竟日原無鳥雀喧。况是繞垣多翠竹，春風次第長龍孫。

題明軒

兩楹開處面純離，題作明軒得事宜。計利已居人會地，征商還是日中時。平持刀尺無心用，高倚權衡莫我欺。達識主人元有大，誰知細故亦無遺。

題海鶴

仙禽西過萬年枝，人道飛鳴是路岐。幾向静中陪振鷺，也曾高處見長離。共知天上聞聲韵，直羡風前刷羽儀。好與（鳴野本、翰林本作乘興）便隨行綴去，舞韶應自有嘉時。

題西成軒

華軒聞在了溪東，軒號西成學老農。碧玉千峰終日好，黄雲萬頃幾香濃。天低每接金仙語，夜迴時聞紫府鐘。祇恐主人為吏去，春來三徑緑苔封。

用韵謝越帥程給事

大屏元侯重薦論，自慚蹇淺匪多聞。已當壯齒逢清世，敢向南山戀白雲。宴以笙簧終永日，寵將珠玉焕新文。願憑陶鑄冲天去，黄閣門前拜使君。

戲呈程民老

多才是處走華鑣，問柳尋花九十朝。春去光陰祇恨晚，興來行路莫知遥。謝安携妓情雖遠，崔烈為公臭不消。應是醉魂傷駘蕩，大歌楚些為君招。

蒙雲叟司户寵示佳篇若將以功名相勉者再用韻以呈

來時春半忽驚秋，思慮關心欲破頭。符竹徒勞乘絶障，輿圖那忍望神州。未酬素志終難已，欲問皇天肯斷休。樽酒且須澆壘塊，不須更作畔牢愁。

直須富貴在何時，到手杯行且莫辭。未放沈酣千日醉，何妨酬唱百篇詩。喜看小雨生新潤，要使閒愁破兩眉。景物秋來盡佳句，濡毫會看墨成池。

和都城春雪

六花飛壓九街塵，應訝人間未覺春。天上樓臺銀作屋，雲中車輅玉為輪。三秋狼戾盈倉兆，萬國歡呼擊壤辰。寂寞袁門烟火冷，未知誰是扣關人。

病中聞梅已放就鄰人求之

屈指新春只月餘，園梅聞道已盈枝。暗香便欲朝三嗅，寒笛愁聞夜一吹。病眼未能臨翠薄，幽懷還恐失霜枝。從君覓取春消息，莫使空吟寄驛詩。

次韻和道守曾大夫堂前早梅花

畫堂深處臘前開，應笑孤根庾嶺隈。不比一枝隨驛至，肯愁三弄逐風來。華繁素逼窗紗月，香重寒銷印篆灰。賢守吟看多麗句，清新未羨宛陵梅。

以上《雲溪居士集》卷八

全宋詩卷一〇八六

華鎮八

梅花一首并序

余於花卉間尤愛梅花，每遇於園林中，徘徊觀覽而不忍去。意欲列植成林，構屋其間，朝夕見之而後慊，然貧而未能為此也。至其敷榮之日，則置數枝於研席，聊以慰其所好。情未能已，載形於言。

生來幽意酷憐梅，醉眼愁眉見即開。案上欲教終日在，林梢令折數枝來。輕匀素色欺魚網，瀟灑清香壓麝煤。一嗅一觀情一倍，熙熙不啻上春臺。

近日

近日英雄涉世疏，休言彈鋏便乘輿。晝操板艇穿溝徑，夜爇蘆薪閲簿書。似此小心紆若綬，何如闊步曳長裾。江南若有扁舟便，不待秋風始憶魚。

列子觀

日日雞聲馬上聞，鑑中不是少年身。倦從客路長摇轡，喜得真祠暫拂塵。仙馭不歸風自好，遺編長誦意彌親。隋珠輕用彈黄雀，愧汝當年辭粟人。

紫薇花

雨餘庭下紫薇芳，簾幙風清發早凉。細葉密攢紅縠皺，纖枝交曳彩霞長。清都舊許分星號，西掖曾容對省郎。悵望日邊承露掌，何時相與照秋光。

野岸白蓮

越溪深處楚江湄，玉刻冰裁一兩枝。天借明蟾滋秀色，雲垂清露潤豐肌。解知潔素風神遠，始覺紅鮮品格卑。何日曲池亭檻上，細看朝暮弄輕颸。

高麗扇

排⿱竹鉤貼楮綴南金，舒卷乘時巧思深。何必月團裁尺素，自多清爽滌煩襟。揮來振鷺全開羽，疊去栟櫚未展心。利用已宜勤賞重，更堪精製出雞林。

病起酬廷老傅十二丈

既有吾身似老聃，却無道術類蘇耽。陰陽授氣還非壯，濕燥因時豈易堪。動戒荒嬉情謾切，坐膺消渴理宜甘。見貽藥石誠多愧，鄉黨無徵只自慚。

元祐三年八月初六日得報已有代者歸期可數喜動於中載形歌詠

郡符朝下報新官，不覺津津喜見顔。但怪鵲聲連日好，誰知鴻翼過年還。心游象魏三秋後，步入庭闈數月間。别去祇憐風月夜，不聞山溜響潺潺。

送邦彦赴闕

士林休復歎棲鸞，已向青雲刷羽翰。漢殿舊聞稱錦繡，燕堂當見擢芝蘭。張帆正值霜風勁，策馬何辭曉月寒。解道此行須特達，傾囊却愧乏琅玕。

和李子約户曹四紀權室

主人才術照幾先，虚室端居宰利權。誰覺市征非往日，自知歲課埒當年。高梧六月生秋色，修竹三冬起紫烟。平日紛紛譏識地，不妨澄寂事經禪。

和楊中行朝散別原作引，據鳴野本、翰林本改試日院中即事

多士分袍日造庭，談經議法與論兵。不辭寒夜程文冗，喜見明時道化行。此日人懷平旦氣，他時中有少年卿。鳳毛已飽籯金術，佇聽傳家振大名。

試院中聞初平別頭預上舍選作詩二章以貽之

拂曉文闈報捷音，傳家始見勝籯金。不隨門户炎涼異，須識膠庠德澤深。日月光華今際會，歲時風物莫侵尋。欲知報稱君親處，惟有忠嘉一片心。

龍頭本是我青氈，寂寞風流數百年。素業久慚吾未振，遺芳今喜汝能傳。九光瑞日纔披霧，千里修途要著鞭。竹素紀名男子事，莫令風味愧吾先。

出院有日用前韻與諸公叙別

頻年承乏選賢關，自惜生居黍谷寒。儲盡加三難自暇，聽殘敲五敢求安。蒙恩邂逅真多樂，已事分飛足歡。從此塵勞能脱否，待尋蜀客試占看。

和林安聖承議别試所即事

驟阻文闈密密關，不堪霖雨作新寒。暫違塵鞅閒還好，喜得朋簪静可安。樽俎不陳無過舉，笑談相酢有餘歡。共知佳節行相近，須把程文繼日看。

再　和

陶家門户本常關，澤室肌膚雅耐寒。不惜春秋參貢舉，自注：余今年正月被差前往南廟，八月又預別試所。況聞早晚報平安。款陪盛集無窮樂，細閱雄文有益歡。未必重陽虛過了，黄花十日尚堪看。

歐陽叔向見余試院中詩卷作詩見譽次韵酬之

未歷藩籬見少陵，索塗擿埴愧冥行。滿懷驟獲連城貺，溢耳惟聞中律鳴。思巧本慚彫楮手，心雄方怯棄繻生。十年世路師良賈，今日纔驚利有贏。

再酬叔向見謝

詞鋒筆力勢憑凌，高共飛雲天上行。清夜幾通康樂夢，嘉時還嗣孟郊鳴。人間雅道時無喪，海内才流世有生。欲識篇章精密處，搜奇抉隱語無贏。

次韵酬叔向

下玉塵多氣已低，可能符采壓虹霓。晉人自識三都麗，襄野誰教七聖迷。謾説違時清似水，且謀終日醉如泥。秦關自昔稱天府，何事雄誇十二齊。

壽潭帥李金部二首

慶緒綿綿嗣伯陽，何時熊夢契嘉祥。月低蓂莢光猶滿，風入林鍾景正長。出去懷金參九列，歸來畫繡得三湘。遥知當日瞻佳氣，還似兹辰賭壽香。

汎汎薰風入舜弦，西樓晚月十分圓。懸弧門下占祥日，仗節湘南出師年。善誦詠歌盈玉葉，壽觴頻舉倒金蓮。紫泥褒詔知非晚，行看雙旌上日邊。

漸　堂

君家仲季樂天長，書史優游共一堂。雁序此時詳進止，鴒原異日竟軒昂。階前蘭菊幽香遠，座上塤篪逸韵長。肅穆清風在華榜，可令進躁坐銷亡。

春陵聞雁

余為春陵糾曹，夜聞雁聲，因憶歐陽文忠公有《送道州太守》詩云「身行南雁不到處」之句，蓋衡有回雁亭。

擁衾欹枕未成眠，歷歷鴻聲到枕前。十月高風方永夜，三更疏雨欲寒天。衡陽亭榭真虚爾，潁水篇章是偶然。萬里天南共為客，北書從此喜須傳。

和純翁聞新雁

出門無緒看飛蓬，入夜還驚度早鴻。塞外長蘆應已斷，天涯尺素竟難通。青熒疏幌遮寒燼，窸窣高梧弄夕風。今夜只應欹枕後，夢魂隨汝到江東。

和都城臘日雪

同雲為瑞上圓清，臘日飛花落帝城。雙闕漸迷鴛瓦碧，九街勻罩麴塵輕。戴溪有月舟方遠，袁巷無人路自平。却愛馬卿詞賦好，梁園一座盡知傾。

和高郵監税李光道承務

論交未必須白頭，邂逅相逢轄屢投。識似方諸能鑒物，言非諼草自忘憂。詩書已見勤追琢，筦庫何妨暫滯留。但喜荒齋得佳詠，清風和氣日休休。

蘭玉才華夙有芳，撝謙高韵慕循牆。風流自與迂疏厚，澹泊應須氣味長。屢見清談能破的，行看素業驟成章。日生鞅掌雖無盡，投隙當來語大方。

落帽山

落帽山頭雨脚長，消愁還是感河陽。勞歌不解凄凉意，小飲難投酩酊鄉。共恨今秋辜綵菊，相期來歲沃霞觴。須知四美人間少，一笑千金未易償。

壽蔡大資

巖巖巨鎮瞻維嶽，落落喬松棟幹姿。物外風神時遠鶴，幾先識斷世元龜。還逢周寢占熊旦，恰是商巖肖象時。願醖東溟為壽酒，一年一獻一瑶巵。

項王廟

劉氏功名未足多，謾將帶礪指山河。楚宫一夜雖虚壘，漢殿百年還藝禾。今日祠堂皆寂寞，當時江水自透迤。有靈若憶生前事，應悔初為蓋世歌。

用韵贈陳縣丞

明明真理與時紛，曾把清心仔細論。百慮已知歸妙道，一塵無復寄靈根。時來或可紆藍綬，興盡還思杜席門。異日儻能追逸駕，相忘不必近林園。

湖南運使程大卿壽

時來嘉會一陽新，慶屬高門誕哲人。杞梓挺材周世用，珪璋含德足天純。酒熏愛日凝和氣，香觸寒梅發早春。密運陰功方寸地，默增遐算有明神。

崇寧元年五月十六日天漢橋月下閒步

閒來步月上銀潢，天宇無塵夜色凉。雙闕高尋佳氣聳，三街平襯緑槐長。沈沈琳館東西迴，褭褭珠樓左右光。歸去不須尋蜀客，莫教知到斗牛傍。

高郵張生出所得詩畫一軸求余作詩因書

千巖秀處有扁舟，不駕樵風欲五秋。金味未應甘腐鼠，霜翎時自下崑邱。塵埃漠漠長扃户，雲月漫漫獨倚樓。好事古來常恨少，碧霄清思為君搜。

宿西禪寺詩

湖湘跋涉今猶近，淮海漂流昔早曾。擾擾未能逃鞅掌，星星祇見變髯鬙。驅車曠野猶飛雪，税駕閒窗已上燈。瓶錫不移緣累息，須知人世盡輸僧。

送道守董朝散

香穗氤氲雜瑞烟，條風新轉早春天。桑蓬慶集侯門日，銅竹榮居郡閤年。清曉十分圓玉兔，寒宵萬斛照金蓮。祝詩聊致官曹意，上古靈椿自八千。

錢秀才索詩用韵酬之

新詩字字脱埃塵，幾效中郎歎受辛。他日合為仙桂客，此時何愧布衣身。更無狐貉原非恥，直有簞瓢不是貧。霧豹南山飢不下，未慚尺蠖解求伸。

次韵和潭州尹節推陪同年運使大卿知府安撫少卿知郡大夫飲會

一聲渾化未來宫，當日聯飛真乘龍。策足津途趨要切，掞庭華藻稱纖穠。青雲榮貫誰同得，白首朋樽此幸逢。樂事晚生曾未識，强賡佳句想形容。

題朱中老宣德墓亭

不矜鄉版早為賓，不歎恩綸晚及身。物識儻來忘世累，學隨所遇澤吾民。鴻冥輕舉閒刀刃，舟壑潛移冷隙塵。今日户庭皆似舊，共知君有克家人。

以上《雲溪居士集》卷九

全宋詩卷一〇八七

華　鎮九

贈孫純臣居士

鼓腹酣歌七十餘，卧龍山北寄蓬廬。滿堂常見斑衣舞，填巷時來長者車。負郭稻田周歲計，還家蘭圃足晨蔬。閑窗盡日無餘事，時展青囊一卷書。

上南都權府提刑孫大監二首

聲華籍籍冠諸公，三十年前澍水東。造次談經皆振玉，從容遇事盡成風。心遊迥出青塵外，名品横飛碧落中。留鑰憲臺雖重寄，方看平步入鵷鴻。

摳衣平昔登門下，曾許横經近絳紗。江上一言冰玉遠，天涯長歎水雲賒。不才漫忝朱為紱，承學終慚髮已華。今日姓名猶見齒，尚因提獎得靈槎。

舟中望金山寺

小山蒼翠出江流，山上精廬望外幽。午影樓臺連北固，夜聲鐘磬到揚州。客帆飛過朱欄角，沙鳥歸棲碧瓦溝。南去北來長擾擾，畫橈何日暫遲留。自注：二十年間過其下者凡十六次，未嘗登賞。

送德器移光州仙居令

邂逅舊慚無半面，追隨今恨只三旬。高才鋒穎凌長劍，和氣舒遲壓九春。百里莫言猶偪仄，三年亦可薄經綸。古丹應有遺方在，好使靈功被此民。

奉酬劉令見懷

世路差池懶自嗟，眼前隨分過年華。山中尋藥援青嶂，海上將鷗踏淺沙。懷舊愛君交態厚，題詩寄我素封斜。爭知節物隨人冷，十月東籬未有花。

臘後感懷和光道韵

達人蔑視千鍾禄，曲士驚談五石瓢。臘盡自憐春氣近，月明誰念美人遥。鉛華次第開梅萼，金色依稀著柳條。莫問陰山更陰處，數峰殘雪未全銷。

過魯太師廟

余崇寧三年宰新安，四鄰五邑乃河南、洛陽、澠池、壽安、河清，皆有蝗，獨不入縣境。冬部夫至都城，往來經由廟下，因以賦之。

漢家循吏得民深，素業流風尚可尋。愧在盛時操短刃，遠來鄰壤效鳴琴。敢論異事追前事，所喜仁心契本心。振轡再經馴雉境，一瞻道廟想徽音。

題普照寺

剛趁閒情逐隊行，忽逢蕭寺眼前明。修廊有蔭僧趺坐，古殿無人雀啄聲。咫尺都城塵不到，尋常林木境還清。憑君試問輪蹄客，過此如何不解驚。

高　風

一傳肯來忘暑月，兩旬輕舉薄雲霄。非關漢水魚盈釣，不為宜城酒滿瓢。方外采真欣淡泊，人間知足得逍遥。高風可是陶彭澤，歸去田園為折腰。

陸彦則索詩寄之四韵

解官才喜此身輕，忍以冥搜損性情。疏懶舊來高叔夜，虚閒今日似淵明。願酬美意情雖切，强綴狂歌曲不成。應有朱侯偷笑我，壯年不解請長纓。

壽柯運使

九十韶光纔十九，高門曾是弄瑶璋。熊羆夢寐當時吉，龜鶴年齡此日長。劉晏已知豐外計，曹參行見趣歸裝。更看德善流芳處，濟濟斑衣滿畫堂。曉來遲日上高堂，珠箔玲瓏錦席張。玉斝騰波行旨酒，金爐生穗起真香。融融喜氣凝庭户，拂拂歌塵下棟梁。許步桃蹊無以報，但祈眉壽獻篇章。

趙防禦新闢小齋詩以貽之

隱操真全不待山，小齋新闢户常關。窗延晝白明丹府，鑪養春和潤玉顔。何必金絲喧曉夕，祇將槌拂伴虚閑。人間興味元恬淡，不見輪飛倦後還。

代湖南張運使賀蔡右丞

高步英躔恰妙齡，曙華相照有餘榮。早逢周室遵儒雅，親見文公迓太平。可但清標稱玉潤，共知具體得金聲。廟堂方契千年會，側聽康哉語載賡。

送傅彬老檢討赴宜興簿

不是雙翎羽未齊，天門欲到失雲梯。眼前且看神仙府，身外休論枳棘棲。百草讓茶先有味，一缾挹水近通攜。扁舟邂逅須乘興，細看東風罨畫溪。

次韻湖南張運判會春園新亭之什

落落長松滿古園，沈沈碧水侵新軒。於今人物情雖別，平昔池臺跡未昏。身外無塵紅入座，眼前有酒綠盈樽。更將好樂無荒意，深入無生不二門。

田家二首

莫笑田家物象微，柴荆未肯愧朱扉。槿籬花發錦步障，莎逕葉齊絲地衣。葭葦吟風環竹屋，鴛鴦浴水傍苔磯。藜羹黍酒有餘味，笑看庭陰密又稀。

繞舍澄溝玉色方，夾隄密樹儼修廊。霜遲留得穠陰綠，秋冷全無潦水黃。獨木短橋通別圃，攢蘆新廩出高牆。終年飽暖人生足，何必崎嶇走異鄉。

卜居

桑弧蓬矢是男兒，故國松楸亦重違。架構自知惟壁立，綢繆誰敢羨翬飛。桑麻地狹妻孥笑，堂廡簷低燕雀稀。清世薄才何所用，求田問舍未應非。

詩酒六首

大雅讀書勤苦外，肯來文會盍簪中。詛盟吾欲出三物，續社君當圖九翁。綠橘未題霜降顆，黃楊纔長閏餘叢。後成若援原作授，據鳴野本、翰林本改蘭亭例，金谷樽看誰罰空。

文力尤能草上風，後生橫槊鬬詩中。諸君共利先登將，一我甘為左次翁。水至細流皆入海，材為直木必由叢。筆端袞袞淳于夥，鳴野本、翰林本作輠未覓膏油炙轂空。

辭宦各歸千里外，滿城不出數家中。得詩夜共嘲騷客，次韻時來寄子翁。已分鷺鸞垂翠葆，尚能魚目鬭珠叢。人生閒裏還無此，白首光陰過莫空。

已在淵明歸去後，只消長慶醉吟中。詩名未到出藍者，酒德忘為垂白翁。刻燭分題喉每噤，揮杯多酌指如叢。攔街拍手兒童笑，十日醒無一日空。

殘醉偶思京輦下，戲言堪入和章中。詞因公度李道可，印借夢卿成孺翁。荒怪定逾詩律外，風流誰筆笑林叢。張而不弛非文武，莞爾牛刀未可空。

商搉文章論要公，切雲千仞將壇中。詩人何地可安我，醜婦今朝纔拜翁。彫玉苦心為楮葉，繡衣謾眼束柴叢。南鄰寄謝梁兵部，險韻無勞獨斷空。

暖齋詩

至足無求觸處同，小齋和氣日冲融。几筵已得嘯歌地，赤白何須繪畫工。況有午簷容愛日，曾無北户召寒風。清心迥出塵埃外，詎見高堂數仞崇。

雪中寄徐主簿

出門四幕雲垂地，舉目千花雪映天。況是光陰猶故臘，何妨時日在新年。不辭登頓行長道，但喜豐穰屬大田。遥羡風流栖枳客，一焚檀篆達誠虔。

次韻酬道州同官雪中召飲

千林臘雪綴玫瑰，為送豐年好信來。有客倚樓吹玉笛，何人立馬傍銀臺。書齋喜白臨窗紙，妝閣驚藏照臉梅。清景可憐佳句重，為君隨分把金杯。

和石太傅錢清僧舍圍爐余時先往蕭山不預其會

後進多年仰碩膚，相逢如恨日將晡。權懷想不辭醇酎，高論應須出大鑪。麗藻舊欽梁上客，清風今識漢潛夫。初慚不預芝蘭列，自注：公詩云芝蘭相照皆佳士。和得陽春愧已無。

題畫鷹

高飛遠走可人情，上蔡東青舊有名。誰在華堂饜鼎俎，自甘平野掠柴荆。心憂狐兔紛難盡，眼看豺狼恣不平。莫倚絲繩金鏇美，弓藏鳥盡汝須驚。

失　題

暑往寒來春復秋，東西南北一萍浮。吴鈎越劍雖常淬，梁苑秦關祇浪遊。場屋同盟多列鼎，鄉閭小子亦封侯。十年窗下勞螢雪，今日明時漫白頭。分宜浪迹學希夷，豈合將身涉事鳴野本、翰林本作世為。無外縱知皆是幻，有中寧免强隨時。懶於中散人誰覺，貧過原思已自知。若有一廛容定省，肯將塵鞅自羈縻。

挽張約之

盗跖有年顔子夭，千秋此理竟難昭。一枝仙果方成實，三葉階蘭已盡凋。壯志永違祇自恨，清魂一去更誰招。猶勝伯道終身後，應得幽冥慰寂寥。

以上《雲溪居士集》卷一〇

全宋詩卷一〇八八

華鎮一〇

元夕

節物隨時好，元宵興味多。常年苦風雨，今夕偶晴和。天宇消氛翳，星華侵原作浸，據《永樂大典》卷八八四五改月波。六街紛合遝，兩觀迥嵯峨。平昔財多裕，歡心慮靡他。深沈閉閬苑，窈窕引巫娥。百斛澄瑤碧，千枝列芰荷。珠咽激清脆，霓袖競婆娑。頡頏將雛態，綿蠻命友歌。涓涓催急箭，殷殷尚鳴鼉。縹緲飛華幰，丁東振寶珂。東西歷登覽，南北遞經過。不惜雲罍罄，祇看牛影俄。恨無夸父足，擬擲魯陽戈。出入心忘計，晨昏用有那。佳時徒共樂，歡事不同科。牽率調弦管，安排具綺羅。有虞虛腹餒，那作醉顔酡。不見三千履，難逢十二梭。寂寥塵陌上，誰問夜如何。

贈越倅胡郎中

天上元宵後，鳴野本、翰林本作夜中階瑞氣豪。乾坤扶睿哲，山嶽孕英髦。識量東溟闊，才華北斗高。序遷登半刺，清選陟諸曹。慶旦回新律，邦人薦壽醪。椿齡祈永固，榮應吕虔刀。

寄焦公澤

身世旋蓬轉，年華激矢忙。漂流輕楚越，契闊易參商。竊預三千日，行幾二十霜。金聲留逸響，玉潤有餘光。仕路雖叨踐，心蹊未敢荒。軒昂遺俗物，感激企前芳。燕雀驚鴻鵠，鴟鳶嚇鳳凰。傾都無孟子，通國毀匡章。曾席雖云遠，韓門未見忘。鑠金頻減價，投杼幾循牆。素履微難任，流言衆覺强。箴言曾展轉，攻鼓或相將。睠想周賓裔，來居禹計鄉。一門如旅燕，三世寄飛梁。何地逢遺秉，誰垣有樹桑。釜魚時肖范，儲石每矜揚。儒術資斑見，鄉評假寸長。芹藜經伏臘，蘋藻備烝嘗。紵絮虧冬褐，丹鉛薄曉妝。晚蟬無重翼，漉雪有驕陽。唐穀虛曾入，齊飛宛未翔。十年勞俛仰，三釜足凄涼。懷刺終思重，車塵舊恥望。有慚猗頓富，徒效老萊裝。曲表求端影，奔車倚怒螳。力微甘黽勉，道拙分摧藏。好惡鄉人僻，風波世路常。棘薪今合重，瓜蔓昔還傷。頰舌知無補，絲桐或可量。未教輕割席，庶復許升堂。

送湖南運判張朝散

幽野蔞含秀，周朝麥薦新。祇園纔浴像，嵩嶽復凝神。鵲印天休裔，書林世貴人。江山分秀氣，珪璧粉鳴野本、翰林本作具天真。三篋傳遺緒，前籌起逸塵。人間欣得瑞，席上藹為珍。平步游英彀，長驅歷要津。星軺聊按指，元鼎佇經綸。熊夢祥占日，斑衣色養辰。雲鵬方萬里，海鶴本千春。

壽蔡大資

德緒先流慶，高門早誕賢。星杓方歷次，羲馭欲周天。博大天殊禀，高明道有傳。逢原從左右，中禮在周旋。綱轄提携早，樞機委寄專。先猷重有作，廟筭遠無前。避寵辭帷幄，分華出澗瀍。條流圖外事，談笑握中權。吏膽銷精密，民心適静便。旆閒清洛日，牙聳碧嵩烟。世路觀無跡，神機體善淵。弦歌隨絳帳，筆削起韋編。已覺留司久，彌增注想堅。鈞衡終所倚，衮繡佇來還。今日知祈禱，靈椿比大年。

水壁

江南曹生畫壁，在高郵禪居寺，三壁為澄瀾、輕波，二壁為驚駭之勢。

畫手聞曹霸，伊人豈裔孫。窮神邈江海，遺迹在牆垣。發地驚濤起，扶椽疊浪翻。來非自胥怒，去不為鯨吞。咫尺重淵險，尋常萬里奔。氣疑烝宇宙，勢欲浸乾坤。但見揮長筆，誰能測巨源。汪洋須駭矚，窪突幾驚捫。湛湛將澄處，悠悠疊細痕。輕飈掠伊洛，闊岸漫湘沅。怒勢功尤壯，飛瀾地欲掀。滄溟擁神島，窮髮運游鵾。粲礴應無顧，安排自有門。夙成參造化，無用契胚渾。歲久人雖遠，塵侵墨未昏。依稀逢海若，彷彿弔湘魂。倦客縈多累，乘桴特未援。時來覩浩蕩，聊用滌塵煩。莫使蝸涎蠹，常令墨妙存。不勞浮渤澥，已似陟崑崙。

送新廣西提刑曹司勳

勳業平陽重，才華子建先。高風延世濟，大筆得家傳。事至皆游刃，辭新盡應弦。從容登桂籍，慷慨躐英躔。不下文彌蔚，曾磨質更堅。鵷鴻傾義路，旒扆賞辭編。善誘恢師範，良圖僂幕蓮。雄鳴聲闊達，高舉勢騰騫。中外資裁制，交遊喜薦延。入趨蘭省祕，出擁繡衣鮮。封域三苗舊，江山五嶺連。楚風輕有素，蠻俗混難銓。飛輓歸豐羡，經營出静便。霜威嚴不試，鏡照朗無前。玉石胸中判，龍蛇度外捐。冥心投至理，寓興起新篇。不羡懷沙潔，羞稱賦鵩賢。團茆方息駕，隱几欲忘筌。杯水澄朝彩，爐香炷久烟。有餘論墨妙，無問及筳篿。華實湖湘外，聲名日月邊。泥封俄迅激，竹律未周旋。畏景明流石，薰飈穆汎弦。星車躔嶺徼，虎節起湘川。雨露恩無外，乾坤施不偏。遠民傷側陋，天子重生全。桂水秦開郡，璇璣舜繼年。平反須利器，跋履屈華轓。賤子曾昂首，清途想側肩。希聲元寂寞，坦履素蹁躚。世路誰為偶，臺僚竊備員。機心寧及俗，直道尚侔天。宜褋為郎被，難加出將鞭。神棲南郭隱，心醉北窗眠。大匠微無棄，幽芳早見搴。斲輪慚妙手，傾蓋勝華顛。莫叱王遵馭，空矜郭泰船。雲移難就蔭，蟻慕漫求羶。越嶠暄凉異，周班旦莫聯。行看踐槐棘，應紀紉蘭荃。

魚戲動新荷

風日向清和，游魚水面多。透迤浮巨壑，揺漾動新荷。密倚纖茄原按：茄，《爾雅・釋草》：「荷、芙蕖，其莖茄。」原本作葭，誤。轉，輕翻緑影俄。參差吹弱藻，瀲灩起微波。躍躍同盈沼，洋洋類舞河。因知濠上意，不羡越溪歌。

嶧陽孤桐

大樂潛生氣，徐方暗結融。嶧陽鍾異物，山木得孤桐。特幹千尋聳，清陰十畝豐。夜聲通渤澥，午影到崆峒。雨露偏垂德，陰陽曲致工。和音來象外，懿質孕區中。不羨樗無用，常卑桂有叢。人期瞻舜日，自信達堯聰。動植奚難感，神明庶可通。鏗鏘雖固有，翦拂未曾蒙。合梓纔知美，弦絲乃見功。名嘗叨禹紀，材實待夔攻。埋没如邕爨，栽培異楚宫。山禽曾不識，丹鳳每來同。沆瀣凝朝氣，滄凉汎曉曈。發揚羞谷黍，疏散愧江楓。誓與簫韶並，寧隨曆草空。儻教承搏拊，焉敢避磨礲。功用施清廟，聲華發大東。知音何以報，願為奏南風。

送越州僉判徐狀元赴闕

彼美司刑士，言辭越幕賓。斑衣登彩舫，羅袖擁雕輪。重過千年會，輕捐萬壑春。拂檣風習習，汎楫水鱗鱗。仰念當朝律，高還治古淳。嘉猷皆建置，弊法不因循。食餅無容晝，覲龍必貴真。進賢非積累，懷寶免湮淪。徒步升黄閣，元台出渭濱。昔年書舊史，今日在嚴宸。志士休歌鳳，鴻儒罷泣麟。不愁長待價，祇恐未能仁。盛世當千士，明公第一人。詞場無大敵，桂苑絶前塵。雅譽多材藝，雄居要路津。規為真大器，薦擢易常倫。紺髮年方壯，清光日向親。橫飛朝鼎鼐，跬步職絲綸。學問功無愧，經綸志必伸。善將兼海內，澤可下天民。既得風雲便，應為柱石臣。已知材似杞，惟貴壽如椿。猥似鳴野本、翰林本作以卑凡質，同居晏粲辰。問年雖魯衛，語士迺齊秦。敢謂苗堪揠，惟知竹有筠。毛公方喜檄，原憲不憂貧。春至寧栽柳，秋來未憶蓴。況逢春鳴野本、翰林本作青眼見，何慮白頭新。戮力尊賢軌，虛懷慕德鄰。願言登左右，無或棄輪困。

送越倅胡郎中入京

雄鎮揚州域，前聞越絕靈。天文直牛女，地勢壓滄溟。霸業雖陳迹，王圖乃舊經。遺風終樸素，彌世慎儀刑。紆綬皆英彀，乘軒盡德馨。迄今無僭濫，自古底安寧。碩德居華旦，清資應列星。司城新進秩，自注：時初改職方郎中。別乘舊揚舲。自注：公前任秦州通判。妙譽高藩翰，嘉名藹闕廷。自堪剖符竹，猶此駕篺篁。禪替無遺恨，平反得所聽。威儀嚴肅穆，文雅煥青熒。裁決真穿縞，經綸甚建瓴。屬城嘗乏守，茂績可書屏。自注：公兩權潤州，一至湖州，皆有政聲。完士終何感，丹心獨願銘。淪埋脱吴阪，知賞謬柯亭。自注：公前秋監試，鎮幸中選，遂即塵忝。述業知晞驥，多聞媿識鼫。成風非匠石，合舞謝庖丁。濫擬窺場藿，叨曾食野苹。禹門俄暴鬣，陶夢輒摧翎。捧檄終堪喜，彈冠詎可停。未能餐沆瀣，安敢卧清泠。山藪容樗櫟，川河納渭涇。不教長在涸，還許預充庭。破竹期迎刃，提刀更發硎。有緣重奮迅，何慮復伶俜。穩步封峭底，長驅過井陘。旋瞻丹闕鳳，密覿寶階蓂。先哲猶嘲白，微才乃拾青。既霑新籍桂，無負故囊螢。寒谷逢陽律，幽姿得震霆。心誠期秉石，蹤跡免如萍。矩範茲親覿，徽音此竊聆。執鞭欣有自，整駕恨難扃。杯水遮琱轡，壺漿擁彩舲。鳴鉦發蘭沚，疊鼓起蘋汀。龐驥雖云展，黄陂未易形。虔刀方電發，孔榻任塵冥。佇見宵人伏，原作仗，據鳴野本、翰林本改行觀病者醒。馳心逐旌旆，引領矚郊坰。

送湖南提舉梁朝散

公族流芳遠，侯門積慶長。玉田收地寶，蘭畹毓天香。岐嶷英姿妙，魁梧德宇强。嶽靈分秀氣，昴宿注祥光。世濟居彌厚，官成動有章。題輿高右陜，持節重西湘。二九朝陽永，中秋夕月涼。誕彌迎節至，嘉慶肆筵芳。檀篆金為鼎，榴花玉作觴。願言齊鶴壽，平步冠鵷行。

以上《雲溪居士集》卷一一

全宋詩卷一〇八九

華　鎮　一一

和通州李判官并序

晉伯判官年契按行下邑，垂示新詩，粉飾過稱，固非單淺之所敢當。仰服意厚，難以虚辱，謹次來韵上謝。

憶昔元豐第二春，叨陪逸駕預官論。頻煩州縣徒勞職，未報君親罔極恩。居與莞蒲依海角，出隨雁鶩走江村。閑心衹合尋三徑，倦翼寧堪憩九門。羊棗幸占如養志，萊衣欣有喚翁孫。他時未免煩陶鑄，只就同年丐漆園。

送越帥程給事赴詔

清華仙殿圖書府，自注：公職集賢殿修撰。貴近東臺侍從郎。寵被買臣榮遇紱，來臨安石宴遊鄉。下車建設先條教，暖席施為盡紀綱。鑑物浄明齊上水，臨機鋒鋭踰干將。威稜直為摧姦宄，德惠陰知佑善良。意匠經營真有趣，軸機裁處動非常。謹嚴庭訟情無失，自注：公遷都廳於府內西樓下，以舊所近外，獄情多泄。檢察民輸弊已亡。自注：公創和買夏税場於府門左右，以絶往日之弊。坐使姦胥難用巧，默令雅俗盡知方。淳和只有興廉遜，肅治應無敢寇攘。蓮幕終朝閒筆削，圜扉經歲絶桁楊。精藍振起都城美，自注：公重建寶林寺，寺為城中勝槩。新館增延使者光。自注：公築館以待往來使者，目為皇華館。翦拂散材充大匠，吹嘘寒谷變春陽。自注：鎮自公薦送，即遂廛忝。三年治最騰歌頌，千里聲和協雨暘。自注：時累年風雨時若。何但編氓稱五袴，已令比屋有千箱。自注：時年穀屢登。風流自得篇章樂，自注：公當世詩匠，在越尤多唱和。閒暇人驚日月長。彩舫有時羅綺繡，朱幡到處擁絲簧。尋窮萬壑幽深趣，踏徧千巖紫翠芳。自注：公政成多暇，雲門、蘭亭常得遊從。絶唱未饒元相國，自注：元微之在越，與副使竇鞏賡和，號蘭亭絕唱。公與僚屬實繼之。香山圖畫知嘗預，自注：公與致政少師、致政少保二趙公，繪為三老圖。遺風獨揖賀知章。自注：賀公故宅頹毁已久，公命緝之。材自合在巖廊。祥光一夜生台座，優詔平明出未央。漢殿果深思董賈，越人那久得龔黄。丹書東下隨秋雁，畫鷁西征拂曉霜。不獨飛章留去轍，自注：時監司交章乞公再任。況多扶老擁歸艎。已知子翼終難借，猶擬曹侯且緩裝。送目未能看竹馬，傾思惟只詠甘棠。既當帝闕鹽梅望，可戀吴門繡畫堂。自注：公姑蘇方成新第。前席虚心方注想，據鞍壯氣正康强。七城異績雖云遠，自注：會稽經總浙東七州。萬室蒼生佇有望。蹇步有心隨軌轍，夢魂終夜倚門牆。

次韵酬桂陽石知監懷鄉見寄

南北周旋事屢更，剖符纔喜慰蒼生。米鹽無滞綱條密，雀鼠難欺獄訟平。樽俎有餘今北海，篇章多暇古宣城。桃源善慶時難擬，金谷風流世有名。榮擁雙旌忘自得，永懷三徑念同情。鄉閭分義千鈞重，筆墨才華一座傾。官異微之慚未稱，報殊平子愧非精。折腰寂寞將何遣，稔聽龔黄布政聲。

湖南運使柯少卿壽

星杓旋指始回寅，遲日烘天欲再旬。安寢熊羆通吉夢，高門弧矢見成人。江山孕美寬為量，奎壁騰芒秀入神。學苑遠窮三篋富，辭林榮占一枝春。分麾閩越閒餘刃，賜筆中臺播逸塵。棘寺入陪鵷列久，湘源來著繡衣新。笑談已集金糧最，眄睞無遺玉石真。不憚高才親遠使，更將和氣裕斯民。華資分合歸無已，眉壽陰須付有仁。幕下晚生欣庇德，强歌精意指靈椿。

用石桂陽韵謝左判官陳司理見寄

曾挹清談僕屢更，解頤聊足慰平生。共觀雲物懷虞帝，為引漁翁問屈平。一逐曉風分客路，兩逢春雨暗山城。寒林不見遷鶯語，古壁多逢逐客名。懷寄遠隨賢守句，愛忘深識故人情。參軍筆力湘山峭，幕府辭源峽水傾。刻燭賦詩曾有意，臨池掃帚未能精。强將西鳴野本作瓦缶臨風擊，終遜玲瓏戛玉聲。

挽宗嶽張尊師

神仙去住本無家，此日人間漫歎嗟。華表舊傳歸白鶴，洞庭誰見袖青蛇。道山兩拂談經麈，滄海頻乘犯斗槎。雙玉佩沾天上露，五銖衣識洞中霞。林泉投老心猶壯，京國歸來鬢未華。短製從今牽薜荔，雜耕依舊種胡麻。風生謝傅團團扇，花隱堯夫小小車。逸興逍遥舟不繫，新詩妙絶玉無瑕。松邊對酒依盤石，竹裏分泉洗落花。一自青冥餐沆瀣，更誰黄犢侶麏麚。丹初封鼎雲猶濕，棋未收枰原作秤，據鳴野本、翰林本改日已斜。每過竹軒深有恨，獨憐溪閣静無譁。匣中不見龍三尺，畫裏空餘雪兩髭。回首方蓬歸路遠，五雲愁殺樹交加。

宫使蔡太師壽詩

天貽真宰贊重熙，何日來符命世期。五夜燕遊元夕後，三陽交泰上春時。維師事業前無吕，先覺心靈世有伊。首斡化機熙帝載，暫休祠館動民思。和羹終付鹽梅手，仗節難稽柱石姿。華屋早開丞相第，衮衣新賦我公詩。緗桃滿院光風轉，素李成蹊淑景遲。鼎席具瞻何所願，祝公眉壽等蓮龜。以上《雲溪居士集》卷一一

全宋詩卷一〇九〇

華　鎮一二

謝成都楊匯秀才惠邛州竹杖二首

臨邛石上老龍孫，雪抱霜封有舊痕。聳削已知非俗物，更堪來自草玄門。

邂逅相逢又别離，驟承佳貺意何其。應憐越絶閑雲客，酷似臨邛瘦竹枝。

過　澗

兩山分處水横流，渡水登山趣更幽。却憶當年謝康樂，等閒羇束為封侯。

河　上

沙頭兩兩飛歸雁，水面茸茸長緑蒲。知是人間好時節，不妨河上弄泥塗。

聞　歌

來時梅萼粘殘雪，歸日桃花簇絳羅。農事不妨河原作何，據鳴野本、翰林本改事了，齊聲連路踏春歌。

秋　風

秋風昨夜落前林，放出千巖秀色深。欲結草廬歸未得，倚欄空負季鷹心。

上顧侍郎詩并序

内翰侍郎卿丈置酒，與錢叔凭同見招。既至，獨携錢於後堂，出小鬟為侑，因成一絶投獻。

西漢風流古到今，油油巵酒待青襟。後堂不許聞歌舞，始覺先生見與深。

渡嶺四明山中作。

嶺路林梢一線通，肩輿直上破林風。眼前遥見東山樹，却顧青衫愧謝公。

四海

四海田廬自有餘，置錐無地欲尤誰。鷦鷯莫厭一枝少，更有寄巢無一枝。

歷陽道中

江北江南未定時，襟喉此地繫安危。頹營故壘皆蕪没，日落寒生楓樹枝。

江南湖陽

末俗頹風正可悲，當時强項是男兒。君王不似南陽日，此事寧教女子知。

石磧漢高帝廟

黄屋何曾駐未央，十年關外蹀寒霜。靈祠今日秋江上，門鏁丹楓似楚王。

緱氏道中口占

人道自有上天梯，塵暗靈襟路却迷。不見吹笙王子晉，獨乘玄鶴碧嵩西。

立春日雪

金絲未偏千門柳，玉葉纔分五嶺梅。青帝似憐芳信少，更教春日六花開。

斜入芳筵沾綵勝，密鋪幽徑點蘭芽。謝娘子細臨看取，不是楊花是雪花。

挽饒法主

緇服薰修九十春，法筵長為指通津。經窗未冷銅爐火，已作他方應化身。

方城道中值雨

重雲三日鎖前山，麥隴泥塗尚未乾。行路春光已拚棄，任從風雨作輕寒。

和叔凭惜春

無計可能留永日，有情何用惜芳春。明年還似今年好，拚作花前把酒人。

柳暗曉鶯鳴樹底，簾垂午燕簇樓頭。東君暫去無多日，且放殘紅逐水流。

登舟夜作

一揖天官籍姓名，半年歸計杳難成。夜來夢覺篷窗冷，枕底驚聞汴水聲。

溪　行

淥波漾漾日西來，波上魴魚撥刺回。喬木兩隄連翠幄，春深誰復翦條枚。

過牛頭山

千巖秀處是家山，東望重江未可還。今日馬頭逢翠阜，且垂鞭袖一開顔。

贈温幕張子常有詩見懷用韵因成五篇

鳴玉琅琅振小舟，銀鈎婉婉照清流。如何漢殿凌雲筆，肯賦寒山水石幽。

寂寥不見李膺舟，時倚西風歎逝流。小吏忽來傳秀句，春容頓覺滿山幽。

一來海角艤扁舟，兩見天南大火流。鐘鼓不聞昏自曉，柴荆常閉冷還幽。

懷才自是濟川舟，術業曾非西北流。禁掖言歸應不晚，海山未去且尋幽。

曾乘碧海馭風舟，幾挹蒼崖噴雪流。想得更當和鼎重，也應須記賞心幽。

和河南府倅程朝散緱氏僧舍題壁

塵機不動有餘清，逸静孤飛在杳冥。想得馬頭無限思，碧雲隨處見瑶屏。

弦　月

人間離别最堪憐，天上嫦娥恐亦然。昨夜廣寒分破鏡，半奩飛上九重天。

宣化道上望鍾山

望外江山千萬重，北鳴野本、翰林本作此山秀氣冠江東。可憐秋月澄明夜，怨鶴長悲蕙帳空。

題　畫

栽松累石狀孱顔，萬仞形容數尺間。會得秋毫非至細，可能留意羨他山。

陰　影

昇時冉冉落如飛，烏兔由來不自持。莫作人間天上語，有中都是一成虧。鳴野本、翰林本有是二字互乙

出南薰門道中詩

玉津槐柳緑成陰，歸路春光步步深。名宦未多年不少，到家聊緩北堂心。

和劉叔懷見寄三絶句

風前雙鶴舞金衣，來送新詩過竹扉。逸響琤瑽鳴玉脆，雕章飄絶朵雲飛。

冥冥心地外參寥，淅淅松梢掛飲瓢。揮麈縱衡忘孔墨，寄聲邂逅得劉蕭。

清世儒冠不賤貧，一竿誰復釣溪濱。看君雙鬢春條緑，策足應須據要津。

雜詠

不言藻繪文章惡，也識膏粱氣味珍。春夏已休秋欲晚，明眸開口羨他人。

自是不耕仍不種，年來何處覓倉箱。秋冬莫遣還虛過，圖取前春有稻粱。

秀色豐融凝曉露，新聲睍睆弄東風。芳條已密無尋處，粉堞雖低徑不通。

鶯老陰濃晝景遲，園林又是過芳時。香顋粉蕊年年好，只羨遊蜂野蝶知。

蘭膏不御鬢雲垂，紫玉拈來懶自吹。西望陽關何處是，寂寥空度杏花時。

蓬鬢荆釵畎壠頭，玉顔雞狗分同游。眼前不見昭陽殿，誰復將心望冕旒。

芳年未識五雲車，皓腕空留絳縷紗。燕子將雛鶯語老，東風又是落宫花。

駁還鳴騶里巷喧，殷勤來覓孝廉船。千年親見風流事，不是空聞舊史傳。

親屈朱轓接晤言，不慚長吉賦華軒。羽毛果是沖天物，願借扶摇上九門。

苦竹城

一葉扁舟激浪花，當時兒女亦驚嗟。歸來苦竹城池就，始覺忘家是保家。

歷陽試院聞角

英雄顛沛亦風流，長嘯寒生畫角愁。今日江城朝暮引，空教鷗鷺起沙頭。

試院初聞蟋蟀

窗前落盡梧桐葉，床下新聞蟋蟀聲。瘦骨不禁秋氣重，夜深虛幌夢魂清。

過永城寄知縣陳宣德同年三絶句

惜别欣逢一紀餘，世途惟我最差池。當時俠少無年少，今日青絲有白絲。
昔年同看杏園春，十載徒勞走路塵。試問風前攏板女，何如月下倚樓人。
榆葉晚風愁去日，桃花春水喜歸時。雙鳧猶在隋堤柳，准擬同看兩岸絲。

海門道中望熟山寄知縣朱宣德

一抹青山倚碧虛，遥知山下是仙居。東風桃葉堪乘興，不畏長江畏簡書。

葉縣

雙鳧歸去玉京遊，塵滿東風暗驛樓。唯有汝墳東逝水，春來依舊緑波流。

郊原

分苗刈麥滿平田，繅繭聲争澗水喧。我亦方懷三釜樂，暫逃塵鞅過郊原。
曉來騎馬出郊原，却憶年時此按田。流景已過三十里，如何容易又經年。

舟中晝寢同官陳尉見過從人不報起來以詩謝之

懶將心緒逐波流，欹枕蓬窗萬慮休。貪逐化人遊帝闕，不知梅福過扁舟。

六月旦有芝生於小廳之南楹連葉七層顔色黄潤常有露珠聯絡其上觀者歎息以爲祥異因作二小詩

黄金七葉向晨敷，人道曾標瑞應圖。我已無心邀世福，不須三秀巧相諛。
品彙皆從化育成，無根神草為誰生。吾皇茂德參天地，好向甘泉植九重。
芝英服食壽能千，蕊笈仙經每細看。久視長生吾不羡，任同凡草一時乾。

洛陽橋

壯年已熟洛陽名，今日親來橋上行。疊石根盤連厚地，凌雲氣勢壓滄瀛。

再經西禪寺二絶句

我為人役走塵寰，僧老空門不出關。身世也知皆夢幻，到頭忙者不如閒。

三時五度到西禪，春雪秋風暑濕天。試問經窗長宴坐，何如塵路走終年。

陶令

陶令當年亦蕭索，猶來籬下醉流霞。閉門今日無人到，賴得寒叢未有花。

起工

龍骨穿雲水上天，熊蟠抉地土成川。朝來泥淖漫胡處，日落星河已湛然。

會稽覽古詩

原按：鎮有《會稽覽古詩》一百三篇，《永樂大典》未經收入，今從厲鶚《宋詩紀事》中錄出，僅存九篇。鶚乃抄諸《會稽志》者，每題下各繫本事。考《寶慶會稽續志》稱鎮《會稽覽古詩》百餘篇，歷按史策，旁考傳記，以及稗官瑣語，咸見採摭。是鎮作詩時，亦必自有解題。然於《雙筍石》題下乃載及高宗末年及孝宗末年事。鎮於元豐二年登時彥榜進士，其《上章待制書》有云：叨竊名第二十八歲矣。《上豐祭酒》亦云然。以年考之，鎮生當在仁宗皇祐三年。歷高宗之末年，當百十四歲，孝宗之末年則百四十三歲，鎮即獲壽考亦焉能及睹隆興以後事？況鎮子初成於紹興十三年，以鎮遺集乞序於樓炤，則在高宗中鎮死已久，尤顯然可證。其所繫解題，本出《會稽續志》，原文特引鎮詩以証之，故載有高孝兩朝時事。鶚初弗深考，而直據志漫錄，紕繆甚矣。然竟削去解題，恐無以備稽核。今仍依《紀事》本附錄題下，而謹附辨正於此。

鐵門限

王中令裔孫智永，善隸草，為世所重，求者弗違，户外之人如市，所居限頻為之毁，以鐵固之，時號鐵門限。《真草千字文》，十九年成一千通，柳誠懸稱其書得家法。世傳右軍蘭亭真蹟，二字原缺，據小集、《宋詩紀事》補弟子辨才尤加寶秘。貞觀中，求之不得，至使蕭翼設奇而原缺，據小集、《宋詩紀事》補取之。山中父老，尚能道其事。

鐵限僧坊原作防，據小集、《宋詩紀事》改迹未移，千通真草了無遺。蘭亭墨蹟何由見，祇説蕭郎奉使時。

秦望山

秦始皇東巡，登高歷覽，刻石紀功，故曰秦望。

秦人兩世盡東游，輦路曾臨到上頭。睫在眼前終不見，不知登望竟何求。

樵風涇

鄭巨君弘，采薪若耶山中，得仙人遺箭，歸之，而獲便風之報。千載之下，朝暮不渝。

碧山重疊水溶溶，南北朝小集作長來旦暮風。巖壑會稽真勝絶，樵蘇猶是漢三公。

城山

其山中卑四高，宛然小集、《宋詩紀事》作如城堞。吴伐越，次查浦，勾踐保此拒吴，又名越王城。有佛眼泉、洗馬池。泉中産嘉魚，越拒吴時，吴意越之乏水，以鹽魚為饋，越取雙魚答之，遂解圍去。

兵家制勝舊多門，贈答雍容亦解紛。緩報一雙文錦鯉，坐歸十萬水犀軍。

雙筍石

在上虞縣釣臺山，高百餘丈，若人冕而對峙者。其巔有異花，每杜鵑啼時開若霞錦。神宗崩，三年不榮。高宗崩，花忽變白。孝宗崩，三年若枯，既而復茂。

千尺相高卓翠珉，雨餘雲外露璘珣。鼎湖龍去蒼髯斷，三載叢花不記春。

放馬澗

在新昌縣，支道林放馬之所。或譏道人養馬不韵，答曰貧道賞其神駿。

春草茸茸澗水清，路人猶記昔時名。金羈縱後雙《寶慶會稽續志》卷四作霜蹄逸，想見風前蹀躞聲。

虞國墅

在餘姚羅壁山，襟帶溪山，大勢具體金谷。郗太宰偏遊諸境，棲情於此。每至良辰，携子遊憩。後以司空臨郡，遂卜居之。

山列翠屏圍碧落，水流鳴管《寶慶會稽續志》卷四作溪流鳴玉繞平田。郗家池館蘿蕪後，《寶慶會稽續志》作雖蕪沒金谷形容自渺原校：一作宛《寶慶會稽續志》自渺作宛自然。

燕　竹

越人以其燕來時出筍，小集下有甚美二字因以為名。

竹箭黄芽欲老時，杏梁日煖燕初歸。他林未《寶慶會稽續志》卷四作尚聳千竿翠，此地《寶慶會稽續志》作筍先抽一握肥。

孟　橋

橋南，漢孟嘗宅也。

溪《嘉泰會稽志》卷一一作漢上還珠太守家，小橋斜跨碧流沙。清風不共門牆改，長與寒泉起浪花。

聞酒香戲作

下蚓盈泉腹，高蟬溢露腸。如何不能飲，空羡甕頭香。

以上《雲溪居士集》卷一三

全宋詩卷一〇九一

華鎮一三

鄭相廟

鄭公起樵風，用郡守第五倫之薦，致位三公，與倫並列，可謂盛矣。祠宇之下至今猶有風，朝南暮北。

鳴玉鏘金漢上公，當年榮與舊君同。故山廟食千秋後，來往猶乘旦暮風。

葛仙翁釣臺

若耶溪，葛仙翁投跡之地。苔磯孤秀，起於中潭，環山千疊，澄淵無底，清光翠色，上下相照，迥然不類於人境。謝客兒兄弟悦之，日至其上，更酬迭唱，夕而忘歸。

聞説風流謝客兒，鴒原相應日鳴飛。《嘉泰會稽志》卷一一作忘歸仙翁遺跡雲深處，携手行吟送落暉。

五雲溪

徐季海曰：「曾子不入勝母之閭，吾豈泛若耶之溪？」由是目之為五雲，今亦曰徐浩五雲。發源於雲門，其流達於樵風涇。湖山之間，此為奇絶。

萬壑千岩秀氣鍾，鳴琴漱玉曉玲瓏。瑞雲重疊中書館，花浪騰稜相國風。

鄭公泉

鄭太尉弘若耶山居，有美泉，雅嗜其味。嘗有疾，藥石不能愈，家人取山泉飲之即愈。山泉非攻病之良藥，其美不稱於三公之奉，飲之而疾愈者，常性素好，不為富貴移也。鄭公之所養，在富貴當何如哉。

溪上清泉玉色寒，臨泉蹋盡石苔斑。為憐北闕乘軒客，白首高情在舊山。

鏡湖

亦名鑑湖。任昉《述異記》，軒轅氏鑄鏡湖邊，因得名。或云黄帝獲寶鏡焉。或又云本王逸少語「山陰道上行，如在鏡中遊」，故名。

水風不動清光合，十里渾無一點瑕。野客若尋湖上事，不須臨水問荷花。

陳大夫宅

在越城東南禮遜坊竹園巷之間。漢大中大夫陳囂未貴時，與紀伯為鄰。伯竊囂藩地以自益。囂見之不言，益徙地與之。伯慚，亦歸所侵地，其中乃為大路。鴻嘉二年，太守周君刻石表曰義里長簷路。

鄰里相歡起美談，通衢高柳碧鬖鬖。至今風俗稱《寶慶會稽續志》卷一作輕虞芮，目擊岐周始自慚。以上宋陳思《兩宋名賢小集》卷七三《藜齋小集》

龍宫寺

鹽梅器業尚風塵，書劍曾游寂寞濱。秀句玲瓏滿天下，應搜佳麗入機神。

金庭洞天

嵩高秀入洛川清，鶴去雲歸冷玉笙。霜白金庭今夜月，流風依約有遺聲。

桃源

嘉樹風生玉宇香，鶯飛燕舞弄春陽。歸來井邑皆如舊，始覺仙家日月長。

瀑布嶺《嘉泰會稽志》卷四作剡溪瀑布嶺仙茶

春日雲崖晴杳杳，東風山溜曉泠泠。烟霞密邇神仙府，草木微滋亦有靈。

戴　溪

月華雪彩照長川，一葉扁舟破紫烟。十二瑶臺登賞夜，清光長似昔時天。以上宋高似孫《剡錄》卷六下

會稽詠古

墨妙風流亘古今，等閑陳跡冠山陰。耳聞貞觀求真跡，眼見天章照茂林。宋桑世昌《蘭亭考》卷一〇

海　門

海陵東去盡東隅，桑柘田閭閭碧蘆。北障海濤除斥鹵，南分江水溉膏腴。人羞投牒論長短，俗喜乘航貿有無。林下每逢垂白叟，自言不識被追呼。《永樂大典》卷三五二六引《雲溪居士集》

花村二首寧川花村，初謂紅紫之地。問山翁，云村人花姓，因曰花村

問宿花村喜可餘，已拚花下倩人扶。牧童不見枝頭杏，空指青帘問有無。

夜宿花村不見花，數間茅屋瞰溪沙。山翁不是通名姓，幾認河陽令尹家。同上書卷三五八〇引《華岳南征錄》

詩一首

盡日道途經曲直，連天林木見高低。況多田野迎秋稼，亦有人家報午雞。寧覺身逾江尾外，祇疑地是海唇西。此心不解分明想，眼界多為近事迷。同上書卷五七七〇引《儀真志》

玉蕊花并序

玉蕊花，瓊花也。唐世尚多有之，今則甚鮮，惟揚州后土廟一本最盛。花如八仙而五出，有香特清，雖乾不歇。揚人往往盛以絳囊而佩之。唐長安唐昌觀所植，名聞天下。每歲花時，傾都來賞。一日，有美姬擁侍者八九人，皆鮮衣豔妝，徘徊花下，忽謂侍人曰：「當折一枝，赴玉峰鬭草。」遂折花出門，跨駿乘烟而去。見者駭愕，方知其為神仙，異香滿庭，彌月不散，當時詩人多賦頌者。

當年玉蕊冠京華，不獨人間壓萬花。曾使瑤池冰雪手，親來折向玉峰誇。　同上書卷一一〇七七引《雲溪居士集》

晚宿張三館 即朱僊鎮

篮輿薄暮息烟村，回望葱葱認九門。自喜青樓無別恨，不妨孤館欲黄昏。　同上書卷一一三一三引《雲溪居士集》

部隊

約束詳明曲有倫，不防農事尚占春。解教烏合三千衆，來往興居似一人。　同上書卷一五一四〇引《雲溪居士集》

釣臺

仙客乘槎學釣翁，劈波時躍錦鱗紅。浮槎不到寒江上，松葉泠然自好風。　清黄宗羲《四明山志》卷二

句

汪芒後至知何用，敗骨空專一素車。　刑塘

南國使君歸故里，霜鴻飛舞送朱輪。　雁池

謝公白首乘軒地，長記滄波洗屐時。　考古　以上宋施宿《嘉泰會稽志》卷一〇

《嘉泰會稽志》：謝公洗屐池在縣西三十里東山傍，俗傳康樂遺迹，以其登山躡屐也。然華安仁《考古》詩云云，又指言謝文靖爾。

六龍未入雍州日，曾負詩書卧白雲。梁武帝書堂　同上書卷一八

君王旦暮方嘗膽，猶築池塘長紫鱗。南池　宋張淏《寶慶會稽續志》卷四

（楊存田整理）

全宋詩卷一〇九二

种師道

种師道(一〇五一——一一二六),字彝叔,初名建中,避徽宗年號改為師極,詔賜今名,洛陽(今屬河南)人。世衡孫。少從張載學。以蔭補三班奉職,易文階,為熙州推官,權知同谷縣。累擢提舉秦鳳路常平,知德順軍。坐嘗議役法忤蔡京意,入黨籍,屏廢十餘年。起知懷德軍,歷知西安州、渭州,進侍衛親軍馬軍副都指揮使,拜保靜軍節度使。徽宗宣和四年(一一二二),責致仕(《宋史》卷二二《徽宗本紀四》)。又起知憲州、環州,俄還保靜軍節度使,復致仕。七年,金人南下,召為檢校少保、靜難軍節度使、河東河北路制置使兼都統制(《宋會要輯稿》職官七七之六四)。欽宗靖康元年,加檢校少傅,同知樞密院事,為京畿、河北、河東路宣撫使。金師退,罷為中太一宮使。復加檢校少師,進太尉,換節鎮洮軍,為河北、河東宣撫使。以病卒,年七十六。謚忠憲。《宋史》卷三三五、《東都事略》卷一〇七有傳。今録詩二首。

詩二首

外塞胡兒裹黨臣,勾連數衆赴京城。團團闊闊孤平寨,不識皇家王氣星。

飛蛾視火殘生滅,燕逐羣鷹命不存。從今一掃胡兵盡,萬年不敢正南行。宋趙令畤《侯鯖錄》卷七

《侯鯖録》:老种太尉師道預知金人反覆,上進二詩,多為張六太尉者收藏不達,已備言大金連結情狀,後果叛盟。詩

曰云云。後金人奔突犯闕，皆如其言。

（吴士軍整理）

施大任

施大任（一〇五一—一一二六），字和叟，初名天任，武進（今屬江蘇）人。神宗熙寧六年（一〇七三）進士，調越州上虞縣主簿。歷真州軍事推官，越州録事參軍，知泰州海陵縣，通判淄州、舒州，知南康軍。後管勾衢州福唐觀、台州崇道觀，尋請老歸。欽宗靖康元年卒，年七十六。事見葛勝仲《丹陽集》卷一二《朝議大夫施公墓誌銘》。

題惠山寺真賞亭流觴

惠山山半有飛泉，甃石環亭泛酒船。只任源流自亭下，不緣機智得方圓。夷猶小棹翻賓榻，零亂浮華出洞天。六月炎蒸應戀此，二松風韵更蕭然。江帆遠渡疏林外，山鳥閑吟落照邊。盛世正逢元祐日，清歡重繼永和年。縈心難效公垂詠，真賞尤知子美賢。我是林泉自由者，時時來作醉中仙。元《無錫志》卷四

（劉雯整理）

安扶

安扶（？—一一二六），開封（今屬河南）人。神宗元豐中官中書舍人（《續資治通鑑長編》卷三五二），除給事中。欽宗靖康元年卒。事見《宋史》卷三二八《安燾傳》。

白雲亭

雲來本無心，雲去亦無迹。要是莫逆交，更為不速客。宋王象之《輿地紀勝》卷二三《江南東路・饒州》

（叢中笑整理）

蘇嘉

蘇嘉（？—一一二八），字景謨，泉州同安（今屬福建）人，徙居潤州丹徒（今江蘇鎮江）。頌子。神宗熙寧初入太學，以對策論變法之非而罷。元豐中，以蔭補襄邑縣丞，改知杭州富陽縣。哲宗元符元年（一〇九八），除太學博士，歷太常博士，出通判常州。徽宗崇寧三年（一一〇四），入黨籍。宣和三年（一一二一）致仕。高宗建炎二年避亂，卒於金壇。事見《京口耆舊傳》卷四。

句

衣冠晨集烏衣巷，旌旆春生綠野堂。宋吳曾《能改齋漫錄》卷一四

銅符方拜新留守，竹馬還迎舊使君。宋蘇象先《丞相魏公譚訓》卷一〇

（許紅霞整理）

席汝明

席汝明，洛陽（今屬河南）人（清雍正《河南通志》卷四五）。旦父（《續資治通鑑長編》卷三二四）。神宗元豐四年（一〇八一）為夔州路轉運判官（同上書卷三一五）。

題滴水巖

塞上風埃撲眼多，自注：自蒞本部，屢按南斗。飛泉欣見此巖阿。冰絲不斷銀潢脈，珠滴長圓月窟波。暫轉杯觴閑屈曲，忽為霖雨下滂沱。形容好景須詩筆，萬古蒼崖始一磨。自注：見諭磨崖，以俟刊刻。《永樂大典》卷

九七六四引《重慶府志》　按：《永樂大典》署轉運判官席如明，「如」當即「汝」字之誤。同時留題的鮮于師中，神宗元豐四年官夔州路轉運副使(《續資治通鑑長編》卷三二三)，與席官夔州正合。

常傳正

常傳正，神宗元豐間官夔州路提舉常平，與席汝明同時。事見《永樂大典》卷九七六四、《續資治通鑑長編》卷三一五。

題滴水巖

朦朧秋月助光輝，飄泊春風濺客衣。百尺水晶簾不捲，數峰巫峽雨長飛。羽觴倏褉行將近，蠟屐登山定不稀。自恨雲巖跡如掃，仗君借眼矚芳菲。《永樂大典》卷九七六四引《重慶府志》

(以上張麗娟整理)

畢仲連

畢仲連，管城(今屬河南鄭州)人。士安曾孫。神宗元豐中為衛尉寺丞(《續會稽掇英集》卷五)。今録詩二首。

送程給事知越州 二首

玉籍殊科四十秋，徊翔藩翰幾淹留。五羊舊治功尤著，百越新恩志已酬。健節亭亭心益壯，清吟一一思如流。壺漿滿道争迎處，晝錦應先駐虎邱。

鐃鼓喧喧逐迅流，旆旌明滅擁行舟。三吴作鎮侯藩重，一道提兵帝澤優。錦里江山歸興逸，鑑湖風月到

時秋。祇應圖任須元老，促召猶能駐虎丘。宋黄康弼《續會稽掇英集》卷五

（劉彦捷整理）

謝惇

謝惇，陽夏（今河南太康）人。歷尚書兵部勾當公事。神宗元豐中，爲潁州司户參軍（《續會稽掇英集》卷五）。

送程給事知越州

夕郎暫去赤墀班，寵佩藩符出漢關。江國正逢鱸味美，里閭先著錦衣還。賞追賀監湖邊月，醉陟秦王甕畔山。萬壑千巖常在眼，詩情應喜訟庭閑。《續會稽掇英集》卷五

（蕭永鳳整理）

仵磐

仵磐，字艮翁，終南（今陝西周至縣東）人。父信本軍職，終文思副使。以蔭補三班借職。神宗元豐中，監青州臨淄酒税（《西溪叢語》卷上）。

詩一首

太一峰前是我家，滿床書籍舊生涯。春城戀酒不歸去，老却碧桃無限花。宋姚寬《西溪叢語》卷上

《西溪叢語》：或以此詩題酒樓，皆云是神仙作也。

李愿

李愿，神宗元豐間官京東轉運使（《宋詩紀事》卷二九引《山東通志》）。今録詩二首。

四景樓在登州蓬萊縣北

縱目有佳處，須登四景樓。輸蹄喧市井，桑穀暗郊丘。翠蓋雲生裏，滄溟天盡頭。闌干知幾曲，徙倚《宋詩紀事》卷二九作倚檻恣清愁。明陸釴嘉靖《山東通志》卷二一

望仙門題原缺，據清康熙《山東通志》卷五四補

樓影空門裏，門開望衆仙。緑鬟雲漠漠，翠黛月娟娟。烟駕知何處，星槎記昔年。夕陽孤鳥畔，緲緲海浮天。同上書卷二二

（以上黎長飛整理）

喻陟

喻陟，字明仲，睦州（今浙江建德東北）人（《墨莊漫録》卷二）。神宗元豐四年（一〇八一）為開封府司録參軍（《續資治通鑑長編》卷三一七）。哲宗元祐元年（一〇八六），為福建路提點刑獄（同上書卷三七九）。八年，為湖北轉運副使（同上書卷四八〇）。今録詩五首。

寄張芸叟

越客思歸黯不平，閑持長笛寫秦聲。羡君氣海如斯壯，博我詞鋒孰敢争。江上梅花開又落，隴頭流水咽還驚。豈知不寐鰥魚眼，獨坐山堂對月明。宋張邦基《墨莊漫錄》卷二

題呂元圭詩後

黄鶴樓邊横笛吹，石亭窗上更題詩。世人不識還歸去，江水雲山空渺瀰。《能改齋漫録》卷一八

《能改齋漫録》：世所傳吕先生詩「黄鶴樓邊吹笛時，白蘋紅蓼對江湄。衷情欲訴誰能會，惟有清風明月知。」此吕先生非洞賓，乃名元圭者也。其詩元題於石照亭窗上，仍記歲月云乙丑七月二十六日，當元豐間。喻陟為湖北提刑，題詩其後云云。

賀种太守破鬼章三首

捷報下岷洮，威傳萬里遥。渠魁咸面縛，氛祲即時銷。聖算百王上，神功千古超。從兹荒忽地，無復恣凶驕。

黠鹵方千軌，王師薄有征。摧枯祇俄頃，破竹不留行。殺氣收貔虎，清風捲旆旌。遥瞻紫宸闕，稱賀浹歡聲。

周后持盈日，戎夷負固年。廟謨期必勝，閫略制於先。不假天山箭，行聞杕杜篇。凱還俘馘獻，圖像有凌烟。清汪元絅康熙《岷州志》卷一九下

句

黄鶴仙人隔千古，太白英靈在何許。黄鶴樓

費禕丁令亦何之。又　以上《輿地紀勝》卷六七《荆湖北路·鄂州下》

游蜂與狂蝶，無計旁檀心。蒙泉　同上書卷七八《荆湖北路·荆門軍》

（徐進整理）

李騊

李騊，唐安（今四川崇慶縣東南）人。神宗元豐初，知漢州綿竹縣（《淨德集》卷二五《著作佐郎李府君墓誌銘》）。四年（一〇八一），通判達州（《雞肋集》卷六五《晁夫人墓誌銘》）。徽宗崇寧二年（一一〇三），通判秦州（《金石萃編》卷一四三）。今録詩九首。

遊終南山雜詠

按：《金石萃編》引《石墨鐫華》：「崇寧二年六月一日，李騊通判秦中，留題終南，而鄠令崔珙書刻石。騊詩珙書，皆不離宋人本色。」

草堂

入門脩竹聳琅玕，坐久香風拂畫欄。春色正穠雙檜静，朝光初上一峰寒。自注：草堂圭峰最為巉絶。翠縈虚室塵襟闊，冷逼疏窗夜夢殘。物外閑心殊未愜，殷勤重上白雲端。自注：自此遂遊紫閣。

宿紫閣

石磴溪橋傍翠巒，分明深入畫圖間。遠繞禪刹疑無景，自注：南山諸寺，惟紫閣為冠。迥出群峰別有山。自注：仙掌數尖，特在群峰之外。微雨欲來雲影亂，輕風不斷鳥聲閑。嵐光可是清人骨，更待中宵一夢還。

雨後紫閣晚望

小雨初回作暮寒，斷崖壁立夕陽間。一襟清興無人語，旋拂禪床卧看山。

雲際院

蔽日芳林迷去路，被蹊落葉誤行蹤。轉巖却見層巒出，知是仙山第幾重。自注：寺前大頂山極為峭拔。

長嘯洞

西風壁立蒼崖瘦，一水湍流怒浪翻。雲外不須求紫府，祇應此景是桃源。

宿重雲山寺

漸侵晚景尤便静，不出忙中豈愛閑。休問驊騮與蛙黽，會須投紱老青山。

重雲道中海棠

萬點梢頭爛曉霞，謾隨閑世清康熙《陜西通志》卷三二作卉鬬春華。孤根自是生窮僻，未必輕輸别圃花。

宿白雲明日之鄠縣

蔽空穠緑門前路，匝地疏苗户外村。暫宿雲房叩虚寂，紅塵意味不堪論。

渼陂

望極空蒙清滿懷，更尋遺跡步高臺。日斜林杪增光去，風静山尖倒影來。萬頃澄瀾春漲碧，一川秀色暝陰開。坐中自有江湖興，未放陂南畫舸回。清王昶《金石萃編》卷一四三

（黎長飛整理）

莫淵

莫淵，神宗熙寧五年（一〇七二），由隸刑房掌法令改隸河西房置邊吏習事（《續資治通鑑長編》卷二三二）。元豐中，為左班殿直樞密院點檢文字（《續會稽掇英集》卷五）。

送程給事知越州

北虜分庭正，東藩得郡優。兼曹抛玉殿，重閣指蓬邱。節制連江海，封疆直斗牛。地雖鄰故里，人始識元侯。合浦珠還日，長河虎渡秋。溪山歸勝覽，風月入冥搜。使旆天邊去，樓船鑑裏遊。茶槍香泛泛，

竹箭緑修修。樂苑花猶卉，蘭亭水尚流。千尋經石簀，八月看潮頭。蕭寺逢支遁，山陰憶子猷。昔賢嘗縱樂，太守好銷憂。倒載何妨作，扁舟未可謀。朝綱須急治，民瘼俟全瘳。青瑣從虛位，朱旛且少留。行當宣室召，還應傅巖求。德望終歸用，愚蒙祇自愁。官資卑執戟，身勢類浮鷗。每玷鄉人薦，長思國士酬。那堪聞疊鼓，惆悵送行輈。《續會稽掇英集》卷五

（蕭永鳳整理）

趙知章

趙知章，神宗元豐中為寧海軍節度推官（《宋詩紀事補遺》卷二六）。

遊虎丘

神光在牛斗，空賦白雲篇。地坼龍泓冷，天分錦石圓。悠悠蕉鹿夢，的的露牛禪。再見窗中雪，應知宿有緣。明王賓成化《虎丘志總集》

（李更整理）

郭時亮

郭時亮，字明仲（《山右石刻叢編》卷一五《晉祠題名》）。神宗元豐四年（一〇八一），為定州教授、潁州團練推官（《續資治通鑑長編》卷三一二）。哲宗紹聖元年（一〇九四），為河東路提舉常平。四年，權提點開封府界諸縣鎮事（同上書卷四九二）。元符元年（一〇九八），召為祕閣校理（同上書卷五〇一）。二年，權發遣河東轉運副使（同上書卷五〇五）。

次韻奉和楊聖咨題李長者舊居

李氏當年著佛書，此邦猶記舊居廬。因公尋訪松生語，不識何人為守株。原注：紹聖二年十一月十二日提舉河東路常平等事郭時亮明仲題，宣義郎、知壽縣事孟天常立石。清胡聘之《山右石刻叢編》卷一五

（許紅霞整理）

鄭永中

鄭永中，字育之，莆田（今屬福建）人。神宗元豐中，以蔭補知慈溪縣（《閩詩録》丙集卷五）。

觀稼閣

公餘乘興步危樓，十里如雲翠欲流。多稼芃芃天外闊，平湖渺渺望中浮。方忻民樂庭無訟，更聽農歌歲有秋。吏責已寬聊自得，待憑詩酒寓優游。清鄭傑《閩詩録》丙集卷五

（李更整理）

鄭民瞻

鄭民瞻，字叔嚴，一作叔巖（清乾隆《袁州府志》卷二四）。神宗元豐時，權知岳州府（明隆慶《岳州府志》卷三、卷一三）。哲宗紹聖三年（一〇九六）知袁州。明正德《袁州府志》卷六有傳。

重修岳陽樓

偏歷江山祗此樓，名傳自古又今修。却觀湘水浮新景，重對君山記舊遊。風月依然如故友，軒窗今復冠南州。遠迢張相滕侯迹，幸躡前規壯勝遊。清王煦嘉慶《湖南通志》卷一八。

（劉彦捷整理）

朱戴上

朱戴上，舒州（今安徽潛山）人。翌父。神宗元豐間為黄州教授（《輿地紀勝》卷四九）。

句

官閑無一事，蝴蝶飛上階。《輿地紀勝》卷四九《淮南西路·黄州》

《輿地紀勝》：朱戴上為黄州教授，有詩云云。東坡見之，稱賞再三，遂為知己。

（劉瑛整理）

郭霖

郭霖，字望之，臨安（今屬浙江）人。神宗元豐四年（一〇八一）解元。事見《宋詩拾遺》卷一〇。今録詩三首。

送蘇録事赴虢州

白首舊相知，茅津此去時。馬驕青草色，柳綰緑烟絲。落日曹瞞壘，荒城虢仲祠。聖朝深雨澤，寧必嘆衰遲。

西耕

鑿田喜得傍湖堤，湖水春來好灌畦。躬稼自甘名姓没，不妨寂寞老巖棲。

繇三茅直抵紫陽觀

一上雲山思便幽，長松怪石坐淹留。乘風直造神仙窟，零落烟霞滿杖頭。以上元陳世隆《宋詩拾遺》卷一〇

（蕭永鳳整理）

張楚民

張楚民，灌縣（今屬四川）人。神宗元豐中進士（清雍正《四川通志》卷二三）。

句

香山正在岷山麓，一派流泉萬竿竹。香積山　《輿地紀勝》卷一五一《成都府路·永康軍》

吳公敏

吳公敏，生平不詳。《宋詩紀事小傳補正》卷四疑為吳公懋之誤。公懋字敏功，莆田（今屬福建）人。神宗元豐五年（一〇八二）進士（清乾隆《福建通志》卷三三），曾以承議郎知泰州，官終朝請大夫（《莆陽比事》卷一、二、三）。

泊舟

潭影靜沈沈，維舟傍竹林。鄉心寄孤雁，寒信起疏砧。犬吠人家近，燈明樹影侵。客愁元不寐，夜雨更蛩吟。宋劉克莊《後村千家詩》卷一五

楊庭傑

楊庭傑，字子厚，眉州（今四川眉縣）人。神宗元豐中進士，調石鏡令。累官朝散大夫、知巴州（《金石苑》）。卒謚文安（《雪樓集》卷二四《跋靜恭楊文安公庭傑遺事》）。今錄詩二首。

提刑都講頒賜題古楠寺佳篇伏讀翫味詞旨豪肆感歎戰汗不揆淺拙仰次嚴韻

城南古寺舊林泉，使馭觀遊絶頂巔。幸綴華軒到清境，深慚凡骨逐真仙。原注：是日落後車同遊。不愁落日歸鞍促，更許新詩翠石鎸。猶有題名千載後，與他巴水字相連。

後月餘因用前韻

谷隱楩楠澗有泉，烟村幽曠遠□□。□□□□□難盡，雞犬時來亦恐仙。危壁謾□□□□，□□□是五丁鎸。回歸未出深巖半，□□□□□□□。以上清劉喜海《金石苑》

楊天惠

楊天惠，字佑父，自號回光居士，郫縣（今屬四川）人。神宗元豐進士。曾知彰明縣。哲宗元符年間應詔上書，後入崇寧黨籍（《輿地紀勝》卷一五四）。徽宗政和二年（一一一二）為權彭山丞。今錄詩七首。

次韻龐茶使郫縣塔

平生閱巨麗，兹塔咤何雄。因地如無地，平空不礙空。寧從佛土徙，幾歷劫灰窮。落趾鶵關北，明標玉壘東。經營本龍象，負輓僦烟虹。畚築纔驅石，觚稜欻倚風。妙高分絶域，峻極倒中嵩。已幻花臺巧，並規鷲嶺嵸。仰窗平月殿，横級俯蛟宫。未覺諸天隔，惟看一氣融。恒沙寸眸攝，多寡片心通。澒洞遺凡界，虚疏徹外幪。身邊揖先聖，眼外洗塵雺。井直參連壤，秦開漢拓功。真乘對時出，休運與天崇。締構雖人力，扶持亦化工。長生老西崦，諸葛死南隆。但了薰香炧，姑儲氍布筒。狂歌留白日，醉舞屬冥鴻。莫漫百年事，空成一禿翁。

次韵吴帥題保福壁二首

淨瓶猶貯近頒冰，拄杖還扶舊醉藤。遮莫簪花倩天女，未妨燕坐折談僧。

由來世諦即菩提，吾道元東祖自西。恰似蒼圓好頭相，可容破裂作阿梨。　以上宋程遇孫《成都文類》卷五

送孫正忠臣移成都小漕

升平芝菌效神奇，况乃賢豪用世資。人物熙寧中興日，風流荆國適同時。起家便作三公客，乘傳何為九折馳。少府但分新賜節，石渠猶借舊官儀。素心久辨經綸計，妙意前知遇合期。聊與西南成勝事，暫將清獻續良規。橋横萬里重開府，水接雙流共去思。怊悵參卿無限意，道旁索筆强題詩。　同上書卷一三

多病簡出偶成呈郫令張盤公大夫

相從一笑忘蹉跎，三過秋風錦水波。游子依人仰眉睫，令兄愛客費弦歌。思歸仙鶴方驚露，欲起病梟還避羅。共感烏紗能愛老，長長遮護兩蒼皤。　自注：君義老兄常指其中戲曰吾儕當感渠。　同上書卷一四

温江縣二瑞頌

温江隸成都，遠王畿三千幾百里有奇，蓋西南偏邑也。政和二年夏六月，有嘉禾產於嚴氏之圃，凡二本。是歲十二月，復有甘露降於學宮之柏，凡三日。鄉以白縣，縣以白府，府遣從事即縣覈狀，皆有實可復，不誣。輒具書若圖，上尚書省以聞。詔下，其副尚書禮部藏焉。於是前縣令臣宗道馳書諭假彭山丞臣天惠曰：「盍頌諸。」臣越北闕而奏頌曰：

於皇御極，百志惟叙。曰農而農，曰士而士。爾安迺宮，爾寧迺畝。恩詔數下，仁滂德膴。農飽以歌，士

喜式舞。協氣從之，祥嘏如雨。迺産嘉禾，以慶農扈。迺降甘露，以幸士子。其慶伊何，珠穗紛舉。俾爾甌窶，户有億秭。其幸維何，雲液醲湑。俾爾膏馥，濡及嬰孺。維明明后，博臨下土。相彼多禾，均此靈露。道拜稽首，誕告奔走。惠拜稽首，盱衡語語。敢獻稗官，以贊矇瞽。　同上書卷四八

次吕給事安昌岩避暑

懇乞魚書得梓潼，曾司紫誥駮斜封。江山似解邀康樂，傳瑞時來訪彦龍。

句

清凉洞裏無蚊蚋。

魚蝦敢涴方池潔，蚊蚋誰禁勝地寒。　護聖寺

北郭雲山接巴閬，東城雪水瀉文龍。　次吕給事安昌岩避暑　以上《輿地紀勝》卷一五四《潼川府路·潼川府》

道聞資水靈山高，仙人羽客時相遭。　題朱有先生祠　同上書卷一五七《潼川府路·資州》

段　高

段高，字喬卿，廬陵（今江西吉安）人。神宗元豐間進士，官承奉郎（《廬陵詩存》卷三）。

句

寸心如畫筆，到處寫江山。　清胡友梅《廬陵詩存》卷三

（以上李更整理）

謝　忱

謝忱，夏陽（今陜西合陽東南）人。程師孟從表侄，神宗元豐間有送程師孟詩（《續會稽掇英集》卷五）。

送程給事知越州

垂髻騎竹戲江濱，束髮區區走路塵。憶別稽山無去夢，樂聞鑑水欲歸人。棹歌停檝千詩送，帆影乘風百尺伸。行矣東南寄滋重，越民遠爾待頒春。

《續會稽掇英集》卷五

鮮于頔

鮮于頔，神宗元豐時人（《靈巖志》卷三、《宋詩紀事》卷二五）。

靈　巖

松門十里蒼山曲，宮殿參差倚巖腹。盤盤一逕入雲中，又登絶頂最高峰。石壁蒼然起秋色，遠溪深處時聞鐘。磴道崎危達巖下，幾派清泉在澗瀉。月色朦朧出遠山，忽驚星斗在簷前。倦客遊來不知返，清光皎皎嚴霜寒。一出禪林復回顧，白雲已滿山頭路。

清馬大相《靈巖志》卷三

大　中

大中，姓不詳，神宗元豐時人（《北京圖書館藏中國歷代石刻拓本匯編》册四〇頁六）。

題樓觀南樓

紛紛塵事日嬰懷，一見南山眼暫開。好是晚雲收拾盡，半天蒼翠望中來。《北京圖書館藏中國歷代石刻拓本匯編》冊四〇頁六　石刻後跋：自清平如鄜號過此，元豐辛酉孟夏二十七日大中題。

（以上劉雯整理）

黄拱

黄拱，蘇州（今屬江蘇）人。神宗元豐四年（一〇八一），為釋契適《石像大士贊》撰序。事見明成化《虎丘志總集》。

伏睹適公詩贊觀世音菩薩果應所懇具述於前拱不揆淺拙謹吟一章同贊聖德

菩薩慈悲行願深，徧游沙界拯枯沉。衆生得度隨形化，説法開迷震梵音。眉現毫光同率土，手持楊柳攝羣心。我今稽首虔誠禮，願賜慈光與照臨。《虎丘志總集》

附録

還鄉偶書二首

離別家鄉歲月多，歸來人事半消磨。惟有門前鑑湖水，春風不減舊時波。

少小離家老大回，鄉音難改鬢毛衰。兒童相見不相識，借問客從何處來。按：宋祝穆《古今事文類聚》別集卷二五及宋謝維新《古今合璧事類備要》續集卷四七署黄拱作，實即唐賀知章《回鄉偶書二首》，見《全唐詩》卷一一二。賀知章，會稽永興人，自號四明狂客，天寶中請為道士還鄉里，年八十六卒，有詩集。

（王嵐整理）

三朵花

三朵花，姓名不詳，或云李姓。神宗元豐中自京師至房州，居福溪巖寺。常戴三朵花遊於市，郡人因稱三朵花先生。能作詩，皆神仙異談。時房州通判許安世以其事告蘇軾，軾嘗作詩詠之。事見《蘇軾詩集》卷二一《三朵花叙》、《夷堅志·支乙》卷四、《輿地紀勝》卷八六。

絶句

戴花三朵鎮長春，誰識玄中不二門。醉裏自傳神似活，終當不老看乾坤。原注：或云此句為不知不覺到黄昏。

宋洪邁《夷堅志·支乙》卷四

（盧新寧整理）

全宋詩卷一〇九三

釋仁欽

釋仁欽，福建(今福州)人。徽宗建中靖國元年(一一〇一)住持靈巖，賜號靖照大師。大觀初賜紫。事見《靈巖志》卷二。今録詩十二首。

靈巖十二景

置寺殿

青蛇引路破樵徑，二虎馱經莫厭頻。周漢魏時於此住，年過八百又重新。

般舟殿

般舟古殿最先風，運載含靈不可窮。生死海中波浪險，莫教沉溺失前功。

鐵袈裟

我佛慈悲鐵作衣，誰知方便示禪機。昔年庾嶺家風在，直到如今識者稀。

朗公山

萬象森羅古此峰，傳來幾世朗公容。知音會遇無先後，今日依前舊日蹤。

明孔山

鑿開靈巖玲瓏曉，一竅圓光似月明。照古照今傳萬代，不知誰向此安名。

絶景亭

四顧林巒似列屏，一源流水響泠泠。遊人到此忘歸去，名稱虛堂絶景亭。

甘露泉

甘露香泉竟日流，有時天旱四方求。隨緣赴感無偏黨，古往今來不記秋。

石龜泉

團團特石鑿靈龜，口内噴流世莫疑。造化始知心所有，幾人到此亂針錐。

錫杖泉

歷歷金鐶振一聲，滔滔千古迸流清。香厨日用無窮竭，飲者甘和悦衆情。

白鶴泉

雲鶴雙飛去幾年，遺蹤依舊涌靈泉。澄澄皎潔無增減，石銚煎茶味更全。

雞鳴山

雞鳴欲曉驚行路，回首思量却再來。兩兩三三皆省覺，一人獨上妙高臺。

證明殿

萬丈巖前作證明，十方檀信等空平。一針一草無遺漏，百劫千生果自成。

清馬大相《靈巖志》卷三

侯穆

釋仁欽 侯穆

侯穆，字清叔，汝陽(今河南汝南)人。事見《雲齋廣録》。

寒食飲梨花下得愁字

共飲梨花下，梨花插滿頭。清香來玉樹，白蟻泛金甌。妝靚青蛾妬，光凝粉蝶《宋詩紀事》卷三〇作黛羞。年年寒食夜，吟繞不勝愁。宋李獻民《雲齋廣錄》

黄知微

黄知微，字明道，江州(今江西九江)人。神宗元豐間居廬山太平宫，時稱養正先生。事見明嘉靖《九江府志》卷一四。

句

溪雲拂地送殘雨，谷鳥向人啼落花。明馮曾嘉靖《九江府志》卷一四

萬里碧雲開暮色，一條銀漢在秋天。明桑喬《廬山紀事》卷一〇

建陽舉子

建陽舉子，姓名不詳。事見《宋朝事實類苑》卷七四。

贈縣令

寒儒登第十三年，衡替歸來賣盡田。除却職田清俸外，不知何處遇神仙。宋江少虞《宋朝事實類苑》卷七四引《李希聲詩話》

《宋朝事實類苑》：元豐中，有人為建州建陽令，一舉子以貧謁之，待之甚薄。舉子大怒，作贈縣令詩云云。

（以上崔統華整理）

呂當

呂當，樂陵（今山東樂陵縣西南）人。頤浩父。元豐間為祁州司法參軍（《燕魏雜記》）。追贈太子太師（《北山集》卷二五《故父任宣德郎贈太子少師當贈太子太師》）。

和李巨川清風樓

祁陽要郡冠邊州，池壘深高北控幽。欹岸綠楊浮水面，銜山紅日照簷頭。立功慷慨思投筆，鬻己卑污恥飯牛。獨使燕然銘漢德，百年忠憤遺人愁。宋呂頤浩《燕魏雜記》

（王麗萍整理）

趙逢

趙逢，生平未詳，與華鎮有交（《永樂大典》卷三五八〇）。

和華安仁花村一首

格是而今老有餘，行行真欠瘦筇扶。不將心絮隨風起，一恁閑花有似無。路入前村認杏花，門前水積半溪沙。風流彷彿朱陳俗，白酒黃雞姓兩家。《永樂大典》卷三五八〇引《華岳南征錄》

（聞賢整理）

石太傅

石太傅，名未詳。華鎮曾和其詩（《雲溪居士集》卷一〇）。

句

芝蘭相照皆佳士。宋華鎮《雲溪居士集》卷一〇《和石太傅錢清僧舍圍爐余時先往蕭山不預其會》自注引。

（顧永新整理）

麴貞

麴貞，字抱一，黿山（今江蘇吴縣西南）人。隱士，與米芾有倡和。事見《七十二峰足徵集》卷二一。今録詩二首。

雪霽月明獨步梅花下

雪晴月白梅花芬，朗行恍在瓊瑶京。光摇燦燦玉宇浄，香浮靄靄銀河明。乾坤元氣正澄澈，林巒景色何晶熒。風神顧我精爽逼，襟懷頓覺塵囂清。憑高忽爾發長嘯，千山響振鸞鳳鳴。夜深一望五湖白，何當跨鶴遊蓬瀛。

歲暮篇寄無礙居士

羲和不停馭，年華迅轉轂。春陽萬卉菲，忽驚遂凄肅。人生那得壽盈百，轉眼光陰如過客。夙齡壯志日蹉跎，黑鬢蕭蕭又云皙。年來年去機中梭，去日苦多其奈何。君不見古來神智稱姜公，賣漿屠肆成奇窮。岐周王氣時不發，渭濱槁死終漁翁。人生代謝如四序，陵陽松喬在何許。功名富貴一浮塵，濩落饑寒向誰語。向誰語，為君言，寒氣凛冽陽和旋，得失不羈大化全。樽前有酒同偓佺，明朝且笑雲山巔。以上

余卞

余卞，字洪範，洪州分寧（今江西修水）人。良肱子。以蔭試校書郎。累為唐州判官，湖北安撫司勾當機宜文字。因平定五溪功知沅州。哲宗紹聖初以罪免歸。徽宗即位，管勾玉隆觀。未幾，復免歸。崇寧中入黨籍。事見《宋史》卷三三三《余良肱傳》。

句

君山一點青螺髻，知是滄溟第幾洲。君山　宋王象之《輿地紀勝》卷六九《荆湖北路・岳州》

（以上徐永强整理）

余爽

余爽，字荀龍，分寧（今江西修水）人。良肱子。以蔭試校書郎。神宗元豐間應詔上便宜十五事。哲宗元祐末復極言請太皇太后還政。元符元年（一〇九八），以瀛州防禦推官除名編管封州（《續資治通鑑長編》卷五〇三）。久之，起知明州，未行而罷，監東嶽廟。徽宗崇寧中入黨籍。事見《宋史》卷三三三《余良肱傳》。今錄詩九首。

石橋

雲藏鐘鼓霧埋林，龍護山花雀散金。知道有人橋外住，青崖遮斷不教尋。
蒼崖清澗竹嬋娟，紫閣丹樓磴道連。我是夢中曾到此，故將香火記他年。

桐柏崇道觀

乘風御雲氣，來訪真人家。玉闕散朝景，瓊臺煥晨霞。高臨太元天，下眄赤水涯。陰魄位霜采，陽精發丹華。桐君奉玄書，姹女弄絳紗。祥虹混五色，神芝秀三葩。煌煌王母居，飄飄紫皇車。飆輪動無跡，風馬去亦賒。矯首揖浮丘，躡屐追皇媧。珠宮俯台斗，石梁礙流槎。操持却日鞭，跨踏食月蛙。龍旗拂烟霧，鶴袂策雲斜。清都隱虛無，金庭鬱嵯峨。横霄雜美氣，空界流浩波。囊籥勞吹噓，吐納煩羲和。倏爾度灰劫，超然絶塵羅。靈簫步何徐，玉斧鬢已皤。飛駕逐鳳吹，斑麟奏鸞歌。甯留飯青精，幸我栽胡麻。交梨瑩肝膽，火棗醒齒牙。咽漱華池津，咀嚼碧柰花。有待越三井，思慮無由邪。

玉京洞

羽駕歸來洞已扃，洞門深鎖讀殘經。瓊臺一覺仙都夢，不覺松根長茯苓。
東臨滄海宴羣仙，誤入桃源小洞天。一局殘棋銷幾刻，老龍鱗甲已蒼然。
半山松柏散天聲，芝蓋當年憩赤城。我是上皇芸閣吏，玉京應有舊題名。

福聖觀

九峰回合抱瓊田，石藥雲英漱瀑泉。聞説丹成從此路，玉虹芝駕上青天。
紫府金庭太帝宫，露壇蒼檜響天風。上清神虎何年見，雲錦空傳兩玉童。
子晉鸞飛侍帝班，吹臺今在碧雲間。高秋白月霜風夜，時有笙簫赴洛還。

以上宋李庚《天台續集》卷中

（張麗娟整理）

許彦國

許彦國，字表民（《宋詩拾遺》卷六作表臣），青州（今屬山東）人（《竹莊詩話》卷一八），一作合肥（今屬安徽）人（《苕溪漁隱叢話》前集卷六〇）。舉進士，官不顯，與呂頤浩之父有交（《竹莊詩話》）。有《許彦國詩》三卷（《宋史·藝文志》），已佚。今録詩十二首。

秋雨歎 按：《宋藝圃集》卷一二作許覬詩。

霖雨不出動隔旬，門前秋草長於人。江湖浩渺欲無岸，錦石最小猶生雲。微陽片月何曾見，只有莓苔昏筆硯。田家黍穗未暇悲，茅屋且為螢火飛。　宋呂祖謙《宋文鑑》卷一四

紫騮馬 按：《宋藝圃集》卷一二作許覬詩。

黄金絡頭玉為鞍，蜀錦障泥亂雲葉。花間顧影驕不行，萬里龍駒空汗血。露床秋粟飽不食，青芻苜蓿無顔色。君不見東郊瘦馬百戰場，天寒日暮烏啄瘡。　同上書卷二二

虞美人草行

鴻門玉斗紛如雪，十萬降兵夜流血。咸陽宫殿三月紅，霸業已隨烟燼滅。剛强必死仁義王，陰陵失道非天亡。英雄本學萬人敵，何須屑屑悲紅妝。三軍敗盡旌旗倒，玉帳佳人坐中老。香魂夜逐劍光飛，清血化為原上草。芳心寂寞寄寒枝，舊曲聞來似斂眉。哀怨徘徊愁不語，恰如初聽楚歌時。滔滔逝水流今古，楚漢興亡兩丘土。當年遺事總成空，慷慨尊前為誰舞。　宋胡仔《苕溪漁隱叢話》前集卷六〇

《苕溪漁隱叢話》：冷齋以此詩為曾子宣夫人魏氏作。余昔隨侍先君守合肥，嘗借得許表民家集，集中有此詩。又合肥老儒郭全美，乃表民席下舊諸生，云親見渠作此詩。今曾端伯編《詩選》補列於表民詩中，遂與余所見所聞暗合，覽者可以無疑，亦知冷齋之妄也。

東門行

東門楊柳暗藏鵶，東門行客欲離家。樹頭春風草頭露，鵶自不飛人自去。妾家南浦桂為堂，房櫳珉玉簾夜光。沈爐烟多綺羅重，水檻風入笙簫凉。歡娱未畢車輪遠，方寸秋絲紛百繭。願郎功業落人間，長使春閨女無怨。

采蓮吟

湖邊日落鴛鴦飛，羅衣香轉蘭舟移，蓮根斷處手滿絲。手滿絲，不能理，秋雲深，隔君子。

臨高臺

高臺跨崇岡，簷宇鎖空霧。新晴洗雙目，千里在跬步。霏霏漁浦烟，冉冉富春樹。風花不我私，何以理愁緒。誰疏白玉窗，中有浮雲度。浮雲吹不開，不見行人去。　以上宋陳起《前賢小集拾遺》卷一

漁　父

榮辱從來總不知，幾間茅屋對漁磯。江鷗散處夜無伴，荷葉老時秋有衣。　宋劉克莊《後村千家詩》卷二一

晚宿江漲橋

鳥徑青山外，人家苦竹邊。江城懸夜鎖，魚市散空船。岸静涵秋月，林昏宿水烟。又尋僧榻卧，夜冷欲無眠。　宋潛説友《咸淳臨安志》卷九七

長夜吟

南鄰燈火冷，三起愁夜永。北鄰歌未終，已驚初日紅。不知晝夜誰主管，一種春宵有長短。

寄沂水宰

楚甸齊封自此分，穆陵遺俗久猶存。豈知今日鳴琴宰，即是當年賜履孫。且有清風消酷暑，更無驚犬吠黃昏。畏人客子成安枕，獨宿荒村不閉門。

《竹莊詩話》：《夷堅庚志》，呂忠穆之父為沂州沂水宰，縣境有穆陵關，即《左傳》所謂南至於穆陵是也。彥國過其地，寄以詩云云。

詠項籍廟二首

曾被秦人笑沐猴，錦衣東去更何求。可憐瞭瞭重瞳子，不見山河繞雍州。

千古興亡莫浪愁，漢家功業亦荒丘。空餘原上虞姬草，舞盡春風未肯休。　以上宋何汶《竹莊詩話》卷一八

句

白鳥有情驚不去，青山無約望還來。望湖樓　《輿地紀勝》卷二《兩浙西路·臨安府》

午夜夢飛滄海外，一年春在落花中。季春　宋謝維新《古今合璧事類備要》前集卷一三

北方野客不慣見，明月滿衣猶倚欄。瑞香

燕薊餘民宜自省，百年陷虜直愁人。勿怨肩輿事洪靖。燕薊餘民思漢歌　以上《竹莊詩話》卷一八

《竹莊詩話》：《夷堅庚志》，許彥國嘗撰《燕薊餘民思漢歌》，首叙石敬瑭割燕地以賂契丹，次叙耶律德光犯汴京，次虜法嚴峻、燕人思漢之意，詞情悽楚，近千言，卒意云云。

蹉跎已甘分。　宋紹嵩《亞愚江浙紀行集句詩》卷三

（許紅霞整理）

王嚮

王嚮（一〇五二—一〇八三），字夢錫，南城（今屬江西）人。數歲而喜讀書，既冠舉進士不第。神宗熙寧中，解《詩》、《孟子》合四十萬言。再試不第。元豐六年病卒，年三十二。七年，其友吕南公為之釐定文百七篇成五卷，並撰序言。其集已佚，事見《灌園集》卷八《王夢錫集序》及《江西詩徵》卷一〇。

題紫霄觀

薜蘿縈拂道巇斜，高入層霄殘紫霞。地長杉篁環羽蓋，風兼簫鼓落仙家。危峰自照當巖月，絶壁堪通上漢槎。人世不知真跡好，只尋流水訪殘花。　清曾燠《江西詩徵》卷一〇

（王嵐整理）

圖書在版編目(CIP)數據

全宋詩 (18)/北京大學古文獻研究所編.-北京:北京大學出版社,1998.12

ISBN 7-301-02518-1

Ⅰ.全… Ⅱ.北… Ⅲ.古體詩-中國-宋代-總集 Ⅳ.I222.744

書　　名:**全宋詩**第一八册
著作責任者:北京大學古文獻研究所
責任編輯:徐建華
標準書號:ISBN 7-301-02518-1/I·0324
出　版　者:北京大學出版社
地　　址:北京市海淀區中關村北京大學校内　100871
電　　話:出版部 62752015　發行部 62559712　編輯部 62752032
印　刷　者:中國科學院印刷廠
發　行　者:北京大學出版社
經　銷　者:新華書店
850毫米×1168毫米　32開本　21.625印張　567千字
1995年3月第一版　1999年4月第二次印刷
定　　價:40.00元

魁梧數百
年斧斤